꽃은 춤추고
바람은 노래한다

꽃은 춤추고 바람은 노래한다 1

라넬라 장편소설

초판 1쇄 찍은 날 | 2020년 12월 24일
초판 1쇄 펴낸 날 | 2020년 12월 31일

지은이 | 라넬라
펴낸이 | 권태완 우천제

편집책임 | 박은정
편집 | 박가연 유안진 심성경 손혜진 장현아 이예린

펴낸곳 | (주)케이더블유북스
등록번호 | 제25100-2015-43호
등록일자 | 2015. 5. 4
WFN | 제3-065호

주소 | 서울특별시 구로구 디지털로31길 38-9 에이스테크노타워 1차 401호
전화 | 02-867-4626 팩스 | 02-866-4627
E-mail | cl_production@kwbooks.co.kr

ISBN 979-11-293-6598-9 04810
      979-11-293-6597-2 (set)

꽃은 춤추고
바람은 노래한다

라넬라 장편 소설

I

Contents

프롤로그

토하듯 숨을 뱉어낼 때마다 생명력이 스러져 감을 느꼈다. 죽은 듯이 침대에 누운 그녀는 주위를 돌아보았다. 모두 숙연하게 고개를 숙인 채 곧 다가올 그녀의 죽음을 준비하고 있었다.

간이 의자에 앉아 며칠 전부터 옆을 지키고 있는 남편 역시 그녀의 꺼져가는 숨결을 지켜보고 있었다.

다정한 남편은 아니었다. 무인 가문 출신답게 언제나 각 잡혀 있는 딱딱한 남자였지만 그녀에게는 충실했다. 가끔 꽃을 선물하는 등 그녀를 위한 행동에 감동받을 때도 있었다.

일반적으로 사랑이 쏟아지는 부부 사이는 아니었지만 서로의 역할에 충실했으니 이만하면 괜찮은 결혼 생활이었을 것이다.

그녀는 남편을 향해 희미하게 웃다가 뒤에 있는 소년을 보고 표정을 굳혔다.

그녀의 아들이었다. 이제 막 소년을 지나 청년 중간에 걸쳐 있는 고운 얼굴선이 남자의 윤곽을 갖추고 있었다.

낮은 채도의 짙푸른 눈동자는 그녀에게 머물러 있었지만 건조하기만 할 뿐 어떠한 감정도 담고 있지 않았다.

'내 잘못이야.'

그녀가 서글프게 미소 지었다.

에르셀라.

그녀의 이름이었다. 피사리데 후작 영애로 태어나 왕국 제일의 무가 베른하르트 가문에 시집가 공작 부인이 되었다.

누구나 그녀를 선망하며 우러러봤고, 아름다운 그녀의 외양을 찬양했다. 어딜 가나 눈에 띄는 화려한 삶이었다. 그녀 또한 삶에 만족하며 살아왔다.

그러나 병에 걸린 후 죽음이 서서히 드리우자 지나온 행적이 후회되기 시작했다. 바로 하나뿐인 아들에게 다정한 어머니가 되어주지 못한 것이다.

열여섯, 성년이 되자마자 혼인하여 열일곱 어린 나이에 낳은 아들에게 정이 가지 않았다. 아들을 돌보느라 그 나이 또래가 누리는 삶에 제약이 가자, 자신의 인생을 아들이 비틀었다는 생각에 미움마저 들었다.

그 결과 차가운 냉기가 흐르는 모자지간이 되어버렸다. 무엇인가 잘못됐다는 것을 깨달았을 때는 이미 돌이킬 수 없었다.

평생 후작 영애로 살아와 가만히 있어도 사랑받은 그녀는 사람들에게 친절하고 다정했지만, 정작 아들에게 사랑 주는 법은 몰랐고 자존심 때문에 먼저 다가가지도 못했다.

'……마지막.'

……사랑한다고 말해야 하는데.

입을 열어 아들의 이름을 불러보려 했지만 얼음이 서린 듯 차가운 눈동자에 말이 나오질 않았다. 그녀가 따뜻한 말을 건네면 즉시 비난이 쏟아질 것 같았다. 아니, 비난조차 하지 않을 것이다, 저 아이는.

그저 무심히 있다가 죽을 때가 되니 이런저런 말을 다 하시는구나, 라고 생각하며 의례적으로 그녀의 장례식을 치른 후 일상으로 돌아갈 것이다.

그녀는 쓸쓸히 웃었다. 눈물도 나오지 않은 걸 보니 정말 무정한 어미였음을 다시 한번 절감했다.

간신히 버티던 육신이 나른해져 갔다. 서서히 졸음이 몰려왔다.

'죽는구나.'

그렇게 마지막까지도 사랑한다는 말 한마디 못 하고 에르셀라는 눈을 감았다.

'……끝끝내 네게 무정한 어머니로 남는구나.'

그녀는 죽음을 맞이했다.

"어머, 후작 영애가 참 예뻐요."

사람들의 호의.

"가문까지 완벽한 데다가 저리 아름다우니 장차 사교계가 떠들썩하겠어요."

사람들의 사랑.

"피사리데 영애, 부디 제게 첫 춤을 함께할 영광을 주시겠습니까?"

"그대가 아름다워 저도 모르게 눈길이 갑니다."

"영애, 연모합니다."

저 사이에는 그들의 사랑이 당연하다고 생각하는 자신이 있었다.

"에르, 베른하르트 가문에서 청혼서가 도착했단다."
"좋겠다, 에르셀라. 행복한 여인이 되겠네?"
"시집도 좋은 곳에 가다니, 역시 에르셀라야."

모두가 그녀를 부러운 시선으로 보았다. 자신 또한 그런 시선이 익숙하다는 듯 웃고 있었다.
아버지가 다정하게 그녀의 머리를 쓰다듬었다. 그는 그녀에게 최고로 행복한 여인이 될 거라 그리 눈짓했다.

"모두에게 사랑받는 네가 부러워, 에르셀라."

그녀가 부럽다는 목소리들.

"행복해야 해."

행복하라는 주변 사람들.

"고마워, 다들."

행복한 듯 웃고 있는 자신.

"축하드려요, 마님! 아드님이에요!"
"축하해, 에르셀라! 어떻게 한 번에 아들을 낳니!"

"운도 좋지! 공작님께서도 분명 좋아하실 거야!"

"고생 많았어."

"마님, 안아보시겠어요?"

자신의 품에 쏙 들어오는 생명. 조그맣게 실려오는 무게감에 감격스레 눈물짓던 자신.

"아...... 아들이구나. 아들이야."

큰일을 해냈다며 얼마나 뿌듯했던가.

"무도회라. 그게 당신 자식보다 중요한 일인가?"

"하지만 예전부터 기대했던 날이에요. 내 친구들은 다 참여하는데 나만 빠질 수는......"

"그들은 당신과 다르게 결혼 전인데, 어떻게 같길 바라지? 이제는 아이까지 있으니 좀 더 집안에 충실했으면 하는데."

"하르젠."

"아이가 크면 그때 다시 얘기해. 아니면 우리끼리 집에서 열도록 하지."

"당신 요즘 늦잖아."

"......아버님이 돌아가신 후 작위를 계승했으니. 안정이 되면 어디 여행이라도 갔다 오지. 연회도 지금보다 자주 가도록 하고."

"정말이에요?"

"그래."

그래. 이 정도면 양호하다며 속으로 웃었지. 아예 못 나가게 하는 남편들도 있고, 그도 막 작위를 계승한 터라 바빴으니까.

"에르셀라, 이제 다시 파티에 나오는 거야?"

"세상에! 이게 얼마 만이야! 여전히 네 미모는 변함이 없구나!"

그래. 조금만 참았으면 됐잖아. 이렇게 다시 원래의 삶을 찾을 수 있었어. 에르셀라, 자신은 행복해하며 웃고 있었다.

"근데 너 집에 안 가봐도 되겠니?"

"응. 그이는 오늘 늦는다고 했어."

"하지만…… 네 아들이 있잖아."

"……."

"맞아, 아들이 있는데 안 가봐도 되겠어? 이제 겨우 다섯 살이라며."

"……유모가 봐주기로 했는걸."

"뭐어? 근데 너 요즘 너무 연회에 자주 나타나는 거 아니니? 아들을 너무 유모한테만 맡기는 거 아니야?"

"그래. 너무 방치하는 것은 어머니의 미덕에 어긋나는 일이야."

"지금이라도 돌아가는 게 어때?"

일부러 에르셀라를 돌려보내려는 것이 아닌, 진정으로 그녀의 아들이 걱정되어서 하는 말이었다.

그러나 그녀가 정말로 기대했던 파티였다. 화려한 샹들리에에 친애하는 사람과의 교류. 이런저런 소식. 대화에 공감하고 웃으며 피어오르는 친밀함. 모두 에르셀라가 원했던 것이었다.

"하지만 난……."

이제 스물두 살인데. 그 말이 차마 나오지 않았다. 그들이 그게 뭐 어쨌냐는 눈으로 쳐다볼까 봐.

"그래, 가야지. 나중에 보자."

연회의 절정을 앞두고 발걸음을 돌렸을 때, 얼마나 쓸쓸했던가……

"어머니, 돌아오셨어요?"

집에서 생글생글 웃으며 그녀를 맞이하는 그 아이가…….

"……어머니?"
"피곤하구나. 내일 얘기하자."

얼마나 미웠던가.

"마님, 도련님께서 주인님을 닮아 아주 훤칠하세요."
"어머, 나이도 어린데 의젓하기까지."
"안 그래도 총명하신데, 주인님을 닮아 검술에도 재능이 있대요. 장차 훌륭한 가문의 후계자가 되실 거예요."
"정말 마님께선 복도 많으셔라."

그녀의 아들은 훌륭하게 잘 커갔다. 그녀 없이도.

"요즘 애한테 관심이 있긴 한 건가."
"왜 나한테 그런 걸 묻는 거죠?"

"에르…… 아니, 사과하지. 다만, 좀 신경 썼으면 하는데."

"……알았어요."

"오늘 아이와 둘이서 저녁 식사라도 해보는 건 어때."

둘이서라……. 말만 들어도 몰려오는 거부감이 이상했다. 아들과 둘이서 밥 먹는 게 이렇게 불편한 일이었던가……. 어렸을 때 자신은 부모님과 아무렇지 않게 식사를 했었는데, 왜 아들과는 이리도 어색하게 느껴진단 말인가.

"마님, 도련님께서…… 오늘은 거르실 거라고……."

"불러와."

심지어 자신과의 식사를 거부한 것이 괘씸했다. 그녀의 부름에 느긋하게 걸어와 느긋하게 그녀를 응시하는, 그녀의 것을 물려받은 푸른 눈동자가 보기 싫었다.

"비센테."

왜 이렇게 어색하지? 고작 이름 한 번 입에 담았을 뿐인데 발음의 울림이, 어감이, 단어 그 자체가…… 어찌 이렇게 죽은 것처럼 아무것도 느껴지지 않는 거지?

"부르셨습니까."

에르셀라는 화가 났다. 그녀의 아들이 보내는 시선이 불쾌했다.

난 네 어머니인데, 어머니인데!

"집사가 착각한 모양이구나. 돌아가 하던 일 마저 하거라."

아무것도 담겨 있지 않은 건조한 두 눈동자는.

"네, 어머니."

그녀를 '어머니'라고 칭하는 순간까지도 황량했다.

"마, 마님! 피가……!"

얼음장과도 같았던 그 관계는 그녀가 죽는 순간까지 이어졌다.

'아아, 미안해! 미안해!'

에르셀라는 소리치고 소리쳤다. 그러나 그녀의 목소리는 입 밖으로 흐르지 못한 채 사라지고 말았다. 아무도 그녀의 울음을 듣지 않았다.

'한 번만……. 한 번만 더 너를 볼 수 있다면…….'

그녀의 일대기가 파노라마처럼 흐르는 공허함 속에서 그녀는 간절히 바랐다. 다시 돌아가면 무정하지 않으리라. 다정한 어머니가 되어 주리라. 비센테, 너를 다시 한번 볼 수 있다면……!

그리고 그 절박한 외침이 이유였는지 몰라도…….

그녀는 한 번 더 기회를 얻었다.

1장
다시 주어진 삶

미안해, 미안해, 미안해…….

"마님!"

누군가가 몸을 흔드는 것이 느껴졌다. 자연스레 눈을 뜨자 빛이 담 겼다. 화려하게 세공된 천장 무늬가 흐릿하게 아른거리다 점차 뚜렷해 졌다.

'천장 무늬?'

그녀가 놀라 평소답지 않게 벌떡 일어났다. 에르셀라는 빠르게 주 위를 돌아봤다. 자신의 방이었다. 아니, 자신과 하르젠의…… 아니, 아니, 그게 중요한 게 아니지.

"일어나셨군요!"

갈색 머리의 귀여운 외모를 가진 여자가 가슴을 쓸어내리며 안도하 곤 에르셀라의 얼굴에 맺힌 땀을 닦아냈다.

"어휴, 땀은 왜 이렇게 많이 흘리셨담."

에르셀라는 얼떨떨하게 그녀의 이름을 불렀다.

"리엔?"

후작가에 있었을 때부터 그녀를 모셔온 하녀였다. 리엔은 갑자기 일어나 허둥대는 에르셀라를 보며 고개를 갸웃거렸다.

"마님, 꿈을 꾸셨나요? 계속 뒤척이셨어요."

에르셀라는 지금 이게 무슨 상황인지 파악하기 힘들었다.

"내가……."

리엔이 심각해진 얼굴로 자신을 쳐다보고 있었지만 차마 표정 관리를 할 수 없었다. 창백한 에르셀라의 얼굴을 누가 본다면 걱정하고도 남았을 것이다.

"괜찮으세요? 차를 내올까요?"

계속 자신의 안부를 묻는 리엔은 눈에 보이지 않았다. 에르셀라가 더듬더듬 입술을 열었다.

"내가……."

"마님?"

'살아 있어?!'

그녀는 말을 맺지 못한 채 그 자리에서 굳었다. 에르셀라의 머릿속에 수만 가지 생각이 스쳤다.

분명히 죽었는데? 어떻게 살아 있는 거지? 대체 왜…… 설마 꿈? 꿈이라기엔 지금까지 죽을 만큼 아팠는데? 당장 죽어도 이상하지 않을 정도였는데?! 왜 죽었던 자신이 살아 있는가. 사실 죽은 게 아니었던 건가? 알고 보니 죽은 줄 알았지만 한고비 넘겼다든가…….

'그리고 보니 숨 쉬는 게 안 힘들어.'

에르셀라는 곧이어 자각한 사실에 경악했다. 숨 쉴 때마다 흉부가 조이면서 누군가 바늘로 찌른 듯 따끔거렸는데 지금은 아무렇지 않았다.

그녀는 조심스럽게 천천히 숨을 들이쉬고 내쉬었다. 흉부가 위로 올라갔다 내려가며 미세하게 율동했다. 역시 아무런 통증도 느껴지지 않았다.

'어떻게 된 거지?'

분명 불치병이었다. 그러나 지금은 놀라울 정도로 쌩쌩했다. 에르셀라는 모든 게 의심스럽고 의아했다. 앓던 병이 하루아침에 사라질 리 없지 않은가.

게다가 그녀의 하녀는 너무나 태연하게 차를 내온다고 했다. 평소 같았으면 오늘 몸은 어떠냐고 심각하게 물었을 것이다. 병에 걸린 이후 리엔은 지나칠 정도로 그녀의 몸 상태를 살펴댔으니 말이다.

"마님?"

의아한 낯빛으로 저를 부르는 목소리에 에르셀라는 정신을 차렸다. 문득 떠올렸던 것이다. 죽기 전까지 간절하게 불렀던 이름을.

"비센테는?"

약간 다급하게 들리는 주인마님의 말에 리엔은 당황해 버렸다. 입에 잘 담지 않던 도련님의 이름을 부르시다니. 리엔은 역시 몸이 안 좋으신 건가 의심하며 조심스럽게 입을 열었다. 제발 그녀의 신경을 긁지 않길 바라면서.

"도련님 말씀이시라면 연무장에 계세요. 마님, 얼굴이 창백한데 몸을 따뜻하게 하는 차를 올릴까요?"

리엔이 또다시 그녀의 상태를 걱정하자 에르셀라는 고개를 저었다. 한가롭게 차를 마시고 있을 때가 아니었다.

"되었다. 비센테에게 내가 좀 보잔다고 전해주…… 아니, 아니야. 내가 가야겠다."

"……마님, 혹시 도련님이 무슨 잘못이라도 하셨나요?"

"……."

그건 또 무슨 말이란 말인가. 그사이에 비센테가 어떤 잘못이라도 저지른 것일까? 아직 상황 파악이 덜 돼서인지 지금 무슨 일이 벌어지고 있는지 알 수 없었다.

리엔이 무슨 의도로 저런 말을 하는지 몰라 가만히 쳐다보니, 그녀가 숨을 고른 뒤 비장하게 말했다.

"도련님은 학업과 검술을 게을리하지 않으시며 매번 월등한 성과를 내십니다. 어린 나이에 이미 견습 기사 시험을 통과하셨으며 정치, 경제, 지리, 역사, 사회 등등 각종 학문에도 탁월하여 가정교사의 칭찬이 일색입니다. 실수하셨어도 잘하고자 하신 것이니 잘못한 것이 있다면 조심스레 타이르는 것이 어떠신가요? 도련님이 또래에 비해 성숙하나 아직 소년이십니다. 부디 자비를 베푸세요, 마님."

아니…… 이것은 또 무슨……. 설마 자신이 혼내려고 아침부터 아들을 대뜸 찾는다고 생각한 건가?!

어이가 없어 에르셀라가 황당한 얼굴로 그녀를 쳐다보았더니 리엔은 오히려 '혼날 각오를 하고 말씀드립니다'라며 결의를 다지고 있었다.

에르셀라는 리엔이 진심이라는 것을 느꼈다. 그녀는 당황스러움을 뒤로하며 황급히 변명했다.

"그게 아니다. 혼내려는 것이 아니라……. 그저 용무가 있어서."

아들에게 용무가 있다니. 지나치게 딱딱한 표현이었지만 생각을 거치기 전에 본능적으로 나온 말이라 어쩔 수 없었다.

꿈이든 기적이든 다시 일상으로 돌아왔으나 사람의 성격이 한 번에 바뀌는 건 아니었다. 안 하던 짓을 하려니 모든 것이 어색하게 느껴졌다.

"일단 연무장으로 가야겠어."

그녀는 변명은 이쯤하고 가장 보고 싶은 사람을 만나기로 했다.

에르셀라는 연무장에 가는 길이 어색했다. 처음 공작저에 들어왔을 때 집사의 소개를 받은 이후로 발길을 끊었던 곳이다. 애당초 귀족 영애로 살아왔던 그녀가 연무장에 들어설 일 자체가 없었다.

당연하게도 연무장을 주로 이용하는 것은 무가의 후계자인 비센테였다. 물론 에르셀라는 그 사실을 알고 연무장 쪽으로는 더욱더 발걸음 하지 않았다.

'정말 최악이구나, 나.'

과거의 행적을 돌아보니 죄책감이 더해졌다. 자신이 무정한 어미였음을 다시 한번 뼈저리게 통감했다.

연무장은 꽤 멀리 있었다. 저택 지하실에 있었는데 지하지만 창문이 있어 햇볕이 들었다. 창문은 위층의 것보다 반쯤 작았다. 그래도 지하답지 않게 쾌적한 것이 사용인들이 관리를 잘한 것을 짐작할 수 있었다.

한참 복도를 거닐자 두 개의 검이 교차되어 놓인 문양이 보였다. 연무장이었다.

리엔이 육중해 보이는 문을 열었다. 끼익 하는 소리가 들렸다. 가녀린 리엔의 체형을 고려한다면 상당히 부드럽게 열린 편이었다. 에르셀라는 숨을 고르고 안에 들어섰다.

휙ㅡ

들어서자마자 날붙이가 공기를 가르는 소리가 들렸다.

'비센테.'

이미 그녀의 키를 훌쩍 넘은 몸을 가진 소년이 각 잡힌 자세로 검을 휘두르고 있었다. 검을 휘두를 때마다 흩날리는 머리칼에 맺힌 땀방울이 빛에 반사되어 반짝였다.

에르셀라는 속으로 감탄했다. 검술에 문외한인 그녀가 보기에도 군더더기 없이 깔끔한 자세였다. 듣던 대로 뛰어났다. 에르셀라는 이제껏 비센테가 검을 휘두르는 모습을 본 적이 없었다. 그녀의 마음속에 후회가 새록새록 피어났다.

한 번쯤은 가서 칭찬해 줄걸.

멍하니 한참을 보고 있었는데 여전히 그는 에르셀라 쪽으로 시선

하나 주지 않았다. 훈련에 집중했기 때문인지, 일부러 외면하는 건지 알 수 없었다. 에르셀라는 후자일 거라 생각했다.

보다 못한 리엔이 그에게 다가가 속닥거렸다. 비센테가 에르셀라 쪽으로 천천히 고개를 틀었다. 너무 깊어 알 수 없는 푸른 눈이 그녀와 시선을 마주하자 에르셀라는 어쩐지 말문이 막혔다.

비센테는 무슨 생각을 하는지 모를 얼굴로 에르셀라를 비스듬히 바라봤다. 마치 이곳에 그녀와 비센테만이 있는 것처럼 무거운 기류가 흘렀다.

돌연 비센테가 아래를 보더니 바닥에 놓여 있던 검집을 들어 올렸다. 그러고선 오른손에 들고 있던 칼을 검집에 천천히 집어넣었다.

스릉, 하고 날붙이가 미끄러지는 소리가 날카롭게 울렸다. 칼을 넣은 검집을 든 상태로 그가 에르셀라를 향해 걸어왔다. 칼날이 보이지 않음에도 위협적인 분위기가 느껴지자 가슴이 짓눌리는 듯했다. 에르셀라가 마른침을 삼켰다.

어느 정도 거리를 두고 그녀 앞에 멈춰 선 비센테가 정중하게 고개를 숙였다.

"어머니를 뵙습니다."

완벽한 예법이었지만 확실히 선을 긋고 있다는 것이 느껴졌다. 그럼에도 그녀의 심장은 서서히 두근거리기 시작했다. 덕분에 식은땀이 흐를 정도의 긴장은 약간 사라졌다. 에르셀라가 천천히 비센테의 얼굴을 관찰했다.

흑발에 그녀의 것을 물려받은 청색의 눈동자, 아직 어른이 되기 전인 부드러운 얼굴선, 전체적으로 싸늘함을 풍기는 인상.

그녀의 아들, 비센테였다. 죽을 때까지 그녀를 차갑게 내려다보던.

"연무장엔 어쩐 일이십니까."

일말의 감정도 깃들어 있지 않은 목소리가 낮게 울렸다. 에르셀라는 긴장하지 않으려 노력하며 말을 골랐다.

"네가 잘하고 있는지 보러 왔다."

……이런.

저도 모르게 튀어나온 정나미 없는 말에 자신의 입을 치고 싶었다. 아랫사람에게 말하는 것도 아니고 이게 무슨. 꿈이든 뭐든 간에 죽었다 살아난 이후 처음 나누는 대화였다. 하지만 보기 좋게 실패했다.

옆에서 리엔의 시선이 느껴졌다. 또 둘이 싸우지 않을까 전전긍긍하는 듯했다.

에르셀라는 조금 속상했다. 귀부인들이나 사용인들에게는 그렇게 상냥하면서 하나뿐인 아들에게는 왜 이런단 말인가. 스스로가 답답했다.

"부족함 없이 연습하고 있습니다. 다음부턴 신경 쓰실 일 없도록 하겠습니다."

비센테는 특유의 딱딱함으로 일축했다. 대화를 끝내고 싶다는 뉘앙스는 물론 다신 올 필요 없다는 무언의 압박도 느껴져 그녀는 가슴이 찢어지리 만치 아파왔다.

당장에라도 비센테를 끌어안고 미안하다고 울고불고하며 사죄하고 싶었다.

하지만 생각과 다르게 그녀의 눈은 눈시울조차 붉어지지 않았으며 어깨 또한 움츠러들지 않았다. 언제나 기품이 배어 있는 곧게 뻗은 자세로 비센테를 바라볼 따름이었다. 비센테가 그녀보다 키가 컸기에 올려다봐야 했지만 에르셀라는 고개를 너무 치켜들지도 위축되지도 않았다. 적당히 눈을 올려 느긋하게 그를 바라보았을 뿐이다. 역시 오랜 시간 몸에 익은 습관이 하루아침에 바뀔 리 없었다.

몸에서 긴장을 풀고 고개를 조금 더 올려 시선을 똑바로 할까 했지만 곧 관두었다. 어색한 몸동작은 괜한 오해를 불러일으킬 수 있었다.

가령, 지금 그를 조롱한다든가, 더 아랫것으로 본다든가, 이런 것들 말이다. 어느 정도 아들을 존중하는 듯한 지금이 딱 적당했다. 후에 좀 더 친밀해지면 좋겠지만 일단 여기서 만족하는 수밖에.

'이대로 가야 하나.'

에르셀라는 가기 전에 다정한 말을 건네고 싶었지만 도무지 입이 안 떨어졌다. 그녀가 가만히 있자 비센테는 표정 없이 고개를 숙였다. 다시 제자리로 돌아가려는 듯했다.

"자, 잠깐."

한 치의 미련도 없어 보이는 그의 발걸음을 에르셀라가 다급하게 붙잡았다. 자리에서 멈춰 선 비센테의 낯빛이 의아함을 띠었다.

"왜 그러십니까?"

이젠 귀찮음까지 내비치고 있는 비센테 앞에서 에르셀라는 의지를 다졌다.

'할 수 있어.'

그녀는 천천히 아들의 어깨로 팔을 뻗었다. 정말 뻣뻣하기 그지없는 몸짓이었다. 그녀보다 키가 컸기에 자연스레 팔은 위쪽으로 들어 올려졌다.

"잘…… 하도록."

톡. 톡.

"……."

비센테의 어깨 위로 에르셀라의 손이 두 번 닿았다 떨어졌다. 그것은 제삼자가 보기엔 마치 전쟁 전 출정하는 기사를 격려하는 상관의 행동처럼 보였다. 그러나 평소 두 사람의 관계를 잘 아는 주변인들에게는 달랐다.

'미친.'

'세상에.'

'사실이야?'

'마님이…….'

'우리 마님이…….'

'도련님에게 격려…… 비슷한 걸 하셨어!'

모두가 한마음 한뜻이 되어 두 모자를 감격스럽게 쳐다봤다. 그들 사이에 있으면 언제나 살얼음판 위를 걷는 기분이었다. 오늘도 무슨 엄청난 일이 생기나 긴장했는데 생각지도 못한 장면이 연출되었다. 그들은 일제히 안도의 숨을 내쉬었다.

그녀의 격려 아닌 격려에 비센테의 표정 또한 굳고 말았다. 안 그래도 표정이 없는데, 더 사라지다니.

'이게 아닌가?'

에르셀라 또한 실수한 게 아닌가 싶어 표정을 굳혔다.

※　✦　※

"세상에, 마님. 아까…… 제가 무엇을 본 건지…… 저는, 차마, 차마……."

아까부터 감격에 젖어 연신 감탄하는 리엔을 뒤로하고 에르셀라는 조금 전의 행동을 되돌아보았다. 그녀의 손이 닿자 더더욱 굳은 아들의 얼굴에 가슴이 철렁였다.

닿는 것조차 싫은가.

급격히 기분이 가라앉았지만 비센테를 탓할 수는 없는 노릇이다. 애당초 그녀의 외면이 시작이었다. 에르셀라는 앞으로 몇 번이고 비센테에게 거절당해도 할 말이 없었다.

그리고 몸에 익은 안 좋은 버릇은 확실히 고쳐야 한다. 비센테의 마음을 얻기 위해서라도 그녀는 변할 필요가 있었다.

거기까지 생각이 미치자 에르셀라는 아직도 감탄 중인 리엔을 불렀다. 리엔은 여전히 생글생글 웃고 있었다.

"네, 마님."

"아직 묻지도 않았다."

"무엇을 질문하실 것인가요? 성심성의껏 대답하겠어요."

리엔은 에르셀라보다 여섯 살 어린 하녀로 결혼 전부터 에르셀라를 모셔왔다. 혼기가 넘었는데도 꿋꿋이 옆에 있겠다고 고집을 부리는 바람에 여전히 그녀를 모시는 중이었다. 그렇기에 리엔은 오랜 경험으로 에르셀라의 의중 또한 잘 파악했다.

에르셀라는 리엔을 너무 오래 곁에 두었다고 마음에도 없는 생각을 하며 입을 열었다.

"……그."

입은 왜 또 다물어지는가.

"네, 말씀하세요."

"……이제."

"네, 마님. 전 들을 준비가 되어 있답니다."

"……친 ……해질까 하는데."

'친해지고 싶어'도 아니고 '친해질까 하는데'라니. 게다가 대상도 빼먹었다. 에르셀라가 더듬더듬 비센테의 이름을 덧붙이려 할 때, 리엔이 손뼉을 치며 환호했다.

"어머, 도련님과요?!"

눈치가 빠르기도 하지. 에르셀라는 리엔을 밉지 않게 쏘아보았다. 어찌 됐든 그녀가 알아서 알아채 주니 편했다.

"너도 알다시피 나와 비센테는……."

"사이가 안 좋으시죠."

"그래. 하지만 이대로 있다가는……."

"더 안 좋아지시겠죠."

"맞아. 그래서……."

"이제 친해지고 싶으신 거죠?"

귀신같은 것. 그녀는 두 번이나 고개를 끄덕였다. 고맙게도 리엔은 그녀가 하고 싶은 말을 딱딱 해주었다.

"음—"

리엔이 한 손을 턱에 괴면서 고민하는 시늉을 했다.

"확실히 그동안 두 분 사이에는 칼 없는 전쟁이 일었죠."

그 정도였나!

"저는 마님과 도련님 사이에 화합이란 없을 줄 알았는데 이런 날이 오다니. 일단 한시름 놨군요."

마치 탐정처럼 추리하듯 눈을 감은 리엔은 느긋하게 방 안을 걷기 시작했다. 마음이 급한 에르셀라는 답답했지만 가만히 앉아 하녀에게서 나올 말을 기다렸다. 닦달하면 오히려 더 늦장 부릴 게 뻔했다.

"그동안 도련님에게 너무 무심하셨던 걸 이제야 깨달으셨군요."

"그렇지."

"지금도 꽤 늦었지만. 하지만, 그래도, 이제라도! 깨달아서 다행이라고 생각합니다."

"……네가 진작 말해주지 그랬니."

은근히 탓하는 말에 억울함이 밀려들었다. 그동안 아들에게 무심한 것 같다는 말이라곤 한마디도 흘린 적 없으면서!

하지만 조금 더 들어가 보면 역시 근본적인 문제는 에르셀라였다. 리엔이 무슨 죄가 있겠는가. 그렇게 한숨을 내쉬는데 리엔이 담담한 어조로 그녀에게 말했다.

"하지만 마님도 속상하셨을 테니까요."

"……."

"후작님이 워낙 빨리 결혼을 추진하신 것도 있고, 아가씨는 그때 한창 인생의 황금기였잖아요. 사교계의 꽃이다 등 그라니아에서 가장 아름답다는 말들은 아가씨를 수식하는 것이 당연했었죠."

어느새 그녀를 '마님'이 아닌 '아가씨'로 호칭하고 있다는 것을 자각하지 못한 채 리엔이 계속 말을 이었다.

"아가씨께선 워낙 사람들 만나는 것도 좋아하시고, 춤추는 것도 좋아하시고, 파티에 가는 것도 좋아하셨죠. 모두가 그런 아가씨를 사랑하셨고요. 그것들을 도련님이 생기면서 한순간에 잃으셨으니 아가씨…… 아니, 마님 마음이 이해되지 않는 것은 아니에요."

"……리엔."

"마님도 어리셨잖아요. 그런 행동은 충분히 하실 수 있던 것들이에요. 다만 이런 결과는 확실히 안 좋긴 하죠. 그래도 아들이니까요."

"그렇게 생각할 줄은 몰랐어."

에르셀라가 조용히 중얼거렸다. 많은 사람이 어머니의 미덕을 강요하며 그녀의 행동을 억압해 왔다. 그럴 때마다 그녀 스스로만 억울하다고 생각했는데 리엔의 눈에도 그리 비쳤었다니. 그녀가 저지른 죄와 별개로 작은 위안이 되었다.

"결혼한 걸 후회하시나요?"

리엔은 문득 에르셀라가 결혼을 후회하고 있는지 궁금했다. 주인은 제약 있는 상황에 괴로워했지만 단 한 번도 결혼을 후회한다고 내뱉은 적이 없기 때문이다.

"후회하지 않아."

에르셀라는 생각보다 담백하게 말했다.

"하르젠 정도면 좋은 남편이라고 생각해. 그렇지 않니?"

그 말은 리엔도 어느 정도 동의하는 바였다.

"주인님께선 무뚝뚝하시지만 그래도 마님을 생각하시는 게 느껴지니까요. 게다가 인기도 많으셨죠. 잘생기시고, 공작가의 후계자에다가

제1기사단 출신이기까지. 마님에게 딱 어울리는 분이셨어요. 다만 마님께서 누릴 걸 다 못 누리고 너무 빨리 결혼한 것이 아쉬웠을 뿐입니다."

"어쩔 수 없지."

"……."

"아버지가 아프셨으니까."

그때 에르셀라의 아버지, 피사리데 후작은 하루의 반절을 병으로 누워 있었다. 에르셀라의 언니와 오라버니는 결혼시켜 걱정이 없는 것에 반해 에르셀라는 혼인 전이었다.

아들과 반대로 딸이 좋은 집안에 시집가려면 아버지인 후작이 건재해야 했다. 따라서 후작은 에르셀라에게서 온 청혼서 중 가장 좋은 집안을 골라 서둘러 혼인시켰다.

그 후 피사리데 후작은 에르셀라가 비센테를 낳은 후 세상을 떠났고, 그녀의 오라비, 카르온은 고작 스무 살의 나이로 작위를 물려받았다.

"괜한 이야기를 하게 해드려 죄송합니다."

어두워진 에르셀라의 표정을 보고 리엔이 정중하게 사과했다. 그러나 리엔이 사죄할 일은 아니었다. 이미 오랜 시간이 지난 일이고 에르셀라 또한 더는 그 일에 마음 쓰지 않았기 때문이다.

"아니다. 이미 지난 일인걸. 그보다 앞으로의 일을 얘기하자. 내가 어떻게 해야 할까?"

"음……. 일단 말투를 바꿔야 한다는 게 제 소견입니다만?"

정확한 지적에 에르셀라는 고개를 끄덕였다. 확실히 이 정 없는 말투는 문제가 있었다.

"마님은 다른 분에게 확실히 상냥하고 다정해요. 사용인들에게도 친절하시죠. 그러나 정작 아드님이신 도련님에겐 너무 딱딱해요. 말투를 한결 부드럽게 고친다면 관계 개선에 더 좋을 거예요."

"예를 들면?"

"해라. 이다. 뭐뭐다. 이런 고압적인 말투 절대 금지입니다."

"그렇군."

"뭐뭐군도 금지예요."

"……그래."

"대신, 했니? 그랬니? 그러렴, 하렴, 뭐뭐 했구나 같은 부드러운 말투를 쓰셔야 해요."

리엔은 그녀의 문제를 날카롭게 짚었고 해결책 또한 뚝딱 만들어주었다. 물론 에르셀라는 리엔의 조언을 받아들일 생각이었다.

"도련님은 또래에 비해 어른스럽지만 어쨌든 지금은 열다섯이니까요."

잠깐.

"열다섯 살이라니?"

맙소사…….

에르셀라의 얼굴이 창백하게 변해가는 걸 본 리엔이 께름칙한 얼굴로 말했다.

"설마 도련님의 나이도 모르시는 건 아닐 거라고 믿고 싶습니다, 마님."

'꿈이 아니라 정말 돌아왔단 말이야?'

그녀가 죽음을 맞이했을 때 비센테는 열여덟 살이었다. 리엔은 정말 아들의 나이도 잊은 거냐는 시선으로 그녀를 쳐다봤다. 그러나 에르셀라는 그것을 신경 쓸 겨를이 없었다.

열다섯 살이라니. 무려 에르셀라가 죽기 삼 년 전이었다. 그렇다면 꿈이 아니라 정말로 과거로 되돌아왔다는 뜻이 된다. 온몸에 소름이 돋기 시작했다. 처음에는 꿈인가 싶었는데…….

'회귀라도 했단 말이야?'

정말 신이 그녀의 간절한 기도를 들어주신 것일까?

에르셀라는 놀란 가슴을 진정시키면서 앞으로 신을 믿기로 결심했다. 사실 그녀는 신앙심이 전혀 없었기에 이번 일이 더욱 놀라웠다.

그래, 생각해 보면 이상했다.

연무장에서 본 비센테는 그때보다 조금 더 어린 모습을 하고 있었다. 워낙 얼굴을 자주 보는 사이가 아니었기에 눈치채지 못했을 뿐. 그리고 리엔이 비센테는 이제 막 견습 기사 시험을 통과했다고 말하지 않았는가. 열여덟의 비센테는 정식 기사가 되고도 한참 지났다.

그러다 문득 말라 죽어가던 자신이 떠올랐다. 현재 그녀는 멀쩡했다. 죽기 전 이 시기에 그랬던 것처럼, 그녀는 아픈 곳 하나 없이 정상적인 몸을 갖고 있었다. 하지만 그렇다면…… 그녀는 삼 년 뒤에 또 죽게 되는 것일까?

'다시 병에 걸려서…….'

거기까지 생각하자 에르셀라는 눈을 질끈 감았다. 두렵다. 숨을 들이켤 때마다 바늘이 폐부를 파고드는 듯한 감각이, 기약 없는 죽음을 기다리는 것 외엔 아무것도 할 수 없는 그 무기력함이 그녀는 두려웠다. 죽음을 겪었음에도 죽음을 맞이한다고 생각하니 극도의 공포가 전신을 죄었다.

"마님?"

긴장은 의아함이 배어 있는 리엔의 목소리에 나른하게 풀렸다. 에르셀라는 한차례 눈을 깜빡이며 리엔을 보았다. 걱정하는 낯빛이었다.

"떨고 계세요."

리엔이 에르셀라의 손을 조심스레 그러쥐었다. 리엔은 괜찮냐는 눈빛으로 에르셀라를 보고 있었는데, 우습게도 비센테가 떠올랐다.

'……뭐 하는 거야.'

에르셀라는 자조적으로 웃으며 고개를 세차게 저었다. 지금은 죽음을 두려워할 때가 아니지 않은가.

진정 두려운 것은 이번에도 저번 생을 반복하는 것이다. 비센테에게 또다시 무정한 어머니로 남는 것이다.

어떻게 살았는지, 후에 또 죽을 것인지 그런 불안에 빠져 어리석게 시간을 허송할 때가 아니었다. 만일 삼 년 후에 다시 죽을 운명이라 해도, 그 사이의 시간은 그녀의 것이 되어선 안 됐다. 그녀의 남은 시간은 비센테에게 전부 바쳐져야 마땅했다.

어쩌면 정말 신이 내려준 마지막 자비일지도 모른다. 어떻게 돌아왔는지, 왜 돌아온 것인지, 그런 것은 중요하지 않았다. 중요한 것은 돌아온 지금 그녀가 한 번 더 기회를 얻었다는 것이다. 에르셀라는 신의 변덕일지 모르는 이 기회를 절대로 놓칠 수 없었다.

"괜찮아. 그보다 말해보렴."

그렇다면 에르셀라가 취해야 할 행동은 하나였다.

이번 생은 반드시 하나뿐인 아들에게 사랑을 퍼부어주는 것.

"내가 또 뭘 고쳐야 하지?"

에르셀라가 돌연 비장한 얼굴로 뭘 더해야 하나며 물어오자 리엔이 슬며시 웃음 지었다.

'어머, 정말 제대로 하실 생각인가 보네?'

진지한 태도에 그녀의 의욕도 불끈 솟아올랐다.

"같이 시간을 보내셔야죠."

"시간?"

"네, 거의 따로 지내시잖아요. 같이 시내도 둘러보고, 쇼핑도 하고, 집이 아닌 밖에서 식사를…… 아차, 그 전에 먼저 집에서 식사를 같이하셔야겠네요. 마님과 도련님은 주인님이 계신 저녁 식사 빼곤 따로 드시니까요."

확실히 둘이 식사를 한 적은 드물었다. 오죽하면 무심하게 일관하던 하르젠이 식사라도 같이하는 게 어떻겠냐고 권유했을까.

아침, 점심은 따로 먹고 저녁은 남편이 있는 날엔 같이했지만 없으면 그마저도 따로 했다. 그것이 서로에게 더욱 편했기도 하고 말이다.

"그래, 좋아. 내일부턴 같이 식사를 해야겠어."

"오늘 점심, 저녁은 같이 안 하시고요?"

"그랬으면 좋겠지만……."

리엔이 다 이해한다는 듯 대꾸했다.

"네, 갑자기 바뀌면 힘들죠. 그럼 오늘은 어떻게 도련님을 대해야 하는지 고민하는 시간을 갖기로 해요."

가끔 리엔은 에르셀라의 생각을 읽을 줄 아는 것 같았다. 하긴 무리도 아니었다. 리엔은 십 년 넘게 에르셀라를 측근에서 모신 하녀였다. 에르셀라가 죽기 전까지도 지극정성으로 그녀를 간호해 주던 아이다. 에르셀라는 새삼 리엔에게 고마움을 느끼며 입을 열었다.

"그래. 확실히 같이 있는 시간은 필요하겠구나. 후원을 같이 거니는 건 어떨까?"

"좋은 생각이에요. 마님이 가꾼 후원은 정말 아름다우니까요. 지금이면 갖가지 꽃이 피었을 거예요."

"그런 다음에 쇼핑을 하면……. 근데 남자아이들이 쇼핑하는 걸 좋아하던가?"

친구들의 아들들은 쇼핑하는 것을 전혀 좋아하지 않았다. 남자아이들은 대개 카드게임이나 체스를 좋아했다. 부인들도 쇼핑은 주로 아들보단 딸과 함께했다.

일반 남자아이들도 별로 좋아하지 않는 쇼핑을 무뚝뚝함의 결정체인 비센테와 같이한다고? 도무지 상상이 안 됐기에 에르셀라는 슬그머니 이건 제외하기로 했다.

"역시 아닌 것 같아."

"확실히 남자아이 중 쇼핑을 좋아하는 이는 별로 없죠. 하지만 마님, 여기서 중요한 것은 같이 보내는 시간이지 쇼핑이 아니에요. 설마 진짜 쇼핑만 할 생각이셨어요?"

"……."

정말 그랬기에 에르셀라는 입을 다물었다.

진짜로 쇼핑만 할 생각이었다니. 리엔이 답답하다는 듯이 그녀를 쏘아붙이기 시작했다.

"여기서 제가 말한 쇼핑은 마님에게 필요한 물건을 사란 뜻이 아니에요. 바로 도련님이 쓰실 만한 물건을 골라주며 자연스레 화합을 도모하라는 거죠."

"……."

"잘 어울리는 옷이나 액세서리 같은 것들 말이에요. 남자들 사이에선 요새 귀걸이가 유행이라더군요. 뭐, 도련님은 별로 안 좋아하실 것 같으니 이건 제쳐두고. 아무튼 장갑을 사 주셔도 되고요. 땀을 닦을 손수건을 사 주시는 것도 좋죠. 물론 직접 자수를 놓는다면 더 좋겠지만. 어머, 생각해 보니 이거 정말 좋은 생각이네요? 마님은 자수를 잘 안 두시지만 연습하면 될 거예요. 무늬 없는 부드러운 천과 비단실을 준비해야겠군요. 음, 그리고 뭐가 있더라. 모자, 파티에서 입을 예복, 평상복, 구두 등등 사 줄 수 있는 건 많답니다. 이왕이면 옷을 사 주시는 게 좋겠네요. 이것저것 입혀보면서 도련님의 잘생김을 새삼 느끼는 것도 좋고요."

"……."

"또 느끼지만 마시고 칭찬도 꼭 하세요. 그러면 누가 봐도 다정한 모자지간처럼 보일 거예요."

의식의 흐름대로 다다닥 말한 리엔이 마지막을 상상하며 해맑게 웃었다. 졸지에 아들을 위한 손수건에 자수를 놓고, 모자와 구두, 옷을 사 주며 입혀보고, 칭찬도 해야 하는 에르셀라는 억지로 입꼬리를 끌어 올렸다.

"그거 참…… 좋겠구나."

"역시 그렇죠? 마님이 이렇게 적극적이시니 저도 의욕이 막 불타오른다니까요? 이참에 연극이나 공연도 같이 감상하시는 게 좋겠어요. 발레를 봐도 되고요. 아니면 같이 타지로 여행이라도 떠나는 건? 음, 이건 너무 아직 이른 것 같고. 또 뭐가 있냐면……."

"그만, 그만!"

에르셀라는 황급히 리엔의 말을 저지했다. 리엔은 아직 할 얘기가 많은데 왜 그러냐는 얼굴이었다.

"차근차근 해야지. 한 번에 다 할 순 없잖니."

일리 있는 그녀의 말에 아쉬워하는 게 보였지만 리엔은 순순히 고개를 끄덕였다.

"그럼 먼저 내일 아침을 같이하는 걸로 하죠."

"좋아."

그렇게 타협을 하며 에르셀라는 내일을 기다렸다.

에르셀라는 평소보다 30분 일찍 일어나 만찬장에 들어섰다. 붉은 바탕에 황금빛 자수가 새겨진 매트가 일자로 쭉 늘어져 있는 테이블은 대가족용이었지만, 가끔 손님이 왔을 때를 제외하면 많아봤자 세 사람이 앉는 것이 다였다.

그마저도 비센테 없이 혼자, 아니면 하르젠과 식사할 때가 대부분이었다. 그 황량함에 에르셀라는 가슴 한편이 쓸쓸해졌다.

"마님, 일찍 오셨군요. 곧 식사를 준비하겠습니다."

"그래. 비센테는?"

"식사를 마치신 후 연무장으로 향하셨습니다."

집사가 새삼 도련님의 행방을 묻는 에르셀라를 의아하게 바라보며 대답했다. 집사의 말을 들은 그녀의 얼굴에 실망감이 드리워졌다.

"다음부턴 같이 식사를 하자 전해줘."

살짝 아쉽다는 뉘앙스로 말하자 집사가 놀란 기색을 띠었다.

"하오나 주인님께서 반대하실 겁니다. 도련님의 식사가 늦어지는 만큼 다른 일에 지장이 생기실 테니……."

"그럼 내가 식사를 일찍 하지. 비센테의 식사 시간에 맞춰 나를 불러."

"주인님은 어쩌시고……."

"알아서 하시라 그러렴."

바쁠 때를 제외하곤 평소에 하르젠과 식사하는 것이 일반적이었다. 그러나 지금 그녀는 남편까지 생각할 여유가 없었다. 어떻게든 비센테와의 서먹한 관계를 개선해야 했다. 그리고 하르젠과는 저녁을 같이 하니 별 상관없잖은가.

"……예?"

그녀의 선언이 어지간히 당황스러웠는지 언제나 품위를 유지하던 집사, 클리프턴의 입에서 다소 멍청한 대답이 튀어나왔다. 에르셀라는 신경 쓰지 않고 말했다.

"난 이제 내 아들과 식사할 거야."

"저, 혹시 주인님과 싸우셨나요? 화 푸세요. 마님……."

옆에서 또 다른 하녀인 베스가 간절하게 부탁했다. 역시 에르셀라가 처녀 적에 후작가에서 데려온 하녀였다. 에르셀라는 새삼 자신이 너무 위계 없이 대했다며 속으로 불평하곤 부드러운 미소를 지었다.

"그만두고 싶니?"

"헙, 아니요!"

베스는 사색이 되어 입을 다물었다. 언제나 반응이 귀여웠다. 에르셀라가 피식 웃으며 다정하게 덧붙였다.

"그리고 싸우지 않았어. 아무튼 비센테는 언제 식사를 하는 거지?

일곱 시?"

"다섯 시입니다."

"……뭐?"

"식사랄 것도 없습니다. 빵 한 개만 드시고 바로 연무장으로 향하십니다."

처음 듣는 이야기에 에르셸라의 입이 다물어졌다. 그녀는 언제나 여덟 시 전후로 식사를 했다. 부지런한 것도 아니고 늦장 부린 것도 아니었기에 일곱 시 정도면 되나 했다. 그러니 새벽 다섯 시에 대충 끼니를 때우고 훈련한다는 소식이 충격으로 다가왔다.

이윽고 에르셸라가 차가운 얼굴로 명령했다.

"당장 비센테를 데려와."

에르셸라는 클리프턴의 말을 도무지 믿을 수 없었다. 비센테가 여태껏 그렇게 지내왔다니. 그것을 자신은 전혀 몰랐다니.

남편이 비센테의 교육에 관심이 많은 것은 알았지만, 이 정도일 줄은 몰랐다. 그녀가 보기엔 너무 무자비했다. 당장이라도 가서 따지고 싶었다.

그러나 이때까지 비센테가 어떻게 자라왔는지 몰랐던 그녀가 그를 비난할 자격이 있을까? 그녀는 그조차도 관심을 두지 않았는데?

슬프게도, 에르셸라는 자신에게 그럴 자격이 없다는 것을 깨달았다. 그녀는 비센테에 대해 아무것도 몰랐던 자신이 부끄러웠다. 그 모든 것에 화가 났다.

에르셸라는 입술을 깨물다 일갈했다.

"앞으로 연무장 문을 아침 여덟 시까지 잠가놓아."

"그러면 도련님은 수련을 못 하십니다."

"그러라고 말하는 거다!"

마님이 또 왜 이러실까.

에르셀라의 분노에 집사를 포함한 주변 사용인들이 발을 동동 굴렀다. 그녀의 명령대로 도련님을 부르러 갔으니 곧 오실 것인데 이 상태로 마주치면 안 좋은 쪽으로 큰일이 생길 것 같았다.

"앞으로 비센테가 여덟 시 전에는 연무장에 출입하지 못하게 막아."

"제가 무엇을 잘못했습니까?"

아니나 다를까 이제 막 나타난 비센테의 싸늘한 목소리가 들렸다.

"비센테?"

에르셀라가 문 쪽을 돌아보자 비센테가 고개 숙여 인사했다. 흠잡을 데 없는 예법으로 나무랄 곳 없이 정중했지만 그의 얼굴에는 평소보다 더 차가움이 돌았다.

"부르신다고 하여 왔습니다. 한데 방금 무슨 말씀을 하신 겁니까?"

"말 그대로다. 새벽에 일어나 수련이라니. 이게 무슨 말도 안 되는……."

"어머니께서 신경 쓰실 일이 아닙니다."

흥분한 에르셀라의 말을 비센테가 가차 없이 잘라냈다. 이제 와서 무슨 참견이냐는 어조였다.

그 쌀쌀함에 울컥한 에르셀라는 바꾸겠다던 말투도 고치지 않은 채로 말했다.

"비센테, 그게 무슨 소리냐. 이 나라 누구도, 설령 국왕 폐하라도 하루를 그렇게 보내는 사람은 없어."

"전 나라의 검이 될 자로 당연히 해야 할 일입니다. 조금도 이상할 것 없습니다. 어머니 대체 어찌하여 이러시는……."

"비센테!"

화가 서린 에르셀라의 외침에 주변 공기가 싸하게 식었다. 그제야 그녀는 본인이 너무 흥분했음을 깨달았다. 그녀는 호흡을 가다듬고 아까와 다른 완곡한 말씨로 조곤조곤 말했다.

"아직도 이상한 것을 모르겠니? 이건…… 이건 학대야. 넌 한참 커야 할 아이잖니."

그 말에 단정했던 비센테의 얼굴이 미약하게 일그러졌다. 아까보다 날카로운 한기를 풍기며 그가 말했다.

"방금 그 발언, 다른 사람이 들었다면 가문의 불명예가 되어 아버님께서 대로하셨을 겁니다."

서늘하다. 서릿발처럼 차가운 냉기에 에르셀라가 멍하니 중얼거렸다.

"……가문의 불명예라니."

물론 다른 사람이 들었다면 가문의 이름에 먹칠하는 상황이나 지금 그게 중요한 게 아니잖은가. 에르셀라의 생각을 읽었는지 비센테의 입꼬리가 조금 틀어졌다.

"어머니께서 가장 중요하게 여기시는 것 아니었습니까?"

눈치채지 못할 정도로 미세한 미동이었지만 그 나름대로 그녀를 향한 조소를 내포하고 있었다.

"오늘 일은 못 들은 것으로 하겠습니다."

더 이상의 대화는 없을 거라는 듯이 비센테는 에르셀라를 등지며 밖으로 나갔다.

"마님, 너무 서운해하지 마세요. 도련님도 후회하고 계실 거예요."

아까 일 이후로 도저히 식사할 마음이 들지 않았다. 에르셀라는 아침을 거르고 방으로 돌아왔다. 시무룩해하는 에르셀라를 리엔이 위로했지만 서글픈 마음을 감출 수 없었다.

"죄송해요. 제가 미리 말했어야 했는데, 깜빡 잊는 바람에……."

리엔은 본분을 잊은 죄책감을 내비쳤지만 사실 그녀가 그러는 것도 무리는 아니었다. 리엔은 에르셀라의 전속 하녀이다. 평소 아들과 교류가 없던 에르셀라였으니 굳이 비센테의 일정까지 꿰고 있을 필요는 없었다. 처음부터 리엔을 탓할 생각이 없던 에르셀라는 아까 일을 떠올렸다.

"하르젠이 그랬다는 게 안 믿어져."

아직 성장기인 소년이다. 하지만 비센테는 식사를 거르면서까지 훈련을 한다. 아마 잠도 제대로 안 잘 것이다.

친구는 있을까? 지금은 밖에서 친구들과 나다니기도 모자랄 시기였다. 비센테가 가문의 후계자라는 점을 고려해도, 그녀의 아들이 또래들이 당연시 여기는 것 하나 누리지 못하고 있다는 사실은 변함이 없었다.

왜 이걸 이제야…….

어떻게 지금에서야 아나. 에르셀라는 가슴이 미어지며 자신이 원망스러웠다. 그리고 그럴 자격이 없다는 것을 알면서도, 그 원망은 이내 하르젠에게까지 뻗쳤다.

하나밖에 없는 아들이라 정성을 기울이는 것은 알았지만, 아들에게 쉴 틈도 주지 않는 그가 야속했다.

"주인님은 언제나 완벽함을 추구하시니까요."

남편이 비센테를 가혹하게 대했다는 것이 믿기지 않았다. 이전에도 비센테의 일정이 빡빡한 것은 알고 있었지만 이 정도일 줄은 몰랐다.

"가정교사는 몇이나 되지?"

"지리, 역사, 사회, 외교, 경제, 법학, 정치, 철학, 문학, 기본 교양, 피아노…… 따지자면 열 분 이상은 되겠네요."

"그렇게나 많이?"

"네, 주인님께선 각 교육 분야에서 최고인 분만 찾으니까요. 주로 아카데미 교수들이요."

"……비센테가 그걸 다 소화한단 말이야?"

"도련님께선 충분히 훌륭하게 해내시고 있답니다."

"맙소사."

짧은 탄식이 망연히 흘러나왔다.

안 그래도 엄청난 스케줄인데 그것을 다 소화한단다. 똑똑하다는 감탄은 둘째 치고 육체적으로도 정신적으로도 지치는 일정에 그녀마저도 숨이 막혔다.

"……애를."

"마님."

그녀는 차오르는 흥분을 진정하고 차분하게 내뱉었다.

"애를 학대하는 집안이 설마 우리였을 줄이야."

입안에만 맴돌던 말이 담담하게 튀어나왔다.

리엔은 초조해하며 에르셀라를 보았다. 학대라니. 다소 과격한 언어에 누가 듣고 있는 것은 아닐까 조마조마한 한편, 괴롭게 얼굴을 일그러뜨리고 있는 에르셀라가 안쓰러웠다.

"리엔."

"네, 네."

"가정교사를 네 명만 남기고 다 자르라고 집사에게 말해."

'네 명만요?'라는 질문 대신 리엔은 그녀의 말을 충실히 따랐다.

"어느 분야만 남겨놓을까요?"

"일단 지리, 역사, 사회, 정치만 가르치고 나머지는 그것을 완수한 후 천천히 병행하는 게 좋겠어. 그리고 피아노 따위 배우지 않아도 좋아. 철학도. 그건 그냥 나는 왜 사냐, 왜 존재하냐, 나는 어디서 왔냐, 어디로 가냐 같은 쓰잘데기없는 것만 가르치니까!"

"네, 네, 맞아요. ……정말 쓸데없죠."

아무래도 철학 공부할 때 많이 힘드셨나 보다. 리엔은 더 대꾸하지 않고 그녀의 말대로 했다. 주인님이 뭐라 하실 게 분명하지만 상대하는 것은 자신이 아닌 마님이시니…….

리엔은 조만간 저택에 음습한 냉기가 흐를 거라고 예상하며 한동안 몸을 사릴 것을 다짐했다.

"그리고 연무장도 꼭 여덟 시까지 잠가놓으라고 해. 만약 비센테가 여덟 시 전에 연무장에 들어갔다는 보고가 들리면 가만두지 않겠다는 말도 전하렴."

"네, 네."

"비센테에게도 식사는 일곱 시 반에 같이할 예정이라고 전해. 그때 꼭 오라고."

"……너무 명령하듯이 말하면 거부하시지 않을까요?"

"이렇게라도 안 하면 그 애가 내 말을 듣겠니?"

그렇긴 하다. 청유형으로 말하면 도련님께선 확실히 흘려들을 테지. 다소 고압적이지만 이번만큼은 어쩔 수 없다고 납득했다. 무엇보다 마님이 저렇게 화를 내시니 최대한 맞춰 드려야 했다.

"네, 가서 바로 말하겠습니다. 그런데 오늘은 화가 나셨을 게 분명하니 점심, 저녁은 따로 하시고 내일 아침을 차분하게 보내시는 게 어떨까요?"

"……맞아. 오늘은…… 나도 모르게 흥분했어."

"……."

에르셀라는 잠시 골몰하다 이내 고개를 두어 번 끄덕였다.

"그래. 그러는 게 좋겠어."

관계를 좋게 만들기는커녕 더 악화시켜 버렸다. 조금만 참을 걸 하는 후회도 들었지만 비센테가 지금까지 그렇게 자라왔고, 그녀는 전혀 몰랐다는 사실에 도무지 화를 내지 않을 수 없었다. 에르셀라는 이 일을 그냥 넘기지 않을 생각이었다.

"하르젠은 오늘 언제 도착하지?"

남편과 담판을 지어서라도 이 문제를 해결해야 했다.

※　◆　※

어두운 방 안으로 은청색 서광이 드리우기 시작했다. 은은한 빛살이 여자의 눈 사이를 비집고 들어왔다. 여자는 눈살을 찌푸리더니 이내 반대편으로 돌아누웠다. 그리고 무의식적으로 팔을 뻗어 자신의 옆자리를 더듬거리기 시작했다.

손을 한참 휘둘러 봤지만 그 어떤 온기도 느껴지지 않자 그녀의 눈꺼풀이 느릿하게 벌어졌다.

'……결국 안 온 건가?'

옆자리는 비어 있었다. 어제 하르젠은 늦게까지 귀가하지 않았기 때문에 그녀는 담판은커녕 혼자 잠들어야 했다. 에르셀라는 여전히 몽롱한 정신으로 옆자리를 흘겨봤다.

'자고 가긴 했구나.'

약간 어수선하게 놓인 침구를 보니 다행히 하르젠은 잠시 들러 눈을 붙이고 간 듯했다. 그녀는 창문을 향해 살짝 고개를 틀었다. 하늘의 색이 점차 밝아지며 동이 트고 있었다. 그렇다면 하르젠은 새벽에 귀가하고 새벽에 출타했단 것이 된다.

이 시기에 인접한 콘라드 왕국과 영토 문제로 바쁜 것은 알고 있었다. 그렇지만 늦은 밤에 왔다가 새벽에 사라질 정도로 바쁠 줄이야.

그 남자의 몸은 무쇠로 이루어진 게 분명했다. 지각 한 번, 늦장 한번 부리는 법이 없었다. 하르젠은 언제나 그녀보다 일찍 일어났고, 정해진 시간에 맞춰 몸을 움직였다. 에르셀라의 머릿속에 문득 한 가지 의문이 스쳤다.

'하르젠도 그렇게 살아온 걸까?'

어쩌면 이 가문의 생활방식일지도 모른다는 생각이 들었다. 그렇다면 어제 일이 조금 이해가 갔다. 그렇게 살아왔으니 그런 교육방식을 당연하게 여겼을지도…….

하르젠도 비센테와 똑같이 자랐을지도 모른다고 생각하니 넘쳤던 분노는 사라지고 그에 대한 연민이 자리 잡았다.

'그래도 이건 아니야.'

하지만 그건 그거고 이건 이거다. 하르젠이 얼마나 가혹하게 살아 왔는지는 몰라도 그것을 아들에게 대물림하는 것은 안 될 일이었다. 그는 이것이 얼마나 잘못되었는지 모르는 게 분명했다. 에르셀라와 그는 이 문제에 대해 확실히 논의할 필요가 있었다.

에르셀라는 자리에서 일어나 곧 있을 식사를 위해 준비하기로 했다. 때마침 리엔이 들어와 시간을 알렸다. 리엔은 서둘러 그녀의 단장을 돕기 시작했다. 평소보다 이른 식사에 그녀의 손은 매우 빠르게 움직였다.

리엔은 야무진 손길로 에르셀라의 금빛 머리카락을 하나로 땋아 내리고 위로 둥글게 말아 깔끔하게 고정했다. 그다음에 리엔이 골라놓은 옷을 입는 것으로 준비는 간단하게 끝이 났다.

"다 되었습니다, 마님."

이제 비센테와 함께 식사할 차례였다.

'설마 안 나오는 것은 아니겠지?'

에르셀라의 얼굴에 드리워진 걱정을 알아챘는지 리엔이 웃으며 말했다.

"도련님께선 이미 기다리고 계십니다."

다행히 어제와 같은 불상사는 일어나지 않겠구나. 그녀는 안도의 숨을 내쉬었다.

"가자."

만찬장에 들어서자 상석 우측에 단정한 자세로 앉아 있는 소년이 눈에 띄었다. 그는 허리를 펴고 고개는 정면을 향한 채 시선을 살짝 내리깔고 있었다. 와줬구나. 에르셀라의 입꼬리가 자연스럽게 올라갔다.

"왔니?"

그녀의 등장에 비센테는 자리에서 일어나 깍듯하게 인사했다.

"어머니를 뵙습니다."

나름 다정하게 건넨 말인데도 대답은 여전히 딱딱했다. 그러나 가슴 아프진 않았다. 고작 이 정도의 친절로 수년간 쌓인 마음의 벽을 허물 거라고 생각하진 않았다. 그녀는 좀 더 벌을 받을 필요가 있었다. 비센테가 아무리 상처 주는 말을 하더라도 감내해야 한다.

그렇다고 비센테가 가시 돋친 말을 한 것도 아니다. 그는 여태 그랬던 것처럼 그녀에게 거리감을 두었을 뿐이다. 그리고 고작 쌀쌀맞다고 포기하기엔 자신이 지은 죄가 너무 크지 않은가.

에르셀라는 당연하다고 생각하며 상석으로 향했다. 클리프턴이 우아하게 의자를 빼주었다. 에르셀라가 살짝 웃으며 자리에 앉았다.

"오랜만이야."

"네, 아침 식사는 오랜만입니다."

식사뿐만 아니라 같은 공간에서 단둘이 얼굴을 마주하는 것 또한 오랜만이었다. 익숙하지 않은 상황에 약간 긴장감이 돌았다.

에르셀라는 비센테를 조심스럽게 살피기 시작했다. 비센테는 여전히 시선을 내리뜬 상태로 그녀를 피하고 있었기에 오히려 더 편안하게 감상할 수 있었다.

예전에도 느꼈던 거지만 그는 정말 수려한 외모를 지니고 있었다. 전체적인 인상은 차가운 것에 반해 얼굴을 구성하는 선 하나하나는 의외로 부드러웠다.

밤하늘보다 어두운 흑발 아래로 그려진 듯한 이목구비가 군더더기 없이 완벽했다. 선명하게 빛나는 청안은 총기가 있었으며 그에게서 흘러나오는 고고한 분위기는 귀공자의 자태를 풍겼다.

에르셀라가 소리 없이 미소 지었다. 정말 반듯하게 잘 자랐다. 그녀 없이도…….

"내가 왜 불렀는지 아…… 니?"

입술 사이로 습관적으로 '아느냐'가 나갈 뻔했지만 다행히 부드러운 말씨가 흘러나왔다. 가라앉았던 비센테의 눈동자가 그녀에게로 향했다.

"모르겠습니다."

늘어짐 없이 단조로운 대답이 귓전에 울렸다.

"음…… 나, 는."

에르셀라는 의식적으로 말을 고르느라 상당히 더듬거렸다. 지금 그녀의 모습을 누가 본다면 멍청하다고 생각할 것이다. 에르셀라 또한 품위를 중시하던 예전 같으면 수치심을 느꼈을 것이다. 그러나 그녀는 이제 그런 사소한 것은 신경 쓰지 않기로 했다.

"앞으로 너와…… 너와 말이지……."

조금 부끄러우면 어떤가. 그것보다 더 가치 있는 것을 얻을 수 있다면 이런 고매한 자존심 따위 언제든 떨쳐주리라.

"식사를 같이하고 싶어."

마침내 어렵사리 완성된 문장이 튀어나왔다. 에르셀라는 식사를 같이하자는 말이 이렇게 어려운 말이었는지 처음 알았다.

비센테는 입을 꾹 다문 채로 있었는데, 무슨 말을 해야 할지 모르는 사람처럼 보였다. 에르셀라는 비센테가 지금 무슨 생각을 하고 있는지 알고 싶었지만, 그의 눈동자는 여전히 깊고 어두워서 아무것도 읽을 수가 없었다.

조금의 적막이 흐르다 그의 입술이 벌어졌다. 더 이상 대답을 늦추면 안 된다고 생각한 게 분명했다.

"그리 결정하신 이유를 말씀해 주십시오."

예, 아니오도 아닌 지나치게 사무적이고 딱딱한 대꾸였다. 지금 그녀의 태도를 어떻게 받아들여야 할지 모르겠다는 느낌이 다분했다.

에르셀라는 어떤 식으로 말해야 할지 몰라 난감해졌다. 결정한 이유라니. 그냥 같이 식사하고 싶어서라고 말하면 안 되는 걸까? 그녀는 새삼 자신과 비센테에게는 식사 하나에도 타당한 이유가 필요함을 깨달았다.

'이유라……'

지금의 에르셀라가 식사를 청하는 것에 거창한 이유가 있을 리가 없었다. 그저 아들과 정답게 식사를 하고 싶었다. 에르셀라는 없는 이유도 만들어야 하나 잠깐 고민했다. 그러나 거짓말을 하고 싶진 않았다. 자신의 마음을 있는 그대로 표현하고 싶었다. 과거처럼 아무 말도 못하다 또다시 떠나 버리는 비극은 겪고 싶지 않았다.

"이유 같은 건 없어."

"……"

"그냥 너와 같이 식사를 하고 싶을 뿐이란다."

에르셀라는 비센테의 눈을 똑바로 마주 보며 말했다. 비센테는 여전히 알 수 없는 눈으로 그녀를 쳐다보고 있었다.

"혹."

"응?"

"아버지께서 바쁘셔서 외로우신 겁니까?"

이건 또 무슨 소리인가?

얼토당토않은 말에 그녀는 무심코 찌푸려지려던 눈살을 바로 폈다. 천천히 생각해 보니 그래, 자신은 이제껏 무심했던 어머니였다.

비센테 입장에서는 그녀가 지금 하는 행동이 이해되지 않는 것이 당연할 것이다. 그러므로 남들과 같은 평범한 대답을 바라면 안 되었다. 에르셀라는 속으로 백 번, 천 번 납득하며 더듬더듬 입을 열었다.

"그런 거 아니다. 아, 아들…… 인 너와 내가 밥을 먹는 게 이상하니?"

"……."

……이상한가 보다. 비센테의 표정이 미세하게 경직된 것이 느껴졌
다. 이제라도 그럴듯한 이유를 지어내야 하나 회의감이 들 정도였다.
비센테의 눈가에 경직된 근육들이 무엇을 의미하는지 생생하게 다가
왔다. 그녀가 슬슬 억울함을 느끼기 시작할 즈음이었다.

"몇 가지 여쭙고 싶은 게 있습니다."

"……물어보거라."

"클리프턴에게 제 가정교사를 줄이셨다고 들었습니다. 연무장도 여
덟 시 전까지는 닫아두라고 명하셨고요. 왜 그러신 겁니까?"

클리프턴은 저택의 집사였다. 에르셀라는 리엔을 통해 그에게 명령
을 하달했고, 비센테가 관여된 지시니 제일 먼저 그의 귀에 들어갔을
것이다.

비센테의 눈빛은 여전히 그녀에 대한 온정 하나 없었지만 슬프게도
에르셀라는 이것에 익숙해져 있었다.

어쩌면 아들의 웃는 모습은 영원히 보지 못할지도 모르겠다. 에르
셀라가 한숨을 내쉬며 말했다.

"그것이 널 힘들게 하니까."

"힘들지 않습니다."

비센테가 단호하게 대꾸했다. 그러나 에르셀라 또한 이 문제만큼은
물러설 생각이 없었다.

"아니. 듣자 하니 하루에 다섯 시간만을 잔다더구나. 연무장에서
하는 수련 다섯 시간. 각종 교습으로 보내는 것이 여섯 시간. 그것을
공부하는 데 네 시간. 기본 상식 책을 읽는 데 두 시간. 어쩌다 시간
이 비면 영지에서 올라오는 서류를 처리한다고 들었다."

"그건……."

"물론 틈틈이 쉬겠지. 배우고자 하는 의지는 좋아. 성실한 태도도

훌륭해. 하지만 제대로 먹지도 않고 몸을 혹사하다가 쓰러지기라도 하면 어떡하니. 네가 쓰러지면 걱정할 사람들은 안 보이니? 다른 사람은 몰라도 나는 네가 걱정돼. 넌 내 아들이고, 난 네 어머니잖니."

어머니. 스스로 내뱉고도 뻔뻔하게 들리는 단어였다. 지금까지 에르셀라가 하나뿐인 아들에게 관심 한 조각 주지 않았다는 것은 그녀와 친분이 조금이라도 있다면 누구나 알 것이다.

이제까지 방치했던 주제에 그의 앞에서 '어머니'란 단어를 올리는 것은 상대방 입장에서는 어이가 백번은 더 없을 것이다.

그녀의 표정이 일순 어두워졌다. 에르셀라도 마음이 좋지 않았다. 마치, 그동안의 일은 없었던 척 덮어가는 모양새지 않은가. 덮어둘 생각은 절대 아니었는데……. 이 죄책감을 어떻게 잊겠는가. 본인의 입으로 말했지만 그것은 어찌 보면 그녀의 가슴을 찌르는 말이기도 했다.

서로가 괴로울 걸 알면서도 구태여 '어머니'라는 단어를 올린 이유는 하나였다.

듣고 싶지 않더라도 그는 가문의 후계자로서 아직 에르셀라의 보호 아래 있다는 것을 간접적으로 표현한 것이다. 이렇게라도 하지 않으면 그는 그녀의 말을 듣지 않을 테니…….

"아버님께서는 허락하신 일입니까?"

"오늘 내가 말하마."

못 미덥다는 눈치였다. 그는 에르셀라가 벌인 일이 오롯이 그녀의 충동적인 결정으로부터 기인했을 거라 추측하는 듯했다.

일단 가문 안의 모든 일은 가문의 안주인보다는 가문의 주인 말이 우선이기 때문이다. 실제로 그의 예상과 다르지 않게 에르셀라는 하르젠과 상의 없이 독단적으로 일을 진행하고 있었다.

에르셀라도 나름 남편이 그녀를 막지 않을 거라는 믿음이 있었다. 타인이 보기엔 하르젠은 겉모습이 상당히 차가워서 가부장의 정점을

찍을 것 같지만, 의외로 에르셀라가 해달라는 것은 다 해주는 편이었다.

이번에도 그럴지는 모르겠지만 만약 안 된다고 할지라도 물러서지는 않을 것이다. 그때는 다른 계책을 생각해 봐야겠지.

"그리고 오늘은 아무것도 하지 말고 쉬어. 지금까지 너무 무리했잖니."

"교습이 있습니다."

"오늘은 오지 말라고 어제 이미 말했어."

비센테는 눈썹을 슬쩍 들어 올렸다. 크게 드러내진 않았지만 지금 상황을 달가워하지 않는 것이 느껴졌다.

지금까지 관심도 없던 어미가 사사건건 간섭하기 시작하니 본능적으로 거부감이 들 것이다.

에르셀라도 예상하지 못한 바는 아니었지만…… 그래도 이것은 그를 위한 행동이었다. 지금은 다소 기분 나쁠지 몰라도 나중을 생각하면 이러한 악습은 끊어내는 게 옳았다.

멋대로 해서 미안해.

서늘하게 음영 진 눈동자를 피하지 않고 마주한 에르셀라가 미안한 듯이 부드럽게 입매를 올렸다.

마음에 안 들겠지만 이번만 봐줘.

다정한 그녀의 목소리가 비센테의 귓전을 울렸다.

"아니면 다 자를까? 그것도 좋고."

에르셀라가 가정교사를 다 자르는 건 어떠냐는 말을 마침과 동시에 식사가 나왔기 때문에 비센테는 더는 말할 수 없었다.

테이블 위에는 양고기 크림 스튜, 시저 샐러드, 기름에 튀긴 후 버터를 곁들인 바게트, 치즈를 녹인 구운 감자가 준비되었다.

온통 흰색으로 이루어진 음식에 에르셀라가 비센테의 눈치를 살폈다. 테이블 위에 마련된 음식들은 순전히 에르셀라의 입맛대로 차려진 것이었기 때문이다. 자신의 식성이 특이하다는 것은 알고 있었다.

지금은 잘 적응하고 있는 하르젠도 처음에는 느끼한 것을 선호하는 그녀의 식단에 얼마나 질색했는지 몰랐다. 클리프턴에게 음식을 평소와 다르게 내오라고 말하는 것을 깜빡 잊어버린 에르셀라가 어색한 웃음을 지었다.

"다른 음식으로 준비할 테니……."

"그냥 먹겠습니다."

비센테가 주저 없이 스푼을 들었다. 그 단호함에 에르셀라가 겸연쩍은 표정을 지었다.

내일은 일반적인 식사를 마련해 달라 클리프턴에게 말해야겠다고 생각하며 에르셀라가 스튜를 한 입 떠먹었다. 크림이 잔뜩 가미되어 있는 스프는 언제나 맛있었다.

에르셀라는 스튜를 맛보고 있는 그녀의 아들을 유심히 관찰했다. 혹시 모른다. 자신을 닮아 좋아할지도.

그러나 비센테는 지극히 일반적인 입맛을 지니고 있었는지 몇 번 맛보고 숟가락을 내려놓았다. 다른 음식에도 거의 손을 안 대는 것을 보아 느끼해하는 것 같았다. 에르셀라의 얼굴에 자책감이 번졌다.

'왜 내 입맛은 이래 가지고…….'

그녀는 살면서 한 번도 후회해 본 적 없는 식성에 처음으로 실망했다. 비센테를 대하는 모든 것이 처음인 그녀에게는 하나하나가 난제처럼 느껴졌다.

"식사를 끝내고 뭘 할 예정인지 물어도 될까?"

때아닌 자책으로 위축된 그녀에겐 조금 전 비센테를 강제하던 권위는 사라지고 없었다. 비센테 또한 갑작스럽게 비어버린 일정을 어떻게 할지 고민 중인 것 같아 보였다. 그는 선뜻 입 열지 않고 물끄러미 에르셀라를 쳐다보았다.

"음, 할 일이 없다면 같이 후원에 가지 않을래?"

그 시선에 에르셀라가 무심코 말을 건넸다. 계획했던 일은 아니었지만 이참에 같이 시간을 보내는 것도 좋을 것 같았다.

"……어머니의 후원 말씀이십니까?"

비센테의 대답은 조금 느리게 나왔다. 그가 '어머니의 후원'이라고 칭한 것은 아마 '어머니와 같이 말씀입니까?'라는 뜻과도 같을 것이다. 애당초 후원이 여러 개 있는 것도 아니었으니 말이다. 에르셀라는 자신을 꺼리는 그의 의도를 모른 체하며 뻔뻔하게 고개를 끄덕였다.

"그래. 지금쯤 장미가 만개했을 테니 정말 아름다울 거란다."

지금은 5월이니 한창 장미로 가득 찼을 것이다. 아름답게 만발한 꽃을 같이 감상하다 보면 얼음장 같던 비센테와 자신의 관계도 조금 녹지 않을까? 거기까지 생각하니 정말 괜찮은 생각인 것 같았다.

비센테는 긍정도 부정도 내비치지 않은 채 가만히 그녀를 바라봤다. 에르셀라가 무슨 의도를 가지고 이러는지 파악하려는 듯했다. 역시 아직 무리인가. 에르셀라는 쓴웃음을 삼키며 손을 저었다.

"강요하진 않아."

시원하게 내뱉은 말과는 달리 그녀의 어깨는 축 처졌다. 어디서 나온 자신감인지 에르셀라는 내심 비센테가 수락할 거라 생각했었다. 에르셀라가 실망감을 들키지 않기 위해 자연스레 샐러드로 포크를 가져갈 때였다.

"아닙니다. 가겠습니다."

거절인 줄로만 알았는데 의외의 대답이 들려왔다. 에르셀라의 눈동자가 동그랗게 커졌다.

후원은 여전히 아름다웠다. 곳곳에 핀 작은 풀꽃을 시작으로 붉은 장미가 녹음 위로 흩뿌려져 있었다.

완연한 5월이었다. 자연이 가져다주는 생명력을 본다면 누구나 입꼬리가 올라갈 것이다. 평소 아름다운 것을 좋아하는 에르셀라 또한 웃음꽃을 피웠다. 어서 내려가 후원을 거닐고 싶었다.

잠시 후 준비를 마친 비센테가 다가왔다. 그는 간단한 평복 차림이었다.

"내려갈까?"

그녀가 말하자마자 손 하나가 내밀어졌다. 에르셀라는 멀뚱멀뚱 쳐다보디가 곧 그녀를 에스코트하겠다는 의미란 것을 알아차렸다.

공적이지 않은 사적인 시간이고, 그녀가 껄끄러울 만도 할 텐데 그는 망설임 없이 손을 내밀었다. 의외로 신사적이어서 에르셀라가 놀란 얼굴을 했다. 생각해 보니 리엔이 그가 모든 교육을 완벽하게 소화해 냈다고 했는데 거기에 이런 것도 포함되어 있던 것일까?

"고마워."

에르셀라가 미소 지으며 비센테가 뻗은 손 위로 자신의 손을 겹쳤다. 어찌 됐든 그가 건넨 호의를 받아서 나쁠 건 없었다. 비센테는 자신의 손 위로 얹어진 새하얀 손등을 잠깐 바라보다 우아하게 그녀를 이끌었다.

에르셀라가 정성을 쏟은 탓에 후원은 아름답게 꾸며져 있었다. 다른 가문의 귀부인들은 감탄하고도 남았을 텐데 비센테는 에르셀라의 생각 이상으로 무감각했다.

눈에 들어오는 색채의 화려함 따윈 그에게 전혀 감흥을 주지 않는지 꿋꿋이 정면만을 응시하고 있었다.

그들 사이에는 대화가 거의 오가지 않았다. '어때?', '괜찮습니다'라는 지극히 형식적인 말만을 나누었을 뿐이었다. 에르셀라 또한 자신이 꾸민 후원을 스스로 칭찬하기엔 낯부끄러워서 절로 입이 다물어졌다.

그렇게 한참을 둘 다 정면을 응시하며 걷기만 했다. 그러다 문득 그녀가 그의 옆얼굴을 응시했다.

'몇 년 만이더라.'

아들과 나란히 걸어보는 게. 아무 이유 없이 단둘이 있어본 게 몇 년 만이던가. 비센테는 어느새 그녀의 키를 훌쩍 넘어 있었다. 곧 정식 기사도 될 것이다. 어린 나이에 기사가 되는 것은 힘들지만 무가(武家) 가문의 후계자답게 과거 그녀의 아들은 고작 열다섯에 기사 서품을 받았다.

"이제 가보겠습니다."

고저 없는 목소리에 그녀가 상념에서 깨어났다. 아직 30분도 지나지 않은 것 같은데 이렇게 이른 시간에 가겠다니. 아쉬웠지만 에르셀라는 이쯤에서 만족하기로 했다.

오늘같이 후원을 걷는 것만도 큰 성과였다. 이 정도면 비센테도 많이 양보한 것이다. 에르셀라는 급할수록 천천히 돌아가라는 리엔의 말을 떠올렸다.

"그래. 가보렴."

"그럼, 이만."

"아, 내일은 같이 밖에 나가보지 않겠느냐."

아차. 다정하게, 다정하게. 고친다, 고친다 해도 몸에 배어 있는 습관을 바꾸는 것은 쉬운 일이 아니었다.

에르셀라는 변해야 함을 인지하려고 하며 비센테의 대답을 기다렸다.

"정치학 수업이 있습니다."

단호한 거절이 들려왔다. 그러나 비센테의 스케줄을 꿰고 있는 그녀가 이 정도도 예상하지 못한 것은 아니었다. 가정교사를 대거 자른 것이 그녀이기 때문에 정치학 수업 다음 일정이 없는 것 또한 알고 있었다. 에르셀라는 덤덤하게 말을 이었다.

"수업이 끝나고 가는 것은 어떠니?"

"검술 수련을 할 예정입니다."

결과는 또 까였……. 아니, 그보다 또? 빈 시간에 자처해서 또 수련하겠다니. 이러면 그녀가 한 짓이 의미 없지 않은가!

"남는 시간엔 쉬지…… 그러니."

"곧 기사 시험이 있어 수련을 게을리하면 안 됩니다."

'곧'이라기엔 꽤 많은 기간이 남은 걸로 알고 있는데, 그녀의 아들은 어떻게 게으름 하나 피우지도 않았다.

에르셀라는 문득 궁금해졌다. 정말 기사가 되고 싶은 건지, 아니면 가문 때문에 하기 싫은 일을 억지로 하는 것은 아닌지 말이다.

"꼭 기사가 될 필요는 없어."

"그게 무슨……."

"달리 하고 싶은 게 있다면 그걸 해도 좋아."

굳이 기사를 시킬 생각은 없었다. 그리고 기사란 무엇인가. 전장에서 죽는 것을 가장 큰 명예로 치는 자들이 아닌가?

맙소사, 생각해 보니 정말 큰일이었다. 이제 에르셀라는 오히려 비센테가 기사를 그만둬 주면 감지덕지할 지경까지 이르렀다. 위험 가능성뿐만 아니라 비센테도 이제 그의 인생을 찾아야 했다. 하고 싶은 것만 하며 살아갔으면 좋겠다. 아니, 아무것도 하지 않고 집 안에만 있어도 좋았다. 어차피 돈이란 차고 넘치도록 충분하니!

에르셀라의 머릿속에 이런저런 생각이 가득할 때였다. 싸늘한 반응이 돌아온 것은.

"저번부터 대체 왜 그러십니까?"

"……비센테?"

"지금 무슨 말씀을 하고 계신 줄은 아십니까? 저는 베른하르트가의 가주이신 아버지의 하나뿐인 자식으로 후계의 길을 걸어야 할 자입니다. 당신은 그런 저에게 방금 기사가 되지 말라 하셨습니다."

"나는 그저……."

"아버지께서는 어머니가 이러시는 것을 알고 계십니까? 모르셨길 바랍니다. 아셨다면 크게 진노하셨을 테니까요. 부탁건대, 부디 발언에 주의하십시오."

"네가⋯⋯."

그녀를 경멸해 마지않은 시선에 눈물이 흐를 것만 같았다. 어떠한 정치적 계산도 없었다. 그녀 딴에는 철저히 비센테를 위한 말이었다. 비센테를 위해서였다. 힘든 일 따윈 하게 하고 싶지 않았다. 그저 평안한 삶을 살았으면 하는 마음에 그랬던 것인데⋯⋯.

"네가⋯⋯ 가문을 위해 살지 않기를 바라서 그랬다. 잘못됐니?"

"어머니는."

그의 입이 꾹 다물어졌다 떨어졌다.

"그런 분이 아니십니다."

"⋯⋯."

"그리고 그럴 분도 아니십니다."

차갑게 그녀를 정의 내리는 목소리. 철저히 가문을 위해 살았던 그녀를 비난하는 것도, 탓하는 것도 아닌⋯⋯ 그저 에르셀라는 그런 사람이었다고 정의하는 지극히도 무감각한 음성이었다.

가문을 위해⋯⋯. 그래, 가문을 위해 살았지⋯⋯. 가문을 위해 혼인하고⋯⋯ 가문을 위해 너를 낳고⋯⋯.

에르셀라의 동공이 흐려지기 시작했다. 그녀는 초점 잃은 눈으로 비센테를 올려다보며 물었다.

"묻겠다. 내가 누구냐."

알고 싶었다. 그에게 에르셀라는 누구인지. 의미가 있긴 한 건지. 어머니라고⋯⋯ 생각하긴 하는 건지.

건조한 시선이 그녀에게 머무르고 그보다 더 건조한 목소리가 그녀의 귀로 흘러들었다.

"당신은 개국공신 피사리데의 영애이자, 왕의 검 베른하르트의 공작 부인으로 이 나라에서 가장 고귀하신 여인입니다."

그녀의 심장이 쿵쿵 뛰면서 옥죄여 오기 시작했다. 어머니를 향한 그 어떤 온정도 없는 눈빛. 철저하게 타인을 바라보는 시선이었다. 비센테는 그녀를 어머니로 보지 않는다…….

말을 마친 비센테가 그녀를 등지고 돌아가기 시작했다. 그의 발걸음엔 일말의 망설임도 느껴지지 않았다.

이윽고 비센테의 그림자마저 완전히 사라지자 에르셀라의 볼을 타고 투명한 물줄기가 흘러내렸다.

"에르셀라, 내가 보기엔 넌…… 좀 아들에게 잘 대해줄 필요가 있어."

에샤힐드, 그녀의 언니가 서글프게 미소 지었다.

"넌 모를 거야."

그녀가 에르셀라의 머리를 천천히 쓰다듬는다.

"내가 널 얼마나 부러워하는지."

소중한 것을 대하듯 다정한 손길을 받아들이고 있었지만 에르셀라는 그녀를 완전히 이해하기 어려웠다.

"난 네가 부러워."

그 의미를 조금 알 것 같았을 때, 그녀는 이미 죽고 없어진 뒤였다.

그 자리에 주저앉아 한참 눈물을 흘렸다. 그녀를 걱정하던 리엔이 찾아온 것은 그때였다.

리엔은 울고 있는 에르셀라의 눈물을 닦아내며 그녀의 등을 토닥

토닥 두들겨 주었다. 대충 상황이 예상 갔는지 리엔은 아무런 질문도 하지 않았다.

에르셀라의 눈물이 멎고 나서야 리엔은 천천히 그녀를 부축했다. 슬픔에 못 이긴 그녀의 몸에는 그 어떤 힘도 남아 있지 않았기 때문에 에르셀라는 리엔에게 기대어 방으로 돌아왔다.

에르셀라는 침대에 누워 멍하니 아까 있었던 일을 떠올렸다. 비센테의 말은 어찌 보면 맞는 말이다. 이 나라에서 가장 높은 지위를 가진 그라니아 왕비는 알렉시스 왕자를 출산하자마자 숨졌고, 왕국엔 왕자만 있을 뿐 왕녀는 없었으니 말이다.

그러나 그녀가 원한 대답은 그것이 아니었다. 에르셀라는 비센테에게 어머니이고 싶었다.

비센테에게 그녀는 지금 무슨 의미일까. 사실 생각할 것도 없었다. 그녀는 그에게 좋은 가문 출신의 어머니일 뿐이었다. 그저 철저한 이득에 의한 관계.

만일 그녀의 가문이 보잘것없었다면 이마저의 대우도 없었을 것이다. 사용인들은 가정교사를 자르거나 공작가의 연무장을 통제하라는 그녀의 명령도 듣지 않았을 게 분명했다. 남편의 동의 없이는 아무것도 하지 못하는 인생이었을 테지.

'아니, 애당초 결혼조차 하지 못했겠구나.'

그녀는 자조했다. 에르셀라 또한 귀족인 이상 아무리 자유롭다 해도 이해득실과 무관할 수 없었다. 기본적으로 귀족은 가문의 명예를 목숨보다 중시하고 가문의 위세를 드높이는 것이 목적인 삶을 살아간다. 그중 여자들이 가문을 위해 살아가는 방법은 대개 결혼이었다. 좋은 가문에 시집가서 가문의 위상을 살리는 것.

에르셀라 또한 여타 귀족처럼 이해관계에 충실했다. 그녀는 아버지의 의견대로 자신에게 온 청혼서 중 가장 좋은 가문의 남자를 골라 결혼했다.

후회한 적 없느냐는 리엔의 대답에 없다고 대답한 것도 사실이다. 사실 후회라는 생각 자체가 이상한 것이었다. 베른하르트가는 그녀가 갈 수 있는 최고의 가문이었다. 그녀는 당시 가장 최선의 선택을 한 것이다. 그랬기에 에르셀라는 왜 후회해야 하는지 이유를 몰랐다.

"마님, 주인님께서 귀택하셨습니다. 그리고 좀 보자신다고……."

문을 열고 들어온 리엔의 목소리는 어딘가 굳어 있었다. 에르셀라가 한숨을 쉬며 침대에서 일어났다. 아직 기운이 없었기에 그녀의 몸짓은 나약해 보였다.

"내 남편이 화가 많이 났나 보구나."

하필 이럴 때 그와 조우한다니, 참 최악이라고 생각하며 그녀는 발걸음을 옮겼다.

그의 집무실에 들어서자 에르셀라는 멈칫했다. 불이 꺼져 있었다. 정확히 말하면 탁자 위에 놓여 있는 등불을 제외한 불이.

어두운 방 안은 희끄무레한 빛을 발하는 등불에 의지하며 엄숙한 분위기를 자아냈다. 방의 주인은 눈을 감은 채 소파에 앉아 있었다. 흔들리는 불빛이 그의 얼굴 위로 어른거렸다. 그 때문에 남자의 얼굴이 어두워졌다 밝아지기를 반복했다.

'하르젠.'

가슴이 미세하게 경련하듯 떨려왔다. 비척대지 않고 성한 상태로 마주하는 것은 오랜만이었다. 에르셀라는 하르젠의 얼굴을 조금 멍하니 바라보았다.

칠흑같이 검은 머리카락이 그의 이마 위로 불규칙하게 흐트러져 있었다. 지금 막 도착한 것 같았다.

"왔군."

감겨 있던 하르젠의 눈이 천천히 뜨이며 드러난 흑색의 눈동자가 에르셀라를 향했다.

에르셀라는 이유 모를 긴장감에 말문이 막혔다. 화가 났는지 알고 싶었지만 그의 얼굴에는 어떠한 기색도 담겨 있지 않았다. 그녀만을 직시하는 흑안이 묘하게 퇴폐적으로 보였다. 이제 보니 조금 피곤한 것도 같았다.

그녀는 그제야 방 안에 왜 등불만이 밝혀져 있는지 알아챘다. 며칠 간 연이은 근무로 종일 빛을 봐야 했으니 피곤할 만도 했을 것이다. 불을 켜지 않은 것은 그녀가 오기 전까지 눈을 붙이려 한 행동일 것이다.

"불 켜지."

그녀의 예상대로 하르젠은 그녀가 오자 불을 켜려고 했다.

"아니에요. 피곤할 텐데 이대로 얘기하죠."

에르셀라가 그런 그를 저지했다. 어차피 등불이 있으니 서로 마주하며 이야기하는 것은 어려운 것이 아니었다.

하르젠은 눈에 갈 피로를 덜 수 있으니 좋고 말이다. 하르젠은 여전히 날카로운 눈빛을 거두지 않은 채 그녀의 말에 따랐다. 숨이 턱 막힐 것 같은 긴장감이 약간 풀리자 에르셀라도 그의 맞은편에 앉았다.

"왜 내 허락도 없이 비센테의 교육에 관여한 거지?"

그가 눈을 감은 채로 말했다. 대놓고 분노를 표출하진 않았지만 일관된 싸늘함으로 그녀가 멋대로 아들에게 관여한 것을 지적하고 있었다. 에르셀라의 대답이 들려오지 않자 하르젠이 한 번 더 말했다.

"말해. 왜 나에게 묻지도 않고 당신 마음대로 행동한 건지."

하르젠은 눈을 감고 있음에도 어쩐지 그녀를 쳐다보고 있는 것 같았다.

에르셀라가 마른침을 삼켰다. 그녀는 한 번 숨을 고르고 입을 열었다.

"비센테가 지금껏 받아온 교육에 대해 들었어요."

"그래서."

대수롭지 않은, 그것을 넘어서 그게 뭐 어떠냐는 말투였다. 에르셀라는 불을 켜지 않은 것을 후회했다. 여전히 불빛은 그의 얼굴 위로 어른거리고 있었는데 그림자 진 그의 얼굴이 평소보다 날카롭게 느껴졌다.

"그래서라뇨. 당신의 교육 방식은 너무 가혹해요. 비센테는 아직 어린 나이예요."

"그 녀석이 어리든 어리지 않든 나이는 중요하지 않아. 중요한 건 비센테가 내 가문의 후계자라는 거야. 그에 걸맞은 교육을 하겠다는데 당신이 뭔데 관여하는 거지?"

"그런 식으로 하지 않아도 그 아이는 충분히 잘할 수 있어요. 그리고 난……."

"그건 당신이 판단할 게 아니야."

하르젠이 그녀의 말을 가차 없이 잘라내자 에르셀라의 얼굴에 짜증이 일었다.

"멋대로 한 건 미안해요. 하지만 난 그 아이의 어머니예요. 부모가 판단하지 않으면 누가 판단하나요?"

"……하."

어두운 그림자 속에서 그의 입매가 미세하게 올라갔다. 감았던 눈이 뜨였다. 그의 동공에 불빛이 일렁였다.

에르셀라는 그 눈이 꼭 검날같이 날카롭다고 생각했다. 그가 집요하게 그녀와 시선을 맞춰왔다. 에르셀라 또한 피하지 않고 그를 마주했다.

그녀는 문득 궁금했다. 지금 그의 눈에 자신이 어떻게 비칠지. 그녀의 푸른 눈을 보며 무슨 생각을 하고 있을지. 어디선가 낮은 웃음소리가 들렸다. 하르젠이 재미있다는 시선으로 그녀를 바라보고 있었다.

그녀는 그가 왜 그러는지 알았다. 그동안 아들에게 관심 하나 없다 이제 와서 교육 운운하는 것이 어이없었을 것이다. 그가 어떤 힐난을 한대도 에르셀라는 할 말이 없다. 각오했던 일이다. 그를 마주한 순간부터 모진 말을 들을 준비가 되어 있었다.

적막한 공간에 긴장이 돌았다. 하르젠은 무언가 생각에 골몰해 있는 듯하다 천천히 입을 뗐다.

"나는 내 아이가 완벽하길 바라. 가문을 잇는 데 자질이 부족하다는 말이 없도록. 곱게 자란 당신 눈에는 잔인하게 보여도 난 나대로의 방식으로 그 녀석을 위하고 있는 걸 알아줬으면 좋겠군."

다행히도 하르젠은 그녀의 마음을 후벼 파는 말은 하지 않았다. 에르셀라는 그것에 안도하며 한층 차분해진 태도로 말했다.

"당신을 비난할 의도는 아니었어요. 다만 아직 열다섯이잖아요. 너무 몰아치면 나중에 엇나갈까 봐 걱정됐을 뿐이에요."

하르젠은 잠시 말을 멈추었다. 에르셀라의 추측으로 그는 아마 놀라워하는 것 같았다. 다른 누구도 아닌 그녀가 비센테를 걱정하다니. 사실 그는 얼굴에 그런 기색 따윈 내비치지 않고 있어서 순 그녀의 짐작일 뿐이긴 했다.

"……그래."

나른한 목소리가 들려왔다. 정말 피곤한지 그는 한 손으로 얼굴을 쓸어내렸다.

에르셀라는 괜스레 미안해졌다. 안 그래도 바쁜데 그녀가 멋대로 자신이 고용한 이들을 다 돌려보내고 연무장의 사용 시간에까지 관여했다는 집사의 보고에 피곤함이 더해졌을 것이다.

그녀가 아무리 안주인이라고 해도 어찌 됐든 이 가문의 진정한 주인은 하르젠이다. 지금이라도 하르젠이 그녀의 의견을 묵살하고 원래대로 돌려놓는다고 해도 그녀가 할 수 있는 일은 없었다.

"참······ 무슨 생각인지."

하르젠은 묘한 눈으로 에르셀라를 지긋이 응시했다. 그녀의 푸른 눈은 덤덤히 그를 받았다.

과거에 죽었고, 어쩌다 다시 돌아오게 되었다. 죽기 직전에 아들을 방치하고 사랑해 주지 못한 게 너무 후회되어서 지금이라도 바꿔보고자 한다.

사실대로 말하고 싶어도 누가 그녀의 말을 믿겠는가. 게다가 그녀의 남편은 지극히 현실주의자여서 새겨듣지도 않을 게 분명했다. 오히려 에르셀라를 정신이상자 취급 안 하는 것이 다행일 것이다. 에르셀라는 태연하게 어깨를 으쓱거렸다.

"원래 가끔 제멋대로잖아요. 당신 말대로 곱게 자라서."

남자가 픽 하고 입가에 유려한 곡선을 그렸다. 긴장을 풀며 에르셀라 또한 작게 웃었다. 그의 기분이 풀린 듯했다.

"당신 말대로 해."

"하르젠-"

떨어진 허락에 에르셀라가 재빨리 일어나 하르젠의 허리를 감싸며 쏙 안겼다. 하르젠이 검지로 그녀의 이마를 밀어냈다.

"의도가 빤히 보이는 스킨십은 사양이야."

말은 그렇게 해도 그녀를 완전히 밀어내진 않고 있었다. 에르셀라는 환하게 웃으며 그의 품으로 더욱 안겨들었다.

"요즘에 바빴으니까, 상으로."

"이게 어떻게 상인지 모르겠는데."

말은 또 얄밉게 하지. 당장에라도 감싼 팔을 풀까 했지만 좋은 게 좋은 거라고 에르셀라는 팔을 풀지 않고 고개를 들어 하르젠을 올려다보았다.

"근데 오늘은 일찍 왔네요? 처리해야 할 일은 끝났어요?"

그 말에 하르젠의 이마가 작게 구겨졌다.

"아직. 이따 다시 가봐야 돼. 백 년도 더 된 땅에 이제 와서 소유권을 주장하니 폐하께서도 곤란해하시더군."

약 백 년 전 콘라드는 그라니아와의 전쟁에서 패해 그라니아의 요구에 따라 아즈렐을 바치고 그라니아와 형제의 조약을 맺었다.

시간이 지나고 그들은 아즈렐을 빼앗긴 것을 억울해하며 드넓은 형님의 마음으로 돌려줄 수 없겠느냐고 요구하고 있었다.

문제는 콘라드의 세력이 예전보다 커져 아예 무시로 일관할 수 없다는 것이다. 무력은 여전히 그라니아가 우세했지만 콘라드는 인접한 나라와의 교류가 활발해 상권이 많이 발달해 있었고 그라니아도 몇몇 물품은 콘라드에 의존할 수밖에 없었다.

"고생이 많아요."

"고생이랄 것은 아니다만."

"당신은 워낙 힘든 내색을 안 하니까."

오랜 시간을 같이 보냈음에도 그는 에르셀라에게 한 번도 풀어진 모습을 보이지 않았다. 서운함에 몇 번은 자신에게 기대도 된다고 말했었지만 그는 끝끝내 에르셀라에게 의지하지 않았다.

에르셀라는 문득 하르젠이 어떻게 자라왔는지 궁금해졌다. 그를 빤히 보고 있는데 돌연 하르젠의 눈빛이 싸늘하게 식어갔다.

"뭔 일이야."

"뭐가요?"

"……눈가가 붉어. 운 것처럼."

에르셀라의 얼굴이 당황으로 물들었다. 어떻게 알았지? 아까 리엔은 괜찮다고 했는데? 그녀는 티 내지 않으려 노력하며 애써 환하게 웃었다. 그 웃음이 숨기려는 것처럼 보였는지 하르젠은 눈을 살짝 찌푸렸다.

"웃지 말고."

"소설을 읽었어요."

"소설?"

"네, 귀족 아가씨와 천민 출신 기사의 사랑 이야기요. 헤어지는 장면이 너무 슬퍼서 나도 모르게 울었나 봐요."

비센테로 인해 울었다고 할 수 없었던 에르셀라는 예전에 읽었던 소설 내용을 핑계로 댔다. 행여나 들킬까 조심스레 하르젠을 보았는데 검은 동공이 일렁거리고 있었다. 에르셀라는 그가 황당해하고 있는 거라고 짐작했다.

"통속소설을 말하는 건가?"

"네, 당신도 읽어볼래요? 이거 진짜 재미있어요. 특히 남녀 주인공이 서로 이루어질 때요!"

"……나이가 몇인데 그런 걸 봐."

"나이가 몇이라뇨! 내 친구들도 다 재미있다고 그랬는걸요. 뭐, 당신은 모르겠지만 귀부인들에게도 한창 인기였답니다. 신분을 초월한 사랑 이야기가 얼마나 매력적인 소재인데요."

에르셀라의 열변에 하르젠이 낮게 웃었다. 에르셀라는 속으로 환호했다. 드디어 화제가 아예 넘어간 듯했다. 그녀는 기쁘게 기사의 사랑이 얼마나 깊었는지, 아가씨의 진취적인 행동이 얼마나 멋있었는지 떠들어댔다.

하르젠은 희미한 미소를 유지한 채 에르셀라를 바라보고 있었는데 그 표정이 마치 '그래, 그래' 하며 아이를 쳐다보는 것만 같아서 에르셀라는 기분이 살짝 상했다.

"뭐예요, 그 눈빛?"

"뭐가?"

"마치……."

"마지막엔 어떻게 됐는데."

"네?"

"그 남자, 죽었어?"

감히 귀족 영애를 탐냈으니, 라고 그가 덧붙였다.

아니, 이것은 또 무슨…….

"지금 말 돌리려고 그런 거죠?"

"……그럴 리가."

누가 넘어갈 줄 아나. 이 나이에 애 취급이라니. 마치 오라비가 그녀를 대할 때를 보는 것 같았다.

에르셀라는 그를 믿지 않게 쏘아보다가 그만두었다. 피곤할 테니 이번만 봐줄 것이다. 그렇게 생각하며 에르셀라는 볼멘소리로 중얼거렸다.

"살았거든요. 살아서 행복하게 살았답니다."

그에 또다시 낮은 웃음소리가 들렸다.

✹　✦　✹

이야기를 마치고 하르젠은 바로 입궁 준비를 했다. 오늘 밤은 집에 들르지 않을 것이니 먼저 자라는 말을 남기고서. 궁에서 밤을 지새울 예정이었던 그는 비센테 일로 잠깐 들른 듯했다.

합의 끝에 비센테의 교육은 에르셀라가 맡기로 했다. 에르셀라가 뛸 듯이 좋아하며 담요나 간식 같은 것을 챙겨 주자 너무 속 보이는 행동 아니냐며 그가 핀잔했다. 그리고 담요는 왜 필요하냐는 말까지 덧붙였다.

에르셀라가 그를 향해 꿋꿋이 웃으며 그래도 밤에는 쌀쌀하니까 챙겨 가라고 떠밀자 그는 마지못해 수행원에게 담요를 건네주고는 마차에 올랐다.

하르젠을 보내고 방으로 돌아온 에르셀라는 조금 전을 곱씹었다.

하르젠은 자신의 어릴 적 이야기를 해주지 않는다. 물어보면 별거 없었다고 넘기며 대화의 주제를 바꾸곤 했다.

한 가지 유추할 수 있는 것은 절대 평범하게 자라진 않았을 거라는 점이다. 선대 베른하르트 공작 또한 엄격한 인물이었으니 말이다.

에르셀라는 선대 베른하르트 공작이 어땠는지 떠올렸다. 그러나 그는 에르셀라가 시집온 지 얼마 안 되어 죽음을 맞이했기에 정확한 얼굴을 떠올리기는 무리였다. 다만.

"엄청 무서웠지."

한마디로 각이 잡혀 있었다. 나이가 꽤 있는 편인데도 그에게서 풍겨 나오는 압도적인 존재감은 막 이 집에 온 에르셀라를 벌벌 떨게 했다. 에르셀라의 혼잣말에 여태껏 그녀를 지켜보던 리엔이 질문했다.

"네? 뭐가요 마님?"

"그이 아버님 말이야."

"아, 선대 공작님 말씀하시는 거예요?"

"응."

"확실히 후작님과 다르긴 했죠. 그런데 그건 갑자기 왜 궁금하신 건가요?"

후작님도 엄격한 편이긴 했지만요. 리엔이 중얼거리자 에르셀라는 그렇긴 하지, 하며 말을 이었다.

"그냥 가끔, 내 남편이 어떻게 살아왔는지 궁금해서."

"음. 그냥 지금의 도련님처럼 살아오셨다고 생각하면 되지 않을까요?"

지금의 비센테라니. 에르셀라의 얼굴이 사색으로 변했다.

"그래? 그럼 그이도…… 비센테처럼 살아왔던 걸까?"

"보통 집안에선 볼 수 없는 광경이긴 하죠. 같은 후계자라도 카르온 후작님은 연회에 자주 참석하셨으니까요."

그야 카르온은 무인이 아니라 문인이 될 사람이니 여기저기 인맥을 확보하는 것을 중요하게 여겼다.

어느 정도 정치적 계산이 깔려 있는 행보였으나 리엔에게 군이 설명할 필요는 없으리라. 귀족 사회는 뭐 그리 복잡하냐고 머리를 부여잡을 것이다. 리엔 또한 이야기에 큰 관심 있는 것은 아니었는지 곧 다른 화제로 넘어갔다.

"그런데 주인님과는 말씀 잘 나누셨나요? 주인님이 크게 화를 내진 않으셨어요?"

"걱정 마. 비센테 교육은 내게 맡기기로 했어. 화는 물론 안 냈고."

사실 조금 내긴 했지만, 일단 에르셀라는 안심하라는 듯이 웃어주었다. 그러자 리엔의 안색이 밝아졌다.

"정말 잘되었어요! 전 마님과 주인님이 싸울까 봐 얼마나 무서웠다고요!"

"나랑 하르젠이? 우린 별로 안 싸우지 않아?"

"그거야 주인님이 마님을 너무 오냐오냐하니까 그렇죠."

"오냐오냐라니."

에르셀라가 부루퉁하게 입술을 비죽였다. 아까 하르젠이 그녀를 바라보던 눈이 떠올랐던 것이다. 그래도 부인인데 너무 애로 보는 거 아니야? 심지어 나이 차도 별로 안 났다. 세 살밖에 안 났단 말이다. 에르셀라가 부루퉁하거나 말거나 리엔은 신경 쓰지 않고 말했다.

"주인님이 마님께 관대한 건 사실이죠. 어느 누가 마님의 식성에 맞춰주겠어요. 그것도 아침부터 그 느글느글한 걸."

"맞춰주기보단 포기한 게 아닐까?"

"음…… 상대가 상대다 보니……."

"말은 거기까지 하렴, 리엔."

리엔의 의미를 대략 알아챈 에르셀라가 싹둑 말을 끊었다. 그만큼 그녀가 제멋대로인 것을 말하고 싶은 거겠지. 에르셀라가 째려보았지만 이미 면역력이 있는 리엔에게는 소용없었다.

"그보다 마님, 아까 대체 무슨 일이 있으셨던 거예요? 도련님 표정이 어찌나 심각하던지. 무슨 일 생겼나 해서 마님에게 갔더니 마님은 울고 계시고……. 혹시 얘기가 잘 안 됐나요?"

그제야 잠시 잊고 있었던 낮의 일이 떠올랐다. 에르셀라의 낯빛이 어두워졌다. 무슨 일이라. 아주 큰일이 있었지. 생각 없이 무력 가문의 후계자인 아들에게 기사가 될 필요는 없다는 아주아주 큰 망언을 해버렸으니…….

"어려워. 생각대로 되질 않는 것 같아."

처음에는 그냥 잘해주면 된다고 생각했다. 몇 번의 거절을 당해도 꿋꿋이 다정하게 대해주면 될 거라고. 명백한 그녀의 착각이었다. 어릴 적부터 외면당한 어린아이가 받은 상처의 깊이를 헤아리지 못했던 그녀의 오만이었다.

그렇다면 자신이 어떻게 해야 하는 것일까? 마냥 잘해주는 걸로 과연 이 앙금을 풀어낼 수 있을까? 어렵다. 너무 어려웠다.

그녀는 비센테가 바라는 것이 무엇인지 알고 싶었다. 그러다 이런 생각 또한 처음인 것을 깨닫고 자조했다. 어쩜 이렇게 이기적으로 살았을까.

"무슨 일이기에 그러세요."

에르셀라는 후원에서 있었던 일을 간단히 얘기했다. 나눈 대화가 거의 없기에 전부를 이야기한 것임에도 짧게 끝났다. 에르셀라의 말을 듣던 리엔의 표정이 점점 애매하게 굳어갔다. 리엔은 약간 난처해하며 눈썹을 아래로 늘어뜨렸다.

"도련님을 위한 말인 것은 알겠는데……."

"기사가 되기 위해 살아온 애에게는 아무래도 좀 그랬지?"

"……아무래도 그동안 교류가 없었으니 듣는 사람 입장에선 호의적으로 느껴지진 않았을 것 같아요."

역시. 유하게 말하고 있지만 리엔이 들어도 황당한 게 분명했다. 자신의 말을 상대방이 어떻게 받아들일지 조금만 생각해 보면 될 일인데 그녀는 그 간단한 것마저 생각해 내지 못했다.

"네 말이 맞아, 리엔."

"또 시무룩해하신다."

에르셀라의 어깨가 축 처졌다. 이상하게 리엔은 그 모습이 나쁘지 않았다. 그녀는 이제 막 부모가 되기 위한 첫걸음을 내딛는 것 같았다.

모든 게 처음이기 때문에 실수하고 그것에 자책하며 한층 성장해 나가는 그런 사람.

에르셀라는 어머니라기엔 어설프고 어리숙했다. 그러나 아들이 있는 듯 없는 듯 살아갈 때보다 현재의 나약하고 늘어진 모습이 더 보기 좋았다. 리엔은 내심 기뻐 남모르게 미소 지었다.

"제가 조언을 하나 올리자면, 마님. 마님께서 이전과 같은 관계로 돌아가고 싶지 않다면 그것은 온전히 마님의 몫이에요. 도련님이 용서하실 때까지 노력하고 노력하셔야 돼요. 그리고 이 사실을 아셔야 해요. 아들 앞에서 자존심을 접고 들어간다고 흉볼 사람은 아무도 없어요. 아무리 냉정한 관계였다 하더라도 마님이 도련님의 어머니라는 사실은 변치 않습니다. 혈육으로 맺어진 관계는 생각 이상으로 강력하죠. 이것은 저보다 마님께서 더 잘 알고 계실 겁니다. 그리고 마님은 꼭 다정한 어머니가 되실 거예요. 지금도 이렇게 노력하고 있으니까."

조언이라 하지만 그녀를 위로하는 말이었다. 에르셀라를 격려하는 것도 같았다. 자연스레 녹아 있는 있는 응원에 서서히 기운이 나기 시작했다.

그래. 아직 포기하긴 이르다. 부딪히고, 부딪히자. 다정한 어머니가 되어주기로 약속했지 않은가. 에르셀라가 의지를 다졌다.

"오늘 시간 있니?"

"수업이 있습니다."

벌써 세 번째. 야멸찬 거절에도 그의 어머니는 싱긋 웃었다. 남들이 보면 그녀의 아름다움에 넋이 나갔겠지만 비센테는 그것이 못내 마뜩 잖았다.

"수업이 끝나고 말이야."

"검술 수련을 할 예정입니다."

이쯤 되면 대놓고 거절하는 걸 알 텐데도 에르셀라의 미소는 사라 질 줄 몰랐다. 그녀는 보란 듯이 부러 더 환하게 웃으며 다시 말을 걸 어왔다.

"수련은 수업 전에 충분히 할 텐데 끝나고 또 한다고? 그러지 말고 오늘 하루는 쉬는 게 어떠니?"

"어찌 쉬겠습니까."

"쉬는 게 얼마나 중요한데. 아, 물론 기사가 되려는 너를 방해하겠 다는 게 아니야. 그냥 오늘은 나와 시내에 가서 기분 전환을 하자는 거지."

"시내는 갑자기 왜……."

"왜긴. 같이 돌아다니며 쇼핑도 하고 오랜만에 바깥 풍경도 보면 좋 잖니. 시간이 되면 저녁도 같이 먹고."

그동안 무심한 태도로 일관하던 비센테의 눈이 묘하게 굳었다. 그 는 희귀한 광경을 목격한 눈빛으로 에르셀라를 쳐다보았다.

'그래. 힘내자, 힘내.'

에르셀라 또한 아까부터 억지 미소에다 과하게 다정한 말투를 사용 하는 스스로를 격려했다. 안 하던 짓을 하자니 손발이 오그라들어 미칠 노릇이었다. 그녀는 턱을 괴는 척하며 경련을 일으키려는 입꼬리를 의식적으로 끌어당겼다.

"그것은 혹."

비센테가 말을 하려다 말고 멈추었다. 의아해하며 그를 쳐다봤지만 과묵한 아들은 더 이상 입을 열 생각이 없어 보였다. 에르셀라는 신경 쓰지 않기로 하고 비센테의 팔을 천연스럽게 잡아 흔들었다.

"이게 무슨……."

"오랜만에 데이트도 하고 좋잖니. 응? 가자, 가자."

"……."

말을 늘어뜨리며 팔을 잡아끄는 게 흡사 연인에게 조르는 것처럼 다정한 모양새여서 사용인들이 속으로 흠칫했다.

일반적인 모자의 모습이긴 했지만 그녀와 비센테는 일반적인 모자가 아니지 않는가. 일제히 경악하는 사용인들의 시선을 모르는 건 아니었으나 에르셀라는 잡은 팔을 놓지 않았다. 사실 그녀는 아예 신경 쓰고 있지도 않았다. 왜냐하면 앞으로도 쭉 이럴 생각이기 때문이다. 결국 그들의 눈치를 본 것은 비센테였다.

"어머니의 말씀대로 하겠습니다."

"정말?"

"네, 그러니 이 손 좀 놓으십시오."

"어머, 미안."

놀란 듯 눈을 동그랗게 뜬 에르셀라가 그의 팔을 잡고 있던 손을 떼고 입가로 가져갔다. 그 모습이 얄미울 정도로 고상해서 비센테의 눈가가 움찔거렸다.

어찌 됐든 목적을 달성한 에르셀라가 다시 한번 미소 지었다. 이번에 짓는 웃음은 아까보다 더 산뜻했다.

"좀 있다 보자, 아들?"

"오늘은 공작 부인과 일정이 있으시다고 들었으니 이쯤에서 마치겠습니다."

클리프턴이 가정교사에게 일찍 마칠 것을 당부했기 때문에 수업은 두 시간 정도 빨리 끝났다. 시침이 평소와 다르게 두 칸 뒤에 자리하고 있는 것을 보자 이상한 기분이 들었다.

비센테는 조용히 의자에 등을 기대며 눈을 감았다. 오후의 햇살이 따사로웠다.

'여유롭군.'

서서히 몸이 나른해졌다. 긴장이 풀린 것이다. 불현듯 그동안 자신이 지쳐 있었다는 사실을 깨달았다. 전에는 하루하루 살아가기 바빠 힘든 것도 모르고 지냈기에 지친 줄도 몰랐다.

근래에 여유로워지기 시작하니 피로가 몰아치듯 밀려와 노곤함에 시달렸다. 에르셀라와 처음 후원에 산책하러 갔던 그날 그는 처음으로 낮잠을 잤다. 사실 검술 연습을 하거나 책을 읽을 생각이었으나 도저히 다른 것을 할 기분이 안 났다.

'이제 와서 아들이라니.'

그가 낮게 웃음을 지었다. 언뜻 보면 비웃는 것처럼 여겨질 정도로 삐딱한 웃음이었다. 비센테는 누구보다 가까운 관계지만 낯선 여인을 떠올렸다.

꿀을 녹여 적신 듯한 금발에 그의 것보다 밝은, 반짝이는 바다를 닮은 푸른 눈. 누가 봐도 빼어난 미인이었다. 고생 한 번 한 적 없는 평온한 얼굴을 보면 누구나 그녀의 삶이 어땠는지 유추해 낼 것이다.

세간의 사람들은 그녀를 사랑스럽고 다정하다며 칭찬했다. 그러나 정작 그녀의 아들인 비센테는 이해할 수 없었다. 그의 기억 속 어머니는 언제나 무표정이었고 잘 웃지도 않았다. 그를 찾지 않는 것은 물론 굳이 보고 싶어 하지 않은 걸 보면 그의 존재를 반기지 않는 것도 같았다.

처음엔 이해할 수 없었지만 그녀의 오래된 무관심에 점점 익숙해졌고 곧 그도 그녀에게 아무것도 기대하지 않게 되었다.

'무슨 속셈일까.'

그랬던 그의 어머니가 최근 지나칠 정도로 비센테를 살갑게 대하기 시작했다. 무슨 의도로 그런 것인지 파악하려 해도 그녀는 싱긋 웃을 뿐 어떠한 낌새도 내비치지 않았다.

한 가지 그가 세운 가정은 아버지가 어머니의 도리를 다하지 않는 그녀에게 이혼을 내건 것은 아닐까였지만.

'그런 걸 아쉬워할 분은 아니지.'

그렇기엔 그녀는 너무 아쉬울 것 없는 사람이었다. 그녀는 비록 서른이 넘었어도 언제든 다른 남자와 다시 결혼할 수 있을 만큼 아름다웠고, 가문 또한 위세가 있으니 한 번 이혼할지라도 누구나 그녀와의 결혼을 꿈꿀 것이다.

뿐만 아니라 어머니의 도리란 것도 경계가 모호했다. 그는 어머니에게 온정을 받아본 적이 없어, 어머니의 미덕이란 것 자체가 무엇인지 알지 못했다. 클리프턴이 문을 열고 들어온 것은 그때였다.

"도련님, 마님께서 기다리고 계십니다."

그는 정중하게 고개를 숙이고 그의 다음 일정을 알렸다. 비센테는 아까 환하게 미소 짓던 그녀의 웃음을 떠올렸다.

기분이 더욱 가라앉았다.

"마님, 레데아가(家)에서 편지가 왔어요."

"레데아가에서?"

베스가 품 안에서 편지를 꺼내 내밀었다. 에르셀라는 의아해하며 편지를 받아 들었다. 레데아 가문과 평소 이렇다 할 친분은 없었기 때문에 조금 당황스러웠다.

"레데아 백작 부인인가?"

"아니요, 레데아 백작님 동생분의 부인으로 그냥 레데아 부인입니다."

레데아 백작의 동생 부인이라니. 그렇다면 정말 모르는 사람이지 않은가. 그녀와는 더더욱 교류가 없었기에 에르셀라가 고개를 모로 기울이며 편지를 읽어나갔다.

베른하르트 공작 부인께.

안녕하세요, 전 레데아의 프리실라예요.

다름이 아니라 이번 주말에 저희 저택 후원에서 열리는 티파티에 초대하고 싶어 이렇게 편지를 드립니다.

평소 부인을 뵙고 친분을 쌓고 싶었는데 이렇게 초대장을 보낼 수 있어 얼마나 기쁜지 모르실 거예요. 부인이 즐겨 마신다던 산스체산 홍차도 준비해 두었습니다.

첨언하자면, 아클라 자작 부인과 자르데아 백작 부인께서도 참석하실 예정이랍니다. 부디 오셔서 제가 여는 소박한 모임을 빛내주시겠어요?

이전엔 받아보지 못한 초대장이다. 에르셀라는 레데아 부인을 한 번도 본 적이 없었다. 그러나 이런 식의 티타임 초대장을 받아보지 않은 것은 아니었다. 귀부인들 사이에서는 친목을 다지기 위해 친분이 없는 영애나 부인을 모임에 초대하곤 했으니 말이다.

아클라 자작 부인과 자르데아 백작 부인을 부른 것을 보면 그 둘이 에르셀라와 친하다는 것을 알고 일부러 편지에 써넣은 듯했다.

그녀가 티타임을 어색해할까 봐 그런 것일까. 그렇다면 레데아 부인은 정말 배려심이 깊은 사람이었다.

"티파티 초대장인가요?"

"응."

"어찌할까요? 참석하실 건가요? 그쪽 가문과는 인연이 없으신 걸로 압니다만."

"참석하려고. 오랜만, 아니, 아니야. 아무튼 참석할 거니 그리 알아 두렴."

회귀 후 첫 티파티라 그녀에겐 매우 오랜만이었다. 병상에 누운 뒤로는 거동조차 힘들었으니 티파티나 연회에 나갈 수 있을 리가 없었다. 나가서 사람들이랑 얘기하는 것도 좋겠지. 새로운 친구를 사귈 수도 있을 테고.

그렇게 생각하며 레데아 부인의 나이를 대충 가늠했다. 백작의 동생이 서른세 살이니 그쯤일 것이다. 만일 두 사람이 정략결혼을 했다면 말이다.

에르셀라는 대충 생각하며 편지를 서랍에 밀어 넣었다. 답장은 나중에 쓰면 될 일이다.

무엇보다 그녀는 곧 있을 외출을 위한 단장으로 바빴다. 리엔과 베스의 분주한 발걸음이 방 안을 울렸다. 무려 에르셀라와 비센테의 외출이다. 그들에겐 경사가 아닐 수 없었다. 그들은 에르셀라를 완벽히 치장해야 한다는 의무감에 젖어 때아닌 다툼을 했다.

"리엔, 정말 그 목걸이가 이 드레스에 어울린다고 생각하니?"

"방금 내 안목에 시비 건 거야? 야, 중요한 날엔 다이아몬드지!"

"넌 다이아몬드면 다 좋은 줄 알아? 마님은 피부가 하얘서 루비가 어울린다니까?"

"루비이? 촌스러운 것. 대체 언제 적 루비야?"

리엔과 베스가 티격태격하는 모습에 에르셀라가 소리 내어 웃었다. 저보다 더 좋아해 주는 아이들을 보니 저절로 미소가 지어졌다.

리엔과 베스가 한창 말씨름을 하다 동시에 에르셀라를 향해 고개를 돌렸다. 갑자기 저로 시선이 쏠리자 에르셀라의 얼굴이 경직됐다. 두 사람은 눈에 힘을 주며 에르셀라 앞으로 각각 다이아몬드와 루비를 내밀었다.

"마님은 어떠세요? 다이아몬드가 이 드레스에 정말 촌스러운가요?"

"루비가 정말로 유행이 지난 거라 생각하세요?"

그녀는 들이밀어진 목걸이를 난감한 얼굴로 물끄러미 쳐다보았다. 의욕이 넘쳐서 좋지만 더 이상 지체해선 안 됐다.

"둘 다 보는 눈이 없구나. 에메랄드로 하렴."

"……."

"……예, 뭐."

마님의 안목이 미천한 저희보다 낫겠죠. 리엔이 입을 맷 발 내밀며 작게 투덜거리고는 금줄에 둘러싸여 영롱하게 빛나는 에메랄드를 에르셀라의 목에 걸었다.

리엔은 금잔화에 태양이 물든 듯한 치자색 드레스와 그럭저럭 잘 어울린다고 생각하며 에르셀라의 머리에 손을 가져갔다.

"마님, 머리는 하나로 땋아 올릴까요, 늘어뜨릴까요?"

"땋아 올려주렴."

"하지만 오늘은 늘어뜨리는 것도 나을 것 같은데요? 소녀 같을 거예요. 음…… 좀 큰 소녀?"

"풉……. 아, 아니, 리엔 미친 거니? 어느 안전이라고 감히 그딴 말을 내뱉어? 근데 저도 리엔 말대로 늘어뜨리는 게 나을 것 같아요. 귀부인보단 친구 같은 느낌으로……."

"웃은 거 다 들었다. 그리고 머리는 마음대로 하렴. 내가 너희를 어떻게 말리겠니."

그들의 눈동자가 별처럼 반짝여서 에르셀라가 마지못해 고개를 끄덕였다. 에르셀라의 허락이 떨어지자마자 그들은 신나게 그녀의 황금빛 머리칼을 매만지기 시작했다.

부드러운 빗질을 따라 늘어뜨려진 자신의 머리카락에 에르셀라의 눈빛이 미묘하게 변해갔다. 거울 속 여자의 금발이 부드럽게 아래로 찰랑거렸다.

머리를 풀고 외출을 하는 건 정말 오랜만이었다. 결혼 후에는 머리를 올리는 일이 잦았다. 몇 년 동안은 풀든 올리든 별생각이 들지 않았다. 그러나 점점 부인으로 사는 시간이 길어지자 누가 올리라고 하지 않았는데도 머리를 땋아 올리는 게 당연시되었다.

리엔이 이따금 늘어뜨리는 게 어떠냐고 물었지만 그때마다 거절하곤 했다.

'품위가 떨어질 거라 생각했어.'

귀부인이 머리를 내리는 경우는 거의 없었고, 그녀도 그것을 당연하게 여겼다. 이상한 일이었다. 아무도 그녀에게 머리를 올리라 강요한 적 없지만 그냥 그래야 할 것 같았다.

'왜 그렇게 생각했던 거지?'

에르셀라는 처음으로 의문을 품었다. 부인들은 하나같이 머리를 올렸다. 머리를 내리면 아가씨인 척한다고 생각할까 봐. 품위가 떨어질까 봐.

그러나 그게 도의적으로 어긋날 일은 아닐 터였다. 어디서 시작되었을지 모를 관습은 그들 사회에 굳다 못해 뿌리박혀 있었다. 암묵적 규율이었을 것이고, 반하면 은근한 멸시와 비난이 일었던 것도 같다.

아마 사람들이 꺼려했던 것도 그 때문이리라.

리엔은 평민이었기에 그런 관습에서 한 걸음 멀리 떨어져 있었다. 그러니 그토록 끈질기게 머리를 내릴 건지 물어왔던 것이다. 그녀의 대답을 이미 알면서도.

그녀는 정면을 응시했다. 거울 속 자신의 모습이 지극히도 어색했다. 침의 차림이 아닌 드레스를 입고 치장을 한 채였고, 그녀의 머리칼은 차분하게 가슴 밑으로 내려가 있었다. 그녀는 멍하니 자신을 마주했다.

……예뻤다.

외적인 아름다움에 고양된 감탄이 아닌 그보다 좀 더 초월적인 것이었다. 거울 속 여자는 이상하게 예전보다 좀 더, 그래, 좀 더 선명한 생기를 뿜어내고 있었다.

꼭 후작 영애로 돌아간 듯한 느낌에 에르셀라의 심장이 서서히 뛰기 시작했다. 화장을 해서 그런 것일까. 볼은 평소보다 발갛게 물들어 있었으며 입술 또한 적당히 붉기가 돌았다. 그녀의 입매가 호선을 그리며 부드럽게 말렸다. 왠지, 기분이 좋았다.

준비가 끝났는지 리엔과 베스가 그녀의 머리에서 손을 뗐다. 리엔이 장난꾸러기처럼 웃었다.

"아름다우신데요, 레이디?"

"주인을 놀리면 못 쓴다."

"오늘은 기분 좋은 날이니까 봐주실 거죠?"

"……부정하진 않을게."

리엔의 능청스러움에 에르셀라가 시선을 흘기며 새침하게 대꾸했다. 오늘은 리엔과 베스, 아니, 이 집안의 사용인들이 무슨 짓을 해도 용서할 수 있을 것만 같았다.

아들과 함께하는 첫 외출에 그녀의 마음은 매우 들떠 있었다. 누군가 심장에 붓질하는 것같이 가슴이 간질거렸다. 고작 외출일 뿐인데 이렇게 설렐 수가 있나?

"도련님 교습이 끝날 시간이에요. 먼저 기다리시겠어요?"

"응."

에르셀라가 벌떡 일어서서 밖으로 나갔다. 계단을 내려가는 그녀의 가벼운 발걸음이 통통 튀어서 뒤따른 사용인들이 미소를 머금었다. 그들은 일제히 그렇게 좋으세요- 하며 소리 없는 말을 건네는 듯했다.

"도련님을 모시고 오겠습니다."

아래에서 대기 중인 클리프턴이 작게 미소 지었다. 그의 입매가 휘어짐에 따라 가느다랗게 뻗어 있는 잿빛 수염이 달싹였다.

에르셀라는 알겠다며 고개를 끄덕이고 가만히 기다렸다. 아니, 가만히 기다릴 수 없었다. 그녀는 저도 모르게 양발 뒤꿈치를 땅에 붙였다 떼기를 반복했다. 어린아이가 할 법한 행동이었다. 평소라면 바로 만류할 클리프턴도 오늘은 가만히 웃으며 계단을 올랐다.

잠시 후에 자박자박 발걸음 소리가 들렸다. 간단하게 평복을 차려입은 비센테가 계단에서 내려오다 중간에 걸음을 멈추었다.

"안녕?"

그는 계단 위에 여전히 서 있었기에 에르셀라의 고개 또한 위쪽을 향했다. 그 상태로 그녀가 수줍게 인사했다.

비센테는 대답 없이 그녀를 그대로 내려다보다 이내 천천히 계단을 내려오기 시작했다. 한 걸음, 한 걸음이 이상하게 느린 것 같은 착각이 일었다. 그는 느긋한 걸음으로 그녀에게 차근차근 다가왔다.

"기다리시게 해서 죄송합니다."

"응? 아니야. 널 기다리는 동안 즐거웠거든."

"……그렇습니까."

저가 내뱉고도 스스로 놀랐다. 확실히 평소보다 들뜬 게 분명했다. 에르셀라는 조금 진정하려 노력하며 걸음을 옮기려 했다. 그녀에 맞취 움직일 줄 알았던 비센테는 여전히 멈춰 선 채 어딘가를 응시하고 있었다.

에르셀라는 그 시선을 따라가다 그가 자신의 머리카락을 뚫어지게 쳐다보고 있음을 알아챘다. 그녀가 어색하게 웃으며 허리까지 늘어진 머리카락을 만지작거렸다. 그의 시선은 시종일관 그녀에게 박혀 있었다.

"머리를 내려봤는데, 이상하니?"

자기 전엔 머리를 풀기 때문에 하르젠이나 리엔은 익숙하겠지만 비센테에겐 낯설 것이다. 방을 나서면 그녀의 머리는 대개 잔머리 한 올 허용하지 않은 채였다. 청색의 눈동자가 에르셀라의 늘어뜨린 금발을 따라 천천히 내려갔다. 은근 노골적인 시선에 조금 부끄러워 그녀의 어깨가 움츠러들었다.

'괜히 내렸나 봐. 너무 오버했어.'

붕 뜬 기분에 안 하던 짓을 하니 결국 이렇게 되었다. 정확히 그가 무슨 생각을 하는지는 알 수 없었지만 어느 정도 알 것 같았다. 에르셀라가 시선을 피하며 멋쩍은 웃음을 지으려 할 때였다.

"괜찮습니다."

짤막한 음성이 귓가에 흘러들었다. 단조롭기 짝이 없는 소리에는 다행히 어떠한 비난도 경멸도 담겨 있지 않았다. 그제야 에르셀라는 편하게 숨을 내쉬었다. '좋다'는 대답은 아니었지만 '이상하다'가 아닌 것만 해도 충분히 다행이었다.

순간 기운이 났다. 괜찮다고 말해준 이는 아직 그녀의 아들뿐이었음에도 이유 모를 자신감이 솟구쳤다. 다른 이들의 시선 따위는 아무래도 괜찮을 것만 같은 평안함이 마음속으로 흘러들었다.

"다행이구나."

비센테는 이후 별다른 말은 하지 않았지만 이따금 에르셀라를 쳐다보며 시선을 주었다. 그럴 때마다 부담감이 드는 것은 어쩔 수 없어 그녀는 애써 입꼬리를 올려 웃었다.

마차를 타고 얼마 지나지 않아 시내에 도착했다. 먼저 내린 비센테
가 손을 내밀었다. 에르셀라는 망설이다 그의 손을 잡고 마차에서 내
렸다. 근사한 남자의 에스코트까지 받으니 정말 아가씨로 돌아간 기
분이었다.

하지만 뭔가 달랐다. 그녀가 후작 영애일 때와는 좀 더 뭔가 다른
차원의 기쁨이 벅차올랐다. 음악과 파티를 좋아했던 그때와 다른 생
경한 무엇인가가 그녀의 마음을 가득 채웠다.

"여긴 왜 온 건지 여쭈어도 되겠습니까?"

비센테의 질문이 없었더라면 이유 모를 상념의 지배에서 벗어나지
못했을 것이다. 가슴속을 채우던 정의 내리지 못한 희뿌연 감정들을
지워 버리고 에르셀라가 담담하게 말했다.

"옷을 살 거야."

"옷만 사면 됩니까?"

"아니. 모자도 사야지."

"그리고."

"손수건도 사고 싶어."

"그리고."

"구두도."

"그렇습니까."

"네게 어울리는 게 있어야 할 텐데―"

멈칫.

뭔가 이상함을 느꼈는지 비센테의 발걸음이 멈추었다. 그의 반듯한
고개가 살짝 기울어졌다. 에르셀라가 이제 알았냐는 듯 장난스럽게
눈짓했다.

"몰랐구나? 오늘은 네 걸 사러 온 거야."

에르셀라는 곧 있을 가르텐 공녀의 성년회에 입을 비센테의 예복을 마련키로 했다. 비센테도 슬슬 사교계에 참여해야 하니 데뷔 무대로 나쁘지 않을 것 같다는 판단에서였다.

베른하르트가에서도 연회는 언제든지 열 수 있었지만 최근 하르젠이 바쁘기도 했고, 무엇보다 그는 공작가에 사람이 드나드는 것을 싫어했다. 사람 상대하는 걸 귀찮아하는 듯했다.

사실 옷 따위는 그녀가 마련하지 않아도 클리프턴이 정성 들여 몇 벌 준비했을 것이다. 언제나 그렇듯 하르젠은 그런 것에 관심이 없었고, 에르셀라 또한 신경을 안 썼으니 그런 자잘한 일은 자연스레 집사나 하녀장의 몫으로 돌아갔다. 에르셀라는 새삼 미안함을 느끼며 우선 예복점으로 향했다.

"어서 오세요, 부인. 찾으시는 거라도 있나요?"

마담 로즈리나가 환하게 웃으며 그들을 반겼다.

"이 아이의 예복을 하나 맞출까 해요."

"어머, 그러세요? 정확히 어떤 디자인을 찾으시죠?"

에르셀라는 남성복을 사는 것이 처음이었다. 그녀는 어떤 디자인이 유행하는지 알지 못했다. 나가는 걸 귀찮아하는 하르젠은 사람을 공저로 부르거나 그마저도 귀찮아해 클리프턴을 시키는 게 다반사였다. 로즈리나는 알 것 같다는 얼굴로 이것저것 설명하기 시작했다.

"부인들은 원래 이런 것보다 드레스에 더 관심이 많죠. 누구나 다 그래요. 누가 자신의 옷보다 다른 이의 옷에 관심을 두겠어요. 다른 귀부인들도 다 그런답니다. 그러니 너무 걱정하실 것 없어요."

"그런가요."

에르셀라가 살포시 웃었다.

"그럼요. 그럼 제가 하나씩 설명드려도 될까요?"

"부탁해요."

"우선 예복은 여전히 그라니아풍이 제일 잘나가요. 요새 콘라드풍이 뜨고 있지만 아직까진 그라니아 복식이 세련되고 정갈하죠. 이것 좀 보시겠어요? 라펠(재킷의 젖힌 깃 앞부분)이 매끈하게 잘 빠진 데다가 투 버튼식이죠. 색은 검은색과 회색이 가장 인기가 많은데…… 여기 계신 아드님이 입으실 게 맞나요?"

아드님. 잔잔한 호수에 파문이 일듯 가슴이 두근거렸다. 다른 사람의 눈에도 어머니와 아들처럼 보이나 보다.

에르셀라가 싱긋 웃으며 맞아요, 라고 답했다. 마담 로즈리나도 상큼하게 웃으며 되받았다.

"그럼 검은색이 더 어울리겠군요. 사실 회색도 나쁘진 않을 것 같긴 한데……. 군청색도 잘 어울릴 것 같고요. 이러지 말고 한번 입어보는 게 어떨까요? 부인도 아시겠지만 옷은 직접 입어봐야지 알 수 있답니다."

"괜찮은 생각인 것 같은데……. 넌 어떠니?"

에르셀라가 슬쩍 눈치를 보며 말했다. 옷은 입어봐야 한다. 마음 같으면 이것저것 입히고 싶었으나…….

'강요는 안 돼.'

더 이상의 강요는 안 된다. 대신 에르셀라는 간절한 얼굴로 호소하기로 했다. 일제히 저에게로 쏠린 시선에 그는 마지못해 알겠다며 고개를 끄덕였다.

자의가 아닌 것이 고스란히 느껴질 정도였다. 왜 자신이 이것을 입어봐야 하는지 이해하지 못한 듯 탐탁지 않은 눈이었다. 그러나 에르셀라는 꿋꿋이 하나둘씩 입혀보았다.

"어머, 이것도 괜찮은데요? 부인은 어떠세요?"

로즈리나가 우아하게 손바닥을 마주했다. 짝, 하고 작은 소리가 났다. 비센테는 아까와 다른 디자인의 검은색 예복을 입고 있었다. 자로 잰 듯이 단정한 디자인으로 무난했다. 에르셀라가 보기에도 가장 잘 어울렸다.

에르셀라가 작게 웃으며 마담 로즈리나에게 동의했다.

"잘 어울린다."

그녀의 칭찬에도 비센테는 어딘가 뚱한 얼굴이었다. 지금 상황이 불편해 보였다. 에르셀라는 이런 의상점 방문이 그녀에게 처음이듯 비센테에게도 처음이란 걸 알아챘다. 서로 처음이구나. 거기까지 생각하자 에르셀라가 환하게 웃었다.

"검은색이 잘 받는구나."

워낙 인물이 좋아서 아무거나 걸쳐도 잘 받는 편이었다. 나이에 비해 키도 크고 다리도 길쭉길쭉하니 어떤 옷을 입어도 훌륭하게 소화해 냈다.

입는 족족 다 잘 어울렸기에 옷을 고르는 재미가 있던 에르셀라는 내심 아쉬움을 느끼며 이쯤에서 그만두기로 했다. 아까부터 집요하게 그녀만을 좇는 시선을 더 이상 무시할 수 없었기 때문이다.

"두 번째, 세 번째, 여섯 번째. 이렇게 세 개만 하죠."

"네, 부인. 잠시만 기다려 주세요."

하나만 사 주기엔 부족하다고 느껴서 대충 몇 개를 짚자─더 살까 하다가 비센테의 싸늘한 눈빛을 보고 그만두기로 했다─로즈리나는 환하게 웃으며 가게 안쪽 방으로 들어갔다. 기다리는 동안 에르셀라는 잠시 뭘 또 사면 좋을까 고민했다.

음, 이왕이면 옷을 아예 맞춰 버릴까?

다음엔 디자이너를 공저로 부르는 것도 괜찮을 듯했다. 카탈로그를 보며 좀 더 여유롭게 고를 수도 있고 말이다.

아니면 검을 사 주면 좋아하려나?

이번엔 자신이 사 주고 싶은 게 아닌 비센테가 갖고 싶어 하는 것을 생각해 보았다. 기사가 되고 싶어 하는 아이니 검을 사 주는 것도 좋을 성싶다가도 하르젠이 어련히 알아서 좋은 검을 마련해 줬을 거란 생각에 미치자 끙 앓는 소리가 났다.

아무래도 검을 받는 것을 가장 좋아할 것 같은데……. 마음 같아선 후작가가 왕으로부터 하사받은 보검이라도 갖다 주고 싶었지만 그녀의 오라비 카르온이 그녀를 가문의 배신자 취급하며 쫓아낼 게 분명했다.

그러면 뭘 사 줘야 좋아할까?

이런저런 생각으로 고뇌하고 있을 때 문득 시선이 느껴졌다. 비센테가 또다시 에르셀라를 쳐다보고 있었다. 에르셀라는 다정한 시선으로 그의 눈동자를 마주했다.

"왜?"

"아닙니다."

대답은 허무했지만.

흠, 무슨 할 말이 있었던 것 같은데.

비센테와 몇 마디 말을 하면서 느낀 것은 그는 자신의 생각을 잘 드러내지 않는다는 점이다. 결코 말을 함부로 하는 법이 없고, 앞서가는 법이 없다. 언제나 중도와 예의를 지키며 선을 넘지 않는다.

단순히 그녀를 믿지 못하거나 경계심으로 인한 것일 수도 있지만 비센테 자체가 원래 그런 사람인 듯했다. 그 모습이 하르젠과 닮아 있어 에르셀라는 잠시 쓰게 웃었다.

"왜 그리 웃으십니까?"

비센테에겐 그 웃음이 거슬렸나 보다. 에르셀라는 표정을 갈무리하고 담담하게 말했다.

"하르젠, 네 아버지를 많이 닮아서."

"싫으십니까?"

"설마."

나를, 닮지 않았어.

에르셀라는 차마 그렇게 말할 수 없었다. 그녀의 푸른 눈을 물려받았음에도 선명하게 비교되는, 색의 깊이가 주는 그 간극에 가슴이 아팠다.

닮지 않았다. 그 말은 비센테가 아닌 자신을 생채기 내는 말이었다. 비센테를 그렇게 만든 것은 자신이었다. 다행히 그는 별말 않고 넘어갔다. 물어도 답하지 않을 것을 안 듯했다.

"부인, 다 되었습니다."

"여기서 잠시만 기다리고 있을래?"

"알겠습니다."

저를 부르는 소리에 에르셀라가 비센테를 두고 계산대로 다가갔다. 로즈리나가 정성스레 포장된 예복을 에르셀라 앞으로 내밀었다.

"계산은 어떻게 하시겠어요? 가문으로 청구하면 될까요?"

"그러는 게 좋겠어요."

에르셀라가 긍정하며 옆에 놓인 종이에 서명한 후 가문의 인장을 찍었다. 서류를 꼼꼼히 확인하던 로즈리나의 눈이 동그랗게 커졌다.

"베른하르트가에서 오셨군요! 설마 공작 부인이신가요?"

"맞아요."

"세상에! 사실 처음 뵈었을 때 긴가민가했답니다. 모자지간이 아니라 남매라고 해도 손색없겠어요! 나이는 제가 다 먹는 것 같군요. 듣던 대로 너무 아름다우세요."

"과분한 칭찬이에요."

"과분하다뇨!"

로즈리나가 연신 황홀해하자 에르셀라가 겸연쩍게 웃었다. 아름답다는 말은 언제 들어도 쑥스러웠지만 싫지는 않았기에 예의상일지라도 내심 좋았다.

로즈리나가 수줍어하는 에르셀라를 유심히 쳐다보더니 의미심장한 미소를 지었다.

"머리를 내리니 한층 어려 보이시네요."

"아……."

에르셀라의 볼에 홍조가 덧씌워졌다. 마담의 눈치를 살필 필요도 없는데 괜스레 신경이 쓰였다.

"곧 수도에 머리를 내리는 부인들이 많아지겠군요."

로즈리나의 작은 입술이 호선을 그리며 매끄럽게 올라갔다. 아까처럼 영업용 미소가 아닌 무언가를 갈망하는 희미한 미소였다.

"실례지만 제가 한번 만져봐도 될까요?"

"그러세요, 마담."

얼떨결에 떨어진 허락에 로즈리나는 천천히 그녀의 머리를 쓸어내리기 시작했다. 그 부드러운 손길에 에르셀라는 어머니인 후작 부인을 떠올렸다.

다정한 후작 부인은 에르셀라가 어릴 적에 머리를 손수 빗겨주곤 했다. 에르셀라는 로즈리나가 어떤 시선으로 저를 보는지 어렴풋이 알 것 같았다. 로즈리나가 흐릿하게 웃었다.

"……딸이 있었죠. 지금은 죽었지만. 그 천방지축이던 아이가 혼인 후엔 조신해지더군요. 누군가의 아내가 되어 머리를 올리고 사람들의 이야기에 습관처럼 웃는 그 아이가 낯설었어요. 내겐 여전히 어리디어린 딸일 뿐인데 말이에요."

"……."

에르셀라가 가진 것을 동경하는 눈빛이 아닌 어머니가 자식을 대하는, 다정하고 정성스러운 시선. 이상한 일이었다. 조금 전까지만 해도 짙은 화장으로 젊어 보였던 마담의 얼굴에서 나이가 느껴졌다.

노부인은 이제야 제 나이처럼 보였다. 에르셀라는 무심코 지금이 더 보기 좋다고 생각했다. 젊음과 아름다움을 추구했던 그녀의 옛 태도에 반하는 판단이었지만 그녀는 차마 눈치채지 못했다.

로즈리나가 입꼬리를 더 끌어 올려 싱긋 웃은 것은 그때였다.

"잘 어울려요."

미사여구 하나 없는 담백한 언사였으나 깊이 팬 골짜기에 실바람이 불어오듯 그 말은 에르셀라의 가슴을 간질였다.

구입한 옷을 리엔에게 맡긴 후 몇 가지 물건을 더 샀다. 가벼운 소재로 만든 장갑, 양장 모자, 예복에 어울리는 구두를 나름 고심해서 골랐다. 물건은 거의 에르셀라의 안목으로 골랐는데 그 이유는…….

"이걸로 살까?"

"그리하십시오."

"이건 어때?"

"괜찮습니다."

"검은색이 낫니, 녹색이 낫니?"

"전 아무거나 상관없습니다."

냉정하다고 느낄 정도로 단호하게 돌아오는 대답 때문이었다.

비센테는 에르셀라의 다분히 과한 선물 공세를 거절하진 않았지만 딱히 사용할 생각도 없어 보였다.

에르셀라는 입술을 삐죽이며 리엔의 말대로 항상 착용해야 하는 귀걸이를 사 주려고 했다. 그러나 비센테가 처음으로 극구 사양했기 때문에 그마저도 포기해야 했다.

비센테의 모든 일정이 끝나고 나와서인지 간단히 쇼핑만 했는데도 해가 뉘엿뉘엿 저물어갔다. 어느덧 적황색으로 물든 노을이 하늘에 드리웠다.

시리도록 짙던 비센테의 흑발 또한 잠깐이겠지만 따뜻한 색을 띠었다. 그 때문에 그의 인상이 조금 부드러워지자 에르셀라는 또다시 웃었다.

오늘따라, 웃음이 잦았다.

비센테는 어떨지 모르겠지만 에르셀라에겐 정말 즐거운 시간이었다. 이제 저녁만 먹고 돌아가면 얼추 시간이 맞을 것 같았다. 저녁까지 함께할 거라고는 생각 못 했는지 '저녁 말입니까?'라고 묻는 아들의 팔을 잡아끌고 그녀가 잘 아는 고급 음식점에 들어갔다.

그라니아 남서쪽 바다와 접해 있는 메르데 지역에서 유행하는 해산물 요리 전문점이었다. 메르데 지역의 음식이 최근에 유행한 탓인지 건물 내부는 사람들로 북적였다.

잘 모르는 비센테 대신 에르셀라가 익숙하게 주문을 마쳤다. 그에 또 비센테가 에르셀라를 빤히 쳐다보았다. 에르셀라는 이번에도 가볍게 웃었다. 계속 웃다 보니 어느새 눈만 마주치면 웃게 됐다.

"궁금한 거라도 있니?"

"여긴 자주 오십니까?"

이번에도 아니라고 할 줄 알았는데 다른 질문이 돌아왔다. 그녀에게 작은 관심이 주어진 셈이다.

"부인들과. 네 아버지는 밖에서 먹는 걸 싫어해서 말이야. 이제는 모두 누군가의 부인이 된 내 친구들과 자주 왔었지."

"자주 만나십니까?"

"그래. 결혼 후에 집에만 있는 부인들을 생각하면 난 자주 만나는 편이야. 난 집에만 있는 건 내키지 않……."

에르셀라는 일순 말을 멈추고 비센테의 눈치를 살폈다. 그런 의미는 아니었지만 들뜬 마음에 오해할 만한 발언을 해버리고 말았다.

"미안하구나. 말이 잘못 나왔네. 네가 생각하는 그런 뜻은 아니었어."

"아닙니다."

비센테는 상처받은 기색 하나 없었다. 비센테의 태연자약한 반응에 상처받은 것은 에르셀라였다.

과거, 그녀가 지금 그의 얼굴을 보았다면 사과할, 아니, 그 전에 신경조차 안 썼을 것이다. 원래 그런 아이겠거니 하며 넘어갔을 것이다.

그러나 지금은 의문만 들었다. 아무것도 담지 않은 무미건조한 눈동자는 정말로 아무것도 느낄 수 없는 것인지. 겉으로 드러나지 않는 원망이 내면에서조차 잠잠할 것인지.

'그럴 리가 없잖아.'

괜찮을 리가 없다. 그녀 또한 살아오며 얼마나 많은 고통을 억눌러야 했던가. 그녀의 아버지, 어머니, 언니가 죽은 후에 끝없이 괴로워도 내색하지 못하지 않았는가. 에르셀라 본인 스스로도 괜찮지 않다는 것을 잘 아는데 왜…… 그녀의 아들은 괜찮을 거라 생각했던 것일까.

천천히 팔을 올려 비센테를 향해 손을 뻗어보았다. 그러나 바스락거리는 낙엽처럼 떨리는 그녀의 손끝은 아직은 그에게 닿을 수 없다는 듯, 그대로 추락하고 말았다.

여자의 눈빛이 가련하게 떨렸다. 언뜻 보면 슬퍼하는 것도 같았다. 아니, 원래 저런 눈이었나. 그는 한 번도 그녀의 눈동자를 깊게 관찰한 적이 없었다.

아버지의 흑안이 아닌 그녀의 벽안을 물려받았음에도 도무지 그녀가 자신의 어머니라는 생각은 들지 않았다.

사람들이 아름답다고 칭송하는 외모임에도 비센테는 건조한 태도로 일관했다. 그녀로 인한 어떠한 자부심도, 기쁨도 느낄 수 없었다. 그저 같은 곳에 사는 남. 아버지의 여자. 그런 생각이 뿌리박히자 어느 날은 친어머니가 아닌가 하는 의심마저 들었다. 무리도 아니었다.

여자는 제 나이보다 적어도 다섯 살은 어려 보였으니 반반한 얼굴로 아버지를 유혹해 옆자리를 꿰찼을지도 모를 일이었다. 하지만 시간이 지나면서 그것이 정말 말도 안 되는 일임을 알았다. 눈앞의 여자는 완벽히 그의 생물학적 어머니였다.

그녀의 손이 그의 앞에서 멈추다 아래로 떨어졌다. 닿을 생각이었던 건가. 그가 속으로 웃었다. 그냥 우스워서. 다른 생각은 들지 않았다.

서먹하게 내려앉은 공기의 흐름. 그 잠깐의 적막을 뚫고 식사가 나왔다. 새우를 넣고 끓인 기름에 구운 바게트, 와인을 끓여 그 위에 치즈를 얹은 홍합, 게살에 크림을 묻힌…… 하나같이 그가 처음 보는 차림이었다. 먹어보니 조금 느끼했지만 나쁘진 않았다.

그러고 보니 어머니는 이런 부류의 것을 참 좋아하는 듯했다. 처음 같이 조식을 먹을 때 나온 음식들을 보고 그는 어처구니가 없었다. 보기만 해도 느글느글한데 하루를 이렇게 시작하는 사람이 있다니. 심지어 그게 자신의 어머니라니.

그날 그녀의 말대로 쉬지 않고 수련을 했다면 얼마 못 가 속을 게워냈을지도 모를 일이었다. 다행히 그녀도 자신의 식단이 일반적이지 않다는 걸 알았는지 다음 날은 정상적인 음식이 나왔다. 그제야 편히 식사를 할 수 있었다.

요즘 그녀는 뜬금없이 식사를 같이하자거나, 그에게 데이트 신청을 하는 게 꼭 다른 사람 같았다. 무슨 생각인지 알고 싶어 오늘 하루 그녀가 하자는 대로 했지만 끝끝내 알 수 없었다.

지금만 봐도 그랬다. 아무리 쳐다봐도 웃음으로 일관하니 속내를 알기 힘들었다. 어쩐지 미묘하게 휘둘리는 것 같아 지근지근 불쾌감이 올라왔다. 그는 더는 원하지 않는 감정들을 쳐내기로 했다.

"무슨 생각이십니까?"

농락당하는 것도 이쯤이면 되겠지.

가시 서린 음성이 그녀의 머리 위로 내리꽂혔다. 자연히 이끌리듯 에르셀라의 고개가 들렸다.

"어머니께서 왜 이러시는지 몇 번이나 생각했습니다만, 도저히 결론이 안 나더군요. 원하는 걸 말씀하십시오. 그게 피차 편할 듯합니다."

이미 스푼을 내려놓은 걸 보아 더 이상 비센테는 그녀와 오붓하게 시간을 보낼 생각이 없어 보였다.

에르셀라는 냅킨을 들어 입가를 가볍게 닦아냈다. 당황하긴 했지만 예상 못 한 상황은 아니었다. 그녀가 생각해도 지금 그녀의 태도는 앞뒤가 맞지 않았다.

"그렇게 어렵게 생각할 것 없어."

"제 말에 대답해 주십시오."

"너와 잘 지내고 싶을 뿐이야."

비센테의 입매가 살짝 비틀어졌다.

"이제 와서…… 말입니까."

적의 어린 시선. 이제 그는 에르셀라의 장단에 맞춰주는 짓은 그만두기로 한 듯했다. 에르셀라 또한 지나간 일을 덮고 비센테와 정다운 척 지낼 생각은 없었다.

"네가 무슨 생각 하는지, 알아."

"……"

"무정한 어미였지. 아들인 너를 방치한. 그 당시엔 나도 어렸다는 말로 변명하진 않아. 네게 지울 수 없는 죄를 지은 것은 사실이니까. 하지만 지금까지 그래 왔다고 앞으로도 그러고 싶진 않아. 나는, 이제라도 너와 잘 지내고 싶을 뿐이야."

"……"

"그래…… 늦었지만. 늦은 걸 알지만."

"이런 식으로 말입니까?"

"마음에 안 든다면 바꾸마. 내가 더 노력할게. 네게 어머니로서 대우를 받을 생각은 없어. 날 어머니로 생각하지 않아도 좋아. 하지만 난 널 아들이라고 생각할 거고 이제까지 못 해준 것들도 다 해줄 생각이야."

"……"

"미안해."

"……"

"그동안 어머니 같지 않은 어머니여서."

"……"

"……내게 한 번만 더 기회를 주겠니?"

에르셀라는 간절하게 비센테를 마주했다. 그리해도 비센테의 푸른 눈은 말라 버린 듯이 한순간의 동요도 보이지 않았다. 미동 없는 그 시선은 얼마나 메말랐는지 가늠할 수 없을 정도로 삭막한 황야 같았다.

"내가 널 그렇게 만들었니?"

묻지 않아도 알 수 있었다. 모두 자신 때문이었다. 어떻게 그리도 아둔했을까.

"나는…… 네게 얼마나 큰 죄를 진 건지."

어떻게 이 아이를 사랑하게 될 거라 조금의 생각조차 하지 못했을까. 쌓여가는 죄가 언제까지 깃털만큼 가벼울 것이라 생각했을까. 지금 그 과오는 몸을 불려 천근만치 무거워졌거늘…….

눈물을 흘릴 자격조차 없어 그녀는 울음을 삼켰다. 에르셀라는 울고 싶지 않았다. 눈물을 앞세워 동정을 바라는 순간 비겁자가 될 것만 같았다.

자신을 용서하는 것도, 용서하지 않는 것도 오롯이 비센테의 몫이었다. 에르셀라는 비센테에게 용서를 강제할 권리가 없었다. 차게 내리꽂히는 시선이 우습게도 더는 아프지 않았다. 아플 염치가 있을 리가 없었다.

정적을 비집고 비센테가 혼잣말하듯 되뇌었다.

"이해가 되질 않습니다."

상식을 벗어난 것이 마뜩잖다는 눈빛이었다. 이해 밖의 행동으로 자신의 영역 안을 밀고 들어온 그녀를 용납할 수 없다는 듯이 그의 눈이 서늘함을 풍겼다.

"당신은 굳이 이럴 필요가 없는 분이십니다."

"……."

"당신이 예전처럼 저를 대한다 하더라도 저는 당신에게 아무런 해코지도 할 수 없고, 그럴 생각도 없습니다. 작위를 물려받은 후에도 말입니다. 만일 그때 가서 당신이 어머니로 대우받길 원한다면 기꺼이 그리할 것입니다. 어찌 됐든 제 어머니시니까요."

"……."

"설령 당신의 말대로 이제라도 제게 어머니로서의 도리를 다하고 싶다 하더라도 이렇게까지 하실 필요는 없습니다."

"비센테……."

"착각하시는 것이 있는 듯해서 말씀드립니다."

황량했다.

"저는 당신을 원망하지 않습니다."

목소리가, 눈빛이, 그 모습이 전부.

"당신에 대한 감정 자체가 없습니다."

그 말대로 비센테의 눈빛에는 원망과 증오 같은 감정 따윈 서려 있지 않았다. 그래, 처음부터 없었다. 처음부터 그녀의 아들의 눈에는 아무것도 담겨 있지 않았다. 그것이 주는 허망함에 그녀는 가슴이 찌를 듯이 아파왔다.

"당신이 이제 와서 이러시는 것은 불쾌감만 들게 할 뿐입니다."

얼마 없던 그녀와의 접점도 다 끊어내려는 냉정한 일침이었다. 에르셀라는 눈을 깜빡이면 당장에라도 눈물이 날 것 같아 그만 고개를 숙였다.

비센테는 에르셀라를 원망하지 않았다. 아예 그녀에 대한 감정 자체가 없었다. 이보다 더 잔인한 말이 어디 있을까. 또다시 지난날의 죄책감이 그녀를 짓눌렀다.

"에르셀라……."

저 어디선가 애성이 들리는 듯했다. 언제나 비센테를 아들로 둔 그녀를 부러워했던 에샤힐드의 목소리였다.

"나도 너처럼 아이를 갖고 싶어……."

안타까운 일이다. 자신은 아이가 없는 그녀가 부럽기만 했는데…….

"이번에도 잃는다면 난……."

그때 에샤힐드를 조금이라도 이해하려 노력했다면, 그녀는 비센테를 돌아볼 수 있었을까? 괴로울 줄 알았다면 그녀는 이 잘못을 바로잡을 수 있었을까?

모를 일이다. 에르셀라는 그때의 에샤힐드를 이해하지 못했으니. 그저 자식 때문에 모든 것을 잃은 자신에 대한 연민에 빠져 허우적대고 있었으니. 조금 더 늦게 낳을걸. 아예 낳지 말걸. 그렇게 언젠간 스스로에게 상처로 되돌아올 후회와 원성만 쏟아내고 있었으니. 그녀는 앞으로도 그 답을 영영 모를 것이다.

지금도 이렇게…….

결국 사랑하게 될 줄 몰랐던 것처럼.

에르셀라는 씁쓸한 표정으로 천천히 고개를 들었다. 비센테는 여전히 차가운 얼굴로 에르셀라를 보고 있었다. 그녀가 그토록 두려워하며 외면하던 비센테의 모습이었다. 그러나 에르셀라는 이번에는 피하지 않았다.

그녀는 비센테의 눈동자를 똑바로 마주했다. 그런 다음, 눈에 힘을 주고 경직되어 도저히 풀리지 않을 것 같던 입가에 천천히, 모래성을 쌓듯이 아주 천천히…….

부드러운 미소를 올렸다.

곧장이라도 무너질 성벽과도 같은 그 미소에 비센테의 눈동자가 일순간 굳었다. 에르셀라의 나긋나긋한 목소리가 그의 귀에 들려왔다.

"너는 내가 왜 이러는지 궁금하다고 했지?"

그의 눈앞에는 지금, 금방이라도 허물어질 것처럼 웃고 있는 주제에.

"그럼 우리 이렇게 하자."

혼신을 다하여 아무렇지 않은 척하는 여자가 있었다.

"내게 네 시간을 준다면, 나는 네가 원하는 걸 줄게."

왜…….

"뭐든 좋아. 질문이든, 물건이든, 추상적인 것이든."

왜 이렇게까지…….

"……부디 이것마저 거절하진 말아줘."

다시 미소 짓는다. 그것이 얼마나 위태로워 보이는 줄도 모르고. 파르르 떨리는 입꼬리가 못 봐줄 정도로 우스꽝스러웠다. 하지만 그는 조금도 웃을 수 없었다. 비센테는 어느 하나 일관된 게 없는 에르셀라의 표정을 물끄러미 바라보았다.

……참 희한하게도 그것이 눈에 거슬렸다.

2장
변화의 시작

"알겠습니다."

　자존심을 버린, 거의 매달리다시피 한 요구였다. 비센테는 결국 승낙했다. 간절함에 동한 것은 아닐 것이다. 아마 그녀에 대한 불쾌한 동정심 정도였을 것이다.

　알았으니 더 이상 내 눈앞에서 이러지 말라는 경고. 딱 그 정도였다.

　그렇게 생각하면 씁쓸한 마음은 어쩔 수 없지만 그래도 후회하지 않는다. 덕분에 근래 비센테와 보내는 시간이 많아진 것은 사실이었으니.

　비센테가 에르셀라에게 시간을 내주면 그녀는 원하는 것이 무엇이냐고 물어보곤 했다.

　비센테는 그녀가 막아놓았던 연무장 개방이나 그녀가 잘랐던 가정교사의 재고용을 요구했다. 역시 마음에 들지 않았던 모양이다. 그럴 때마다 에르셀라는 조금의 불만도 내비치지 않고 흔쾌히 들어주었다.

　'약속은 약속이니까.'

다행히 그녀의 아들도 예전처럼 돌아가고 싶진 않았는지 가정교사는 세 명만 재고용할 것을 요구했으며 그들의 방문 주기 또한 늘렸다.

에르셀라는 남몰래 웃었다. 내색은 안 했지만 은근 지쳐 있었나 보다.

"즐거운 일이라도 있으세요, 부인? 안색이 훤하네요."

나긋한 목소리에 골몰히 잠겨 있던 상념에서 벗어났다. 같이 티파티를 즐기던 부인 중 한 명이었다. 에르셀라가 우아하게 미소 지으며 고개를 끄덕였다.

"그럼요. 화창한 날에 이리 좋은 분들과 함께 있는데 어찌 즐겁지 않겠어요."

"어머, 부인도 참."

에르셀라의 미소에 답하며 레데아 부인이 입을 가리고 웃었다. 그러곤 쥐고 있는 부채를 펼쳐 살랑살랑 흔들며 에르셀라의 맞은편에 있는 여인을 쳐다보았다.

가르텐 공작가의 정부인으로 나이가 있음에도 원래 나이보다 젊어 보이는 우아한 몸짓의 귀부인이었다. 도도해 보이는 가는 눈매가 흡사 고양이를 연상시켰다.

꽤 성질 있어 보이지만 겉보기와는 다르게 연신 고상하게 미소 짓는 것이 품격이 느껴졌다. 물론, 에르셀라와 그녀는 친해지기에는 너무 상성이 안 맞아 그다지 교류는 없었다.

"정말이지 가르텐 공작 부인은 좋으시겠어요."

응? 뭐가?

비센테와 있었던 일에 집중하느라 흐름을 놓친 모양이었다. 에르셀라는 당황한 티를 내지 않으려 노력하며 귀를 기울이고 분위기를 살피기 시작했다.

"공작 영애가 그렇게 현명하며 아름답다죠?"

다행히 딱히 그녀가 관심 가질 일은 아니었다. 그녀가 알기로 가르텐 공녀가 올해 열여섯이었다. 아마 올해 여는 성년회나 혼담에 관한 얘기일 것이다.

"청혼서를 추려내는 데만 해도 하루 밤낮은 걸리겠어요!"

아니나 다를까 그녀의 예상은 빗나가질 않았다. 에르셀라는 그럼 그렇지, 라고 별생각 없이 앞에 놓인 홍차를 마셨다. 그녀가 즐겨 마시는 차였다.

가르텐 공작 부인이 차를 한 모금 들이켠 후 해사하게 웃으며 손을 저어댔다.

"그 정도까진 아니랍니다. 다만 제 딸이긴 하지만 애가 예쁘긴 해요. 하나밖에 없는 딸이라 엇나가진 않을까 걱정이었는데 다행히 바르게 자라주어 고마울 따름입니다. 이제 좋은 남편을 만나 행복하게 사는 모습을 보는 게 제 유일한 소망이에요."

그러면서 가르텐 공작 부인은 에르셀라를 슬쩍 쳐다보았다. 에르셀라는 은반에 놓인 마들렌을 집으며 자연스레 그 시선을 피했다.

'내 아들은 안 되지.'

가르텐 공녀의 유명한 성질머리는 둘째 쳐도 그녀의 아비, 가르텐 공작이 껄끄러웠다. 허구한 날 카르온을 깎아내리는 게 영 마음에 안 들었다. 굳이 그런 집안과 혼맥을 맺을 필요는 없을 것이다.

"그러고 보니 베른하르트 공작 부인의 자제분이 뛰어나다는 소문을 들었어요."

에르셀라는 갑자기 아들을 화두에 올려놓은 레데아 부인을 지긋이 노려보았다. 이 모든 일의 원흉이었다.

서른 남짓이라고 예상했던 레데아 부인은 알고 보니 이십 대 초반이었는데 에르셀라는 그녀의 외양을 보고 내심 당황했다. 친하게 지내는 것에 나이가 무슨 상관이겠느냐마는 어느 정도 나이대가 맞아야 하는 것 아닌가. 그녀와 에르셀라는 열 살 남짓 차이가 났다. 대체 무슨 속셈으로 그녀의 친구까지 초대하며 에르셀라를 끌어들었는가 했더니 방금 대화를 보고 확신이 섰다.

설마하니 가르텐 공작 부인의 심복이었을 줄이야. 공작 부인과 말을 맞췄을 것이다. 공작 부인이 아들을 눈여겨볼 줄 몰랐던 그녀의 실책이었다.

무시로 일관하려 해도 이렇게 대놓고 언급하면 피할 수 없었기에 에르셀라 또한 슬며시 웃음 지었다.

"뛰어나긴요. 그저 또래 남자아이인걸요."

"어머, 부인. 겸손도! 베른하르트 공자의 수려한 용모는 사교계에서도 이미 파다한걸요!"

맞는 말이지만 그건 또 어떻게 안 것일까. 매번 저택에만 틀어박혀 있는 애를.

"맞아요! 검술도 월등히 뛰어난 것이 장차 공작 각하를 이어 왕실 기사단장 지위에 오를 거라고 사람들이 그러더군요."

"게다가 학식까지 뛰어나다죠. 듣자 하니 그 어린 나이에 그레이시반 왕립 아카데미 고등 입학 시험을 한 번에 통과했다면서요?"

미동도 않던 에르셀라의 몸이 작게 움찔거렸다. 그녀는 떨떠름한 얼굴로 발언한 부인의 얼굴을 바라보았다. 그녀의 낯빛은 한 치의 거짓없이 진실했다.

그레이시반 왕립 아카데미? 그건 또 언제? 처음 듣는 얘기에 에르셀라는 당황할 수밖에 없었다.

"그런데 입학하지 않고 수도에 남다니. 내심 부인이 자기와 떨어져서 외로워할 걸 걱정했던 게 분명해요."

"어머, 공자께서 정말 예의 바르고 배려심이 뛰어나다는 것은 누구나 다 아는데 효심까지 깊을 줄은 몰랐습니다. 그런 아들을 두어 정말 부럽네요."

부인, 정작 그 아이의 어머니인 나는 왜 모르죠?

"부인은 좋겠어요."

모두가 입 모아 말했다. 끝없이 이어지는 아들 칭찬에 그녀는 이제 웃어야 할지 울어야 할지 갈피조차 잡지 못했다. 개중 그녀가 처음 듣는 이야기도 몇몇 있어 속으로 매우 놀랐다.

거의 칩거하다시피 살고 있는 비센테를 어찌 이렇게 잘 알고 있는지…….

'어째 나보다 더 잘 아는 것 같지?'

에르셀라는 괜히 심술이 나 티 안 나게 입술을 비죽거렸다.

"그러고 보니 공자의 나이도 이제 열다섯 아닌가요?"

레데아 부인이 다시 화제를 되돌리기 시작했다. 역시 예상했던 바였다. 아들의 칭찬을 늘어놓아 에르셀라의 비위를 맞춘 후 원하는 것을 얻으려는 속셈인 것 또한 알았다.

어린 나이에 공작 부인의 손에 이끌려 고생 중인 것을 보니 조금 안쓰럽긴 했다. 작위 없는 남편을 두었으니 사교계에 입성하려면 공작 부인의 도움이 필요할 것이다. 괘씸하긴 했지만 전후 사정을 생각해 보면 용서 못 할 것도 아니다.

"마침 가르텐 공녀와 나이가 한 살 차이네요. 가르텐 공작 부인, 가까운 곳에 좋은 인연이 있는 것 같은데 이참에 서로 혼담을 나누는 건 어때요?!"

레데아 부인이 깔아둔 교묘한 판에 넘어간 친애하는 아클라 자작부인의 동조에 에르셀라는 속으로 한탄했다.

'시에라…….'

어렸을 때부터 그녀의 친우로 참 좋은 사람인데 가끔 눈치가 없어서 탈이었다.

"베른하르트 공자를 사위로 맞이한다면 더할 나위 없죠. 공작 부인께서 우리 아이가 눈에 차실진 모르겠지만."

기어코 가르텐 공작 부인이 웃는 낯으로 쐐기를 박았다. 가르텐 공작 부인은 에르셀라보다 열 살이 더 많았다. 그러므로 오늘의 티파티 또한 그녀가 원하는 대로 판을 짜는 것은 식은 죽 먹기였을 것이다.

'오지 말았어야 했어.'

에르셀라는 이런 계략이 난무하는 피곤한 티타임은 별로 좋아하지 않았다. 순수하게 대화를 나누며 유대감을 쌓는 것을 좋아했다.

그녀가 평소에 친밀하게 지냈던 자르데아 백작 부인과 아클라 자작 부인인 시에라가 나온다기에 왔던 것인데 이 사달이 날 줄이야.

공작 부인의 얘기만 쏙 빼놓은 레데아 부인의 의도가 빤히 보였다. 가르텐 공작 부인이 참석한다고 하면 편지를 냅다 버릴 것을 안 모양이었다.

그녀는 자신에게 꽂혀 있는 여러 명의 시선을 받아내며 느긋하게 차를 홀짝였다. 오랜 시간 습득한 미소가 자연스레 입가에 자리했다.

"그것 참 괜찮은 생각이군요. 가르텐 공녀 같은 영애면 저도 마다할 이유가 없죠."

"정말 그렇게 생각하시나요?"

한 번 경고를 해두는 것도 나쁘지 않을 것이다.

"그럼요. 공녀를 친히 교육하면서 친밀감을 다질 생각에 벌써부터 기분이 좋은데요?"

에르셀라의 말이 끝나기가 무섭게 공작 부인의 얼굴에 자리했던 고상한 미소가 겉껍질이 깨어지듯 산산조각 나기 시작했다. 공작 부인의 한쪽 입꼬리가 미세하게 틀어졌다.

"교육, 말이군요."

다문 잇새로 한 글자, 한 글자 힘주어 내뱉는 목소리는 의외로 평온했다. 그와 상이하게 그녀의 눈빛은 차츰 스산해지기 시작했다. 저를 지긋이 응시하는 시선을 피하지 않은 채 에르셀라가 방긋 웃었다.

"네, 부인. 공녀께서 현명하니 우리 가문의 가풍도 잘 습득할 거예요. 지혜로운 식솔은 언제나 환영이랍니다."

그러나 공작 부인은 에르셀라의 '교육'의 의도가 무엇인지 알아차린 듯, 계속 한쪽 입꼬리를 내리지 못한 채 경직되어 있었다. 자르데아 백작 부인이 말을 얹은 건 그때였다.

"공작 부인께서도 가르텐 영애를 이리 마음에 들어 하시니 이러다 정말 이곳에서 혼사가 정해지는 것은 아닌가 모르겠어요. 이거 미리 축하드려야 하나요?"

은근하게 흐르는 서늘한 분위기에 레데아 부인이 에르셀라의 눈치를 살피기 시작했다. 에르셀라는 웃음을 지운 채 레데아 부인과 눈을 맞췄다. 그 시선이 정확히 무슨 뜻인지 안 레데아 부인이 입술을 잘근 깨물었다. 그녀의 시선이 불안정하게 이리저리 헤매었다.

스물하나라고 했다. 결혼도 최근에 했다고 하니 아직 이 분위기를 받아내기 어려울 것이다. 이쯤 되면 알아들었을 거라 생각하며 에르셀라가 그녀를 향해 다정하게 말을 붙였다.

"차가 정말 맛있어요."

"……입맛에 맞으시니, 다행, 이에요."

이 분위기에 전혀 어울리지 않은, 뜬금없다 못해 해맑기까지 한 발언에 레데아 부인이 어색한 웃음을 흘렸다. 그녀는 불쌍할 정도로 가르텐 공작 부인을 쳐다보고 있었는데 공작 부인은 그 시선을 약간 짜증스럽게 받아쳤다.

아무리 표정 관리를 잘하는 공작 부인이라도 딸과 관련된 것에는 예민해지는 모양이었다. 그녀도 결국 한 아이의 어머니라는 것인가. 쓸쓸함이 차오르려 할 때, 공작 부인의 곤란한 목소리가 들려왔다.

"애들 혼사 자리를 어디 우리가 정할 수 있던가요. 남편의 현명함을 믿는 수밖에요."

슬그머니 발을 빼는 공작 부인을 보며 에르셀라는 습관처럼 고아하게 웃었다.

"그러게요."

하늘에서 내리쬐는 햇빛이 그녀의 미소를 거들었다.

"그나저나 공녀의 성년회를 공작님께서 얼마나 화려하게 하실지 다들 기대 중이에요!"

에르셀라의 미소를 기점으로 가르텐 공녀의 성년회로 화제가 전환되었다.

이번에도 나이 어린 레데아 부인이었다. 티파티의 중점을 아예 가르텐 공작가로 이끌려는 듯싶었다. 바람잡이 역할은 확실하게 한다고 생각하며 에르셀라도 몇 마디 건넸다.

가르텐 공작 부인의 심기를 거슬렀으니 어느 정도 기분을 풀어주는 게 좋을 것이다. 에르셀라의 위치라면 타인의 눈치를 볼 필요는 없지만 인간관계는 경험상 뒤끝이 없어야 좋았다. 공작 부인을 이대로 보내기엔 마음이 편치 않기도 했고 말이다.

에르셀라가 공작 부인에게 친근히 말을 붙였다.

"공작 각하께서 공녀를 사랑하는 마음이 지극하다고 들었어요. 공녀가 이토록 많은 사랑을 받고 자랐으니 얼마나 아름답게 성장했을지 기대되네요."

다행히 조금 전의 화는 억눌렀는지 공작 부인이 제 페이스를 찾으며 느긋하게 미소 지었다.

"아무래도 자식이니까요. 자식을 사랑하는 것은 부모로서 당연한 일이죠."

"……."

"……부인."

공작 부인의 가시 돋친 말이 누구를 향하는지는 너무나 명백했다. 언제나 해맑던 시에라조차도 숙연해지며 공작 부인을 은근히 저지했다.

공작 부인은 얄미울 정도로 우아하게 에르셀라를 쳐다보고 있었다. 노련하게 휘어지는 눈매에 담긴 적의를 읽지 못할 정도로 에르셀라는 단순하지 않았다.

에르셀라는 얕게 웃으며 여유롭게 상황을 관망했다. 에르셀라가 느릿하게 차를 홀짝였다. 공작 부인의 말이 무엇을 의미하는지 모르지 않을 텐데도 그녀는 마치 관조자처럼 느긋하게 있었다. 결국 보다 못한 자르데아 백작 부인이 입을 열었다.

"공작 부인께선 가히 어머니의 귀감이시군요. 딸을 사랑하는 마음은 이 나라의 어머니들이 본받을 정도로요. 아니 멀리 갈 것도 없이 저부터 본받아야겠는데요? 공녀는 이런 어머니를 두어 행복하겠어요."

백작 부인은 에르셀라를 향한 공작 부인의 발언을 여기 이 자리에 있는 모두에게 돌림으로써 싸늘한 분위기를 환기시켰다. 그러나 가르텐 공작 부인은 여전히 웃으며 에르셀라를 바라보고 있었다. 자신의 말 따위는 흘리는 그 태도에 백작 부인의 표정이 굳었다. 에르셀라가 환하게 웃으며 입을 연 것은 그때였다.

"공작 부인 말씀이 맞아요."

"……."

"저도 제 아이를 사랑하는 입장에서 충분히 공감 가는 이야기네요."

"……."

"자식을 위해서라면 못 할 게 뭐가 있겠어요."

마지막에 내뱉은 그녀의 목소리는 미묘하게 한기를 띠었다.

"뭐든 할 수 있죠."

"레데아, 그 부인 진짜 뭐니?! 가르텐 공작 부인과 짜고 이런 일을 벌여?! 내가 아주 사교계엔 발도 못 붙이게 해줄 거야."

시에라가 분노했다. 그녀도 뒤늦게나마 이번 티파티에 어떠한 목적이 있었는지 눈치챈 것 같았다. 그녀는 에르셀라를 측은하게 쳐다보며 머뭇거렸다.

고초를 겪은 사람을 보는 듯한 시선에 에르셀라가 괜찮다며 고개를 저었다.

"그러지 않아도 돼. 그 사람이 무슨 힘이 있겠어. 그리고 난 괜찮아, 시에라. 공작 부인 말 틀린 거 없기도 하고."

"에르셀라! 그래도 그건 너에 대한 모욕이라고. 넌 화도 안 나니? 왜 남의 자식을 걸고넘어지는 거람!"

"맞아요, 부인. 오늘 이처럼 무례한 티파티는 저도 처음이었어요."

백작 부인이 고개를 끄덕이며 동조했다. 하긴, 확실히 무례한 편이긴 했지. 에르셀라도 그 점은 동의했다.

그러나 어찌 보면 사소한 문제였다. 공작 부인이 제게 해가 되는 것도 아니니 에르셀라도 이쯤은 덮고 넘어갈 요량이었다.

"저는 정말 괜찮아요. 일을 크게 만들고 싶진 않네요."

에르셀라가 어쩔 수 없다는 듯이 웃었다. 이 일의 원흉은 공작 부인이었으나 먼저 그녀를 자극한 것은 에르셀라였으니 딱히 억울한 것도 없었다. 그리고 공작 부인은 정말 사실만을 애기했다.

"너무 속상해하지 마, 에르셀라. 그래도 알 만한 사람들은 다 알아. 너 요즘 네 아들이랑 잘 다닌다며. 네가 얼마나 비정한 어머니였는지는 이제 잊힐 거야!"

"……어째 공작 부인보다 네 말이 더 뼈를 때리는구나, 시에라."

"어머, 그랬니?"

시에라가 다급히 자신의 입을 가렸다. 그에 백작 부인이 온화하게 웃으며 말했다.

"그나저나 베른하르트 영식을 단단히 보호하셔야겠어요. 세간에 들리는 소문에 의하면 가르텐에서뿐만 아니라 판테츠, 메이언스, 라페인에서도 탐낸다더군요."

과거에도 돌았던 얘기였다. 아마 판테츠가와 이야기가 오갔던 것 같기도 하다. 잘 안 됐지만. 에르셀라가 끙 앓는 소리를 냈다. 집에서 두문불출하는 애를 대체 어떻게 알고 그러겠는가, 대강 가문을 보고 찔러보는 거지. 현재 이 나라에서 알렉시스 왕자를 빼면 가장 매력적인 조건을 갖춘 남자는 비센테일 테니.

"사람들이 제 아들을 아는 것이 신기해요. 아무래도 가문에 세작이라도 들었나 봐요."

에르셀라가 걱정 반 농담 반으로 말하자 시에라가 걱정 말라는 듯 입을 열었다.

"네 아들 가정교사에게 돈 좀 찔러준 거 아니겠니? 밖에서 가끔 본 것이 과장돼서 전해질 수도 있고. 너무 걱정하지 마, 에르셀라. 소문은 원래 부풀려지곤 하니까."

그에 에르셀라가 정색했다.

"소문만은 아냐. 내 아들 진짜 잘생겼거든."

"……."

갑자기 싸늘하게 식은 기류에 에르셀라가 고개를 갸웃했다.

"시에라 왜? 왜 그러세요, 부인?"

"어, 그게……."

"……네가 이런 팔불출 같은 면이 있었나, 해서."

시에라와 백작 부인은 정말 똑은 얼굴을 하고 있었는데, 거짓 한 점 담고 있지 않아 에르셀라는 입을 비죽 내밀었다.

공저로 돌아온 에르셀라는 가르텐 공녀의 성년회에 대해 떠올렸다. 원래는 그날 공녀의 성년회를 비센테의 데뷔 삼아 함께 가려 했지만 아무래도 좋지 않은 생각인 듯했다. 공작 부인이 비센테를 보면 다시 탐낼 가능성이 컸기 때문이다. 그러다 문득 비센테의 성년이 생각났다.

'생각해 보니 비센테도 삼 년 후면 성인이구나.'

여자는 열여섯에, 남자는 열여덟에 성인이 된다. 에르셀라는 비센테가 성년을 어떻게 맞았는지 몰랐다. 비센테가 성년이 되었을 때 그녀는 병치레 중이었으니 말이다.

그녀의 얼굴이 시무룩해졌다. 새로운 삶을 살고 있다고 해서 다시 죽지 않으리란 보장은 없었다.

의연하고자 해도 죽음을 생각하면 여전히 울적하고 무서웠다. 어쩌다 기침 한 번이라도 할 시에는 병이 도진 것은 아닐까 하는 생각에 순간적으로 호흡이 잘되지 않을 때도 있었다.

삼 년 후에 또 죽을지도 모른다니. 병이 나면 비센테의 성년회는 고사하고 산송장처럼 침대에만 누워 있어야 할 것이다. 비센테에게 해 주고 싶은 게 너무나 많은데 시간은 터무니없이 짧기만 했다. 에르셀라는 그것도 슬펐다.

'아니야.'

그녀는 차분히 호흡을 고르고 고개를 설레설레 내저었다. 에르셀라는 일어날지 안 일어날지 모르는 막연한 미래를 걱정하기보단 할 수 있는 일을 하고 싶었다.

'이번에는 준비해 보자.'

에르셀라는 조금 낙관적으로 생각해 보기로 했다.

"음, 어떻게 해주면 좋을까?"

만일 비센테의 성년회를 연다면 곳곳에 돈을 덕지덕지 바르는 건 물론이고 좋다고 하는 건 다 쏟아붓고 싶었다. 사치의 끝을 보여주리라. 거기다 수도의 귀족 및 각지의 주요 귀족은 물론이고 인연이 있는 루델시아의 귀족들까지 초대하면 정말 완벽할 것 같았다.

"그래. 최대한 화려하게 해주자."

머릿속에는 이미 완벽한 성년회의 시나리오가 다 짜여 있었다. 휘황찬란한 성년회를 상상하니 기분이 한결 좋아졌다.

에르셀라는 저 혼자 짠 계획을 저 혼자 만족스러워 저 혼자 신나 하기를 반복했다. 그녀의 계획을 들을 비센테가 어떤 표정을 지을지도 모르고 혼자 설레발 치던 때 리엔이 들어왔다.

리엔은 소파에 앉아 있는 에르셀라를 보자 놀란 눈치였다.

"마님, 벌써 오셨어요? 티파티는 재밌으셨나요?"

리엔이 품에 안고 온 이불을 침대에 쫙 펴며 물었다. 에르셀라가 시무룩한 얼굴로 고개를 젓자 그녀가 의아한 낯빛을 띠었다.

"왜요? 오늘 자르데아 백작 부인, 아클라 자작 부인과 함께한다고 좋아하셨잖아요."

"말릴 뻔했어."

"뭐가요?"

"아들을 지키느라 고군분투했지."

앞뒤 맥락을 잘라먹은 설명에 리엔이 자세히 물었다. 에르셀라는 티파티에서 가르텐 공작 부인과 레데아 부인이 했던 짓을 말해주었다. 가만히 이야기를 듣던 리엔이 중얼거렸다.

"큰일 날 뻔했네요. 그래도 잘 대처하셨어요. 거기서 어영부영 넘어갔으면 다음에 또 걸고넘어질 게 분명하니."

"그래."

"근데 가르텐 공작 영애가 그렇게 별론가요? 너무 마음에 안 들어 하시는데요?"

"그보다는⋯⋯."

에르셀라가 말끝을 흐리며 곰곰이 생각했다. 사실 가르텐 영애의 성격은 그녀가 가진 배경에 비하면 큰 걸림돌도 아니었다.

어렸을 때부터 오냐오냐해서 제멋대로 자란 사람이 한둘이겠는가? 하물며 그녀는 적당히 품위를 지켜야 하는 귀족이었다. 따라서 제아무리 건방이 하늘을 찔러도 시어머니와 배우자에게까지 막 대하진 못할 것이다. 그런데 왜 그렇게 반대하고 싶었냐 하면.

"그냥 나는 그 애가 행복하길 바라니까."

사랑받지 못한 삶을 살아온 비센테에게 사랑 없는 정략혼까지 시키고 싶지 않았기 때문이다. 비센테를 상품으로 내놓고 어떤 가문과 거래해야 이득인지를 따지고 싶지 않았다. 그저 가문과 상관없이 사랑하는 사람을 만나 웃으며 살길 바랐다. 그녀는 순진한 편이 아니었다. 오히려 계산적인 편에 속했다. 그러니 지금 그녀의 선택은 온전히 비센테만을 위한 것이었다.

"비센테는 어디 있지?"

그녀는 그런 스스로의 변화를 자각하지 못한 채 자리에서 일어났다.

"어쩐 일이십니까?"

"네가 보고 싶어서."

비센테가 서재에 있다는 말을 듣고 에르셀라는 망설임 없이 발을 움직였다. 서재에 들어서니 아니나 다를까 오늘도 그녀의 훌륭한 아들은 책을 손에서 놓지 않고 있었다.

에르셀라의 갑작스러운 방문에 비센테가 눈썹을 찌푸렸다. 왜 왔냐는 의미로 구태여 물었더니 보고 싶어서라는 순진무구한 대답까지 듣고 말았다. 그에 비센테는 마뜩잖은 표정을 지었다.

"이것도 시간을 내드려야 합니까?"

"하던 것 마저 하렴. 난 여기서 보고만 있을게."

"그게 더 부담됩니다."

에르셀라는 비센테와 함께하며 몇 가지 새로운 사실을 알았는데, 그중 하나가 비센테는 의외로 솔직하다는 점이다. 물론 그녀에게 가시 달린 말을 내뱉을 때 한정이었지만 말이다. 그렇게 해서라도 그녀가 떨어져 나가주기를 바라는 듯했다.

그러나 애석하게도 비센테의 싸늘함에 면역이 생긴 에르셀라에게는 아무런 영향도 미치지 못했다.

에르셀라는 비센테 앞에서 태연함을 유지한 채 아예 턱을 괴기까지 했다. 그런 그녀를 비센테는 무시로 일관하며 책을 읽어나갔다. 부담된다는 말은 그냥 해본 소리인 듯했다.

"듣자 하니 그레이시반 아카데미에 입학할 뻔했다면서?"

"예, 아마 일 년 전에 그랬을 겁니다."

일 년 전이라니. 그걸 왜 이제 알았지? 사교계에 활발하게 참여했던 에르셀라가 몰랐을 리가 없다. 부인들이 잘못 알고 있는 게 아닌가 하여 직접 비센테에게 물어봤는데 사실이란다.

에르셀라는 약간 머쓱해졌다. 슬쩍 비센테를 쳐다보니 그는 여전히 여상한 태도로 책을 읽고 있었다.

"그런데 말이야―"

에르셀라가 눈을 빛냈다. 사실 그녀는 아까부터 궁금한 게 하나 있었다.

"아카데미는 왜 안 들어갔어?"

질문하는 그녀의 눈이 반짝거렸다. 그녀는 나름 기대한 답이 있었다.

"내심 부인이 자기와 떨어져서 외로워할 걸 걱정했던 게 분명해요."

정말 그런 것일까?

여전히 시선을 책에 고정한 탓에 에르셀라의 기대하는 눈빛을 몰랐던 비센테가 툭 내뱉었다.

"아버지께서 가지 말라고 하셨습니다."

부풀어 올랐던 기대감이 한순간에 푹 꺼졌다. 진실은 허무하기만 했다. 그럼 그렇지. 생각해 보니 정말 '그럼 그렇지'였다. 괜히 기대하게 만든 티파티의 어느 부인을 떠올리며 에르셀라는 눈을 가늘게 좁혔다.

"흠, 왜 가지 말라고 하셨는데?"

"아카데미 교육 과정이 너무 느리다고 하셨습니다."

'응?'

"차라리 가문에서 일, 이 년 안에 끝내는 것이 빠르다고 아카데미 입학을 만류하셨지요."

하르젠은 정말 상상을 초월했다. 그레이시반은 수도 근처 아카데미 중 가장 높은 교육 수준을 가지고 있었다. 나라에서 직접 세운 교육 기관인 만큼 가르치는 수준은 응당 그에 상응했다.

한데 그것조차 느리다며 불만을 갖다니. 정말 스파르타식 교육이 아닐 수 없었다. 에르셀라는 속으로 비센테의 고행을 애도했지만 정작 본인은 관련 없는 사람처럼 책에서 시선을 떼지 않고 있었다.

대체 무슨 책인데 저리 집중할까? 그녀가 가느다란 손가락으로 겉 표지에 드러난 책 제목을 어루만졌다. 그러면서 저도 모르게 중얼거렸다.

"태양 근처에 진리가 있다 말하나 누가 그것을 구할 것인가."

그녀의 입에서 나온 낯선 언어에 비센테가 고개를 젖혀 에르셀라를 쳐다봤다. 에르셀라는 여전히 붉은 표지에 시선을 고정 중이었다.

"닿기도 전에 불타 없어지리란 '진리'를 그대들도 알고 있음이라."

표지를 보고 있었지만 그녀가 읊은 것은 제목이 아니라 책 안의 내용이었다. 에르셀라는 어쩐지 지루한 얼굴이었다.

"루델시아 출신의 철학가 베르만의 〈진리를 추구하는 우자들〉이구나. 처음 배울 때 정말 지긋지긋했지. 말장난하자는 것도 아니고 말이야. 이 사람은 사람들을 바보 취급하면서 자신은 우월하다고 느끼는 그런 부류의 사람인 게 분명해. 안 그래도 어렵게 쓴 책을 공용어가 아닌 신어로 쓰기까지 한 걸 보면."

그래서 중간에 때려치웠지. 그녀가 볼멘소리로 중얼거렸다.

"루델시아 신어를 아십니까?"

비센테가 대뜸 물었다. 목소리에 약간의 호기심까지 깃들어 있자 에르셀라는 깜짝 놀라 비센테를 쳐다봤다. 비센테의 눈은 평소보다 조금 크게 뜨여 있었다. 이런 거에 흥미가 있었나?

"그럼. 어렸을 때 기본으로 배우는걸."

"기본, 말입니까."

비센테의 목소리는 어쩐지 떨떠름하게 들렸다.

"그렇지? 아무래도 그쪽에 철학이나 종교에 관한 책이 많이 있으니까? 기본 교양으로 배워둘 겸."

"혹, 몇 개 국어를 하십니까?"

철학에 흥미가 있는 줄 알았는데 그것은 또 아닌가 보다. 에르셀라는 고개를 갸웃하면서도 그의 질문에 대답했다.

"그라니아 왕국어, 루델시아 신어, 콘라드 왕국어, 헬리오스 대륙 공용어로 네 가지 정도는 하지? 근데 콘라드어는 점점 까먹어가. 워낙 쓸 일이 없어서."

유명한 책은 다 공용어로 번역되어 나오니까. 그렇게 덧붙인 그녀는 다시 지루한 표정으로 돌아갔다.

정적이 일었다. 비센테에게서 아무런 말도 들려오지 않자 에르셀라가 고개를 모로 기울였다. 비센테는 평소보다 좀 더 굳은 얼굴을 하고 있었다. 에르셀라는 그가 당황하고 있음을 알아챘다. 그녀가 살며시 웃었다.

"놀랐구나?"

"……네, 조금."

"내가 편하게 놀고먹으며 살아온 아가씬 줄 알았어?"

비센테는 부정하지 않았다. 정말 그래 보였나 보다. 사실 틀린 말은 아니라 에르셀라가 다시 한번 소리 내어 웃었다. 이번에는 조금 더 옥구슬이 구르듯 또랑또랑한 웃음소리였다.

비센테가 비스듬히 그녀를 쳐다보며 그는 조금 변명하듯 말을 붙였다.

"타 귀족 여인들과 비교해 보면 누구나 놀랄 겁니다."

"그야 그렇지."

"학자가 되실 생각이셨습니까?"

"학자는 무슨. 골치 아파."

"그럼 네 개 국어를 배우신 이유가 따로 있습니까?"

"난 피사리데가의 사람이잖니."

"그게, 이유입니까?"

비센테는 납득하기 어렵다는 얼굴이었다. 자세히 보면 적잖게 당황한 듯도 보였다. 그녀는 턱을 괸 손가락으로 자신의 볼을 톡톡 두드리며 무심히 중얼거렸다.

"너의 존귀를 증명하는 것은 오롯이 너의 몫이다."

"……."

"우리 집안 격언이야."

"후작가, 말씀이십니까."

"그렇지. 궁금하니?"

은근히 호기심 어린 목소리에 슬쩍 물었더니 비센테는 머뭇거림 없이 고개를 끄덕였다. 에르셀라가 의외라는 듯 눈을 동그랗게 떴다.

"네가 이런 것을 궁금해할 줄은 몰랐는데."

"워낙 소문이 많은 가문이니까요."

"아아. 그렇지."

에르셀라가 동의하며 고개를 두어 번 끄덕였다. 궁금해하는 것도 무리는 아니었다. 그녀의 가문에는 다른 가문의 세작이 없어 별다른 정보가 퍼지지 않았다. 옛날 데리먼 백작가에서 몰래 세작을 들인 것을 들켜 정치적으로 보복당한 뒤로 감히 후작가에 사람을 심으려는 세력 자체가 없었다. 덕분에 비밀이 많은 가문이라고 호사가의 입방 아에 오르내리는 일이 다반사였다.

"음. 뭐가 궁금한데?"

"제가 궁금해하면 말씀해 주실 수 있으십니까?"

"그럼. 넌 내 아들이니까."

맹목적일 정도의 믿음이 담긴 말. 비센테는 에르셀라가 왜 그렇게 자신을 믿는지 이해할 수 없었다. 대화를 나눌수록 드는 기묘한 감각이 불쾌하게 느껴졌다.

책은 손에서 놓은 지 오래였다. 사실 오래전부터 궁금한 게 하나 있었다.

"어머니가 어떻게 살아왔는지 궁금합니다."

볼을 두드리던 그녀의 손가락이 그제야 정지했다. 비센테의 질문은 전혀 예상하지 못한 것이었다. 기껏해야 가문에 관한 것을 물어볼 줄 알았는데 그는 에르셀라가 후작 영애로 살았던 삶을 궁금해하고 있었다. 비센테의 의도는 그게 아닐지라도 에르셀라는 그녀에게 가져준 관심에 크게 기뻤다. 에르셀라는 조금 기분이 들뜬 상태로 말했다.

"나는 막내였어. 위로 언니가 한 명, 오라버니가 한 명 있었지."

나긋나긋한 목소리였다. 비센테는 그녀가 꼭 동화를 읽어주는 것 같다고 생각했다.

"아버지와 어머니는 좋은 분이셨어. 우리를 정말 사랑하셨거든. 어느 정도냐 하면……. 부모님에게 말하면 안 되는 것은 없었어. 여행을 가고 싶다고 하면 바쁘셔도 휴가를 내셨고, 새벽에 악몽을 꿔서 부모님 방으로 달려가면 짜증 한 번 내지 않고 달래주셨지. 무서운 마음에 곁에 있어달라고 하면 새벽까지도 내가 잠들 때까지 동화책을 읽어주셨어. 아버지는 가끔 무서울 때가 있었지만 알고 보면 참 다정한 분이셨단다. 언니도 오라버니도 나도 그런 부모님을 존경하고 사랑했어. 그런 부모님께 자랑스러운 자식이 되어드리고 싶었어. 부모님의 기대에 맞는 사람이 되고자 다들 열심이었지. 오라버니는 후계의 길을 걸을 자이니까 다방면으로 노력해야 했고…… 물론 너만큼은 아니었지만. 나와 언니는 오라버니보단 덜했지. 언니는 정치학과 신학을, 나는 여러 언어와 외교학을 선택해서 공부했어. 사실 언니도 신어와 공용어는 할 줄 알아. 오라버니는 콘라드어까지 할 줄 알고."

"사용할 일이 있었습니까?"

"아니. 여자가 아무리 지식을 배운다 해도 학자가 되지 않는 이상 쓸 일은 거의 없지. 하지만 그게 뭐가 중요하니. 배우고 익혀 지성을 갖는 것. 내가 이 자리에 앉을 자격이 있음을 증명하는 것. 타인의 힘이 아닌 스스로의 힘으로 나의 가치를 드높이는 것. 이것만으로도 배움의 이유는 충분하지."

에르셀라의 이야기는 나름 충격적이었다. 그녀의 말에 따르면 후작가는 성별 상관없이 교양을 넘어선 교육을 가르친다는 것인데, 그 이유가 자신의 존귀함을 증명하기 위해서라니.

어쩐지 그는 에르셀라가 왜 그토록 자신의 가문을 자랑스러워했는지 알 것 같았다. 그 와중에 밝은 목소리는 여전히 계속되었다.

"그래도 나는 공부보단 파티를 좋아했어. 화려하고 사람 많은 게 좋았거든. 대단한 얘기는 필요 없었어. 그냥 사는 얘기면 충분했지. 휴가, 형제자매, 친구랑 왜 싸웠는지, 어느 집 영식이 잘생겼는지, 연인이랑 왜 다투었는지, 결혼에 대한 환상 같은 일상 얘기였어. 가끔 귀족스럽지 않은 대화도 많이 오갔지만 친구끼린데 품위가 뭐가 중요하겠어. 남들에게 보여지는 것이 중요하다지만 가까운 사이인데도 그런 걸 따지면 인생은 피곤하지. 나는 고상하게 누가 얼마나 교육을 잘 받았는지 따지는 품평회에 참여하는 것보단 품위는 다소 없어도 서슴없이 떠들 수 있는 내 친구들과의 시간을 더 좋아했어."

이건 또 의외서서 비센테의 고개가 모로 기울어졌다. 그녀는 알면 알수록 모를 사람이었다. 에르셀라는 말을 계속 이어갔다. 어느새 에르셀라의 입꼬리는 희미하게 올라가 있었다. 퍽 자연스러운 게 일전에 지었던 작위적인 웃음보다 훨씬 나아 보였다.

"그리고 내 친구들은 우리 집을 참 좋아했어. 나도 좋아했고. 별관에 들어가면 보이는 샹들리에는 정말 아름다워. 금반 위에 촛대가 꽂혀 있는 모양으로 옛 레오네스 제국의 양식이었어. 어머니 안목이었지. 음...... 그리고 이 층으로 올라가는 계단 바로 아래에 문이 하나 있는데 그곳을 열면 확 트인 무도회장이 나타나. 바닥을 금빛 타일로 도배해 마치 거울의 방 같았단다. 밤에 달빛이 들어오면 타일이 빛을 받아 반짝반짝거려. 그 위에 서면 마치 별이 수놓인 밤하늘을 밟는 듯한 기분이었지. 그게 그렇게 황홀할 수가 없었어. 매일 밤이 되면 그곳에서 춤을 췄어. 근데 추다 보니까 혼자는 재미없잖니? 결국 바쁜 오라버니를 억지로 끌어다 상대역으로 삼는 수밖에."

눈앞에 후작가의 저택 내부가 그려지고 있는 듯한 착각이 들었다. 그는 어두운 무도회장 안에서 창으로 스며드는 달빛을 받으며 한 손은 드레스 자락을 잡고, 다른 손은 허공으로 뻗으며 빙그르르 도는 에르셀라를 떠올려 보았다. 그녀의 금빛 머리칼이 휘장처럼 흩날리는 것도 같았다.

물론 그는 에르셀라의 그런 모습을 본 적이 없었다. 이것은 온전히 비센테가 상상한 그녀의 모습이었다.

그의 어머니는 꿈에 잠겨 있는 것 같은 얼굴로 킥킥거렸다. 그 모습이 꼭 십 대 소녀 같기도 해서 비센테는 묘한 기분에 휩싸였다.

"오라버니가 어찌나 불만이던지. 매일 밤 내가 춤추자고 할 때마다 나가라고 근엄하게 얘기하는데 내가 온갖 고집을 다 부렸어. 다른 사람과 춤추다가 그 사람 발을 콱 밟을 거라고. 나는 춤추는 법을 배우지 못해 그랬다고 말할 거라고. 그러면 오라버니는 넌 가문의 수치라고 투덜대고는 손을 내밀었지. 그리고 내가 만족할 때까지 춤 상대가 돼주었어. 지금 생각해 보면 내 오라비도 그곳을 꽤 좋아했던 것 같아. 가끔 감상에 젖은 눈으로 바라보곤 했으니까."

그녀의 눈은 어느새 반쯤 감겨 있었다.

"나는 정말 행복했어……."

에르셀라의 눈이 계속 깜빡거렸다. 비센테는 그 모습을 놓치지 않고 계속 바라보았다. 이상하게 시선을 뗄 수 없었다.

"그래서……."

에르셀라의 목소리는 서서히 잠겨 말을 맺지 못하고 사라졌다.

'그래서 저를 낳고 후회하셨습니까.'

그는 저 끝에서부터 밀고 들어오는 물음을 잡아 삼켰다. 왜인지 몰라도 도무지 그렇게 말할 수 없었다. 바라지 않는 어떤 대답이 나올까 두려웠다.

'두려워? 무엇이.'

무의식중 툭 튀어나온 생각에 비센테는 놀랐다. 동시에 에르셀라의 눈이 완전히 감기더니 그녀는 스르륵 책상에 몸을 기대왔다.

비센테는 무의식적으로 팔을 뻗었다. 그녀의 얼굴이 책상에 부딪히지 않도록 비센테의 손이 틈으로 들어왔다. 에르셀라의 옆얼굴이 비센테의 손바닥에 부드럽게 안착했다. 전해져 오는 온기에 그의 얼굴이 완전히 구겨졌다.

따뜻했다.

손을 타고 전해오는 따스함에 비센테는 저도 모르게 숨을 죽였다. 저를 쳐다보는 얼음장과도 같은 눈빛처럼 그녀의 몸 또한 온기 하나 돌지 않을 거라 여겼다. 그러나 맞닿아 전해지는 것은 생경한 감각이었다. 그의 푸른 눈이 서늘하게 가라앉았다.

이렇게 따뜻했다고? 이 사람이?

비센테는 천천히 손을 빼내며 혼란에 잠긴 눈으로 에르셀라를 내려다보았다. 우습게도 정작 그녀는 숨소리조차 내지 않으며 고요하게 잠들어 있었다.

그가 저도 모르게 헛웃음을 내뱉을 때였다. 에르셀라의 금빛 속눈썹이 파르르 떨렸다. 악몽이라도 꾸는지 그녀가 이마를 설핏 찌푸렸다. 그것을 가만히 지켜보던 비센테는 검지를 뻗어 에르셀라의 이마 정중앙을 지그시 눌렀다.

좁혀졌던 이마가 펴진 것과 반대로 비센테의 얼굴은 더욱 구겨졌다. 그제야 자신이 무엇을 했는지 자각한 듯 그는 에르셀라의 얼굴과 자신의 손을 몇 번이나 번갈아 보았다.

"……."

별안간 비센테는 소리 없는 한숨을 내쉬고는 턱을 괴었다.

졸린 기색은 보였지만 설마 자기 얘기를 하다 잠이 들 줄은 몰랐다.

어처구니가 없던 차에 책상 위로 어지러이 흩어져 있는 머리카락이 시야에 들어왔다. 그러다 책 위로 뻗친 금빛 머리카락 몇 가닥을 보고 그는 한쪽 눈을 찡그렸다. 비센테는 조심스럽게 검지 끝을 움직여 그것을 종잇장 밖으로 밀어냈다.

시간이 흘러 해의 위치가 바뀌고 방 안에 따스함이 들어찼다. 창문을 비집고 들어오는 햇살이 에르셀라의 머리 위로 부서지듯 안착했다.

순금을 녹인 듯한 금발이 태양빛을 받아 더욱 반짝였다. 때마침 햇살에 무게라도 있는 양 머리카락이 스르륵 책상 아래로 쏟아지듯 미끄러졌다. 머리카락 한 올 한 올이 태양을 재료로 자아낸 실 같았다. 비센테는 무심코 계속 에르셀라를 보고 있었다.

"음-"

이윽고 그녀의 머리가 작게 움직이자, 비센테는 들키지 말아야 할 것을 들킨 소년처럼 시선을 돌렸다.

"뭐 하는 건지."

갑자기 스스로가 우스워져서 그는 실소했다. 부질없다. 그렇게 생각하며 턱을 괴던 손을 풀고 자리에서 일어나 반대편으로 발걸음을 옮겼다.

어쩐다-

비센테는 잠시 망설이다 하는 수 없이 천천히 에르셀라를 안아 들었다. 동시에 그녀의 팔이 비센테의 목을 감쌌다. 목덜미에 작은 무게감이 실렸다. 비센테는 잠시 움직임을 멈추고 시선을 아래로 떨어뜨렸다. 여전히 그녀는 잠든 상태였다. 떨어질까 무의식적으로 그의 목에 팔을 두른 듯했다.

비센테의 입술 사이로 야트막한 숨소리가 흘렀다. 그는 의식이 없는 사람을 드는 것이 상당히 힘들다는 것을 처음으로 깨달았다. 그런 그와 달리 세상모르고 잠든 이를 보니 어쩐지 그녀가 못마땅하게 느껴졌다.

그는 약간 표정을 굳히곤 발을 들어 작게 문을 두드렸다. 밖에 대기하고 있던 제인이 소리를 듣고 문을 열었다.

"무슨 일이십…… 마님?"

"잠드셨다. 방으로 안내하도록."

곤히 자고 있는 에르셀라의 얼굴을 확인하자 제인은 말없이 고개를 끄덕이곤 에르셀라의 방으로 향하기 시작했다.

"마님, 마님."

자신을 부르는 소리에 그녀의 눈꺼풀이 서서히 들어 올려졌다. 시야를 잠식하는 밝은 조명에 눈살을 찌푸리다 이내 완전히 눈을 떴다.

"리엔?"

리엔이 조금 난처한 얼굴로 그녀를 쳐다보고 있었다.

"마님, 저녁 드실 시간이에요. 오늘은 주인님이 일찍 들어오는 날이라서 같이 식사를 하셔야 해요. 아이참, 그보다 이따가 어떻게 주무시려고 이리 오래 주무셔요."

리엔의 말에 고개를 돌리니 창밖 너머 완전한 밤이 되기 전인 군청색 하늘이 보였다. 에르셀라의 두 눈이 깜빡였다.

어떻게 된 일이지? 분명 서재에서 비센테와 얘기를 나누고 있었는데…….

"내가 왜 여기에?"

"도련님 보러 가셨다가 서재에서 주무셨다면서요."

맙소사. 설마하니 이야기를 하다 잠들었나 보다. 그녀는 차마 입을 다물지 못했다. 스스로가 생각해도 어이가 없었기 때문이다. 그녀가 이 정도인데 비센테는 얼마나 황당했을까. 갑자기 비센테에게 미안해졌다. 괜히 가서 그의 시간만 방해한 꼴이 되었다.

그리고 새삼 리엔에게 미안해졌다. 잠든 그녀를 부축하느라 상당히 고생했을 테니 말이다. 에르셀라가 리엔에게 고마움을 표했다.

"네가 고생이 많았구나."

"네? 제가요?"

리엔은 손가락으로 자신을 가리키며 놀란 표정을 지었다.

"나를 여기까지 옮겨 왔잖니. 수고했다."

간단히 수고를 치하했건만 리엔은 무슨 소릴 하는 거냐는 눈빛이었다.

"저처럼 연약한 애가 어떻게 마님을 옮기겠어요. 도련님이 친히 안아 들고 오셨죠."

뭐라고? 리엔의 입에서 생각지도 못했던 이름이 튀어나오자 에르셀라의 눈이 커졌다.

"도련님? 비센테?"

"네."

'그 아이가 날? 게다가—'

에르셀라가 경악하며 소리쳤다.

"아, 안아?!"

"네."

리엔은 단호하게 고개를 끄덕였다. 에르셀라의 입술이 벌어졌다. 그녀는 지금 매우 당황스러웠다. 비센테가 데리고 온 것도 놀라운데 심지어 안겨 왔다니! 세상에, 대체 얼마나 민폐를 끼친 거지?

놀란 토끼처럼 커진 눈 속 그녀의 눈동자가 쉴 새 없이 흔들렸다. 그녀는 이제 리엔의 옷가지를 부여잡으면서까지 대답을 독촉했다.

"지, 진짜로? 사실이야?"

"그렇죠, 뭐. 귀하신 마님을 질질 끌고 올 순 없으니……."

파르르 떠는 주인과 달리 리엔은 침착하게 대꾸했지만 사실 속은 그렇지 않았다. 그녀에게도 아까 본 장면은 상당히 당황스러운 축에 속했다.

대뜸 방문이 열린 것도 놀랐는데, 그 앞에 에르셀라를 안고 있는 비센테라니. 닿기는커녕 마주치면 데면데면한 것이 일상인 둘이었다. 너무나도 이질적인 모습에 옆에 있던 제인에게 설명을 요구했지만 제인도 그저 어깨를 으쓱이며 입만 뻐끔거릴 뿐이었다.

'낸들 알겠니.'

리엔이 한참 입을 다물지 못하고 있을 때 비센테는 에르셀라를 침대에 눕히고는 미련 없이 발걸음을 돌렸다. 한마디 당부를 남기고서.

"깨지 않게 조심해라."

낮게 귓전을 때리는 목소리에 리엔이 흠칫 몸을 떨었다. 마치 깨면 용서하지 않겠다는 듯한 어조였다. 때문에 그녀는 비센테의 당부 아닌 당부대로 에르셀라를 해가 지고 나서도 고이 자도록 침대에 모셔둘 수밖에 없었다.

결국 리엔이 에르셀라를 깨울 수 있었던 건 하르젠의 귀택 소식이 들려온 후였다. 비센테가 정말 주인님과 쏙 빼닮았다고 생각하며 리엔은 에르셀라의 팔을 부드럽게 잡아끌었다.

"이제 슬슬 내려가셔야죠. 주인님께서는 내려가 계세요. 그 전에 머리를 한번 정돈해야겠지만요. 지금 완전 엉망이거든요."

리엔이 이끄는 대로 자연스레 침대에서 벗어난 에르셀라가 화장대 앞에 앉았다.

"……응. 그래 주렴."

에르셀라는 떨리는 몸을 진정시키려 노력하며 리엔의 손에 머리를 맡겼다. 부드러운 빗질에 머리칼이 차분해지자 마음이 조금 안정되었다. 그 틈을 타 에르셀라가 슬쩍 물었다.

"혹시 걔 화 많이 났니?"

"도련님이요? 아니요? 평소와 똑같았…… 하긴 평소에도 무표정이긴 하시죠. 하지만 별로 화나 보이진 않으셨어요."

리엔의 말에 어깨에 깃들었던 긴장이 풀렸다. 다행히 걱정했던 일은 일어나지 않은 모양이었다.

"식사에 비센테도 오나?"

"그럼요. 주인님이 오시면 저녁은 세 분이서 하셨잖아요. 도련님은 걱정 마세요. 정말 화를 내진 않으셨어요."

비록 저에게 협박 아닌 협박을 하셨지만요. 뒷말은 생략하기로 했다. 안 그래도 심약한 마님 더 심약해질라.

"다 됐어요."

머리는 단순하게 올려 말아져 있었다. 손질이 끝나자 한층 깔끔해진 모습이었다. 그녀는 거울을 자세히 보다가 눈곱이 꼈을세라 눈을 가볍게 비빈 후 일 층으로 향했다.

홀에는 이미 하르젠과 비센테가 와 있었다. 테이블 정 가운데에는 하르젠이, 우측에는 비센테가 앉아 있었다. 다급한 마음에 그녀의 걸음이 조금 빨라졌다.

"넘어져."

고저 없는 목소리가 귓가에 흘러들었다. 하르젠이 작게 눈을 찌푸리고 있었다. 에르셀라는 미안한 기색으로 대꾸했다.

"많이 기다렸어요?"

"별로."

에르셀라는 자신이 등장하자 일어서려는 비센테를 손짓으로 만류했다. 비센테는 자리에 앉은 상태로 깍듯이 인사했다.

"오셨습니까."

"늦어서 미안하구나. 많이 기다렸니?"

"그건 아닙니다."

순간 하르젠의 눈빛이 미묘하게 달라졌지만 에르셀라는 비센테를 살피느라 미처 알아채지 못했다.

비센테는 방금 목소리도 그렇고 평소와 다를 것 없이 차분한 모습이었다. 리엔의 말대로 화가 나 보이진 않았기에 그녀가 속으로 안도했다.

"웬일이지? 식사에 다 늦고."

하르젠의 물음에 에르셀라가 슬쩍 비센테를 쳐다보았다. 비센테는 이 일과 전혀 관련 없는 사람처럼 가만히 있을 뿐이었다. 에르셀라가 어색하게 웃으며 자리에 앉았다.

"낮에 부인들과 티타임을 즐겼더니 피곤했나 봐요."

"당신답군."

선선한 수긍이 들려왔다.

"이번엔 누가 연 거지?"

"레데아 부인이요."

"그쪽과 친분은 없는 걸로 아는데."

"시에라랑 자르데아 백작 부인이 있다기에 한 번 갔다 왔어요. 별로 재밌진 않았지만."

익숙한 이름이 들려오자 알 만했는지 그가 고개를 끄덕였다. 에르셀라가 티타임을 즐겼다 하면 대부분 껴 있는 이름이었다.

에르셀라는 낮의 일이 떠오르자 남들이 눈치채지 못할 만큼 작은 소리로 혀를 찼다.

'그곳에 가르텐 공작 부인이 있을 줄 누가 알았겠어. 게다가 비센테

를 사윗감으로 넘보고 있을 줄은.'

오늘 있었던 일을 말하고 싶은 마음은 굴뚝같지만 이 일은 하르젠이 모르는 게 더 나았다. 이야기가 자칫하면 혼담으로 번질 수 있으니 아예 언급하지 않는 것이 좋을 것이다.

"아, 맞다. 가르텐 공녀의 성년회를 크게 열려나 봐요. 다들 기대하는 눈치예요."

"공작이 그렇게 딸을 사랑할 줄은 몰랐는데."

"아무래도 공작가의 하나뿐인 딸이니 그럴 만하긴 해요."

"그런가."

에르셀라는 그다지 중요하지 않은 이야기를 꺼냈고, 역시 하르젠에게 관심 있는 주제는 아니었는지 대화는 단절됐다.

에르셀라가 부야베스(서양식 해물 스튜)를 떠먹고 있을 때였다. 별안간 하르젠이 무덤덤하게 내뱉었다.

"그러고 보니 비센테도 삼 년 후면 성인이군."

"그러니까요!"

말이 끝나기가 무섭게 에르셀라가 매우 기뻐하며 재빠르게 동조했다. 그녀의 목소리는 평소보다 다소 고양되어 있었다.

난데없는 환성에 하르젠과 비센테가 움직임을 멈추고 에르셀라를 쳐다보았다. 그들의 굳은 표정을 아는지 모르는지 에르셀라는 두 손을 맞잡으며 기대에 찬 눈으로 입을 열기 시작했다.

"생각해 봤는데 성년회를 열기 전에 내부를 한 번 손보는 게 어때요? 삼 년 후면 렌투아 건축양식이 유행할 예정이에요. 내부 안에 고풍스러운 돔 형식 천장이 특징이라더군요. 웅장함 대신 부드러운 느낌을 준대요. 아무리 공작가가 무가 집안이지만 하나뿐인 아들의 성년까지 그렇게 딱딱한 분위기일 필요가 있겠어요?"

"당신 지금……."

"파티 음식도 그라니아 각 지역의 특색을 잘 살린 음식으로 마련하는 게 좋겠죠? 다른 나라 음식보단 확실히 그라니아가 맛있으니 굳이 타 지역 음식까지 마련할 필요는 없는 것 같아요."

"무슨……."

"아, 그래도 칵테일이나 샴페인은 콘라드산으로 구입할 거예요. 술은 그쪽이 맛있으니까."

"……."

"초대 인원은 가능하면 각 지역 귀족 인사까지 초대하고 싶은데 그러기엔 전부 수용할 수 있을지 모르겠어요. 그래도 최대한 인원은 맞춰봐야죠. 안면 없는 귀족들을 제외하면 친분 있는 루텔시아 귀족도 초대할 수 있겠군요. 타국 사람들이 자리하면 파티가 더욱 근사해질 거예요!"

"……."

쿨럭, 쿨럭.

어디선가 목이 막히는 소리가 들렸다.

"도, 도련님!"

소리 나는 쪽으로 시선을 돌리니 비센테가 입을 가리며 기침 중이었다.

"괜찮아?!"

에르셀라가 다급하게 물었다.

콜록, 콜록!

기침 소리가 점점 거세지자 클리프턴이 재빨리 물잔을 건넸다. 벌컥 물을 들이켠 비센테는 조금 진정한 후에야 입을 열 수 있었다. 그의 눈은 다소 경직되어 있었다.

"제 성년회를…… 그렇게 여실 생각이셨습니까?"

비센테의 얼굴은 어쩐지 충격으로 물들어 있었는데 에르셀라는 그

연유를 알지 못해 고개를 모로 기울였다.

"그럼. 무슨 문제 있니?"

"……"

"비센테?"

차마 할 말을 찾지 못한 비센테는 에르셀라의 시선을 슬쩍 피했다. 에르셀라는 이번엔 하르젠 쪽으로 시선을 주며 의문을 표했다. 그녀로서는 이 계획이 아주 완벽하다고 생각했는데 뭔가 잘못된 것일까?

"하르젠?"

그는 힐끗 그녀의 눈치를 살피더니 조금 느리게 답했다.

"……과해."

아니나 다를까 그녀의 남편은 한마디로 에르셀라의 원대한 계획을 일축했다.

과하다니. 파티의 즐거움을 모르니 저리 말할 수 있는 것이다. 일생에 단 한 번뿐인 중요한 날을 대수롭지 않게 여기는 하르젠의 태도가 불만스러웠다.

"과하다뇨. 다른 사람도 아닌 우리 아들 성년을 축하하는 자리인데."

뾰족하게 투덜거리니 하르젠이 묘한 눈으로 쳐다보았다. 에르셀라는 그가 왜 그런 눈으로 저를 보는지 알 수 없었다. 그녀는 대충 흘리기로 하곤 대답을 재촉하듯이 집요한 시선으로 맞대응했다. 하르젠은 그제야 입을 열었다.

"그건 그때 가서 생각하지."

"당신, 그때 가서 아무것도 안 할 거잖아."

"……"

에르셀라의 단언에 그의 입이 또다시 다물어졌다. 그녀는 눈을 가늘게 좁혔다. 역시 아무것도 안 할 생각이었나 보다. 한다 해도 최소한만 관여하고 수하에게 다 맡길 생각이었겠지.

하르젠의 입에선 아직 어떠한 말도 나오지 않았지만 그녀의 머릿속에선 이미 그렇다고 단정 지어졌다. 에르셀라가 조금 단호한 목소리로 말했다.

"하나뿐인 아들 성년회에 아무것도 안 할 건 아니죠? 같이 준비하겠다고 약속해요."

"……그러지."

결국 그의 입에서 긍정의 대답이 나오자 에르셀라는 그제야 만족스럽게 웃었다.

한편 에르셀라와 하르젠의 대화를 지켜본 비센테는 점차 혼란스러워졌다. 방금 앞에 펼쳐진 장면은 선뜻 받아들이기엔 너무 이질적인 것이었다.

"근데 렌투아 건물 양식이 삼 년 후에 유행할 거라니. 부인들 사이에 예언자가 있다는 건 처음 듣는데."

멈칫.

부야베스에서 새우를 고르던 그녀의 몸짓이 딱딱하게 굳었다. 그제야 저도 모르게 미래를 언급했음을 알아챘다. 스스로도 알아차리지 못했던 것을 그는 듣지도 않는 것 같더니 아주 잘 들었나 보다. 그 예리함에 에르셀라는 소름이 돋는 것을 억누르며 어색한 호선을 입가에 그렸다.

"그야-"

그녀의 눈이 사방으로 굴렀다. 실제로 렌투아의 건축양식은 2년 후에 유행 조짐이 보이면서 삼 년 후면 그라니아에 열풍이 불 것이다.

문제는 이것을 에르셀라만이 알고 있다는 점이었다. 새삼 말조심의 필요성을 염두하며 뇌까렸다.

"대충 흘러가는 분위기를 보면 알죠."

현재 그라니아에 렌투아식 건축이 유행할 거라는 기류 따윈 전혀 없었지만 에르셀라는 천연스럽게 거짓을 입에 담았다. 태연자약한 목소리는 제가 말했지만 정말 자연스러웠다. 그녀는 조금 양심의 가책을 느꼈다.

하르젠은 입 끝을 올려 웃더니 감탄 아닌 감탄을 표시했다.

"대단하군. 난 모르겠던데."

그래, 제가 생각해도 어이없는데 상대방은 어련할까.

"다음 주말에 시간 되면 다 같이 연극이나 보러 갈까 해."

식사가 무르익어 갈 때쯤 하르젠이 무심한 어조로 제안해 왔다. 담백한 말투와 다르게 그 내용은 가히 담백하게 반응할 수 없었다. 에르셀라는 놀란 토끼 눈을 했다. 비센테를 보니 그도 어지간히 당황스러운지 평소보다 표정이 더 굳어 있었다.

연극이라니. 셋이서?

과거에 이런 적이 있었던가? 섬세히 과거의 기억을 끄집어봐도 이런 적은 전혀 없었다. 하르젠은 자신에게 집중된 시선을 알았는지 한마디를 덧붙였다.

"그날 일찍 끝날 예정이거든."

에르셀라가 원한 대답은 아니었다. 하르젠이 왜 그런 생각을 했는지 알고 싶지만 '왜요?' 하고 되물으면 분위기가 싸해질 것 같아 굳이 입을 열진 않았다. 생각해 보니 한 번쯤은 아무렇지 않게 화목한 가정인 척하는 것도 나쁘지 않을 것 같았다.

"난 좋아요."

비센테는 몰랐겠지만 때마침 비센테와 연극을 볼 참이기도 했다. 그러니 하르젠이 먼저 나서주면 그녀로선 고마웠다. 둘보단 셋이 훨씬 즐거울 테고 말이다.

"비센테."

"저도 괜찮습니다."

하르젠의 호명에 비센테는 주저 없이 대답했다. 사실 그에게는 거부권이 없었다. 에르셀라와 달리 그는 하르젠이 까라고 하면 까야 했다.

"클리프턴, 그날 저녁 시간대로 표 세 장을 예매하도록."

"알겠습니다, 주인님."

오랜 기간 집사를 맡았던 클리프턴도 이번 일에 어지간히 감격했는지 그의 얼굴이 절제된 감동으로 물들어 있었다.

"웬일이에요? 당신이 그런 말을 다 하고?"

식사를 마치고 방으로 돌아온 에르셀라가 들뜬 기색으로 물었다. 아까부터 연신 싱글벙글 웃는 얼굴에 잠깐 시선을 준 하르젠이 갈아입은 셔츠 단추를 채우며 짤막하게 대답했다.

"그냥."

하여간 뭐든 한 번에 대답해 주는 법이 없다. 에르셀라는 눈매를 가늘게 좁혔다. 분명 아무 이유 없이 이럴 사람이 아니었다.

"요즘 바쁘잖아."

"해결될 것 같아. 임시지만."

"콘라드에서 순순히 물러나요?"

"가르텐 공작이 콘라드에 방문하기로 했어."

이건 또 무슨 소리인가. 반갑지 않은 이름이 들려오자 에르셀라의 이마가 설핏 찌푸려졌다. 만연했던 미소는 사라진 지 오래였다.

"가르텐 공작은 그 일에 적임자가 아닐 텐데요."

에르셀라가 뚱한 얼굴로 반문했다. 가르텐 공작 부인은 차분한 편이었으나 가르텐 공작은 성정이 불같아 국가 간 외교에 적합하지 않았다.

그런 작자가 대체 뭘 해결하겠는가. 콘라드어는 할 수 있을지 의문이었다. 뱀같이 교활해서 머리는 꽤나 잘 굴렸지만 에르셀라는 그것조차 곱게 볼 수 없었다.

그 옛날, 공작은 나이 어린 후작이라며 카르온에게 족족 시비를 걸곤 했다. 겉으로 내비치진 않았지만 카르온도 꽤나 곤혹이었을 것이다.

시간이 지나니 그런 것도 점차 사라지긴 했지만 그래도 여전히 카르온이 뭐만 했다 하면 사사건건 시비를 건다고 건너 건너 듣곤 했다.

"오라버니가 갔으면 좋았을 텐데."

에르셀라가 하르젠의 단추를 마저 채워주며 중얼거렸다. 하르젠의 눈살이 설핏 일그러졌다.

"후작이?"

"오라버니가 공작보단 외교에 능통하니까요. 콘라드어도 할 줄 알고. 공작은 할 줄 알던가요?"

"못할걸."

"흠―"

그럼 그렇지. 아무래도 불안한데―

"통역사가 있으니 그건 문제없어. 우리가 콘라드에 숙일 입장도 아니고."

"그 나라에 가서 그 나라 언어로 얘기하는 게 뭐가 숙이는 거예요. 배려하는 거죠."

에르셀라의 일침에 하르젠이 바람 빠지는 소리를 냈다.

"우리 국왕 폐하께서 현명치 못한 선택을 하셨군. 공작이 아닌 여기, 이 여인을 보냈어야 했는데 말이야."

어쩐지 놀리는 투에 에르셀라가 새침하게 그를 쏘아보았다.

"놀리지 말아요."

"놀리다니. 진심이야."

하르젠의 입가에 은은한 미소가 서려 있기에 에르셀라는 피식 웃을 수밖에 없었다.

"이쯤 하죠. 근데 폐하께서 직접 가르텐 공작을 보내셨다고요? 의외네?"

"정확히 말하면 공작이 자원했지."

"공작이?"

자처해서 콘라드로 갔단 말이야? 그럴 사람이 아닌데?

가르텐 공작은 가능성이 희박한 일에 매달릴 사람이 아니다. 언제나 확신이 들 때만 움직이곤 했다. 그런 공작을 어떤 사람은 현명하다 추켜세웠고, 어떤 사람은 시류에 따라 태도를 바꾸는 행각이 비겁하다고 비난했다. 가르텐 공작에 대해 안 좋은 감정을 갖고 있는 에르셀라는 후자 쪽이었다.

"어차피 협상 상한치는 정해져 있으니, 누가 가든 상관없어."

"그러네요."

하긴 그도 정치판에 오래 있던 자니 어련히 알아서 할 것이다. 왕의 심기를 어지럽히는 타협을 보진 않겠지.

문득 하르젠의 시선이 뺨에 닿았다. 에르셀라가 의아한 낯으로 눈길을 주었다.

"무슨 할 말이라도 있어요?"

"오늘, 좀 놀라서."

"오늘?"

"비센테에게 친근하게 구는 모습이…… 조금 신기하더군."

"아아."

그제야 아까부터 자신을 바라보는 눈빛이 미묘하게 달랐던 이유를 알 수 있었다.

하르젠은 에르셀라가 비센테를 다정하게 대하는 모습을 보고 놀라워하고 있던 것이다. 웬만한 일에는 크게 반응을 보이지 않는 그도 꽤나 당황스러운 듯했다.

하기야 누구라도 조금 전에 그녀가 한 짓을 목격하면 하르젠보다 더한 반응을 보이면 보였지 덜하진 않았을 것이다. 오히려 그의 반응은 건조한 편에 속했다. 시에라가 봤다면 난리를 쳤을 게 분명했다.

정확히 꼬집자면 비센테는 언제나 귀찮아했으니 에르셀라 혼자 비센테와 잘 지내는 거긴 했지만 제삼자의 눈에는 퍽 사이가 좋아 보였나 보다. 비센테는 싫은 기색을 하면서도 그녀의 말을 제법 잘 따르니 말이다.

기실 괜찮은 게 아닐까 하다 문득 떠오른 생각에 그녀의 눈동자가 삽시간에 굳었다.

설마 윗사람의 말에 무조건 따르는 상명하복 생활 지침이 몸에 뱄나?!

아까 하르젠과 비센테의 대화를 보면 제법 일리 있었다. 비센테는 하르젠의 말이라면 의문조차 내비치지 않고 무조건 따랐다. 결코 좋다고 할 수 없었다. 그녀는 훗날 비센테에게 의견을 피력하는 법을 가르칠 것을 다짐했다.

한숨 소리와 함께 에르셀라의 입술이 자연스레 열렸다.

"예전보단 나아지긴 했죠."

"저번 교육 문제로 얘기한 것도 그런 의미인가?"

에르셀라는 대답 없이 침대에 걸터앉아 하르젠을 올려다보았다. 그녀는 자신을 내려다보는 남자의 시선을 오롯이 받아들이며 약간 쑥스러운 낯으로 말문을 열었다.

"나, 이제 그 애에게 제대로 된 어머니가 되어주고 싶어요."

자연스레 바닥으로 쭉 뻗은 에르셀라의 다리가 가볍게 앞뒤로 왔다 갔다 했다. 그녀는 어쩐지 두근거림을 고백하기 직전의 소녀 같았다.

"당신도 알다시피 내가 좋은 어머니는 아니었잖아요. 내가 낳았는데도 외면하고 돌아섰죠. 철없게도 모든 걸 비센테 탓으로 돌렸어요. 그 애가 태어나고 싶어서 그런 것도 아닌데 바보같이. 어느 날부터인지…… 후회가 되더라고요. 그래서 많이 늦었지만 지금이라도 변하고 싶었어요. 물론 나는 아직도 미숙하고 어설퍼요. 가끔은 의도치 않은 내 행동들이 그 애에게 상처를 줄까 봐 두렵기도 해요."

실제로 일전 식당에서도 비센테 앞에서 말실수를 해버렸다. 부드러운 말투는 이제 어느 정도 몸에 익었지만 무의식적으로 툭 튀어나오는 생각들을 막기엔 아직 부족함이 많았다. 이것 또한 앞으로 고쳐야할 점이었다.

"그래도 포기하지 않을 거예요."

그래도 고치고 고치고 고쳐 나간다면 언젠가 그 아이의 진정한 '어머니'가 될 수 있지 않을까?

"비센테와 잘 지내고 싶어요."

에르셀라는 비센테와 자신의 다정한 모습을 상상해 보았다. 머릿속에 그려지는 모습만으로도 가슴 깊은 곳에서부터 지극한 행복감이 차올랐다.

"아직 많이 노력해야 하지만요."

하르젠 앞에서 이런 이야기를 하는 건 처음이었기에 그녀는 조금 민망해졌다.

에르셀라가 머리를 긁적였다. 시선을 어디에 두어야 할지 몰랐다. 하르젠에게선 여전히 아무런 말소리도 들려오지 않았는데 그 때문에 쑥스러움은 배가되어 갔다.

에르셀라는 말 좀 해보라는 듯 하르젠의 다리를 가볍게 툭툭 건드렸다. 그럼에도 그가 침묵을 유지하자 삐친 그녀가 이불 속으로 들어가려는 참이었다. 하르젠이 에르셀라의 어깨 위로 손을 얹었다. 맨살을 타고 전해지는 서늘함에 그녀의 고개가 천천히 위로 이끌렸다. 허공에서 시선이 얽혔다.

언제나 그렇듯 그의 눈은 어둠보다 짙었다. 언제나 그렇듯 그녀는 저를 직시하는 눈빛을 읽어낼 수 없었다. 마치 깊은 어둠이 그녀를 잠식하는 것 같았다.

차라리 평소처럼 희미하게 웃어주기라도 하면 좋은데 그의 입가는 미소 한 조각 걸려 있지 않았다. 에르셀라는 얕게 숨을 골랐다.

"하르젠?"

불러보지만 대답은 돌아오지 않았다. 어떤 생각에 골몰한 듯 그는 좀처럼 입을 열지 못하고 있었다. 정확하진 않으나 그의 눈동자가 미세하게 떨리는 것도 같았다.

"……그런가."

낮은 목소리가 귓가에 울렸다.

에르셀라는 왜 그가 그런 눈으로 자신을 내려다보는지 궁금했지만 왠지 물을 수가 없어 입술을 자연스레 다물었다.

밤하늘이 유독 짙은 날이었다.

"오늘은 목걸이를 사러 갈까 해."

에르셀라는 아르키 광산에서만 나는 사파이어블루가 세공된 목걸이가 레일리 보석점에 입점했다는 소식을 접하자마자 비센테를 찾아갔다.

"저택으로 부르시지요."

한껏 고조된 그녀의 목소리와 반대로 단조로운 대답이 들려왔다.

비센테는 지금의 에르셀라가 영락없는 귀부인 같다고 생각했다. 하기야 그녀는 원래 파티와 장신구를 좋아하긴 했다. 사파이어블룬지 뭔지 하는 보석에 저리 구는 것도 이상한 일은 아닐 것이다. 다만, 고작 보석 하나인데 굳이 왜 나가려 하는지 의문이 들었다. 그냥 사람을 집으로 부르면 될 일이다.

"그렇긴 하지만……."

"하지만?"

에르셀라는 조금 머뭇거렸다.

"그러면 너와 같이 나갈 구실이 없잖니."

"……."

비센테는 미동 없이 에르셀라를 쳐다보았다. 그는 낯부끄러운 말을 아무렇지 않게 내뱉는 그녀가 이젠 놀랍지도 않았다.

여러 번 겪은 결과, 비센테의 차가움에 면역이 된 에르셀라만큼이나 에르셀라의 뻔뻔함에 면역이 생긴 비센테는 이 상황조차 대수롭지 않게 여기게 됐다. 그는 별반 다르지 않은 태도로 입을 열었다.

"그사이에 다른 분이 매입하면 어쩌려 하십니까."

"괜찮아. 굳이 살 필요는 없어."

상관없다는 것치곤 너무 의욕적이십니다만.

비센테는 그 사실을 굳이 언급하지 않았다. 불현듯 그는 다가오는 기사 시험을 떠올렸다. 그가 떨어질 리는 없겠지만 근래 자꾸 나다니니 농땡이를 치는 기분을 지울 수 없었다. 그러나 에르셀라와 한 약속 때문에 그에겐 간다는 선택지밖에 없으니 쓸데없는 죄책감이었다. 비센테는 하는 수 없이 고개를 끄덕였다.

"그럼 준비하겠습니다."

"많이 걸리니?"

"잠깐이면 됩니다."

"그럼 난 마차에서 기다리고 있을게. 빨리 오렴."

일어서는 그녀의 발걸음은 매우 가벼워 보였다. 이제 보니 에르셀라가 입고 있는 옷은 외출용으로 그녀는 이미 준비를 마친 상태였다.

자신이 갈 거라고 확신한 건가.

그는 어쩐지 어이가 없어 헛웃음을 흘렸다.

어느새 에르셀라와 외출하는 것도 일상이 되었다. 아버지가 반대할 줄 알았으나 의외로 그는 어머니를 내버려 두었다.

'어제 식사 때도 참 의외였지.'

어제는 정말이지 믿지 못할 광경이었다. 에르셀라에게 두 손 두 발다 든 하르젠은 다른 사람처럼 보였기에 비센테는 한동안 눈을 의심했다.

처음엔 아버지의 의중을 가늠해 보려 했지만 이내 관두었다. 애초에 의도를 읽어내기 어려운 분이다. 비센테는 단순하게 결론 내리기로 결정지었다.

'은근히 무르시군.'

깊게 생각해 봤자 머리만 복잡해질 테니.

조금 전까지만 해도 즐거웠던 기분이 무색하게 에르셀라는 오늘의 외출을 곧장 후회하고야 말았다.

"이런 데서 다 만나는군요."

진열대로 발걸음을 옮기던 중 우아하기 짝이 없는 목소리가 들려왔다. 불길한 느낌에 고개를 돌리니 전혀 반길 수 없는 여인이 서 있었다.

그러나 에르셀라의 얼굴에는 그녀의 기분과 다르게 미소가 떠올라 있었다. 마치 이 우연한 만남이 기쁜 듯이 말이다.

"반가워요, 공작 부인. 이런 우연도 다 있네요."

가는 날이 장날이라더니 여기서 가르텐 공작 부인을 만날 줄이야. 심지어 그녀는 에르셀라가 구입하려던 목걸이를 선점하고 있었다. 에르셀라는 제니아 부인이 곤란한 기색을 내비칠 때 눈치채지 못한 자신을 질책했다.

"세상에. 그 옆에는 베른하르트 영식, 맞나요?"

공작 부인은 놀란 눈으로 비센테를 쳐다봤다. 꾸며낸 것이 아니라 진짜 놀란 듯했다. 그에 뿌듯함보단 한숨이 절로 나왔다. 비센테를 향한 관심을 떨구려던 자신의 노력이 무로 돌아갈까 걱정이 됐다.

그러나 이미 공작 부인은 비센테를 봐버렸고, 에르셀라는 어쩔 수 없이 제 아들을 소개해야 했다.

"맞아요. 제 아들이랍니다. 비센테, 가르텐 공작 부인께 인사드리렴."

"가르텐 공작 부인을 뵙습니다. 비센테 베른하르트입니다."

비센테가 정중하게 인사함과 동시에 공작 부인의 시선이 비센테를 위아래로 훑고 지나갔다. 그것이 물건을 품평하는 눈빛과도 같아 에르셀라는 기분이 나빠졌다.

"소문의 공자를 여기서 보다니. 운이 좋군요."

"과찬이십니다."

짧은 대답이었지만 어딘가 만족스러웠는지 공작 부인의 얼굴이 화사하게 펴졌다. 지나치게 딱딱한 대답에 흡족해한 것은 아닐 테고, 아무래도 비센테의 외견이 꽤나 마음에 든 눈치였다.

"공자가 공작님 판박이네요."

"그이를 많이 닮긴 했죠."

"거의 공작 각하라 해도 믿겠는데요?"

비센테는 정말 하르젠과 많이 닮았다. 외모로 시작해서 분위기까지 말이다. 그러나 공작 부인은 에둘러 그가 에르셀라와는 닮은 점이 하나도 없다는 것을 꼬집고 있었다. 에르셀라는 더욱 밝게 웃으며 신경 쓰지 않는다는 태도를 취했다.

"아들이니까요."

"맞아요. 자식은 부모를 닮는 법이죠."

그러면서 공작 부인은 잊은 게 떠오른 것처럼 가볍게 '아' 하고 소리 내더니 옆에 있던 소녀에게 이리 오라 손짓했다.

"소개해 드리고 싶었는데 마침 잘되었어요. 이리 오렴."

꽃모양 레이스 머리띠를 한 소녀가 우아한 걸음걸이로 그들에게 다가왔다.

"인사하렴, 올리비아. 베른하르트 공작 부인이시란다."

공작 부인은 딸인 올리비아와 함께 온 모양이었다. 열여섯이었지만 또래보다 조금 작아 보이는 소녀는 가볍게 치맛자락을 잡고 무릎을 굽히며 인사했다. 고개를 숙여서인지 더 아담해 보였다.

"반갑습니다, 베른하르트 공작 부인. 올리비아 가르텐입니다. 평소에 뵙고 싶었는데 이렇게 만나 뵙게 되어 무한한 영광이에요."

대화를 나눈 적은 없지만 가끔 사교계에서 본 적 있는 소녀였다. 이제 열여섯이던가. 올리비아 공녀는 나이에 맞지 않게 성숙했다. 그리고 생각보다 예의 발랐다. 공작 부인을 쳐다보니 그녀는 의기양양한 미소를 짓고 있었다.

'교육시켰군.'

저번 티타임에서 에르셀라가 언급한 '교육'이 어지간히 신경 쓰였나 보다. 에르셀라는 그렇게 지레짐작하며 얼굴에 호의를 꾸며냈다.

"영광이라니. 그런 말 말아요, 공녀. 나야말로 공녀를 만나 얼마나 기쁜지 모를 거예요. 어머니를 따라 나왔나 보군요?"

자신이 생각해도 정말 다정한 말투였다. 갑자기 비센테에게 미안해졌다. 그에게도 진작 이리했으면 얼마나 좋았을까.

"네, 어머니께서 성년 선물로 사파이어블루 목걸이를 선물해 주시기로 했거든요. 공작 부인께서는 어쩐 일로 오셨나요?"

올리비아의 악의 없는 질문에 에르셀라는 속으로 난감해졌다. 공녀가 선물받기로 한 그걸 사러 왔다고 말할 수는 없었다. 자존심이 절대 허락하지 않았다. 그래서 에르셀라는 처음부터 사파이어블루에는 관심 없는 척 연기했다.

"나는 목걸이를 보러 왔답니다. 사파이어블루라니, 공녀를 향한 공작 부인의 사랑이 느껴지네요."

"흐음."

공작 부인이 애매모호한 소리를 내었다. 눈치 빠른 공작 부인은 에르셀라가 연기 중이라는 것을 눈치챈 듯했다.

대낮부터 보석점에 들른 이유가 뭐겠는가. 이미 공작 부인에게 다 들켜 버렸지만 그녀는 꿋꿋이 시치미를 떼기로 했다.

"네, 방금 잠깐 보았는데도 영롱하고 아름답더군요. 전 정말 행운아예요."

저리 말하니 실물이 어떤지 궁금했다. 그러나 묘하게 웃고 있는 공작 부인의 모습에 에르셀라는 티를 내지 않으려 무던히도 노력해야 했다. 웃는 건 좋은데 왜 자신을 보며 웃는 건지, 참. 에르셀라는 속으로 투덜댔다.

"어머, 올리비아. 그게 그렇게도 좋니?"

"그럼요, 어머니. 정말 마음에 들어요."

올리비아는 소녀처럼 웃었다. 누가 봐도 사랑스러운 미소였다. 저것도 꾸며낸 미소일 게—지극히 개인적인 감정이 섞여 있다—분명했다.

비센테를 바라본 올리비아가 인사를 건넨 것은 그때였다.

"이런, 인사가 늦었군요. 반가워요, 영식. 우리 초면이던가요?"

예쁘장한 얼굴에 나긋나긋한 목소리. 만약 이 소녀에 대한 소문을 듣지 않았다면 에르셀라도 마음에 들어 했을 정도로 첫인상은 괜찮앉다.

에르셀라는 슬쩍 비센테를 훔쳐봤다. 사랑스러운 미소에도 비센테는 변함없이 같은 태도를 유지하고 있었다.

"그렇습니다, 공녀."

올리비아의 얼굴에서 순식간에 미소가 지워졌다. 자신이 이렇게까지 했는데 정작 차가운 반응이 돌아오자 당황한 것 같았다.

올리비아의 무안함을 모르는 것은 아니었기에 에르셀라는 부러 밝게 말을 붙였다. 더불어 비센테에게 레이디를 대하는 법을 가르쳐야겠다고 생각했다. 사교계에서도 이런 식으로 숙녀들을 대하면 곤란한 일이 많을 테니 말이다.

"그러고 보니 공녀는 좋겠어요. 곧 성년이라니. 감회가 어때요?"

은근히 거리를 두던 에르셀라가 관심을 가져주니 고마운지 올리비아의 표정이 다시 환해졌다.

"정말 좋아요, 부인. 이번에 아버지가 성년회를 성대하게 열어주겠다고 호언장담하셨거든요. 많은 사람이 와서 성년을 축하해 준다니, 그것만큼 기쁜 일이 어디 있겠어요."

그건 그렇지. 조숙해 보이지만 그래도 아이는 아이인가 보다. 에르셀라 또한 저 나이 때는 다가오는 성년에 대한 기대가 가득했다. 그리고 그녀의 아버지는 에르셀라의 기대에 부응하여 아주 성대한 성년회를 열어주었다. 각 지역의 주요 귀족들을 불렀고, 한술 더 떠 어머니의 모국인 루델시아의 귀족까지 불러들였다.

당시 초대 인원이 너무 많아 파티가 이틀 연속 지속된 것을 보면 열여섯 아이의 성년회치곤 성대하긴 했다.

'지금 생각해 보니 정말 과했잖아?'

어쩐지 식사 때 보인 하르젠과 비센테의 반응이 이해되기 시작했다. 귀빈이 많아 파티는 즐기지 못하고 인사만 끊임없이 해야 했던 자신이 떠올랐다.

당시 에르셀라는 그 시간마저 좋았지만 비센테에겐 고역일 것이 분명했다. 에르셀라는 비센테의 성년회에 다른 나라 귀족까지 불러들이는 일은 고려해 보기로 했다. 아무리 화려하게 열어도 비센테가 좋아하지 않으면 의미가 없었다.

"그럼요. 분명 많은 이의 축하를 받을 거예요. 저도 공녀의 성년회를 기대하고 있겠어요."

"감사합니다, 부인."

잠시 후 공작 부인이 구입한 목걸이 포장을 끝낸 제니아 부인이 계단을 밟고 내려왔다. 공작 부인은 케이스를 받아 들고는 에르셀라를 향해 말했다.

"아쉽지만, 우린 이만 가봐야겠어요. 다음 일정이 있는지라."

'가준다면 나야 좋지.'

"그러세요."

"그럼 안녕히."

두 모녀를 미련 없이 떠나보낸 뒤에야 에르셀라는 얼굴에 드리운 미소를 거둘 수 있었다. 휴, 하고 한숨을 내쉬는데 얼핏 시선이 느껴져 고개를 돌리니 비센테가 빤히 바라보고 있었다.

무슨 할 말 있나?

공작 부인의 미간에 주름이 질 때였다. 올리비아가 그녀의 치맛자락을 잡아 흔들었다. 공작 부인은 그런 올리비아의 머리를 쓰다듬어 주었다.

"마음에 드니?"

"목걸이 말씀이신가요?"

올리비아가 모호하게 웃었다.

"알면서 말 돌리지 마라. 나는 마음에 차지 않는구나. 네 아버지는 무슨 생각인지, 원."

"전 좋은걸요. 모처럼 아버지의 결정이 마음에 들어요."

"그렇지만—"

"혹시 일전에 베른하르트 공작 부인이 저를 대상으로 한 말을 염두에 두신 건가요? 알잖아요, 어머니. 그 여자가 어떤 교육을 한대도 전 아무렇지 않을 자신이 있어요. 실제로 보니까 그렇게 독해 보이지도 않던데요, 뭘. 충분히 이길 수 있어요. 전 어머니의 딸이니까요. 그리고 어머니도 베른하르트 영식을 상당히 좋게 보신 것 같은데, 아닌가요?"

공작 부인은 부채를 펴 들며 입가를 가렸다. 그녀는 아까의 만남을 상기했다. 확실히 아들 쪽은 괜찮았다. 차분해 보이고 외모도 준수한 데다가 가문까지 훌륭하니 어디 하나 나무랄 곳이 없었다. 그 어린년이 시건방지게 꼿꼿한 건 짜증 났으나 아들 하나만 보면 못 참아줄 것도 아니었다.

그리고 딸 말대로 남들에게 떠받들어지며 산 여자가 뭘 할 수 있겠는가. 보나마나 시답잖은 훈계질이겠지. 제 딸이 그것도 못 넘기진 않을 터였다. 결과적으로 남편의 결정이 나쁘진 않아서 공작 부인이 피식 웃었다.

"나도 아들 쪽은 괜찮구나."

올리비아의 안색이 밝아졌다.

"그럼—"

"그래. 네 아버지가 다 알아서 해줄 테니 걱정 말렴, 내 딸."

"제 성년 선물이라고 생각해도 되나요?"

"그럼."

"정말 기뻐요, 어머니."

올리비아가 생긋 웃음 지었다.

✖ ✦ ✖

에르셀라가 비센테에게 무어라 말하려는 찰나 제니아 부인이 다가왔다. 그녀는 눈썹을 축 늘어뜨리며 난감함을 드러냈다.

"혹시 사파이어블루 목걸이를 보러 오신 거라면……."

"전혀요."

에르셀라가 싱긋 웃으며 손을 내저었다. 제니아 부인은 여전히 믿지 않는 눈치였다. 그러나 그녀도 이 이상 사파이어블루란 단어 자체를 꺼내진 않았다. 이미 팔린 거 계속 얘기해 봤자 에르셀라의 기분만 상하리란 걸 알았을 것이다.

"어떤 걸 보시겠어요?"

"라피스 라줄리 한번 볼게요."

그놈의 자존심이 뭐라고 에르셀라는 관심 없던 보석 이름까지 꺼내는 자신이 안쓰러워지기 시작했다.

제니아 부인이 라피스 라줄리가 세공된 거라며 이것저것 그녀 앞에 갖다 바쳤으나 웬만한 보석은 전부 가지고 있는 에르셀라의 눈에 찰 리 없었다.

그녀는 감흥 없는 감상은 이쯤 마치기로 했다. 제니아 부인도 제가 내미는 보석 따위에 에르셀라가 흥미가 없는 걸 알았는지 보석함을 조용히 거두었다.

"나중에라도 꼭 들러주세요, 부인. 주문하셔도 좋고요."

"그럴게요."

"아, 그리고 그 소식 들으셨나요?"

제니아 부인이 은밀히 속닥이자 에르셀라가 귀를 기울였다.

"무엇 말인가요?"

"근래 수도에서 사람이 실종된다더군요."

심각한 목소리에 맞춰 제니아 부인의 얼굴에서 표정이 사라졌다. 에르셀라는 등줄기에 소름이 돋기 시작했다.

"수도는 치안이 좋은 곳이에요. 사실인가요?"

"저도 정확히 실종인지 아니면 가출인지는 모르겠으나─"

"……."

"이미 서너 명이 사라졌답니다. 그러니 부인께서도 조심하세요. 사라진 사람 대부분은 여자이니."

에르셀라가 침을 꿀꺽 삼켰다. 수도에서 사람이 사라지다니. 수도 경비대가 어엿이 돌아다니는데 누가 간 크게 수도에서 사람을 납치한단 말인가. 믿기진 않았지만 제니아 부인의 진중한 목소리는 사실인 것처럼 들렸다. 에르셀라의 굳은 표정을 본 제니아 부인은 이내 가볍게 웃었다.

"소문일 뿐이지만요."

그래도 이미 들어버린 이상 찝찝함이 가시지 않았다.

"그럼 전 가보겠어요."

에르셀라는 미련 없이 비센테를 데리고 보석점을 빠져나왔다. 한참을 걷자 그제야 자신이 비센테의 손을 잡은 채 지금까지 쭉 걸어왔다는 사실을 알아버렸다. 맞잡은 손을 확인한 에르셀라는 그만 깜짝 놀라고야 말았다.

"미안해! 나도 모르게."

에르셀라는 황급히 손을 떼며 사과했다. 제가 닿는 걸 싫어할 걸 알면서도 어서 나가야 한다는 압박감에 자기도 모르게 손을 잡은 듯했다. 에르셀라는 조마조마한 가슴을 추스르며 조심스럽게 물어보았다.

"기분 나빴니?"

"괜찮습니다."

비센테는 의외로 아무렇지 않아 보였다.

"흐음."

하지만 경험상 그는 안 괜찮아도 괜찮다고 말할 확률이 커서 그녀는 의심의 눈길을 거두지 않았다. 에르셀라의 생각을 읽었는지 비센테가 한 번 더 되뇌었다.

"정말 괜찮습니다. 그보다 어머니는 괜찮으십니까?"

오히려 그녀를 걱정하기까지 했다. 정작 에르셀라는 그가 무엇을 걱정하는지 영문을 몰랐지만 말이다. 비센테가 뒤이어 말했다.

"사고 싶은 것을 못 사셨습니다."

아아. 아까부터 빤히 바라보는 게 왜인가 했더니, 에르셀라가 목걸이를 구입하지 못한 게 마음에 걸렸나 보다.

혹시 신경 써주는 건가? 그렇다면 그녀로선 환영이었다. 이런 관심이라면 몇 번이든 목걸이를 사지 못해도 좋았다. 가라앉았던 기분이 급작스럽게 좋아지기 시작했다.

"괜찮아. 나중에 사면 되니까. 그보다 이대로 들어가기엔 너무 이르니 서점이라도 들를까?"

사고 싶은 책은 없었지만 평소 에르셀라가 즐겨 찾는 곳은 비센테가 지루해할 게 뻔했다. 책을 읽는 것을 좋아하니 서점이면 무난하게 시간을 보내기도 딱 좋을 것이다.

"그러죠."

비센테는 대답하면서 한편으로 아까 있었던 일을 떠올렸다. 가르텐 공녀를 대하는 에르셀라의 태도는 정말 다정했다. 마치 친딸이라 해도 믿을 정도였다.

그는 주위 사람들이 왜 에르셀라를 다정하다고 말하는지 조금 알 것 같았다. 발성부터 표정까지 비센테를 대하는 것과 명백히 달랐다.

그러나 생각했던 것보다 이상한 기분은 아니었다. 분명 비센테를 대할 때보다 그 공녀를 대할 때가 더 살갑고 따뜻했는데 그 간극에서 차별화된 무언가를 느꼈다.

어쩐지 에르셀라가 그를 좀 더 진심으로 대하는 것 같았다. 그러나 왜 그런 생각이 들었는지는 알 수 없었다.

서점에 들어서자 익숙한 종이 냄새가 났다. 서재나 도서관에서 많이 맡았던 거지만 그곳보다 새것의 향이었다.

"읽고 싶은 게 있으면 사 줄 테니 마음껏 고르렴."

공부에 관련된 책도 괜찮아. 그리 덧붙이자 비센테는 고개를 끄덕이고 반대편으로 향했다. 에르셀라도 천천히 둘러보기 시작했다. 익숙한 제목이 눈에 스쳤다.

<아이들을 위한 루델시아 왕국의 건국 신화>

루델시아가 어떻게 신성왕국이 되었는지 신어로 서술된 동화책이었다. 내용은 대략 이러했다.

태초의 신 루델시아는 인간들을 사랑하여 그들을 위한 나라를 세운다. 인간들은 루델시아를 왕으로 섬기기로 하며 나라 이름 또한 '루델시아'라고 지었다. 하지만 그녀는 신이라 땅에 오래 머무를 수 없는 존재였다. 루델시아는 떠나기 전 사랑하는 인간들을 위해 자신의 힘이 깃든 소망석을 선물한다. 그녀가 떠난 후에도 그녀의 후손들이 왕위를 계승하여 루델시아를 다스리며, 소망석은 여신의 석이라 불리며 여전히 루델시아를 지켜주고 있다는 다소 허황된 이야기였다.

아무래도 아이들을 겨냥하여 썼으니 어느 정도 허구가 있어야 했을 것이다. 에르셀라는 손을 뻗어 책을 펼쳤다. 나름 재미있게 본 기억이 있었다.

"루델시아 신어를 읽을 줄 아시는군요."

부드러운 미성이 귓가에 흘러들었다. 고개를 들자 목소리만큼이나 차분한 얼굴의 남자가 웃고 있었다.

"신어를 알고 있는 사람은 몇 안 되는데, 대단하십니다."

남자는 많아 봤자 이십 대 중후반으로 보였다. 남자의 눈매가 부드럽게 휘어졌다. 얼굴선이 그에 따라 자연스레 움직였다. 웃는 얼굴이 나쁘지 않다고 생각하며 에르셀라 역시 살짝 웃었다.

"어머니가 루델시아 출신이셨거든요."

루델시아는 헬리오스 공용어를 쓰기 때문에 신어를 익히는 자는 극히 드물었다. 신을 모시는 루델시아 왕족과 신관들은 대부분 알았지만 그라니아 국민 중 굳이 신어를 배우는 자는 없었다. 다만 에르셀라의 상황은 약간 특별했다. 그녀의 어머니는 루델시아 신성왕국의 8왕녀로, 현 루델시아 국왕의 이부동생이었다. 에르셀라 역시 어머니가 아니었다면 배울 일은 없었을 것이다.

"아아. 그런가요."

남자가 느릿하게 고개를 위아래로 움직였다. 우아한 몸짓에 시간이 느려지는 듯한 착각이 일었다.

"신학에 관심이 많은가 봅니다."

"조금요."

관심은 조금도 없었지만 굳이 드러낼 필요는 없다고 생각하며 남자의 말에 동의했다. 없다고 말하면 왜 이 책을 들고 있었는지 설명해야 할 상황이 생기거나, 남자가 무안해할 것이 예상됐기 때문이다.

"혹, 라페른 신학교를 다니고 계십니까? 아니면 아카데미나."

라페른 신학교는 그라니아의 북동쪽 변방에 위치해 있다. 루델시아는 야만족 이두르인이 침략했을 때 그라니아가 병력을 지원해 물리쳐 준 것을 감사히 여겨 변방의 작은 영지를 선물했다. 그라니아는 그것을 기념하기 위해 루델시아 종교를 기반으로 한 라페른 신학교를 세웠다. 라페른 신학교는 다양한 연령대가 입학이 가능했다.

"그건 아니에요. 조금 흥미가 생겨 따로 배운 것뿐입니다."

"신어를 흥미가 생긴다고 배우다니, 정말 대단하네요. 영애는 학구열이 뛰어나신 편인가 봅니다."

오래전부터 듣지 못한 호칭에 에르셀라가 순간 굳었다. 영애란 결혼하지 않은 귀족 아가씨에 대한 호칭이다. 그녀의 나이는 서른둘로 영애란 호칭은 안 맞아도 한참 안 맞았다.

그러면 설마 이 남자가 저를 이 나이 먹도록 결혼도 안 한 여자라고 생각한 것일까? 에르셀라의 생각을 알았는지 남자가 다급히 입을 열었다.

"아, 설마 기혼이신지요? 제가 큰 실례를 범했습니다."

"괜찮습니다. 신경 쓰지 마세요…… 경."

남자의 호칭을 고민하다 가장 일반적인 걸로 붙였다. 기사 작위를 받지 않아도 귀족을 대우하는 의미의 경칭이니 상관없을 것이다. 남자 또한 그렇게 받아들였는지 아무렇지 않아 보였다. 그는 여전히 웃는 얼굴로 에르셀라를 바라보았는데 웬만한 귀부인보다 웃는 게 아름다웠다.

"부인을 결혼 안 한 여인이라고 생각한 것은 아닙니다."

남자는 변명하듯이 말했으나, 느긋한 태도는 그것이 절대 변명처럼 느껴지지 않게 했다.

"그런가요."

"네, 그리고 사실 전 혼기가 지나도 결혼하지 않은 여성을 나쁘게 보지 않습니다. 실제로 나쁘다 할 것도 없고요."

남자의 말에 머리에 둔기를 얻어맞은 것처럼 정신이 멍해졌다. 그녀가 조금 놀란 눈으로 쳐다보자 그는 하던 말을 이어갔다.

"사람이 꼭 가정을 이루고 살아가야 한다는 법은 없으니까요. 유유자적 자신의 인생을 사는 것도 좋은 삶이죠."

"……."

"때문에 만일 부인이 미혼의 영애라고 해도 놀라지 않았을 겁니다. 애초에 여성인데도 루델시아 신어를 읽고 있는 모습이 멋있어서 말을 건 것입니다. 음, 여성인데도란 생각은 아무래도 편견인 것 같군요. 말을 정정하죠. 불쾌했다면 죄송합니다."

"……아니에요."

에르셀라가 조금 느리게 답했다. 실제로 여성보다 남성이 배움의 폭이 넓었기 때문에 남자의 말을 편견이라고 비난할 수는 없었다. 오히려 남자는 편견이 없는 쪽에 속했다.

에르셀라는 순간 자신을 결혼도 안 한 여인이라고 본 건가 하며 불쾌했던 것을 반성했다. 이렇게 편협한 생각을 가지고 있었을 줄이야. 그녀의 볼이 붉게 상기되었다. 갑자기 스스로가 부끄러워졌다.

"경께서는 상당히 깨어 있는 사람이군요."

"그런 편입니다."

남자는 주저 없이 긍정했다. 에르셀라는 어쩐지 이 남자가 싫지 않았다. 사교계에 있다 보면 계속 웃는 사람은 본능적으로 멀리하는 경우가 많다. 대개 검은 속내를 가졌기 때문이다. 그런데 이 남자가 웃는 것은 너무나 자연스러워서 어떠한 꿍꿍이도 느껴지지 않게 했다.

"이제 가봐야 할 것 같습니다. 잠깐이지만 즐거운 시간을 만들어주셔서 감사드립니다, 부인."

"저야말로 즐거웠어요."

형식적인 인사말이었지만 에르셀라는 나름 즐거웠다. 무례할 수 있는 주제임에도 남자는 전혀 무례하지 않았다. 그 적절한 선이 마음에 들었다. 남자는 문을 향해 가다가 멈추더니 잊은 게 생각난 듯 에르셀라를 돌아보았다.

"혹시 이름을 알 수 있을까요?"

에르셀라는 어디까지 말해야 하나 고민됐다. 베른하르트라는 말이 나오면 다소 당황할 것이 분명했다. 그녀는 약간 주저하다 이름만 말하기로 했다.

"에르셀라예요."

"부인과 잘 어울리는 이름이네요."

역시 과하게 칭찬하거나 경망 떨지 않는 게 정도를 지킬 줄 아는 남자였다. 만약 다른 사람처럼 '당신의 아름다운 얼굴만큼이나 아름다운 이름입니다'라는 식상하고 뻔한 멘트였다면 부담스러웠을 것이다.

"경의 이름은요?"

에르셀라가 무심코 묻자 남자가 설핏 웃으며 대답했다.

"후안."

남자는 다시 한번 되뇌었다.

"후안입니다, 부인."

유려한 눈매가 아름답게 휘어졌다. 직후 남자는 뒤돌아 밖으로 나갔다. 에르셀라는 남자가 그녀처럼 성을 제외한 이름만 언급했음을 깨달았다.

"귀족이 아닌가?"

하지만 옷차림이 웬만한 귀족이 아니고선 입을 수 없는 값비싼 것으로 상당히 고급스러웠다. 말투나 몸짓에도 기품이 배어 있어 에르셀라는 그를 자연히 귀족이라 생각했다.

"대부호의 아들일 수도 있지."

상인 가문일지도 몰랐다. 그렇다고 해도 이상한 점은 있었다. 웬만한 대부호라면 성이 있을 텐데 말이다.

"아니면 이름을 댈 수 없는 귀족가거나."

만일 그런 거라면 가능성은 두 가지였다. 음지의 영역에 발을 담그고 있는 가문이거나 에르셀라처럼 상대방이 들으면 부담될 정도로 높은 가문이거나. 만일 후자라면 가주는 절대 아닐 것이다. 위세 높은 가문에 저렇게 젊은 가주라면 부인들 입담에 걸리지 않을 리가 없었다.

후안.

에르셀라는 그 이름을 처음 들어봤다.

"루델시아 신어를 읽고 있는 모습이 멋있어서 말을 건 것입니다."

문득 후안이 했던 말이 떠올랐다. 멋있다. 에르셀라는 그런 말을 한 번도 들어본 적이 없었다. 그녀 자체도 그런 식으로 생각해 본 적이 없었기 때문에 조금 놀랐다. 그녀는 '멋있다'란 말을 속으로 읊조렸다.

이게 멋있는 건가?

그녀는 멋있음에 대해 계속 곱씹었다. 예쁘다, 아름답다, 현명하다, 우아하다는 소리는 많이 들었다. 남자들이 레이디들에게 건네는 판에 박힌 말이었다.

생각해 보니 그녀의 아버지와 오라비를 제외하곤 남자와 학문을 가지고 대화한 적이 거의 없었다. 일단 그럴 기회가 없었고, 관습상 남녀 사이 대화 주제로 적절하지 않았다. 에르셀라는 자신을 표현한 새로운 어휘에 묘한 기분이 들었다.

에르셀라는 상념에 잠긴 채 진열된 책을 손으로 쓸며 걸어가기 시작했다. 후안이라는 이름을 가진 남자의 등장으로 갑자기 시간이 멈춘 기분이었다. 그의 느릿하고도 여유로운 몸짓이 영향을 끼친 게 분명했다. 정말 근래에 볼 수 없는 드문 남자라고 생각하던 때 익숙한 표지에 손끝이 머물렀다. 그녀는 걸음을 멈추었다.

<그라니아 전쟁사>

전투적이며 웅장함을 풍기는 표지였다. 에르셀라도 어렸을 때 한 번 읽은 적 있었다. 그로 인해 그라니아가 얼마나 많은 사람의 희생으로 형성된 국가인지 알 수 있었다.

레오네스 제국이 멸망하자 그 사이에서 갈라져 나온 국가 중 하나가 그라니아였다. 건국왕 헤베우스 1세가 피사리데를 필두로 반대 세력을 물리치고 하나의 왕국을 형성한 것이 시초였다.

그녀는 어렸을 적 책을 통해 자신의 가문을 접하면서 큰 자부심을 느꼈다. 그러나 판단이란 것을 내릴 나이가 되자 그녀의 가문이 이 자리에 오르기까지 얼마나 많은 사람의 피를 흩뿌렸을지 생각하게 되었다. 생각할수록 참담해서 직접 전쟁을 겪어보지 않았음에도 전쟁을 경멸하는 계기가 되었다.

'기사가 된 비센테도 전쟁이 일어나면 출정하겠지.'

기사가 되어 전쟁에 참여하는 비센테의 모습이 떠올랐다. 만일 그 과정에서 그 아이가 죽는다면 어떻게 될까. 끔찍한 장면이 떠올랐다. 에르셀라는 부정적인 생각을 떨치려 노력하며 책을 집어넣고자 했다.

탁.

일순 그녀의 손 위로 또 다른 손이 겹쳐져 책을 가볍게 밀어 넣었다.

"이런 것을 좋아하십니까?"

낮게 가라앉은 목소리가 들렸다. 뒤돌아보니 비센테가 에르셀라를 내려다보고 있었다. 그녀보다 큰 키 덕에 빛이 차단되자 비센테의 얼굴 위로 그림자가 드리워졌다. 전체적으로 음영 진 인상 가운데 서늘한 푸른 눈이 더욱 돋보였다.

"생각지도 못한 책을 읽고 계셔서 놀랐습니다."

하긴. 레이디가 전쟁의 역사라니. 놀랄 만도 했다. 하지만 그녀는 전쟁 자체에 관심이 있기보단 훗날 비센테가 전쟁터에 갈까 봐 걱정되는 마음이 더 컸다.

"널 걱정하고 있었어."

두서없는 말에 비센테의 눈빛이 의아함으로 물들었다. 그림자가 져서 상대적으로 밝아 보이는 눈동자가 자신의 것과 닮아 보이는 기묘한 착각이 들었다.

"기사가 되면 너도 전장에 나갈 수 있으니⋯⋯."

좋은 얘기는 아닌지라 말끝이 흐려졌다. 차라리 겁먹고 도망쳐 주면 무슨 짓을 해서라도 숨겨줄 텐데 비센테는 그러지 않을 것이다. 에르셀라의 생각대로 비센테는 무념하게 수긍할 뿐이었다.

"그렇죠."

"무섭진 않니?"

"두렵진 않습니다."

"목숨을 잃을 수 있는데도?"

"각오했던 일입니다."

비센테의 눈동자는 한 치의 흔들림도 없었다. 그에게선 두려움의 기색을 전혀 찾아볼 수 없었다. 어쩐지 입안이 떫었다. 에르셀라는 쓰게 웃으며 말했다.

"약속해 줄 수 있을까?"

"무엇을 말입니까."

"혹시라도 나중에 전장에 나갈 일이 생긴다면⋯⋯."

"⋯⋯."

"반드시 살아 돌아온다고 약속해 줘."

우뚝.

비센테가 뻗은 손을 내리려다 말고 멈추었다. 푸른 눈동자가 약간 흔들리는 것도 같았다. 에르셀라가 놀라서 눈을 감았다 떴다. 다시 보니 비센테의 눈동자는 미동 없이 그대로였다. 아마 그녀의 착각인 듯했다.

"그리하겠습니다."

여느 때처럼 담백한 어조로 그는 여상히 말했다.

"그리 말해주니 고맙구나."

순순히 떨어지는 대답에 에르셀라가 환하게 웃었다. 비센테는 또 알 수 없는 눈으로 그녀를 바라보았다.

"그리 좋으십니까?"

"당연히 좋지."

"말뿐일 수도 있습니다. 전쟁은 아무도 모르는 거니까요."

확실히 비센테 말대로 전쟁은 어떻게 될지 누구도 알 수 없었다. 호언장담하기엔 생사는 예측하기 힘든 것이다. 기사가 되면 검을 드는 것은 피할 수 없으며, 전쟁이 일어나면 피 튀기는 전장 속으로 걸어 들어가야 한다. 그러니 지금은 말만이라도 살아 돌아올 거라고 약속 해 주는 것이 위안이 됐다.

"넌 훌륭한 기사가 될 거니까 분명히 살아올 거란다."

전혀 근거 없는 말에 비센테의 고개가 삐딱하게 기울어졌다.

"어찌 확신하십니까?"

"넌 내 아들이니까?"

"겨우 그런 것으로 말입니까."

"겨우라니."

에르셀라는 서운함을 내비쳤다. 그녀가 비센테를 믿는 건 그가 남 다르게 우수해서도, 무가의 후계자여서도 아니었다. 그저 비센테가 에르셀라의 아들이기 때문이다. 그렇기에 무조건적으로 믿고 있는 것 인데 겨우라니.

에르셀라의 눈썹이 축 처질 때였다. 별안간 낮은 웃음소리가 귀를 울렸다. 놀라 고개를 들어 올리니 비센테의 입술 끝이 살짝 휘어 있는 게 보였다. 그는 듣기 좋게 가라앉은 목소리로 말했다.

"내 아들이라는 게 이유라기엔."

"……."

"내 어머니께선 검 하나 휘두르지 못하시니."

에르셀라는 어안이 벙벙해졌다.

……지금 농담한 건가?

에르셀라의 눈이 놀란 토끼처럼 휘둥그레졌다. 유심히 들여다보면 그런 것 같은데 목소리는 한없이 진지해서 만약 이것이 농담이라면 어떻게 받아쳐야 하는지 갈피를 잡지 못했다. 그사이 좀 웃는 것같이 곡선 지던 그 입매는 빠르게 제자리로 돌아갔다. 몇 없던 진귀한 광경이 순식간에 사라져 버렸다. 좀 더 웃어보지. 한창 속으로 아쉬움을 느끼던 중 높낮이 없는 목소리가 말문을 열었다.

"그럼 죽지 않도록 노력해 보겠습니다."

죽지 않도록? 노력? 에르셀라의 안색이 파랗게 질렸다. 머릿속이 새하얗게 타버렸다.

"안 그럼 죽…… 을 생각이었니?"

설마 살아야겠다는 의지 따윈 애당초 없던 것인가!

"그게 무슨……."

비센테는 이마를 사정없이 일그러뜨리다 이내 한숨처럼 짧게 내뱉었다.

"그저 다짐일 뿐입니다."

그 어조에는 어이없어하는 그의 심정이 여실히 담겨 있었다. 그제야 철렁였던 가슴이 안정적으로 돌아왔다. 제 아비를 닮아 쓸데없이 진지해서 의도를 곡해할 일이 생긴다.

에르셀라는 부디 이번에 콘라드에 간 가르텐 공작이 성과를 내길 기원했다. 무사히 외교에 성공하고 오면 가르텐 공작과 공작 부인이 기세등등할 게 분명했지만 그래도 안전이 우선인지라 공작이 무사히 임무를 수행하길 바랄 수밖에 없었다.

"왜 그러십니까?"

불편한 기색을 알아챘는지 비센테가 물어왔다. 에르셀라는 얼굴을 펴며 고개를 저었다.

"그보다 책은 골랐니? 손에 아무것도 없는데."

"마음에 드는 게 없었습니다. 필요한 게 있으면 나중에 클리프턴을 따로 시키면 됩니다."

"그렇구나."

사실 책이야 시키면 그만이니 별 상관없긴 했다.

'그나저나 이젠 뭘 한담.'

아직도 해가 중천이었다. 시간이 많이 남았고, 날도 화창하니 이대로 가긴 아쉬웠다. 때마침 오늘은 비센테가 교습을 받지 않는 날이기도 했다.

'음. 역시 그것밖에 없는 건가.'

아무래도 비센테가 관심 가질 만한 것은 '그것'밖에 없는 듯했다. 에르셀라는 비장한 얼굴로 비센테의 소매를 잡아 이끌었다.

"여긴 왜 오신 겁니까?"

에르셀라가 데리고 온 곳은 활터였다. 사실 터라고 하기도 민망했다. 건물 지하를 활터처럼 꾸민 곳이었다. 연습하는 곳이 아닌 그저 즐기는 곳으로 과녁을 향해 활을 쏘는 유희거리였다. 화살이 정중앙 가까이 꽂힐수록 점수가 높았다. 최종 합계가 일정 점수를 넘으면 상품도 준다고 들었다.

"너와 내가 같이할 수 있는 거라서?"

에르셀라는 주위를 둘러보았다. 그들을 제외하곤 죄다 평민이었다. 확실히 귀족보단 평민이 자주 오는 곳인가 보다.

이런 곳이 있다는 것은 얼핏 들어 알았지만 직접 걸음한 건 처음이었다. 술 취한 사내들이 득실득실하니 쾌적한 분위기는 아니었다.

에르셀라는 저도 모르게 어깨를 움츠렸다. 이곳은 확실히 그녀에게 낯선 환경이었다.

"아이고, 부인. 혹시 활을 쏘러 오신 겁니까?"

그때 주인장처럼 보이는 남자가 헐레벌떡 뛰어왔다. 딱 봐도 고귀한 신분의 여자와 남자가 누추한 곳에 왜 왔냐는 시선이었다. 그는 혹시 뭔가 잘못됐나 싶어 안절부절못하며 그들을 맞았다.

"그렇네."

여자의 대답이 떨어졌다. 한눈에 봐도 미인이어서 주인장은 시선을 떼지 못한 채 여자를 계속해서 쳐다봤다. 그는 생전 이렇게 예쁜 여자는 처음 보았다. 입을 헤벌리고 여자의 얼굴을 감상하는데 문득 옆에서 느껴지는 선명한 살의에 흠칫 몸이 떨렸다.

여자 옆에 있던 한 소년이 그를 쳐다보고 있었다. 그저 바라만 볼 뿐인데도 서늘한 눈빛이 그를 압도했다. 소년은 익숙한 듯 고압적으로 명령했다.

"안내해라."

"네? 아, 넵!"

주인장은 혹여나 실수할까 떨리는 다리를 진정시키려 노력하며 3번 레인으로 안내했다.

"리엔. 돈을 지불하렴."

"네, 마님."

마님이란다. 역시 귀족인 게 분명했다. 리엔이라는 하녀가 그에게 돈을 지불했다. 다행히 하녀는 금전 감각이 있는지 알맞게 돈을 지불했다. 가끔 금전 감각 없는 귀족 도련님이 거슬러 주지 못할 돈을 지불하는데 거스름돈이 없어 받을 수 없다고 말하면 화를 내기 부지기수였다.

"그…… 총 열 발을 쏘실 수 있고 70점 이상 맞추면 상품을 드립니다……. 그, 그럼 즐거운 시간 되십쇼!"

주인장은 행여나 무슨 일이 생길세라 황급히 자리를 떠났다.

"흐음. 70점이란 말이지."

"활을 다룰 줄 아십니까?"

"그럼."

'예전에 오라버니에게 배웠거든.'

막상 말은 그리했지만 사실 아주 예전이고 재능이 없어서 금방 그만두긴 했다. 비센테를 놀리고 싶어 괜히 허세를 부린 것이다.

에르셀라는 화살집에서 화살을 하나 빼 들었다. 그러곤 두 다리를 쭉 펴고 활시위에 화살을 꽂아넣었다. 그녀는 허리를 곧추세우고 활시위를 팽팽하게 당겼다.

옆에서 그 모습을 지켜보던 비센테는 생각보다 정확한 자세에 놀랐다. 에르셀라의 몸짓은 활쏘기 자세의 표본이었다. 게다가 드레스를 입고 활시위를 잡아당기는 여인이라니. 이질적이면서 퍽 잘 어울렸다.

그때 에르셀라가 화살 끝을 놓았다. 화살이 빠르게 과녁으로 돌진하여 꽂힘과 동시에 짧은 비명이 터져 나왔다.

"아!"

불현듯 팔을 타고 올라오는 통증에 에르셀라가 활을 떨어뜨렸다. 조금 빠른 걸음으로 다가온 비센테가 그녀의 팔을 잡고 상태를 확인했다.

"괜찮으십니까?"

"조금 아프네."

"돌아가는 게 낫겠습니다. 가서 치료부터 받으십시오."

"응? 아니 그 정도까진……."

아닌데……. 의원에게 내보일 정도는 아니어서 에르셀라가 황급히 반론하려 할 때였다.

"세상에……."

리엔이 작게 감탄사를 내뱉었다.

"10점이에요!"

리엔의 말대로 에르셀라가 쏜 화살은 과녁 정중앙에 꽂혀 있었다.

"마님이 이렇게 활을 잘 쏘실 줄은 몰랐어요!"

"어어…… 으응."

긍정하는 그녀의 어조는 다소 떨떠름했다. 잘하는 척 놀려주려고 했는데 진짜 잘해 버렸다. 비센테를 보니 그도 좀 당황한 듯했다. 활을 마지막으로 잡은 게 어언 20년쯤 됐으려나. 재능이 없어서 포기했는데 알고 보니 재능이 있었나?

'사실 나 이쪽인가?'

기억을 되짚어보니 막 그렇게 재능이 없던 것도 아닌 것 같기도 했다. 안 그러면 20년이 지났는데도 월등한 이 실력을 어떻게 설명할 수 있겠는가!

"마님, 마님! 다시 한번 쏴보셔요!"

리엔이 부추겼다. 조금 전의 통증은 이미 잊은 에르셀라도 다시 활을 쏴보고 싶어졌다. 한 번 잘하니 갑자기 흥미가 돋았다. 게다가 아까처럼 비센테가 검을 못 쓴다며 그녀를 은근히 등한시한 게 생각나니 오기가 생기기도 했다.

에르셀라가 돌아가지 않을 걸 알았는지 비센테는 바닥에 떨어져 있는 활을 주워 들고는 화살 없이 시위를 당겼다. 팽팽해진 활줄을 놓자 팽 하고 줄이 진동하기 시작했다. 아마 무언가를 확인해 보고 싶은 것 같았다.

"활은 바꾸는 게 낫습니다. 이건 사람의 손길을 타지 않아 아까처럼 다치실 겁니다."

어쩐지 뻣뻣한 게 아프다 했더니 마침 에르셀라에게 주어진 활이 새것이었나 보다.

"제가 바꿔 오겠습니다."

리엔이 재빨리 움직이고는 금세 돌아왔다. 이번엔 좀 더 낡아 보이는 활이었다. 에르셀라는 화를 받아 들고는 다시 한번 활시위를 잡아당겼다. 비센테 말대로 아까보다 다루기가 수월했다. 수중에서 벗어난 화살이 허공을 가르며 과녁을 향해 날아가 꽂혔다.

"어머, 이번엔 9점이에요!"

"맙소사."

리엔이 호들갑을 떨었고, 에르셀라가 작은 탄성을 내뱉었다.

'진짜 재능 있는 거 아니야, 나?'

한번 진지하게 활을 배우는 걸 고민해 봐야겠다. 어쩌면 그녀도 연무장을 써야 할 날이 올지도 몰랐다. 비센테와 함께 수련하며 모자간 관계를 돈독히 하는 것도 좋을 듯싶었다.

그러나 그녀의 계획은 시간이 지날수록 산산조각 나기 시작했다. 10점으로 호기롭게 시작했으나 그녀의 활 솜씨는 점점 8점, 7점, 6점, 5점, 4점, 4점, 3점, 1점으로 마무리 지어졌다. 어쩜 이렇게 계단식으로 장렬하게 떨어지는지.

'그럼 그렇지.'

못했던 것을 단번에 잘하게 될 리가 없었다. 사람들이 왜 훈련을 하겠는가. 거저 얻어지는 것은 없기 때문인데 몇 번의 행운으로 착각해 버리다니.

에르셀라는 실망한 기색이 역력한 얼굴로 비센테에게 활을 건넸다.

아마 검술만 연습하느라 비센테도 썩 잘하진 못할 거라 생각하면서.

"우와! 마님, 도련님 또 10점이에요!"

'아니, 대체……'

"세상에 또!"

'뭐지?'

"이럴 수가. 전부 다 10점이에요!"

'왜 얜 다 잘하는 거지?!'

"총 100점이에요, 마님!"

그런 그녀를 비웃듯 비센테는 열 발 모두 정중앙에 맞춰 무려 만점을 얻어냈다. 에르셀라는 개운치 못한 얼굴로 그를 쳐다봤다.

"……활은 언제 배웠니?"

"검과 동시에 배웠습니다."

검과 동시에 배웠다면 꽤나 오래전부터 배웠다는 말이 된다. 활을 배웠다는 것은 짐작했지만 그렇게 오랜 기간일 줄은 예상치 못했다.

검술의 후광에 가려져 뛰어난 실력이 묻혔나 보다. 검 하나 다루기도 벅찰 텐데 활까지 완벽하게 다룰 수 있다니.

"와, 백 점이에요, 백 점!"

리엔이 답지 않게 소녀처럼 좋아했다. 에르셀라는 너도 한번 해보라고 리엔에게 활을 쥐여 주었다. 뛸 듯이 좋아하던 리엔이 추가로 돈을 지불하고 화살을 얻어 왔다. 그러고선 다소 엉성한 자세로 활을 쏘았다.

"와, 마님! 8점이에요!"

"……"

"와, 이번엔 9점이다!"

"……"

"세상에 또 8점이에요!"

"……"

리엔은 총 72점을 얻었다. 에르셀라는 속으로부터 올라오는 망연한 자괴감을 느껴야 했다. 그녀가 알기로는 리엔은 한 번도 활을 잡아본 적이 없었다.

"어렸을 때 마님이 활 쏘는 걸 본 기억으로 따라 한 건데, 운이 좋았나 봐요!"

자신은 직접 활을 잡고 쐈는데…….

"축하한다, 리엔."

에르셀라가 너털웃음을 지었다. 평소와 다른 웃음소리에 리엔의 표정이 굳었다. 그제야 에르셀라를 제외한 비센테와 저만이 상품을 받게 생겼다는 것이 떠올랐다. 상품이라 봐야 별거 아니겠지만 은근한 소외감은 어쩔 수 없을 것이다. 리엔이 슬쩍 물었다.

"……상품을 드릴까요, 마님?"

"괜찮단다."

에르셀라가 고요하게 웃자 리엔이 두려워 몸을 떨었다. 부디 그만두고 싶니, 라는 말은 하지 말아야 할 텐데…….

다행히 그녀의 마님은 평소 입버릇처럼 나오는 말은 하지 않았다. 리엔이 안심하며 주인을 찾아갔다. 주인은 과녁 정중앙에 맞힌 열 발의 화살을 보더니 입을 다물지 못하고 직접 가서 확인하기까지 했다. 그는 오래간만에 본 백발백중의 화살에 감동한 듯 작은 종이 세 장을 건넸다.

"이 주소로 가서 교환하십쇼. 특별히 세 장이요."

리엔은 다행이라고 생각하며 싱글벙글 두 모자에게 다가갔다.

"마님, 주인께서 특별히 세 장을 줬어요. 아마 도련님의 실력에 감동한 것 같아요! 마님 혼자 못 받아서 삐질까 봐 걱정했는데 참 잘됐지 뭐예요!"

소녀처럼 웃고 있는 하녀의 모습에 에르셀라가 다정하게 말했다.

"내가 삐질까 봐 걱정했을 줄은 몰랐는데 정말 사려 깊구나. 나중에 고용인 추천서에 이 이야기를 써주마."

그 말에 리엔의 눈동자가 번뇌하듯 흔들렸다.

"근데 한 개는 색이 다른데?"

주인장이 나누어 준 세 장의 종이 중 한 개는 파란색이었으며 나머지 두 개는 빨간색이었다. 무슨 차이일까 궁금해하던 차에 리엔이 말했다.

"여자는 빨간색이고 남자는 파란색을 가지고 교환하면 된대요. 상품이 뭘까요?"

그 말에 심상하게 고개를 끄덕인 에르셀라가 입을 열었다.

"일단 여기 적혀 있는 장소로 가보자꾸나."

펠번가 136번지 헬링 145 빨간 지붕 오두막집.

에르셀라는 한 번도 가본 적 없는 거리였다. 수도 변방에 주로 평민들이 모여 사는 곳으로 그녀가 갈 만한 일은 없었기 때문이다.

사실 별로 기대는 안 됐기에 가고 싶지 않았으나 오늘따라 신났는지 방실방실 웃고 있는 리엔의 모습에 마음이 약해졌다.

근데 왜 색이 다른 것일까. 에르셀라가 파란색 종이를 뚫어져라 쳐다보고 있을 때 비센테가 종이를 낚아채듯 가져갔다. 왜 그러는지 궁금해 비센테를 올려다보았더니 그는 가볍고 성의 없는 태도로 종이를 만지작거리고 있었다.

"왜?"

"이제 그만 돌아가시는 게 좋겠습니다."

"아직 어두워지기 전이잖니."

"돌아가십시오."

은근하게 느껴지는 강압에 에르셀라가 눈을 크게 떴다.

"혹시 재미없었어?"

"예."

티끌만큼의 망설임도 없는 단호한 대답이 들려오자 에르셀라는 조금 민망해졌다. 화살도 다 명중했으면서 재미없다니. 그녀 나름 신중하게 고민하다 간 곳이었는데 말이다.

"그러니 다음부터 그런 데는 가지 마십시오."

그 말에 에르셀라는 주저 없이 고개를 끄덕였다. 들어서자마자 퀴퀴한 냄새가 나기도 했고 귀족인 그들이 신기했는지 은근하게 비껴보는 시선이 달갑지 않았기 때문이다.

다신 가지 않으리라. 그렇게 생각하며 에르셀라가 비센테에게 말했다.

"그럼 돌아가자."

"전 잠시 할 일이 있습니다. 마치고 돌아갈 테니 먼저 가십시오."

"할 일?"

"예."

"무슨 일인데?"

"어머니께선 신경 쓰실 필요 없습니다."

무뚝뚝하게 끊어내는 말투가 어쩜 제 아비와 꼭 닮았는지. 에르셀라가 속으로 혀를 찼다. 무슨 일인지 궁금했지만 비센테는 끝까지 말해주지 않을 것이다. 그녀는 하는 수 없이 알았다며 발걸음을 돌렸다.

"베론 경."

에르셀라가 완전히 자취를 감추자 비센테가 나직하게 내뱉었다. 어디에선가 홀연히 나타난 남자가 가볍게 고개를 숙였다.

"예, 주군."

오래전 기사 작위를 받은 남자는 고작 견습 기사인 비센테에게 철저히 복종했다. 그것은 비센테가 훗날 베른하르트 공작가를 물려받을 유일한 후계자이기 때문이기도 했고 현재 비센테가 진작 기사 서품을 받아야 할 정도로 월등했기 때문이기도 했다. 다만 국법상 최소 열다섯부터 기사 서품을 받을 수 있었기 때문에 견습 기사에 머무르고 있을 뿐이었다. 아마 그의 어린 주인은 올해 기사 작위를 받을 것이다.

"수도경비대를 부르도록."

"알겠습니다."

비센테가 베론에게 종이를 건넨다. 베론은 비센테의 명령에 두말하지 않고 수도경비대의 본거지로 향했다.

※　✦　※

활터 주인장 헌터는 빠르게 어딘가로 향했다. 촉박한 걸음걸이 덕에 중간마다 돌부리에 걸려 넘어질 뻔했지만 그는 개의치 않았다. 그는 여전히 헤벌쭉한 몰골로 실실 웃으며 걸음을 재촉했다. 마침내 그가 멈춰 선 곳은 빨간 지붕으로 된 오두막집 앞이었다. 기꺼운 마음으로 그가 문을 열어젖혔다. 헌터의 발이 문턱에 다다랐을 때였다.

챙그랑!

날카로운 파열음이 고막을 찢었다. 헌터가 벌벌 떨며 한 발 뒤로 물러섰다. 그는 습관처럼 방어적으로 몸을 움츠리며 안에 있는 자들의 눈치를 살피기 시작했다. 그 모습이 상당히 우스꽝스러웠는지 조롱 가득한 목소리들이 그에게 날아와 꽂혔다.

"미친. 계집년이었으면 어떡하려고 그래."

"하도 독두꺼비처럼 생겼기에 누군가 했더니 헌터였군."

"세상에, 헌터! 이 미친 새끼가 어디라고 지금 이 시각에 기어들어와! 빨리 꺼지지 못해?!"

사라지지 않으면 당장에라도 손에 든 무기를 휘두를 것 같은 기세에 간담이 서늘해졌지만 지금은 이럴 때가 아니었다. 그는 용기 내서 소리쳤다.

"지, 지금 그게 문제가 아니야!"

"발정 난 짐승 새끼처럼 이게 뭐 하는 짓이야! 요즘 살 만한가 봐? 우리 대장이 만만한가 보지, 그 목을 지금 당장 따줄까? 응?!"

"상, 상……."

"버벅대지 말고 말해 이 새끼야."

왼쪽 얼굴에 기다란 상처가 있는 흉악한 얼굴의 남자가 씹어내듯 내뱉었다. 그가 쥐고 있던 채찍을 한 번 핑 돌렸다. 한 번 더 더듬대면 잔혹한 매질이 시작될 거라는 짐작에 헌터가 겁을 먹고 소리쳤다.

"상등품!"

대뜸 툭 튀어나온 말에 남자의 얼굴이 종잇장처럼 구겨졌다. 그가 채찍을 휘두르려 할 때였다.

"상, 상등품이라고! 귀족이야!"

남자가 일순 동작을 정지했다.

"귀족이라고?"

삐딱한 음성에 담긴 은근한 관심에 헌터는 그제야 안심할 수 있었다. 남자의 한쪽 입꼬리가 싸늘하게 올라갔다.

"확실해?"

"그, 그래! 정말이야. 귀족도 몇 명 필요하댔잖아!"

"흐음. 그렇단 말이지?"

"그리고 미인이었어!"

"미인?"

남자의 눈이 잔혹하게 빛났다. 저건 구미가 당긴다는 낯이었다! 헌터의 얼굴이 일순 확연하게 밝아졌다. 그는 자신이 느낀 것을 주섬주섬 꺼내놓기 시작했다.

"진짜 장담해. 내 생에 그런 여자는 본 적이 없다고!"

"네놈 주제에 꽤 거물을 건져 왔군. 만약 아니면 어떻게 되는지 알지?"

"마, 맞아. 확실해, 카터…… 그러니 내 빚은 이제 어, 없는 거 맞지?"

카터라고 불린 남자의 한쪽 눈썹이 위로 치켜 올라갔다.

"뭐야. 네 녀석의 빚을 다 탕감할 정도라고?"

"그렇다니까!"

"이게 어디서 큰 소리야?!"

카터의 채찍이 헌터에게로 날아들었다. 쫘악 하는 소리와 함께 끔찍한 격통이 헌터의 어깨로 내리박혔다. 동시에 짤막한 헌터의 비명이 퍼졌다.

따끔거리는 통증이 온몸에 퍼지자 헌터는 상체를 웅크리며 비굴하게 사과했다.

"미, 미, 미안해. 내가 흥, 흥분해서 그만."

"뭐, 네가 그렇게 말하니 궁금하긴 하군. 별 볼 일 없는 가문인 건 확인했어? 만약 아니라면 엿 되는 건 우리야. 높으신 분들은 꼬리를 자르고 도망갈 테니."

"애당초 그런 곳에 그렇게 대단한 사람들이 올 리가 없잖아. 지금까지 온 귀족 놈들 다 별거 없었어."

확실히 자기는 고귀하다 여기는 귀족들은 그런 더럽고 꿉꿉한 곳에 발걸음하지 않았다. 간혹 오는 귀족들은 대개 평귀족이나 가문에서 거의 버리다시피 한 자들이라 건드려도 잘 숨기기만 한다면 큰 뒤탈은 없었다. 오죽하면 경비대의 시선까지 피했을까.

하나같이 바닥을 치는 평판. 단기간이 아닌 장기간에 걸친 실종. 그들도 차마 납치라고 생각할 수 없었을 것이다.

벌써 이곳에 자리 잡은 지 1년이었다. 긴 기간치고는 그들이 사람을 해한 횟수는 매우 적은 편이었다. 그들이 수도에 큰 불안을 일으키길 바라지 않는 의뢰인 때문이었다. 높으신 분의 뜻을 알 방도는 없지만 수중에 들어오는 돈이 제법 두둑하여 그들의 대장은 받아들였다. 아무튼 은밀히 진행되니 그들의 목숨은 안전했고, 돈도 적지 않게 들어왔으며, 가끔 여자도 취하니 결과적으로 잘된 일이었다.

헌터의 말에 카터는 순순히 납득하며 고개를 끄덕였다.

"하긴 그렇긴 하지. 그럼 됐어. 그나저나 대장께서 좋아하시겠어. 이번 장난감은 빨리 죽어서 시시해하시던걸."

잔인한 얘기를 아무렇지 않게 하는 카터를 보고 헌터가 아연실색했다. 그들의 대장인 드라이언은 여자를 장난감처럼 다루며 때리는 것에 희열을 느끼는 변태적인 페티쉬가 있었다.

순간 아까 본 눈부신 미인이 드라이언에게 가혹하게 학대당하는 장면이 연상됐지만 그는 무시할 수밖에 없었다. 빚을 탕감할 수만 있다면 그 여자가 드라이언의 밑에서 굴려지든 겁간당하든 그가 알 바 아니었다. 지금은 자신의 코가 석 자였다.

"그리고 나도 기대되는군."

카터가 씨익 비열하게 미소 지었다. 드라이언은 가지고 놀던 장난감을 어느 정도 즐기면 부하들에게 돌리니 그도 한 번쯤 즐길 수 있으리라. 무사히 드라이언의 학대를 견뎌내면 노예상에 내놓을 생각이었다. 콘라드로 유통되니 아무도 알 수 없을 것이다.

"크큭."

카터가 침 흘리며 웃다 일순 싸늘하게 표정을 굳혔다.

"너, 뭘 달고 온 거지?"

"무슨 소리……."

"헉."

헌터가 삽시간에 숨을 죽였다. 예리한 검날이 그의 목에 겨누어져 있었다. 여실히 느껴지는 서늘한 기운에 그의 온몸이 석고상처럼 굳었다.

"보아하니 귀족 도련님 같은데 여긴 무슨 일이실까?"

카터가 험악하게 이죽거리는 것은 이미 귀에 들어오지 않았다. 다만 '귀족 도련님'이란 말에 헌터의 고개가 느릿느릿하게 뒤로 돌아갔다. 마치 기계와도 같이 뻣뻣하게 끊어지는 동작이었다.

"히익!"

돌아보자마자 푸른 눈동자에 비친 살기와 마주한 헌터가 얕게 숨소리를 냈다. 아까 미인이라고 생각한 여자의 일행이었던 소년이었다.

'그가 왜 여기에? 분명 파란 지붕으로 갔어야 했는데?'라는 생각 따윈 들지 않았다.

소년의 눈을 마주친 순간 헌터의 모든 사고 회로가 정지했다. 그 순간 헌터는 눈알을 굴리는 것조차도 마음대로 할 수 없었다. 헌터의 목에 닿아 있는 칼날이 금방이라도 그의 목을 벨 것 같았다.

"큭큭. 부대장, 저 녀석 뭐 합니까? 어이, 도련님! 괜한 폼 잡아봤자 소용없어. 평생 곱게 자란 네놈이 그 녀석을 죽이기라도 할 거야?!"

"여긴 너 같은 새끼가 올 곳이 아니…… 잠시만."

스산한 안광을 빛내며 카터가 자리에서 일어났다.

"오호라, 저놈의 면상은 쓸데가 있겠어."

더러운 욕정을 담은 카터의 눈이 번쩍였다. 그가 혀로 입술을 축였다. 끈끈한 점액이 그의 입안에서 거미줄처럼 얽혔다. 카터 주변 수하들이 음흉하게 킬킬거리기 시작했다.

"킥킥. 슬슬 남자도 맛보는 겁니까?"

"저 녀석 얼굴, 꽤 곱상하잖아. 넌 특별히 내 밑에서 날 만족시키려 노력하는 개새끼로 키워주지."

"오, 그거 좋은데요?!"

카터의 모욕적인 언사에도 소년의 얼굴 위로 떠오르는 건 모멸감이 아니었다. 그는 그저 가만히 이 상황을 주시할 뿐이었다.

소년의 검은 여전히 헌터의 목에 맞닿아 있었지만, 칼날이 들어서지 않아 피는 나지 않았다.

설마 이 녀석, 사람을 죽이는 것에 망설이는 건가?

거기까지 생각이 미치자 헌터의 입꼬리가 슬며시 올라갔다.

'그럼 그렇지. 딱 봐도 떠받들어지는 거에 익숙한 도련님인 게 분명하군.'

그렇다면 해결은 쉬웠다. 녀석의 흉부를 치고 자세가 흐트러지는 순간 빠져나오면 될 터였다. 헌터는 소년이 눈치채지 못하게 천천히 팔을 움직였다. 아니, 움직이려 했다. 그것은 단지 작은 움직임이었다. 손가락 하나를 움직일 때 덩달아 반동하는 몸의 미세한 떨림과도 같은.

쿵—

차가운 날붙이가 헌터의 목을 가차 없이 베어버렸다. 동시에 피가 분수같이 솟구치며 거대한 몸체가 일직선으로 쓰러졌다. 목구멍에서 야금야금 기어 나온 붉은 선혈이 바닥을 흥건하게 적셨다.

아까까지만 해도 소리를 내지르며 펄떡이던 남자는 거짓말처럼 싸늘한 시체로 변모했다. 그들은 일제히 숨을 죽이며 눈앞의 소년을 쳐다봤다. 마치 누군가 억지로 고개를 잡아 고정시키고 있는 것처럼 소년에게서 시선을 뗄 수 없었다. 그때였다.

"쯧."

소년이 건조하게 혀를 찼다. 헌터의 목을 베기 전 피가 튀길 것을 예상했는지 미리 뒤로 물러섰지만 아무래도 옷에 약간 피가 묻은 것이다.

소년은 소매를 적신 피를 더러운 오물 보듯 쳐다보고 있었다. 그러나 그들에게 중요한 건 그것이 아니었다. 고작 십 대 중반쯤 돼 보이는 소년이었다. 그런 소년이 아무렇지 않게 헌터의 목을 베었다. 사람을 죽였다는 죄책감 하나 내비치지 않고서.

사람이 죄악감을 느끼지 않으며 돼지를 도륙하듯이 소년에게는 헌터를 죽이는 일이 하잘것없는 가치를 지닌 것처럼 보였다. 가라앉은 눈동자가 반쯤은 사람의 것이 아닌 듯했다.

"너…… 뭐야."

제 부하들처럼 한동안 굳어 있던 카터가 더듬더듬 입을 열었다. 카터는 눈앞에 일어난 상황을 아직까지 믿지 못하는 듯했다. 그는 여차하면 휘두를 생각으로 채찍을 꽉 쥐었다. 그 미세한 손짓을 선득하게 내려앉은 눈이 고요히 주시했다.

"너희의 주인에게 안내해라."

제 말을 싸그리 무시하고 대뜸 대장을 찾는 소리에 카터가 방방 날뛰었다.

"너 뭐냐고, 이 새끼야!"

소리침과 동시에 카터가 휙 하고 채찍을 휘둘렀다. 그러나 채찍은 소년이 한 발 뒤로 물러나면서 문턱에 부딪혔다. 그 반동 덕에 날렵한 줄은 곧바로 카터의 부하들에게로 휘었다.

"아악!"

살갗을 스친 고통에 카터의 수하가 냅다 소리를 내질렀다. 카터는 수하의 아픔은 아랑곳하지 않았다. 소년이 채찍을 멀쩡하게 피했다는 것만 눈에 들어왔다. 그의 음성이 매섭게 날아들었다.

"너희는 뭐 하고 있어! 얼른 잡지 못해?!"

"네, 네 부대장!"

말과는 다르게 그들은 소년에게 달려들지 않고 머뭇거렸다. 소년에게서 흘러나오는 위압감에 차마 발이 떨어지지 않았다. 바닥에 나동그라져 있는 헌터의 모습이 곧 자시의 모습이 될지도 모른다는 두려움이 그들을 잠식했다.

미적거리는 그들의 작태에 카터가 다시 한번 소리치려는 찰나, 여태껏 관망하듯이 제자리를 지키던 소년이 순식간에 달려가 카터의 배를 발로 찼다.

미처 방어하지 못한 카터가 그 공격을 그대로 받았다. 복부로 무지막지한 격통이 집중되자 탁자에 몸을 기대고 있던 카터가 뒤로 넘어갔다. 놓치지 않고 소년이 빠르게 검을 위에서 아래로 내려찍었다.

"아아아아악!"

처절한 비명이 안을 울렸다. 칼끝이 카터의 손등을 관통한 채로 멈춰 있었다. 서늘한 푸른 눈이 그를 자비 없이 내려다봤다. 이 상황에 맞지 않는 차분한 음성이 그에게로 떨어졌다.

"두 번 말하게 할 셈인가."

"아, 아무리 귀족이어도 이렇게 사람을 마음대로 죽이는 게 용납될 것 같…… 아아악! 그, 그만해! 그만하라고 미친 새끼야!"

칼날이 손등을 더욱더 파고들었다. 뼈가 썰렸는지 맹렬한 통증이 카터의 몸을 훑고 지나갔다. 카터가 덜덜 떨어대며 잔뜩 억눌린 목소리로 말했다.

"……게, 게슈렐."

"……."

"그…… 곳에 계신다."

카터의 말이 떨어짐과 동시에 박힌 칼이 거두어졌다.

"하아, 하아."

멈췄던 호흡이 몰아치듯 들숨 날숨을 반복하다가 선뜩한 기운에 일순 뚝 그쳤다. 벼려진 칼날이 그의 목에 겨누어져 있었다.

……설마 죽이려고?

카터의 동공이 크게 요동쳤다. 그가 뭐라도 말하려 허둥지둥할 찰나였다. 우르르, 다소 많은 인기척이 들어서는 게 느껴졌다.

그중 가장 한 가운데에 서 있는 인물을 보며 카터는 우습게도 경악보다 안심을 했다.

"그 개 같은 면상을 여기서 보다니. 아주 반갑군, 카터."

수도경비대 분대장인 언하드였다.

※　✦　※

갑작스레 들이닥친 수도경비대는 오두막 안에 있던 일원들을 죄다 포박했다. 언하드가 묶여 있어 꼼짝달싹 못 하는 카터의 머리를 주먹으로 툭툭 쳤다.

"감히."

퍽.

"수도에서."

퍽.

"이런 짓거리를 벌여?!"

퍽.

언하드의 주먹질에 카터의 머리에서 피가 흘러내렸다. 카터가 짐승같이 그를 노려보며 소리쳤다.

"그보다 저 녀석 뭐야!"

"입 다물어."

언하드의 주먹이 카터의 복부에 내리꽂혔다. 카터가 외마디 비명을 질렀다. 그러나 그는 꿋꿋하게 비센테를 향해 난동을 피웠다.

"저 녀석 사람을 죽였다고!"

"……."

"기사도 아닌 것 같은데 일반인이 수도에서 사람을 죽여도 돼?! 저 녀석도 잡아가!"

"시끄럽군."

언하드의 눈매가 싸늘하게 가라앉았다.

"닥치라고 했을 텐데."

그는 말함과 동시에 손날을 들어 카터의 목뒤를 후려쳤다. 카터는 소리 지를 새도 없이 정신을 잃었다. 그는 카터에게 닿은 손을 불쾌한 듯 털어내며 수하에게 턱짓했다.

"데려가."

"알겠습니다, 분대장님."

상관의 명령에 경비대원이 모두 밖으로 나갔다. 그로 인해 안에는 언하드와 비센테, 베론만이 남았다.

짧은 적막이 흘렀다. 언하드는 가만히 눈앞의 소년을 응시했다. 피로 물든 옷에다 손에 쥔 검에 흐르는 피, 목이 베인 남자의 몸뚱어리, 카터의 증언까지. 저 널브러진 시체가 소년으로 인한 것임이 확실해졌다. 야트막한 숨소리와 함께 언하드의 입술이 떼어졌다.

"……베른하르트 영식이시오?"

그에 소년이 예를 갖춰 고개를 숙여 인사했다.

"수도경비대 분대장 언하드 경을 뵙습니다. 비센테 베른하르트입니다."

제가 한 짓에 어울리지 않는 지극히도 고요한 음성이었다.

처음 베론 경의 말만 들었을 때도 믿지 않았다.

"아마 주군께선 먼저 그곳으로 향하셨을 겁니다."

정식 기사도 아닌 베른하르트가의 영식이 기사인 베론을 경비대에 보내고 위험을 자처하다니. 무모하다고 생각했다.

아직 어려서 세상이 얼마나 잔혹한지 모르는 애송이라고 판단하며 무려 베른하르트가의 후계자를 두고 온 것도 모자라 수중의 칼을 고이 넘겨준 베론의 멍청함을 비웃은 것이 불과 삼십 분 전이었다.

어떻게든 대가문의 도련님이 죽는 참상은 면해야겠기에 미친 듯이 달려왔다. 그러나 그의 예상과 달리 상황은 겨우 열다섯 소년에 의해 깔끔하게 정리되어 있었다. 아무렇지 않게 카터를 제압하던 장면은 지금 생각해도 믿기지 않았다.

"이곳이 그들의 본거지인 것은 어떻게 안 것이오? 헌터가…… 순순히 알려주진 않았을 텐데."

그 가게 주인 이름이 헌터였던가. 비센테가 낮게 읊조렸다.

"혈향이 났습니다."

'혈향?'

언하드가 미간을 좁혔다. 헌터의 가게는 사람들로 북적인다. 그 많은 사람 사이에서 피 냄새를 맡고 이곳까지 쳐들어왔다고? 저를 의심하는 언하드의 눈빛을 알아챘는지 비센테가 설명을 했다.

"확인차 과녁 뒤를 살피니 비교적 최근 것으로 보이는 선혈이 있었습니다. 그리고 남녀에게 나누어 준 종이에 적혀 있는 주소가 다른 것을 보고 확신이 들었습니다."

그것만으로 확신을 가질 수 있다니. 언하드의 눈빛이 기묘해진 것도 잠시, 과녁, 선혈, 그 단어에 그는 이를 악물었다. 사람을 상대로 화살을 쏘는 개 같은 습성은 아직 못 버렸나. 명색이 그가 분대장으로 있는 수도경비대가 수도에서 벌어지는 살인을 눈치채지 못했다니. 명백한 본인의 실책이었다.

"최근에 수도에서 사람이 사라진다는 소문, 알고 있습니다. 이들이 맞습니까?"

"……그런 것 같소. 그들의 대장, 드라이언이 혹 어디 있는지 아오?"

"게슈렐입니다."

게슈렐. 멀리도 갔군. 언하드가 이를 바득 갈았다. 근래 지방에서 굴러먹던 놈이 왜 갑자기 수도까지 납시셨는지는 모르겠으나 이번에 야말로 반드시 잡으리라.

그렇게 눈앞에 없는 남자를 향해 끝없는 경멸을 내비친 뒤 그는 다시 비센테를 쳐다봤다. 이 상황이 익숙한 듯 그의 얼굴에는 어떠한 감정도 떠오르지 않았다. 불시에 언하드의 안면이 딱딱하게 굳었다.

"……영식에겐 감사할 일이나."

그는 잠시 입을 다물고 다시 말을 이었다.

"기사가 아닌 신분으로 수도에서 사람을 죽이셨소."

옆에 있던 그의 기사가 다급하게 나섰다.

"살인이라니! 지나친 비약이요! 언하드 경, 베른하르트 영식은 아직 정식 기사는 아니지만 견습 기사 신분이오. 따라서 어느 정도는 흉악 범들을 처리할 수 있는 권한이 있소. 게다가 당시 주위에 위험 분자만 다섯이었소. 충분히 상황을 고려해야 하오."

베론의 말은 어느 정도 일리가 있었다. 사람을 죽였다고 무조건 형벌을 받는 것은 아니다. 지금처럼 악질적인 범죄자를 처단하는 등 타당한 이유가 있다면 무죄가 될 가능성이 농후했다. 그리고 그 느슨한 판결은 귀족에게 더 유리했다. 특히나 베른하르트 같은 유력가의 귀족이라면.

그러나 과연 저 소년에게 그들이 위협이 됐을까. 카터의 바보 같은 부하들은 그에게 손 하나 까딱하지 못했다. 무의식적으로 알았을 것이다. 그가 얼마나 고귀한 신분을 가졌는지도, 망설임 없이 자신들을 죽일 수 있다는 것도.

"아니면 내가 죽인 걸로 하겠소! 나는 기사 작위를 받았으니 불한당을 처리할 수 있는 자격이 있소."

충성스러운 그의 부하는 심지어 살인을 제가 했다고 하자며 어린 주인을 보호했다. 마찬가지로 국가 소속이 아닌 기사가 수도에서 살인을 저질렀다면 판결을 받아야 한다. 그럴 확률은 적었지만 만일 잘못되면 기사 작위까지 잃을 수 있었다. 그렇게까지 충성하는 건가.

언하드는 이 상황까지 왔음에도 말없이 자리를 지키는 소년을 노려보았다.

'재수 없는 눈빛이 꼭 제 아비를 닮았군.'

언하드는 왕실 기사단장인 베른하르트 공작을 떠올렸다. 사람들을 아래로 내려다보며 깔아뭉개는 오만한 눈빛이 닮아 있었다.

기사가 된다면 필수 불가결한 살인은 누구에게나 찾아온다. 사람이 사람을 죽였다. 죽은 이가 아무리 악한 사람이라도 처음에는 죄책감을 갖게 마련이다. 그러나 소년에게서 그런 감정은 찾아볼 수 없었다.

"베론 경, 지금은 경이 나설 때가 아니오."

"언하드 경!"

"그만. 내가 하지."

소년이 가볍게 손을 들어 베론을 저지했다. 그에 베론은 목끝까지 차오른 말을 집어삼켰다. 순식간에 조용해진 베론을 언하드가 못마땅하게 쳐다보았다. 내가 말할 때는 귓등으로도 안 듣더니, 원. 불만을 속으로 삭이고 있을 때 소년이 입을 열었다.

"오해하시는 듯하여 말씀드립니다. 저는 처음부터 이 일에 관여할 생각이 없었습니다. 소문이 들려와도 그뿐. 정식 기사도 아닌 제가 굳이, 왜, 이런 귀찮은 일에······."

"······."

"나서겠습니까."

오만함이 그득 묻어나는 목소리에 언하드가 눈썹을 찌푸렸다.

"그렇다면 왜 나선 것이오."

"이들이 노린 자가 제 어머니인 베른하르트 공작 부인이기 때문입니다."

공작 부인. 언하드의 입이 닫혔다. 만일 이것이 사실이라면, 자칫해서 공작 부인이 그들의 손에 넘겨졌다면…….

언하드가 무슨 생각을 하는지 꿰뚫고 있는 듯 소년이 초연하게 말을 이었다. 차분한 목소리와 다르게 듣는 이는 결코 차분할 수 없는 내용이었다.

"이번엔 제가 묻겠습니다. 만일 내 어머니께서 경의 부대 관할인 이 수도에서 사라지기라도 했다면."

"……."

"이를 어찌 감당하시려 했습니까."

고요함 속에서 시리게 빛나는 푸른 눈이 말하고 있었다. 이것은 경고였다. 잔챙이 하나 잡아내지 못한 그에게 나지막하게 건네는 주의.

그는 입술을 사정없이 깨물었다. 비릿한 피맛이 났지만 이렇게라도 하지 않으면 당장에라도 제 분을 못 이길 것이다. 소년의 말대로 공작 부인이 사라지고 행여나 죽기라도 한다면, 수도 경비를 책임지던 이들은 죄다 처벌을 피할 수 없었다. 잘하면 잘리거나 운 나쁘면 목이 달아날 것이다. 베른하르트 공작, 그 지독하리만치 오만한 남자에게.

"상황을 고려하여, 정당방위를…… 인정하겠소."

그는 다문 잇새로 씹어뱉듯 한 글자 한 글자를 입에 올렸다. 어차피 모두 사형될 자들이었으니 중간에 죽여도 큰 상관은 없을 것이다.

찝찝했지만 눈앞의 소년이 앞으로 벌어질 큰일을 막은 점은 부정할 수 없는 사실이었다. 더군다나 공작 부인이 관여될 뻔한 것을 안 이상 언하드의 선에서 끊어내야 했다.

"나머지는 내가 처리하지. 영식께서는 더는 나서지 마시오."

"경의 뜻대로 하겠습니다."

소년이 정중하게 고개를 숙였다. 그마저도 마뜩잖았던 언하드는 짓이기듯 이마에 주름을 새긴 채 밖으로 나왔다.

✳ ✦ ✳

"어? 왜 혼자 나오십니까?"

켄트가 의아한 눈으로 뒤통수를 긁적였다.

"저 소년이 죽인 거 아니었습니까? 듣자 하니 견습 기사라던데 법정에 회부 안 하십니까? 뭐, 어차피 무죄겠지만. 그래도 이러시면 안 되잖습니까. 분대장님마저 권력에 굴종하다니. 분대장님을 존경하던 저는 서럽습니다요."

언하드는 짜증이 가득 묻어나는 목소리로 그가 즉결로 정당방위 판결을 내린 것을 말했다. 자세한 사정을 들은 켄트가 눈을 크게 뜨며 고함을 내질렀다.

"베른하르트 공작 부인이요?! 아니, 미친. 만약 저 소년이 알아채지 못했다면 우리 다 이거 아닙니까? 이거?"

켄트가 자신의 목을 쭉 그었다. 언하드가 무뚝뚝하게 고개를 끄덕이자 켄트의 얼굴이 시퍼렇게 질렸다.

"저 어린놈에게 목숨이 구해지다니…… 이걸 감사해야 합니까?"

"시답잖은 소리 하지 마."

"그래도 법정에 회부는 하시지요. 제가 봐도 정당방위 같지만 분대장님은 그냥 넘기기에 마음에 안 차 보입니다만. 이를 두고 며칠간 곱씹으며 죄 없는 우리에게 화풀이나 하실까 심히 염려됩니다."

한동안 언하드의 분풀이를 받아내야 한다는 절망감에 젖은 켄트의 어깨 위로 언하드가 팔을 둘렀다. 켄트가 히익거리며 어깨를 움츠렸지만 언하드에게서는 아무런 움직임도 보이지 않았다. 켄트가 미심쩍은 눈으로 물었다.

"왜 그러십니까?"

"세 가지 이유가 있다."

대뜸 딴말을 지껄이는 그를 켄트가 유심히 지켜봤다.

"무엇이 말입니까?"

"내가 그 어린놈을 그대로 보내줄 수밖에 없는 이유."

언하드의 입꼬리가 삐뚜름하게 올라갔다.

"첫째, 네 말대로 녀석은 정식이 아니더라도 견습 기사다. 법정에 회부될 가능성은 있으나 카터 무리를 처단한 데 명분은 있어. 즉, 살인죄가 적용되지 않을 확률이 높다."

"……."

"둘째, 저 어린놈의 어머니가 누군지 아나?"

"베른하르트 공작 부인이요? 저 같은 이가 어찌 압니까. 저 살기도 바쁜데."

"피사리데 혈통이다."

그에 까무러치게 놀란 켄트가 머리를 번쩍 치켜들었다.

"피사리데면…… 스, 스, 승하하신 에샤힐드 왕비 전하 가문이잖습니까?! 그 왕비만 열한 명 배출했다는……."

"그래, 멍청이는 아니군."

그걸 누가 모르겠는가. 그 가문에서 여자만 낳았다 하면 곧바로 왕비행인데. 켄트는 떨떠름한 얼굴로 입을 열었다.

"……셋째는 뭡니까."

"셋째."

입을 적셨다 떼는 그는 꽤나 착잡해 보였다.

"공작 부인의 오라비 피사리데 후작이 이번 궁내부 장관에 임명됐다. 사법부는 이미 피사리데 아래에 있어."

"……맙소사."

"그래, 맙소사다. 후작의 나이 겨우 서른다섯에 일어난 일이니까."

"……."

"그러니까 최대한 엮이지 않는 게 좋아. 오래 살고 싶다면 말이지."

언하드의 말을 들으며 켄트는 저는 모르는 그들만의 세상에 놀람을 금치 못했다.

"분대장님…… 저는 도저히……."

"켄트. 동국에는 이런 말이 있더군."

"……."

"열흘 붉은 꽃은 없다."

언하드가 의미심장하게 조소했다.

"어디 시들지 않는 권세가 있던가?"

언하드가 떠나고 베론은 긴장을 풀었다. 다행히 일은 좋게 마무리되었다. 물론, 좋게 마무리될 수밖에 없었다. 한미한 가문 출신으로 기사 작위를 받은 그가 뭘 할 수 있겠는가. 언하드는 일을 이렇게 덮어야 하는 것에 회의감마저 느끼는 것 같았다.

베론은 문득 생각했다. 그는 알까. 비센테가 공작 부인을 드라이언의 부하들에게 넘기려 한 헌터만을 죽임으로써 그에게 나름의 호의를 보인 것을.

만일 베른하르트 공작령이었다면 그들은 다 죽은 목숨이었다. 공작령에서 일어난 일은 아무리 왕이라도 관여하지 못한다. 그곳의 군주는 오직 베른하르트 공작 한 명뿐이니.

"옷이 더러워지셨군요."

주군은 옷에 튄 피가 마음에 들지 않는지 아까부터 집요하게 핏자국을 주시하고 있었다.

"불편하지 않으십니까? 어서 귀택하시지요."

비센테는 베론의 말에 대답하지 않고 검을 칼집에 넣었다. 날붙이가 부딪히는 소리가 날카롭게 울렸다. 그는 곧이어 나직하게 읊조렸다.

"옷을 갈아입고 가지."

"저택에서 갈아입지 않으시고요?"

건조한 시선이 베론의 얼굴에 닿았다.

"어머니께서 보시면 곤란하다."

일순 베론의 눈이 크게 뜨였다.

3장
한 여자의 고백

　빗방울이 하나둘씩 창가에 맺히더니 이내 후두둑 쏟아져 내리기 시작했다. 바람 없이 그저 내리 떨어지며 바닥을 치는 빗소리만이 잔잔하게 울리는 날이었다.

　에르셀라는 멍하니 창밖을 바라보다 어제저녁 리엔이 전해온 소식을 곱씹었다. 최근 수도경비대가 수도에서 활동 중이던 인신매매단을 잡았다는 이야기였다. 어디서 잡았는지는 알려지지 않았지만, 체포한 날이 공교롭게도 에르셀라가 비센테와 함께 외출한 날과 일치해서 무척 놀랐다.

　혹여 그들과 마주했다면 큰일을 당했으리라. 최악의 경우 성적으로 유린당한 후 죽임을 당하거나 노예상에 넘겨졌을 것이다.

　그 장면이 머리에 그려지자 팔뚝에 소름이 돋아났다. 갑자기 서늘한 한기가 도는 것도 같았다. 에르셀라는 팔에 오스스 올라온 소름을 손으로 문지르며 가슴을 진정시켰다.

　그러다 문득 그날 자신을 일찍 돌려보내려던 비센테의 모습이 떠올랐다. 뭔가 알고 있었던 건가? 비센테는 일이 있다며 그녀에게 먼저 갈 것을 요구했었다. 그리고 우연히 그 시각 이후 인신매매단이 잡혔다고 한다.

설마─

"비센테가?"

에르셀라가 저도 모르게 중얼거렸다. 인신매매단을 잡아넣은 것이 비센테가 아닌가라는 믿기 힘든 생각이 떠올랐기 때문이다.

하지만 그녀는 스치는 생각을 흘려보내며 곧바로 의심을 접었다. 그날 비센테는 엄청난 권수의 책을 가지고 귀택했다. 족히 열 권은 넘어 보이는 서적이 그의 손에 차곡차곡 쌓여 있었다.

에르셀라가 놀라 물었더니, 그는 사실 사고 싶은 책이 있었다고 말한 뒤 더는 신경 쓰지 말라며 무뚝뚝하게 끊어냈다. 상의 중간까지 가리는 책의 높이에 혀가 절로 내둘러졌었다. 이처럼 그의 행적은 명확했으니 비센테가 한 일은 아닐 것이다.

툭툭. 툭툭툭.

듣기 좋게 떨어지던 빗소리가 점차 짙어지기 시작했다. 지독한 장대비인가 보다. 마침 오늘은 집에만 있을 계획이니 빗소리를 벗 삼을 수 있으리라.

에르셀라는 이참에 복잡한 머릿속을 한 번 정리해 두기로 했다. 지금까지 비센테를 우선순위로 두느라 신경 쓰지 못한 것이 많았던 탓이다.

에르셀라는 방 끝에 위치한 서랍 안에서 종이와 펜을 꺼내 들곤 탁자 앞 의자에 앉았다. 그러곤 펜을 움직여 종이에 물음표를 쓱 그려 넣었다. 서걱 하며 종이를 긁는 작은 소리가 들렸다.

"가르텐 공작이 콘라드에 방문하기로 했어."

곰곰이 생각해 보니 하르젠의 말에는 이상한 점이 있었다.

"예전에는 판테츠 백작이 가지 않았나?"

회귀 전, 콘라드와의 회담에는 판테츠 백작이 갔었다. 한데 이번에는 가르텐 공작이라니.

에르셀라는 회귀 이후의 상황이 전과 같이 돌아가지 않음을 깨달았다. 그녀는 그것이 못내 아쉬웠다. 판테츠 백작은 온후한 성정으로 외교 면에서 가르텐 공작보다 훨씬 나은 사람이었기 때문이다.

다만, 그 판테츠 백작도 국가 간 갈등을 전부 해소하진 못했었다. 결국 삼 년 후 그라니아와 콘라드의 갈등이 최고조에 이르렀으니 말이다.

콘라드와의 신경전은 항상 있던 일이긴 했다. 그들이 은근히 요구하면 이쪽에서는 모르는 척 잡아떼는 식이었다.

시간이 흐를수록 작았던 그들의 목소리가 점점 커지긴 했지만, 마지막에 콘라드가 그렇게 나올 줄은 누구도 예상하지 못했다. 그 소식을 들은 에르셀라 또한 적잖이 당황했었다.

'나중에 전쟁이 일어났을까?'

에르셀라는 자신이 죽은 후에 전쟁이 발발했는지 알고 싶었다. 그러나 그것은 그녀 사후의 일이었으므로 미래를 한 번 겪은 그녀조차 알 수 없는 일이었다.

'앞으로도 영영 모르겠지.'

에르셀라가 깊게 한숨을 내쉬었다. 단순히 마음만 편하고자 한다면 전쟁은 없을 것이라 넘겨짚었을 것이다.

그러나 곧 기사가 될 비센테를 생각하면 도무지 낙관할 수 없었다. 기사가 되면 꼼짝없이 참전해야 할 테니 말이다.

에르셀라는 갑자기 억울해졌다. 애당초 국왕 타메우스가 아즈렐을 빼앗지 않았다면 이런 고민도 안 했을 것이다. 전쟁을 통해 이국의 땅을 강탈한 주제에 명분 하나 대지 않다니. 그러니 아직도 각국의 정치가들이 타메우스를 비난하는 것이다.

망할 타메우스! 덕분에 아들이 전쟁터에 가게 생겼으니 이 은혜를 어찌 갚아야 한단 말인가.

'어떡하지……'

국가 간 대사는 그녀가 관여할 수 있는 부분이 아니었다. 착잡한 심경에 안색이 어두워질 때였다. 문을 두드리는 소리가 났다.

"마님, 저예요."

리엔이었다.

"들어오렴."

에르셀라의 허락에 리엔이 문을 열고 들어왔다. 리엔은 맨손이 아닌 은쟁반을 든 채였는데, 에르셀라는 의아함에 은쟁반을 가리키며 물었다.

"그건 왜?"

리엔이 대수롭지 않게 말했다.

"비 오는 날이면 방 안에서 종종 즐겨 드시니까 미리 준비해 보았습니다."

리엔이 차근차근 쟁반 위에 있던 것들을 탁자에 내려놓았다. 찻잔과 찻주전자였다. 소량의 과자도 함께였다.

"아, 그랬었지……."

그러고 보니 비 오는 날이면 자신이 차를 즐겼다는 사실을 깜빡 잊고 있었다.

"지금 싫으시다면 나중에 올릴까요?"

멀뚱멀뚱 쳐다보는 에르셀라의 시선에 리엔은 제가 괜한 짓을 한건 아닌지 후회했다.

"아니야, 여기 둬."

다행히 에르셀라는 찻잔을 치우려는 리엔을 만류하며 종이와 펜을 옆으로 밀어냈다. 리엔이 잔에 차를 붓자 향긋한 차향이 코끝을 스쳤다. 에르셀라가 좋아하는 홍차였다. 잔을 통해 전해지는 열기에 만족하며 찻잔을 입가에 가져다 댈 때였다.

에르셀라가 멈칫했다.

"마님?"

"이 찻잎…… 어느 지역에서 재배한 거니?"

"네?"

리엔은 엉뚱한 것을 묻는 사람을 본 양 되물었다.

"아니……. 아니야."

에르셀라는 손을 저으며 질문을 거뒀다. 순간 차에 독극물이라도 든 것은 아닐까 의심이 든 탓에 잠시 예민해졌을 뿐, 오랫동안 마셔온 차의 출처 정도는 그녀도 잘 알았다.

"사혈을 해보았는데 독은 아닌 듯합니다."

게다가 그녀의 병을 진단한 의원마다 독은 아닌 것 같다 단정하지 않았는가. 그럼 왜일까? 에르셀라는 여전히 자신이 왜 죽었는지 이유를 알 수 없었다.

그녀는 피를 토한 것을 기점으로 점점 쇠약해져 갔으며 끝내 서른 다섯에 죽음을 맞이했다. 치료를 위해 하르젠이 바쁜 와중에도 각지의 의원을 불러들였지만 누구 하나 그녀의 병명이 무엇인지 알아내지 못했다.

"마음에 안 드시면 다른 걸로 내올까요?"

에르셀라가 차를 마실 기미를 보이지 않자 리엔이 물었다. 에르셀라는 고개를 저으며 말했다.

"오늘은 별생각이 없구나. 그냥 치워주렴."

"……네, 그럴게요."

리엔은 의아해하면서도 토 달지 않고 에르셀라의 말을 따랐다.

"응. 그리고…… 차 담당은 하녀장이 했던가?"

"네, 식재료는 주방장님이 담당하시지만, 찻잎은 하녀장님이 하시는 걸로 알고 있어요."

"당분간 찻잎은 산스체 지방의 것만 올리라 전하렴."

"피사리데령이요?"

"그래."

독살은 아니라지만 찜찜하긴 했다. 미리 조심해서 나쁠 것은 없었다. 에르셀라는 생각에 골몰하다 말했다.

"그리고 이틀 뒤에 후작가에 갈 거니 알아두고."

카르온을 한번 만나봐야 할 것 같다.

"네, 알겠습니다. ……한데 도련님도 같이 가시나요? 방문자를 몇 명으로 하면 되는지……."

보통 저택을 방문하고자 한다면 그 전에 편지를 미리 보내놓는 게 예의였다. 글을 아는 사용인은 거의 없는 관계로 그 일은 집사인 클리프턴이 하곤 했는데, 리엔은 클리프턴에게 비센테의 이름도 말해야 하나 고민하는 듯했다.

에르셀라는 선뜻 대답하지 못했다. 리엔의 말은 미처 생각지 못한 부분이었기 때문이다. 어떻게 해야 하나 고민하다, 그녀는 일전에 비센테가 피사리데에 보였던 관심을 상기했다.

"한번 물어봐야겠어."

카르온도 소개할 겸, 비센테만 좋다면 이참에 같이 방문하는 것도 나쁘지 않을 것 같았다.

사락사락, 종잇장이 간헐적으로 넘어갔다. 베른하르트령에서 올라오는 서류였다.

빽빽이 늘어져 있는 검은 잉크에 비센테가 한번 꾹 눈을 감았다 떴다. 그러다 문득 테이블 위에 놓인 화병이 눈에 들어왔다. 화병 안에 담긴 흰 꽃을 본 순간 그의 미간이 단번에 좁혀졌다.

"백합이야. 향을 맡으면 마음을 편안하게 해준단다."

비센테는 어제 오전에 집무실을 방문한 에르셀라를 떠올렸다. 또 무슨 장난인지 손수 꽃을 한 아름 안은 채였다.

"네게 도움될 것 같아서 꺾어 왔는데…… 여기 두어도 될까?"

단순히 하녀를 통해 보냈다면 바로 돌려보냈을 비센테도 에르셀라가 직접 가지고 오니 별수 없이 성의를 받아들였다. 비센테는 화병에 꽂혀 있는 싱그러운 백합에 눈길을 주다 이내 거두었다. 시든 후 버리면 될 일이다. 그렇게 생각하며 서류 쪽으로 시선을 되돌린 때였다.

똑똑.

노크 소리가 울렸다.

"베론입니다. 잠시 실례하겠습니다."

"들라."

허락이 떨어지자 문을 열고 베론이 들어섰다. 베론이 깍듯하게 묵례했다. 비센테는 서류에서 시선을 떼지 않고 그를 맞았다.

"게슈렐에 있던 그들의 수장 드라이언이 잡혔다는 소식입니다."

"일주일 만인가."

"예."

게슈렐이 먼 지역임을 고려하고, 드라이언이 그사이에 도주했을 가능성을 생각하면 빠른 편이었다. 아마 더 이상 지체하다간 무슨 사달이 날까 걱정되어 쥐 잡듯 잡은 듯했다.

"그곳에서 즉결 처분했다는군요. 그런 흉악범에게 인권이랄 것은 없으니까요."

그렇게 말한 베론은 무언가 떠오른 듯 '아' 하고 입술을 달싹였다.

"그러고 보니 언하드가 맡은 분대는 본인 포함 모두 지방 곳곳으로 좌천됐다 합니다."

"좌천?"

그제야 비센테가 서류에서 시선을 떼고 베론을 쳐다봤다. 베론은 고개를 끄덕이며 말을 이었다.

"예, 아무래도 범인을 잡았다지만 사람이 죽었으니까요."

카터 일행은 언하드 분대가 잡은 것으로 공표됐다. 이미 언하드와 합의된 일이었다.

언하드는 경비대가 비센테의 공을 가로채는 모양새에 자존심 상한 듯 보였지만 비센테는 공적 따윈 관심 없었고, 시끄러워지는 걸 원하지 않았다. 무엇보다 그의 아버지가 이 일에 대해 아는 것만큼 곤란한 것도 없었다.

그렇게 생각하다 그는 문득 눈살을 찌푸렸다. 소수의 사람이 죽었다고 범인까지 추포한 언하드의 분대가 죄다 좌천되다니. 상식적으로 말이 안 됐다. 비센테의 표정을 읽어냈는지 베론이 어깨를 으쓱했다.

"각하께서 모르시는 게 이상하죠. 수도 기사들이 모두 그분의 관할 아래에 있는데."

역시 그랬나. 그는 작게 혀끝을 찼다.

"용케도 죽이진 않으셨군. 그 성정에."

"죽이진 않으시고 그 윗선에도 책임을 지우셨답니다."

"윗선이라면."

"네, 경비대 대대장이요."

이건 또……. 비센테가 헛웃음을 터뜨렸다. 대대장이면 윗선 중에도 한참 윗선인데 그런 자를 단번에 지방으로 좌천시키다니. 그는 이제 어이가 없을 지경이었다. 베론도 같은 심정인지 눈썹을 축 늘어뜨리곤 말했다.

"오늘 셀리르로 내려갔다죠. 언하드 경과 함께."

심지어 같은 영지로 배정시켰단 말인가. 비센테가 생각해도 고약했다. 고작 말단 부하 하나 잘못 둬서 그 자리에서 내려와야 했을 대대장의 분노는 안 봐도 뻔했다.

"고생 좀 하겠군."

"네, 그 작자 분풀이 좀 당할 겁니다. 대대장 성격에 분풀이로 끝나진 않겠지만."

베론이 안타깝다는 듯이 웃었다.

"이미 다리 하나는 절뚝거린다는군요."

대대장에게 책임을 지웠다라. 책임을 지울 만한 일도 딱히 아니었다. 결과적으로 에르셀라에겐 아무 일도 일어나지 않았으니 말이다. 한데, 이번 일로 대대장까지 갈아치우다니. 아버지의 의도를 도저히 가늠하기 힘들었다. 하르젠은 엄격하지만 그만큼 공명정대한 사람이다. 딱히 사사롭게 권한을 남용하는 분은 아니었기에 비센테는 더더욱 당황스러웠다. 안도의 숨소리가 들린 것은 그때였다.

"그래도 공작 부인께서 무탈하시니 다행입니다. 만일 변고를 당하셨다면 공작가는 물론이고 피사리데 측도 난리가 아니었을 테니까요."

"확실히 그렇긴 하지."

"예, 피사리데 후작께서 여동생인 공작 부인을 아낀다는 것은 누구나 다 아는 사실이니."

비센테는 대답 없이 턱 끝을 까닥였다. 베론의 말대로 피사리데 후작이 그의 어머니인 에르셸라를 아낀다는 것은 세간에 돌고 돌아 비센테의 귀에까지 들릴 정도로 유명했다.

어느 정도로 아꼈냐면, 작위를 계승하자마자 에르셸라에게 후작령 중 꽤 높은 지분을 차지하고 있는 영지 '산나르'를 물려주기까지 했다. 물론 진정한 소유권은 피사리데에 있기 때문에 완전한 상속은 아니었다. 그러나 살아 있는 동안 산나르의 부를 온전히 누릴 수 있는 것만으로도 큰 혜택이었다. 비센테와 같은 생각을 했는지 베론도 너스레를 떨었다.

"공작 부인, 부자시죠."

비센테는 문득 피사리데 후작이 어떤 사람일지 궁금해졌다. 어머니의 친정이었으나 정작 교류는 적었다. 기억도 나지 않을 정도의 어린 시절을 제외하곤. 당연한 말이겠지만 그 당시의 에르셸라가 비센테를 데리고 후작가에 가는 일은 없었기에 피사리데 후작의 생김새 또한 그는 몰랐다.

들리는 소문에 의하면 꽤나 고고한 신사라고 한다. 하나, 권력욕이 아예 없는 것은 아닌지 그는 이번에 고작 서른다섯의 나이로 궁내부 장관에 올랐다. 무관과 달리 문관의 직급 상승에는 나이가 영향을 끼치는 걸 고려하면 대단하다 평하지 않을 수 없었다.

그 대단하신 후작이 에르셸라에게 무슨 일이 생긴다면 어떻게 나올지는 아무도 모를 일이었다. 잠시 후 베론은 그렸던 웃음을 지우고 준비해 온 서류를 펼쳐 들었다.

"그리고 지시하신 것을 알아보았습니다. 이번 일, 역시 뭔가 있더군요. 그런 조무래기들이 어떻게 수도에서 설칠 수 있는가 했더니 최근 지방에서 벌어지는 실종 사건과 관련이 있는 듯합니다. 카터의 대장, 드라이언도 죽기 전에 자긴 그저 시킨 대로 한 것뿐이라고 말하다 목이 잘렸다는군요."

"실종자 중에 귀족도 있나?"

"네, 추적 중인 실종자 중 귀족도 몇 있다고 합니다. 대표적으로 판테츠가의 클로리아 판테츠 영애도 이번에 실종되었다는군요. 클로리아 판테츠 영애는 현 판테츠 백작의 조카입니다."

베론은 짐짓 심각한 얼굴로 말을 끝맺었다.

"곧 이 일에 대해 비공식적인 귀족 회의가 소집될 예정이랍니다."

대충 무슨 목적인지 알 것 같았지만 생각보다 일을 크게 벌인 감이 있긴 했다.

"왕권과 신권의 아슬아슬한 줄다리기가 시작되겠군."

이제는 아버지와 같은 고위 귀족에 해당하는 이들의 영역이었다. 그는 이쯤에서 깔끔하게 손을 떼기로 했다. 아버지의 명 없이는 아무것도 할 수 없으니.

"그럼 전 물러나겠습니다."

베론은 고개를 숙인 후 방에서 나갔다. 비센테는 등받이에 몸을 기댄 후 눈을 감았다.

"그래도 공작 부인께서 무탈하시니 다행입니다."

베론의 목소리와 함께 그날 일이 떠올랐다.

누구도 이 나라에서 그녀를 성적 대상으로 보지 못한다.

그녀의 혈통이 그러했고, 가문이 그러했고, 지위가 그러했다.

그러나 가게에 들어서자마자 에르셀라를 훑는 욕망 어린 눈빛에 비센테는 나직하게 조소했다. 감히 이 고귀한 여인을 향해 저열한 욕망을 드러내는 치들은 누구인가.

어머니를 당장 돌려보내고 싶었지만 생각보다 기대에 차 있는 눈빛 탓에 그는 속으로 한숨을 내쉬었다.

대충 장단만 맞추고 자리를 뜨면 되겠지 생각하고 있을 때였다. 돌연 그는 집중하지 않으면 눈치 못 챌 정도의 미약한 혈향을 맡았다.

솟아나는 의구심에 점수를 확인하는 척 과녁판 뒤를 흘겨보았다. 바닥에 볏짚이 가득했다. 언뜻 보면 빗나간 화살이 바닥에 꽂히는 걸 방지하기 위해 쌓은 것처럼 보였다. 그는 발로 볏짚을 바닥으로부터 벗겨냈다.

'피.'

옅은 핏자국이 있었다. 점철된 피를 억지로 닦아낸 듯했지만 완전하게 없어지는 못했다. 역시 단순한 유흥을 위한 곳은 아닌 듯했다.

비센테는 리엔에게 종이를 건네는 주인장의 몰골을 살폈다. 백발백중이라며 감탄하고 있지만 에르셀라를 훑는 두 눈은 질척한 욕망을 비추고 있었다. 역겨웠다. 그는 저도 모르게 서늘한 미소를 지었다.

허술하다. 종이에 적힌 주소를 보자 든 생각이었다. 아마 체계적인 놈들은 아닐 거라고 예감하며 베론에게 수도경비대를 부르도록 지시했다.

수도는 오롯이 국왕의 영역. 기사 작위도 없는 비센테가 멋대로 칼부림을 할 수는 없는 노릇이었다. 생포만 한다. 그렇게 생각하며 종이에 적힌 곳으로 발걸음을 옮겼다.

빨간 지붕으로 덮여 있는 오두막에 다다랐을 때 가게 주인의 뒷모습이 보였다. 그는 소리 없이 검을 빼 들었다. 죽이진 않는다. 그렇게 생각했다. 그들의 대화를 듣기 전까진.

"상등품!"

삐걱.

"상, 상등품이라고!"

이성이 뚝 끊기는 소리가 났다.

그의 어머니를 물건 취급하는 언어와 저질스러운 욕정으로 덧씌워진 질펀한 목소리.

그는 주저 없이 헌터의 목에 검을 겨누었다. 그리고 그었다. 충동적인 행동이었다. 그러나 바닥에 묵직하게 떨어지는 헌터의 몸을 보고도 아차 하는 생각조차 들지 않았다. 이것도 이놈에게는 과분한 죽음이었다.

그리고 카터라 불린 남자를 보았다. 부대장이라 불리는 걸 보니 대장은 따로 있는 듯했다. 대장까지 뿌리 뽑으리라는 생각에 카터의 손등을 칼로 꿰뚫었다. 고통을 못 이긴 카터는 순순히 답했다. 원하던 답을 들었으니 이제 죽여도 되겠다는 판단이 섰다. 카터의 목을 베기 위해 손등에 박힌 검을 빼내고 그의 목에 겨누었을 때였다.

수도경비대 분대장 언하드가 나타났다.

'쯧.'

그는 속으로 혀를 찼다. 분대장 앞에서 사람을 죽일 수는 없는 노릇이었다. 관할인 공작령이 아니라 불편하다는 생각 따위를 하며 카터를 순순히 넘겼다.

언하드는 탐탁지 않은 얼굴로 주시하다 그의 행위를 정당방위라 판단 내렸다. 법정까지 갈 일이 생기지 않자 그는 안도감을 가졌다. 그러다 검을 쥔 손에 절로 힘이 가해졌다.

'왜?'

왜 안도하는 거지? 그는 그런 생각을 한 자신이 당황스러웠다. 법은 그에게 무죄를 선고할 것이다. 이 지독한 계급 사회가 그러했다. 법정에 서도 결과는 똑같다. 다만 귀찮아질 뿐. 그렇기에 법정에 서지 않는 것에 안도할 필요는 없었다. 일순 한 사람이 떠올랐다. 언제부터인지 해사하게 웃으며 자신을 반기는.

'알지 않기를 바라는 건가.'

그가 자조적으로 웃었다. 살인에 주저하지 않는 것을 그녀가 알지 않길 바랄 날이 올 줄은 꿈에도 몰랐다. 비센테가 입술을 물어뜯었다. 스스로 생각하기에도 요즘 자신은 어딘가 이상했다. 이건 마치, 여태껏 나 몰라라 한 주인이 한 번 잘해주니 꼬리 흔들며 아양 떠는 개새끼가 된 것 같지 않은가.

거기까지 생각이 미치자 그의 얼굴이 노골적으로 구겨졌다. 속 끝에서부터 치밀어 오르는 불쾌감이 그를 잠식했다.

"고작."

비센테가 저도 모르게 읊조렸다.

고작 그런 여자가 웃어준다고. 조금 잘해준다고.

여자에 대한 분노가 넘치듯 흘렀다. 그는 똑똑히 기억했다. 저를 쳐다보는 무정한 눈동자. 메마른 목소리. 관심 한 조각 내비치지 않은, 애정이라고는 전혀 볼 수 없던 완벽히 타인을 대하는 태도.

그가 내일 당장 죽어버려도 눈 하나 깜짝하지 않을 정도의 비정함이었다. 그녀는 언제나 그를 버리고 버려왔다. 그것을 깨닫는 데는 오래 걸리지 않았다.

그래서 그도 그 현실에 순응하기로 했다. 그녀에게 아무런 기대를 하지 않게 된 날 이후로 비센테에게 그 여자는 철저히 이용 대상일 뿐이었다. 앞으로 그가 앉을 자리를 빛낼 도구 중 하나.

만일 그녀가 죽거나 또는 이혼해서 아버지가 새 공작 부인을 들이고, 새 공작 부인이 아들을 낳을지라도, 그의 모친이 가진 피사리데의 후광은 비센테의 자리를 공고히 할 것이다. 가문이라도 좋으니 차라리 잘되었다. 아예 쓸모없는 것은 아니니까. 비센테가 생각하는 그 여자의 쓰임은 딱 그 정도였다.

그런데 어째서.

상냥하게 접혀 올라간 그 웃음이, 부드럽게 건네지는 그 말투가, 조심스레 매만지는 그 손길이, 거절당할까 덜덜 떠는 그 눈동자가……왜 자꾸 아른거리나.

가슴 깊이 경멸감이 스몄다. 여자에 대한 경멸이 아닌 저에 대한 경멸이었다. 무수히 긴 시간 동안 냉대받은 주제에 찰나의 다정함을 엿보았다고 겨우 이런 것에 정신 못 차리는 자신이 혐오스러웠다.

비센테의 동공이 초점을 잃어갈 때쯤 베론의 보고가 들렸다. 동시에 그의 눈동자 위로 이채가 서렸다.

"들어보니 한 해 전 자취를 감춘 인신매매단이라고 합니다. 최근에 수도에 몰래 정착한 듯싶군요. 힘이 달려서 주로 여자와 아이, 어린 소년이나 노리는 저열한 치들이죠. 공작 부인께서 이곳에 오셨다면 큰일 났을 겁니다."

베론의 말에 고개를 끄덕였다. 생각만 해도 아찔했다. 그러나 그것이 가치 있는 것을 잃는다는 생각에서 비롯된 일차적인 허망인지 아니면 그보다 좀 더 고차원적인 두려움인지 알 수 없었다.

조금만 깊게 생각해 보면 알 것 같았지만 그러고 싶지 않았다. 비센테에게 에르셀라는 철저히 이용 가치가 있는 사람으로만 남아 있어야 했다. 그녀가 지금까지 그를 외면한 만큼.

"옷이 더러워지셨군요."

그런데 이상하게 자꾸 피가 묻은 소매에 시선이 갔다. 베론이 걱정하듯 말했다.

"불편하지 않으십니까? 어서 귀택하시지요."

그는 평소처럼 고개를 끄덕이려 했다. 그러나 어쩐 일인지 소매를 적신 혈흔이 자꾸 눈에 밟혔다. 이 모습을 하고 그녀와 마주친다면…….

그는 잠시 시선을 내렸다. 칼을 타고 흐르는 붉은 액상이 오늘따라 이질적으로 느껴졌다.

"옷을 갈아입고 가지."

큰 의미는 없었다. 그녀는 기사가 아닌 일반 여자다. 피를 보면 정신을 잃을지도 모른다. 그리고 이 상태로 귀택하는 것은 일반적으로 어머니에 대한 예의는 아닐 것이다. 그래, 일반적으로.

"어머니께서 보시면 곤란하다."

그저 예의다. 그를 낳아준 여인을 향한 예의. 그뿐이었다. 다른 이유는 없었다.

"그리고 잠시 서점에 들를 생각이다."

대충 눈속임만 하면 충분할 것이다. 환복만 한 후 귀가하면 이상하게 비칠 수 있으니 책도 사는 것뿐.

비센테는 이런저런 변명을 하며 자신의 행동을 합리화하고 있는 스스로가 어쩐지 한심하게 느껴졌다. 그 기분을 떨치려 서둘러 발걸음을 옮겼다.

바람이 불었다. 완연한 여름 전인데도 어쩐지 답답한 미풍이었다.

소년은 잠겼던 눈꺼풀을 들어 올린 후 기댔던 몸을 일으켰다. 어느덧 비는 그친 지 오래였다. 해가 지고 있는지 탁자와 서류가 노을빛으로 그을렸다.

그는 이전에 탁자 위로 흩뿌려진 금발을 떠올렸다. 밝은 햇살이 아닌 노을빛을 받으면 어떻게 바뀔까 궁금해하다 또 그 여자 생각을 했다는 사실에 신경질적으로 머리를 흐트러뜨렸다. 단정했던 검은 머리카락이 이마 위로 갈라졌다. 쓸데없다며 서류를 확인하려는데 노크 소리가 들렸다.

"클리프턴입니다. 잠시 들어가도 되겠습니까?"

"들어와."

간단한 허락에 문틈이 느릿하게 벌어졌다. 클리프턴이 소리를 죽이며 걸어왔다. 그는 한 팔을 배 앞에 두곤 고개를 깊이 숙였다.

"이틀 후에 후작저에 같이 방문하지 않겠느냐는 마님의 전갈입니다."

"후작저라면, 어머니의 가문 말인가."

"예, 맞습니다."

비센테의 미간이 설핏 찌푸려졌다. 그동안 궁금했던 피사리데 후작을 뵐 수 있는 기회였다. 그로서는 거절하기 힘든 매력적인 제안이기도 했다.

갑자기 환하게 웃으며 같이 가자 조르듯 말하는 에르셀라의 모습이 눈앞에 아른거렸다. 끝끝내 그 여자는 머리 꼭대기에 있다는 듯이 그를 농락한다. 미치도록 기분 나쁜데 단칼에 잘라낼 수 없는 자신이 더 이해가 안 갔다.

"가겠다 전해드려."

분명 하나로만 정의 내렸던 그의 어머니에 대한 감정이 이리저리 설키는 것이 못내 거슬렸다. 하지만 자신은 거절하지 않았다. 도대체 무엇 때문인지 알 수 없었다. 아니, 알기를 거부했다는 것이 맞을 것이다.

후작저는 시내 광장보다 더 멀었다. 따라서 마차 안에서 비센테와 이렇게 오래 마주하는 것이 처음이었던 에르셀라는 조금 어색해졌다.

비센테는 유유자적 창밖을 보고 있었는데 그동안 집 안에만 있어서 그런지 익숙하지 않은 풍경에 조금 신기해하는 것도 같았다. 물론 밖에 나간 적은 있을 것이다. 하르젠을 따라 주기적으로 영지 시찰도 나가니 말이다. 그러나 다른 가문에 방문하는 것은 오랜만일 것이다. 에르셀라는 그 집이 자신의 친정이라는 사실에 어쩐지 긴장됐다.

후작 부인이 집 안을 가꾸는 것에 관심이 많았던가? 차는 산스체 지방에서 나는 걸 내왔으면 좋겠는데.

비센테는 신경 쓰지 않겠지만 에르셀라는 괜히 이것저것 걱정되기 시작했다. 에르셀라의 표정을 눈치챘는지 비센테가 고개를 돌려 그녀를 바라보았다.

"어디 불편하십니까?"

"응? 아니…….'"

"아까부터 안절부절못하시는 것 같습니다."

계속 창밖만 바라봤으면서 그새 또 봤나 보다. 이왕 이렇게 된 거 에르셀라는 솔직하게 고백했다.

"사실 네가 마음에 들어 하지 않을까 봐 계속 걱정하고 있었어. 아무래도 내 친정이니까 네가 좋게 봐줬으면 좋겠거든."

"제 평가를 신경 쓰실 줄은 몰랐습니다."

"당연히 신경 쓰이지. 안 그래도 잃을 대로 잃은 점수, 여기서 더 잃으면 어떡해."

"……."

"왜?"

"대놓고 그렇게 말씀하실 줄은…….'"

비센테는 에르셀라의 진솔한 속마음에 당황한 듯이 보였다. 에르셀라의 입술에 씁쓰레한 미소가 스쳤다.

"이제까지 아무 일도 없었던 척 덮어둘 생각 없어. 내가 어떻게 모르는 척, 뻔뻔스럽게 널 대하겠니. 나는 잊지 않고 매일매일 네게 미안한 마음으로 살 거야."

"……."

"네가 용서하지 않아도 괜찮아. 솔직히 용서할 수 없겠지. 하지만……. 그렇다고 너와 계속 그런 식으로 지내고 싶지 않아. 음, 여느 가정처럼 평범한 모자지간으로 잘 지내고 싶어. 그래서 내가 죽은 후에……. 그래, 내가 죽은 후에도 나를 떠올릴 때 괴로워하지 않았으면 좋겠어. 말해놓고 보니 네 입장에선 이기적일 수 있겠구나. 이제 와서 네게 좋은 기억으로 남고 싶다니……. 미안해. 말하다 보니 또 불편하게 만들었네."

에르셀라는 방금 자신이 한 말을 잘근잘근 곱씹었다. 또 말을 함부로 해버렸다. 좋은 기억으로 남고 싶다니. 순 그녀의 이기심이었다. 비센테는 전혀 반기지 않을 텐데 어쩌자고 그런…….

생각을 하고 말해, 생각을. 머리가 핑그르르 도는 느낌이었다. 유독 비센테 앞에서 이리 말실수가 잦았다. 그녀는 속으로 또 한 번 자책했다. 그녀의 아들은 평소처럼 에르셀라를 물끄러미 바라보다가 영문 모를 한숨을 내쉬었다.

"마음대로 하십시오."

그 말에 에르셀라의 눈이 동그랗게 떠졌다.

"그리고 사실 지금도 충분히 그러고 있으십니다."

"비센테……."

"요즘엔 어머니 얼굴을 가장 많이 뵙고 있으니까요."

그러면서 뭔가 마음에 안 드는지 미간을 찌푸린다. 에르셀라는 그 얼굴을 놀란 표정으로 바라보았다. 찡그린 얼굴이 평소와 다르게 보였다.

언제나 완고한 벽처럼 둘러싸고 있던 그의 껍데기가 처음으로 뚜렷하게 벗겨진 것 같았다. 그것이 긍정적인가 부정적인가는 상관없었다. 변화가 생긴 것만으로도 큰 기쁨이 밀려왔다.

에르셀라가 감격에 찬 얼굴로 저를 쳐다보는 것이 불만인지 비센테의 얼굴은 더욱 구겨졌다.

"왜 그렇게 쳐다보십니까?"

네가 투정부리는 것처럼 보이는 게 귀여워서.

이런 말을 하면 화내겠지? 에르셀라는 속마음은 넣어두고 그저 싱긋 웃었다. 비센테는 체념하듯 말했다.

"후작 각하께서는 어떤 분이십니까?"

아마 이야기를 돌리려는 듯했다. 그마저도 귀엽게 느껴졌다. 비센테가 지금 이런 에르셀라의 속마음을 알았다면 당장 마차에서 내리려고 할 것이다.

에르셀라는 조금 들썩거리는 마음을 진정시키고 곰곰이 카르온에 대해 할 말을 골랐다. 어떻게 말해주면 좋을까?

"네 아버지랑 좀 다르지?"

그도 그럴 게 카르온은 정말 하르젠과 딴판이었다.

"어떻게 말입니까?"

"일단 외양부터가 확실히 달라. 오라버니는 백금발에 눈동자 색이 초록이야. 흑발에 검은 눈인 네 아버지와는 인상부터가 다르지? 한마디로 누구에게나 친절할 것만 같은 부드러운 얼굴이랄까? 실제로 성격도 유하고. 궁에서는 어떨지 모르겠지만, 적어도 집 안에선 그랬던 것 같아. 아, 그렇다고 오해하면 곤란해. 난 네 아버지가 더 좋으니까. 잘생겼잖니."

잘생겨서 좋다는 에르셀라의 솔직한 표현은 비센테에게 곤혹을 가져다주었다.

"어머니께서 외모를 중히 여기실 줄은 몰랐습니다."

에르셀라는 그 말을 듣고 오히려 비센테를 이상하게 쳐다봤다.

"얘 좀 봐. 잘생긴 거 싫어하는 사람도 있니?"

"……."

"귀족이라고 외적인 걸 따지지 않는다 생각하면 곤란해. 의외로 영양이나 부인들은 솔직하단다."

실제로도 그러했다. 귀족이어서 체면 차린답시고 외양에 대해 언급하지 않는 것은 아니었다. 다 뒤로 몰래몰래 하곤 했다. 그래도 귀족적인 품위를 지켜 남자의 외모를 깎아내리는 발언은 지양하는 편이었다. 예의도 아니었고 말이다. 그들은 단순하게 어느 가문의 영식이 잘생겼다는 정보를 주고받을 뿐이었다.

그런 점도 어떤 사람 눈에는 다소 불쾌하게 느껴질 수 있겠지만, 어쩌겠는가. 사람을 만날 때 가장 먼저 맞대는 게 얼굴인 것을. 에르셀라와 그녀의 친구들은 지극히 당연한 이치라고 생각했다.

그러나 비센테에겐 상식 밖의 이야기였는지 지금까지 본 적 없는 얼굴로 에르셀라를 바라보고 있었다. 뭐라 하고 싶었지만 일부러 말을 삼킨 듯했다.

에르셀라는 괜히 억울해졌다. 네가 사교계를 안 가봐서 그래. 당장에라도 그렇게 쏘아붙이고 싶은 마음이 굴뚝같았다.

"흠. 아무튼 너도 보면 어떤 느낌인지 알 거야."

"다르단 것도 외모로만……."

"아니야."

정말 얘 좀 봐? 누가 보면 내가 얼굴에 환장하는 사람인 줄 알겠어.

에르셀라가 슬그머니 그를 노려보았다.

"그 외에도 성격이 달라. 네 아버지는 무인이라서 사람들에게 근엄하고 무서운 인상이지만, 오라버니는 정치가거든. 언제나 유한 얼굴로 뒷공작을 펼치지."

"……뒷공작."

비센테는 에르셀라의 끝말을 곱씹었다. 그에 에르셀라는 내적 고민에 들어갔다.

음, 그래도 카르온에게 좋은 인상을 심어줘야 하는데 뉘앙스가 악담 같았나?

하지만 카르온을 설명하기에 딱 어울리는 단어였다. 그래도 설명이 부족한 감이 있긴 했다. 이대로 가면 카르온에 대한 첫인상을 완전히 망칠 것이다. 그것을 원한 것은 아니었기에 에르셀라는 덧붙였다.

"오라버니는 스무 살 때 작위를 계승했단다. 지금도 그렇지만 당시는 피사리데에 적이 많기도 했으니 마냥 순진하긴 힘들지. 그렇게 굴다간 시기하는 자들에 의해 가문이 기울어지기 십상이니."

"그렇군요."

"오라버니는 가문을 소중히 여기는 사람이거든. 피사리데를 지키기 위해서라면 무슨 일이든 할 거야."

에르셀라의 얼굴은 조금 씁쓸해 보였다.

"후계자 자리는 그런 걸까?"

그녀는 창밖으로 시선을 돌리며 입을 열었다.

"너도 언젠가 정쟁에 휘말릴 수도 있겠구나."

"설령 그렇다 하더라도 어머니를 원망할 일은 없을 겁니다."

베른하르트가는 정치적으로 중립이었으나 피사리데와 결혼을 통한 동맹을 맺으며 암묵적으로 현왕 세력에 동조했다.

사실 그녀는 아직도 선대 베른하르트 공작이 왜 그녀의 가문에 청혼서를 보냈는지 알지 못했다. 그 정도 가문이면 다소 위세는 떨어져도 다른 중립 가문과 결합하면 될 터인데 선대 공작은 보란 듯이 그녀의 가문과 결속을 다졌다. 베른하르트를 끌어들인다는 것 자체가 큰 메리트였기에 그녀의 아버지가 얼마나 흔쾌히 동의했을지는 안 봐도 뻔했다.

그러니 훗날 비센테가 정치판에 휘말린다면 그녀의 가문 때문일 확률이 컸다. 아무래도 이것에 대한 방비도 해놓아야 할 것 같다. 가령, 혼처를 다른 중립 가문으로 잡는다든지…….

비센테가 결혼해서 작위를 물려받으면 피사리데와의 연도 어느 정도 끊어질 것이다. 사촌으로 묶인 관계보다는 부부로 묶인 관계가 더 결속력이 강할 테니 말이다.

그러나 역시 비센테를 정략결혼 시킨다고 생각하니 가슴 한구석이 찝찝했다. 사랑하는 사람이 있다면 그 여인의 조건에 상관없이 결혼시키고 싶은데 지금의 비센테에게 그럴 사람이 과연 나타날지가 의문이었다.

비센테는 좀 더 행복해질 필요가 있었다. 사랑하는 사람과 결혼했으면 좋겠다. 정말 그랬으면 했다. 자신과 하르젠처럼 이해득실을 따져서 맺어진 연이 아닌 진정으로 사랑해서 하는 결혼.

사랑해서 하는 결혼이라……. 그녀는 자신의 처지를 떠올렸다. 하르젠과 그녀는 분명 서로에 대한 사랑은 없었다. 그래도 서로에게 충실했기에 그녀는 그와의 결혼 생활에 만족했다. 하르젠은 여타 귀족처럼 정부를 들이지도 사생아를 데려오지도 않았다. 에르셀라 또한 정부를 들이지 않고 하르젠만을 보며 살았다. 그것이 사랑이 아닐지라도.

에르셀라는 문득 궁금해졌다. 만약 서로 사랑해서 한 결혼은 어떤 기분일까. 이제까지 든 적 없는 생각이었다. 지금 와서 생각해 봤자 소용없는. 그걸 알기에 그녀도 곧 상념을 떨쳤다.

"무슨 생각을 하십니까?"

비센테가 에르셀라를 곧게 바라보고 있었다. 괜히 죄지은 느낌이

들었다. 그녀는 고개를 절레절레 젓고는 다시 창밖을 내다보았다. 익숙한 풍경에 무의식적으로 에르셀라의 입술이 열렸다.

"도착했구나."

그녀가 나고 자란 후작가의 저택이 저 멀리서 보이기 시작했다.

�֎ ✦ ✺

긴장이 도는 적막을 뚫고, 상황을 한참 관조하고 있던 남자가 입을 열었다.

"······그래서 귀족이 보유할 수 있는 사병 수의 제한을 풀자, 이 말입니까?"

"사병이라니요! 그저 순찰대를 늘리자는 것입니다."

"영지의 순찰대는 사병에 속하니 그 말이 그 말이지요, 판테츠 백작."

남자의 부드러운 언사에 판테츠 백작의 표정이 구겨졌다. 그러나 백작은 곧 평정심을 되찾고는 온후한 인상 그대로 입을 열었다.

"내 조카가 실종되었습니다."

"그래, 그대의 영지에서."

"후작 각하."

백작이 조용히 힘을 실어 말하자, 카르온의 입매가 부드럽게 휘어졌다.

"조카를 잃은 슬픔을 내 어찌 모르겠습니까. 나 또한 조카가 있는데. 그러나 백작, 그대의 요구는 너무 성급합니다. 게다가 겨우 이런 일로 개인의 군사를 늘리도록 해달라니. 폐하께서 이 일을 아시면 얼마나 서운하시겠습니까."

마치 어린아이를 타이르는 듯한 어조에 백작의 입이 굳게 다물렸다. 백작의 나이는 마흔다섯이었으니 자신보다 어려도 한참 어린 자에게 저런 취급을 받는 것이 못내 마뜩잖은 듯했다.

"게다가 역심을 품었다 오해라도 사면 이 일을 어찌 수습할 것입니까?"

"……역심이라니요. 당치 않습니다. 제가 어찌."

"그러니 이리 말하는 것입니다."

백작을 달래듯 카르온이 다시 한번 차분하게 미소 지었다. 따뜻한 인상이 그의 얼굴 위로 그려지자 판테츠 백작은 마침내 뜻을 굽혔다.

"……조카를 잃은 슬픔에, 성급했습니다."

"백작의 마음 충분히 이해합니다."

그 자리에 모인 여러 귀족이 일제히 입을 다물었다. 카르온은 그들을 한 명 한 명 눈에 담은 뒤 입을 열었다.

"이 일은 폐하의 귀에 들어가지 않을 것입니다. 그러니 안심하십시오."

"……예."

"그럼 이만 파하는 게 어떻겠습니까?"

"……각하의 뜻대로."

백작의 말이 떨어지자 카르온은 주저 없이 자리에서 일어났다. 그를 바라보던 일부 귀족들의 눈살이 찌푸려졌다. 그들의 눈이 일제히 말하고 있었다.

어린놈이. 그러나 입 밖으로 내뱉을 수는 없는 노릇이었다. 그는 현재 왕실의 유일한 외척이자, 왕의 최측근이었으므로.

카르온은 그들을 향해 한껏 웃어 보이곤 뒤돌아 나갔다. 그러나 온유했던 미소는 앞에 모습을 드러낸 남자로 인해 순식간에 사라졌다. 그의 고개가 느긋하게 꺾였다.

"공작 각하를 뵙습니다."

"어울리지도 않는 짓, 집어치우지."

차가운 목소리가 그의 머리에 내리꽂혔다.

"그럼 사양 않고."

고개를 든 카르온은 다시 판에 박힌 웃음을 띤 채였다.

"공께선 내게 무슨 볼일이 있어서."

카르온이 시큰둥하게 질문했으나 하르젠은 침묵을 유지한 채로 있었다. 선득하게 물들어 있는 그의 흑안은 오연했으나 카르온은 별 신경 쓰지 않았다. 먼저 말을 뗀 건 카르온이었다.

"백작이 교묘한 수를 쓰더군. 그 얼굴로."

"판테츠는 중립이다. 괜히 신경을 긁을 필요는 없어. 조금 풀어주면 그뿐."

"제 조카까지 팔아먹을 정도의 인간이야."

"확언할 수 없으면 말조심하지."

"그렇다면 내 공의 뜻대로."

카르온은 그대로 입을 다물었다. 그는 더 이상 미소 짓지 않았다. 아무것도 담겨 있지 않은 눈동자가 하르젠을 주시했다.

허공에서 무심한 듯, 그러나 서로를 분명하게 의식하고 있는 두 시선이 얽혔다. 이번에 먼저 입을 뗀 것은 하르젠이었다.

"쓸데없이 적을 만드는군. 그것이 언젠간 너를 부술 거다."

"쓸데없는 게 아니야. 실제로 백작의 주장은 무리가 있었어. 비공식이라지만 고작 이딴 걸로 귀족 회의가 소집되는 데 어처구니가 없더군. 그건 너도 이미 잘 알 텐데."

카르온은 심드렁한 얼굴로 판테츠 백작의 주장의 허점을 짚어냈다. 그는 여태껏 왕권이 신권을 압도했으니 서서히 뒤엎으려는 게 백작의 생각이라고 넌지시 흘리고 있었다.

그것의 시작이 이런 하잘것없는 비공식적 귀족 회의였다. 웃기지도 않은 실종 사건을 사주하기까지 하여 소집한.

하르젠은 더 할 말이 없다는 듯 카르온을 지나쳤다.

“그리고 내가 공을 믿기도 하고.”

뒤에서 들린 웃음기 하나 없는 목소리에 남자의 걸음이 멈추었다.

“베른하르트 공께서 내 여동생을 귀히 여기는 건 이미 아는 사실이니.”

“…….”

“그러니 내 공을 믿을 수밖에.”

남자가 천천히 뒤를 돌았다. 그러자 이미 그를 주시하고 있던 녹안과 시선이 얽혔다. 하르젠의 입매가 비틀리더니 이내 그가 서늘할 정도로 무감각한 미소를 지었다.

“네 말대로 네 동생, 내가 그리 귀히 여기니.”

“…….”

“네가 지금 그 자리에 있는 건 잘 알 테고.”

카르온이 피식 웃었다.

“부정은 안 하지.”

어깨를 으쓱인 카르온이 능청을 떨었다.

“아, 오늘 에르셀라가 후작저에 방문하는 것은 아나?”

“…….”

“몰랐나 보군.”

“알 필요도 없지.”

“왜, 그리도 귀애한다면서.”

하르젠은 대답 없이 발걸음을 옮겼다. 부드러운 빛을 띠던 녹색 눈은 이내 감정 한 톨 내비치지 않은 채 그의 뒷모습을 지켜봤다. 카르온은 턱 끝을 쓸며 혼잣말처럼 중얼거렸다.

“알고 있군.”

그들이 타고 있는 마차가 잠시 멈추자, 금으로 도배된 철문이 경첩 소리를 내며 열렸다. 마차는 가벼이 문을 통과해 한참을 내달렸다.

왜 후작가가 수도 중심에서 조금 떨어진 곳에 위치해 있는지 알 것 같았다. 과연 왕실의 비호를 받고 있다 해야 하나. 수도에 터를 두고 있는 것치곤 다른 가문에 비해 매우 넓은 저택이었다.

창밖을 바라보니 흐드러진 녹음과 그 사이로 피어오른 야생에서나 볼 법한 아기자기한 들꽃이 제법 잘 어우러져 있었다. 맑은 새소리도 아름다운 화음을 완성하여 하늘에 흩뿌려졌다.

어쩐지 자꾸 듣고, 보고 있자니 마음이 평안해졌다. 비센테는 맞은 편의 에르셀라를 보았다. 에르셀라는 창틀에 두 팔을 올려놓은 채 창밖에서 눈을 떼지 못하고 있었다. 산뜻한 미소가 그녀의 입가에 걸려 있었다. 묘한 기분에 휩싸이려 할 때 에르셀라가 비센테 쪽으로 시선을 돌리며 살갑게 말을 붙였다.

"내릴까?"

어느덧 마차는 멈춰 있었다. 문이 서서히 젖혀지며 건장한 체격의 노인이 시야에 잡혔다. 백발의 노인은 정중하게 그들을 맞았다.

"베른하르트 공작 부인과 영식께서 이리 찾아주어 가문을 빛내주시니 영광입니다. 저는 피사리데 후작가의 총괄 집사……."

"칼!"

에르셀라의 인사가 그의 말 사이를 비집고 들어왔다. 미처 말을 끝맺지 못한 노인은 이 상황이 익숙한 듯 깊게 한숨을 내쉬었다.

"에르셀라 님, 호칭을 제대로 해주십시오. 칼이 아니라 칼런입니다."

"애칭인걸."

"주인님께서 아시면 날아가는 것은 에르셀라 님이 아니라 저의 목입니다. 그리고 영식께서 보고 계시는데 아랫사람에게 너무 친근한 모습은 좋지 않습니다. 이제 에르셀라 님께선 엄연히 시집가신……."

"칼런."

"예, 공작 부인."

잔소리가 시작될 기미가 보이자 에르셀라가 기겁하며 곧바로 그의 이름을 정정했다. 칼런의 잔소리는 한번 시작하면 끝나질 않으니 말이다. 물론 칼런은 입을 닫으라고 하면 재깍 다물 위인이었다.

하지만 그것과 별개로 피곤해지므로 그녀는 미연에 방지하기로 했다. 칼런이 에르셀라를 향해 우아하게 손을 내밀었다. 에르셀라가 그 위로 손을 얹고 마차에서 내렸다.

에르셀라의 발이 땅에 완전히 닿은 걸 확인한 비센테도 그만 내리려 할 때였다. 돌연 그의 앞으로 하얀 손 하나가 내밀어졌다. 그의 어머니가 장난스럽게 웃고 있었다.

"잡고 내리세요, 아드님."

"됐습니다."

비센테는 인상을 찌푸리며 단칼에 거절했다. 칼 같은 거절에 에르셀라는 믿지 않게 비센테를 흘겨보다가 입을 열었다.

"오라버니는?"

"아직 귀가하지 않으셨습니다. 곧 오실 예정이니 그동안 영식과 함께 저택을 구경하시는 게 어떻겠습니까?"

마침 비센테에게 집 안 곳곳을 구경시켜 줄 예정이었다. 카르온을 만난 후에 그럴 계획이었으나 순서는 조금 바뀌어도 상관없을 것이다.

"알겠어. 안내해 줄래?"

"기꺼이 그러겠습니다."

비센테와 에르셀라는 하인들을 대동하고 칼런이 이끄는 대로 발걸음을 옮기기 시작했다. 그들은 이동하면서 간간이 칼런이 전해주는 소식을 들었다.

"마님께서도 두 분의 방문을 고대하고 계십니다. 다만 주인님을 먼저 뵙고 싶다는 공작 부인의 말씀에 기다리고 계시지요. 지금쯤 티타임을 준비 중이실 겁니다. 교습이 끝나고 도련님과 아가씨도 오신다하니, 주인님과 얘기를 나누시고 차 한잔 함께하시는 게 어떠실지요?"

"후작 부인께서 이미 티타임을 준비 중인데, 거절은 할 수 있는 거야?"

"그건……."

에르셀라가 능청스레 대꾸하자 칼런이 난감하게 웃으며 시선을 피했다. 칼런의 모습을 보고 속으로 한참 웃던 에르셀라가 비센테를 바라보며 물었다.

"넌 어떠니? 함께 티타임을 즐기는 건? 네 외종사촌들도 올 거란다."

"전 상관없습니다."

비센테는 평소와 같이 대답하며 생각했다. 사촌이라. 그러고 보니 피사리데 후작에게 자식이 두 명 있다고 들은 것도 같다. 친척이란 말이 무색하게도 비센테와 그들의 만남은 한 번도 이루어진 적이 없기 때문에 어떤 사람들일지 궁금하긴 했다.

모퉁이를 돈 칼런은 벽면에 걸려 있는 그림 한 점을 가리켰다. 이번이 다섯 번째였다.

"루델시아의 궁정화가 티우네 크리스찬이 그린 그림입니다. 공작 부인의 어머니이신 베아트리스 아베트리나 크리스티 피사리데 8왕녀께서 후작가에 시집오실 때 루델시아 국왕 폐하가 손수 선물하신 그림으로 그 가치는……."

에르셀라는 남모르게 하품을 했다. 어릴 적에 지겹도록 들은 얘기였다. 설마 이 집에 있는 예술품을 하나하나 다 설명할 예정인 건 아니겠지? 미심쩍게 칼런을 쳐다보는데 불행히도 그는 그럴 생각인 듯했다.

맙소사! 번쩍이는 그의 눈빛에는 일종의 자부심까지 서려 있었다. 이러다 티끌만큼도 유익하지 않은 시간을 보낼 거라 예상한 에르셀라는 그만 칼런을 돌려보내기로 했다.

"내가 직접 설명하고 싶으니 이만 물러가도 좋아, 칼런."

"……그리하겠습니다."

칼런의 대답은 조금 늦게 돌아왔다. 아마 그는 피사리데가 얼마나 유서 깊은 가문인지 더 이상 설명하지 못하는 것에 아쉬움을 느끼는 듯했다. 미안하지만 에르셀라는 절대 사양하고 싶었다. 시달리는 것은 어린 시절만으로도 충분하단 말이다.

어쨌든 에르셀라의 바람대로 그가 사용인들을 데리고 자리에서 물러난 덕분에 이제 비센테와 에르셀라 단둘이 남게 되었다.

"지루했지? 칼런은 안 그렇게 보여도 말이 많아서."

"아닙니다."

고개를 내저으며 비센테는 칼런을 떠올렸다. 클리프턴과 비슷한 느낌이었다. 가문에 대한 자부심이 높아 보였고, 윗사람의 명령에 군말 없이 따르는 걸 보아 충성심이 커 보였다.

그러나 다른 게 있다면 에르셀라가 그들을 대하는 태도에서 오는 차이였다. 그녀가 나고 자란 곳이라서 그런지 에르셀라는 클리프턴보다 칼런을 더 편하게 대했다. 또한 비센테를 대하는 태도가 묘하게 스스럼없어졌다.

역시 후작가가 더 편한 것인가. 이전부터 느꼈던 거지만 그녀는 베른하르트보단 피사리데에 더 가까운 사람 같았다. 언제든 떠날 수 있는 사람처럼.

비센테는 에르셀라를 보았다. 그녀는 뭐가 그리 좋은지 싱글벙글 웃고 있었다.

"그럼 가실까요?"

"그만하시지요."

아까부터 계속된 놀림 가득한, 어울리지도 않는 말투에 비센테의 이마에 얕은 굴곡이 졌다. 이렇게 장난기 많은 사람이었던가. 각인된 기억에 새로운 것을 덧씌우자니 그 괴리감에 두통이 일었다.

"뭐 구경하고 싶은 것 있니?"

"······딱히."

"흐음."

비센테는 관자놀이를 문지르며 저택 내부를 둘러봤다. 가문마다 분위기는 다를 수 있으나 거기서 거기이다. 가문의 계보, 가치가 큰 예술품, 역대 가주와 부인의 초상화 등 제 가문이 얼마나 유서가 깊은지 전시해 놓은 것을 구경하는 게 전부일 것이다. 피사리데 후작이 어떤 사람인지 눈으로 확인해 두는 것이 목적인 비센테에게 저택 구경은 큰 흥미를 끌지 못했다.

에르셀라 또한 이제 어떻게 하면 좋을지 고민 중일 때였다. 사용인 하나가 조금 빠른 걸음으로 그들에게 다가왔다.

"베른하르트 공작 부인을 뵙습니다."

"그래, 무슨 일이지?"

"주인님께서 이제 막 귀택하셨습니다. 접견실로 모시겠습니다."

에르셀라의 안색이 환해졌다. 카르온이 돌아온 모양이었다.

"그러니? 마침 잘되었구나. 가자, 비센테."

에르셀라가 비센테를 향해 손짓했다. 그 말대로 에르셀라를 따라 가려 했던 비센테의 발길이 어느 순간 우뚝 멈추었다. 갑자기 멈추어 선 비센테의 행위에 에르셀라의 고개가 옆으로 기울었다.

"아들?"

"······먼저 가 계십시오. 잠깐 둘러보다 가겠습니다."

안 그래 보였는데 은근 저택에 관심이 있었나? 역시 시종일관 무표정이니 하르젠만큼이나 생각을 파악하기 힘들었다. 에르셀라는 알겠다고 대답한 뒤 사용인의 안내를 받으며 접견실로 향했다.

비센테는 저벅저벅 복도를 따라 걸어가기 시작했다. 그의 걸음은 복도 끝에서 정지했다. 하얀 벽면에는 초상화 하나가 걸려 있었다. 비센테는 금발에 녹색 눈을 가진 그림 속 여인을 빤히 쳐다보았다. 그림일 뿐인데도 여인에게선 남들은 쉬이 따라 할 수 없는 우미함이 그대로 배어 나왔다. 비센테는 그녀가 누군지 알았다.

"에르셀라를 닮았구나."

모두가 아버지를 닮았다고 입 모아 말할 때, 유일하게 어머니를 닮았다고 말해준 여인. 어딘가 모르게 처연한 눈빛으로 저를 바라보았던 여인이었다.

"에샤힐드."

중저음의 목소리가 뒤에서 들려왔다. 소리 나는 방향으로 비센테가 뒤를 돌았다. 그림 속 여인처럼 녹색 눈을 가지고 있는 남자가 그리움에 잠긴 얼굴로 희미하게 웃고 있었다.

"나의 누님이시지."

남자는 비센테 쪽으로 한 걸음, 한 걸음 거리를 좁혀왔다.

"네가……."

그의 목소리는 어딘가 오묘했다.

"비센테구나."

이윽고 남자는 얼마 안 되는 거리를 두고, 비센테의 앞에 멈추었다. 처음 보는 낯선 이였지만 느껴지는 범상치 않은 기운에 비센테는 그가 누구인지 대략 짐작이 갔다. 비센테는 곧바로 고개를 숙였다.

"후작 각하를 뵙습니다."

정답인 듯 그의 입매가 매끄럽게 올라갔다.

"그리 딱딱하게 굴 것 없어. 편하게 외숙이라 불러도 돼."

"……예, 외숙부님."

"'님' 자도 거슬린다. 내 동생의 아들에게 그리 극존칭을 받고 싶진 않아."

"그렇다면 그리하겠습니다."

"말이 길어지지 않아 좋군."

그의 태도는 이상하리만치 자연스러웠다. 분명 후작도 커버린 비센테의 모습은 본 적이 없을 텐데 그는 비센테를 너무나 허물없이 대하고 있었다.

"어머니는 먼저 접빈실로 가셨습니다."

"엇갈렸나 보군. 내 조카께선 왜 같이 안 가 있고?"

"……익숙한 모습에 이끌려 그만."

"아아."

카르온은 알 만하다는 듯이 턱을 쓸었다.

"누님이 널 상당히 예뻐하셨지."

"……."

"그럴 수만 있다면 자식으로 삼고 싶어 하셨을 정도로."

비센테는 대답하지 않았다. 왕비 에샤힐드가 얼마나 아이를 원했는지는 유명한 이야기였다. 그녀는 세 번의 유산을 겪은 후 마침내 네 번째 임신을 하여 왕자를 낳고 죽음을 맞이했다. 그토록 원했던 자식을 남기고.

가끔 비센테를 바라보던 슬픈 눈빛이 정확히 무엇을 의미하는지는 모르겠으나 그녀의 처지와 관련이 없지는 않을 것이다.

"올해 나이가 어떻게 되지?"

"열다섯입니다."

"열다섯. 그래, 벌써 그렇게 됐나."

시간 참 빠르군. 카르온이 턱을 쓸어내리며 중얼거렸다.

"공작은 잘 지내나?"

후작의 질문은 끊임없이 쏟아졌다. 그러나 워낙 고위층으로 군림하는 자인지라, 그의 물음은 물 흐르듯 자연스러워 질문을 받는다는 생각조차 못 하게끔 만들었다.

비센테는 후작의 입에서 아버지가 언급된 것에 기이함을 느꼈다. 하르젠은 비센테 앞에서 후작을 한 번도 언급한 적이 없었다. 얼핏 친밀한 사이는 아닐 거라 짐작했는데, 카르온의 입에서 나온 아버지의 안부를 묻는 목소리는 누가 들으면 그 둘이 친하다고 오해할 법했다.

게다가 오늘 귀족 회의가 있는 만큼 두 사람이 마주쳤을 가능성은 높았다. 비센테는 군이 자신에게 이런 질문을 하는 후작의 저의를 알기 힘들다고 생각하며 타성적으로 대답했다.

"평소와 같이 지내고 계십니다."

"저런."

안타깝다는 듯 후작이 혀끝을 가벼이 찼다.

"지금쯤 애가 탈 법도 한데."

비센테에겐 이해하기 어려운 두서없는 말이었다. 애가 타다니. 그의 아버지가? 뭔지는 모르겠으나 말도 안 되는 헛소리였다. 비센테는 가볍게 흘렸다. 그리고 생각했다. 외숙은 어머니만큼이나 알 수 없는 사람이라고.

접빈실에 왔더니 카르온은 아직 도착 전이었다. 사용인이 내온 차를 마시며 기다리고 있는데, 달각 문 열리는 소리가 나며 누군가 들어섰다. 에르셀라는 저도 모르게 벌떡 일어섰다.

'……오라버니.'

카르온이었다. 에르셀라는 병들어가는 자신을 참담한 얼굴로 내려다보던 카르온을 떠올렸다. 아무 말 없이 그녀의 손을 꼭 잡고 눈물만 삼키던 오라비였다. 이렇게 멀쩡하게 살아 다시 보게 되다니……. 당장에라도 눈앞이 흐려질 것만 같았다.

"네가 친히 서서 맞이해 주다니, 살다 보니 별일을 다 겪는군. 귀한 옥체 보전해야 한다 할 때는 언제고?"

장난으로 빈정대는 목소리마저 반가울 날이 올 줄이야. 감격스러운 마음에 에르셀라가 카르온에게 다가가려 할 때였다. 그녀는 문득 카르온 뒤에 비센테가 있다는 것을 깨달았다. 카르온과 비센테가 먼저 마주쳤을 줄은 생각도 못 했다. 생경한 모습에 에르셀라가 놀란 것은 당연지사였다.

"……비센테? 왜 둘이 같이 와요?"

"웬일로 좋게 시작하나 했더니, 보자마자 하는 소리가 그거군. 왜 같이 왔냐고 물어보신다면, 나는 그저 오는 길에 만났다는 대답밖에 드릴 게 없다."

티끌만 한 공손함이 섞인 말투가 외려 더 거만하게 느껴졌다. 평소 때라면 그녀도 웃으며 성의를 보였겠지만, 평온한 카르온의 모습에 기분이 누그러졌다.

살아달라고 그렇게 간청했을 때는 언제고. 에르셀라는 자신만 그 기억을 가지고 있다는 것에 억울해졌다.

"……딱히 할 말이 있나요."

초연한 겉모습과 다르게 속은 그렇지 못했다. 그녀는 애써 평정을 유지하려고 노력하며 일상적으로 물었다.

"오라버니는 하나도 안 변하셨네요."

"보름 전에도 봤으면서 꼭 오래간만에 보는 듯이 말하는구나."

카르온은 대수롭지 않은 목소리였지만, 저 혼자 찔린 에르셀라는 괜스레 화제를 전환했다.

"……안 더우세요?"

카르온은 외투도 벗지 않은 채였다. 날이 풀려 더울 텐데도, 여전히 그는 완벽한 차림으로 겉옷까지 차려입고 있었다. 늙은 귀족들 사이에서 얕보이지 않도록 정치적 계산이 밴 습관이었다. 이제 어느 정도 나이를 먹었으니 편히 지내도 좋으련만.

"생각해 주니 고맙지만, 괜찮아. 일단 다시 앉지."

"그렇다면 뭐……."

카르온의 권유대로 다시 자리에 앉은 에르셀라가 몸을 틀어 비센테를 돌아보았다.

"아, 이리 와 앉으렴."

에르셀라가 비센테를 향해 자신의 옆자리를 툭툭 치며 말했다. 비센테는 군말 없이 자리에 앉았다. 카르온은 그 일련의 과정을 흥미롭게 주시하다 이내 자신도 에르셀라의 맞은편에 착석했다. 그런 그를 향해 에르셀라가 장난스럽게 말을 걸었다.

"어째 더 나이 들어 보이는데요?"

"너는 나이를 먹어도 내 신경을 긁는 재주가 여전해."

"너무 평화롭게 살아도 재미없잖아요."

"그래, 너만 없다면 아주 평화로울 텐데, 아쉬워."

치. 아무튼 한마디도 안 지지. 에르셀라가 불만스럽게 아랫입술을 내밀었다.

카르온은 동생이 그러거나 말거나 에르셀라를 스쳐 비센테를 응시했다. 카르온의 입가에는 모호한 미소가 걸려 있었다. 이내 카르온이 툭 내뱉었다.

"공작을 닮았군."

"눈은 저를 닮았죠."

주어는 없었지만 카르온의 말이 무엇을 의미하는지 알았기에 에르셀라가 볼멘소리로 덧붙였다. 자신보다 하르젠을 닮았다는 말은 지겹도록 들은 소리였다. 그러니 구태여 오라비에게까지 들을 필요는 없단 말이다.

"그렇지?"

에르셀라가 눈에 힘을 주며 비센테에게 물었다. 상냥하지만 반짝빛나는 푸른 눈은 딱 봐도 긍정해 주길 바라는 듯 보였다. 그것이 밉진 않아서 비센테가 피식 웃으며 목울대를 움직였다.

"예."

그 모습을 하나도 빠짐없이 지켜보던 카르온이 낮게 웃었다. 그의 짓궂은 장난은 여기서 끝나지 않고 한 번 더 시작됐다.

"내 동생이 네게 잘해주나?"

카르온의 얄궂은 질문에 에르셀라가 그를 지긋이 노려보았다. 이 사람이 진짜. 에르셀라가 당장에라도 그만두라고 저지하려 할 때였다.

"못해주시진 않습니다."

담백한 대답이 들려왔다. 진짜 그렇게 생각하는 것인지, 예의상 그렇게 말하는 것인지는 모르겠으나 아마 후자일 것이다. 그러나 비센테가 그렇게 말해준 것만으로도 가슴이 찡하게 울렸다. 잠시 후 카르온이 유쾌하게 소리 내어 웃었다.

"네 아들은 너와 달리 진중하게 자랐구나, 에르셀라. 참 다행이야."

카르온은 재미있다는 듯 입가에 호선을 그리고 있었다. 남들이 보면 근사하다고 감탄했을 그 웃음을 에르셀라는 질색하며 쳐다보았다. 가만히 있는 자신까지 끌어들이는 그가 얄미웠다. 심지어 카르온은 거기에 덧붙이기까지 했다.

"네가 네 아들 같았다면 내 걱정이 지금만큼 크진 않았을 터인데……."

"제가 뭐 어때서요?"

"언제나 제멋대로였지. 어릴 적 네게 시달린 것만 생각하면 아직도 머리가 지끈거린다."

"……이쯤 해요. 제 아들 앞에서 추태 부리고 싶진 않네요, 오라버니."

결국 체념한 건 에르셀라였다. 비센테 앞에서 오라비와 알력 다툼 같은 것을 해서 무엇하겠는가. 결국 깎이는 것은 자신의 이미지인 것을.

"그래. 친애하는 내 동생이 아들 앞에서 추태 부리려고 온 것은 아닐 테고. 옆방에 있는 내 집무실로 가지. 음, 조카는……."

"이곳에서 기다리고 있겠습니다."

"눈치가 빨라서 좋군. 에르셀라, 너와 다르게 말이야."

"저도 눈치는 빠르답니다. 그만 일어나시겠어요, 후작님?"

"그건 아닌 것 같은데."

가소롭다는 말투였다. 에르셀라가 더는 카르온의 장난에 놀아날 수 없다며 그의 팔을 억지로 잡아 일으켰다.

"보채지 마. 안 그래도 너 때문에 빨리 온 거니."

"네네."

건성으로 되받아친 에르셀라는 카르온의 등을 떠미는 일에만 열중했다. 동시에 비센테를 향해 눈을 찡긋거렸다. 기다리라는 뜻이었다. 비센테는 앞에 놓인 차를 마시는 것으로 대답을 대신했다.

아무튼 변한 것 하나 없다고 생각하며 에르셀라는 주위를 이리저리 살펴보았다. 빛바랜 마호가니 나무 가구가 방 안을 듬성듬성 채우고 있었다. 그 외에도 잡다한 기구 같은 것 없이 필요한 것만 갖춰진 공간이었다. 후작의 집무실이라기엔 소박했다. 문득 책상 위에 산더미처럼 쌓여 있는 서류가 눈에 들어왔다.

"이게 다 뭐예요? 영지에 무슨 문제라도 있어요?"

"문제는 무슨. 새로운 직책을 맡았으니 처리해야 할 일이 많은 것뿐이야."

"아."

에르셀라는 그제야 이 시기쯤 카르온이 궁내부 장관에 오른 것을 기억해 냈다. 이전 궁내부 장관이었던 메이언스 선대 백작이 서른여섯에 그 자리에 올랐을 때도 장안의 화젯거리였는데, 그보다 더 이른 나이인 서른다섯에 올랐으니 당시 사교계가 얼마나 떠들썩했는지는 말할 것도 없었다.

부러움과 감탄, 시기와 질투를 받는 것이 그의 일상이었다. 대단하긴 했지만 카르온이 젊은 나이에 국정에 참여하면서 겪은 고난을 생각하면 그저 안쓰럽기만 했다.

"그래서 무슨 일이야?"

집무실 의자에 앉으며 카르온이 물었다. 에르셀라는 그의 맞은편에 앉으며 본론부터 꺼내기로 했다. 잘 지냈냐고 묻고 싶었지만, 보통 때라면 나누지 않았을 인사니 생략하는 게 나을 것이다.

"이번에 콘라드와의 영토 문제로 가르텐 공작이 갔다는 것을 들었어요."

예상치 못한 주제였는지 카르온의 눈이 커졌다.

"그래, 공작이 직접 자원했어. 나도 좀 놀랐고."

"공작이 왜 그랬는지 아나요?"

카르온은 어깨를 으쓱했다. 그도 모른다는 몸짓이었다. 에르셀라의 눈이 가늘게 좁혀졌다.

"오라버니가 모른다니. 남의 가문에 세작을 심어두는 악취미는 버리기로 했나 봐요?"

"아쉽게도 그건 아니야. 가르텐 공작이 자신을 보필할 수행원들을 전부 갈아치웠거든."

카르온의 얼굴은 정말 당당해 보여서 에르셀라는 잠시 할 말을 잃었다. 설마 했는데 가르텐 공작가에도 그림자를 붙이다니. 어떻게 보면 가르텐 공작만큼이나 위험한 사람이지 않은가. 갑자기 모골이 송연해졌다. 설마 하르젠의 가문에도 사람을 심은 건 아니겠지? 의심하며 쳐다보는데 카르온은 억울하단 표정을 지었다.

"네 표정, 지금 무척 이상한데. 참고로 말하자면 베른하르트는 아니다."

"……진짜요?"

"진짜야. 그리고 딱히 붙일 필요도 없고……."

에르셀라는 흐음, 하며 카르온을 쳐다보았다. 저리 곤란한 안색이니 진짜인 것도 같았다. 그녀는 대충 믿어두기로 하고 본래의 화제로 넘어갔다.

"공작이 무슨 생각으로 그러는 걸까요?"

"모르겠지만 궁금하긴 해. 원래 판테츠 백작이 가기로 내정되어 있었는데, 집안에 일이 생긴 것 같더군. 그 일을 대신할 사람을 새로 구해야 했는데 사절단으로 갈 만한 신분을 가진 자들이 모두 여건이 안 됐어. 해서 곤란하던 차에 가르텐 공작이 자신이 가겠다고 자원하더군."

에르셀라는 카르온에게서 언급된 '판테츠 백작'에 신경을 곤두세웠다.

과거의 흐름대로라면 판테츠 백작이 콘라드에 갔어야 했다. 갑작스레 생긴 집안일만 아니라면 말이다. 사소한 변화의 연유를 알 수 없어 에르셀라는 복잡한 심경이었다.

"아무리 생각해도 판테츠 백작이 가는 게 더 나았을 것 같은데……."

"더 낫지. 하지만 가르텐 공작이 간다고 크게 달라질 것은 없어. 어차피 이 일은 콘라드의 투정을 달래주려는 행위에 불과해. 레나르트와의 종전이 불과 몇 년밖에 지나지 않았으니, 민심을 달래기 위해서라도 폐하께서는 콘라드와 마찰을 빚고 싶지 않아 하시지. 그쪽에 사절단을 보내는 것은 무언가를 얻으려는 게 아니라 그저 국교를 단단히 하려는 것일 뿐이야. 어찌 됐든 힘의 우위에 있는 것은 그라니아니 이번 외교에는 그럴듯한 말장난도, 세 치 혀도 필요 없어."

그럼에도 에르셀라의 표정에 근심이 어려 있자, 카르온이 옅게 한숨을 내쉬었다.

"네가 무엇을 걱정하는지 알아. 가르텐 공작은 뱀 같은 노인네지만, 쉽게 발끈하지. 그러나 그도 오랜 세월 정치에 몸담은 자로서 공적인 일을 제멋대로 처리할 사람은 아니야. 그러니 폐하께서도 믿고 보내신 걸 테고. 이미 폐하의 뜻은 확고하시니 걱정보다는 잘하기를 기원하는 게 나아."

"그렇다면 다행이지만……."

"그런데 누이께서 이런 거에 관심을 다 갖고, 웬일로."

"……전쟁이 일어날지 알고 싶어요."

"전쟁? 콘라드와?"

카르온의 눈빛이 날카로워졌다.

"마찰은 있을 수 있겠지만, 전쟁까지 염려하고 있었을 줄이야. 왜 그런 생각을 한 거지?"

에르셀라는 어디까지 말해야 하나 싶어 고민했다. 그녀가 죽기 직전 콘라드와의 관계는 사상 최악이었다. 그라니아 곳곳에서 군사를 징집하고 하르젠과 비센테도 늦은 시각에 돌아오는 일이 빈번했다.

그러나 누가 들어도 허황된 이야기를 늘어놓으며 카르온을 설득할 자신이 없었다. 결국 그녀는 카르온이 믿을 만한 이야기를 꺼내놓기로 했다.

"지금까지 콘라드는 그라니아에 아즈렐을 요구해 왔죠. 콘라드에 아즈렐은 의미가 깊어요. 곡창지대인 것은 둘째 치고 콘라드의 시작이 아즈렐이었으니까. 영토를 확장한 후에 수도를 옮겼다지만 아즈렐은 여전히 콘라드의 시초라는 의의가 크기 때문에 백 년간 집요하게 그라니아에 요구해 온 거예요."

"그들은 우리에게 아무런 위협도 못 돼."

"콘라드 상권이 점점 발달하고 있어요. 그만큼 타국과의 교류도 빈번하고요. 폐쇄적인 그라니아에 비해 개방적인 태도를 취한 거죠. 확신할 순 없지만 어떤 형태로든 변화가 있을 거예요. 언제까지 콘라드의 국력을 얕잡아볼 수는 없어요."

"그게 네가 전쟁이 일어날지도 모른다고 생각한 이유야?"

"다소 빈약하지만 일리 없지는 않다고 생각해요."

그는 생각에 잠긴 듯 이마에 흘러내린 머리카락을 가벼이 쓸어 넘겼다. 아직은 떨떠름해 보였지만, 그는 에르셀라의 말을 흘려듣지 않기로 한 듯했다.

"이건 내가 따로 조사해 보지. 신식 무기를 개발했을 가능성도 생각해 봐야겠어. 갑자기 네 입에서 전쟁이란 단어가 튀어나올 줄은……. 혹시 네 아들 때문인가?"

에르셀라는 약간의 망설임도 없이 고개를 주억거렸다.

"그럼요. 전쟁이 일어나면 가장 먼저 내 남편과 아들이 선두로 나설 텐데. 제일 먼저 몸 사릴 위치에 있는 오라버니와는 다르다고요."

"……너는 오라비에게 하는 말본새부터 고쳐라."

카르온이 한숨을 내쉬며 마른세수를 했다. 제 여동생이 또 어디 가서 이러고 다니는 건 아닐까 슬퍼하는 기색이 역력했다. 물론 에르셀라가 신경을 쓸 리는 만무했다.

"혹시 폐하께서 아즈렐을 돌려주시는 건……."

"……."

"말도 안 되죠. 저도 그건 아니라고 생각해요, 오라버니."

전쟁의 가능성을 미연에 방지하기에는 가장 좋은 방법이었지만 카르온의 서늘한 시선에 에르셀라가 슬그머니 꽁지를 내렸다. 갑자기 엄청난 매국노가 된 것만 같은 기분이 들었다.

"못 들은 걸로 하지. 행여나 어디 가서 내 동생이라 하지 마라. 창피하니."

아즈렐을 반환하자는, 그라니아 국민이 들으면 천인공노할 발언에 카르온이 설레설레 고개를 저었다. 실제로 다른 사람이 그런 말을 했다면 역심이 보인다며 호통을 쳤을 것이다.

그저 땅을 돌려주자는 어찌 보면 철없는 공작 부인의 발언이라도 역대 국왕 폐하의 의지에 반하는 것 자체가 역심이 깃든 것이니 말조심할 필요성은 있었다. 물론 에르셀라도 카르온이니까 해본 소리지 다른 사람 앞에서 꺼낼 정도로 눈치 없진 않았다.

"오라버니는 어떻게 생각하는데요?"

솔직히 그녀는 자신의 생각이 틀렸다고 생각하지 않았다. 허울뿐인 명분이라도 있어야 했는데 땅이 조금 탐난다고 일방적으로 침략하고 조약을 맺어 뺏어 가다니. 아무리 그녀의 모국이라지만 지극히 야만적이라는 생각을 지울 수 없었다.

잠시 말문이 막힌 카르온은 한 박자 늦게 입을 열었다.

"……그라니아에 신이 없다는 것 정도는 알아."

에둘러 한 말이지만 그라니아의 왕 또한 인간으로, 절대적으로 옳은 선택을 할 순 없다는 뜻을 함축하고 있었다.

그의 대답은 충분했으니, 에르셀라도 더는 묻지 않고 입을 닫기로 했다. 지나간 일로 카르온을 곤란하게 할 생각은 없다. 대신 그녀는 줄곧 생각해 왔던 부탁을 하기로 했다.

"그리고 사람이 한 명 필요해요."

"사람?"

"뭐 하나 알아낼 게 있는데, 가능하면…… 타지에서도 활동 가능한 자면 좋겠네요. 당연히 신뢰할 수 있는 자여야 하고요."

"……무슨 일인데?"

카르온이 불안한 듯 한쪽 눈을 찡그렸다. 그러나 에르셀라는 말해 줄 생각이 없었다. 불치병에 대한 단서를 찾기 위해서라고 말했다간 의심 많은 오라비는 집요하게 물고 늘어질 게 뻔했다. 그것에 그녀는 설명할 길이 없었다.

에르셀라가 더 이상 입을 열지 않자 말해주지 않을 걸 알았는지 카르온이 진득한 한숨을 내쉬었다. 그녀의 고집이 이긴 것이다.

"곧 추려서 공작가로 한 명 보내지."

"고마워요."

에르셀라가 방긋 웃었다. 그 화사함에 물들지 않은 카르온은 무표정을 유지했다. 가라앉은 녹안이 한층 진중한 빛을 띠었다.

"위험한 짓은 하지 마."

"그럼요."

그녀 또한 웃음을 지우고 타성적으로 대답했다. 안다. 이 사람에게 자신이 얼마나 소중한 존재인지를.

"내가 이 자리까지 올라온 이유를 잊지 마."

"알아요."

잊지 않는다. 어린 나이에 작위를 물려받아 왕의 견제와 신하들의 시기 사이에서 아슬아슬한 줄타기를 해야 했던 그가 바득바득 버틴 이유를 모를 리가 없었다.

"지키기 위해 살아온 거야."

그는 한숨 멈추고 다시 말했다.

"피사리데를."

그곳에 '에르셀라'가 포함되어 있음을 그녀는 너무나 잘 알았다.

생각보다 이야기가 길어지는 감이 있다. 어느덧 차는 다 비어 있었다. 비센테는 시큰둥하게 내부를 둘러보았다. 그러고 보니 아까 에르셀라를 집무실로 안내했던 사용인의 외관이 꽤 어려 보였다.

비센테는 에르셀라의 시중을 드는 하녀를 떠올렸다. 에르셀라보다 여섯 살쯤 어린 걸로 알았다. 그렇다면 공작가로 올 때는 열 살쯤 되었다는 걸 텐데⋯⋯. 보통 그렇게 어린 나이에도 고용이 되나?

아주 없는 일은 아니었지만 그는 어쩐지 기이함을 느꼈다. 예전부터 느꼈던 거지만 이 가문은 뭔가 달랐다. 어머니에게 물어볼까 했지만 과연 어디까지 대답해 줄지⋯⋯.

어쩌면 그녀도 모를 수 있다는 생각이 들었다. 비센테가 의미 없이 찻잔을 검지로 훑을 때였다.

끼이익―

문이 열리는 소리가 들렸다. 재빨리 그쪽으로 시선을 돌린 그는 순간적으로 멈칫하고 말았다. 문틈으로 웬 꼬마가 머리만 빼꼼 내밀고 있었다.

여자아이의 녹색 눈이 쉴 새 없이 깜빡거리며 그를 멀뚱멀뚱 쳐다보았다. 이윽고 작은 입술을 오물거리며 아이가 말했다.

"비센테 오빠야?"

"⋯⋯."

비센테는 이계의 생물체를 마주한 것처럼 선뜻 입을 열지 못했다.

"왜 대답 안 해? 비센테 오빠, 아니야?"

난데없는 등장인물에 비센테는 그만 할 말을 잃었다. 처음 들어보는 격의 없는 호칭에 그는 내심 당황스럽기까지 했다. 아이는 계속 입을 다물고 있는 비센테가 이상했는지 고개를 갸우뚱거리며 물었다.

"혹시 말을 못 해?"

아이는 정말 순진해 보여서 비센테는 무례하다는 생각조차 하지 못했다. 그저 눈앞의 이 생명체가 낯설게 느껴질 따름이었다. 이내 그는 떨떠름한 표정을 지으며 유지하던 침묵을 서서히 깨뜨렸다.

"너는……."

"……."

"누구지?"

정적 속에서 낮은 목소리가 들렸다. 제 앞의 사람이 말을 할 수 있다는 것에 기뻤는지 아이가 방방거리며 비센테를 향해 쪼르르 달려왔다.

"나는 로웨나야. 오빠가 에르셀라 고모님의 아들이야?"

"그렇다만……."

긍정의 대답이 떨어지자 로웨나라는 아이의 표정이 더욱 밝아졌다. 고사리 같은 손이 비센테의 다리를 부여잡으며 흔들었다. 그 약한 힘에 비센테가 미동할 리는 만무했다.

한편 비센테는 자신을 향해 방긋방긋 웃는 이 아이가 자신의 어머니를 '고모님'이라고 호칭한 것을 알아챘다. 더불어 '외종사촌'을 볼 수 있을 거라던 에르셀라의 말이 떠올랐다. 그렇다면 이 여자아이는 후작의 딸이라는 공식이 성립한다.

거기까지 생각이 미친 비센테의 얼굴이 삽시간에 굳었다. 그 '후작'의 딸이라고? 믿기지 않았다. 하지만 외양을 보면…….

놀랍게도 외숙의 딸이 맞았다. 혼란에 잠긴 비센테의 속을 아는지 모르는지 로웨나는 그를 향해 팔을 뻗었다. 그 영문 모를 행위에 비센테가 눈살을 찌푸렸다.

"안아줘! 내가 얼마나 보고 싶었는데! 나, 오늘 선생님에게도 일찍 끝내달라고 얼마나 졸랐는지 몰라."

"방금 뭐라……."

비센테는 순간 자신의 귀를 의심했다. 지금 저에게 안아달라 조르는 건가. 본 지 얼마나 됐다고. 굳은 듯 가만히 있어보았으나 소녀는 뻗은 팔을 내리지 않았다. 비센테가 어떻게 해야 할지 한창 고민 중일 때였다.

"로웨나! 아버지의 접빈실에 함부로 들어가지 말라고 했지!"

약간 벌어졌던 문틈이 쿵 하고 확 벌어졌다. 그 사이로 소년 하나가 성큼성큼 다가왔다. 로웨나는 비센테에게 더욱 엉겨 붙으며 소년을 향해 톡 쏘아붙였다.

"오빠가 뭔데!"

"이게, 버릇없이!"

소년이 로웨나의 머리를 주먹으로 얕게 쥐어박았다. 그에 로웨나가 울먹이며 소리쳤다.

"오빠가 왜 내 오빠야? 흑, 진짜 너무 싫어……."

"너…… 설마. 아이 씨, 또 어머니에게 달려가서 이르려고 그러지? 어린 게 영악하긴……."

"흐아아앙!"

이윽고 로웨나가 울음을 터뜨리자 소년이 안절부절못하며 당황하기 시작했다. 비센테는 완전히 처음 겪는 상황이라 난관에 봉착한 기분이 들었다.

"야야……. 울지 말라고."

곤란한 듯 달래주려는 소년의 손길을 피해서 로웨나가 비센테에게 꼭 달라붙었다.

"으아앙! 오빠."

오빠? 내가 너의?

아까부터 느낀 거지만 황당하기 그지없었다. 비센테는 자신의 바지 자락을 쥐어 잡은 로웨나를 어떻게 하면 좋을지 감이 안 잡혀 난감한 얼굴로 소년을 쳐다보았다. 이마에 송골 맺힌 땀을 훔치던 소년은 그제야 비센테의 존재를 인지했는지 놀란 눈을 했다.

"혹시, 에르셀라 고모님의 자제분 맞으십니까?"

동생으로 보이는 소녀보다는 정중한 인사에 안심한 비센테도 한층 차분하게 대답할 수 있었다.

"맞습니다."

소년이 눈을 빛내며 가슴에 손을 얹었다.

"말 편히 놓으십시오. 저는 피사리데가의 장남 라셀리온이라고 합니다. 고대하던 만남이 이렇게 성사되어 무한한……."

"으아아앙!"

"넌 좀 조용히 못 하겠어?!"

"흐끄윽."

라셀리온은 동생을 보더니 한숨을 포옥 내쉬며 비센테에게 제안했다.

"우선, 자리를 떠야겠군요. 형님께서도 저희를 따라오시지요."

"……."

"아, 참고로 전 열네 살입니다. 편히 대하십시오."

그렇게 말해놓고 어째 자기가 더 편해 보인다. 비센테는 앞의 두 사람을 번갈아 쳐다보았다. 울음을 간신히 그치는 소녀, 진지한 얼굴로 그를 향해 '형님'이라 부르는 소년.

고요함이 일상이었던 비센테에게는 그야말로 총체적 난국이었다. 그가 머릿속으로 생각한 '외종사촌'의 이미지는 이미 산산조각 난 지 오래였다.

카르온과 이야기를 마친 에르셀라는 접빈실로 돌아왔으나 비센테는 그 어디에도 보이지 않았다. 그녀를 향해 계속 접빈실을 지키고 있던 사용인이 다가와 보고했다.

"접빈실에 도련님과 아가씨가 들르셔서 영식을 데려가셨습니다."

그 말에 에르셀라의 등에 있던 솜털이 쭈뼛 섰다. 도련님과 아가씨라니.

"라셀리온과…… 로웨나가?"

"예, 부인. 도련님께서 마님의 티타임이 열리는 야외 테라스로 가신다고 제게 전하셨습니다."

"……알았다."

라셀리온과 로웨나와 벌써 마주쳤을 줄이야. 자신이 없을 때 이런 일이 벌어지다니. 그들과 비센테는 상성이 안 맞았기에 에르셀라는 슬슬 걱정되기 시작했다. 빨리 가야 한다는 생각만 머릿속에 맴돌았다.

"안내하렴."

"알겠습니다."

사용인을 따라 도착한 정원 가운데로 은색 티 테이블이 보였다. 티타임에는 후작 부인과 라셀리온, 로웨나, 비센테가 이미 참여 중이었다. 에르셀라를 발견했는지 자리에 있던 중년의 여인이 반갑게 손을 흔들었다.

"어머, 에르셀라!"

후작 부인이었다. 오라비와 마찬가지로 오랜만에 보는 후작 부인은 여전히 기운찬 모습이었다. 그녀의 환대를 받으며 에르셀라도 살짝 웃었다. 그리고 다급히 자리에 앉았다.

"언니, 오랜만이에요."

"어머니, 오셨습니까."

옆에 앉아 있던 비센테가 인사했다. 묘하게 반기는 목소리여서 의아했다. 에르셀라는 그의 앞에 놓인 은접시를 보고 그 이유를 깨달을 수 있었다. 세상에. 무슨 과자가 저리 조잡하게 쌓여 있는지 곧 무너질 것 같았다.

'시달렸구나.'

그녀의 예상대로 로웨나가 비센테의 접시에 새롭게 쿠키를 얹어주는 중이었다. 그 탓에 탑처럼 쌓인 디저트들이 약간 휘청거렸다. 덩달아 비센테의 안면근육이 더욱 굳어버렸다. 비센테의 표정은 신경 쓰지도 않는지 로웨나는 방긋 웃으며 에르셀라에게 다가왔다.

"고모님!"

에르셀라가 로웨나의 머리를 다정하게 쓰다듬었다. 가느다란 곱슬머리가 그녀의 손길에 부드럽게 쓸렸다. 이 촉감 역시 오랜만이었다.

"오랜만이구나, 로웨나. 라셀리온, 너도."

"뵙고 싶었는데 이리 찾아주시니 감사할 따름입니다."

어디서 배운 건지 라셀리온은 가슴에 손을 얹고 눈을 내리깔며 신사답게 인사했다. 신사 흉내를 내는 것은 여전하다 생각하며 에르셀라가 살며시 웃음소리를 흘렸다.

그사이 후작 부인이 고아하게 웃으며 비센테에게 말을 걸었다. 보아하니 제대로 된 얘기를 나누기 전인 듯했다.

"내 얼마나 영식을 보고 싶었는지. 이렇게 만날 수 있어서 기뻐요."

"말씀 편하게 하십시오."

"어머, 그럴까?"

후작 부인은 사양 않고 바로 말을 놓았다. 비센테는 조금 당황했으나 딱히 티를 내진 않았다. 대신 비센테는 에르셀라를 바라보았는데, 그녀는 어색하게 그의 시선을 피했다. 그녀가 왜 그랬는지는 약간의 시간이 흐르고 난 후에야 알 수 있었다.

그는 이제 체념할 지경에 이르렀다.

"오빠, 이것도 먹고, 이것도 먹고, 이것도 먹고, 이것도 마셔."

로웨나의 행동을 지켜보던 후작 부인이 입을 열었다.

"로웨나, 저기 있는 슈를 안 주면 어떡하니. 그게 우리 집의 자랑인데."

"하지만 손이 안 닿는걸요."

"괜찮⋯⋯."

"형님, 제가 드리겠습니다."

"괜찮⋯⋯."

⋯⋯다.

문장은 목구멍 아래로 사라져 끝을 맺지 못했다.

원래 단 음식을 즐기는 편이 아니었던 그는 앞에 놓인 성을 쌓고도 남을 것 같은 과자들을 초연하게 바라보았다.

먹고 또 먹어도 줄지를 않았다. 왜냐하면 새롭게 또 쌓이기 때문이다. 그래서 그는 아예 먹는 걸 포기하기로 했다. 입안은 벌써 단내로 점령당한 지 오래였다.

그 광경을 더 이상 두고 볼 수 없었던 에르셀라는 로웨나의 일방적인 친절을 대신 거절하기로 했다.

"그만, 로웨나. 오빠가 난처해하고 있잖니."

"왜 난처해요? 난 오빠를 사랑해서 그런 건데."

진심인 듯 로웨나는 정말 순진무구한 눈빛을 하고 있어서, 비센테는 저도 모르게 숨을 삼켰다.

"음, 그러지 말고 라셀리온 오빠에게 주는 건 어떠니?"

"하지만 이건 저 오빠에게 주긴 아까운걸요."

'저게' 하는 라셀리온의 씩씩대는 목소리를 대충 넘기고 에르셀라가 살살 달래기 시작했다.

"자, 여길 보렴. 이미 접시에는 많이 쌓였지? 오빠가 천천히 먹을 수 있게 배려해 주자."

"……."

"음…… 알겠어요."

로웨나는 비센테 접시에 놓으려던 마들렌을 도로 자신의 접시로 가져왔다. 그 모습에 비센테는 멎었던 숨을 소리 없이 내쉬었다. 다행이다, 라고 생각할 무렵 로웨나가 에르셀라를 향해 물었다.

"고모님. 저도 고모님 집에서 살면 안 되나요? 거기엔 우리 오빠도, 우리 아버지도 없잖아요. 아버지는 만날 공부하래. 난 공부가 싫은데."

로웨나의 투정에 라셀리온은 이제껏 들은 것 중 가장 환한 목소리로 말했다.

"그거 네가 올해 한 말 중 가장 기특한 말이네. 고모님, 데려가십시오."

에르셀라가 속으로 풉, 하고 웃었다. 공작가에 오는 즉시 로웨나가 보일 반응이 뻔했기 때문이다. 그래, 그곳엔 카르온은 없었다. 대신 하르젠이 있을 뿐.

로웨나는 하루도 못 버티고 뛰쳐나갈 게 분명했다. 후작 부인도 같은 생각이었는지 후후 하고 웃다가 로웨나의 입을 막았다.

"더 이상의 무례는 그만두렴, 로웨나. 고모님이 곤란해하시잖니."

"알겠어요, 어머니."

다행히 깊게 생각한 것은 아니었는지 로웨나는 방실방실 웃으며 앞의 쿠키를 입안에 넣고 오물거리기 시작했다. 로웨나를 막은 후작 부인은 곧바로 자리에 없는 사람을 화두에 올렸다.

"공작님도 같이 왔으면 좋았을 텐데."

흠칫.

뜬금없는 말에 에르셀라가 차를 마시다 말고 멈추었다. 고개를 뻣뻣하게 들어 올려 후작 부인을 바라보니 그녀는 진심인 듯 눈을 밝히고 있었다.

맙소사. 하르젠이 티파티라니. 도저히 상상이 안 간다. 에르셀라는 이런 말을 아무렇지 않게 꺼내는 그녀가 새삼 대단해 보였다.

"그이는 바빠요."

"그래? 하긴. 카르온도 뭐가 그리 바쁜지, 종일 집무실에 틀어박혀 지낸다니까."

"오라버니는 이번에 막중한 자리에 오른 만큼 책임이 커졌으니까요. 당분간 바쁘겠죠."

"그렇지만, 역시 아쉬운 건 어쩔 수 없네. 두 사람이 오면 그림이 될 텐데, 그치?"

"……그러게요."

아, 잊고 있었다. 눈앞의 후작 부인이 카르온의 얼굴에 반해 아버지인 글라디엠 백작을 졸라 약혼을 하고, 끝내 결혼까지 성공한 여인이라는 것을. 심지어 그녀는 카르온보다 다섯 살 연상으로 카르온이 성년이 되길 기다리기까지 했다. 참고로 그녀는 잘생긴 것을 사랑했다.

"정말 아쉬워. 나중에 공작님 데리고 방문해 줄래? 미리 알려주면 더 좋고, 화가를 불러놓을 수 있게……."

"……."

방금 무슨 위험한 소릴 들은 것 같은데? 등줄기에 소름이 올랐다. 에르셀라는 얼굴근육을 미묘하게 굳히며 후작 부인을 쳐다보았다.

에르셀라의 흔들리는 동공을 보지 못했는지 후작 부인은 개의치 않고 까르르, 소녀처럼 웃으며 하르젠이 들으면 싸늘하게 얼굴 굳힐 말을 아무렇지 않게 내뱉었다.

"그런 국보급 얼굴은 남겨둬야 인지상정 아니겠니?"

벌써부터 험악하게 인상을 구기는 하르젠의 모습이 그려졌다. 비센테도 마찬가지인지 서늘한 눈으로 에르셀라를 바라보았다. 아무래도 그가 이제껏 생각해 왔던 귀부인의 모습이 와장창 깨진 게 분명했다.

두 가지 변명을 하자면 첫째는 일반적으로 티파티는 이렇지 않으며, 둘째는 이전에 그녀가 언급했던 것이다.

말했잖니, 잘생긴 거 싫어하는 사람 없다고.

부디 아들의 숭고한 정신이 아작 나지 않기를, 에르셀라는 진심으로 빌며 후작 부인의 기대를 채워주었다.

"초상화는 집에도 있어요. 길이길이 남을 테니 걱정 말아요."

물론 공작가가 아닌 후작가에 전시해 두고 싶은 그녀의 심정은 알았지만 모르는 척 넘어갔다. 다행히 후작 부인은 여기서 더 나가면 무례란 걸 알았는지 별말 없이 싱긋 웃는 걸로 답을 대신했다. 그녀는 차를 한 번 홀짝인 후 장난기 가득한 어조로 말했다.

"아들 잘 컸네, 정말."

······무엇이요? 얼굴 말인가요?

친구들 앞에서라면 자연스럽게 맞장구쳤을 테지만 지금은 비센테도 함께여서 에르셀라는 말을 고르느라 진땀을 빼야 했다. 후작 부인은 나이를 먹어도 잃지 않는 활기를 띠며 그들에게 권유했다.

"끝나고 저녁 같이할 거지? 오랜만에 식사하고 가. 영식도 여기까지 왔는데 내 성의를 거부할 생각인 건 아니겠지?"

"······영광입니다."

"다행이네. 마침 콘라드에서 맛 좋은 술을 사들였거든."

"콘라드에서요?"

애주가는 아니지만 맛 좋은 술이라니 솔깃했다. 한 잔 정도 마셔보았다가 괜찮으면 집에 들여놔도 좋을 것이다. 후작 부인이 은밀하게 속삭였다.

"도수도 별로 안 높아. 네 아들도 마셔도 될 거야."

후작 부인이 한쪽 눈을 찡긋거리기까지 하자 에르셀라는 이제 모든 것을 내려놓은 얼굴로 그녀를 향해 웃을 수밖에 없었다.

덜컹덜컹 마차 소리가 적적하게 울렸다. 어느새 해는 저물어 깜깜한 밤이 주변을 에워쌌다. 째앵 울리는 여름의 풀벌레 소리가 귓가에 가득했다. 비센테 앞에는 노곤한 듯 등받이에 몸을 파묻은 에르셀라가 있었다.

"피곤하십니까?"

"……조금."

그녀의 입술이 느릿하게 벌어졌다. 비센테는 아까 일을 떠올렸다. 그녀는 후작 부인이 내민 술이 꽤나 마음에 들었는지 연거푸 받아 마셨다.

"취하셨습니까?"

에르셀라가 피식 웃으며 고개를 내저었다.

"이 정도는 괜찮아."

그 말을 그대로 믿기에는 볼이 발그레한 것이 칙칙한 어둠 속에서도 보일 정도였으나, 목소리는 멀쩡하니 비센테는 내버려 두기로 했다. 어슴푸레 젖혀진 눈꺼풀 사이로 드러난 눈동자가 비센테를 향해 살랑살랑 흔들렸다.

"넌 술은 입에도 대지 않더구나."

"취하는 걸 즐기진 않습니다."

"도수가 낮아서 취하진 않았을 텐데 말이야."

"혹시 모르니까요."

후작 부인이 권유했으나 비센테는 한사코 거절했다. 술을 마셔본 적이 있었는데, 술로 기인한 취기에 정신이 사로잡힌 경험이 유쾌하지 않았기에 즐기진 않는 편이었다. 소량은 괜찮지만 그마저도 비센테는 사양했다.

"오늘…… 많이 피곤했지?"

나긋나긋한 목소리가 귀를 울린다. 비센테에게 미안한 기색이었다. 그는 그녀의 물음을 곱씹었다. 피곤했다라. 확실히 처음 겪는 일이었다. 시끄러웠고, 산만했고, 요란했고, 난잡했다. 결코 긍정을 표할 수 없는 날이었지만 딱히 큰 거부감이 일진 않았다. 조금 신기했을 뿐이었다.

"괜찮았습니다."

에르셀라가 게슴츠레 뜬 눈을 더욱 가늘게 좁혔다. 그녀는 졸음이 몰려오는 정신을 간신히 붙잡고 곰곰이 생각했다. 비센테는 항상 괜찮다고 하니 진짜 괜찮은 건지, 괜찮은 척하는 건지 분간이 안 갔다. 이러다간 매번 괜찮다는 대답만 듣는 게 아닐까 하는 걱정이 스멀스멀 피어올랐다. 좀 더 솔직하게 대해주면 좋을 텐데 그것까지 바라면 욕심일 것 같아 그대로 입을 다물었으나 아찔하게 스며드는 취기에 생각이 여과 없이 튀어나왔다.

"진짜니? 의젓한 건 좋지만 가끔은 솔직한 모습도 보고 싶어. 로웨나처럼 말이야."

로웨나의 이름 탓인지 비센테의 미간이 설핏 찌푸려졌다.

"지금 제가 그 후작 영애처럼 굴길 바라신다고……."

에르셀라가 방긋 웃으며 고개를 끄덕였다. 볼에 물든 붉기가 아까보다 짙어진 것을 본 비센테는 체념하듯 한숨처럼 내뱉었다.

"제가 싫습니다."

아, 귀여워. 에르셀라가 눈매를 곱게 접어 올렸다. 그에 비센테의 인상이 더욱 심각하게 구겨졌다.

"부탁건대, 그런 눈으로 저를 보는 것 또한 사양하겠습니다."

비센테는 한없이 진지했지만 그녀의 당겨진 입꼬리는 여전히 팽팽할 뿐이었다. 그녀가 입술 틈새로 말을 보냈다.

"내가 어떻게 쳐다봤다고 그러니."

"개……."

'개……?'

돌연 축 처졌던 몸이 긴장을 타고 쭈뼛대기 시작했다. 식은땀이 등줄기를 따라 줄줄 흘러내리는 듯했다.

'설마 욕…… 은 아니겠지…….'

……아니, 맞을 수도. 오히려 그렇게 유추하는 게 더욱 타당해서 슬플 지경이다. 미세한 솜털까지 바짝 서는 한기가 느껴졌지만 그녀는 마음을 가라앉히기로 했다.

그래, 차라리 실컷 욕먹는 게 마음이 편할지도 모른다. 쌓인 게 있으면 풀어야 하니, 어쩌면 에르셀라에게 잘된 일일 수도 있었다.

그렇게 생각하자 성자가 된 것처럼 급격히 차분해졌다. 비센테가 그녀에게 무슨 짓을 하더라도 그녀는 용서해야만 한다. 비록 그것이 친아들에게 개…… 아무튼 그렇게 욕먹는 것일지라도 말이다.

"계, 속 말하렴."

그러나 우려했던 일은 일어나지 않았다.

"……아닙니다."

비센테가 뚱한 얼굴로 입을 다물었기 때문이다.

"……그, 래. 나도 더는 묻지 않을게."

왠지 알고 싶지 않네……. 에르셀라는 그렇게 중얼거리며 뻣뻣하게 창밖으로 시선을 돌렸다. 동시에 들려오는 깊은 한숨 소리가 그녀의 눈을 감기게 했다.

"잠시 눈 좀 붙이시는 게 좋겠습니다."

"……그러는 게 좋겠구나."

긴장이 사라지고 피로가 다시 자리했다. 에르셀라는 잠시 선잠이 들었다.

입이 하나 다물리니 다시 적막이 돌았다. 비센테는 창틀을 지지대

삼아 턱을 괴고 비뚜름하게 앞을 응시했다. 스르륵 튀어나와 어깨에 닿은 금사 같은 머리칼에 시선이 못 박히듯 고정되었다. 저 밝은 머리 색만큼이나 온화한 풍광의 후작가가 머릿속에 선연했다.

저렇게 자랐을까? 그처럼 따뜻하고 약간은 소란스러운 그런 집에서 자랐을까? 답은 간단했다. 그녀만 봐도 알 수 있었다. 그랬겠지. 그랬을 것이다.

열여섯.

열여섯에 시집을 왔다 그랬다. 열일곱에 저를 낳았고. 손바닥 뒤집듯 바뀐 환경에 낯설기만 했겠지. 정치적 노선을 달리하던 베른하르트가에 피사리데 여인이 들어앉았으니 가솔들의 온정을 기대하기도 어려웠을 것이다. 아버지나 할아버지나 그런 성격은 아니었을 테고.

그 삼엄한 저택에 자신의 사람이라고 할 수 있는 자들은 오직 두 사람뿐. 게다가 시집올 당시 그 하녀들은 그녀보다 한참 어렸을 테니 큰 의지도 되지 않았을 것이다.

열여섯.

다시 그 자그마한 숫자가 가슴에 찼다. 한 해…… 아니, 몇 개월만 지나면 그도 열여섯이었다. 그 나이에 결혼하고, 애를 낳고, 가졌던 걸 잃어야 했다.

여인의 기준으로 성년이라지만 그렇다고 어리지 않은 것은 아니었다. 수백 년의 시간이 흐르며 성년의 기준은 변하지 않았으나 조혼의 풍습은 점차 사라졌다.

솔직히 결혼보단 약혼이 어울리는 나이였다. 약혼만 걸어두어도 되었을 참이다. 그녀의 아버지인 선대 후작이 병환에 앞날이 불확실하지만 않았더라도 그랬을 것이다.

약혼은 언제든 깨질 수 있는 것이니 두려웠겠지. 언제 베른하르트가 변심할지 모르니. 이만한 가문을 잡아둘 수 있는 기회는 흔치 않으니 이기심에 바로 결혼을 추진했을 것이다.

딸을 사랑하는 마음은 진심이었겠지만 안타깝게도 전형적인 귀족의 사고방식은 버리지 못한 자였다. 선대 후작을 비난할 생각은 없었다. 비센테가 생각해도 그의 결정은 이 귀족 사회에서 매우 합리적이었으니.

눈앞의 마른 몸이 파르르 떨렸다. 지금도 저렇게 체구가 작은데 그때는 더 작았을…… 아.

그는 잠시 생각을 멈추었다.

'뭐 하는 거야.'

연민이라도 하는 건가. 지금 저 여자를…….

입가에 조소가 돌았다.

언제부터였을까. 어머니를 타인인 양 지칭하는 데 가슴이 미어지는 것이.

아니. 알아서 뭐 할까.

그렇게 생각은 다시 멎었다.

※　✦　※

에르셀라는 틀어 올렸던 머리를 풀었다. 사라락 부드러운 감촉이 그녀의 허리에 내려앉았다. 그제야 몸이 좀 풀린 듯했다.

도수가 낮다고 계속 술을 받아 마신 게 문제였는지 머리가 몽롱했다. 그래도 후작 부인이 자랑스럽게 내올 만큼 맛은 있었으니 집에 들여놔도 될 듯싶었다. 과거에 먹어본 적 없는 술이니 병과도 관련 없을 것이다.

아, 피곤하다. 대충 리엔의 시중을 받아 침의로 갈아입고 자려는데 문득 하르젠 생각이 나서 벌떡 일어났다.

그러고 보니 오늘 후작가에 들른다는 말도 안 한 것이다. 클리프턴에게 들어서 이미 알고 있을 테지만 계획에 없던 저녁까지 하느라 귀가가 늦었다.

아직 잘 시간은 아니니 지금쯤 집무실에 있을 게 분명했다. 그냥 이대로 자도 상관은 없겠으나 아무래도 왔다는 말은 직접 해두는 게 나을 것 같았다.

에르셀라는 천천히 그에게로 향하기 시작했다. 아직 머리가 멍했으나 정신은 유지할 정도라 다행이지 아니었으면 그 무슨 추태를 부릴지 상상만 해도 무서웠다.

취기가 점차 오르는 것 같지만 뭐, 괜찮을 것이다. 가는 와중에 이상하게 기분이 들뜨기 시작했다. 발걸음이 가벼웠다.

집무실에 다다른 에르셀라가 문을 천천히 열어젖혔다. 하르젠이 서류를 검토 중이었다. 아마 영지 일로 바쁜가 보다. 올해는 워낙 바빠 영지 시찰도 못 간 걸로 알고 있다.

문소리에 고개를 젖힌 하르젠의 시선이 에르셀라에게 닿았다. 조금 놀란 듯한 얼굴이었다.

"부인께서 여긴 어쩐 일로."

에르셀라는 저벅저벅 빠른 걸음으로 다가가 환하게 웃었다. 이상하게 어쩐지 몸이 과하게 가벼웠다. 그래도 기분은 좋아 에르셀라가 목소리를 높였다.

"나 왔어요."

그의 얼굴이 미묘하게 굳었다. 무의식적으로 하르젠의 무릎에 앉은 에르셀라가 두 팔을 뻗어 그의 목을 끌어당겼다. 갑작스러운 돌발 행위에 혹여나 뒤로 넘어갈까 허리를 단단히 감는 손길이 느껴졌다. 그가 낮은 목소리로 물었다.

"……술 마셨나?"

"조금?"

그러면서 더욱 엉겨 붙자 어디선가 한숨 소리가 났다.

"당신 오라비는 마음에 안 드는 짓만 골라서 하는군."

"왜? 난 진짜 맛있었는데. 집에도 들여놓을 거예요. 그러니 당신도 마셔요."

에르셀라가 어깨에 묻었던 얼굴을 떼고 그의 얼굴을 양손으로 잡았다. 가라앉았던 붉은기가 그녀의 얼굴 위로 다시 차올랐다.

에르셀라는 희미하게 웃으며 손을 뻗어 손끝으로 하르젠의 얼굴을 하나하나 쓸어내리기 시작했다. 하르젠이 피식 웃었다.

"간지러운데."

그러나 그녀의 귀에는 닿지 않았다. 그녀는 가볍게 무시하고 희끄무레한 정신 속 후작 부인의 말을 되감으며 앞에 보이는 이목구비를 하나하나 뜯어보았다. 감탄이 담긴 여트막한 숨소리가 흘러나왔다.

알고는 있었지만 정말 잘났네.

새삼스럽게 그런 생각이 들었다. 계속해서 매만지는 손길을 하르젠이 조심스레 잡아 내렸다. 어느새 미소는 지워져 있었다.

"취했어. 방으로 가지."

에르셀라의 입꼬리가 가늘게 늘어졌다. 유혹하듯 붉기를 머금은 입술에 하르젠의 눈가가 작게 움찔거렸다. 그 모습이 즐거웠는지 에르셀라가 얄궂게 더욱 입매를 휘었다.

"취한 걸로 보여?"

"에르셀라."

반쯤 어슴푸레하게 뜬 두 눈은 누가 봐도 취기를 머금고 있어서 하르젠이 한 손으로 얼굴을 쓸었다.

에르셀라가 묘연하게 웃으며 하르젠의 어깨에 손을 얹었다. 그러곤 남은 손으로 그의 얼굴을 부드럽게 쓸어 만지자 그는 어처구니가 없는지 헛웃음을 흘렸다.

"왜 웃어?"

"웃겨서."

"안 웃긴데."

그녀는 조금 토라진 얼굴로 비죽거리다 곧 황홀함에 젖은 눈으로 하르젠의 머리카락을 만지작거렸다. 짙은 어둠과도 같은 색이었다. 그녀가 가진 것과는 대조된.

문득 에르셀라는 그의 어깨에 얽혀 있는 자신의 금발을 힐끗 쳐다보았다. 그녀의 머리카락이 그의 신체 위로 넘실거렸다. 묘한 기분이 드는 순간 움찔하며 몸이 휘청였다.

그러나 손길이 그녀의 허리를 더욱 단단하게 휘감았기 때문에 넘어가진 않았다. 동시에 짙은 한숨과도 같은 말소리가 들렸다.

"……조심해."

"응."

에르셀라는 무성의하게 대답하며 더욱 그에게 자신을 기댔다. 그러곤 하르젠의 어깨에 얼굴을 맞대어 문질렀다.

"……미치겠군."

차가운 온도가 그녀의 살갗을 타고 아찔하게 전해졌다. 그런데 이상하게 몸은 식기는커녕 더욱 달아올랐다. 곧 그녀는 고개를 들어 하르젠의 얼굴만을 온전히 담으며 시야를 좁혔다. 짧은 간격을 두고, 두 시선이 얽혔다. 홀연히 에르셀라가 애달픈 목소리를 자아냈다.

"미안해요."

"뭐가."

"오라버니에게 간다고 미리 말 못 해서. 잊어버렸지 뭐야."

취하긴 했는지 뜬금없는 사과가 입술 사이로 내밀어졌다. 그녀가 행선지를 안 밝히고 돌아다니는 게 한두 번은 아니어서 그것에 딱히 신경 쓸 필요는 없었는데, 갑자기 미안하다 말하고 싶었다.

"그래도 오랜만에 오라버니 봐서 너무 좋았어요."

"오랜만이라기엔 지나치게 많이 찾아가지."

"아닌데……. 진짜 오랜만인데……."

"그래. 그렇다고 해."

그는 이제 체념했는지 그녀의 등을 천천히 토닥였다. 차라리 재우려는 심산인 듯했다.

그 나른함에 에르셀라는 서서히 눈을 감다가 일순간 그를 향해 배시시 웃음 지었다. 그 모습을, 표정을 굳히며 그는 집요하게 쳐다보았다. 그러나 그녀는 아랑곳하지 않고 불쑥 생뚱맞은 소리를 했다.

"참, 잘생겼네."

"뭐?"

다시 낮은 헛웃음을 터뜨렸다. 그녀는 이번에도 가벼이 흘리곤 천천히 자신의 입술을 그의 입술에 맞대었다. 하르젠이 일순간 숨을 죽였다. 그사이에 겹쳐졌던 입술이 떨어졌다.

"뭐 하는……."

이어진 에르셀라의 행동에 하르젠의 말은 그대로 멎었다. 짧게 머문 그녀의 입술이 그의 콧날을 미끄러지듯 타고 올라가 오른 눈을 스쳤다.

남자의 눈가가 움찔하는 게 느껴졌지만 그녀는 그대로 지나치곤 이마에 입술을 묻었다. 목 언저리에 야트막한 숨결이 맞닿았다.

이상한 일이다. 항상 차가운 그인데 기이한 열기가 느껴졌다. 에르셀라는 그 간극에 의문을 느끼며 이내 쪽, 하고 짧은 소리와 함께 그에게서 떨어졌다. 하르젠이 의미 모를 눈으로 그녀를 보고 있었다. 상관 않고 그녀가 그를 향해 살짝 웃었다.

"일찍 끝내고 쉬어요. 몸 상할라."

정신이 아득한 것치고 제법 정상적인 말이었다. 가물가물한 의식 중에도 바쁜 그를 잡아둬선 안 된다고 생각한 게 분명했다. 말을 마친 그녀가 흐느적거리며 몸을 일으키려 할 때였다.

"……하르젠?"

허리를 감은 손에 힘을 실은 그가 그녀를 다시 앉혔다. 동시에 그의 손이 에르셀라의 머리카락을 부드럽게 가로질러 왔다.

머리를 감싸는 손길이 느껴지며 하르젠 쪽으로 얼굴이 기울었다. 무슨 일인지 그녀가 미처 깨닫기도 전이었다.

"약해."

고개를 숙여 입술을 겹쳐온다. 제 것이 아닌 것이 설키고 끝없이 섞이며 부드럽게 시작된 입맞춤이 점차 거칠어졌다.

출처 모를 진득한 갈망이 에르셀라를 덮치며 낮은 신음성이 그녀의 귓가에 맴돌았다. 하르젠이 그녀가 견디지 못할 정도로 끈질기고 집요하게 그녀를 얽어맸다.

달뜬 호흡이 오갔다. 에르셀라는 가는 신음성이 제 것이 아닌 듯 낯설었다. 그가 점막을 달래듯 살살 훑자 저 끝에서 밀려오는 전율감이 그녀를 덮쳐왔다. 호흡이 차올라 폐부가 연약하게 부풀어 올랐다. 힘에 겨워 목울대를 달싹이자 숨 쉬라는 듯 그가 잠시 떨어졌다.

"아……."

그 짧은 틈새에 가쁜 호흡이 시작되며 가슴이 부풀다가 가라앉기를 반복했다. 진정될 무렵 그가 또다시 입을 맞춰왔다. 집요하게 키스해 오는 하르젠을 한 번 더 받아낸 에르셀라가 돌연 손을 뻗어, 그를 밀어냈다.

"그게……."

잇새로 가느다랗게 스며 나가는 자신의 목소리가 낯설었다. 안절부절못한 채로 시선을 옆으로 비꼈다. 그러다 뺨에, 손길이 닿았다.

하르젠이 그녀의 고개를 돌려 시선을 맞춰왔다. 무슨 생각을 하는지 모를 흑안에는 오롯이 그녀만이 담겨 있었다. 기분이 이상해서 에르셀라의 뺨이 붉게 달아올랐다.

그것을 본 하르젠이 낮게 웃으며 고개를 꺾어 그녀의 목 언저리를 지분거리기 시작했다. 여과 없이 노출된 살갗에 숨결이 닿자 그녀의 몸이 경련하듯 바르작거렸다. 견디기 힘들어 에르셀라가 그의 어깨를 양팔로 부여잡았다. 몸서리치는 그녀를 달래듯 부드러운 손길이 등을 연신 쓸어내렸다. 덕분에 떨림이 조금 누그러졌다.

에르셀라가 하르젠의 목을 감싸 안으며 더욱 밀착했다.

"……하르젠."

이성이 점차 사그라지고 원초적인 본능만이 남은 듯, 에르셀라는 그의 이름을 부르는 자신의 목소리가 평소와 다름을 느꼈다. 대답하지 않고 그의 입술이 여린 목을 한 번 더 문질렀다.

제자리에 맴돌던 그가 천천히 목선을 따라 내려와 진미를 음미하듯 잘근잘근 그녀의 목 아래를 점령해 갔다. 이윽고 쇄골에 열기가 돌았다.

"그만…… 그만요."

멈춰달라 애원하나 놔줄 생각은 없는 듯 그대로 흘리며 하르젠이 하얀 속살 위로 입술을 문대었다. 아랫배가 아려와 야트막한 신음성이 나왔다. 술기운까지 뻗쳐 달아오른 몸이 견디기 괴로울 만큼 뜨거웠다. 어깨를 잡은 손에 간신히 힘을 실으며 에르셀라가 몸을 바르르 떨었다.

"힘들어……."

지친 듯한 목소리에 그의 행위가 거짓말처럼 멈추었다. 그는 속살에 묻었던 입술을 떼어내고 에르셀라의 이마에 맺힌 땀을 정성스레 쓸어 없앴다.

그의 입가에 은은하게 걸려 있는 미소가 아름다워 그녀는 망연히 쳐다보다 곧이어 몰려오는 피로감에 그에게 자신을 완전히 겹쳤다. 그 상태로 눈을 감으며 에르셀라가 조곤조곤 속삭였다.

"피곤해요……."

"자. 방으로 데려다줄게."

말에 웃음이 섞인 채로 그가 그녀의 등을 천천히 토닥였다. 이렇게 다정한 사람이었나.

사실 알고 있다. 그녀가 병에 걸려 죽어갈 때도 곁에 있어주었던 남자다. 죽으면 더 이상 가치가 없을 텐데도 그는 끝까지 그녀를 버리지 않았다.

좋은 사람이다, 이 남자는.

에르셀라는 서서히 졸음이 몰려왔다. 등에 닿은 온기가 따사로워 그녀는 곧 새근새근 잠들어 버렸다.

※　✦　※

미세한 숨소리가 귓가에 들려왔다. 희미하게 입꼬리를 올린 남자가 귀한 것을 다루듯 여인의 머리카락을 쓸어내렸다. 몇 번이고 매만지던 그는 여인에게서 풍겨오는 체향에 눈살을 찌푸렸다. 여린 살 냄새에 단내가 섞여 나왔다.

'……술인가.'

어지간히 진한지 그녀의 몸에서 건너와 그에게까지 닿았다. 자극적인 단내에 정신을 잃을까 그는 잠시 눈을 감았다.

마음을 가라앉히려 채근하듯 그녀의 등을 문질렀다. 취기에 달아오른 몸이 그의 손길을 따라 작게 움찔거렸다. 나쁘지 않아 그가 짧게 웃었다. 내일이면 사색이 되어 안절부절못하겠지. 언제나 그렇듯.

그렇게 허리를 감싸다가 이전보다 마른 듯한 몸에 한숨이 더욱 짙어졌다. 원체 입이 짧으니 먹여도, 먹여도 제자리로 돌아왔다. 그 이상한 식습관이라도 고치면 좋으련만 은근 고집은 강해서 들은 체도 안 할 것이다.

고요함이 그들 사이로 내려앉았다. 저에게 안겨 있는 여인을 좀 더 당겨 안고 그는 잠시 탁자 앞에 놓인 서류를 응시했다. 일순 칠흑 같은 눈동자가 서늘하게 내려앉았다.

어찌하면 좋을까, 너를.

결국 생각은 잠시 그쳤다. 다시 한번 체념하듯 숨을 내뱉고 손아귀에 있는 여인을 안아 들었다. 하얀 치맛자락이 허공 사이로 나부꼈다.

문득 그녀가 침의 차림으로 이곳에 온 것을 알아챘다. 술에 취해 제가 어떤 옷을 입고 집무실에 들어왔는지 몰랐던 게 분명하다. 체면을 중요시하는 여인인데 오다가 사용인들이 다 봤을 거라 생각하니 내일 보일 태도가 눈에 선했다. 그는 밖에 대기하고 있던 가신에게 홀과 2층의 모든 사람을 물리라 명했다. 그가 그녀를 안고 가는 모습을 보여 이 여인에게 좋은 건 없으니.

혹여나 깰까 조심스레 방으로 걸음을 움직였다. 침대에 눕히자 찬연한 금발이 어둠 속에서 흐드러졌다. 시선이 잠시 머물다 그녀의 얼굴에 잠식당한다. 뭘 했다고 그리 힘든지 메마른 눈꺼풀은 파르르 떨어대다 곧 잦아들었다. 평온이 그녀의 얼굴 위로 내려앉았다.

눈을 뗄 수 없어 가만히 그녀를 지켜봤다. 귀는 조용히 울리는 숨소리 말곤 아무것도 받아들이지 않는다. 무표정으로 바라보다 웅크리며 불편한 자세로 자는 에르셀라의 몸을 바로잡았다. 맞닿은 온기를 놓치기 싫다는 듯 자그마한 손이 그의 손목을 감쌌다. 잡힌 손목을 빼내려 한 번 돌릴 때였다.

"⋯⋯하르젠."

여리게 떨며 자신의 이름을 부르는 목소리에 그 미세한 움직임마저 멎었다.

자조가 남자의 입가에 스쳤다. 그를 원하는 듯한 애달픈 저 음성이 취기에 기인한 거짓임을 안다. 그녀의 오래된 고약한 술버릇인 것도.

언제나 그렇듯 이번에도 여인은 습관적으로 두 팔을 뻗어 그에게 자신을 내맡겼다. 할 일이 많아 곤란했지만 뿌리치는 건 더 곤란했기에 그는 결국 자리를 지켰다.

※ ✦ ※

'목마르다.'

눈을 뜨자마자 든 생각이었다. 에르셀라는 침대 옆에 있는 종을 울렸다. 밖에 대기해 있었는지 리엔이 방 안으로 들어왔다.

"찾으셨나요?"

"응. 물 좀 가져다줄래?"

"아…… 네."

대답하며 리엔의 표정이 미세하게 변했다. 영문을 몰라 고개를 갸웃거려 보지만 리엔은 못 본 척 시선을 비꼈다.

"리엔?"

"아, 죄송합니다. 금방 가져다드릴게요."

리엔은 말을 맺자마자 후다닥 도망가듯 뛰쳐나갔다.

'왜 그러지?'

의아했지만 알 수 없었다. 에르셀라는 무거운 몸을 일으켰다. 동시에 머리가 찡하게 울렸다.

'아, 술……'

약하다고 방심해서 계속 받아먹은 게 문제가 됐는지 처음엔 멀쩡했으나 점차 정신을 붙잡기 힘들어졌다. 속도 좀 울렁이는 것 같기도 하고……. 그녀는 지끈거리는 머리를 여러 번 문질렀다.

침대에서 일어난 에르셀라는 습관적으로 거울 앞에 섰다.

"……."

거울 안에 있는 자신을 본 순간 에르셀라의 표정이 딱딱하게 굳었다.

"……뭐야."

목덜미와 쇄골 언저리에 붉은 꽃들이 피어올라 있었다.

평소와 다르게 자신을 어색해하던 리엔이 순간 떠올랐다. 에르셀라의 눈이 정처 없이 흔들리기 시작했다.

팔을 들어 붉게 물든 자국에 손을 갖다 대다, 델 듯이 뜨거운 열기에 흠칫 떼어냈다. 그제야 몽롱한 정신을 비집고 낯선 기억이 밀려들어 왔다.

"취한 걸로 보여?"

"아……."

"그만…… 그만요."

"힘들어……."

제 것이 아닌 듯한 목소리.

그리고…….

"……하르젠."

애달프게 그의 이름을 부르짖던…….

떠올리기도 민망한 장면들이 허공에 아른거렸다. 에르셀라는 멍하니 두 눈을 깜빡였다. 마른침이 목구멍을 통해 꼴깍 넘어갔다. 그녀는 차근차근 기억을 더듬었다.

귀가를 알리러 그의 집무실에 가고…… 거기까지만 생각했는데도 그녀의 눈이 꾹 감겼다.

"침의 차림……."

침의 차림으로 공작 부인이 부군의 집무실에 들어가다니. 다른 이들이 못 봤을 리가 없었다. 뒤에서 수군거릴 게 분명해서 에르셀라의 안색이 점차 새파랗게 질렸다. 멀쩡하다고 생각했는데 아니었다. 침의 차림으로 방 밖으로 나선 것부터가 취기의 시작이었다. 손끝이 미세하게 떨려왔다.

기억의 파편이 점차 한데로 모였다.

맞닿았던 입술……. 그녀의 살갗을 지분거리던 하르젠……. 침의 차림으로 그의 집무실에서, 그의 무릎에 앉아 유혹하듯…….

'아, 또 사고 쳤구나.'

에르셀라는 무엇보다 장소와 자신의 옷차림이 걸렸다. 술 먹고 하르젠에게 안기는 일은 이전에도 종종 있어왔던 일이라 별일 아니라 친다 해도 대부분 침실에서 이루어졌지 그의 공적 공간인 집무실에선 아니었다.

어찌 부군과 저의 품격을 깎아먹는 짓을 하겠는가. 그러나 절대 용납할 수 없는 그 일이 어제 일어나 버리고 말았다.

"클리프턴에게 입단속을……."

아니, 클리프턴에겐 뭐라 말할 건데? 에르셀라는 점점 울상이 되었다. 다행히 일을 치르지는 않은 듯했지만 이 자국은 뭐란 말인가.

그는 잊은 게 분명했다. 오늘이 비센테와 함께 연극을 보러 가는 날인 것을. 이 상태로 어떻게……. 차라리 울어서 해결되는 일이라면 속 시원히 울 텐데 그럴 리가 없어서 에르셀라는 망연자실한 심정이었다.

또 그의 얼굴은 어떻게 본단 말인가. 하르젠을 볼 자신이 없었다.

언제나 그랬다. 술 취한 다음 날이면 부끄러움이 밀려와 한동안은 피하는 게 다반사였으니 말이다.

이리저리 혼란스러움이 가중될 때 리엔이 문을 열고 들어왔다. 아닌 척하지만 시선이 그가 남긴 붉은 자국을 향해 있었다.

"가져왔습니다, 마님."

"응…… 고마워."

에르셀라는 어색한 몸짓으로 리엔이 가져온 물을 벌컥벌컥 들이켰다. 마른 입안이 적셔지니 어느 정도 살 것 같았다. 힐끗 에르셀라의 눈치를 보던 리엔이 슬그머니 말했다.

"오늘 오전에…… 자르데아 백작가에 가시는 건 잊지 않으셨죠?"

아……. 눈물이 핑 돌았다. 그러고 보니 백작 부인이 할 말이 있다고 백작저에 초대한 날이 오늘이었다.

오전엔 백작 부인, 오후엔 연극. 아주 총체적 난국이었다. 동네방네 알리려고 작정한 것도 아니고 이걸 정말 어찌해야 한단 말인가. 에르셀라는 다 포기하고 이불 속에 파묻히고 싶었다.

"……스카프라도 매시겠어요?"

리엔의 조심스러운 물음에 에르셀라가 울 것 같은 얼굴로 리엔을 바라보았다.

"그…… 부분은 더우시겠지만 상체 전부를 가리는 드레스를 입으면 될 것 같네요."

쇄골에 있는 자국을 흘끔 본 리엔이 말했다. 쇄골은 전체를 감싸는 드레스. 목은 스카프. 이 계절에 맞지 않는 옷차림으로 가렸어도 알 만한 사람들은 다 알 것이다. 그렇지만 그녀는 선택의 여지가 없어 고개를 주억거렸다.

"……그럼 알맞은 옷을 가져오겠습니다."

"그래 주렴."

에르셀라는 간단히 대답하곤 다시 침대로 가서 털썩 주저앉았다. 갑자기 후작 부인이 원망스러워졌다. 왜 하필 어제 술을 권하느냔 말이다. 아니, 그 전에 오랜만에 즐길 생각에 도가 넘쳤던 자신이 원망스러웠다.

"어쩌자는 건데."

원망은 흘러 흘러 하르젠에게 꽂혔다. 어쩌자는 건가 싶다가도 그 사람은 아무렇지 않게 전혀 재미있지 않은 얼굴로 재미있다는 듯 웃어넘길 것이다.

시작은 그녀였으니 따지는 것도 무리였다. 일하는 공간에 잠옷 차림으로 들어간 그녀의 잘못이 더 크기도 했다. 어찌 됐든 해결되는 건 아무것도 없었기에 에르셀라는 아랫입술을 당겨 물었다.

다시금 하르젠이 미워지기 시작했다. 취한 거 알았으면 곱게 돌려보내 주던가.

그렇게 속절없이 원망하다 백작가에 갈 시간이 되었다.

에르셀라는 걱정의 기색이 만연한 자르데아 백작 부인을 보며 고개를 갸웃거렸다. 그녀의 초대로 백작저에 왔으나 백작 부인은 한숨을 퍽퍽 내쉬며 그리 좋아하던 산스체산 차도 들지 않고 있었다.

"무슨 일 있나요, 부인?"

에르셀라의 질문에 백작 부인은 또다시 한숨을 내쉬며 그녀 앞으로 종이 하나를 내밀었다. 언뜻 편지처럼 보였다.

에르셀라는 가만히 그것에 손을 가져갔다. 종이를 세로로 펼치자 단정한 필치가 눈에 들어왔다. 에르셀라는 백작 부인을 한 번 쳐다보고는 글을 읽어나가기 시작했다.

친애하는 자르데아 백작 부인께.

그동안 무탈하셨는지요? 어머니의 딸 아도라가 인사 올립니다. 제가 이렇게 굳이, 어머니께 직접 편지한 이유는 하나입니다.

바로 일전에 어머니가 제게 다트너 후작가의 차남과의 결혼을 일방통보하셨던 것을 기억하시겠지요?

저는 그치와 결혼할 생각이 없음을 알립니다. 아니, 그자가 아닌 다른 어떤 사람과도 결혼하지 않겠어요.

어머니는 도대체 왜 그러시는 건가요? 제가 그냥 가벼운 마음으로 라페른 신학교에 입학한 줄 아세요? 저는 루델시아로 망명해서 신학자가 될 생각입니다. 바로 그 지긋지긋한 결혼을 피하기 위해서요!

그러니 어머니도 이제 제 인생에 관여하지 말아주셨으면 해요. 슬프지만 저는 지금부터 자르데아 백작가와 연을 끊겠습니다. 그럼 건강하세요.

가히 경악할 내용에 에르셀라가 입을 다물지 못했다. 가족과의 연을 끊다니. 백작 부인은 에르셀라의 반응을 예상했는지 한층 더 깊은 숨을 몰아쉬었다.

에르셀라가 조심스레 물었다.

"부인…… 아도라라면 자르데아 백작가의 장녀가 아닌지요?"

"네, 그리고 하나뿐인 외동이지요."

외동딸이라면……. 가문을 잇기 위한 유일한 후계자이지 않은가?! 여자인지라 데릴사위를 들여와서 가문을 이어야 했다. 여자가 작위를 직접 받는 경우가 간혹 있었지만 그마저도 결혼을 하면 남편과 아들에게 넘어가는 일이 관례처럼 허다했다.

"한데…… 어찌."

에르셀라는 이 사태에 차마 말을 잇지 못했다. 그녀로선 전혀 상상하지 못할 일이었다. 자르데아 백작이 딸을 지극히 사랑한다는 걸 알았기에 떠난 이유를 더욱 짐작할 수 없었다. 결혼이 싫어서라고? 그러나 그녀는 하나뿐인 후계자인데?

에르셀라는 이 담대한 영애가 신기해서 편지를 물끄러미 바라보았다. 이윽고 백작 부인이 구구절절 설명하기 시작했다.

"부인도 아시다시피…… 저희 가문이 수도에 있긴 하지만 세력이…… 크진 않죠."

"그런 말 마세요, 부인."

에르셀라는 손을 내저었지만 백작 부인의 말은 틀린 것이 없었다. 자르데아 백작이 수도에 자리 잡은 것은 비교적 최근이니 수도 중심 귀족 사회에 편입되는 것이 쉬운 일은 아니었다. 백작이 수도에 진입할 수 있던 것도 당시 수도 귀족인 이스턴 자작 영애였던 백작 부인의 도움이 컸다. 이스턴 자작가는 위세는 높지 않지만 해상무역으로 이름을 알려 나름의 부를 축적했기에 수도에 정착할 수 있었다.

"사실이긴 하죠. 아무튼 그것 때문에 아도라가 사람들 사이에서 잘 섞이지 못한 모양이에요."

"예?"

"누군지는 말 안 하지만…… 아마 몇몇 영애에게 따돌림을 당한 듯합니다."

"세상에……."

예나 지금이나 아이들은 영악하다. 어린것들이 벌써부터 급을 나누며 한 사람을 따돌리다니. 정말 질이 나쁘다고 생각하며 에르셀라가 눈살을 찌푸렸다.

백작 부인은 이마를 짚으며 눈을 내리깔았다. 그녀의 눈에 슬픔이 일렁였다.

"그리고 몇몇 영식에게…… 이건 제 예상이지만. 그렇지만."

"말씀하세요."

"……희롱을 당한 듯합니다."

……맙소사.

에르셀라의 입이 벌어졌다. 희롱이라니. 아무리 위세가 없다 해도 그녀는 귀족 영애였다. 아니, 그 전에 인간으로서 그런 저열한 짓을 하다니. 개인적으로 최악의 부류라고 생각한다. 여인으로서 얼마나 수치심이 들고, 복수하지 못하는 스스로가 얼마나 비참했을지 눈에 선했다.

완전한 사교계에서의 고립이었다. 그 사이에서 백작 영애가 얼마나 위축되었을까. 급작스레 백작 영애에 대한 연민이 솟아났다.

"하지만 슬프게도 저희 가문에선 이에 대해 침묵해야 했습니다. 일단 증거가 불명확하고 그 새끼…… 아니, 그자들이 다 유력한 가문의 자제인 것 같더군요. 네, 정말 억울하고 화가 나지만, 현재로선 방법이 없더군요. 빌어먹…… 아니……."

"말씀 편하게 하세요, 부인."

"그럼 편하게 하겠습니다. 그 빌어먹을 새끼들이 감히 내 딸을, 내 딸을! 똥물에 튀겨 죽여도 모자랄 파렴치한들! 마음 같아선 그치들의 사지를 갈기갈기 찢어 죽이고 싶습니다. 희롱의 증거만 있어도 제외가의 돈을 법원에 퍼부어대서라도 유죄를 때리고 싶어요! 아니, 차라리 청부업자를 고용해서 몰래 죽이는 게 낫겠군요! 신분만 높지 하는 짓은 길거리 천민보다 못한 그 개새끼들을 말입니다!"

품위를 버리고 분개하는 백작 부인을 에르셀라가 진심으로 안타깝게 여겼다.

백작 부인은 에르셀라보다 다섯 살 많았는데 요새 걱정이 심했는지 그새 눈가 주름이 짙어졌다. 금지옥엽 하나뿐인 딸이 그런 일을 당했다는데, 얼마나 화가 났을까.

"그날 이후로 아도라…… 그 아이가 라페른 신학교에 입학하겠다고 하더군요. 신을 모시는 자들 사이에서 안정을 찾고 싶다고요. 우리는 당연히 허락했죠. 그곳에선 아도라가 귀족 영애인 이상 함부로 대할 수 있는 자는 없을 테니까요. 성인식도 하지 않겠다고 고집부리는 바람에 우리 부부도 그것까진 허락했습니다. 자신의 성인식 날에 수도 귀족들의 얼굴을 보기 싫었던 거겠죠. 이해합니다. 그런데 아도라는 이제 열일곱입니다. 늦은 나이는 아니지만 슬슬 약혼이나 혼인을 생각할 때가 되었죠. 여러 영식을 만나야 했는데 얘가 도통 신학교에서 나오질 않으니…… 이러다 영영 돌아오지 않을까 하는 두려운 마음에 일방적으로 결혼 통보를 했죠. 물론, 괜찮은…….”

백작 부인은 말을 잇지 못하고 눈물을 흘렸다. 에르셀라가 그녀의 어깨를 두들기며 위로했다. 백작 부인의 의도를 어렴풋이 알 것 같았다.

“그래서 다트너 후작가의 차남과 혼인을 진행한 거군요.”

다트너 후작가는 수도 대귀족으로 꽤 괜찮은 세력을 보유하고 있었다. 후작 영식과 결혼한다면 백작 영애는 앞으로 그런 치욕을 겪지 않을 것이다. 물론 후작 영식도 자르데아 백작가의 대리인으로 백작위를 얻고 가주로서 영향력을 행사할 수 있으니 나쁘진 않을 것이다. 누가 봐도 매우 괜찮은 거래였다.

“네. 그렇다면 그 아인 다시는 그런 일을 겪지 않아도 될 거라 생각하여……. 그러나 아도라는 싫다고 거절하더군요.”

“혹시 후작 영식의 나이가 많나요?”

“아니요. 올해로 스무 살입니다.”

“그럼 못생겼나요?”

“그냥저냥 생긴 걸로 압니다.”

“그럼 성격이 좋지 않은가 보군요.”

“대외적으로 성격은 괜찮아 보이나…… 잘 모르겠군요.”

“실례지만 그렇다면 영애가 왜 혼인을 거절했는지 알 수 있을까요?”

이쯤 되니 백작 영애의 사정이 궁금했다. 이 정도면 괜찮은 결혼인데 대체 무엇 때문에 평생 결혼도 안 한 채 신학자로 산다고 하는 걸까?

어쩌면 그런 시선에 시달리다 이 사회에 환멸이 난 것일지도 몰랐다. 그렇다면 이해할 수 있었다.

에르셀라 또한 그런 시선을 받아보지 않은 것은 아니었으나 대놓고 그녀를 희롱할 수 있는 사람은 없었다. 건전하지 못한 음흉한 시선만 보내도 카르온이 그자를 살벌하게 응징했으니 말이다. 차기 후작과 왕비의 뒷배를 가진 그녀를 함부로 대할 수 있는 사람은 없었다.

에르셀라는 그제야 제가 얼마나 안락하게 살아왔는지 깨달았다. 문득 이 위계질서에 씁쓸함을 느꼈다. 신분을 따지기 전에 인간의 도리가 우선인데 그 아둔한 자들은 어찌 그것을 모르고 이토록 방만하단 말인가. 에르셀라의 표정이 어두워질 즈음 백작 부인의 입이 열렸다.

"아도라는 두려워하는 것 같아요."

"무엇을요?"

"남편에게조차도 존중받지 못하는 삶을 살까 말이에요."

"……."

"아내를 대접하지 않는 남편들은 많죠. 표면상에만 나타나지 않을 뿐. 아도라는 자신이 그저 남편이 필요하면 찾는 유희거리로 전락할까 두려워하는 것 같아요."

에르셀라의 입이 다물어졌다. 이 나라 여성이라면 누구나 하는 걱정이었다. 원하지 않는 시집을 가고, 정부를 들이는 남편 때문에 속이 썩어 문드러지는 부인은 많았다.

여자의 가문이 괜찮다면 상관없었다. 여자 또한 정부를 들여 맞대응하면 되니. 그러나 거래에 의한, 수지가 맞지 않는 결혼을 할 시에는 남편이 어떤 짓을 해도 부인은 아무런 조치도 취할 수 없었다.

백작 영애도 아무리 후작 영식이 백작 작위를 받는 조건으로 결혼하더라도 그것이 과연 자신의 미래를 책임질 수 있을 정도인지 확신할 수 없었을 것이다.

"그래서 그 아이는 후계자의 자리도 포기한 채 신학자가 될 생각인 듯합니다. 그러나 아시다시피 우리에겐 아이가 한 명이어서……. 아도라의 의견을 최대한 들어주고 싶지만 이제 와서 아이를 낳거나 양자를 들이기엔……."

"힘들죠."

양자를 들이는 조건은 까다로웠다. 그 아이는 무조건 귀족 신분이어야 했으며 편입될 가문의 8촌 이내 방계 혈통이어야 했다.

여차여차 양자를 들인다고 해도 엄연히 자식이 있는데 왜 들이는지, 어떤 이유에서인지, 나아가서 사생아는 아닌지 등에 관해 왕궁의 판결이 필요하다.

입양 여부를 직접 왕실 관리가 주관할 정도로 이 사회에서 귀족이란 진입 장벽이 높았다. 만약 힘겹게 양자를 들인다 해도 사생아라는 오명이 덧씌워져 그 아이는 사교계에 적응하기 힘들었다.

"부인의 심경을 충분히 이해합니다. 정말 걱정이 많으시겠어요."

진심으로 말하며 에르셀라가 눈썹을 늘어뜨렸다. 이도 저도 못하는 백작 부인이 지금껏 얼마나 고생이 많았을지……. 최근에 열린 레데아 부인의 티파티에서도 그리 밝은 표정으로 있지 못했던 이유가 이것 때문인 듯했다.

"그래서 말인데…… 오늘 공작 부인을 초대한 것도 이 이유에서입니다. 제 좁은 식견으로는 도저히 어떻게 해야 할지 모르겠더군요. 부디 제가 부인의 고견을 얻을 수 있을까요?"

백작 부인이 간절히 에르셀라를 바라보았다. 남의 가문에 참견하는 것은 예의가 아니었으나 백작 부인이 이렇게 직접 간청하니 마냥 모르는 체할 수는 없었다.

게다가 백작 영애의 사정이 너무 딱했다. 하지만 이 문제는 에르셀라도 함부로 건드리기엔 까다로웠다. 자칫하다간 백작 영애의 마음이 상할 수 있으니 말이다.

그러다 순간 그녀의 머릿속에 어떠한 생각이 스쳐 지나갔다. 에르셀라가 백작 부인의 손을 그러잡았다.

"걱정 마세요, 부인. 좋은 생각이 떠올랐답니다."

에르셀라의 말에 백작 부인의 안색이 환해졌다.

"아! 정말인가요?"

"네, 너무 걱정하지 마시고 백작 영애를 일단 불러오는 게 좋겠어요."

"아…… 네. 정말, 정말 감사드려요."

걱정이 덜어졌다는 생각 때문인지 그녀는 한시름 놓은 얼굴이었다. 그리고 백작 부인은 어떠한 의도도 담겨 있지 않은 순진한 목소리로 이어 말했다.

"그나저나 각하와는 여전히 사이가 좋으신가 봐요."

목구멍으로 침이 넘어갔다. 이 무더운 날 스카프를 매고 있는 것은 누가 봐도 이상했기에 예상치 못한 질문은 아니었지만 대화가 끝나자마자 물어올 줄이야.

어쩔 수 없이 에르셀라는 자연스럽게 준비한 대답을 꺼냈다.

"감기에 걸린 것뿐이에요. 여름 감기가 이렇게 지독할 줄은 정말 상상도 못 했네요."

에르셀라의 말에 백작 부인은 그제야 말실수를 한 걸 알아챘다. 딱 봐도 아니었지만 누군가에게 드러내고 싶지 않은 그녀의 성격을 알았기 때문이다.

일부 부인들은 남편에게 사랑받고 있다는 증표로 자랑스레 드러내곤 하지만 에르셀라는 아니었다. 순하고 어려 보이지만 대가문 출신이어서 그런지 남들의 이목을 중요시했다.

아이러니하게도 자신이나 다른 친한 사람에게는 은근히 경계를 풀어버리는 귀여운 면이 있었지만 말이다. 그것이 백작 부인이 에르셀라를 좋아하는 이유였다.

그러나 그 에르셀라도 한 가지 체면을 차리지 못하는 경우가 있었는데, 바로 그녀의 아들이었다.

얼마나 외면하고 싶었으면 뒤에서 수군거려도 가만히 놔두었을까. 덕분에 에르셀라 앞에서는 다들 자식 얘기를 함부로 하지 않는 편이었다. 일부러 그녀의 심기를 거스르면서까지 적으로 두기엔 곤란한 여인인 걸 모두 알았다.

아마, 제 아들이 그레이시반에 입학할 뻔한 일을 몰랐던 것도 결코 우연은 아닐 것이다. 주변 사람들이 그만큼 쉬쉬했기 때문이었겠지.

"백작 부인도 감기에 걸리지 않도록 조심하세요."

에르셀라는 이제 안쓰러울 정도로 이 말 저 말을 덧붙이고 있었다. 그녀의 바람대로 그냥 넘어가 주고 싶지만 백작 부인은 자신이 목도한 광경을 쉽사리 지나치기가 힘들어 입을 열었다.

"감기보다는 차라리 알레르기라고 하는 게 나을 것 같습니다. 아니면 병으로 인한 열꽃이라든가."

그제야 에르셀라는 자신의 목을 짚었다. 맨살과 함께 미끈한 땀방울의 감촉이 느껴졌다. 슬그머니 아래를 보았더니 헐렁해진 스카프가 목 아래로 내려가 있었다.

이런.

그녀는 망연한 얼굴로 말끝을 흐렸다.

"그래야…… 겠네요……."

곧 울상을 짓는 게 귀여워서 백작 부인이 슬며시 웃었다.

백작 부인과의 만남이 끝나고 귀택하자 클리프턴이 인사와 동시에 소식을 전했다.

"주인님께서 오늘 일정에 참여하지 못하실 것 같다고 전령을 보내오셨습니다."

클리프턴의 말에 에르셀라의 얼굴이 일순간 밝아졌다가 원래대로 돌아왔다.

"그러니?"

"……두 분만이라도 오붓하게 다녀오라 하셨습니다. 죄송합니다."

"죄송은 무슨. 되었다."

에르셀라는 하르젠의 얼굴을 마주하는 걸 미룰 수 있다고 생각하니 어쩐지 안심이 되었다. 그러다 문득 왜 그가 함께하지 못하는지 궁금해졌다.

"그런데 왜?"

"딱히 첨언하신 것은 없습니다."

"그렇구나."

그래도 셋이서 연극을 보러 가는 건 처음인데 같이 못 간다고 생각하니 내심 서운했다.

'그렇게 바쁜가? 자기가 먼저 보러 가자고 했으면서.'

어제 일도 그렇고 지금도 그렇고 밉다 싶다가도 설핏 떠오른 생각에 에르셀라의 눈동자가 불안정하게 흔들리기 시작했다.

'설마 나 때문에?'

술기운이 올라와 버릇처럼 안기고, 그래서 하르젠이 어제 일을 다 못 끝낸 거라면 아귀가 맞았다. 공적으로 처리해야 할 일까지 방해해 버리다니. 가벼운 해프닝이라기엔 이것은 너무 채신머리없었다.

에르셀라는 더더욱 하르젠을 보기가 껄끄러워졌다. 생각해 보니 그렇게 안긴 것도 정말 오랜만이었다. 아팠을 때는 술은 입에도 대지 못했고, 단순한 입맞춤 같은 접촉도 지양했다. 언제 올지 모를 죽음을 두려워하며 보내는 것만으로도 힘에 부쳤다.

'되게 오랜만이네.'

어쩐지 그날 일이 머릿속에서 사라지지 않았다.

비센테는 모로 시선을 흘리며 옆의 에르셀라를 지켜봤다. 배우들의 목소리가 들리기는 하는 것인지 다른 사람들이 웃을 때도 에르셀라만은 예의상의 미소조차 짓지 않은 채였다.

어딘가 넋이 나가 보이기까지 한 무력한 모습에 비센테의 이마가 좁혀졌다. 아침 식사도 거르고 오후쯤 되어서야 만났는데 에르셀라는 쳐다보기만 하면 흠칫 놀랐다. 심지어 에르셀라는 어제 마신 술이 안 맞아 두드러기가 올라왔다며 묻지도 않은 것을 횡설수설하며 얘기했다. 하지만 겨우 그런 걸로 이렇게 멍할 리는 없었다. 다른 이유가 있을 거라고 비센테는 생각했다.

"무슨 일이십니까?"

연극이 끝나고 비센테가 에르셀라를 붙잡았다. 에르셀라는 불현듯 주위를 둘러보았다. 자신이 밖으로 나온 것을 이제야 깨달은 듯 보였다.

"더우면 푸시지요."

아까부터 목에 맨 스카프를 만지작거려 그리 말했는데, 돌연 에르셀라의 얼굴이 붉게 변했다. 그녀는 더듬더듬 입을 열었다.

"아니란다. 보기에 좀 흉해서……."

"그렇다면 강요하진 않겠습니다."

"……"

"한데 어디 편찮으십니까?"

그제야 에르셀라는 자신의 행동을 자각한 듯 고개를 끄덕이다 또 저어댔다. 그 일관성 없는 머릿짓이 비센테는 탐탁지 않았다.

"혹시 내가 계속 이랬니?"

"예. 쭉—"

"……그렇구나."

보통은 미안하다 말하며 미소를 지었겠지만 에르셀라는 비센테의 눈 하나 제대로 쳐다보지 못하고 있었다. 잠이 덜 깬 사람처럼 몽롱해 보여서 비센테가 말했다.

"피곤해 보이십니다. 귀택하시지요."

"……돌아가?"

"그럼 집에 안 가실 요량이셨습니까?"

"…… ."

에르셀라는 대답하지 않고 입술을 꾹 다물었다.

"무슨 일인지는 모르겠으나 일단 가서 주무……."

"……데."

"예?"

"……가기 싫은데."

칭얼거리는 듯한 목소리. 비센테가 낮게 헛웃음을 흘렸다. 자신 앞에만 서면 싸늘히 표정을 굳혔던 사람이 이러는 게 낯설었다.

"그럼 후작저로 가시지요."

"……거긴 왜."

"그럼 숙박을 잡을까요?"

"싫어."

"그럼 길바닥에서 노숙하시겠습니까?"

"……야박하구나."

그럼 어쩌자는 건지. 짜증이 나야 정상인데 그냥 웃음만 나온다. 하도 어처구니가 없어서. 그런 비센테의 모습을 에르셀라가 빤히 바라보았다.

"왜 그리 쳐다보십니까."

"웃어서."

"……."

"네가 웃어서."

"……어이가 없어 웃은 겁니다."

이번에 침묵을 유지한 것은 비센테였다. 마치 그녀 앞에서 웃은 것이 자존심 상한 듯한 낯이었다.

"그렇구나."

에르셀라가 희미하게 미소 지었다. 그 모습에 비센테의 눈매가 미세하게 틀어졌다. 분명 밤인데도 왜 빛은 발하며 주위를 밝히는가. 계속 보고 있자니 어쩐지 심기가 뒤틀렸다.

"그렇게 웃지 마십시오."

"너도 그렇게 웃지 마."

"안 웃습니다."

"더 예쁘게 웃어."

에르셀라의 말장난에 비센테의 눈썹이 치켜 올라갔다. 비센테는 에르셀라의 얼굴을 보았다. 볼은 흰색인 걸 보니 술은 안 마셨고, 미향도 안 나니 이상한 약에 취하신 것도 아니었다. 이 사람은 아무래도 저를 갖고 노는 게 취미인 듯싶었다.

"이제 웃는 것까지 강요하십니까?"

"……강요는 아니란다. 내가 어떻게 네게 강요를 하겠니. 어떻게."

'대체 뭐라는 건지.'

아까부터 중얼거린다. 그러다가도 에르셀라는 돌연 소리 내어 웃음을 터뜨렸다. 천진한 소리에 비센테도 허탈하게 웃었다.

"오늘따라 이상하십니다."

"넌 오늘따라 잘생겼구나."

"말장난 마시고요."

"왜, 재밌는데."

"재미, 없습니다."

한 마디, 한 마디 힘주어 말해도 에르셀라는 그의 말 따윈 안 들린다는 듯 흘려 버렸다. 이대로는 끝나지 않을 것 같았다. 지금의 에르셀라는 귀가할 생각이 없어 보였으니 말이다.

비센테는 가만히 그녀의 발치를 내려다보았다. 에르셀라는 높은 구두를 신고 있었다. 그는 그것을 보자마자 그녀의 손목을 잡고 근처 의자에 앉혔다. 그 작은 배려를 에르셀라는 순순히 받았다. 비센테는 에르셀라 앞에 서서 그녀를 내려다보았다. 연신 저를 올려다보며 방긋 웃는 그 모습이 이상하게 밉지 않았다.

"그래서."

"응?"

"하루 종일 이곳에 있으시렵니까?"

"네가 같이 있어준다면?"

"전 싫습니다. 밤이 되면 제법 쌀쌀하니까요."

"야박하구나."

"왜 집에 가기 싫은지나 묻겠습니다."

"그건……."

에르셀라는 말을 흐리다 말고 입을 다물었다. 그러다 이내 비죽 내밀었다.

낮은 웃음소리가 그녀의 머리 위로 내려앉았다. 그 웃음소리에 에르셀라가 고개를 홱 들어 그를 노려보았다. 비센테가 마치 저를 애를 보듯 바라보는 것 같았기 때문이다. 갑자기 자신을 애로 대하는 것 같은 하르젠이 떠올라 심통해졌다.

"넌 네 아버지와 아주 똑 닮았구나."

"압니다."

어디서 닮았다는 건지 짐작 가는 데는 그다지 없었지만, 비센테는 순순히 응했다. 이런 걸로 말씨름 벌이기도 이제 귀찮아졌다.

"그리 말하는 것까지."

멍하다가, 웃다가, 한숨 쉬다, 체념한다.

시시각각 변하는 표정에 비센테가 관자놀이를 문질렀다.

"대체 어느 장단에 맞춰 드려야 합니까."

"네가 그럴 필요는 없단다. 내가 맞췄으면 맞췄지."

힘없는 목소리건만 말투는 또 새치름하다.

비센테는 주위를 둘러봤다. 어느새 사람들은 제 갈 길을 가고 휑한 극장 앞엔 에르셀라와 비센테만이 남아 있었다.

날이 점점 어두워지기 시작하니 이제 가야 할 것 같은데 에르셀라는 아직도 갈 생각이 없어 보였다. 하는 수 없이 비센테가 그녀의 팔을 잡아 올렸다.

에르셀라가 살짝 저항했지만, 원체 힘이 약했던지라 저항이라 느낄 수 없을 정도의 미약한 몸짓이었다. 덕분에 그녀의 몸이 번쩍 들어 올려졌다.

"아프단다."

"아프게 안 잡았습니다."

"……난 아파."

"그렇다면 죄송하지만, 시간이 늦었습니다. 지금쯤 아버지께서도 귀택하셨을 겁니다."

멈칫. 돌연 그녀의 몸이 이상하리만치 경직되었다. 본능적으로 그녀를 잡은 팔에 얼마 없던 힘조차 뺐다. 비센테의 얼굴이 싸늘하게 식었다.

"역시 어디 아프십니까?"

그녀는 그를 향해 한 번 웃어 보이고는 천천히 고개를 저어댔다. 어느 정도 안정감을 찾았는지 흐릿했던 동공이 또렷해졌다.

"아니야. 가자. 가야지."

에르셀라가 누구한테 건네는지 모를 말을 계속 되뇐다. 돌아가면 즉시 주치의를 부르리라 생각하며 에르셀라를 마차까지 부축하려 들 때였다.

"오랜만이에요, 공작 부인. 그리고 베른하르트 영식."

반가운 듯 두 여인이 그들에게 걸어오고 있었다. 비센테는 고개를 숙여 딱딱하게 인사했다.

"오랜만입니다. 가르텐 공작 부인."

에르셀라는 앞에 홀연히 나타난 인물에 서서히 정신이 들었다. 가르텐 공작 부인과 올리비아였다. 올리비아가 무릎을 굽히며 인사했다.

"오랜만이에요, 공작 부인 그리고 영식. 올리비아입니다."

"……반가워요. 가르텐가의 모녀께서 여긴 어쩐 일로."

에르셀라가 힘없이 말했음에도 올리비아는 사근사근하게 웃으며 대답했다.

"어쩐 일이긴요. 어머니와 같이 연극을 보러 왔답니다."

"아. 그렇겠네요."

에르셀라가 눈을 감았다 떴다. 조금만 생각해 보면 유추할 수 있는 것이었는데, 의외의 인물을 만나니 그마저도 잘 안 된 모양이었다.

"두 모녀께서 즐거운 시간 보내셨기를 바랍니다."

에르셀라의 말에 공작 부인이 답하듯 마주 웃었다.

"그럼요. 부인께서도 아드님과 즐거운 시간 보내셨기를 바라요. 사실 못 만나는 줄 알았는데, 다행히 뵙게 됐네요. 그런데 각하는 안 오셨나요?"

"그이는 바빠서요. 그런데 무슨 말씀을……."

"이상하네? 각하께서도 오시는 걸로 알고 있었는데."

공작 부인이 부채를 흔들며 고개를 갸웃거렸다. 마치 약속이나 한 듯한 말투였다. 에르셸라는 얼굴을 미묘하게 굳히며, 공작 부인의 말에 이끌리듯 입을 열었다.

"그게 무슨……."

의아한 낯빛을 하고 있는 에르셸라를 향해 가르텐 공작 부인이 화들짝 놀란 체하며 부채로 입을 가렸다.

"어머, 모르셨어요? 사실 오늘 만나서 간단히 인사라도 할 예정이었거든요."

"인사, 라니요?"

아직 갈피를 못 잡아 어리둥절해하는 에르셸라를 향해 공작 부인의 눈매가 초승달처럼 휘어졌다. 퍽 우아한 웃음이었음에도 에르셸라는 도저히 답할 수 없었다. 은근한 비웃음이 서려 있는 것은 둘째 치고 이어지는 공작 부인의 발언 때문이었다.

"각하께서 아직 알리지 않으신 모양이군요. 우리 올리비아와 베른하르트 영식의 약혼을요."

에르셸라의 눈빛이 싸늘하게 식어갔다. 그런 그녀를 아랑곳하지 않고 고상한 목소리는 한 번 더 귓전을 울렸다.

"앞으로 잘 부탁드려요."

하르젠.

그녀는 이곳에서 차마 부를 수 없는 이름을 되삼켰다.

"서두르게!"

에르셀라가 마부를 재촉하며 마차에 급히 올라탔다. 그때 그녀의 발이 살짝 삐어 짧은 비명이 일었다. 비센테가 급히 그녀를 받쳐 잡았다.

"위험하십니다."

"상관없어. 너도 어서 올라타렴."

에르셀라가 조금 다급하게 말하자 비센테는 순순히 올라탔다. 두 사람이 올라탄 것이 확인되자 마부는 빠른 속도로 마차를 몰기 시작했다.

덜컹덜컹.

거센 말굽이 그들의 몸을 강하게 진동시켰다. 비센테가 한숨을 내쉬며 창문을 열었다.

"그만둬."

마차의 속도를 줄이라고 명할 걸 알았는지 에르셀라가 날카롭게 저지했다.

"속도를 늦춰라."

가볍게 무시하며 비센테는 마부에게 명령했다. 그에 자연히 말굽 소리가 낮아지며 거세었던 진동도 잦아들었다.

에르셀라가 지긋이 비센테를 노려보았다. 비센테는 피하지 않으며 덤덤히 말했다.

"몸이 상하십니다."

"지금 그게 문제니?"

"화를 가라앉히십시오."

"비센테."

"지금 그 상태로 아버지를 뵐 생각이십니까."

"……."

에르셀라가 입을 꾹 다물었다. 그러나 그녀의 눈에는 여전히 꺾을 수 없는 고집이 들어 있었다. 그런 그녀에게로 일말의 감정도 담기지 않은 목소리가 들려왔다.

"전 상관없습니다."

"비센테."

이번엔 힘을 주어 그의 이름을 불러보지만 비센테의 눈동자는 너무도 초연해서 에르셀라가 외려 화를 냈다.

"네 결혼이야."

"귀족의 결혼은 본디 부모가 관여하는 법입니다."

"이 결혼에 네 의사가 없다는 걸, 넌 알아야 해."

"압니다. 그러나 가문의 주인은 아버지십니다. 결정권은 결국 가주이신 그분에게 있습니다."

"아버지라고 이런 식으로 네 결혼을 강행할 순 없어. 나는 좀 더, 좀 더 네가……."

"딱히 상관하지 않습니다."

화로 인해 떨리는 에르셀라의 어깨를 비센테가 붙잡았다. 덕분에 떨림이 약간 가라앉았다.

에르셀라가 멍하니 비센테를 바라보았다. 시리도록 푸르던 눈동자가 어쩐지 조금 따뜻하게 느껴졌다.

"그러니 부디 아버지에게 맞서지 마시길 바랍니다."

"……."

"어머니도 아실 겁니다. 그분께서 얼마나 당신에게 관대한 편인지를."

"……난 그의 부인이야."

"어머니 말고는, 이 나라에서 그분의 뜻을 거스를 수 있는 자는 왕족뿐입니다."

"……."

"애초에 이렇게 화내실 일도 아닙니다."

덜컹거리는 마차 소리가 답답했다. 비센테의 말을 못 들은 체하며 에르셀라가 창을 열어 마부를 재촉하려 했다. 그러나 곧 비센테에 의해 저지당했다.

"놓으렴."

"발을 삐셨습니다."

비센테가 무릎을 굽히고 에르셀라의 발치로 손을 가져갔다. 그리고 천천히 에르셀라의 구두를 벗겨냈다.

"잠시 실례하겠습니다."

그의 손이 에르셀라의 발에 닿았다. 부어 있는 살갗에 닿은 손길이 따갑게 느껴져 에르셀라가 인상을 찡그렸다. 그제야 제가 얼마나 심하게 삐끗했는지 알 수 있었다. 그가 조심스레 발목을 이리저리 돌리자, 어긋났던 골격이 맞춰지는 소리가 났다. 에르셀라의 입술 사이로 작은 비명이 새었다.

"다 되었습니다."

"……아파."

"투정은 아까 끝난 것 아니었습니까?"

비센테가 피식 웃었다. 그 웃음을 보자 에르셀라가 신경질적으로 말을 뱉어냈다.

"웃지 마."

"아깐 웃으라면서요."

"지금 장난이 나오니?"

"그건 아까 제가 했어야 할 말입니다."

에르셀라가 비센테를 쏘아보듯 시선을 흘겼다. 더 이상 마차 안은 그 어떠한 말소리도 들리지 않았다.

비센테가 그만두라는 듯 그녀를 계속 바라보았으나, 에르셀라는 고개를 돌려 창밖만을 뚫어지게 응시함으로써 그의 시선을 쳐냈다.

시간이 지나자 낯익은 풍경이 눈에 들어왔다. 오늘만큼은 그녀가 그리도 가기 싫어했던 익숙한 저택으로 그들을 이끄는 말굽 소리가 어쩐지 세찼다.

"귀택하셨습니까. 마님, 도련님."

클리프턴과 하녀장이 나란히 인사했다. 에르셀라는 그들의 인사를 무시하고 하르젠이 있을 집무실로 다급하게 걸어갔다.

비센테가 따르지 말라 눈짓하며 조용히 에르셀라의 뒤를 따랐다. 에르셀라가 집무실 문을 벌컥 열고 들어갔다. 이 순간에도 여유롭게 사무를 보고 있는 남자의 모습에 에르셀라는 화가 울컥 치밀었다.

"하르젠."

지척에서 에르셀라의 걸음이 멈추었다. 하르젠이 무표정으로 에르셀라를 바라보았다. 일이 이렇게 될 것을 알았는지 하르젠의 얼굴에는 조금의 의문도 깃들어 있지 않았다. 여전히 에르셀라의 얼굴에 시선을 떼지 않은 채로 그가 비센테에게 말했다.

"비센테, 너는 가르텐 공녀의 성년회 이후 약혼할 예정이다."

"알겠습니다."

비센테의 대답은 한 치의 주저함도 없이 즉각 나왔다. 에르셀라는 잠시 비센테를 바라보다 다시 하르젠으로 시선을 옮겼다.

"약혼이라니. 비센테는 아직 어려요."

"비센테 나이 정도에 약혼이 이상한 건 아니지."

하르젠의 말대로 비센테 나이에 약혼은 이상한 것이 아니었다. 그보다 더 어릴 때 약혼하는 경우도 더러 있었으니 말이다. 그러나 에르셀라에게 비센테만은 예외였다. 저 아이에게만은 사랑 없는 결혼 따위 시키고 싶지 않았다.

"내가 허락 못 해요."

에르셀라가 간절함을 섞어 말했지만, 하르젠은 미세한 변화조차 보이지 않았다. 그가 무심하게 에르셀라를 보며 말했다.

"당신이 허락하고 말고의 문제가 아니야."

"아니요. 비센테는 내 아들이기도 해요. 내 아들의 혼사에 어미인 저도 관여할 권리가 있어요."

"가르텐 공작이 콘라드로 떠나기 전에 이미 결정된 일이야."

공작이 콘라드로 가기 전에 오갔던 혼담이라니. 그렇다면 티파티에서 가르텐 공작 부인이 보인 태도는 뭐란 말인가. 에르셀라는 혹시나 해서 물었다.

"티파티 때 공작 부인도 확신하지 못하는 눈치였어요. 가르텐 공작이 먼저 혼담을 제안한 거 맞죠? 공작이 가고 나서 당신은 받아들인 거고."

공작 부인은 그날 그저 에르셀라의 반응을 살피려던 게 분명했다. 올리비아를 마음에 들어 할지, 아닐지. 만약 그녀의 예상이 맞다면 그때까지는 결정된 게 아무것도 없었을 것이다.

"그럼 아직 기회는 있잖아요. 공작이 돌아오기 전에……."

"에르셀라."

하르젠이 딱딱하게 그녀의 이름을 불렀다.

"당신이 무슨 생각으로 이러는지 모르겠지만 비센테는 가문의 후계자지. 지금 내게 아무하고나 결혼시키자는 말을 하는 건가? 혼인이 가문 간 수준에 맞춰 이루어진다는 것쯤은 나보다 당신이 더 잘 알지 않나? 애당초."

시린 목소리가 그녀를 머리부터 발끝까지 에워쌌다.

"당신과 내 혼인도 그렇게 이루어졌으니."

"애 앞에서 할 말이 있고, 못 할 말이 있어요!"

에르셀라가 날카롭게 소리쳤다. 하르젠의 말이 틀린 것은 없다지만 비센테 앞에서 할 말은 아니었다. 하르젠이 왜 이런 말을 꺼내는 건지 에르셀라는 도통 알 수 없었다. 꼭 이 자리에서 그렇게 말해야 했나. 그녀는 분통이 터졌다. 정작 하르젠은 신경 쓰지 않는 눈치였다.

"그렇게 생각한다면 내보내지. 비센테, 나가 있어라."

"예, 아버지."

비센테가 짧게 묵례를 마치고 나가자 적막이 찾아왔다. 에르셀라는 하르젠을 있는 힘을 다해 노려보았다. 그녀의 푸른 눈이 분노로 일렁이는 것에 반해 하르젠의 눈동자는 너무나 고요했다. 일순 그의 입매가 분간하기 어려울 정도로 미세하게 뒤틀렸다.

"정략혼에 그리도 회의적일 줄은 몰랐는데."

특유의 낮은 목소리가 소름 끼치도록 차가웠다.

"지금까지 불만이 많았나 보군."

서늘하게 가라앉은 음성에 에르셀라는 그제야 흥분을 가라앉혔다. 에르셀라는 앉아서 자신을 올려다보고 있는 하르젠과 시선을 맞추었다. 한층 화를 억누른 그녀가 입을 열었다.

"불만 같은 거 없어요."

"그럼."

더 말해보라는 듯한 턱짓. 에르셀라는 입을 여닫기를 반복하다 체념하듯 말했다.

"지금까지 가문을 위해 살았고, 당신과 혼인하는 것은 최선이었으니까."

"……."

"이미 말했잖아요, 하르젠. 나의 최선은 당신이었다는걸."

그녀의 최선이 그랬다. 그것은 에르셀라가 몇 번이고 하르젠에게 되풀이한 말이었다. 에르셀라를 바라보는 남자의 눈빛이 점차 뒤틀리기 시작했다. 그러나 지금의 에르셀라는 그것을 알아챌 여력이 없었다.

"하지만 비센테는 안 돼요."

"왜."

목소리가 조금 날카로워진 것은 기분 탓인가.

"그 애는 왜 안 된다는 건데."

착각이 아니었다. 이유 모를 서늘함이 공기를 차게 식혔다. 가라앉은 기류가 무겁게 그녀의 마음을 짓눌렀다. 가슴이 답답해서 에르셀라는 신음하듯 말을 뱉어냈다.

"……비센테는."

"계속해."

"……비센테는 내 아들이니까요."

"그게 이유가 될 줄은 몰랐는데."

"싫어요."

"고집부려서 될 일이었음 벌써 물렸겠지."

"당신, 가르텐 공녀가 누군 줄은 아나요?"

"몰라. 그게 중요한가?"

정말 모른다는, 그게 뭐 어떠냐는 대수롭지 않은 시선에 에르셀라가 여린 안쪽 입술을 당겨 물었다. 하르젠이 이렇게까지 뜻을 꺾지 않은 적은 처음이어서 에르셀라는 이 상황이 낯설었다.

"중요하죠. 아들과 결혼하는 여자가 사랑스러운지, 영특한지, 조용한지, 아니면 제 아비를 닮아 영악할지. 대체…… 어떻게 알고 혼인을 시키죠? 아니, 알아요. 우리 같은 사람들에게는 그런 건 상관없다는 거. 하지만, 하지만 우리 아들은……."

"여기까지 해."

하르젠이 싸늘하게 대화를 끊어내며, 마주했던 몸을 돌려 에르셀라를 외면했다. 더 이상 그녀와 대화할 의사가 없음이 명백히 보였다.

그 태도에 에르셀라가 억지로 그의 어깨를 잡아 돌렸다. 계속 버티다간 그녀의 힘만 빠질 걸 알았는지 하르젠은 의외로 순순히 에르셀라의 힘에 이끌렸다.

이 상황에서조차도 그는 자신을 배려하고 있었다. 에르셀라는 이제 하르젠이 왜 이렇게 나오는지 어렴풋이 알 것 같았다. 에르셀라가 기운을 누그러뜨리며 달래는 듯이 그에게 호소했다.

"알아요. 나한테 미안해서 일부러 이렇게 쌀쌀맞게 구는 거. 혼담이 오갔을 때는 내가 비센테를 지금처럼 대하지 않았을 테니까 당신 혼자 결정할 수밖에 없었을 거예요. 이미 맺은 약혼을 일방적으로 깼다간 그쪽과 마찰이 생길 수 있으니 조심스러울 수밖에 없다는 것도 알아요. 이해해요. 하지만 지금 나…… 정말 노력하고 있어요. 비센테가 행복해지길 진심으로 바라고 있어요. 그때 말했던 것처럼 나, 그 아이에게 정말 좋은 엄마가 되어주려고……."

"이제 와서 어미 노릇을 하기엔-"

"……."

"그동안 아들에게 너무 무정했지."

에르셀라는 멍하니 하르젠을 바라보았다. 이제까지 결점 하나 없이 완벽했던 남자의 겉껍질이 조각나듯 부서지기 시작했다. 조소가 서려 있는 그의 입매가 비스듬하게 휘어져 있었다.

"어머니라……."

"……."

"비센테를 위해 그동안 뭘 했지? 한 게 있었나? 그 녀석 생일 때 뭐 하나라도 챙겨준 적은 당연히 없을 테고. 한 달에 대화는 몇 번이나 했지? 내가 알기로는 손에 꼽을 정도인데. 어머니라는 자각은 있었나?

아들을 내버려 두고 연신 파티나 나돌아다니진 않았고? 어릴 적 그 녀석이 한창 열병으로 아팠을 때, 당신, 어디 있었지? 셔넷 남작가에서 자고 온다고 했어. 시에라 셔넷의 생일파티를 이유 삼아. 그 녀석이 끙끙 앓아대며 다 죽어갈 때까지도 넌 몰랐어. 다음 날 돌아와서 사용인이 고했는데도 그저 방으로 올라갔다는 보고를 듣고 기가 찼지."

에르셀라의 눈동자가 가늘게 요동쳤다. 하르젠의 말이 비수가 되어 날아와 그녀의 가슴을 후벼 팠다. 이것조차 하르젠이 간추려 말한 것임을 알았기 때문에 에르셀라는 그 어떠한 변명도 할 수 없었다.

"다 눈감아줬어."

지쳐 보이는 그의 모습이 눈에 들어왔다.

"원하는 대로. 뭘 하고 살든. 그것이……."

"……."

"당신과 나의 하나뿐인 아들을 방치한 것이라도."

에르셀라의 손끝이 파르르 떨렸다. 하르젠의 시선이 그곳에 머물다 곧바로 떨어졌다. 조금이라도 건드리면 쓰러질 것 같은 가냘픈 몸짓에 눈이 아렸다. 그는 타성적으로 눈을 감았다.

"이번만은 당신이 물러."

"……무를 게 따로 있어요."

"나도 이번은 안 돼."

"……하르젠."

"다 당신 뜻대로 했어."

에르셀라의 동공이 서서히 흐려지기 시작했다. 위태로운 그녀의 모습을 눈을 감은 그는 알 수 없었다. 이윽고 하르젠의 차가운 언사가 마침내 에르셀라를 무너뜨렸다.

"애당초, 이제 와서 뭘 어쩌겠다고."

뚝. 뚝.

눈치 못 챌 정도의 작은 소리가 귓가에 박혔다. 눈꺼풀이 열리며 그의 눈이 시야를 밝혔다. 아무 표정 없이 눈물을 흘리는 여자가 보였다. 고요하리만치 무미건조한 푸른 눈도.

작은 물방울들이 그녀의 볼에 머무르다 그대로 낙하했다. 사람이 저렇게 고요하게 울 수가 있던가. 시리도록 처연한 광경에 그는 손에 힘을 주었다. 숙연한 눈물 소리만 가득한 적막 속에 그녀의 입술이 떼어지는 소리가 얼핏 들려왔다. 죽은 듯 공허한 말소리도.

"당신은 그때 내가 미웠지?"

숨죽인 울음소리에, 하르젠은 대답을 죽였다.

"알아요. 당신이 얼마나 날 위했는지. 그래서 난 당신을 미워할 수도 없었어요."

"……."

"아버지도, 어머니도, 오라버니도, 언니도, 내가 원망할 수 있는 사람은 아무도 없었어요."

"……."

"원망할 곳이, 그 애밖에 없었어."

건조했던 울음이 흐느낌으로 변하며 소리를 입기 시작했다. 망가져도 여전히 아름다운 여자가 그의 앞에서 점차 부스러져 갔다.

"나 그때 정말……."

자신의 곁에서 시들어갔던 한 여자의 고백이.

"죽고 싶었어."

이번에도 그의 마음을 죽였다.

과거
거울 속의 동화, 물에 비친 낭만

분주히 움직이는 발걸음 사이에서 한 소녀만이 가만히 앉아 있었다. 태양보다 더 없이 빛나는 금발과 순백의 설원이 내려앉은 것만 같은 하얀 피부가 세상의 빛을 다 머금은 것처럼 눈부셨다.

졸린 듯 눈을 깜빡이자, 머리 색과 같은 금빛의 속눈썹이 느릿하게 맞닿았다 떨어진다. 그 사이로 소녀의 푸른 눈이 드러나자, 치장 중이던 하녀 하나가 숨을 멈춘 채 그 광경을 지켜보았다.

"왜 그래?"

"아, 아니에요. 아가씨."

레샤가 볼을 붉히며 고개를 숙였다. 고용된 지 이제 한 달이 지나 적응할 만도 되었는데 아직 이 아름다운 얼굴을 마주할 때마다 가슴이 살랑여서 눈도 제대로 마주치지 못했다.

옆에서 알 만하다는 얼굴로 '너 아직 멀었다'라고 말하며 아이린이 키득거렸다. 그리고 그녀는 자신이 가져온 목걸이를 소녀의 눈앞에 펼쳐 보였다.

"아가씨, 목걸이는 다이아몬드로 할까요?"

"그게 나을까?"

"아가씨 눈 색과 잘 어울릴 테니까요."

"그럼 그걸로 해줘."

아이린이 소녀의 목에 세밀하게 세공된 다이아몬드를 걸자 옆에서 기다렸다는 듯 제인이 입을 열었다.

"드레스는 마님께서 미리 보내오셨어요."

"어머니께서?"

"예, 아가씨 머리 색에 맞춘 밝은 금색이랍니다."

"응. 그걸로 입을게."

제인이 끝나고 다음은 베티였다.

"머리는 하나로 내릴까요? 그게 가장 예쁘니까요."

"응."

"춤추실 때 흩날리면 세상 사람들이 다 반할 거예요."

소녀가 조금 지루한 목소리로 대답하려 할 때였다.

"이미 다 반했겠지."

부드럽고도 우아한 목소리가 등 뒤에서 들려왔다. 익숙한 음성에 소녀가 환하게 웃으며 뒤를 돌았다.

"어머니!"

"에르셀라."

중년에 접어든 여인이 다정하게 웃으며 팔을 뻗었다.

"오늘도 아름답구나, 내 딸."

에르셀라라 이름 불린 소녀가 그녀에게로 달려가 안겼다. 자신의 품에 안긴 소녀의 어깨를 감싸 안은 여인이 조곤조곤한 목소리로 속삭인다.

"준비는 다 끝났니?"

"아직요. 이제 곧 끝나요."

"너무 오래 걸리는 거 아니야? 얘들아, 조금 더 서두르렴."

"어차피 연회는 저녁에 하는데요, 뭘."

"얘 좀 봐? 그 전에 친구들과 만나기로 했다면서?"

"아, 맞다!"

갑자기 떠오른 듯 소녀가 입을 가리며 놀랐다. 그녀는 여인의 품을
벗어나며 재빨리 자리에 앉았다.

"아이린, 레샤. 빨리, 빨리!"

"네, 알겠어요. 아가씨."

"그렇다고 대충 하면 곤란해."

"여부가 있겠습니까, 후작 부인."

옆에서 아이린이 '후작 부인이 아니라 마님'이라 고쳐주자 레샤가
실수했다는 듯이 눈알을 굴렸다.

후작 부인은 관대하게 웃으며 괜찮다 다독였다. 그들은 다시 바쁘
게 움직였고 약 한 시간이 지나자 그녀의 치장을 끝낼 수 있었다.

자신들이 정성들여 꾸민 모습에 사용인들이 찬사를 토해냈다. 하
늘 위에서 구름 계단을 밟고 세상을 밝혔다는 루델시아가 그녀일지
모른다며 레샤는 부끄러운 소리를 아무렇지 않게 해댔다. 살포시 웃
으며 그녀 앞의 에르셀라가 말했다.

"칭찬 고마워, 레샤."

그 웃음에 레샤의 귀가 빨갛게 물들었다.

에르셀라는 옆에서 계속되는 시에라의 환호성에 귀를 막았다.

"들은 건데. 진짜, 진짜 잘생겼대. 막, 막 조각 같은 게, 대충 잘생긴

게 아니라 진짜 완벽하게 잘생겼대!"

자넷이 의심스러운 듯 맞받아쳤다.

"리프만은 그렇게 잘생긴 것도 아니라는데? 시에라, 네 말은 믿을 수가 있어야지. 출처는 어디니?"

"리프만 걔는 질투하는 거라니까! 괜히 그 공자보다 외모가 떨어지니까 그러는 것 좀 봐. 아무튼 자넷, 에르셀라. 내 말 믿어. 내 사촌이 그분과 같은 기사단인데 같은 남자가 봐도 넋이 나갈 정도로 잘생겼다고 그랬단 말이야."

시에라의 말은 언제나 과장이 있었기에 도무지 믿을 수가 없었다. 에르셀라는 헛소리라고 치부하면서도 시에라가 저리 들뜬 이유를 알 수 있었다. 그녀만이 아니라 현재 수도 모든 귀족 영애가 들떠 있을 것이다. 시에라는 실눈을 뜨고 자넷을 쳐다보며 말했다.

"그리고 아니면 어떠냐. 드디어 그 소문의 공자를 뵐 수 있는 기회인데."

자넷은 동의하며 고개를 끄덕였다. 확실히 그녀도 궁금하긴 궁금했다.

"하긴. 그 베르하르트니까."

기사단과 저택만 왔다 갔다 하며 사교계에는 일절 출입하지 않던 소문의 베른하르트 공자의 성년회였다. 게다가 이번 레나르트와의 전쟁에서 군공을 세워 어린 나이임에도 제1기사단 부단장 지위에 올랐다는 남자였으니 누구나 다 궁금해할 만했다.

"진짜 대단하네, 그 사람."

에르셀라도 내심 신기했는지 고개를 끄덕였다. 기사가 단기간에 그 지위에까지 오르는 방법은 무훈을 세우는 것 외엔 없으나, 고작 열여덟에 부단장, 그것도 제1기사단에서 그 정도로 올라서다니.

왕이 직접 그의 공훈을 기리고 이번에 성년을 맞아 축사까지 보낼 정도로 그의 위명은 높아질 대로 높아졌다.

"결혼도 곧 하시겠지? 아, 누구랑 할까?"

은근히 내비치는 시에라의 기대를 자넷이 단번에 물리쳤다.

"넌 아니겠지."

"그건 나도 알고 있거든."

그리고, 헤르미아 왕녀님도 계시고. 자넷이 중얼거렸다.

"역시 헤르미아 왕녀님과 하시겠지?"

시에라가 부러워하자, 에르셀라가 웃으며 시에라에게 말했다.

"아버지에게 졸라봐."

"뭐?"

"글라디엠 백작 영애처럼."

"와, 그러고 보니 그분, 정말 대단하시네. 올해 결혼하시지? 카르온님 성인식이 끝났으니까."

"응."

글라디엠 백작 영애가 고대하던 카르온과의 결혼이 이제 곧 이루어질 참이어서 어머니인 후작 부인도 한창 바쁘게 지내고 있었다. 그래도 폐쇄적이었던 베른하르트에서 열린 연회는 거부할 수 없을 정도로 호기심을 유발했기에 바쁜 어머니도 참석 예정이라 들었다.

에르셀라도 확실히 어떤 사람일지 궁금했다. 안 궁금한 게 이상하리라. 조금은 기대에 찬 가슴 언저리를 짚자, 옆에서 시에라가 '아닌 척, 너도 기대 중이지?'라며 약을 올렸다. 에르셀라는 새침하게 무시하며 고개를 돌렸다.

그사이에 마차가 멈추었다.

에르셀라와 시에라, 자넷은 홀 안에 들어서자마자 하나같이 입을 다물지 못했다. 그들의 등장을 호명하는 사람의 목소리가 묻힐 정도로 엄청난 인파가 홀 안을 메우고 있었다. 자넷이 혀를 찼다.

"이러다 얼굴은 볼 수 있으려나?"

"인사도 못 할 수도?"

"그건 안 되지. 궁금하단 말이야."

그건 에르셀라도 마찬가지였지만 도저히 저 많은 사람을 뚫고 다가갈 자신이 없었다. 아무래도 연회의 1부가 끝나고 2부 시작 즈음에 가는 게 나을 것 같았다. 에르셀라가 제안했다.

"나중에 사람 없을 때 가자."

자넷이 반박했다.

"지금 저 상태로 보면 사람 없을 때가 없을 것 같은데? 시에라."

"응. 자넷."

"가자."

에르셀라는 어이가 없어 그 둘을 멍하니 쳐다보다가 대충 손을 휘저어 그들을 보냈다. 그녀는 일단 먼저 와 있는 카르온과 어머니를 만나야 했으니 말이다.

무정한 친구들은 뒤도 돌아보지 않고 에르셀라를 떠났다. 그때였다. 어깨를 붙잡는 손길에 에르셀라가 휙 놀라 뒤를 돌았다. 아는 얼굴이었다.

"백작 영애!"

카르온과 결혼할 예정인 에이레네 글라디엠이었다. 그녀의 얼굴은 그 어느 때보다도 행복해 보였다.

"어머, 얘는! 이제 곧 가족이 될 텐데, 언니라고 불러."

에르셀라는 알겠다고 웃으며 이어 말했다.

"결혼 미리 축하드려요. 제 부족한 오라비를 데려가 주시다니 감사할 따름이에요."

"걔가 부족한 게 어디 있다고. 내 눈엔 완벽한걸?"

"……그러시겠죠."

에르셀라가 말을 흐렸지만 에이레네는 뭐가 문제인지 모르겠다는 눈이다. 그녀는 곧 닥칠 행복에 하하 호호 웃음꽃을 피울 뿐이었다.

"그보다 지금 온 거야?"

"네, 어쩌다 보니 좀 늦었네요."

"그럼 베른하르트 영식 얼굴도 못 봤겠네?"

"언니는 봤어요?"

에르셀라의 물음에 에이레네가 흡족해하며 엄지를 치켜세웠다.

"완벽해."

무엇이 완벽한지는 말하지 않아도 알 수 있어서 에르셀라는 담담히 고개를 끄덕였다.

에이레네의 눈은 높은 편이었으므로 저리 말할 정도면 시에라의 말이 틀린 것은 아니었나 보다. 마냥 과장인 줄로만 알았더니, 웬일로 시에라의 말이 들어맞은 것이다.

"근데 사람이 좀 딱딱하더라."

"베른하르트 공작 각하께서도 그렇다고 들었어요."

"사교계가 처음이라 그런가? 자기가 주인공인데 제삼자처럼…… 뭐, 그래도 좋아죽는 사람은 많았지만. 역시 이런 면에선 난 카르온이 더……."

"더, 뭐 말입니까?"

"카르온!"

깔끔하게 백금발을 쓸어 넘긴 카르온이 지척에서 나타났다. 인정하기 싫지만 근사하긴 했다.

곧 결혼할 여인을 보며 그의 녹안이 매끄럽게 휘었다.

"에이레네."

부드러운 음성으로 나긋하게 그녀의 이름을 부른 카르온이 에이레네의 손등에 가볍게 키스했다.

"누이와 먼저 만나셨군요."

"당신 누이가 워낙 아름다워 눈에 띄던걸?"

"그대만 할까요."

두 사람의 대화에 얼굴을 구길 대로 구긴 에르셀라가 오라비를 핀잔했다.

"제가 앞에 있다는 걸 잊으셨나요, 오라버니?"

"설마."

"잘도 그런 말을 하시네요."

언제나 들어도 적응 안 되는 광경이었다. 카르온이 손가락을 들어 에르셀라의 이마에 잡힌 주름을 폈다. 곧 다시 구겨졌지만 말이다. 그가 한마디 했다.

"못생겼다."

"아닐 텐데."

에르셀라가 자신만만하게 응수했다. 카르온은 모르고 있는 게 분명했다. 그녀가 오늘 어떤 칭찬을 들었는지! 그녀는 당당하게 말했다.

"레샤가 오늘 저보고 루델시아 여신 같다고 했답니다."

루델시아가 얼마나 고매한 아름다움을 지녔는지는 그라니아에도 잘 알려져 있었다. 하지만 기껏 자랑한 것이 무색하게도 카르온은 가소롭다는 듯 픽 웃었다.

"그걸 믿다니. 내 누이께선 아직 순진하군. 안 그렇습니까?"

에이레네가 못 말린다며 카르온의 팔을 살짝 꼬집었다.

"슬슬 그만 인정해, 카르온. 당신 누이는 지금 이 자리에서 가장 아름다운 사람일 테니. 에르셀라도 내년이면 성인이지? 시간이 지나면 더더욱 예뻐지겠어."

"지당하신 말씀이에요, 미래의 후작 부인."

얄밉게 웃으며 긍정하는 누이가 못마땅한지 카르온의 눈썹이 휘어진다. 에르셀라는 물론 가볍게 무시했다.

그사이에 연회 시작을 알리는 종이 울렸다. 홀 안에 서서히 음악이 흐르기 시작했다. 1부가 시작된 것이다.

잔잔하게 흐르는 음악에 맞춰 남녀가 짝을 이루며 서로 춤을 추기 시작했다. 외관은 딱딱했지만 그 베른하르트답지 않게 꽤 온화한 분위기였다.

"그럼 우린 가야겠군."

카르온이 말하자 에르셀라는 알 것 같다는 얼굴을 했다. 피식 웃으며 카르온이 에이레네에게 손을 내밀었다.

"첫 춤의 영광을 제게 주시겠습니까?"

"물론."

카르온의 손을 잡으며 에이레네는 먼저 간다는 눈빛만을 남기고 홀연히 파티 홀 가운데로 사라졌다. 춤추는 두 사람의 인영을 보며 에르셀라는 조금 기분이 이상했다.

'가족이 되는 거구나.'

당연히 첫 춤은 카르온과 출 줄 알았다. 그녀의 언니인 에샤힐드가 왕자비가 된 이후로 이제껏 그래 왔으니 말이다. 그러나 이제 오라비는 아내가 될 저 여인과 첫 춤을 맞이할 것이다. 부인이 제일 우선순위일 테니까, 당연한 거였다. 기분이 묘하면서도 나쁘진 않아 에르셀라가 희미하게 웃었다.

가만히 둘을 보고 있는데 돌연 한 사내가 다가왔다.

"그간 잘 지내셨습니까, 후작 영애."

"반갑습니다, 에리턴 자작 영식."

저번 연회에서 같이 춤췄던 사람이었기에 기억했다. 그는 좀처럼 에르셀라의 눈을 마주치지 못하며 뒷머리를 긁적일 뿐이었다.

아, 쑥스러운가 보다. 이런 반응은 익숙했기에 그다지 감흥은 없었지만 에르셀라는 예의상 대화를 이어갔다.

"영식께서는 잘 지내셨나요?"

"저, 저는…… 그날 이후로……."

"그날이요?"

"영애와 춤을 춘 날…… 이후로."

에르셀라는 그제야 에리턴 영식이 무슨 말을 하는지 알 수 있었다. 아무래도 그 또한 예전에 함께 추었던 춤을 기억하고 있나 보다.

"아, 그날은 저도 즐거운 시간이었답니다."

즐거웠다는 에르셀라의 대답 때문인지 에리턴 영식이 또렷하게 웃음기를 머금었다. 그가 에르셀라를 향해 조심스레 손을 내밀었다.

"그럼 이번에도 저와 함께 춰주시겠습니까?"

저번에 같이 추었을 때 합이 잘 맞아서 에르셀라가 긍정의 표시로 손을 얹으려 할 때였다.

"에르."

마치 시를 읽듯 우아하게 그녀의 이름을 부르는 목소리에 손짓은 멈추었다.

남자의 등장에 에르셀라가 치맛자락을 잡으며 정중하게 인사했다.

"데먼셔가의 영식을 뵙니다."

"그리 격을 갖춰 맞이해 주니 서운하다, 에르."

남자의 이름은 카사로 데먼셔로, 그는 수도 대귀족인 데먼셔 백작 가의 외동이었다.

에르셀라의 이름을 친근하게 부른 것과는 별개로 그의 가문과는 정적인 관계라 에르셀라가 마냥 환대하며 맞이할 수 있는 상대는 아니었다. 카사로는 매번 그것을 서운해했다.

그는 에르셀라를 향해 다정한 눈빛을 보내다 그녀 옆으로 시선을 옮겼다. 에르셀라를 대하던 것과 다르게 카사로의 표정은 숨 막힐 정

도로 무미건조해서 에리턴 자작 영식이 입술을 깨물었다. 웬만한 후
작가보다 위세가 등등한 데먼셔였다. 그의 눈길이 고작 너 따위가, 라
는 의미를 내포하고 있었다.

"그럼 이만."

에리턴 영식은 굴욕적으로 고개를 숙이며 자리에서 물러났다. 분개
하는 그의 얼굴을 스치듯 본 에르셀라가 꼭 그래야만 했느냐는 얼굴
로 한 소리 했다.

"이제 제 춤 상대까지 쫓아내시나요?"

"에르."

뾰족하게 노려보는 시선에도 아랑곳하지 않고 카사로가 다시 한번
그녀의 애칭을 입에 담았다. 그녀는 앞에서는 곧바로 온순해지는 남
자가 기가 찼다.

"데먼셔 영식. 그렇게 부를 정도로 저희가 친한 사이였던가요?"

까칠한 목소리였지만 그마저도 귀엽다는 듯 카사로가 피식 웃었다.

"아, 실례. 하지만 별 같잖은 게 네게 들러붙어 있으니 도저히 참을
수 없어서. 주제도 모르고."

"그런 식으로 말하지 말아요."

주제, 주제. 에르셀라는 카사로의 그런 점이 싫었다. 제 아래로 보
인다 싶은 사람은 무시하고 보는 그런 점이.

에르셀라는 힘주어 말했다.

"다른 사람, 무시하는 거 싫다고 했어요."

"알았어. 네 말이라면 뭐든지 해, 난."

좀 봐달라는 얼굴이었다. 언뜻 보면 안쓰러울 정도로 비굴한 모양
새에 에르셀라도 찌푸렸던 미간을 풀었다.

사실 그는 객관적으로 보아선 꽤 괜찮은 남자이긴 했다. 방금만 그
렇지 평소에는 정중한 신사로 이름나 있었으니 말이다. 에르셀라의 표

정이 좀 누그러지자 카사로가 씨익 웃으며 말했다.

"그보다 곧 네가 성년인 건 알지?"

"그럼요."

"내가 그날만 기다리고 있다는 것도."

에르셀라는 눈앞의 남자를 쳐다보았다. 열아홉의 나이에 반듯한 외견, 그만한 가문. 청혼서가 쏟아지지 않을 리 없었다. 누구나 탐을 낼 정도의 이 남자가 흔한 약혼조차 하지 않은 이유는 명확했다.

"청혼하실 건가요?"

"알면서."

카사로가 능글맞게 웃었다.

"그리고 넌 받을 수밖에 없고."

확신하는 어조에 에르셀라는 기분이 나빠졌다. 마치 그녀가 제 것이라는 듯이, 그는 말하고 있었다.

"그걸 어찌 확신하시나요?"

짜증의 기색이 서려 있는데도 카사로는 여유롭게 웃으며 손가락을 하나둘씩 접기 시작했다.

"일단 네게 혼서를 보낼 가문을 추려볼까? 글라디엠은 이미 네 오라비를 통한 결연을 할 예정이고, 로베르트는 알다시피 너희와 앙숙이라 혼담이 오갈 일 자체가 없지. 그렇다고 백작 부인도 될 수 없는 판테츠가의 차남에게 갈 건가? 너 정도의 여자가? 말도 안 되는 일인 건 너도 알 거야. 다트너는 이미 결연을 할 필요 없이 너희와 탄탄한 관계를 맺고 있어. 라페인도 마찬가지고. 나머지 잔챙이는 후작 각하께서 허락하실 리 없지."

카사로의 말은 틀린 것 하나 없어서 에르셀라는 입을 다물 수밖에 없었다. 그는 곧이어 에르셀라의 어깨에 손을 얹었다. 묵직한 체중이 에르셀라의 어깨에 실렸다.

"너희와 정치적 노선을 달리하던 데먼셔를 얻는 일이야. 내가 백작이 된다면 피사리데는 데먼셔를 얻게 돼."

"······2왕자 전하는요. 베델 빈께서는 데먼셔예요. 만일 2왕자 전하가."

······왕위에 오르면.

에르셀라는 말을 삼켰다. 그러나 카사로가 알아듣지 못할 리 없었다.

"그래, 그거 다 버리고. 피사리데와 함께하겠다는 거야. 너 하나 얻기 위해."

절로 기가 차게 만드는 발언이었다. 어딘가 엇나가 있는 건 알았지만, 이렇게 막무가내일 줄이야.

어이없음을 여실히 느끼며 에르셀라가 말했다.

"백작님께서는 아시나요? 영식이 이러는 거?"

"그 양반은 선택지가 나밖에 없거든."

에르셀라는 더 이상 대답할 가치를 못 느꼈다.

"에르."

아까보다 힘이 실린 목소리가 그녀를 짓누른다.

"내가 최선이야."

언뜻 간절함이 담겨 있는 목소리. 최선. 그녀는 그 단어를 혀끝으로 곱씹었다. 그녀도 알고 있었다. 최선이다, 이 남자는, 제게.

"알고 있어요."

"안다니 다행인걸."

데먼셔 가문에서 청혼서가 도착하면 그녀의 아버지는 허락할 것이다. 이보다 더 좋은 선택지는 없을 테니까. 카사로와 결혼하면 데먼셔 백작 부인이 되어 그녀의 인생은 한층 더 빛날 것이다.

또한 남편의 무관심으로 고생할 일은 없을 테니 결과적으로 에르셀라는 행복해질 것이다.

카사로는 에르셀라의 손을 들어 올려 손등에 입술을 맞대었다. 빼
내고 싶었지만 그녀는 무던히도 열심히 참아냈다. 키스를 마치고 에
르셀라를 바라보는 카사로의 눈은 절실함으로 빛나고 있었다.

"그대가."

"……."

"부디 나를 선택해 주길."

누가 들어도 달콤한 회유였다. 그러나 그녀의 입안은 한없이 떫었
다. 선택이라니. 애초에 선택지가 이 남자밖에 없는데 선택을 할 수
있던가. 에르셀라는 속으로 비꼬았다. 그녀는 이러한 빈정거림이 어디
서 기인했는지 알았다. 단순했다.

카사로 데먼셔.

자신은 이 남자에게 마음이 없었다.

카사로의 춤 신청은 결국 거절하지 못했다. 춤을 추는 와중에도 두
리번거리며 에르셀라는 그녀의 어머니가 어디 있는지 찾는 것에 집중
했다. 혹시 룸에서 쉬고 계신 걸까 했지만 다행히 멀지 않은 곳에서
그녀를 발견할 수 있었다.

춤이 끝나자 에르셀라는 도망치듯 카사로의 품을 벗어났다. 아쉬웠
지만 후작 부인 앞에서 딸을 억지로 잡고 있을 수는 없었기에 카사로
는 놔줄 수밖에 없었다.

"에르셀라."

후작 부인이 그녀를 반겼다. 에르셀라는 아까 같이 그녀의 품에 쏙
안겼다. 동시에 등을 가볍게 쓸어내리는 따스한 손길이 느껴졌다.

"내년이면 성인인데 아직도 이리 아이 같아서 어쩌니."

"평생 어머니와 함께 살고 싶은걸요."

"어머, 결혼하고 싶지 않다고?"

"전 지금이 행복해요."

이제 다 컸다지만 그녀의 눈에는 아직도 아이였다. 후작 부인은 칭얼거리는 딸의 투정을 받아주다 에르셀라를 품에서 떼어내고 눈을 맞춰왔다. 따뜻한 바닷빛 눈동자가 그녀를 지긋이 바라봤다.

"꼭 데먼셔의 저 아이와 결혼할 필요는 없어."

"저 사람이 제 최선인걸요."

"에르셀라. 넌 아직 어려서 모르겠지만, 최선의 기준은 꽤 다양해서 생각하는 대로 변하는 법이란다."

"⋯⋯무슨 말씀이세요?"

"네가 세운 최선은 가문을 위한 최선이겠지. 그렇다면 카사로, 그 아이를 선택하는 게 맞아. 그러나 네가 만약 사랑을 최선의 기준으로 둔다면? 가문은 보잘것없어도 사랑하는 사람을 부군으로 맞으면, 그 역시 넌 최선의 선택을 한 거란다."

입을 꾹 다무는 에르셀라의 머리를 후작 부인이 부드럽게 쓸어 넘겨주었다.

"네가 무엇을 우선순위로 둘지는 강요하지 않아. 그러나 언젠간 너도 결혼해야 할 날이 올 거야. 널, 내 품에서 떼어내야 할 날이 오겠지. 슬프게도."

"어머니."

"행복해지렴, 내 딸."

공부는 할 만큼 했는데 그녀는 언제나 에르셀라에게 새로운 것을 알려준다. 에르셀라는 의아해하며 물었다.

"결혼하면 행복한가요?"

"네가 원하는 사람과 한다면."

"아이를 낳으면 행복한가요?"

"그럼. 너와 네 낭군의 아이잖니."

"어머니는 저를 낳으시고 행복하셨어요?"

"당연하지. 너를 낳고 나는 얼마나 행복했는지, 말로 표현할 수 없을 정도였단다."

"……"

"그이를 사랑하고, 에샤힐드, 카르온, 그리고 에르셀라, 너를 사랑해. 그래서 나는 행복하지."

사랑한다. 그 말에 에르셀라의 가슴이 부풀어 올랐다. 그녀는 가장 귀한 보물을 다루듯 자신의 얼굴을 쓸어내리는 어머니의 손길을 온전히 받아들였다.

"네 아버지도, 에샤힐드도, 아닌 척하지만 카르온도, 네 친구들도 모두 널 사랑하고 있어."

에르셀라가 방긋 웃었다. 안다. 자신이 얼마나 행복한 사람인지. 다정한 가족, 화목한 집안, 늘 소란스럽게 재잘거리는 그녀의 주변 사람들.

세상이 그녀 중심으로 움직이는 것 같았다. 언제나 그렇듯이 앞으로도 그녀는 행복할 것이고, 사랑받으며 살아갈 것이다.

그렇게 생각하며 에르셀라는 그 어느 때보다 환하게 미소 지었다.

상대방의 손을 맞잡은 채로 에르셀라가 빙글 돌았다. 이번이 여섯 번째 춤이었다. 어머니와 떨어지자마자 밀물 들어오듯 많은 사람이 그녀에게 다가왔다. 춤추는 걸 좋아했기에 에르셀라는 딱히 거부하지 않았다. 하지만 연속으로 추다 보니 벅찼는지 점차 호흡이 차오르기 시작했다. 이번만 받아들이고 잠시 쉬는 게 좋을 것 같았다.

그러다가 문득 이 연회의 주인공이 떠올랐다. 어떤 사람일까? 만난 사람들의 지나가는 말을 들어보면 되게 차갑고, 무섭고, 조용하다고 한다. 그러면서도 그들의 얼굴에는 일말의 불쾌함도 깃들어 있지 않았다. 수줍은 듯 계속 그 말만 되풀이할 뿐이었다.

마차에서 잠시 멈추었던 그 공자의 생각이 다시 흐르기 시작했다. 에르셀라는 딴생각을 하다 그만 스텝이 꼬여 삐끗하고야 말았다.

춤을 추던 남자가 놀라 두 팔을 뻗어 그녀를 붙잡았다.

"괜찮습니까?"

"……괜찮아요."

언뜻 안긴 모양새여서 에르셀라는 재빨리 그의 품을 벗어났다. 그가 피식 웃더니 말했다.

"영애. 저와 함께 휴게실에서 쉬시는 게 어떻겠습니까?"

"이따가 오라버니를 만나야 해서요."

에르셀라는 무례하지 않게 그의 말을 거절했다. 에둘러 한 거절이란 걸 알았는지 그는 민망한 듯 볼을 긁적였다.

때마침 1부의 끝을 알리는 종이 울렸다. 다행이라고 생각하며 에르셀라는 다양한 음료가 마련된 테이블로 향했다. 생각해 보니 홀에 들어선 이후 간단히 목을 축이지도 않았다. 밀려오는 갈증에 그녀는 진열되어 있는 음료 중 대충 아무거나 잡아 들이켰다.

목마름이 해소되어 어느 정도 긴장이 풀리자, 헛디뎠던 발의 통증으로 그녀의 몸이 살짝 기울었다. 휘청거리는 순간 한 팔이 그녀의 허리를 단단히 받쳐왔다.

"아."

에르셀라는 얼떨결에 다시 중심을 잡으며 바로 섰다. 그러자 그녀를 둘러싼 팔은 미련 없이 떨어졌다.

에르셀라는 자신을 도와준 이를 쳐다보았다. 처음 보는 얼굴이다. 보자마자 드는 생각은 시에라가 환장하겠네, 였다. 그만큼 남자의 외관은 뭐라 말로 설명하기 어려울 정도로 수려했다. 그를 구성하는 흑발에 흑안. 그것은 빛 한줄기 들지 않은 짙은 밤처럼 어둡고 캄캄했다.

에르셀라는 그것을 신기하게 바라보며 입술을 뗐다.

"감사…… 합니다."

가쁜 숨 때문에 반 호흡 쉬고 문장이 내뱉어졌다. 역시 조금 무리한 듯했다. 그녀는 티 안 나게 숨을 들이쉬고 내쉬기를 반복했다.

그사이에 짧은 적막이 찾아왔다. 그녀가 감사 인사를 건넸는데도 그는 가만히 에르셀라를 응시하기만 할 뿐, 그 어떤 대답도 하지 않고 있었다.

무례라고 느낄 법했지만 에르셀라는 차마 그렇다고 생각할 겨를이 없었다. 예고 없이 남자가 팔을 뻗더니 에르셀라의 이마를 쓸어내렸기 때문이다. 서늘한 촉감이 남자의 손끝을 타고 그녀에게로 전해졌다.

이윽고 차가운 손끝이 그녀에게서 완전히 떨어졌다. 그는 손끝에 묻은 물기를 한 번 쳐다보곤 가볍게 휘둘러 떨쳤다. 에르셀라의 시선이 그 일련의 동작을 느릿하게 따라갔다. 홀 안은 분명 소란한데도 불구하고 정적이 흐르는 것 같았다.

"몹시 즐거우셨나 봅니다."

이어진 낮은 음성에 에르셀라가 멍하니 남자를 바라보았다.

"제 성년회가."

무표정인데도 그는 어쩐지 웃고 있는 것 같았다.

낮게 귓전을 울리는 음성을 뇌까리다 에르셀라는 그제야 앞의 남자가 누구인지 알 수 있었다.

하르젠 베른하르트.

그 남자였다. 하르젠. 그 이름 뒤에 붙는 수식어는 많다. 공작가의 유일한 후계자, 뛰어난 무위를 가진 기사, 그레이시반에 들어가고도 남았을 학식을 가진 남자, 현 그라니아 국왕의 하나뿐인 딸 헤르미아 왕녀의 부군이 될지도 모르는 자.

줄줄이 나열되는 수식어에 어쩐지 눈앞의 남자가 비현실적으로 보여서 에르셸라는 선뜻 입을 뗄 수 없었다.

가쁜 호흡이 가까스로 가라앉았을 때였다. 에르셸라가 양손으로 치맛자락을 잡고 사뿐히 인사했다.

"베른하르트 공자를 뵙습니다. 피사리데가의 에르셸라입니다. 성년을 맞이하신 것을 진심으로 축하드려요."

남자가 픽 하고 가볍게 웃으며 입을 열었다.

"그렇습니까."

단답형 대답에 에르셸라는 약간 당황했지만 침착하게 말을 이어나갔다.

"초대해 주셔서 감사합니다."

"즐거우셨다니 다행입니다."

"그건……."

어쩐지 비꼬는 것 같은 어투에 그녀의 말문이 막혔다. 일부러 그런 것인지 이 남자가 풍기는 분위기 때문인지는 알 수 없었다. 겉으로 보기에 남자는 정중하고 무례하지 않았으니 아마 그녀의 기분 탓일지도 몰랐다.

에르셸라는 애써 마음을 갈무리하고, 미소를 얼굴에 드리우며 예의상 말했다.

"하루 종일 사람들 사이에 둘러싸여 있으시기에 인사 한 번 못 드릴까 걱정했는데, 전 운이 아주 좋은가 봐요. 이렇게라도 뵐 수 있어 정말 다행이에요."

묵묵부답. 그는 무표정으로 그녀를 바라보기만 할 뿐이어서 에르셸라는 체념하듯 어깨를 늘어뜨렸다. 절로 한숨이 나왔다.

"공자께서는 듣던 대로 매우 매우 과묵하시군요."

자신도 모르게 약간은 투정부리는 말투가 튀어나왔다. 다른 사람과 달리 말을 이어나가기 힘들어 기운이 빠졌기 때문이다.

또다시 정적이 일었다. 가슴을 죄는 답답함에 에르셀라는 이 순간을 당장 벗어나고 싶었다.

"그럼 전 이만 가보겠습니다."

에르셀라가 자리를 뜨려 할 때였다. 연회의 2부를 알리는 종이 울리며 연주가 다시 시작되었다.

고아하게 울리는 매우 아름다운 선율이었으나 에르셀라의 귀에는 전혀 들려오지 않았다. 대신 그녀는 앞에 내밀어진 손을 물끄러미 쳐다보았다.

설마 춤 신청을 하는 건가 싶어 에르셀라가 놀란 눈으로 남자를 보았다. 다시는 듣지 못할 것 같았던 고저 없는 목소리가 그에게서 들려왔다.

"한 곡 추시겠습니까. 물론……."

그의 입매가 유려하게 휘어졌다.

"다른 남자와 춤추다 잘못 디딘 발이 괜찮으시다면."

남자가 뱉은 말에 에르셀라가 멈칫했다.

설마 춤추다 삐끗한 걸 보고 놀리는 건가?

에르셀라는 속으로 울컥했다. 평소에는 안 하던 실수인데 하필 그 때를 보다니. 아니, 그 전에 그건 언제 보고 있었단 말인가.

우연히 그때 다른 생각을 하고 있었을 뿐이라고 반박하고 싶었지만, 그 다른 생각이 공교롭게도 눈앞의 남자 생각이어서 그녀는 변명할 수도 없었다. 왠지 억울함이 밀려와 에르셀라가 부루퉁한 얼굴로 그의 손을 맞잡으며 말했다.

"그런 적 없으니 당연히 출 수 있어요."

"그러시다면야."

그는 전혀 동조하는 기색이 아니었으나 그렇다고 에르셀라가 처음

보는 이 남자를 핀잔할 수는 없는 노릇이었다.

몇 초가 지났을까. 그가 물 흐르듯 자연스러운 동작으로 에르셀라를 홀로 이끌었다. 어느 한 곳에 다다르자 그들은 멈추었다. 남녀가 시선을 맞추며 서로를 마주 보고 섰다.

찬연한 금발 안으로 파고든 그의 손이 에르셀라의 등에 얹혔다. 드레스 선을 반쯤 넘어 맨살에 닿은 손길이 차가웠다.

그는 여전히 무심한 얼굴로 다른 손으로는 그녀의 손을 맞잡았다. 맞닿은 손에 은근한 힘이 실린 건 기분 탓일까. 깊게 생각을 하기도 전에 그녀의 몸이 움직이기 시작했다.

상대방의 발걸음에 맞춰 그들의 발자취가 우아한 선을 만들어냈다. 조금 떨어진다 싶으면 자연스레 등에 닿은 손이 그녀를 끌어당겼다.

발이 발을 쫓고, 서로가 서로를 쫓는다. 멀어진다 싶으면 가까워지고, 가까워진다 싶으면 멀어지기를 반복했다. 그러던 중 낮은 목소리로 그가 물어왔다.

"발은."

"문제없어요."

"솔직하게."

"사실이랍니다."

또다시 웃는다. 잘 웃지도 않을 것 같은 남자가 웃으니 에르셀라는 기분이 이상했다. 애당초 그는 전쟁터를 누빈 기사였다. 이런 아픔쯤은 별거 아닌 걸 알 텐데 자꾸 집요하게 물어대는 걸 보면 아까 모습이 꽤나 우스웠던 게 분명했다.

속으로 투덜거리다 에르셀라는 이 남자에게 물어보고 싶은 게 하나 생각났다.

"저…… 혹시 이번에 개선식에서 1왕자 전하를 뵀나요?"

뜬금없는 질문이어서 그런지 그의 눈매가 설핏 찌푸려졌다.

"예."

긍정의 대답에 에르셀라가 화급히 그에게 물었다.

"그렇다면 그 자리에 1왕자비께서도 있으셨나요?"

줄곧 궁금했는데, 아버지와 카르온은 말해주지 않아 더 궁금하던 참이었다.

남자는 천천히 고개를 끄덕였다. 그사이에 에르셀라가 한 번 빙글 돌았다. 멀어지는 그녀를 그가 당겨 안듯 끌어들였다. 다시 몸이 밀착되자 에르셀라가 비밀 얘기를 하듯 속삭였다.

"그분이 저희 언니거든요."

"그렇습니까."

그게 뭐 대단한 비밀이냐는 듯 그는 놀란 얼굴도 하지 않으며 여상히 답했다. 에르셀라는 어쩐지 김이 샜다. 하긴, '그' 정도 되는 자가 모르는 게 이상했다.

어쨌든 그가 알고 있는 편이 얘기는 빠를 테니 더 잘된 셈이다. 그렇게 생각하며 에르셀라가 조곤조곤 말했다.

"사실 언니가 궁에 들어간 후로부터 당연하겠지만 잘 못 만나고 있어요. 아직은 신혼이라 제가 찾아갈 수도 없고, 언니가 불러줘야 갈 수 있는데, 이상하게 불러주질 않아요. 아무래도 식구들 눈치를 보고 있는 게 아닐까요?"

"……."

"혹시 언니를 멀리서라도 보셨나요? 잘 지내고 있는지 궁금해요."

그는 대답하지 않았다. 아마 그때 어땠는지 생각하고 있는 게 아닐까라고 에르셀라는 추측했다.

"보고 싶으십니까?"

"언니를요?"

하르젠은 말없이 그녀를 내려다보았고, 에르셀라는 말해 뭐 하냐는 눈빛으로 응수했다.

"당연하죠!"

그러다 에르셀라는 갑자기 한숨을 포옥 내쉬었다.

"경은 좋겠어요. 기사니까 언제든 궁에 들를 수도 있고. 알현 신청하면 거절당하지 않는 이상 바로 왕족도 뵐 수 있고. 저도 기사였으면 얼마나 좋았을까요? 하다못해 궁에서 일하는 관리였다면."

"기사가 되기 전에……."

맞잡았던 그의 손이 미끄러지듯 내려가 그녀의 손목을 그러쥔다.

"이것부터."

말을 다 맺지는 않았지만 어렴풋이 속뜻을 알 수 있었다. 그 전에 이 손목이 나가떨어질 거라는 얘기였다.

에르셀라도 당연히 알고 있는 사실이었다. 그러니 이제 다시 손을 잡아주면 좋겠는데, 그는 한 손에 들어오는 손목이 신기한지 안쪽 연한 살갗을 두어 번 쓸어댔다. 간지러워 에르셀라가 한쪽 눈을 찡긋거렸다.

"아, 무튼 언니는 어땠어요?"

"모릅니다."

"네?"

"딱히 주의 깊게 보질 않아서."

그는 정말 모른다는 눈치였다. 에르셀라의 얼굴에 실망의 기색이 스쳤다. 생각해 보니 그가 왕자비 얼굴을 자세히 들여다볼 필요는 없었다.

그는 그저 왕의 치하를 받으며 묵묵히 자리를 지키기만 하면 됐으니까 말이다. 그러니 여러 상석 중 한 곳에 앉아 자리를 지키고 있는 에샤힐드를 상세하게 볼 필요는 없을 것이다.

"보고 싶다면 도와드리겠습니다."

그 말에 에르셀라의 고개가 위로 젖혀졌다. 도와준다. 분명 그렇게 말했다. 그렇다면 에샤힐드와 만나게 해준다는 말이었다! 믿을 수가

없어 멍하니 두 눈을 깜빡이던 그녀가 눈매를 초승달처럼 휘며 말갛
게 웃었다.

"정말요?"

"……."

어쩐지 하르젠, 그의 얼굴이 미묘하게 굳었다. 그러나 에르셀라는
매끄럽게 웃어넘기며 조금 전의 말을 되뇌었다.

"아무튼 보게 해주신다는 거, 정말이에요?"

그제야 그는 무뚝뚝하게 고개를 한 번 움직였다. 그 짧은 고갯짓에
도 에르셀라는 기뻐서 어쩔 줄 몰랐다. 방법은 모르겠지만 그는 현재
왕이 가장 총애하는 기사였으니 그에게는 아주 쉬운 일일지도 몰랐다.

"고마워요, 경."

이 한없이 과묵한 남자는 또다시 침묵한다. 언뜻 보면 자신에게 불
만이 있는 사람처럼 보였다. 그렇지만 만나게 해준다는 게 어딘가. 기
뻐서 그 어떤 무례라도 용서할 수 있을 것만 같았다.

그녀가 한 걸음 뒤로 물러설 때였다. 거짓말처럼 홀 안에 흐르던 음
악이 멈추었다. 동시에 그들의 발걸음도, 멈추었다.

살갗에 닿았던 손길이 깔끔하게 떨어졌다. 그녀가 무릎을 굽히며
인사했고, 그도 간단히 묵례했다.

"즐거운 시간이었어요. 그럼 전 이만 가볼게요."

이제 어머니와 오라비에게 돌아가야 했다. 겸사겸사 시에라와 자넷
도 찾아야 했고 말이다.

"다시 한번 성년을 맞이한 걸 축하드려요."

헤어지기 전에 하는 인사로 적당할 거라 생각하며 에르셀라가 발걸
음을 뗐을 때였다. 돌연 들려오는 하르젠의 목소리가 그녀의 발길을
붙잡았다.

"후작 영애."

"……."

"영애의 곧 다가오는 성년을 미리 축하드립니다."

나이를…… 알려줬던가.

"아…… 네."

그녀는 의아해했지만 대화는 그걸로 끝이었다. 그 말만을 남기고 그가 미련 없이 돌아섰기 때문이다.

에르셀라는 나중에야 그날 그 남자와 춤을 춘 이는 자신이 유일했다는 것을 알게 되었다.

※   ✳   ※

시간은 속절없이 흘러 곧 소녀의 성년회를 앞두고 있었다. 이전보다 좀 더 자란 소녀의 매끈한 이마에 굴곡이 졌다. 몇 날 며칠을 밤새워 초대장을 쓰고 있자니 팔이 아픈 탓도 있었지만, 그것보단 마지막으로 보내질 초대장 때문이었다.

"으."

끙 앓는 소리가 나며 그녀의 펜이 종이에 닿았다 떨어지는 과정을 반복했다.

그러나 쓸까 말까 고민은 애당초 무의미했기에 에르셀라는 곧 망설임을 떨치기로 했다. 어차피 예의상으로라도 보내져야 할 초대장이었다. 그녀는 재빨리 낯선 이름을 종이 위에 적어갔다.

하르젠.

거기까지만 적었는데도 그녀의 손이 멈칫했다.

처음 겪어보는 사람이었다. 친절하지도, 불친절하지도, 차가운 것 같으면서도, 아닌 것 같은. 사실 그녀에게 다가오는 사람은 일반적으로 호감을 동반했기 때문에 에르셀라도 상대방을 대하는 게 한결 쉬웠다.

굳이 대화를 이어가려 하지 않아도 저절로 이어졌고 분위기는 절로 무르익었다. 그러니 그 남자가 낯설 수밖에 없었다. 에르셀라는 그가 어려웠다.

그래도 고마운 점은 일전에 한 약속을 지켜주었다는 것이다. 그의 선의로 에르셀라는 언니를 볼 수 있었다. 심지어 에샤힐드가 후작가로 직접 거동했다.

대체 어떤 마법을 부린 것일까? 아직 에샤힐드는 왕자비 신분으로 왕비의 눈치를 볼 수밖에 없을 텐데 말이다. 그날 온 가족이 놀라워하며 에샤힐드를 기쁘게 맞았다. 오랜만에 온 가족이 함께하는 단란한 저녁 식사도 할 수 있어서 너무 행복했던 하루였다.

감사의 인사로 에르셀라는 그에게 편지와 함께 약소한 선물을 보냈었다.

그녀는 다시 펜촉을 움직였다.

귀하를…….

거기까지 썼을 때였다. 문이 열리며 그녀의 아버지인 후작이 들어왔다.

후작은 급격히 쇠약해져서 퇴직을 하고 저택에 칩거한 지 오래였다.

"아버지."

에르셀라가 자리에서 일어나 인사했다. 나약해졌다지만 후작에게서 풍겨 나오는 기백만큼은 강건했다.

"에르."

후작은 평소와 같은 어조로 그녀를 불렀다. 그녀의 방까지 찾아온 연유가 무엇인지 궁금해 에르셀라가 고개를 갸웃거렸다. 그런 그녀를 향해 후작이 담담히 입을 열었다.

"먼저 이것부터 물으마."

"말씀하세요, 아버지."

"지금 만나고 있는 사람이 있느냐?"

이제껏 아버지에게서 한 번도 받아보지 못한 질문이었다. 그러나 그것이 무슨 의미인지 알았기에 가슴이 꽉 조였다. 결혼 전 언니가 받았던 질문과 똑같았다.

"아니요."

에샤힐드와 같은 대답을 하며 에르셀라가 허리를 곧추세웠다. 그녀의 대답에 후작은 안도하는 것 같기도, 착잡해하는 것 같기도 했다.

"데먼셔에서 청혼서가 도착했다."

에르셀라의 눈이 살짝 떨렸다. 그녀는 비스듬히 아버지의 시선을 비끼며 더듬더듬 입을 열었다.

"아직…… 성년을 맞이하기 전인데요?"

"데먼셔의 그놈이 널 마음에 두고 있다는 소문, 알고 있다. 그 고집불통 백작이 제 아들의 뜻에 꺾일 줄은 몰랐지만."

후작이 에르셀라 앞으로 청혼서로 추정되는 종이를 내밀었다. 자신의 손아귀에 들어온 청혼서를 에르셀라는 차근차근 읽어나갔다.

'저희 데먼셔가에서는 장남 카사로와, 귀하 피사리데가의 차녀 에르셀라 양의 혼인을 원합니다'를 시작으로 이 결연이 어떠한 의미가 있는지, 서로가 얻을 것은 무엇인지, 제 아들이 얼마나 에르셀라를 원하는지가 구구절절 나열되어 있었다.

마지막으로 '론데만 데먼셔'라는 데먼셔 백작의 이름으로 끝맺음으로써 청혼서는 누가 봐도 완벽한 형식을 갖추고 있었다.

결국 카사로가 백작을 설득하는 데 성공했나 보다. 에르셀라는 우물쭈물하며 차마 대답하지 못했다. 후작은 신경 쓰지 않고 말을 이어 나갔다.

"카사로, 그 녀석과 혼인하면 1왕자가 안정적으로 왕위에 오르게 된다."

"……."

"네 언니가, 왕비가 된다."

"알고 있어요."

"에샤힐드가 왕비가 되면 장차 카르온과 네 앞길이 편할 것 또한 알고 있느냐."

"그럼요."

"에르. 다시 한번 물으마. 만나는 사람이 정녕 없느냐?"

그녀는 알았다. 이것이 아버지가 그녀에게 준 마지막 기회라는 것을. 어쩌면 그녀가 거짓을 대서 결혼을 미루고자 한다면, 아버지는 한 번쯤은 넘어가 줄지도 몰랐다. 하지만…….

"없어요, 아버지."

그녀는 가문을 사랑했다. 에샤힐드와 카르온을 사랑했다. 차라리 그녀가 원치 않는 결혼을 하는 게 더 나을 정도로, 에르셀라는 그들이 조금도 험한 길로 가지 않길 바랐다. 에르셀라의 대답이 무엇을 의미하는지 알아챈 후작이 흐릿하게 미소 지었다.

"카사로, 그 녀석은 제 아비를 닮아 오만하지만 객관적으로 보면 괜찮은 녀석이다. 무엇보다 여자와 관련한 추문이 없으니 한 여인의 부군으로 맞이하기엔 나쁘지 않을 것이다."

"……."

"성년을 맞이하고 바로 식을 올리는 게 좋겠구나."

바로. 그 단어에 에르셀라가 놀라 눈을 크게 떴다. 카사로가 바로 결혼하길 원하는 것은 알고 있었지만 그녀의 아버지까지 그리 권유할 줄은 몰랐기 때문이다.

"약혼은 안 되나요?"

일순 후작의 얼굴에 씁쓸함이 스쳤다.

"내가 언제까지 버틸 수 있을지, 그게 불안하구나."

"그런 말 마세요, 아버지."

"만일 네 언니의 부군이 왕이 되지 못하고, 내가 죽고 카르온이 작위를 물려받게 되면 상황이 많이 안 좋아질 것이다."

이마에 잡힌 주름이 세월의 흔적을, 곧 다가오는 그의 죽음을 알려주는 것만 같아 에르셀라의 가슴이 미어졌다.

기사는 나이에 상관없이 무훈을 세우면 그뿐이지만, 젊은 나이의 문관은 정치판에서 살아남기 힘들다.

후계자가 아직 충분한 경험을 쌓지 못한 채 가주직을 물려받으면 가문의 세력은 아주 잠깐이지만 꺾일 것이다. 제아무리 대단한 피사리데라 할지라도 그 과정을 지나칠 순 없었다.

그랬기에 그녀의 아버지가 무리해서라도 에샤힐드를 1왕자비로 올린 것이다. 내정되어 있던 로베르트 후작 영애를 쳐내고.

에르셀라는 후작과 시선을 마주했다. 처음부터 그녀의 선택은 정해져 있었다.

"결혼할게요, 아버지."

카사로가 그녀의 최선이었다.

※　◆　※

화려한 인생 제2막의 시작을 알리는 그녀의 성년회가 끝이 났다.

하르젠, 그 남자는 오지 않았다.

항간에는 그날, 그가 헤르미아 왕녀와 밀회를 가졌다는 소문이 들려왔다. 두 사람이 곧 식을 올릴 거라는 것도.

그리고 머지않아 곧 그녀의 아버지는 데면셔가에 청혼을 받아들이 겠다는 답신을 보낼 것이다.

다음 날.
베른하르트가에서 청혼서가 당도했다.
짤막한 글이었다.

하르젠 베른하르트가 에르셀라 피사리데에게, 청혼합니다.

청혼합니다.

그 글귀 하나만 에르셀라의 눈에 들어왔다. 청혼한다. 그가 자신에 게. 직접 보고도 믿을 수 없어 에르셀라가 마른 잉크 위를 손가락으 로 훑었다.

직접 쓴 것일까? 그가 썼을 거라고 생각할 수 없을 만큼 반듯한 필 치였다. 청혼서라고 하기에는 너무나 성의 없었음에도 그 남자와 썩 잘 어울렸기 때문에 이상하게 느껴지진 않았다.

"마음에 드느냐."

그녀의 아버지가 에르셀라에게 물었다. 에르셀라는 힐끗 후작을 쳐 다보았다. 한 줄짜리 청혼서에 후작은 헛웃음을 흘리면서도 어딘가 흡족해 보였다.

에르셀라는 본능적으로 아버지가 데면셔보다 베른하르트를 더 마음에 들어 하는 것을 알 수 있었다. 그도 그럴 것이 그라니아에 있는 두 개의 공작가 중 하나였다. 이보다 더 괜찮은 혼처가 있을 리 없었다.

"에르, 너도 알고 있었느냐."

에르셀라는 고개를 저었다. 그녀는 정말 생각지도 못했다. 기분이 이상했다. 그는 에르셀라의 성년회에 끝끝내 나타나지 않았으며, 그날 헤르미아 왕녀와 만났다는 이야기가 파다했다. 그래서 그가 헤르미아 왕녀와 결혼할 거라고 사람들은 생각했다. 에르셀라도 그들의 생각과 별반 다르지 않았다. 하지만 모두의 예상과 다르게 하르젠의 혼서는 에르셀라에게 보내졌다.

청혼합니다.

어쩐지 이 다섯 글자에서 눈을 뗄 수 없어 계속 바라보았다. 묘한 기분이었다.

그는 왜 자신에게 청혼한 것일까? 짐작 가는 데가 없어 갈수록 의아함이 더해졌다. 그럴 리가 없는데도 마치 가문의 뜻이 아닌 자신의 뜻이라는 것처럼 혼서에는 베른하르트 공작의 이름이 아닌 하르젠, 그 남자의 이름이 적혀 있었다.

가문에 보낼 혼서라 하면 대개 가주가 보내게 마련이다. 가주의 이름이 적힌 혼서만큼 이 결연을 지지한다는 의사표시도 없기 때문이다. 만일 당사자들이 연인 사이라면 나중에 자신들끼리 따로 연서를 교환하곤 했다. 그러니 이 혼서는 형식, 격식, 그 어느 것에도 얽매이지 않은 매우 낯선 것이었다.

물론 가문의 인장이 찍혀 있으니 이것은 그 남자보다 베른하르트 공작의 뜻일 가능성이 더 컸다.

에르셀라는 다시 한번 까만 글씨를 쓸었다. 환영처럼 그 위로 그 남자가 겹쳐 보였다. 그와 함께 춤을 추던 시간도.

자신을 내려다보는 눈은 고요했고 손은 열기 한 점 없이 차가웠으며 얼굴엔 미소 한번 드리우는 법이 없었다. 간혹 웃다가도 곧바로 무표정으로 돌아간 그 남자는 미련 없이 떨어질 것 같다가도, 에르셀라가 그에게서 조금만 멀어지면 힘을 주어 당겨 안듯 자신에게로 끌곤 했다.

장면을 하나하나 떠올리니 에르셀라는 더욱 기분이 이상해졌다. 마치 누군가 붓으로 그녀의 속을 간지럼 태우는 것 같았다.

"네가 갈 수 있는 최고의 가문이다."

후작의 말에 에르셀라는 퍼뜩 정신을 차렸다. 최고의 가문. 순식간에 그녀의 최선이 바뀌었다.

정적 관계를 유지했던 데먼셔보다는 베른하르트가 그녀에게는 더 나은 선택지였고, 관계성을 따지지 않고 가문 자체로만 보아도 결과는 마찬가지였다.

베델 빈이 총애를 받으며 데먼셔의 위세가 급등했다지만, 이제껏 베른하르트가 세운 무수히 많은 군공과 사사로운 왕의 총애는 애당초 비교 대상이 아니었다. 후작은 에르셀라를 보더니 여상히 말했다.

"받아들이겠느냐."

에르셀라는 대답하지 못했다. 망설이는 것이 아니라 신기해서였다. 에르셀라가 알겠다, 한마디만 하면 이 혼사는 단숨에 이뤄질 것이다. 그러면 그 남자를 부군으로 맞이하겠지.

에르셀라가 받아들이기만 하면 부부로 맺어질 관계. 그것이 그녀를 모호한 감정에 빠뜨렸다.

'결혼, 하는 건가…… 그 남자와.'

여러 색의 실타래로 얽힌 감정이 그녀의 내면을 휘저었다. 마치 준비되지 않은 상태에서 맞이한 선객처럼 그것은 갑자기 찾아와서 에르셀라는 당황스러웠다.

저절로 자신과 하르젠의 모습이 머릿속에 그려졌다. 그러자 만개한 꽃처럼 그녀의 마음속에서 의미 모를 것들이 피어오르기 시작했다.

에르셀라는 들뜬 자신이 이해가 안 됐다. 그녀는 애써 마음을 가라앉히려 노력하며 차분하게 숨을 내쉬었다. 어느 정도 떨림이 가라앉자 마침내 그녀의 입술이 조심스레 떼어졌다.

"이분과 결혼하고 싶어요."

어찌 됐든 그는 에르셀라의 최선이었기에.

후작이 답신을 보낸 지 한 달 지나지 않았을 때였다. 눈앞의 광경으로 인해 웅성웅성하는 소리가 나더니 어느새 주위는 소란스럽게 된 지 오래였다.

레샤가 보석처럼 눈을 빛내며 큰 소리로 감탄했다.

"와아, 아가씨! 보석이 한 수레에 담아도 될 만큼이에요!"

레샤뿐만 아니라 방 안에 있는 모든 이가 야단법석이었다. 에르셀라 또한 놀란 얼굴로 앞에 놓인 것들을 바라보았다.

아침부터 후작가로 열 몇 대의 마차가 들어서더니 시종으로 추정되는 자들이 '예물'이라며 하나하나 날라 그녀의 눈앞으로 가져왔다. 그 가운데 딱딱한 인상을 지닌 남자가 정중하게 예를 갖춰 인사했다.

"안녕하십니까, 피사리데 영애. 저는 베른하르트의 가신 웬델만 콘타르 남작입니다. 두 가문의 결연을 맞아 베른하르트가에서 준비한 예물이니, 약소하나 마음에 드셨으면 좋겠습니다."

"아…… 네."

에르셀라는 얼떨결에 대답하면서도 순식간에 방 안을 채운 '약소한' 예물을 쳐다보았다.

약소하다니. 이게 어딜 봐서…….

심지어 시종이 아닌 가신을 보냈다. 그것도 남작위를 가진. 이런 자질구레한 일을 하는 것에 자존심 상할 법도 한데 웬델만 콘타르 남작의 얼굴에는 털끝만큼의 불쾌감도 깃들어 있지 않았다.

다만 그도 이것이 결코 약소한 것이 아님을 알았는지 약소하다고 말할 때, 말투에 약간 힘이 들어가 있었다.

그도 그럴 것이 마차 한 대마다 지방의 성을 사고도 남을 정도의 값어치를 가진 물품이 실려 있었다.

대체 어디서 다 준비한 건지 희귀한 보석은 기본이고 콘라드, 렌투아, 레나트르, 루델시아에서 나는 각종 진귀품들, 심지어 동국의 비단까지.

예물이라기엔 너무 지나쳤다. 왕과 하는 성혼이 아닌 이상 어느 가문도 이렇게까지 하진 않았다. 한마디로 과한 것이다.

에르셀라는 남작을 쳐다보았다. 감상을 기다리는 듯 그는 제자리에 있었다. 그래서 그녀는 놀라서 벌어진 입술 사이로 떠듬떠듬 말을 흘렸다.

"마음에…… 든다고 전해주세요."

마음에 안 들기만 해봐, 라는 눈빛이어서 에르셀라는 그렇게 대답할 수밖에 없었다.

그러나 에르셀라의 대답이 성에 안 찼는지 그는 어딘가 불만스러워 보였다. 아무래도 더 감탄하길 원한 것 같았지만 에르셀라는 너무 당황하여 차마 그럴 수 없었다.

다행히 남작은 별다른 말은 하지 않고 '그렇다면 다행입니다'라 말하며, 돌아가는 순간까지도 예의를 지켰다. 남작이 가고 방 안에 곧 환성이 들어차기 시작했다.

"아가씨, 이것 좀 보세요! 이게 동국에 있는 그 유명한 연나라식 비단이래요! 완전 부드러워요!"

"이게 그 코랄토파즈라면서요?!"

"아까 들어보니 콘라드에서만 나는 거라는데요? 그라니아에서는 볼 수 없는 건가 봐요. 세상에, 너무 아름다워요, 아가씨!"

사용인들이 야단법석을 떨며 눈앞의 예물에 대하여 재잘거렸다. 같이 있던 후작 부인, 에이레네, 카르온도 놀랐는지 그들은 한동안 입을 열지 못했다. 셋 중 가장 먼저 말문을 연 것은 후작 부인이었다.

"에르, 이게 다 뭐니?"

직접 보고도 믿기지 않는지 후작 부인의 눈이 평소보다 커져 있었다. 에르셀라가 뭐라 대답하려 할 때였다.

카르온과 결혼하여 이젠 피사리데 부인이 된 에이레네가 놀란 기색을 감추지 못하며 감탄했다.

"……세상에. 이거 '에델리안의 목걸이' 아니니?"

에델리안의 목걸이. 그라니아의 라인할트 국왕이 사랑하는 자신의 왕비 에델리안에게 선물한 목걸이였다.

에르셀라는 에이레네의 손에 들려 있는 상자 안을 쳐다보았다. 무색투명한 다이아몬드가 자잘하게 박혀 체인을 이루고 있었고, 가운데에는 연분홍빛 다이아몬드가 라운드 브릴리언트식으로 커팅되어 있었다.

누가 봐도 영롱한 것이 지극한 아름다움이었다. 한 번도 본 적 없던 에르셀라도 그 특징은 알고 있었기에 그것이 에델리안 왕비의 목걸이임을 알 수 있었다. 에델리안 왕비가 죽고 행방이 묘연했는데 베른하르트에서 보관하고 있었을 줄이야.

"맙소사!"

에이레네는 끝없이 탄성을 내뱉었다. 에델리안을 위해 라인할트가 제작한 세상에서 하나뿐인 목걸이였다. 그러니 에이레네의 이런 반응이 결코 과한 것은 아닐 것이다. 계속 지켜보고만 있던 카르온도 기가 찼는지 한마디 했다.

"제법 정성스럽군."

그런 그를 향해 에이레네가 슬쩍 시선을 흘겼다. 에이레네의 눈짓을 알아챈 카르온이 어깨를 으쓱이며 말했다.

"서운합니다, 부인."

카르온은 매우 억울해 보였기에 에이레네가 못 이기는 척 웃었다. 실제로 글라디엠가에 보내진 정성은 나무랄 데 없이 완벽했기에 핀잔할 순 없었을 것이다.

에이레네는 더 있다간 질투할 것 같다며 장난스럽게 말하곤 카르온을 끌고 나갔다. 카르온은 나가면서도 '벌써부터 마음에 안 드는데'라며 한마디 했다. 그러면서도 표정은 썩 나쁘진 않아 보였다.

두 사람이 완전히 사라지고 후작 부인이 말했다.

"이 엄마는…… 아직도 신기하구나. 웬만해선 잘 놀라지도 않던 네 아버지도 소식을 듣고 얼마나 놀라던지."

"저도 그래요, 어머니."

대답하면서 에르셀라는 주위를 둘러보았다. 어느새 방은 창고라고 할 수 있을 정도로 갖가지 귀품으로 가득 차 있었다.

대체 그 가문에서 이렇게까지 하는 이유가 무엇일까

에르셀라는 생각해 보았지만 답을 내릴 수 없었다. 에르셀라는 무의식적으로 함에 담겨 있던 고리형 브로치를 만지작거렸다. 후작 부인이 조심스레 매만지는 손길을 지켜보며 슬며시 물었다.

"마음에 드니?"

"……모르겠어요."

에르셀라는 선뜻 대답하기 힘들었다. 솔직히 마음에 안 든다고 하면 거짓말이었다. 결혼할 남자의 가문에서 이렇게 대우해 주는 것을 마다할 여자가 어디 있겠는가.

부담스럽기도 하지만 기쁜 마음도 분명 있었다. 상대방이 이렇게 나오면 에르셀라에게 좋으면 좋았지, 나쁘진 않았다. 진실이 무엇이든 세간에는 사랑받고 있다고 소문날 것이고, 공작가에 가서도 그녀의 위치를 공고히 할 수 있을 것이다.

다만 그 남자가 무엇을 위해 이리 극진한지 그것을 알 수 없어 걱정이 되었다. 혹시 그녀의 가문에게 무언가를 크게 바라고 있는 것은 아닐까? 그것도 아니면 설마…….

돌연 후작 부인의 환성이 들려온 것은 그때였다.

"어머!"

나무함을 연 후작 부인이 깜짝 놀라 하며 입을 가렸다. 어디선가 달콤하면서도 시원한 향이 났다. 후작 부인이 소녀 같은 얼굴을 하며 나무함 안에 있는 것을 꺼내 안았다.

"꽃…… 이네요?"

반듯이 각 잡힌 상자 안을 가득 채우고 있는 것은 온통 하얗게 물들어 있는 꽃이었다. 작은 숨에도 날아갈 듯한 여리고 여린 꽃잎들이 후작 부인의 손길에 따라 팔랑거렸다.

에르셀라는 의아해하며 물었다.

"처음 보는 꽃인데, 이게 뭔지 아세요?"

후작 부인은 어쩐지 그리운 눈으로 품 안의 꽃들을 바라보고 있었다.

"그럴 만도 하지. 루델시아에서만 나는 꽃이거든."

에르셀라는 그제야 어머니의 얼굴에 떠오른 그리움을 이해할 수 있었다. 어머니는 폐쇄적인 루델시아 왕가에서 그라니아로 시집온 유일한 왕녀였다.

이곳에는 같은 출신의 형제자매도 없고, 혼인한 이상 고국으로 돌아가긴 힘들 테니 많이 그리웠을 것이다.

"이걸 어떻게 알고 보내왔지? 심지어 보관을 잘한 것 같구나. 그리니아에 도착했을 때면 진작 시들어 버렸을 텐데 아직도 이리 싱싱하다니. 놀라워."

눈앞에 설경이 펼쳐진 것같이 새하얀 꽃은 후작 부인의 말대로 싱그러운 생명력을 풍기고 있었다.

에르셀라는 검지로 꽃잎을 톡 건드려 보았다. 꽃잎이 흔들리며 또다시 달큰한 향기가 났다. 별안간 그녀의 어머니가 보드라운 목소리로 속삭이듯 말했다.

"그렇게 안 보였는데 그 사람, 아주 다정한 사람이었구나."

"그게 무슨 말씀이세요?"

고개를 갸웃거리는 에르셀라를 보며 후작 부인이 의미심장하게 웃었다.

"에우리피테."

"……."

"사랑하는 연인에게 보내는 연서 같은 거란다."

꽃을 쓰다듬던 에르셀라의 움직임이 뚝 멈추었다. 그녀는 후작 부인을 바라보았다. 사실이라는 듯 후작 부인이 에르셀라를 향해 따뜻한 미소를 지었다.

에르셀라는 다시 어머니 품 안의 꽃들을 내려다보았다.

연서라니. 연서라면 사랑하는 사람에게 보내는 고백이지 않은가. 말도 안 되는 일이었다.

그러나 어머니의 말대로 이 꽃의 의미만 보면 그랬다. 하르젠이 에르셀라에게 바치는 고백. 아닌 것을 알고 있음에도 그것 말고는 다른 생각을 하기 힘들었다.

서투른 감정이 그녀의 마음 안에 파문을 일으켰다. 살랑살랑 바람이 이듯 가슴이 간질거리는 것 같기도 했다.

왜 이런 꽃을 보낸 걸까? 의문이 들고, 의미 부여를 하게 된다. 에르셀라는 자꾸만 무언가를 기대하게 되는 자신이 낯설었다.

후작 부인이 품 안에 있던 꽃다발을 살포시 에르셀라에게 안겨주었다. 에르셀라는 천천히 건네받아 품에 안아 들었다. 그러자 아까보다 진한 향기가 그녀의 코끝을 자극했다. 계속 맡고 있자니 어쩐지 볼에 열이 차오르는 것만 같았다. 그런 에르셀라르 지켜보던 후작 부인이 다정하게 미소 지으며 말했다.

"이건 마음에 드니?"

후작 부인의 물음에 괜스레 쑥스러워지기 시작했다. 그녀의 파란 눈동자가 후작 부인에게서 바닥으로 또르르 미끄러졌다. 그러다 곧, 꽃다발에 얼굴을 파묻으며 소녀가 수줍게 답했다.

"……네."

볼을 붉게 물들이고 숨어버리듯 자신의 모습을 감춘 소녀는 누가 보아도 사랑스러웠을 것이다.

그날 밤, 카사로 데먼서가 찾아왔다.

최대한 짧게 대화를 마치고 돌려보낼 생각이었기에, 후작가로 찾아온 카사로를 접빈실이 아닌 정원에서 맞이했다. 덕분에 주변이 어둑했다.

에르셀라는 카사로의 회갈색 눈과 시선을 마주했다. 단단히 화가 나 있을 줄 알았던 그는 생각보다 차분하게, 아니, 조금은 서늘하리만치 냉정한 눈으로 에르셀라를 쳐다보고 있었다. 배신감은 내비치지 않는다. 그도 알 것이다. 자신은 단 한 번도 그녀를 가져본 적이 없다는걸.

불편한 침묵 속에서 카사로가 입을 열었다.

"네 선택이니 존중할게."

뜻밖의 말에 에르셀라의 눈동자가 크게 뜨였다. 그러나 카사로의 표정은 여전히 냉담했다.

"다만 이것만은 알아둬."

"무엇을요?"

"왕녀가 베른하르트, 그 녀석에게 청혼한 건 알고 있어?"

"……."

왕녀가 청혼했다니. 결혼할 거라는 얘기는 종종 들어왔어도, 왕녀가 청혼까지 했다는 말은 이번이 처음이었다.

에르셀라가 어리둥절해하자 그럴 줄 알았다는 듯 카사로의 입매가 섬뜩하게 비틀렸다.

"왕녀의 청혼을 거부하기 위해 너와 결혼하려 드는 것도 몰랐겠네? 베른하르트가 중립인 건 알고 있지? 왕녀와 혼인하면 완전히 왕가에 종속되게 돼. 그걸 피하려고 피사리데인 네게 청혼한 거야. 그쪽은 왕의 충실한 검일지언정, 귀찮은 정쟁엔 휘말리고 싶어 하지 않으니까."

"그게 무슨……."

"피사리데는 왕실과 가장 가까운 가문이지. 너와 혼인한다고 말하면 폐하께서는 처벌할 수도 없어. 사사로운 일로 왕실을 측근에서 수호해 왔던 피사리데를 섭섭하게 만들 순 없으니. 그리고 베른하르트는 중립을 유지할 수 있겠지. 혼인한다고 해서 그 가문 세력에 꼭 따라야 한다는 법은 없어. 남들 눈에는 국왕파에 동조하는 것처럼 보여도, 베른하르트가 떳떳하게 중립을 주장한다면 별수 없으니까."

"……."

"너, 이용당하는 거야. 그 녀석에게."

한 번 숨을 고른 카사로가 비웃듯 뱉어냈다. 카사로의 논리는 자세히 들여다보면 어느 정도 비약이 있었다. 그러나 그렇게 말하는 목소리에는 한 치의 거짓도 느껴지지 않았고 논리의 전개 또한 그럴싸해서 설득력 있는 것처럼 느껴졌다.

"그때 그 자식이 춤을 권했던 사람이 네가 유일했다며."

"……."

"처음부터 네가 목적이었던 거야."

어쩌면 카사로의 말이 사실일지도 몰랐다. 그와 에르셀라는 그날 처음 만났고, 그날 우연히 그녀에게만 춤 신청을 한 것에는 의아한 부분이 있었다. 그녀는 마음 한편을 차지하고 있던 실낱같은 희망이 점차 사라지고 있음을 느꼈다.

"네게 보내진 그 어마어마한 가치의 예물?"

"영식."

"널 미친 듯이 사랑하는 척해야, 그래야 왕녀의 청혼을 거부할 명분이 생기니까."

"그만하세요."

"그자도 결국 가문을 위해 사는 자야. 뭐, 네게 사랑을 느끼기라도 해서 청혼한 줄 알았어?"

"……."

"마침 조건이 들어맞은 계집이 너였을 뿐."

저는 무엇을 기대했던 걸까. 문득 스스로가 우습게 느껴졌다. 카사로의 주장이 사실이든, 사실이 아니든 상관없었다. 오히려 이리 말해주어 고맙기까지 했다. 잊고 있던 현실을 자각하게 해주었으니 말이다.

"……상관없어요. 나도 그 사람이 필요하니까."

자신만 보아도 그랬다. 어쩌면 정략혼이 아닐지도 모른다는 기대를 하면서도 머릿속으로는 이해득실에 대한 타산을 다 마친 후였다.

카사로와의 결혼을 피하기 위해 그 남자가 필요하다. 에샤힐드를 왕비로 올리기 위해 하르젠이 필요하다. 피사리데를 위해 베른하르트가 필요하다.

중립을 유지한다면 별수 없다지만 위급할 때면 간간이 도움을 청할 순 있을 것이다. 그러니 변할 것은 없었다. 여전히 그는 그녀의 최선이었다.

에르셀라가 마음을 돌릴 생각이 없어 보이자 급기야 카사로의 얼굴이 사정없이 일그러지기 시작했다.

"네 인생은 상관없어?"

"이제 그만 돌아……."

서릿발처럼 차가운 한기가 그의 입가에 내려앉자 에르셀라는 말을 멈출 수밖에 없었다.

"그 녀석 기사라고 했지? 전쟁터에서 썩을 대로 썩은 놈이야. 그곳에서 흔한 창녀랑 뒹굴어대지 않았을 거 같아? 그 잘난 얼굴에 몸 하나 내던지지 않은 년들이 없을 것 같냐고. 그 고고하다던 헤르미아 왕녀도 꿇린 새끼야. 네 성년회 날 왕녀랑 그 새끼랑 만났다는 소문이 파다해. 네가 성년을 맞이했을 때, 그 자식은 다른 여자랑 있었어."

"영식."

"혹시 모르지. 헤어지기 전에 그 왕녀랑 한탕 뒹굴어댔을지."

"말조심해요."

"다른 년이랑 진탕 굴러먹다 온 놈이야. 그리고 종전이 선포되지 않은 이상 그 녀석은 다시 전쟁터로 가겠지. 만약 그곳에서 죽으면 어떡할래?"

언제나 여유로웠던 카사로의 맨얼굴이 더할 나위 없이 형편없어졌다. 카사로는 이제 본심을 감출 생각이 없어 보였다. 내비치는 질투를 억지로 숨기려 하지도 않았다. 그럼에도 그를 추하다고 생각하지 못한 이유는 그녀조차도 카사로의 말에 반박하기 힘이 들었기 때문이다.

결혼 전 숨겨왔던 애인과 하룻밤을 보낸 얘기, 결혼 후에도 몰래몰래 다른 여인을 취한다는 얘기. 건너 건너 한 번쯤은, 아니 여러 번 들어본 얘기였다.

그리고 그는 기사였다. 전쟁이 완전히 끝나지 않은 이상 언젠가 출정할 것이다. 어쩌면 카사로의 말대로 그곳에서 전사할지도 몰랐다. 지독하게 그럴듯한 예측이었다.

카사로의 말은 너무나 현실적이어서, 에르셀라는 더 이상 그와 대화하고 싶지 않았다.

"카사로."

에르셀라의 입에서 자신의 이름이 들려오자 카사로가 놀란 듯 눈을 움찔거렸다. 은근히 스미는 안도감이 무색하게도 에르셀라의 눈빛은 흔들림 없이 단호했다.

"돌아가세요. 내 선택은 바뀌지 않을 테니."

어차피 맺어질 혼인이다. 이제 와서 돌이킬 수도 없고, 돌이킬 생각도 없었다. 그 모든 게 상관없었다. 아니, 상관이 있어도 그냥 그에게 알려주고 싶었다. 그래도 난 널 선택하지 않겠노라고. 에르셀라가 번복하지 않을 걸 알았는지 카사로가 신경질적으로 자신의 머리를 흐트러뜨렸다.

"그래, 네 마음대로 해."

카사로는 미련 없이 멀어졌다. 등 돌린 그의 뒷모습을 무표정으로 한동안 바라보다, 흐릿한 구름으로 반쯤 가려진 하늘을 올려다보았다. 별거 없는데도 아득하니 빠져들까 하다가 저를 붙잡는 마음을 떨치고 서벅서벅 발길을 옮겼다.

방으로 돌아오자 몇 번이나 맡아 이제는 익숙한 화향이 코끝에 스쳤다. 에르셀라는 눈앞의 꽃들을 그러모아 찬찬히 함에 집어넣었다.

탁 하고 덮개가 깔끔하게 닫혔다. 새하얀 꽃떨기는 더 이상 한 움

큼도 보이지 않았다. 잠시 꿈에 젖었던 마음도 언제 그랬냐는 듯이 아
스라이 흩어졌다.

※ ✦ ※

헤르미아 왕녀의 탄일 연회였다. 수도 대귀족이자, 1왕자비 가문의
일원인 에르셀라가 그 자리에 가는 것은 지극히 당연한 일이었다.
 에르셀라는 들어서자마자 꽂히는 시선을 모른 체하느라 진땀을 빼
야 했다. 이곳저곳에서 그녀의 이름이 심심치 않게 들려왔다. 수군거
리는 것도 당연했다. 왕녀와 성혼을 치를 줄 알았던 베른하르트 공자
가 피사리데 차녀와 혼인한다는 얘기가 장안에 파다했으니 말이다.
 특히 이번 후작가로 보내진 예물이 상당해, 떠들기 좋아하는 사람
들은 공자가 후작 영애에게 반했다며 멋대로 사실을 곡해하곤 했다.
 그렇게 진실은 각색되고 소문은 걷잡을 수 없을 정도로 불어나 어
느새 두 사람의 결혼은 정략이 아닌 열렬한 사랑으로 인한 것이라고
변질되어 있었다. 우습게도.
 에르셀라는 호기심에 다가오는 사람들을 적당한 거리감으로 예의
상 상대하며 주위를 두리번거렸다. 이 사람들은 알까. 그녀를 열렬히
사랑한다던 혼약자는 그의 성년회 이후로 그녀 앞에 그림자 하나 비
추지 않았다는 것을.
 곧 지아비로 맞이할 자의 얼굴을 딱 한 번밖에 보지 못했다니. 그
가 동화 속에 나오는 마왕도 아니고, 그녀가 마왕과 떠밀리듯 결혼하
는 공주도 아닌데 이건 너무하지 싶었다.
 속 안을 쏟을 데 없는 불만으로 가득 채우다 문득 이게 뭐 하는 짓
인지 싶어 그만두기로 했다. 정략혼이다. 세간에서 뭐라 떠들든 간에
장단 맞춰 행동할 필요는 없으리라.

혼자만의 사색으로 괜히 기운이 빠질 때쯤, 점잖은 선율이 홀 안에 감돌았다. 곧 있으면 연회의 1부가 시작될 것이다. 심심하니 목이라도 축일까 싶어 한 발자국 움직였을 때였다.

지척에서 기척이 느껴졌다. 맞은편의 인영을 확인하자 에르셀라가 우아하게 무릎을 굽히며 고개를 숙였다.

"……존귀하신 왕녀 전하를 뵙습니다. 피사리데의 에르셀라입니다. 전하의 탄일을 진심으로 축하드리나이다."

헤르미아 왕녀에게선 아무런 대답도 들려오지 않았다. 그녀의 허락이 떨어질 때까지 고개를 들 수 없었기에 에르셀라는 여전히 시선을 아래로 둘 수밖에 없었다.

길다고 하면 길다 할 수 있는 몇 초가 지나자, 구슬이 굴러가듯 청아한 목소리가 들려왔다.

"고개를 들어요, 영애."

그제야 에르셀라는 왕녀의 얼굴을 확인할 수 있었다. 태생적으로 고귀하게 자란 여인은 어느 한구석 우아하지 않은 곳이 없었다. 자그맣게 맺힌 입가의 곡선조차 그녀의 일부분인 것처럼 자연스럽고 기품이 배어 있었다.

알고는 있었지만 정말 아름다운 분이었다. 멍하니 감탄하고 있는데 불현듯 왕녀의 자안이 에르셀라에게로 향했다.

"베른하르트 경과 이번에 혼인을 하시는 분이군요."

"……그렇습니다, 전하."

"결혼을 축하드려요."

부드러운 미성이 에르셀라의 귓가로 흘러들었다. 문득 그녀의 머리색이 에르셀라의 시선을 잡아챘다. 가슴 밑으로 굽이치는 머리카락이 흑진주처럼 새까맸다. 절로 누군가를 떠올리게 하는 색이었다. 기이한 느낌에 휩싸이려던 참이었다.

"부럽네요."

"······."

힘없이 뱉어진 왕녀의 말에 사고가 절로 멈추었다. 에르셀라는 무어라 대답해야 할지 갈피를 잡을 수 없었다. 그녀의 목소리에 슬픔이 녹아 있었기 때문이다. 딱히 답을 바란 건 아니었는지 왕녀는 부드럽게 웃으며 말했다.

"영애에게 사과할 게 하나 있어요."

"전하. 그게 무슨······."

"영애의 성년회 날, 심술부려서 미안했어요."

왕녀는 그렇게 말하며 저 멀리로 사라졌다. 그녀는 금세 사람들에게 둘러싸였기 때문에 그 뒷모습조차 마음대로 볼 수 없었다.

에르셀라는 그녀의 말을 되뇌어보았지만 아무리 생각해도 무슨 의미인지 알 수가 없었다. 성년회 날 심술부려서 미안했다니. 이틀간 지속된 그녀의 성년회는 성공적으로 잘 마쳤기 때문에 그녀의 말을 더욱 이해할 수 없었다. 그러다 문득 그 남자가 떠올랐다. 혹시 그 사람과 관련된 일일까.

"혹시 모르지. 헤어지기 전에 그 왕녀랑 한탕 뒹굴어댔을지."

잊고 있던 카사로의 말이 허공에서 울렸다. 에르셀라는 고개를 저었다. 그저 그의 주장일 뿐이다. 저에게 앙심을 품고 있는 남자의 말을 그대로 믿는 것만큼 어리석은 일은 없으리라.

"어머니, 저 잠시 쉬고 올게요."

아직 본연회가 시작되지 않았음에도 온몸이 노곤했다. 당장에라도 어깨를 축 늘어뜨리고 싶었지만 그녀를 보는 눈은 여전히 많았기에 그럴 순 없었다.

에르셀라는 흐트러짐 없는 자세를 유지하며 테라스 쪽으로 발길을 향했다. 잠시 바깥 공기를 쐬며 머리를 식히면 괜찮아질 것이다. 그렇게 생각하며 문을 열자 서늘한 바람이 어깨를 스쳤다. 어떠한 시선도 같이.

"……."

그녀 앞에 우두커니 서 있는 남자를 보자 어쩐지 허탈감이 몰려왔다. 왔구나. 자신의 성년회에는 코빼기도 보이지 않으면서 왕녀의 탄일 연회에 당당히 있는 모습이 못내 얄미웠다. 예상외로 먼저 침묵을 깨뜨린 것은 그였다.

"밖은 아직 추우실 겁니다."

날이 차니 다시 들어가라는 건가. 오랜만에 보자마자 할 얘기는 아니었다. 에르셀라는 한 발자국도 움직이지 않았다. 그저 제자리에서 눈앞의 남자를 바라보았다.

그러나 그의 말대로 공기가 제법 차가워 어깨가 자연히 떨렸다. 가만히 지켜보던 그가 잠시 한숨을 내쉬더니 서서히 에르셀라와 거리를 좁혀왔다. 이윽고 어깨에 가벼운 무게감이 실렸다.

에르셀라는 자신의 어깨를 덮고 있는 겉옷을 힐끗 응시하다 다시 눈앞의 남자를 올려다보았다. 거리는 어느새 속삭이면 서로에게 들릴 만큼 가까워져 있었다.

"들어……."

"청혼서."

"……."

"직접 쓰신 건가요?"

말허리를 자르는 무례였지만 이상하게 별생각은 들지 않았다. 그도 딱히 불쾌한 표정은 아니었다. 으레 그렇듯 단시간의 미동도 보이지 않았다.

달빛에 의지해 빛나는 허공 사이로 서로의 시선이 맞닿았다. 예상과 다르게 남자의 대답은 깔끔하게 떨어졌다.

"예."

너무 단번에 들려와서 내심 놀랄 정도였다. 그녀는 떨떠름한 어조로 말했다.

"왜요?"

"마음에 안 드십니까."

에르셀라는 대답할 수 없었다. 그녀도 자신의 마음을 알 수 없었다. 마음에 드는지, 안 드는지. 마음에 들면 왜 그런지, 마음에 안 들 건 또 뭔지. 그저 혼인을 위한 형식 절차일 뿐인데 왜 저는 이렇게 마음 쓰고 있는 건지 스스로도 이해가 안 갔다.

"지금이라도 격식을 갖춰 다시 보내겠습니다. 그걸 원하신다면."

"아니에요. 이런 식으로는…… 처음 받아봐서 놀랐을 뿐이에요."

"그렇게 쓰고 싶었습니다."

무슨 의미일까. 알듯 말듯 모호했다. 주위가 몽연한 탓인지 약간 허공에 뜬 기분이다. 그녀는 결국 말을 돌렸다.

"예물이 너무 과해요."

"……."

"그렇게까지 할 필요는……."

"제 마음이니 받아두십시오."

무심히 흘리는 듯한 목소리에 할 말은 또 사라져 입이 절로 다물렸다.

에르셀라의 얼굴을 그가 느릿하게 한 번 훑었다. 눈을 지나쳐 코를, 그리고 마지막엔 입술로. 그의 시선이 차근차근 머무르자 선연한 긴장이 감돌았다.

"저도 하나 묻겠습니다."

"……."

"왜 받으셨습니까."

무엇을 말하는지 명시하고 있진 않았지만 알 수 있었다. 청혼을 왜 받았냐는 물음. 물으면서도 그의 시선은 여전히 그녀의 입술에 멈춰 있었다. 대답을 기다리는 사람처럼. 일순 그의 입매가 엷게 휘었다.

"그대, 아버지의 권유로?"

전혀 웃음기 없는 얼굴로 그는 미소 짓고 있었다. 무슨 대답을 바라는 걸까. 에르셀라는 이 남자가 진정으로 원하는 게 무엇인지 분간이 안 갔다. 그래서 그녀는 자신이 할 수 있는 대답을 했다.

"경이 저의 최선이니까요."

"……그렇습니까."

그의 대답은 조금 늦게 떨어졌다. 비스듬히 고개를 꺾는데 무언가 마음에 들지 않아 보였다. 왠지 죄지은 느낌이 들어 에르셀라는 그의 시선을 피하며 덧붙였다.

"어차피 경도 마찬가지 아닌가요?"

날 이용하려고 청혼한 거면서.

그 말이 목 끝까지 차올랐다. 억지로 삼켜 목울대 아래로 넘겨 버리자 이성이 점차 되살아났다. 부질없는 질문이라는 것도 깨닫게 되었다. 어떤 대답을 들어도, 카사로의 말은 족쇄처럼 이미 그녀를 점령해 버려 달콤한 환상을 깨뜨리니 말이다.

"다른 이를 차선으로 둔 기억은 없습니다."

"……."

"그럴 생각도 없고."

무슨 뜻일까. 다른 이를 차선으로 둔 적이 없으니, 애당초 그녀는 자신의 최선조차 될 수 없다는 이야기일까. 어렵구나, 이 사람은. 씁쓸함에 입안이 떫었다.

에르셀라는 하르젠을 바라보았다. 그리고 천천히 생각했다. 이 남자와 결혼해도 그녀는 수도에 남을 수 있었다. 여전히 가족, 친구들과 함께할 수 있을 테니 삶도 크게 변하지 않을 것이다. 그거면 되지 않을까. 그래, 그 정도면 에르셀라도 진심으로 만족할 수 있을 것 같았다. 그제야 그녀는 이곳에 와서 처음으로 그를 향해 웃을 수 있었다.

"정말 춥네요. 전 이만 들어가 볼게요. 쉬다 오세요."

약간은 장난스러운 목소리로 말했다. 그렇게 미끄러지듯 발을 떼다 자신의 어깨에 걸쳐진 외투를 인식하고 다시 멈추었다.

에르셀라는 민망한 얼굴로 겉옷을 벗어 그에게 건넸다.

"다음 만남은 결혼식이겠군요."

결혼식. 입으로 꺼내고서도 낯선 단어였다. 설렘도, 떨림도, 간질거림도. 그들에겐 존재하지 않았다. 그저 서로가 서로를 필요로 할 뿐. 가슴은 냉정하게 가라앉고, 머리는 차갑게 식는다. 그러니 환하게 웃는 것은 어려운 일이 아니었다.

"그리고 제 오라버니와 동갑이던데 말 놓으세요."

"……."

"……경."

이상한 데서 그녀는 멈칫하고 말았다.

이름을…… 부를 수 없어서.

곧 부부가 될 관계. 그러니 어색한 일도 아닐 것인데 이 남자는 고작 이름을 부르는 것조차 어렵게 만들었다.

앞으로도 이런다면 그를 뭐라 불러야 할까. 당신? 그대? 덜컥 목이 막혀 아무 말도 할 수 없을 때였다. 밤을 가르는 소리가 났다. 어둠 속에서도 찬연한 금빛 머리칼이 그에게로 굽이쳤다.

그의 검은 예복에 그녀의 것이 얽힌다. 남자는 그것을 묘하게 바라보다 다시금 그녀를 직시했다. 그의 눈과 마주하자 에르셀라는 어쩐지 숨이 막혔다.

한 점 흔들림 없는 눈동자에 기이한 열망이 스며 있었다. 무언가를……
바라는 것 같은데, 그게 무엇인지 감히 알 수가 없었다. 짧막한 시간
이 흐르고 이내 그가 낮게 웃으며 적막을 깨뜨렸다.

"하르젠."

"……."

"이름 불러."

바람이, 불었던가.

에르셸라 베른하르트.

그녀의 성(姓)이 바뀌었다.

처음 공저로 갔을 때, 베른하르트 공작의 시선에 에르셸라는 긴장
하지 않을 수 없었다. 전쟁터를 노련하게 누비던 노장답게 그의 시선
은 삼엄했으며 또한 은근한 불만이 서려 있었다.

그는 에르셸라를 머리부터 발끝까지 한 번 훑더니 혀끝을 낮게 찼
다. 그리고 제 아들에게 주의를 주듯 말했다.

"이번만이다."

"예, 아버님."

에르셸라는 내심 공작의 태도에 당황했다. 그녀의 가문에 혼서를
보낸 사람은 다름 아닌 자신이면서 왜 저리 마뜩잖은 표정을 지어대
는지. 에르셸라는 그가 어떤 생각으로 그녀의 가문과 혼담을 나누었
는지 더더욱 알기 어려워졌다.

하루 이틀 시간이 지나며 그녀는 이곳이 확실히 제가 살아온 곳과
다름을 느꼈다. 주인의 성품을 닮아 그런 것일까. 사용인들조차 시종

일관 얼굴을 굳히고 있었으며, 딱딱한 태도로 그녀와 일정한 거리를 유지했다. 무례하진 않았지만 결코 살갑다고 말할 순 없었다. 게다가 시집올 때 데리고 온 리엔과 베스는 일을 배우느라 바빠 정작 에르셀라 곁에 붙어 있질 못했다.

에르셀라는 불평하지 않기로 했다. 두 사람을 데리고 오는 것만으로도 공작이 못마땅해했다는 얘기를 들었기 때문이다.

공작 부인이 안 계셔서 그런 것일까. 공작가는 생각했던 것보다 더 삭막했다. 공작 부인이 계시기 전에도 이랬냐고 물어봤으나 사용인들은 애매하게 답하며 자리를 떠났다. 그들의 태도를 보니 공작 부인도 그리 다정했던 이는 아닌 모양이었다.

에르셀라는 눈앞의 남자를 멀뚱히 응시했다. 시선을 느낀 남자가 고개를 비스듬히 기울였다.

"하르젠."

이제는 몇 번이나 불러 익숙해진 이름을 담아보았다. 자연히 그가 그녀의 뺨에 손을 갖다 댔다. 제법 다정한 손길을 그대로 받아들이며 에르셀라가 물었다.

"공작 부인…… 어머님은, 어떤 분이셨어요?"

그는 대답하지 않고 흐트러진 그녀의 머리카락을 하나하나 정리해주었다. 두 사람 모두 침대에 걸터앉아 있었기에 제삼자가 보면 꽤나 그럴듯한 부부로 보였을 것이다.

"불쌍한 여자."

그는 표정 하나 바꾸지 않고 그렇게 말했다. 에르셀라가 고개를 갸웃거렸지만 그는 더 이상 말해주지 않았다. 더 묻는 대신 에르셀라는 그의 허리를 감쌌다. 그는 저에게로 안겨오는 그녀를 당겨 안았다.

등을 토닥이는 손길이 나긋해 깜빡 잠이 들 뻔한 에르셀라가 화급히 그의 품에서 떨어져 나왔다. 곧 입궁해야 하는 사람을 곤란하게 만들 뻔했다.

"졸려서요."

에르셀라는 짧게 하품을 하며 배시시 웃어 보였다. 아침이긴 했으나 그의 입궁 시간은 너무 일렀다. 레나르트 전쟁에 관해 처리해야 할 일이 아직 남아 있는 듯했다. 때문에 에르셀라는 하르젠이 입궁한 뒤에 다시 잠이 들곤 했다.

"가셔야죠."

일어날 생각 않고 물끄러미 저를 바라보는 시선에 에르셀라가 고개를 갸웃했다. 천천히 손을 뻗은 하르젠이 에르셀라의 목덜미를 부드럽게 잡아당겼다.

곧이어 입술이 겹쳐지고, 숨결이 삼켜졌다. 집어삼킬 듯 겹쳐오는 입맞춤에 견디지 못한 에르셀라가 자연히 침대 위로 쓰러졌다. 그 상태로 하르젠이 이끌리듯 그녀 위로 올라탔다. 순식간에 양팔에 갇힌 모양새에 에르셀라가 얼굴을 붉혔다.

"아침…… 인데."

대답하지 않고 그의 손끝이 에르셀라의 목선을 쓸어내려 가며 쇄골 언저리에 닿았다. 밀려오는 부끄러움에 차마 시선을 마주하지 못한 에르셀라가 기어들어 가는 목소리로 말했다.

"입궁…… 해야죠."

"아쉬운데."

"그래도 안 돼요."

에르셀라가 조금 단호하게 말하며 밀어내자 그가 피식 웃으며 몸을 일으켰다. 몰랐는데, 하르젠은 가끔 짓궂은 면이 있어 에르셀라는 종종 당황하곤 하였다.

에르셀라는 여전히 누운 채였고, 하르젠은 침대에 걸터앉아 있었다. 하르젠이 일어서려 하자 에르셀라가 슬며시 그의 옷깃을 잡아당겼다. 일말의 힘조차 실려 있지 않은 작은 저지에도 그는 다시 앉으며 에르셀라를 의아한 눈으로 쳐다봤다. 그런 그를 향해 에르셀라는 입술을 자그맣게 달싹였다.

"일찍 와야 해요."

실처럼 가느다란 목소리는 누가 들어도 거부하지 못할 만큼 아름다웠지만, 에르셀라는 거절당할까 조마조마하기만 했다. 아직 공작가에 완전히 적응하지 못했기에 에르셀라는 매번 하르젠이 오기만을 기다렸다.

하르젠은 에르셀라를 지긋이 보다 옷깃을 붙잡은 팔을 떼어내었다. 그에 에르셀라의 눈동자가 살며시 떨려왔다. 그녀의 푸른 눈동자를 잠시 눈에 담은 하르젠이 그녀의 팔을 끌어 손목 안쪽에 입술을 묻었다. 그 상태로 그가 속삭이듯 말했다.

"부인께서 원하시는 대로."

간지러워 에르셀라가 짤막하게 웃었다.

하르젠이 가고 난 후 다시 잠든 에르셀라가 눈꺼풀을 들어 올렸다. 잠깐 눈을 붙인 것만으로도 정신이 맑아진 느낌이었다. 신혼임을 감안해 준 것인지 공작은 아침 식사를 따로 해도 좋다고 허락해 주었다. 덕분에 이리 실컷 잠도 잘 수 있어 좋았다.

사실 공작을 마주하는 건 아직 무서웠기 때문에 에르셀라는 앞으로도 이랬으면 하는 심정이었다. 그러나 그가 수장으로 있는 가문의 일원이 된 이상, 그것은 무리일 것이다. 이 정도 배려만으로도 충분히 감사한 것이었다.

에르셀라는 허전해진 방 안을 느릿하게 둘러보았다. 종전이 선포되지 않았기에 하르젠은 여전히 바빴고, 에르셀라 또한 신혼이었기에 결혼하자마자 바로 친정과 친구들을 만나러 가는 것이 꽤나 눈치 보였다.

게다가 공작 부인이 세상을 떠난 지가 오래라 안주인 역할이 자연스레 에르셀라에게 떠밀리듯 왔다. 덕분에 에르셀라도 낮은 바쁘게 보낼 수밖에 없었다.

그녀는 하녀장과 몇몇 가신의 도움을 받아 차근차근 일을 익혔다. 에르셀라가 처리한 일은 공작에게 보고되었고, 그럴 때마다 꾸지람을 들을까 긴장이 되었다. 다행히 괜찮았는지 공작은 딱히 싫은 소리를 하진 않았다.

몸을 일으킬까 하다가 몰아치는 격통에 에르셀라는 다시 침대에 주저앉았다. 그녀가 한 번 한숨을 내쉴 때였다. 밖에 대기하고 있던 사용인의 목소리가 들려왔다.

"작은마님, 1왕자비 님께서 오셨습니다."

"들어오시라고 해!"

내내 기다리고 있던 소식에 에르셀라는 뛸 듯이 기뻐하며 소리쳤다. 곧 문이 열리며 에샤힐드가 방 안으로 들어섰다.

"내 사랑스러운 동생."

"언니!"

아직 완전히 몸을 일으키기 힘들어 침대에서 맞이했으나 에샤힐드는 이해한다는 얼굴로 침대 위에 걸터앉았다.

"잘 지냈니?"

"보고 싶었어, 언니."

"나도야."

순식간에 방 안의 계절이 바뀌었다. 겨울에서 봄으로. 에르셀라는 아직도 눈앞에 있는 언니의 모습이 믿기지 않았다. 이 모든 일을 가능하게 한 하르젠에게 너무 고마웠다.

저번에도 그렇고 대체 어떤 마법을 부린 것일까. 일국의 왕자비가 사사로이 신하의 저택에 방문하다니. 있을 수 없는 일이었다. 그리고 중립을 표방하고 있는 가문에 정치색을 가지고 있는 왕자비의 방문은 위험했다.

무슨 생각이냐고 물어보았지만 하르젠은 별생각 없다고 답했다. 에르셀라는 그 대답이 이상했다. 그가 앞뒤 계획 없이 이런 일을 벌일 사람으로 보이진 않았기 때문이다.

어떻게 된 일이냐고 에샤힐드에게 물어봤더니 그녀는 자신도 모르겠다며 애매하게 미소 지었다. 그저 왕비 전하께서 공저의 방문을 승인해 주셨다고 덧붙였다.

어찌 됐든 자신에겐 좋은 일이어서 에르셀라가 환하게 얼굴을 밝혔다. 그런데 에르셀라를 따라 부드럽게 웃음 짓던 에샤힐드가 일순 어색하게 표정을 굳혔다. 왜 그런가 싶어 그녀의 시선을 따라가다 에르셀라는 황급히 이불로 몸을 가렸다.

"……창피하다."

수줍게 웃으며 시선을 옆으로 흘리자 에샤힐드가 다정한 목소리로 물었다.

"그 사람이 잘해주니?"

"언니, 은근 카르온 오라버니 닮은 거 알아? 짓궂어."

그렇게 말하면서도 에르셀라는 곰곰이 그녀의 말을 되짚어보았다. 잘해준다라. 확실히 다른 남자들과 온도 차이는 있었지만 하르젠은 생각보다 다정한 편이긴 했다.

불편함이 없도록 최대한 그녀의 편의를 봐주었고, 그녀를 대하는 손길은 하나하나가 부드러웠다. 무서워서 밀어내면 그의 손이 뺨을 쓰다듬는다. 그것이 꼭 괜찮다고 하는 것 같아서 에르셀라는 미세한 저항도 하지 않고 자신을 내맡겼다.

그것은 첫날밤 이후로도 변함없어서 에르셀라는 그제야 안도할 수 있었다. 적어도 소박맞지는 않겠구나, 하는 생각에. 확실히 정략혼치곤 괜찮은 결혼 생활이었다.

정략으로 맺어져도 잘 사는 부부가 있다고 하던데 운 좋게도 자신이 거기에 속했나 보다.

"잘해주긴. 그냥 나쁘게 대해주진 않아."

지난밤이 떠오르자 괜스런 투정이 새어 나갔다. 다정한 녹안이 그녀를 담았다. 헤르미아 왕녀만큼이나 우아한 미소가 에샤힐드의 입가에 걸렸다.

"행복해야 해."

묘한 미소였다. 어쩐지 슬퍼 보이는. 언니는 행복하지 않은 걸까. 묻고 싶었지만 곧바로 저를 안아오는 손길에 그럴 수 없었다. 마치 아무것도 묻지 말아달라 속삭이는 것 같았다. 에르셀라는 그대로 했다.

한동안 에르셀라를 그러안던 에샤힐드가 두른 팔을 풀었다. 그 후에 그녀는 궁에 있었던 몇 가지 일을 이야기해 주었다. 주로 시녀들 이야기였다. 시녀들의 웃긴 행각에 방 안에 웃음꽃이 들어찼다.

한참 웃다 이제 그만 가야겠다며 에샤힐드는 궁으로 돌아갔다. 아쉬웠지만 에르셀라는 붙잡지 못했다. 언니는 이제 왕가의 여인이었으므로.

에르셀라의 하루 일과는 단순하게 흘러갔다. 낮에는 공작 부인의 업무를 대행하고, 시간이 남으면 미처 익히지 못한 공용어를 마저 공부했다. 사용인들이 이상하게 쳐다봤으나 그녀는 신경 쓰지 않았다.

에르셀라는 공작가에 있으면서 공작에 관한 몇 가지 사실을 알게 되었다. 풍채가 늠름한 겉모습과는 다르게 공작은 잔병치레가 잦아 저택에 있는 일이 비일비재하다는 것이 그중 하나였다.

알고 보니 지난 전투에서 큰 외상을 입은 탓에 이런저런 합병증이 많이 생긴 모양이었다. 덕분에 티파티나 연회에 가는 것도 눈치가 보여 관두었다. 아쉬웠지만 시아버님이 저리 아프신데 며느리 되는 자가 놀러 다니면 세간에 소문이 안 좋게 돌 것이었다.

그녀의 명예는 물론 하르젠의 명예까지 실추시키는 행동은 하고 싶지 않았다. 그리고 시간이 조금 흐르면 거리낌 없이 그들을 만날 수 있을 것이라고 생각했다.

에르셀라가 맡은 일 중에는 공작을 담당하는 주치의의 보고를 듣고 적당한 약재를 사들이는 것도 있었다. 물론 공작가의 가신들은 구입 물품을 꼼꼼하게 검사했다. 누가 보면 그녀가 시아버지를 독살하려 든다고 착각이 들 만큼의 유난이었다. 에르셀라는 살짝 기분이 상했지만 별말을 하진 않았다. 정치적 노선을 달리했던 가문의 여인이 공작가에 들어앉았으니 합리적인 의심이긴 했다. 실제로 자신의 남편이 빨리 작위를 물려받았으면 하는 마음에 그런 짓을 저지르는 여인의 사례도 간혹 있었다.

그렇게 시간이 지나 밤이 되면 일을 마친 하르젠이 도착했다. 에르셀라에겐 그때가 가장 행복한 시간이었다.

그날 있었던 일을 재잘재잘 얘기하고 부드러운 손길을 받아들이면 하루가 끝났다. 싫은 건 아니었지만, 이제껏 겪어보지 못한 단조로움에 서서히 지루함을 느낄 즈음이었다.

"부인. 태기가 있으십니다."

하르젠의 아이를 가졌다.

에르셀라는 자신의 배를 쓰다듬어 보았다. 이곳에서 생명이 자라고 있다니. 신기했다.

속이 울렁이고 달거리가 끊겨 혹시나 해서 의원을 불렀다. 초반에 그는 맥이 약하다며 확신하지 못했으나 몇 주가 흐르자 태기가 있는 것 같다며 넌지시 말을 했다.

의원의 보고를 들은 공작은 그제야 처음으로 웃어주었다. 그마저도 옅어 곧바로 사라지긴 했지만 말이다. 어찌 됐든 시아버님 되는 분이 좋아하는 것 같아 에르셀라도 뿌듯한 마음이었다.

하르젠에게는 그녀가 직접 말했는데, 에르셀라의 말을 들은 그는 적지 않게 당황스러워했다. 그 표정 변화에 에르셀라가 소리 내어 웃었다. 그녀의 미소를 가만히 지켜보던 그도 이내 피식 웃었다.

회임 소식을 알린 후 에르셀라는 시아버님인 공작이 그녀에게 조금 관대해졌음을 느꼈다. 항시 의원을 그녀의 곁에 두었고, 그녀의 친구들이 공저에 방문할 수 있도록 허락해 주기까지 했다.

조금 인정받은 것 같아 에르셀라는 내심 기뻤다. 공작의 배려로 방문한 친구들은 신기하다며 그녀의 배를 매만졌고, 그동안 있었던 연회나 휴가 갔던 이야기를 들려주었다. 오랜만에 느껴보는 소란스러움이었다. 그러니 웃음이 끊이질 않는 것은 당연한 일일 것이다.

가족들에게도 전령을 보냈더니, 그다음 날 후작 부인과 카르온이 에르셀라를 찾아왔다. 그들은 다 컸다며 그녀를 대견하게 쳐다보았다.

후작은 몸이 아픈 탓에 차마 방문하지 못하고 에르셀라에게 따로 편지를 보내왔다. 보고 싶다는 얘기와 함께 건강한 후계를 생산하길 바란다는 짧은 문구였다. 각별히 몸조심하라는 얘기도. 다른 가문에 시집가 그 가문의 후계를 잉태하는 것 자체가 큰일이니 가족의 이런 반응도 당연하리라.

"조심하셔요!"

계단에 발을 헛디뎠을 때였다. 사용인이 화들짝 놀라며 그녀의 팔을 붙잡았다. 덕분에 에르셀라는 넘어지지 않을 수 있었다. 그녀를 지탱한 사용인은 한숨을 포옥 내쉬며 당부하듯 그녀에게 말했다.

"작은마님, 작은 마님의 몸은 작은 마님의 몸만이 아니란 걸 아셔야 합니다. 부디 배 속의 아기님을 생각해서라도 유념해 주세요."

어지간히 불안했는지 그녀의 목소리는 걱정으로 가득했다.

에르셀라는 미안함에 살짝 웃으며 말했다.

"응, 알았어."

대답하면서도 에르셀라는 약간 묘연한 기분에 사로잡혔다.

"아가씨! 조심하셔야죠! 귀한 몸에 상처라도 나시면 어쩌려고 그러세요."

예전에는 그녀를 우선으로 걱정해 주었는데……

그러나 곧 상념을 털어냈다.

여름이 농익으며 배가 점점 불러오기 시작했다. 서서히 몸에도 변화가 일었다. 처음 아이를 가졌을 때도 부푼 가슴이 미세하게 당겨오긴 했지만 그 세기가 점차 심해짐을 느꼈다.

에르셀라는 한 번 깊게 숨을 들이쉬고 내쉬었다. 그럼에도 답답함이 풀리지 않자 짜증이 일어 인상을 찌푸렸다.

"작은 마님, 식사 시간이 되었습니다."

사용인이 알려주는 말에 에르셀라가 알았다며 고개를 끄덕였다. 만찬장으로 내려간 에르셀라는 준비된 자리에 앉았다.

그러나 그녀는 스푼을 들 수 없었다. 이상한 일이었다. 분명 허기가 졌는데 눈앞의 음식을 보자마자 역겨움이 스멀스멀 올라오며 그 자리에서 헛구역질을 했다.

간혹 있던 일이었지만 그날따라 정도가 심해 실례임을 알면서도 급히 자리를 뛰쳐나왔다. 그럼에도 메슥거림이 사라지지 않자 에르셀라는 자리에 주저앉았다. 뒤따라 나온 하르젠이 등을 두드려 주며 괜찮으냐고 물었지만 괜찮다고 대답할 수 없었다.

그날 이후로 식사는 따로 그녀의 방으로 제공되었다. 공작의 배려라고 사용인이 설명했다. 에르셀라도 그편이 편해 수긍하며 안도했다.

어느 날 밤이었다. 덜컥 겁이 났다. 자꾸 걱정이 되었다. 성인이라지만 자신은 아직 어리다는 생각을 지울 수 없었고, 좋은 엄마가 될 수 있을까, 하는 막연한 두려움이 피어올랐다.

그녀는 그날 무서워서 울었다. 흐느낌이 점차 짙어지자 잠에서 깨어난 하르젠이 무슨 일이냐며 물어왔지만 에르셀라는 그저 울 수밖에 없었다. 그는 더 이상 묻지 않고 그녀를 다독였다.

날이 갈수록 속이 안 좋아지고, 구역질이 심해졌다. 의원은 심신이 미약해서 그렇다며 마음을 평안히 하고 가벼운 산책을 하라 권유했다. 에르셀라는 그대로 따랐다.

그럼에도 신경은 갈수록 예민해졌고, 이따금 하르젠에게 짜증을 부릴 때면 저 스스로도 당황해 미안하다 사과하곤 했다. 그는 신경 쓰지 말라 했지만 에르셀라는 괜스레 죄책감이 들었다.

"갈수록 말라가. 뭐라도 먹는 게 좋겠어."

"입맛 없어요."

에르셀라가 이불 속에서 웅크리며 온몸으로 거절 의사를 내비치자 하르젠이 한숨을 내쉬었다. 그가 권하는 대로 뭐라도 먹고 싶었지만 그녀는 정말 아무것도 먹을 수 없었다. 평소에 좋아하던 음식도 보기만 하면 속이 뒤엉켰다.

하르젠이나 사용인들에게 먹고 싶은 걸 말하면 바로 구해다 주긴 했지만 그마저도 별로 없었다.

"의원에게 듣기로는 억지로라도 먹는 게 좋다고……."

"응."

한 귀로 듣고 한 귀로 흘려 버린 걸 알았는지 그는 체념한 듯 더 이상 권하지 않았다. 문득 에르셀라는 저 스스로가 너무 유난을 떠는 건 아닌지 생각했다.

다른 여인들도 다 겪는 일인데 저만 힘든 것처럼 굴며 주변 사람들을 괴롭히는 것 같았다. 이러다 어느 순간 사람들이 그녀에게 등을 돌리진 않을까 걱정이 되었다.

한 번도 해본 적 없는 고민이었다. 누구나 다 그녀를 좋아했다. 왜 갑자기 이런 생각이 드는 것일까. 불안함에 에르셀라는 하르젠의 품 안으로 엉겨들어 갔다.

산책 횟수를 조금 더 늘렸다. 큰 효과는 없었지만 마음을 진정시키는 데엔 도움이 되었다. 그럼에도 변덕은 심해지고, 신경에 날이 섰으며, 이젠 하르젠을 봐도 별로 기쁘지 않았다.

자꾸만 그에게 서운했고, 그가 옆에 있음에도 혼자라는 생각을 지울 수 없었다. 하르젠은 그 나름대로 무엇이 문제인지 모르니 답답해했다. 왜 그러느냐 물으면 그녀는 모른다, 라고밖에 대답할 수 없었다.

정말 그녀도 몰랐다. 왜 그러는지. 자꾸만 기분이 오락가락하고, 성향이 점점 거칠어졌다. 그는 걱정되었는지 틈만 나면 의원을 불러 그녀를 진찰하게 했다.

"조금 더 마음을 편히 가지십시오."

의원은 가끔 이런 여성이 있다며 아이를 생각하면서 마음을 바로 잡으라고 진단했다. 우울 증세를 보이면 아이에도 안 좋으니 좋은 생각만 하라고 신신당부하곤 했다.

에르셀라는 의원의 말대로 좋았던 일만 떠올렸다. 어릴 적 언니와 밤새도록 떠들었던 일, 오라버니와 후작가의 무도회장에서 춤을 추었던 일, 친구들과 이곳저곳 놀러 다녔던 일, 다정했던 부모님 생각들.

하나둘씩 떠올리면 입가에 미소가 지어지다가도 그들이 보고 싶어 울적했다. 에르셀라는 그들에게 편지를 쓰기 시작했다.

걱정이 되었는지 편지를 받은 후작 부인이 공저로 방문했다. 갑작스러운 방문이었지만 돌려보내는 무례를 저지를 순 없었는지 공작은 순순히 후작 부인을 안으로 들였다.

오랜만에 보는 어머니의 모습에 왈칵 눈물이 나 에르셀라는 그녀의 품에서 오열했다. 후작 부인은 곧 지나갈 거라면서 그녀를 달랬다. 제발 매일매일 와주면 안 되냐 간절히 묻자 그녀는 조금 곤란한 얼굴로 입을 열었다.

"네 아버지가…… 쓰러지셨어."

후작 부인은 쓰러진 지 이틀째라고 덧붙였다. 이제는 한나절을 침대에서 보내야 한다는 말도. 에르셀라는 덜덜 떨며 그날 바로 무거운 몸을 이끌고 아버지를 찾아뵈었다.

후작이 쓰러졌다는 말에 공작도 허락하며 그녀를 보냈다. 신음만 내며 가만히 누워 있는 아버지를 보자 참담한 심경이었다. 길어봐야 몇 달이라며 주치의가 말했다. 그제야 아버지의 죽음이 와닿기 시작했다. 이제 정말 얼마 안 남았구나. 서러움이 복받쳐 눈물을 흘렸다.

아버지가 돌아가실 때까지 후작가에서 머물면 안 되냐고 어머니에게 사정했지만 후작 부인은 안쓰러운 미소만 지으며 그녀를 돌려보냈다.

시간은 하릴없이 흘러 이제 무거워진 몸에 제법 익숙해졌을 때였다. 잠결에 눈이 뜨였다. 하르젠이 없었다. 덜컥 불안감이 밀려와 방을 나서며 미친 듯이 그를 찾아 헤맸다. 다급한 발걸음으로 울먹이며 어두운 복도를 돌아다녔다.

그러다 일순 누군가 그녀의 어깨를 뒤에서 조심스레 잡아 돌렸다. 그 인영이 누구인지 확인하자 에르셀라는 대뜸 다가가 안겼다.

"어디 갔었어요."

"잠시, 바람 좀 쐬러."

에르셀라는 고개를 들어 그를 올려다봤다. 하르젠은 조금 복잡한 눈으로 그녀를 보고 있었다. 문득 그의 등 뒤로 희미하게 뻗어 나오는 빛줄기가 눈에 잡혔다. 그것은 문틈으로 새어 나오고 있었다. 그 방이 공작의 집무실이란 걸 확인하자 불안감이 등줄기를 타고 올라왔다.

출처 모를 두려움을 애써 지우며 하르젠의 품에 얼굴을 비비적거렸다. 그는 타성적으로 그녀의 등을 두들기며 말했다.

"미안해. 금방 올게."

그답지 않게 약간은 잠긴 목소리였다. 그녀의 몸이 서서히 경직되기 시작했다.

"무슨…… 말이에요?"

하르젠은 선뜻 대답하지 못하고 한동안 가만히 있었다. 에르셀라가 다급히 재촉하자 그제야 그가 입을 열었다.

레나르트 남쪽에서 벌어지는 리누스 회전.

그곳으로 그가 출정한다는 소식이었다.

에르셀라는 말리지 않았다. 아니, 말릴 수 없다는 게 맞았다. 그는 무력 가문의 후계자이며, 이 나라의 기사이다. 전쟁이 나면 참전하는 것이 당연했다.

훗날 가문을 이어받을 자이니 베른하르트가의 위상에 맞게끔 그의 위치를 드높여야 하기도 했다. 그것은 공훈을 세우는 일 말고는 별다른 방법이 없었다. 가문의 힘만으로 요직을 차지하기엔 베른하르트의 자존심이 허락하지 않을 터였다.

에르셀라는 이해했다. 결혼 전에도 알았다. 자잘한 전쟁은 아직 진행 중이며, 언젠간 하르젠이 출정할 거라는 것도 예상치 못한 바는 아니었다. 그 모든 것을 감수하고서도 그녀는 하르젠을 선택했다. 그러니 '후회'라는 감정이 드는 것 자체가 모순일 것이다.

당시에 에르셀라는 모르고 있었다. 단순히 생각만 했던 것과 직접 겪는 것은 천지 차이였음을.

하르젠이 떠나고서 몇 개월의 시간이 흘렀다.

"살쪘어."

"여전히 날씬하세요."

거울 앞에 선 에르셀라가 투정부리듯 말하자 메리엔이 달래주었다. 메리엔이 그렇게 말했음에도 에르셀라는 거울에 비친 자신의 모습이 마음에 들지 않았다. 어느 순간부터 부진했던 식욕이 되살아나기 시작하더니 몸에도 점점 살이 붙기 시작했다. 의원은 마른 것보다 이것이 더 좋다며 기뻐했지만 에르셀라는 도저히 답할 수 없었다.

"못생겨졌어."

"아름다우세요."

변한 자신의 모습이 낯설었다. 주변에서는 더 쪄도 된다 했지만 에르셀라는 그러기 싫었다.

"아기를 낳으시면 다시 돌아오실 거예요. 그러니 괘념치 마세요."

에르셀라는 알았다며 고개를 끄덕였다. 그러나 이미 한번 신경 쓴 이상 안 쓰려고 해도 안 쓸 수가 없었다. 무엇보다 전쟁터에 가 있는 하르젠이 마음에 걸렸다.

"날 싫어하면 어떡하지."

살찌고 못생겨진 자신을 마음에 안 들어 할까 봐 걱정이 되었다. 초기에 에르셀라는 하르젠이 저를 꽤나 좋아하는 것 같은 느낌을 받긴 했다. 그러나 그것이 단순히 외모 탓인지, 아니면 다른 이유가 있는 건지 알 수 없었다. 만일 전자라면 어떻게 되는 것일까. 아름다움을 잃은 그녀는 그에게 가치가 있을까.

'날…… 안아줄까.'

바위가 얹힌 것처럼 가슴이 묵직했다.

"전쟁터에서 썩을 대로 썩은 놈이야. 그곳에서 흔한 창녀랑 뒹굴어대지 않았을 거 같아?"

정말 그럴까. 어쩌면 카사로의 말대로 그곳에서 다른 여자를 안고 있을지도 몰랐다. 거기까지 생각하자 울컥 설움이 밀려왔다.

아닐 수도 있다. 그러나 이성적으로 생각하려 해도 자꾸만 그 말이 머릿속을 맴돌았다. 정략으로 맺어졌음에도 남편이 다른 여자를 안고 있다는 상상을 하면 눈물이 날 것만 같았다.

그날도 에르셀라는 울적해서 후원을 산책하기로 했다. 자꾸만 안 좋은 쪽으로 생각하다 아이에게 영향을 미치면 큰일이었으니.

에르셀라는 하루빨리 하르젠이 돌아오기를 바랐다. 그리고 그녀의 바람대로 그는 출정한 지 몇 달 지나지 않아 귀환하게 되었다.

추적추적 빗소리가 거세게 몰아치는 날이었다.

공작이 죽음을 맞이했다.

신기한 일이다. 아프다고는 하지만 겉으로는 끄떡없어 보이던 그 사람이 죽다니. 생각보다 상처가 깊었던 모양이다. 보통 시아버님이 돌아가시면 장례를 치르며 애도의 기간을 가지겠지만 지금은 상황이 특별했다.

후계자가 전쟁터에 있는 상태에서 가주인 공작의 죽음은 꽤나 위험하다. 아니나 다를까 소식을 듣고 하르젠의 숙부인 파센 백작이 찾아왔다.

"하르젠, 그 아이는 이제 고작 열아홉이다. 그 아이가 가주직을 맡기에는 아직 일러."

백작은 하르젠의 나이가 작위를 계승하기엔 아직 어리다며 충분히 자랄 때까지 대리인 자격을 주장했다. 가문을 다스리기에 어린 나이는 맞으나 하르젠은 성년을 지낸 성인이었다. 백작의 주장은 다소 억지였음에도 불구하고 그를 완전히 저지할 수 없는 이유는 하나였다.

하르젠이 이곳에 없다는 것.

공작가의 충실한 가신들은 그녀를 대리인으로 내세우며 백작을 막아섰다. 평생 가문의 일원으로 인정해 주지 않을 것 같던 그들이 급박한 상황이 오자 그녀를 앞세우니 어이가 없긴 했으나 에르셀라에게는 별다른 대안이 없었다.

"얘야. 너도 아직 어리잖니. 게다가 임신 중이라 들었다. 이런 상황에서 공작 부인의 업무는 네게 버거울 따름이야. 그저 네가 인정만 해 주면 된다. 지금은 네가 대리인 격이니⋯⋯."

"백작님."

거리를 두기 위해 일부러 격식을 갖춰 부른 호칭에 백작의 얼굴이 순식간에 일그러졌다. 그러나 에르셀라는 개의치 않았다. 평소 같았다면 어찌하면 좋을지 우왕좌왕했을지 모르겠지만 현재 그녀는 꽤나 지쳐 있었고, 신경이 날카로워 백작의 눈치까지 볼 여유가 없었다.

"정식으로 대리인 자격을 인정받고 싶다면 부군이 오기를 기다렸다, 그에게 승인을 받으세요. 저한테 이러셔도 소용없어요."

"어리석구나. 지금 네가 누구 손을 잡아야 하는지도 모르겠느냐! 왕명으로 전쟁터에 내몰린 녀석이다. 과연 살아나 있을까?"

"왕명…… 이요?"

처음 듣는 얘기에 에르셀라의 눈이 눈에 띄게 흔들렸다. 자진해서 간 게 아니라 왕명으로 인한 출정이었다니. 에르셀라가 동요하는 모습을 보이자 파센 백작이 입꼬리를 비틀어 올리며 냉소를 지었다.

"그럼 왕에게 사랑받는 왕녀의 청혼을 거부하고서 무사할 줄 알았느냐? 네 가문 덕에 눈에 띄는 보복은 피할 수 있었겠으나 결국 죽음을 맞이하겠구나. 너를 선택한 그 아이의 결정은 아주 어리석은 것이었다."

에르셀라는 백작의 뒤에 있던 웬델만 콘타르를 쳐다보았다. 사실이었는지 그는 작게 고개를 끄덕였다. 그러니까 이 모든 게 왕의 뜻이었던 것이다.

그는 왕의 기사니까 왕명을 거부할 명분도 없었겠지. 왕래가 없었던 그의 숙부도, 일개 가신조차도 알고 있던 사실을 자신은 몰랐다는 것에 허탈감이 몰려왔다. 머리가 지끈거리고, 배가 아파오기 시작했다. 이제는 제법 불러온 배를 부여잡으니 백작은 혀를 차며 동정 어린 눈빛을 자아냈다.

"그것 봐라. 너도 힘들잖니. 그냥 나에게 넘기고……."

"하르젠은 올 거예요."

"그 아이는 죽을 거다. 대체 언제까지 버틸 예정이냐. 이대로 네 시아버님의 장례도 치르지 않고!"

하르젠이 없었으니 당연히 공작의 장례도 미뤄졌다. 에르셀라는 저를 표독스럽게 노려보고 있는 백작을 마주했다. 백작이 씹어뱉듯 말을 했다.

"그 아이는 아직 어려."

"그분은 성인입니다. 가문을 다스리기에 힘에 부친다면 친정의 도움을 받으면 되니 걱정 마시지요."

"베른하르트가에 피사리데의 영향이 닿는 걸 사람들이 과연 좋아할까?"

"그건……."

확실히 그들은 고결한 중립을 운운하느라 이 사태까지 왔음에도 피사리데의 도움을 받는 것을 극구 거부했다. 그들은 리엔과 베스도 피사리데의 세작이 아니냐며 의심의 눈초리를 거두지 않았다.

피사리데도 타 가문의 일에 함부로 개입했다가 어떤 사달이 날지 모르니 지켜볼 수밖에 없었다. 일단 그녀의 아버지는 병환 중이었고, 지금 사태는 카르온의 도움을 받을 수준을 넘어섰다.

에르셀라는 이 상황이 못내 원망스러웠다. 심지어 백작은 수도에 올 때 사병까지 끌어와 저택을 포위하기까지 했다. 덕분에 백작이 데리고 온 기사들과 공작가 소속의 기사들이 삼엄하게 대치 중이었다.

왕명이라 했었나.

어쩐지 공작가가 이 지경까지 왔는데 왕실에서 개입하지 않는 게 이상하긴 했다. 애초에 자신의 눈 밖에 난 기사를 왕은 도울 생각이 없던 것이다.

하르젠이 과연 무사히 도착할지 걱정이 되었다. 그에게선 여전히 전령이 도착하지 않았다. 파센 백작은 그녀를 향해 한번 잘 생각해 보라 하고는 방을 나섰다. 긴장이 풀리기가 무섭게 그의 아들인 제롬 파센이 찾아왔다.

"피사리데라며, 너."

대뜸 건네지는 불손한 언행에 에르셀라의 미간이 설핏 찌푸려졌다. 그는 개의치 않고 피식 웃었다.

"하르젠이라고 했었나? 귀하신 몸이라 그런지 워낙 두문불출해서 나도 얼굴 한 번 못 봤어. 아버지도 한두 번밖에 못 봤다 하더라고. 그런데 아버지가 그러는데 별거 없다고 하더라. 버릇없고 오만불손하기 짝이 없는 녀석이라던데."

"그래서요?"

"내가 더 낫지 않나?"

에르셀라는 남자의 얼굴에서 음험한 욕정을 읽어냈다. 애당초 그는 숨길 생각이 없는지 그것을 여과 없이 내비치며 빙긋 웃었다.

"그 녀석이 죽으면 어쩌게? 넌 졸지에 아이까지 있는 과부로 전락하는데. 네 가문에서 거둬가 준다고 해도 꼬리표는 남겠지. 남자 하나 잘못 선택해서 인생 망한 계집."

"……."

"이러나저러나 진창으로 구를 거, 그럴 바엔 나에게 붙는 게 어때?"

에르셀라는 웬델만 콘타르 남작을 쳐다보았다. 그는 이 일에 개입할 생각이 없는지 가만히 있을 뿐이었다.

파센 백작, 제롬 파센은 어찌 됐든 베른하르트 혈통이라는 것인가. 그녀는 그것이 허무했다. 이곳에서 에르셀라는 여전히 이방인이었다.

"왜 말이 없어?"

"상대할 가치조차 없어서요."

"뭐?"

"언행이 방자하고 품위 하나 없는 그대가, 감히 날 욕심낸다는 게 우습기도 하고."

"야, 이 계집이……."

"내 남편, 내 오라비에게 큰소리 한번 지르지 못할 자가, 나에게 이러는 게 같잖기도 하네요."

그것은 언뜻 보면 제롬에게 하는 말이었지만, 웬델만은 그녀의 말뜻을 알아차렸는지 격분하려는 제롬을 내보냈다. 그는 관망하기만 했던 것이 죄송했는지 고개를 숙였다. 그러나 에르셀라는 도저히 기분이 풀리지 않았다.

에르셀라는 문득 자신이 지쳐 있다는 것을 깨달았다. 배는 점점 불러왔으며 불안함은 갈수록 고조되었다. 이대로 공작의 장례를 기약 없이 차일피일 미룰 수도 없는 노릇이었다. 그러나 훗날 뒷말이 나오지 않기 위해서라도 후계자인 하르젠이 직접 장례를 치르는 절차는 꼭 필요했다.

만일 하르젠이 죽거나, 이대로 백작에게 가문을 빼앗기면 자신은 어떻게 되는 것일까. 눈앞이 깜깜해졌다.

"올 거야."

암담한 심경에 혼잣말이 늘어갔다. 시간은 점점 흐르고 더 이상 백작의 요구를 마냥 무시하기 힘들어졌다.

"이제 슬슬 장례를 치러야 하지 않겠나? 벌써 관 속의 내 형님은 썩어들어 가고 있을 것 같은데."

파센 백작의 말에 지금껏 강력하게 거절 의사를 내비쳤던 가신들도 난감함을 표했다. 그들은 하나같이 에르셀라를 쳐다보았다.

에르셀라는 안쪽 입술을 깨물었다. 버티기가 점점 힘들었다. 그녀의 파리한 안색을 눈치챈 백작이 달콤한 미소를 지을 때였다.

끼이익, 소름 돋을 만큼 낡은 경첩 소리가 고요를 비집고 울려왔다. 문이 열리며 울리는 묵직한 발소리에 주변인들이 일제히 숨을 죽였다.

"오랜만입니다, 숙부님."

고저 없는 음성에 기류가 선득하게 내려앉았다. 무감각한 눈이 파센 백작을 향했다. 가문의 대리인 자격을 주장하던 백작은 진정한 계승자가 돌아오자 언제 그랬냐는 듯이 다물었던 입을 다시 열어야 했다. 백작의 안색이 낭패감으로 물들었다.

"……하르젠."

곧이어 백작은 하르젠에 의해 질질 끌려오는 형체를 보고 입을 다물지 못했다. 제롬 파센이었다.

아니…… 정확히 말하자면 이미 숨이 끊긴 제롬 파센의 시체였다. 하르젠은 그것을 물건처럼 질질 끌고 와 백작의 앞에 내던졌다. 묵직한 소음과 동시에 백작은 앞에 널브러진 아들의 시신을 경악 어린 시선으로 바라봤다.

"제가 없는 동안 이만하면 즐거우셨으리라 생각합니다."

"……."

"돌아가십시오."

하르젠의 목소리는 이제껏 들어본 것 중 가장 무미건조했다. 아무것도 담겨 있지 않았다. 분노도, 증오도, 배신감도 내비치지 않은 채 그저 그는 여상히 말했을 뿐이다.

백작은 결국 이성을 잃었다.

"하르젠, 이 아이는, 네 혈육이다. 비록 안면은 없다지만…… 어째서! 어째서!"

"아."

그는 몰랐던 것을 깨달은 사람처럼 건조한 탄성을 내뱉었다.

"이 짐승인지 사람 새끼인지 모르겠는 자가, 제 혈육이었습니까?"

"……."

"제 눈엔 남의 것을 욕심내는 더러운 가축으로밖에 보이질 않아서 말입니다."

"하르젠!"

백작이 부들부들 떨며 이를 악물었다. 흰자위에 선 실핏줄이 그가 지금 얼마나 분노하고 있는지 알려주었다.

"제 눈이 잘못되긴 했나 봅니다. 사람 새끼는 사람이며 짐승 새끼는 짐승이라, 제게는 숙부님도 짐승으로 보입니다."

"……그 발언, 형님은 물론이고, 너 또한."

"그러니까."

"……."

"그게 위험하단 겁니다."

그는 서늘한 미소 하나 드리우지 않고 말했다.

"저는 지금 눈에 뵈는 게 없습니다, 숙부님."

백작의 시선이 감정 한 톨 담기지 않은 남자의 얼굴에 머물다 천천히 아래로 내려갔다. 잘 벼려진 칼날이 그의 손에서 섬뜩하게 빛났다. 제롬의 시체를 그러안고 있던 백작이 그것을 보고 천천히 무릎을 꿇었다.

"내가, 잘못했다."

"……."

"내가…… 내가, 잠시, 주제넘은 욕심을 부렸다. 용서해다오."

하르젠은 짤막하게 대답했다.

"돌아가서 처분을 기다리십시오."

부지불식간에 상황이 정리되었다. 에르셀라는 백작 앞에 고꾸라져 있는 시체를 쳐다보았다. 그가 흩뿌린 피를 따라가 보았더니 시선은 하르젠이 쥐고 있는 검끝에서 멈추었다. 붉은 선혈이 칼날을 따라 흘러내리고 있었다.

죽었다. 사람이. 그녀 앞에서. 비현실적인 감각에 에르셀라는 마치 꿈을 꾸고 있는 것만 같았다. 꿈이라고 생각하니 정말 꿈처럼 느껴졌다. 하르젠조차도. 그래서일 것이다. 정신을 잃고 쓰러지지 않은 것은.

✳   ✦   ✳

기약 없이 미뤄지던 공작의 장례식이 치러졌다. 검은 예복을 입고 불투명한 베일로 얼굴을 가린 에르셀라는 묵묵히 그 절차를 지켜보았다.

하르젠이 시종일관 무표정을 유지한 채 장례를 치르고 있었다. 부친을 여읜 자치고는 지나치게 평온해서 에르셀라는 그 모습이 조금 낯설었다.

확실히 공작은 정을 붙이기 힘든 사람이었지만 그래도 제 아버지인데, 어떻게 일말의 슬픔도 보이지 않는 것일까. 이 모든 게 예견된 일이라는 듯 그는 차근차근 계승자로서의 할 일을 해나가기 시작했다.

어린 나이에 작위를 승계하는 것 자체가 부담될 텐데 그 어려움 속에서도 그는 모든 가신을 일제히 복종시키고 권좌에 올랐다.

겨울의 끝자락. 승계는 빠르게 이루어져 고작 열아홉의 나이로 그는 공작이 되었으며, 에르셀라 또한 열여섯에 공작 부인이 되었다. 그것에 누구도 이견을 제시하지 않았다.

텅 빈 방 안에 들어서자 한기가 느껴졌다. 개의치 않고 그녀는 발을 뗐다.

터벅터벅.

어쩐지 발소리마저 허공을 울리듯 공허했다. 에르셀라는 탁자 위에 반쯤 펼쳐진 책을 천천히 쓸었다. 그녀가 이번에 배우고자 했던 레나르트 어학에 관한 서적이었다.

문득 왜 자신이 이것을 익혀야 하는지 의문이 갔다. 그녀를 가문의 대리인이라 주장하면서도 이방인 취급하던 가신들. 제아무리 설득하려 하고 반박해도 그녀의 말 따위는 무시해 버리는 그의 혈육들.

그랬던 그들은 하르젠이 오자마자 일제히 무릎을 꿇었다. 하르젠이 작위를 물려받자 자연히 공작 부인이 된 에르셀라를 순순히 인정했다. 이루 말할 수 없는 허탈감이 그녀를 덮쳤다.

그들에게 저는 무엇인가. 사람인가, 하르젠의 소유물인가.

가문의 방침에 따라 스스로의 가치를 드높이고자 지성을 익혔다. 그러나 에르셀라는 무의식적으로 알아버렸다. 이곳에서 그녀의 가치는 하르젠에 의해 정해진다.

하르젠이 인정해 주지 않으면 모든 게 소용이 없었다. 그렇다면 하르젠이 그녀를 찾아주지 않으면 어떻게 되는 것일까. 그가 정부를 들인다면, 그녀가 아들을 낳지 못한다면, 그녀의 가치는 하잘것없어지는 것일까.

에르셀라는 반쯤 펼쳐져 있던 책을 덮었다. 갈피를 잡지 못하는 어리석은 생각도 그만두기로 했다.

어차피 이곳에서 그녀가 할 수 있는 일은 아무것도 없었다. 아무것도.

해가 바뀌었다.
하룻밤 꼬박 걸려 아이를 낳았다.
비센테.
하르젠이 이름을 붙였다.

며칠 지나지 않아 후작이 죽고 카르온이 작위를 계승했다.

선대 가주 사후 직후 작위를 승계한 자는 당연한 말이겠지만 공사가 다망했다. 광활한 영토의 주인이 된 하르젠은 가장 먼저 가문을 호시탐탐 노리던 친족들을 전부 처형했다.

개중에는 그의 아버지의 형제들, 그와 피를 나눈 혈연들도 있을진

대 이전부터 계획된 일인 양 하르젠은 온갖 죄목을 다 갖다 붙여 그들의 목을 거두었다.

모든 일은 합법적으로 이루어졌기 때문에 친족 살해자라는 오명조차 그는 피해갔다. 그날, 직접 혈육을 베었음에도 불구하고. 참혹한 처사였으나 일전의 일을 생각해 보면 이해하지 못할 일도 아니었기에 에르셀라는 애써 모르는 척 눈을 감고, 귀를 막았다.

어찌 됐든 그는 바쁜 와중에도 아이와 그녀를 찾았으며 틈틈이 시간을 보냈다. 에르셀라는 그것에 만족하기로 했다.

바야흐로 시린 겨울이 지나고 따사로운 햇살이 흐드러진 봄날이 되었다. 날이 풀렸으니 이제 그는 영지의 곳곳을 방문하여 봉신들의 인정을 받아야 했다.

지극히 의례적인 관습이었으나 그들의 주군으로서 필수불가결한 요소이기도 했다. 에르셀라는 같이 가고자 했으나 하르젠이 만류했다.

"아이와 있어."

비센테가 아직 어리고 그녀의 몸이 회복되지 않았으니 긴 여정을 함께하기에 힘들다는 판단에서였다.

하르젠의 말은 틀릴 것 하나 없어서 에르셀라는 그대로 따르기로 했다. 그는 그렇게 영지로 내려갔고 큰 저택에는 에르셀라만이 남아 있었다.

"도련님께서 이제 주무시네요."

유모가 빙그레 미소 지으며 말을 건넸다. 에르셀라는 그녀를 힐끗 쳐다보다 품 안의 아이를 바라보았다. 이제 태어난 지 몇 개월밖에 안 된 아이는 자그맣고, 부스러질 것처럼 연약했다.

아까까지만 해도 계속 울어대더니 자는 모습은 제법 고요했다. 가만히 지켜보던 에르셀라는 미묘하게 낯선 느낌에 사로잡혔다. 그녀의 입술 틈새로 공허한 말소리가 맴돌았다.

"왜 이러지⋯⋯."

⋯⋯내 아이 같지가 않아.

무슨 일이냐고 묻는 유모의 말을 뒤로하며 화급히 뒷말을 삼켰다. 에르셀라는 순간적으로 그런 생각을 한 스스로에 놀라고 말았다. 그녀는 자신을 한 번 질책하곤 억지로 아이를 품으로 끌어당겼다.

처음엔 아들이라서 안심했다. 그에게 후계를 낳아줄 수 있어서 기뻤다. 자그마한 무게감을 두 팔로 받을 때 정말 행복했다.

그런데 왜 지금은 품 안의 아이가 한없이 낯설게 느껴지는 것일까. 그녀는 어머니였다. 이 아이는 그녀가 열 달 배앓이를 하여 낳은 아이였다. 하지만, 하지만, 왜.

⋯⋯왜.

어찌하여 자신은 자식에게 일말의 애정도 느낄 수 없는 것일까. 무언가를 놓친 것처럼 가슴이 허전했다. 이 아이가 무슨 짓을 해도 전혀 동하지 않았다.

울어도, 웃어도, 옹알거려도, 잠이 들어도, 가만히 있어도.

에르셀라의 가슴엔 어떠한 환희도, 기쁨도, 경이로움도 스미지 못하고 스쳐 지나갔다.

에르셀라는 그런 자신이 낯설었다. 제가 이렇게 비정하고 무감정한 인간이었나. 짐승도 제 새끼는 예뻐한다 하던데, 하물며 사람인 자신이 어떻게 이럴 수가 있는 걸까. 그녀는 어머니였다. 이 아이는 그녀의 자식이었다. 그녀의 선명한 푸른 눈을 물려받은 이 아이는 그녀의 아이였다.

그런데 어째서 사랑하지 못하는 것일까. 죄책감이 그녀를 덮쳤다. 에르셀라는 괴로웠다.

그래서 그녀는 아이의 머리를 쓰다듬었다. 온기를 느껴보면 무엇이라도 달라질 것 같았다. 검은 머리칼을 살살 쓸다가 그녀의 손이 멈칫했다.

하르젠을 닮았다. 어둑한 새벽하늘 같은 그 남자를. 그녀가 가진 빛 따위 쉽사리 그에게 먹힌다. 먹히고, 삼켜지고, 지워지니 어느새 그녀는 그의 소유가 되어 있었다.

그도 그렇게 생각하고 있을까. 에르셸라는 여전히 하르젠이 어려웠다. 그를 떠올리면 슬프고, 아릿하고, 외롭고, 덧없이 허망한데도, 이상하게 그를 놓을 수 없었다. 자꾸만 눈부시게 새하얀 꽃 자락이 그녀의 시야에 나부꼈다.

"……에르셸라."

잠결에 그녀를 부르던 목소리가 다정했다. 그 남자의 것이란 게 믿을 수 없을 만큼. 간간이 악몽을 꾸는지 잠에 든 그의 얼굴이 일그러질 때면 그녀는 어찌할지 몰라 가만히 지켜보다 그를 안아주었다.

그러면 하르젠이 눈을 떠 가만히 그녀를 바라보았다. 그녀도 그를 바라보았다. 그렇게 어둠 속에서 시선이 얽히다 그는 아프지 않게 에르셸라를 그러안곤 했다.

누가 그랬던가. 그 남자는 피조차 철로 이루어져 있을 거라고. 에르셸라는 그 꽃 하나에, 그 다정한 목소리 하나에, 그 부드러운 손짓 하나에, 그것을 믿고 싶지 않아졌다.

그러나 아비 앞에 아들의 시체를 무참히 내던지던 모습에 에르셸라는 처음으로 그 남자가 얼마나 무자비하고 잔혹한지 알아버렸다.

그의 검에 스러진 자가 과연 몇 명일까. 한 번도 한 적 없던 생각도 하게 되었다.

그는 기사로, 가문의 후계자로, 언제나 냉철해야 하고 아랫것들에게 위엄을 보여야 하는 사람이었다. 그는 본디 그렇게 자랐고, 그래야 함을 당연하게 여겼을 것이다. 에르셀라는 하르젠을 비난할 수 없었다.

다만, 그렇다면 이 아이도 그렇게 자라게 되는 것일까?

제 아비처럼 마음을 얼리고, 이성을 앞세우고, 인간이 지닌 온정 하나 내비치지 않는, 그런…… 완벽한 후계자로 자라게 되는 것일까?

에르셀라는 쓸쓸하게 웃었다. 아이를 매만지던 손길도 그만두었다.

하르젠이 영지로 나가 있는 사이 몇 번의 연회와 티파티에 참석했다. 그녀의 친구들은 그녀를 반겼고, 아이에 대해 물었다. 가족들과 친구들은 공저에 와서 비센테를 보고 가곤 했다.

아이를 데리고 후작가에도 몇 번 들렀다. 이제 막 작위를 계승한 카르온은 바빠서 자주 못 봤지만, 대신 어머니와 에이레네가 반겨주어 즐거운 시간을 보낼 수 있었다.

에샤힐드는 현재 궁에서 나오기 애매한 시기라 편지로 그녀의 아이를 축복해 주었다. 오랜만에 예전으로 돌아간 듯했다. 하지만 이전과 다르게 묘하게 뒤틀린 균열이 느껴졌다. 그것이 무엇 때문인지 몰라 그녀는 두려웠다.

에르셀라는 자신의 팔을 내려다보았다. 아이를 낳은 후 붙은 살이 제법 남아 있었다. 살을 빼기 위해 식이조절을 해보았지만 여전히 예전의 모습과는 거리가 멀었다.

사람들은 날씬하다 하지만 그녀는 자신의 모습이 만족스럽지 못했다. 의원은 굶지 말고 더 먹을 것을 권유했다. 타 여성들에 비해 비교적 마른 몸으로 출산했으니 후유증이 클 거라면서 말이다. 하르젠 또한 그러길 원했다.

그러나 그 말이 과연 진심인지 알 수 없어 답답했다. 진심이라면 왜 아이를 낳은 이후 그녀를 한 번도 안아주지 않는 것일까? 그녀가 더 이상 아름답지 않아서일까? 비참함에 에르셀라는 생각을 그만두기로 했다.

영지에서 하르젠이 돌아왔다. 그와 마주하자 에르셀라는 긴장할 수밖에 없었다. 그가 영지에 내려가 있는 동안 그녀의 행보를 가신들을 통해 들었을까 걱정이 되었다. 본의 아니게 외출이 잦았다.

다행히 그는 아무 말 없이 넘어갔다. 에르셀라는 그것이 진짜 몰라서인지, 모르는 체해주는 건지 알 수 없어 초조했다.

고대했던 파티가 열리기 일주일 전이었다. 그러나 하르젠은 그녀가 아이와 있길 원했다. 서운했지만 에르셀라는 알았다며 그의 말을 따랐다. 어려운 일도 아니었다. 그녀가 실질적으로 하는 일은 없었다. 유모가 주로 아이를 보았으니 에르셀라는 그저 몇 시간 동안만 아이를 돌보며 어머니의 역할을 하면 되었다.

그러나 에르셀라는 어쩐지 그 일조차도 버거워 숨이 막혔다. 아이를 품에 그러안으면 온몸이 사슬로 옥죄인 듯 답답했다. 그녀는 어머니였다.

그런데 왜? 스스로에게 몇 번이고 질문을 던져보았으나, 답은 돌아오지 않고 허공으로 잘게 흩어졌다. 날이 갈수록 죄책감이 짙어졌다.

이젠 아이가 웃는 것을 봐도, 우는 것을 봐도, 아무것도 하지 않아도, 아니, 존재 자체가, 너무 싫어…… 아.

그녀는 생각을 끊어냈다.

영지 시찰도 끝내고 온 걸로 아는데 하르젠은 여전히 바빴다. 이번 공작위 계승으로 기사단에서도 승직할 예정이라 들었다. 그 때문에 한 공간에 살면서도 정작 마주치는 횟수는 별로 안 되었다.

"지금쯤 하르젠이 왔을까?"

아직 어렸지만 에르셀라의 권한으로 그녀의 시중을 들게 된 리엔이 고개를 조아리며 대답했다.

"그게…… 오늘은 해가 진 이후로 사용인들은 방 밖으로 나서지 말라는 집사님의 전언이 있어서요. 그래서 주인님 소식을 모르겠어요."

"그래?"

클리프턴의 전언이라면 그 전에 하르젠이 그리하라 지시했을 가능성이 컸다. 무슨 이유에서인지 모르겠으나 이러면 그녀가 직접 그의 집무실로 가는 수밖에 없었다. 에르셀라는 몸을 일으켜 거동하기로 했다.

"각하께선 아직 도착하지 않으셨습니다."

그의 집무실에서 대기해 있던 가신의 말에 에르셀라는 돌아설 수밖에 없었다. 아무도 돌아다니지 않는 황량한 복도를 거니는데 인근에서 소란스러움이 느껴졌다.

"주군. 일이 틀어졌습니다. 1왕자비가 유산했습니다."

에르셀라는 모퉁이 앞에서 걸음을 멈추었다. 방금 무슨 말을 들은 것일까. 언니가 유산했다니……. 회임 소식을 들은 게 불과 두 달 전이었다.

"곤란하게 됐군."

곧이어 들려오는 목소리에 에르셀라가 두 눈을 느릿하게 깜빡였다. 곤란하다고 말하는 하르젠의 목소리가 조금 이상했다. 마치, 귀찮게 됐다는 식의…….

"2왕자비, 로베르트의 그 여인은?"

"낳았습니다. 사내아이입니다."

"베델 데면셔 쪽에 사람을 붙여라."

"시녀로 달로이 바네사가 한 명 붙어 있습니다."

"증인이 더 필요하다. 믿을 만한 사람으로 몇 명 더 붙이지."

"예, 각하. 그리고 명하신 대로 정황은 이미 맞춰두었습니다."

발소리가 점점 가까워지기 시작했다. 지금이라도 뒤돌아 가야 하는데, 도저히 발이 떨어지지 않았다. 그들의 목소리는 계속됐다.

"데면셔의 세작은."

"찾아내어 모두 죽였습니다. 아, 한 명은 심문하느라 가둬놨는데 어찌할까요? 쓸모없긴 합니다만 신분이 귀족입니다. 작위는 없습니다."

"죽여. 후작에게서 전령은 아직인가."

"상황을 재고 있는 듯합니다. 워낙 신중한 자니……."

"이제 와서? 거추장스럽군. 서두르라 전해."

목소리가 점점 가까워진다. 가야, 하는데…….

"하오나 각하. 그자의 말이 맞습니다. 왜 이렇게 성급히……."

두 인영이 모퉁이를 돌자, 들려오던 말이 멈추었다.

"……먼저 가 있으라."

하르젠이 옆에 있던 가신에게 명했다. 가신은 한 번 에르셀라를 흘겨보더니 고개를 숙이고 그녀를 지나쳐 집무실로 향했다.

하르젠이 점점 거리를 좁혀왔다. 에르셀라는 저도 모르게 한 발자국 뒤로 물러섰다. 그 때문인지 하르젠의 눈빛이 미세하게 흔들렸다.

"……들었나."

"언니가, 유산했어요?"

가늘게 떨려오는 목소리에 하르젠은 고개를 한 번 끄덕였다. 그는 이 상황이 조금 난감한 듯했다. 그러나 에르셀라는 그를 신경 쓸 겨를이 없었다. 에샤힐드가 유산을 했다. 아이를 가졌다고 기뻐했던 게 엊그제 같은데, 그랬던 것 같은데. 유산이라니.

에르셀라는 하르젠을 보았다. 조금의 슬픔조차 내비치지 않는다. 그제야 깨달았다. 이 사람은 피조차도 검을 것이다.

"곧."

"……."

"곧 끝나."

그러니 조금만 기다려.

그렇게 말한 뒤 하르젠은 그녀의 이마에 짧게 키스했다. 무엇이 끝난다는 것일까. 얼핏 알 것 같았지만 에르셀라는 이번에도 눈을 감고 귀를 막았다. 아무것도 모르는 게 편했다.

해가 넘어갔다.

현 국왕 바우레스의 빈, 베델 데먼셔가 다른 남자와 사통했다는 혐의를 받았다. 시녀 달로이 바네사가 그간 베델 데먼셔와 라덴 슈네이트의 연서를 공개하며 양심 고백을 한 것을 시초로 주변에 있던 다른 이들도 그렇다 말하며 그간 빈의 행선지를 알려왔다.

베델의 궁과 라덴의 저택에서 발견된 편지의 필치는 그들의 것과 일치했고, 빈이 궁 밖으로 출타한 날짜가 라덴이 외출한 날과 일치했다.

심지어 라덴이 베델이 빈이 되기 전 잠깐 만났던 사람임이 밝혀지자 혐의는 더욱 짙어졌다. 베델은 억울하다며 왕에게 사정했고, 왕은 그녀가 총애하는 빈이었으므로 무혐의로 판결을 내리려 했다.

그러자 이번에 베델에게서 본 아를레아 왕녀가 왕의 아이가 아닌 라덴의 아이일지도 모른다는 소문이 돌기 시작했다. 교묘하게 시기가 일치하기까지 하자 왕은 결국 분노했다.

그는 라덴 슈네이트는 물론이고 그 자리에서 베델과 아를레아 왕녀를 처형시켰다. 자연히 베넬 빈의 소생이었던 2왕자는 실각했고, 1왕자가 다음 왕위를 이을 후계자로 암묵적 분위기가 형성되었다.

왕이 승하했다. 피사리데의 에샤힐드가 왕비가 되었다. 에샤힐드에게 밀려 1왕자비가 되지 못하고 종내 왕비가 되지 못한 로베르트의 2왕자비가 이듬해 자살했다. 딸을 잃은 슬픔을 못 이긴 로베르트 후작 부인 또한 목을 매달았다. 데먼셔는 수도에서 완전히 영향을 잃었으며, 로베르트 후작은 퇴직하고 저택에 칩거했다.

에르셀라는 처음으로 생각했다. 카사로를 선택했다면 이 많은 피를 뿌리지 않을 수 있었을까. 그러나 곧 생각을 지웠다. 그녀가 원하던 대로 언니가 왕비에 올랐다. 그녀가 바라던 대로 카르온은 한결 편안해질 것이다. 저를 안고 있는 이 남자가 최선이었다. 그녀는 후회할 수 없었다. 그의 품에 자신을 파묻자, 하르젠으로부터 그녀에게로 한기가 내려앉았다.

아, 지금이 겨울이었던가.

무언가, 변했다.

분명 행복했는데.

분명, 행복할 거라고 그랬는데…….

무언가가 저를 갉아먹고 있는데, 그게 무엇인지 형체 하나 잡히지 않는다.

무엇일까, 그게.

어디서부터 잘못된 것일까.

아이를 낳기 전까진 분명…….

……행복했던 것도 같은데.

그런 날이었다. 문득문득 모든 게 다 귀찮게 느껴지는 날. 연회도, 가족들도, 친구들도, 저 자신도 아무것도 돌아보고 싶지 않은 날.

그래, 그 아이의 눈을 보아서 그런지도 몰랐다. 언제부터인가 그녀는 알게 모르게 비센테를 외면하기 시작했다. 그래서 그런 것일까. 그 아이가 저를 바라볼 때마다 힐난할까 질책할까 비난할까 두렵고 무서웠다.

그것은 당연한 거였다. 그녀는 비난당해 마땅했다. 그래, 마땅하다. 그런 것 같다. 마음에 찬 바람이 불었다. 추웠다. 몸을 더욱 웅크리며 에르셀라는 잠을 청했다. 한숨 자면 괜찮아지리라. 그렇게 생각하니 눈꺼풀이 감기기 시작했다.

그리하여 평온에 묻히려 할 때 문이 젖히는 소리가 들려왔다. 서늘한 목소리가 그녀에게 사정없이 내리꽂혔다.

"대체 뭐가 문제야."

방 안에 들어선 남자가 죽은 듯이 누워 있던 에르셀라의 몸을 억지로 일으켰다. 하르젠이 성마른 시선으로 그녀를 내려다보고 있었다.

"연회에도 다시 가는데, 식사 한 번 하는 게 그리 어려워?"

그의 권유로 그 아이와 식사를 하기로 했는데, 그러지 못한 걸 알았나 보다. 어렵다라. 어려운 건 아니었다. 그저 식사 한 번 하는 일이었다.

그런데 이상하게 그 아이의 눈을 바라볼 수가 없었다. 그래서 그 아이를 내쫓고 도망치듯이 그 자리를 벗어났다. 왜 그랬을까. 왜 그렇게 무서웠을까. 그녀는 그의 어머니였는데.

"넌 어머니야."

그러게요.

"당신 아이야."

맞아요, 내 아이예요.

"왜 사랑하지 않는 건데."

어머니, 왜 전 그 아이를 사랑하지 않는 걸까요.

"왜."

어머니는 절 그렇게나 사랑해 주셨는데.

저는 정말 나쁜 아이인가 봐요.

내 아이 같지 않아요.

내 아이 같지 않아요.

하르젠, 하르젠, 하르젠.

나…… 그 애 눈이 너무 무서워…….

하르젠을 보았다. 신기하게도 처음으로 그의 눈빛을 읽을 수 있었다. 원망하는 눈이었다. 이 남자도 한계구나.

에르셀라는 깨달았다. 변명이라도 할까 생각해 봤지만 한낱 변명조차도 떠오르지 않았다. 그래서 에르셀라는 입을 다물었다. 텅 빈 눈으로 하르젠을 바라보았다. 어쩐지 그는 조금 화나 보였다. 에르셀라는 그것도 신기했다. 화도 내는구나. 언제나 무표정이기에 그런 감정 자체가 없는 사람인 줄 알았다.

"원하는 걸 말해."

"없어요."

"내가 어떻게 하길 바라는지."

"바라는 거 없어요."

하르젠이 조금 세게 그녀의 어깨를 붙잡았다. 아프진 않았다.

"죽이면 되나?"

"당신 지금 무슨……."

"그 아이, 죽이면 만족할 건가?"

"……."

잔뜩 억눌린 목소리로 그는 잔인한 말을 아무렇지 않게 내뱉었다. 에르셀라는 대답할 수 없었다. 왜 아니라고 말하지 못하는 거지? 그녀는 자신이 너무 비정하다고 생각했다. 또다시 괴로움이 밀려왔다. 그가 허탈하게 비소했다.

"……죽이지 말란 말은 끝까지 안 하는군."

"……."

"손 떼. 두 번 다시 신경 쓰지 마."

시리도록 차가웠다. 그의 눈빛, 목소리, 저를 대하는 태도가. 갑자기 저 끝에서부터 화가 치밀었다. 그래서 일어나려는 그를 간신히 붙잡아 앉히고, 목을 감싸 안았다. 그 반동으로 침대에서 떨어지려 하자 하르젠이 허리를 받쳐 들었다. 그는 그녀의 팔을 억지로 끌어내리지도 않은 채 가만히 있었다.

이 상황에서조차도 그는, 왜.

근원 모를 허탈감이 밀려와 그녀는 헛웃음을 터뜨렸다.

"왜 나한테 꼼짝 못 해?"

"에르셀라."

그는 여전히 화난 어조였다. 그대로 흘리며 에르셀라는 악에 받친 처절한 소리를 내질렀다.

"내게 잘못한 건 알아?"

"……."

"왜 내게 청혼했어, 왜 날 두고 전쟁터에 갔어, 왜 날 안아주지 않았어, 왜! 왜!"

평소와 같은 침묵. 그것에 울컥해 그녀가 울음을 터뜨렸다.

"미워."

"……."

"당신이 미워."

흐느끼는 소리.

등을 두드려 주는 손짓.

떨리는 저의 몸.

조용한 방 안에는 그녀의 울음소리만 울린다. 사실은 알고 있다. 그의 잘못이 아니었다. 그도 어렸고, 바빴고, 힘들었다.

서운함, 원망, 미움. 이것은 비단 그녀만 그에게 느꼈던 감정이 아닐 것이다. 하르젠도 그랬을 것이다.

덜컥 걱정이 밀려왔다. 이러다 그마저 떠나면 어떡하지. 말을, 말을 다시 해야 했다. 아니라고. 사실은 그렇지 않다고. 그래서 그녀는 그의 목을 꽉 껴안으며 더듬더듬 입을 열었다.

"아니…… 아니에요, 하르젠. 사실은 밉지 않아요. 미안…… 내가 왜 이러지……."

"……."

"알잖아. 내가 얼마나 당신을 좋아하는지. 아, 응……. 맞아요. 좋아. 좋아해요. 그런 것 같아."

떠날까, 질릴까, 버려질까 두려워 아무렇게나 내뱉은 말이었다. 아마 그도 알고 있을 것이다. 평소보다 조금 잠긴 듯한 목소리로 그는 물어왔다.

"……결혼을, 후회하나."

무슨 생각으로 내던진 질문이었을까. 생각은 깊게 빠지지 못하고 아스라이 조각난다. 목울음이 멈추었다. 그래서 대답했다.

"아니요."

"……."

"당신이 아니어도 난 결혼했을 거고, 아이를 낳았을 거고, 지금 이렇게 울었을 거예요."

그래, 당신이 아니었어도.

"알잖아요, 하르젠. 당신이 나의 최선이었다는 걸."

그의 목소리는 더 이상 들려오지 않았다. 등을 토닥이는 손길이 멈추었다. 그때 그는 어떤 표정을 하고 있었을까. 당연히 알 수 없었다.

✵　✦　✵

심신의 안정이 필요하다는 의원의 당부에 하르젠은 에르셀라를 베른하르트령 남부에 있는 빌레네로 내려보냈다. 그는 기사단을 사직하고 수도와 빌레네를 오갔다.

에르셀라는 그네에 앉아 비스듬히 드리우는 햇살을 맞았다. 따사로워 그녀는 작게 미소 지었다. 에르셀라는 허공으로 발을 휘저었다. 느릿하게 그네가 앞뒤로 움직이기 시작했다.

그러다 느껴지는 인기척에 그녀의 발길이 멈추었다. 미동하던 그네도 덩달아 제자리를 찾았다. 에르셀라는 아까보다 더 환하게 미소 지으며 눈앞의 남자를 반겼다.

"오늘은 시에라와 자넷이 찾아왔어요. 레니아도."

하루 일과를 재잘재잘 얘기하는 그녀의 목소리에 하르젠이 피식 웃었다.

"그리고."

"같이 티타임을 가졌죠. 레니아가 비네쉬령에서 가지고 온 차가 매우 맛있었어요."

"그리고."

"남쪽이라 그런지 매우 따뜻하다고 애들이 부러워했어요."

"그리고."

"어제 갔던 몬드로 남작가에서 열린 파티에 대해 얘기해 주었죠. 수도만큼은 아니었지만 화려하고 모처럼 즐거웠다고."

"그리고."

"거기서 사귄 새 친구에 대해 얘기해 줬어요. 몬드로 부인인데 나와 동갑이라 그런지 마음이 잘 맞았거든요."

"그리고."

"당신을 만났네요."

하르젠이 희미하게 미소 지었다.

"그래서 좋아요."

에르셀라의 얼굴이 더없이 환했다.

그들은 평소와 같이 시선을 마주하고, 숨결을 공유하고, 몸을 겹쳤다.

마치 아무 일도 없던 것처럼.

시간이 정지한 듯 꽃은 멈춰 있고 바람 한 점 불지 않는다.

불완전한 행복이 그들 사이로 내려앉은 순간이었다.

4장

걷어진 허상

덧없이 허망한 행복이었다. 무의식적으로 알면서도 지워내고 외면하기를 반복했다. 누구도 먼저 입 밖으로 꺼내지 않았다.

그렇게 그들은 언제 깨질지 모를 위태로운 평화 속에서 살아가기를 선택했다. 행복했다고 각인되었던 기억은 종적을 감추고, 아름다웠던 추억은 빛바랜 환영이 되어버린다.

착각 속에 영위한 안온한 삶, 거짓된 행복, 헛된 평온. 그들을 지탱하고 있던 모든 것이 무너져 내리기 시작했다.

옅은 물결이 파도가 되어 모래성을 허물고 돌멩이가 바위가 되어 유리의 성을 깨뜨리니, 남은 것은 초라한 진실뿐이었다.

"날……."

실낱같이 가느다란 목소리가 정적을 흩뜨렸다.

"날 한 번이라도 이해한 적 있었어?"

한 번도 던져본 적 없는 물음. 어느 순간 그녀 자신을 그의 소유물이라고 가두니 에르셀라는 하르젠에게 이해를 요구할 수 없었다. 그는 나라의 기사이며, 가문에 군림하는 왕이자, 절대자였으니까. 그런 자의 이해를 바라는 건 사치였다.

"없었잖아."

그는 그때의 그녀가 왜 그랬는지 모를 것이다. 그녀를 왜 이해해야 하는지도 모를 것이다. 그는 이해를 받을 만할, 이해해야 할 만할 위치였던 적이 없을 테니 그것이 당연했을 것이다.

"눈앞에 닥치면 달래고 어르기만 할 뿐. 내가 왜 그랬는지…… 진정으로 이해하려고 노력한 적, 있었어요?"

언제나 그렇듯 이어지는 침묵에 에르셀라가 울컥 울음을 토했다.

"당신에게 나는 뭐였는데?"

하르젠에게 그녀는 무슨 의미였을까. 데리고 살 만한 여자였을까, 소유품이었을까, 그것도 아니면 그가 빚어낸 죄책감의 산물이었을까.

"그냥 곱게 자란 여자의, 지금껏 고생 한 번 안 해본 여자의 가벼운 투정처럼 보였어요? 나는 언제나 행복했으니까, 웃었으니까, 이해했으니까?"

욱여넣었던 원망이 파도처럼 몰아쳤다. 잊었던 미움이 장대비처럼 쏟아져 내렸다. 눈물 또한 끝없이 흘렀다. 볼을 따라 길을 트는 물줄기가 델 듯이 뜨거웠다. 에르셀라는 여전히 아무 말 없는 하르젠을 하염없이 바라보았다.

"나는……."

"……."

"……기댈 사람이 당신밖에 없었는데."

아버지에게도, 어머니에게도, 에샤힐드에게도, 카르온에게도, 그 누구에게도 기대지 못했다. 아버지는 병상에, 어머니는 아버지를, 에샤힐드는 폐하를, 카르온은 가문을.

가족이라지만 그들은 각자 개인의 영역을 가지고 있었고, 에르셀라가 끼어들 수 없었다. 그 당시 그녀에게는 정말 하르젠뿐이었다.

"안아주세요."

오랜 기간 찾지 않으니 두려워져서 그리 간절히 요청하면,

"몸을 생각해."

그는 다독이며 거절했다. 에르셀라는 그 말을 듣고서야 그간 그가 안아주지 않았던 이유를 알 수 있었다. 의원에게 들은 것 같았다. 출산 후 그녀의 몸이 얼마나 나약해지고 허해졌는지. 함부로 안아선 안 된다고 생각이라도 한 것일까. 그 당시 그녀에게 중요한 건 그게 아니었는데…….

그는 언제나 자신의 선에서 최선을 택했다.

"내게는, 당신밖에 없었는데."

한 글자 한 글자 잇새로 내뱉었다. 한 번도 꺼내본 적 없던 고백이었다.

언제나 이해했다. 그는 기사니까 출정이 당연하다. 그는 작위를 계승해야 해서 바쁘다. 그러는 와중에도 영지민은 돌봐야 하며 기사단도 두루두루 살펴야 하니, 굽어살필 이가 많은 사람이었다. 그럼에도 그는 그녀를 찾았고, 돌보았고, 시간을 보냈다. 그러니 그녀에게 소홀한 것이 아니었다. 다만 그녀에게만 집중하지 못했을 뿐이다.

에르셀라는 이해했다. 떼쓰지 않았다. 어차피 정략혼이었을 뿐이고, 그는 에르셀라에게 의무를 다했다. 에샤힐드를 왕비로 올렸으며, 카르온의 뒷배가 되어주었으며, 피사리데의 영광을 유지하게 해주었다.

하르젠과 결혼하고 에르셀라가 바라는 건 다 이루어졌다. 그러니

더 바라는 건 욕심이었다. 그러나 어느 순간 계속된 이해는 상처를 만들었고, 상처는 곪고 곪아 터져 버리고 말았다.

"성별이 다르고, 역할이 다르고, 살아온 환경이 다르고, 입장이 다르고, 당신과 나의 관점이 다른 거 알아요. 사람이 사람을 온전히 이해할 수 없다는 것도."

그는 여전히 말을 주지 않는다.

"내가 당신을 온전히 이해 못 하듯 당신이 날 온전히 이해 못 하는 것도 알아요."

그녀는 그를, 그는 그녀를 완벽하게 이해할 수 없을 것이다.

"알아요. 아는데, 당신 그때 바빴던 거, 그래도 내게 할 만큼 했던 거 아는데……."

"……."

"그래도 서운한 걸 어떡해. 그래도 원망스러운 걸 어떡해."

하지만 이해한다고 해서 서운함까지 사라지는 것은 아니었다. 더 이상 바라면 안 되는데 자꾸만 그에게 무엇인가를 바라게 되었다. 혼자 있는 시간이 길어져서 그런 것일까.

사랑해 주었으면 좋겠다. 사랑받고 싶다. 사랑하고 싶다. 어느새 그의 마음까지 원하게 되었다. 그가 절대 그래 줄 리 없다는 것을 알면서도. 그녀를 위한 행동임을 알았음에도 일전의 거부로 인해 그녀는 차마 그런 요구까지 할 수가 없었다. 더 이상 거부당하면 수치스럽고 무너질 것 같았다.

에르셀라는 하루하루 솟아나는 욕망을 억누르고 욕심을 욱여넣었다. 시간이 지나면 사그라질 것이다. 시간이 다 해결해 줄 것이다. 그렇게 믿었다.

하지만 그럴수록 마음 한구석에 구멍이 난 것처럼 무언가가 빠져나가기 시작했다. 그러다 결국 아무것도 담겨 있지 않은 텅 빈 공허함만이 가슴에 쌓여갔다.

그녀는 눈앞에 있는 남자를 보았다. 무슨 생각을 하고 있을까. 여전히 알 수 없었다. 일순 그녀는 이 모든 게 허무하다고 생각했다. 이제와서 이리 악에 받치듯 소리치고, 왜 알아주지 않냐 원망해 봤자 소용없는 것이었다. 그 시절로 돌아가 그 시절의 감정을 쏟아내기엔 이미 너무 많은 시간이 지났다. 지금조차도 미동 하나 보이지 않는 하르젠의 눈을 보면 알 수 있었다.

그는 영영 그녀를 이해하지 못할 것이다.

그녀는 격한 감정을 차분히 가라앉혔다. 조금 전까지 그녀를 지배했던 감정은 죽어나가고 메마른 이성이 가슴에 자리 잡았다. 그의 앞에서 이런 감정적인 구걸은 통하지 않을 것이다. 슬프게도, 이 남자는 그런 사람이었으니.

"비센테와 그 공녀와의 결혼이 지금의 우리와 다를 게 뭐죠?"

이미 지나간 일이다. 에르셀라는 이제 와서 하르젠을 원망하는 것이 소용없음을 깨달았다. 하르젠은 그녀의 선택이었으며 선택은 본인의 몫이니 결국 그녀가 감내해야 할 상처였다. 다만 그와 그녀의 상처는 너무 오랜 시간 지속되었다. 지금에 와서 돌이키기에는 힘들었다.

하지만 아직 비센테는 가능성이 있었다. 그들이 저지른 과오를 되풀이하지 않을.

"내가 잘했다는 거 아니야. 이제 와서 가증스러운 것도 다 알아요. 하지만 난 그 아이의 어머니로서 뭘 얻길 원하는 게 아니에요. 난 그저 비센테가 우리처럼 살지 않길 바랄 뿐이에요. 의무감에 얽매여 서로를 갉아먹지 않길 바랄 뿐이에요. 그 애는 좀 더 사랑하는 사람과……."

"우리처럼 사는 게 어떤 건데."

관조자처럼 가만히 주시하던 남자가 말했다. 기이할 정도로 차분한 음성에 주변 공기가 얼어붙기 시작했다. 순식간에 변한 분위기에 에르셀라는 잠시 말을 멈추었다. 그런 그녀를 비웃듯 남자의 입매가 미약하게 휘었다.

"서로에게 최선인?"

"하르젠."

"최선이라."

"……."

"……최선."

하르젠은 한동안 제가 뱉은 단어를 곱씹더니 이내 허탈하게 웃었다.

"들을 때마다 나는 진창으로 처박히는 기분인데."

"……."

"어찌 그리도 쉽게 말하는지."

그의 목소리가 평소와 달라 낯설게 느껴졌다. 분노도 비난도 비아냥거림도 아닌 그저 체념. 무뎌진 체념이었다.

"너는, 내가 어떤 심정으로……."

"……."

"최선, 그 말에 얼마나 내가, 몇 번이나……."

그는 말을 맺는 대신 익숙한 침묵을 선택했다. 화를 억누르려는 듯 그가 눈을 감았다. 주먹을 쥔 손이 분노를 누르듯 처절하게 요동하고 있었다.

완벽하게 흐트러진 모습에 에르셀라는 아무 말도 할 수 없었다. 이 상황을 그녀는 이해할 수 없었다.

……왜.

화가, 분명 화가 난 것 같은데.

최선, 그 말에 화가 난 듯한데.

무엇 때문에 화가 난 건지 감이 오질 않았다. 어디선가 대화의 맥락을 놓친 것 같은데, 어디서부터인지 도무지 알 수가 없었다. 혼란스러워진 그녀가 하르젠에게 손을 뻗으려 할 때였다. 감았던 눈을 뜨며 하르젠이 에르셀라의 손을 저지했다.

"……하르젠."

아까 보였던 흐트러진 모습은 온데간데없고, 다시 가면을 쓴 듯 서늘한 눈으로 그녀를 보는 남자가 있었다. 그는 잠시 에르셀라를 느릿하게 훑어 내리더니 서서히 입을 열었다.

"그래, 당신 말대로 우리처럼."

"……"

"……사랑 없이."

여느 때처럼 감정 한 톨 내비치지 않는 여상한 목소리임에도 왜 이렇게 아프게 들려오는 것일까.

"모두 그렇게 살지 않나."

그런 것일까. 다른 사람들도 하르젠과 자신처럼 살아가는 것일까. 그녀는 지금 하르젠을 보는 것만으로도 가슴이 찢어질 듯 아팠다. 아닌 척하지만 그도 약간은 지쳐 보였다.

서로가 서로에게 상처 주는 관계. 예전에는 다른 사람들도 그렇게 살 것이라고 믿었는데 지금은 모르겠다. 그들도 이렇게 아슬아슬한 관계를 유지하며 살아가는지.

"비센테는 왜 예외여야 하는지 딱히 모르겠군."

단조로운 음성은 아무런 힘도 갖고 있지 않음에도 어쩐지 세게 짓눌리는 기분이었다. 에르셀라는 조금 느리게 답했다.

"……당신 아이이기도 해요."

"그래서, 비센테는 싫다고 하던가?"

"그건……"

에르셀라는 할 말을 찾지 못했다. 비센테는 그대로 따를 것이다. 무정한 부모 아래서 그렇게 만들어졌으니.

"그 애는 사랑을 최우선으로 두겠다, 그러던가?"

문득, 한 점의 온기도 없는 시선이 익숙하여 서글펐다. 마찬가지로 온기 없는 음성이 계속되었다.

"당신이 가문을 위해 날 최선으로 둔 만큼, 그 애의 최선도 가문이니 지금도 아무 말 안 하는 거 아닌가? 본인이 별말 안 하는데, 당신이 상관할 일은 아니지. 불만 있으면 직접 오라고 해."

"그 애는 아무것도 몰라요. 당신이 그렇게 키웠잖아요."

"열다섯이면 아무것도 모를 나이는 아니지. 저 스스로의 판단도 못 내릴 만큼 어리진 않아. 정말로 죽도록 싫었다면 내 뜻 따윈 진작 거슬렀어야 했어. 그럴 용기도 없는 한심한 놈이면 오히려 내가 실망이겠군."

"하르젠."

"내 방식이 마음에 안 들었다면 당신 방식대로 키우지 그랬나. 싫다고 할 땐 언제고 이제 와서 아쉽다니."

하르젠은 잠시 입을 다물다 다시 열었다.

"얘기 끝난 것 같은데, 이쯤 하지."

그녀와의 대화를 쳐내는 태도에 에르셀라가 아랫입술을 당겨 물었다. 분명 그녀에게 하고 싶은 말이 있는 듯한데, 하지 않는다. 이성을 찾더니 비센테 얘기로 돌아와 대화의 접점을 끊어냈다.

그는 언제나 그랬다. 견고한 성벽처럼 도저히 틈을 내어 주지 않았다. 화가 났음에도 왜 화가 났는지 이유를 말해주지 않는다. 저릿한 가슴에 왈칵 눈물이 났다.

왜 그는 그녀에게 진심 한 자락 내어 주지 않는 것인지.

왜 그녀는 그가 여전히 어려운 것이지.

그것만, 그것만 아니었다면, 이 남자를…… 사랑할 수도 있을 것 같은데.

그 옛날 힘들었던 시절. 하르젠은 에르셀라를 빌레네로 내려보내고 자신도 기사단을 사직하여 수도와 빌레네, 그 긴 거리를 오갔다.

빌레네에선 에르셀라를, 수도에선 비센테를 돌보았다. 그가 지지하던 1왕자가 왕위에 올라 무궁한 영광이 예견된 상태에서 사직하겠다 뜻을 전하니 온 가신들이 반대했다.

그럼에도 굽히지 않고 그는 그대로 행했다. 오로지 그녀를 위해. 그렇기에 에르셀라는 하르젠을 온전히 원망할 수 없었다. 잔혹함 속에서 간혹 내비치는 다정함이 미움조차 사그라지게 만들었다.

그래서 그녀는 저를 이렇게 만든 남자의 품에 안기고, 안도하고, 위로받고, 붙잡아두었다. 그래야지 살 수 있을 것 같아서. 그는 그녀에게 죄책감을, 그녀는 그에게 원망을 가지고 있었으니.

에르셀라는 지금에야 자신이 바보 같았음을 깨달았다. 혼자 딛고 일어서야 했다. 하르젠에게 기대고 의지하니 그녀는 혼자 이겨내는 법을 깨우치지 못했다. 아무것도 모르는 척 눈을 감고, 귀를 막았다. 그가 하는 일에 의문조차 갖지 않았다. 무지의 극치였다.

왜 이제 알았을까. 그는 대체 무슨 생각으로 끝까지 자신을 붙들어두었던 것일까. 저는 무슨 생각으로 그의 울타리 안에서 거짓된 행복으로 덧씌워진 삶을 살았던 것일까. 마지막 물줄기가 에르셀라의 볼을 타고 흘러내렸다.

"내가 어리석었어요."

흰 꽃이 나비처럼 눈앞에 나풀거렸다.

"그때…… 끝냈어야 했는데."

밤하늘 아래 들려왔던 바람 소리가 언뜻 귓가에 맴도는 것도 같았다.

그는 눈앞의 여자를 차근차근 눈에 담았다.

온 세상의 빛을 그러모은 것 같은 여인. 닿고 싶어 처음으로 욕심 내 보았다. 그의 아버지에게 처음으로 '아들'이라는 단어까지 입에 붙이며, 알량한 동정을 구걸했다.

"적이 많은 가문이다. 고작 계집 따위에 네 앞길을 망치지 마라."
"말씀대로 고작 계집일 뿐입니다."

간청하고 빌고 또 빌었더니 불쌍했는지 그는 마지못해 허락했다. 왜 그리도 원했는지는 모를 일이었다.

에우리피테. 그것의 의미를 알면서도 왜 제가 그것을 보내고자 했는지, 그도 자신의 마음을 몰랐다. 그저 곁에 두고 싶었다.

시간이 지날수록 그는 에르셀라에게 갖는 자신의 감정이 무엇인지 점점 깨닫기 시작했다. 시작은 제롬 파셴이었다.

"아뢰기 송구하나 제롬 파셴, 그자가 부인을 욕보인 적이 있습니다."

파셴 백작이 졸렬한 짓거리를 벌였다는 말까지만 해도 동요 없던 감정이 그 말에 왜 그렇게 화가 났는지 모를 일이었다. 피가 역류하듯 속이 뒤틀렸다.

그는 망설임 없이 그의 혈육이라는 자의 목을 거두었다. 그리고 처음으로 여자에게 가졌던 감정의 형상을 마주했다.

하지만 그는 틀렸다. 오만하게도 그는 자신의 마음을 얕잡아 봤다. 앞에서 무너져 가는 여자를 보기 전까진.

어느 순간부터 에르셀라는 하염없이 울기만 했다. 지금도 그렇듯.

이번에도 우는가.

그때처럼 울며, 흐느끼며, 절망하며, 바스러지려 한다. 그의 앞에서. 이번이 몇 번째일까. 셀 수도 없이 많아 이젠 기억도 나질 않았다.

"날 한 번이라도 이해한 적 있었어?"

그리 묻는다. 이해한 적 있느냐고. 그렇다고 대답할 수 없는 이유는 하나였다. 그는 그녀를 이해하지 못했다.

고매한 제 가문을 위해 스스로를 그에게로 내던진 여인. 원하는 대로 그녀의 언니를 비에 올리고, 그녀의 오라비를 지지하고, 그녀의 가문의 명맥을 살렸다.

그가 가진 권력이, 그가 이룬 명예가, 그가 세운 무훈이 전부 그녀의 가문에 바쳐졌다. 그럼에도 시들어가고 메말라 가니 뭐가 문제냐고 물으면 입을 다문다. 날이 갈수록 생기를 잃어가는데 이유를 알지 못하니 숨이 막히듯 갑갑했다.

뭐가 그리 힘들까. 무엇 때문에 울까. 대체 뭘 더 어떻게 해줘야 그 울음이 그칠까.

"원하는 걸 말해."
"없어요."
"내가 어떻게 하길 바라는지."
"바라는 거 없어요."

다그치면 모른다, 이상하다, 미안하다만을 반복한다. 끝은 눈물이었다. 대체 무얼 이해해야 하는가.

사랑한다.

그를 사랑하지 않는 걸 알면서도, 또 한 번 이기심을 앞세워 그리 말해볼까 했다. 그러나 아들을 사랑하지 못해 괴로워하고, 그를 원망하지 못해 슬퍼하는 여자에게 그리 말한다면 그녀는 그조차도 사랑하려 노력하다 안 되니, 아파하며 괴로워할 것이다.

그렇게 또 울까 봐. 또 스스로를 질책할까 봐서. 그리하여 덧없는 진심은 전해지지 못했다.

사랑한다.

갈수록 지치니, 깊게 생각지 않고 말해볼까도 했다. 사랑한다, 말하면 여인은 사랑한다, 그리 대답할 것이다. 사랑하는 제 가문을 위해. 뭣도 아닌 아내의 책임감 때문에. 사랑하지 못해 괴로워하면서도 그를 사랑한다, 잘도 그런 말을 속삭일 것이다. 충분히 그럴 수 있는 여자였다.

그러나 그는 거짓된 연심에 기대어 희롱당하고, 농락당하고, 기만당할지언정 그렇게라도 살아볼까 했다.

"좋아해요."

그 소릴 듣기 전까신. 텅 빈 목소리로 뱉어내는 덧없는 고백. 속이 저 끝에서부터 뒤틀리는 느낌이었다. 진창으로 처박히고, 끝없는 나락으로 추락하는 기분.

그는 그런 것들을 생전 처음 느꼈다. 그의 아비가 언제나 그를 시험하려 사지로 내몰아대도, 언제나 그를 버릴 수 있다 을러대도 느껴보지 못한 감정을 여자의 그 한마디에 그는 처음으로 느꼈다.

비참함. 한 번도 가져보지 못한 감정이었다. 그는 그제야 깨달았다. 그래 봤자 고작 계집이라고 생각했던 이 여인이 자신을 얼마나 쥐고 흔들 수 있는지. 그녀의 말 한마디 한마디에 그의 삶이 얼마나 송두리째 비틀릴 수 있는지. 여자가 울면 처음엔 화가 나다 점차 초조해지고 종내는 괴로웠다.

사랑한다.
보잘것없는 진심은,

"좋아해요."

허망한 거짓에 묻혀 버린다.

"좋아해요."

날이 갈수록 여자는 습관처럼 그리 말하곤 하였다. 그 말에 그가
얼마나 미치는지 모르고서.

"좋아해요, 하르젠."

너는 그 말 한마디면 모든 게 해결되는 줄 알고, 나는 그 하잘것없
는 고백이 거짓이란 걸 알면서도 넘어가고.

"알아요."

그녀는 항상 안다고 말한다. 그것이 조금 우스웠다. 그 자신도 모
르는 걸 제가 어찌 알고.

"알잖아요."

그렇게 말하기도 한다. 알잖아요. 듣기 좋은 목소리로 잘도.

"알잖아요. 나의 최선이 당신이란걸."

차선이 있기에 최선도 있는 법이건만 그렇다면 차선은 누구인가. 차선이라는 것들을 하나하나 짓밟고 죽여야 그 지껄임이 그칠까.

"끝냈어야 했는데."

모든 것을 내려놓은 듯한 지친 목소리로 그녀가 말했다.
끝냈어야 했는데.
그 말이 다시 한번 귀에 차고, 환청처럼 몇 번이고 그를 유린했다.
체념한 듯 고요히 흘러내리던 여자의 눈물이 서서히 그쳐갔다. 그에게 닿았던 선명한 시선 또한 허공으로 잘게 흩어졌다. 텅 빈 푸른 눈동자를 마주하니 그를 지탱해 왔던 모든 게 죽어 내려갔다.
누구 마음대로.
그렇게 생각하면서도.
그랬어야 했나.
잠시 그렇게도 생각했다. 놓지 못할 걸 알면서도.
서서히 뒤로 물러나는 에르셀라를 하르젠은 놓치지 않고 지켜보았다. 시선이 깊게 얽히기 전에 에르셀라가 뒤돌아 그와 있던 공간을 벗어났다. 그녀가 나갈 때까지 그의 시선은 부어오르다 못해 붉어진 그녀의 발치에서 떨어질 줄 몰랐다.

밀쳐내듯 문을 연 에르셀라는 그 자리에서 굳어버렸다.
"……."

자리를 완전히 뜬 것이 아니었는지 비센테가 그 앞에 서 있었다. 비센테와 정면으로 마주하자 지난날의 죄책감이 에르셀라를 집어삼켰다. 비센테의 눈동자에는 경멸이나 멸시 같은 것이 담겨 있지 않았음에도 가만히 있는 것만으로도 감당할 수 없는 죄악이 그녀를 짓눌렀다.

무슨 짓을 한 것일까. 그 많은 시간 동안 어떻게 이 아이를 외면했던 것일까. 도대체 저는 무슨 생각으로…….

어리석구나. 자조가 그녀의 입가에 스쳤다. 그녀는 좋은 아내도, 좋은 어머니도 되지 못했다. 그 찰나의 힘든 순간, 버티지 못하고 무너져 버렸다.

감당은 하르젠과 비센테 몫이었다. 마른 눈물 자국 위에 또 다른 물줄기가 덧대어졌다. 스스로가 너무 경멸스럽고, 증오스럽고, 미웠다.

비정한 년, 못된 년, 이기적인 년.

그녀가 받은 상처를 비센테에게 돌렸다. 그저 태어난 것 외엔 한 게 없는 죄 없는 아이에게. 할 수만 있다면 뒤로 물러가고 싶었다.

차마 비센테와 대면할 용기가 나지 않았다. 그러나 하르젠과 마주할 수도 없었다. 자신은 그들의 앞에 서 있을 자격이 없었다. 그래서 에르셀라는 비센테에게 애써 미소 지으며 말했다.

"다음에."

"……."

"다음에 얘기하자."

그 말을 끝으로 에르셀라는 도망치듯 자리를 벗어났다.

습관적으로 여자가 웃었다. 그 웃음이 잔뜩 일그러져 있다는 것을 알기나 할까. 그에게서 등지고 비틀거리는 여자가 보였다. 벽을 짚으며 간신히 한 발짝, 한 발짝 내딛는 다리가 안쓰럽게 떨렸다.

그럼에도 주저앉지 않는다. 약한 것인가, 강한 것인가. 부어오른 발등 덕에 그녀의 발걸음은 아주 느렸다. 그 속도에 맞춰 비센테가 천천히 에르셀라의 발자취를 따라 걸었다.

별생각은 없었다. 그저 어디까지 가나 궁금했다. 마침내 느린 발의 종착점은 그녀의 방이었다. 비센테가 헛웃음을 터뜨렸다. 도망치듯 간 곳은 결국 침실이었다. 아버지와 저를 피해 간 곳이 고작 그곳이라니. 벗어나고자 하여도 성안, 결국 하르젠의 손바닥 안이었다. 그것이 하찮기도 하고 바보 같기도 했다.

쓰러지듯 문을 연 여자가 모습을 감추었다. 닫힌 문 앞에서 비센테가 멈추었다. 가만히 집중하니 문 너머로 우는 소리가 들리는 것도 같았다. 뭐가 그리 서러운 것일까.

한동안 제자리에 있어보았지만 흐느끼는 소리는 도저히 그칠 생각을 하지 않았다. 그는 저도 모르게 한 손으로 얼굴을 쓸어내렸다.

비센테는 아버지만큼이나 에르셀라가 어려웠다. 인사 한번 나누지 않나가 어느 날 갑자기 연무장에 들어와서 그의 어깨를 토닥거렸을 때부터 그랬다.

그때 느낀 감정은 정말 이상했다. 문이 열리며 절대 보이지 않을 것 같은 사람이 모습을 드러냈을 때 그는 환각을 보는 것이라 착각했다. 사라질 거라 생각하며 계속 훈련에 집중하는데 그녀를 모시는 하녀가 다가왔다. 리엔이었던가.

"마님께서 잠시 보고 싶어 하십니다."

그제야 비센테는 에르셀라의 모습이 환영이 아닌 것을 깨달았다. 다소곳하게 두 손을 모으고 비센테를 직시하고 있는 여자가 낯설었다. 만찬 때를 제외하면 한 공간에 사는 관계로 지나가다 몇 번 마주치기는 했다.

그런데 그날따라 여자의 모습에 괴리감을 느꼈다. 그는 장소가 바뀌어서 그런가, 하며 대충 의문을 떠넘겼다.

에르셀라의 기행은 그날 이후로도 끝나지 않았다. 비센테를 보는 그녀의 눈빛은 더 이상 차갑지 않았으며 어조도 점차 부드럽게 변하기 시작했다.

당연히 조금의 감정도 일지 않았다. 기이함은 있었으나 그의 속은 여전히 건조했다. 어떤 것인지는 몰라도 제가 필요하니까 그러겠구나.

그렇게 생각했다. 처음에는 서로 이용하는 관계니 이상할 것도 없다고 판단하며 적당히 장단만 맞춰주려 했었다.

그러나 점점 에르셀라가 그를 진심으로 대하고 있다는 느낌이 들었다. 다정함이었다. 한 번도 받아보지 못한 따스함. 비센테는 정작 그것을 그 여자에게서 느꼈다는 게 당황스러웠다. 그때부터였다. 여자에게 경멸감을 느낀 것은.

처음 시작은 '이제 와서'였다. 이제 와서 왜 이러는지, 이제 와서 뭘어쩌겠다고, 이제 와서 가증스럽게, 이제 와서, 이제 와서.

다음은 분노였다. 지금까지 외면해 놓고 잘도, 자식이라고 생각하지도 않으면서 뻔뻔하게, 모질게 버린 주제에.

그는 에르셀라의 모든 게 우스웠다. 그러나 더 우스운 건 자신이었다. 어느 순간부터 그녀를 잘라내지 못하는 자신. 왜 자신은 외면하지 못하는 것인가. 그저 에르셀라가 비센테에게 했던 것처럼 버리면 되는 것이다.

부서지기 쉬운 그 여자가 스스로 무너져 내릴 때까지 몇 번이고 버리고 버리면 되는 것이다. 하지만 그는 그렇게 하지 못했다.

어째서일까. 그래도 주제에 어머니라고 그런 것일까. 그러면 너무 억울하지 않은가. 자신은 몇 번이나 당해왔는데 갚아주지도 못하는 것이. 미치도록 억울한데 도무지 그렇게 할 마음이 들지 않았다. 그는 그런 자신이 어이가 없었다.

핏줄은 그에게 의미가 없었다. 그러니 에르셀라와 혈연으로 엮인 관계 역시도 비센테에겐 아무런 의미도 되지 못했다. 아무 의미도 되지 못했어야 했다. 아무 의미도 될 수 없어야 했다.

아들.

하지만 그 말을 듣는 순간 비센테는 그것이 저에게 어떠한 형태로든 의미를 지니고 새겨졌음을 깨달았다. 그는 속으로 웃었다.

아들. 그 단어가…… 당신에겐 그리 쉬웠나. 어떻게 그리 태연하게 내뱉나. 어떻게 그리 아무렇지 않은 얼굴로 웃을 수가 있나. 어떻게 자신은 그 말이 싫지 않을 수가 있나. 비센테는 그런 자신이 같잖아서 견딜 수가 없었다. 이게 개새끼가 아니면 뭐란 말인가. 정말 어딘가 잘못된 게 분명했다.

……어머니.

왜 당신이 제 어머니입니까. 그녀는 이미 자격을 잃었다. 아름답고 고귀하며 모두에게 사랑받는 여자. 그래서 저 자신밖에 모르는 여자. 끝끝내 이기적이었던 여자. 그런 사람이 그의 어머니였다.

그러니 그녀에겐 이제 와서 어머니란 단어를 입에 담을 자격이 없었다. 처음부터 그랬으면 좋았을 것을, 왜 이제 와서 이러는 것인가. 날이 갈수록 에르셀라에게 갖는 감정이 점점 복잡해졌다.

경멸하는가 하면, 그렇다.

증오하는가 하면, 그렇다.

분노하는가 하면, 그렇다.

미워하는가 하면, 그렇다.

원망하는가 하면, 그렇다.

연민하는가 하면…… 그런 것도 같다.

그렇다면 무엇인가. 이 기이하고도 미친 것 같기도 하고 정의 내리기 힘든…… 모르겠다. 그는 이번에도 답을 내길 포기했다.

"울지나 마십시오."

지금은 그저 당신이 울지 않기를.

시간이 조금 지났다. 그가 바라는 대로 문 너머의 울음소리가 차츰 잦아들어 갔다. 거세던 흐느낌이 희미해지며 이내 종적을 감추었다.

자는 건가. 그 마른 몸으로 계속 눈물을 쏟아내다간 몸이 버티기 힘들 것이다. 차라리 제풀에 지쳐 잠드는 게 나았다. 소리가 작아지며 이내 고요한 기류가 느껴졌다. 완전히 잠든 것 같았다.

비센테는 미련 없이 발길을 돌렸다. 그렇게 걷다가 문득 인기척이 느껴져 발걸음을 멈추었다. 앞에 있는 인영이 누군지 확인하자 비센테의 고개가 짤막하게 숙여졌다.

"잠드셨습니다."

대답은 들려오지 않는다. 아무것도 담고 있지 않은 눈만이 저 너머에 못 박혀 있을 뿐. 이윽고 무정한 남자의 입이 열렸다.

"발은."

단 두 글자였지만 그것이 무엇을 의미하는지는 명확했다.

"……소식을 듣고 급히 마차에 오르다가 그만."

그제야 그의 시선이 비센테에게로 옮겨갔다.

"의원을 불러야겠군."

"클리프턴에게 제가 말해두겠습니다."

"그래."

하르젠은 여전히 가라앉은 눈이었다. 비센테는 그런 아버지의 모습이 낯설었다. 그를 둘러싸고 있던 완고한 벽이 조금 허물어졌음을 느꼈다.

그것이 어머니 때문임을 비센테는 알았다. 타인에게는 가차 없던 하르젠이 에르셀라에게는 조금 누그러진 태도를 보였으니 말이다. 그의 어머니는 모를 것이다. 어찌 보면 모르는 게 당연했다. 그것은 평소 하르젠이 어떤 사람인지를 아는 사람이나 알아챌 수 있는 미약한 변화였다.

에르셀라에 대해 알아가면서 비센테는 그녀가 알지 못하는 것이 많음을 느꼈다. 이곳에 살면서 어찌 저리 저 혼자 평온할 수 있는지 신기했다. 마치 그녀 주변에 보이지 않는 장벽이 쳐진 것 같았다.

어머니는 알까. 베른하르트의 고결한 중립이 깨지며, 그의 아버지가 얼마나 많은 정적을 상대해야 했는지. 그는 보이지 않는 싸움에서 피를 묻히고, 제 사람을 잃고, 그렇게 그의 손에 스러진 수많은 사람의 원성을 들었다.

데먼셔, 로베르트, 게리안, 루더스, 체스티안.

쉬이 쓰러뜨리기 힘든 대귀족부터 그들을 지지하던 소귀족까지. 그럼에도 영광은 그의 것이 아니었다.

모든 것이 피사리데로 돌아갔다. 처음 그 사실을 알게 되었을 때는 아버지가 왜 그렇게까지 하는지 이해가 가질 않았다. 피사리데에게 빌미라도 잡힌 것인가 했다.

그러나 이제는 그것이 아님을 알았다. 비센테는 인간미라곤 조금도 찾아볼 수 없는 남자가 그런 감정을 가지고 있다는 게 신기했다. 고작 아무런 힘도 가지고 있지 않은 여인에게 휘둘려 이렇게까지 하다니. 이상했다.

단기간에 그 많은 정적을 힘으로 찍어 누르니 주변 시선이 고울 리가 없었다. 아무렇지 않아 보이지만 결과만 놓고 보면 무리했음을 알 수 있었다. 아마 이번 가르텐과의 결연도 어느 정도 그 이유가 포함되어 있을 것이다. 가만히 저를 응시하는 남자를 향해 비센테가 입을 열었다.

"가르텐이 필요하십니까?"

비센테는 누구와 결혼하든 상관없었다. 대부분의 귀족이 그렇게 살아가듯 자신도 그렇게 살아가는 것뿐이다. 행복 따윈 처음부터 바라지 않았다. 그러니 이번에도 그는 따를 것이다. 하르젠은 묘한 눈으로 비센테를 바라보았다. 그의 대답은 조금 늦었다.

"……글쎄."

비센테는 그 말이 조금 의아했다. 그러나 더는 묻지 않았다. 물어도 답해주지 않을 것을 알았기에.

"전 상관없습니다."

그 말을 끝으로 비센테가 하르젠을 지나쳤다.

남자의 시선이 한동안 그를 닮은 소년에게로 못 박혔다. 자신의 아들을 알 수 없는 눈으로 쳐다보던 그가 지척에서 들려오는 발소리에 시선을 미끄러뜨렸다.

"아……."

하녀였다. 에르셀라가 많이 아끼는. 하르젠이 가만히 쳐다보자 리엔이 고개를 숙이며 입을 열었다.

"침의로 안 갈아입으시고 주무시기에 불편하실 거 같아 그만……."

"내가 하지."

그 말에 리엔의 눈동자가 사방으로 굴렀다.

……옷시중인데, 라는 말은 나오지 않았다. 에르셀라가 잠든 것을 알았기에 일부러 갈아입기 편한 옷으로 골라 왔다. 어렵진 않겠지만 눈앞의 고귀한 남자가 하기에는 하찮은 일이었다. 리엔은 자신의 손에 들린 침의를 한 번 보고는 잠시 고민하다 하르젠에게로 내밀었다.

침의를 받아 든 남자가 방 안으로 들어섰다. 잠든 듯 침대 위로 웅크린 여자가 보였다. 침대에 걸터앉은 남자의 시선이 부어오른 여자의 발치로 옮겨갔다.

그저 지켜보다, 그는 천천히 여자의 발을 쓸어내렸다. 부어오른 정도를 보니 내일까지는 통증이 멎지 않을 것 같았다. 자는 게 맞는지 여자의 몸은 미동조차 하지 않았다. 죽은 것처럼 옅은 숨소리도 내지 않았다.

지쳐 보이는 여자의 얼굴을 눈에 담다, 뭔가 불편했는지 그녀의 눈살이 미약하게 일그러진 걸 발견했다. 목이 답답해 보여 두르고 있던 스카프를 푸르니 송골 맺힌 땀방울이 보였다.

이제껏 이것을 매고 돌아다닌 듯했다. 꽤나 고됐을 게 눈에 선했다. 본디 더위는 더위대로 추위는 추위대로 많이 타는 여자였으니. 목선에 자리 잡은 물기를 훔치던 남자가 이내 움직임을 멈추었다.

그제야 왜 여자가 이 더위에 그것을 매고 있었는지 알게 되었다. 하르젠은 천천히 낙인처럼 붉게 물들어 있는 그것을 쓸어내렸다. 한참을 그 자리에 손길을 두다 이내 짙은 한숨을 내쉰 남자가 여자의 드레스를 끌러내기 시작했다.

오전 햇살이 여자의 얼굴에 고였다. 표정을 이지러뜨리며 에르셀라가 눈을 떴다.

몇 시일까. 눈을 뜨자마자 든 생각이었다. 햇살의 세기로 보아 아침은 훌쩍 건넌 것으로 보였다. 에르셀라는 자신이 꽤 긴 시간 동안 잠들었음을 알 수 있었다.

깨어나니 어제 일이 그녀 앞으로 미미하게 다가들었다. 처음엔 하르젠이, 다음은 비센테가 찾아들었다. 도망치고자 다시 눈을 감아보앉다. 그러나 미약했던 잔상은 갈수록 선연해지며 뚜렷한 형상을 갖추어갔다. 소용없나. 에르셀라는 다시 눈을 떴다.

확실히 잘 만큼 잤는지 잠도 오질 않았다. 에르셀라는 천천히 몸을 일으켰다. 의외로 몸이 개운했다. 그녀는 그제야 자신의 옷차림이 달라져 있음을 알아챘다. 불편했던 드레스가 침의로 갈아입혀져 있었다.

리엔인가. 잠시 그리 생각하다 인근에서 들려오는 소란에 그녀의 시선이 문 쪽으로 미끄러졌다. 별안간 문을 두드리는 소리가 들렸다.

"마님, 기침하셨나요?"

리엔이었다.

"……응."

에르셀라가 대꾸하자 리엔이 조심스레 문을 열다 발길을 멈추었다.

"발을 삐셨다면서요. 의원님을 모셔 왔는데……."

에르셀라의 표정이 난감함으로 물들자 리엔의 입이 다물렸다. 대강 그녀의 상태를 파악한 리엔이 뒤따라 들어오려던 의원을 만류했다.

"아직 깨신 지 별로 안 된 듯하니, 조금 이따가 다시 오시겠어요?"

의원은 군말 없이 고개를 끄덕이며 돌아갔다. 그도 아직 단장도 하지 않은 귀부인을 뵙는다는 것이 몹시 실례임을 알았을 것이다. 의원이 등 돌린 걸 확인하자마자 문을 닫은 리엔이 에르셀라에게 다가왔다. 리엔의 표정을 보고 에르셀라가 짧게 웃었다.

"몰골이 많이 아닌가 보구나."

"……조금 부으셔서."

"그렇게 울어댔으니 그럴 만도 하지. 사람들 보기가 민망하네."

확실히 지금 그녀의 모습은 지나가던 사용인의 발길도 멈추게 할 게 분명했다. 얼굴에 덕지덕지 붙어 있는 마른 눈물 자국이라도 지워야겠다 싶어 리엔이 세숫물을 가져와 에르셀라의 얼굴을 간단히 씻겨주었다.

눈은 여전히 부은 상태였지만 그래도 한결 나아 보였다. 에르셀라도 조금 개운했는지 아까보다 길게 미소 지으며 말을 건넸다.

"이건 네가 갈아입혀 준 거니? 네겐 항상 고맙다."

에르셀라의 말에 리엔은 어떻게 대답해야 할지 고민되었다. 잠시 주저하던 리엔이 시선을 내리깔며 작은 목소리로 말했다.

"……주인님께서."

"응?"

"주인님께서 그러셨어요."

몸 둘 바를 몰라 하는 리엔의 말에 에르셀라의 표정이 단번에 굳었다.

"……그러니."

하르젠이……. 에르셀라가 멍하게 중얼거렸다. 아무래도 그녀가 잠든 후에 들렀나 보다. 한데, 옷시중이라니. 그가 하기엔 너무 격이 낮은 일이었다. 민망하다가도 하르젠을 떠올리자 돌덩이가 끼인 듯 가슴이 갑갑해졌다. 에르셀라가 엷은 숨을 내보내며 말했다.

"……다음부턴 꼭 네가 해주렴. 귀한 분을 그리 쓰면 되겠니."

"알겠습니다."

하르젠이 막상 달라고 하면 자신은 또 내밀 수밖에 없다는 걸 알았지만 리엔은 일단 순순히 답했다.

"의원은 언제 모셔 올까요?"

"진료는 괜찮다 전해."

"네? 하지만……."

에르셀라는 고개를 내저었다. 누구도 만나지 않고 혼자 있고 싶었다. 그녀의 표정을 읽었는지 리엔이 가만히 입을 다물었다.

에르셀라는 리엔에게 축객령을 내리기 위해 입을 열었다. 그러나 곧 다물 수밖에 없었다. 불시에 밀려드는 생각 때문이었다. 그녀가 혼자 있을 수 있는 공간은 이곳밖에 없다는 생각.

문짝 하나를 두고 외부와 단절된 이 작은 공간이 그녀가 온전히 홀로 있을 수 있는 곳이었다. 어디를 가든 사람이 붙었다. 이제껏 당연하게 여긴 것들이었는데 왜인지 그것이 지금은 숨이 막혔다.

문득 나가고 싶다는 충돌이 일었다. 지켜보는 사람 없이 혼자서 말이다. 에르셀라가 몸을 일으켰다.

웬델만 콘타르는 눈앞의 귀부인을 보았다. 어제 집무실에서 울면서 뛰쳐나왔다는 게 사실이었는지 언제나 화사했던 여자의 몰골이 말이 아니었다.

그럼에도 그 얼굴은 여전히 홀리듯 아름다워 웬델만은 속으로 비웃었다. 예쁜 것 말고는 스스로 할 줄 아는 게 아무것도 없는 여자. 제 주군에게 전혀 어울리지 않는 여자였다.

그만큼 웬델만뿐만 아니라 다른 가신들에게도 언제나 못마땅한 여자기도 했다. 그는 조금 전, 그녀의 요청에 대해 단호하게 답했다.

"안 됩니다."

에르셀라의 눈이 살짝 떨렸다. 그녀가 시선을 옆으로 비끼며 작게 말했다.

"……남작."

맑은 호수 빛 눈동자는 간절했지만 그는 일말의 망설임도 없이 다시 한번 방금 전 말을 되뇌었다.

"외출하고자 하시거든 수행원을 동행하셔야 합니다."

늦은 오전부터 대뜸 찾아오더니 수행원 없이 외출하고 싶다, 라니. 그의 입장에선 정말 어이가 없었다. 그러다 위험에 처하면 책임을 져야 하는 것은 자신들이었다.

"잠시 바람을 쐬고 싶을 뿐이에요. 수도는 치안이 좋으니 다른 귀부인이나 영양들도 홀로 다니곤 한다고 들었어요. 별일 없을 거예요."

"일전에 수도에서 인신매매단이 잡혔다고, 제가 그 하녀를 통해 전달해 드렸습니다만."

웬만해선 안 좋은 소식은 일차로 거른다. 그러나 그가 굳이 이 소식을 전한 것은 제발 저택에만 얌전히 있었으면 하는 바람에서였다.

그들의 입장에서 에르셀라는 꽤나 골치 아픈 존재에 속했다. 뭘 하든, 어떤 위험에 처하든 관심 없지만 억지로라도 눈길을 둬야 하는 존재. 에르셀라가 위험에 노출된다는 것은 그들 입장에서는 재앙과도 마찬가지였다. 공작 부인이나 되는 여자를 감히 대놓고 노릴 자는 없겠지만 웬델만은 만에 하나의 가능성도 끊어내고 싶었다. 좀 가만히 있어줄 순 없나? 제발 아무것도 하지 않아주었으면 하는 게 그의 솔직한 심정이었다.

"콘타르 남작. 아니면 잠깐만이라도…… 어떻게 안 되나요?"

"죄송합니다만 당연히 안 됩니다. 그사이에 무슨 일이 생기지 말라는 보장이……."

쾅! 그때였다. 거칠게 문이 열리는 소리가 들리며 콘타르 남작 부인이 들어섰다. 부인의 모습에 웬델만이 깊게 한숨을 뱉어냈다. 남작 부인은 들어올 때와 달리 공손하게 허리를 숙여 인사했다.

"공작 부인을 뵙습니다. 정말 오랜만이네요."

"……반가워요, 남작 부인."

에르셀라가 어색하게 웃었다. 콘타르 남작 부인은 공작가의 안살림을 돕고 있는 여인이었다. 말이 돕는 것이었지 남작 부인이 도맡아 하고 있다고 해도 과언이 아니었다.

그동안 공작 부인 업무에 거의 손 떼다시피 했기 때문에 에르셀라가 하는 일은 그녀가 가져온 서류에 승인하는 게 전부였다. 남작 부인

의 얼굴을 볼 면목이 없었던 에르셀라는 민망함에 볼을 붉혔다. 개의
하지 않는지 남작 부인이 다정하게 웃으며 말을 붙였다.

"잠시 이 사람을 좀 빌려 가도 될까요? 곧 돌려드리겠습니다."

"부인."

"일어서요."

애초에 허락받을 생각은 없던 듯 그녀는 웬델만을 끌고 갔다. 무슨
일일까? 에르셀라의 고개가 옆으로 기울었다.

✳ ✦ ✳

"보내줘요."

"미쳤소?"

남작 부인의 말에 웬델만의 얼굴이 사정없이 구겨졌다. 보아하니 살
짝 열린 문틈을 통해 대화를 엿듣고 있던 듯했다. 아니, 그렇다면 문
을 세게 열어젖힐 것까진 없지 않은가. 일부러 저 들으라고 그런 게 분
명하다. 아니나 다를까 그녀는 형형한 눈빛으로 웬델만을 쏘아보는
중이었다.

"불쌍한 여자예요."

"불쌍하기는. 아들도 내팽개치고 편히 놀고먹는 게 아주 저 혼자 신
난 것 같은데."

웬델만의 비아냥에 남작 부인의 미간에 홈이 파였다.

"애당초 부인이 공작가에 깊게 관여하지 못하도록 막은 게 당신들
아니었나요?"

"……."

"처음 들어왔을 때, 꽤 똑똑한 여자라고 들었어요. 그러니 그 엄한
선대 공작님도 아무 말 안 하고 넘어가신 거고요. 그런데 점점 깊게

관여하려니까 당신들이 막았잖아요. 여기까지 하실 필요는 없다, 주어진 일만 해도 된다, 이렇게. 정작 공작 부인 대행 업무라면서 주어진 일도 잡일이었죠."

남작 부인의 말은 사실이었기에 웬델만은 할 말을 잃었다. 그러나 어찌 믿는가. 그 속을 알 수 없는 가문의 여인을. 그들의 의심은 지극히 합리적이었다.

무엇보다 선대 공작께서도 그 여인이 크게 뭘 하길 바라지 않았기에 그리했던 것이다. 돌연 과거의 일이 웬델만의 머릿속에 흘러들었다.

"경, 베른하르트령 남서쪽 영토의 올해 수확량이 저조한 게 홍수 때문이라고 들었어요. 구휼금은 어느 정도로 베풀어 줄 예정인가요? 제가 보기엔 이 정도가 적당할 듯한데⋯⋯."

"여기까진 부인께서 관여하실 일이 아닙니다. 신경 쓰지 마십시오."

"아⋯⋯ 그런가요. 실례했군요. 용서하세요, 경. 제가 아직 베른하르트가의 가풍을 못 익혔나 보네요. 하르젠은 바쁘니까 저라도 무언가를 해야 한다고 생각했나 봐요."

"후작가에선 혹시 그럽니까?"

"제 아버님께선 어떻게 하면 좋을지 의견을 물어보시곤 했어요. 마음에 안 차셨는지 들어주신 적은 없지만."

열여섯의 소녀는 민망했는지 뒷목을 긁적이며 발길을 돌렸다. 그녀의 뒷모습을 한참 뚫어지게 보던 그는 에르셀라가 가져온 서류를 읽어나가기 시작했다. 전문성은 없었으며 이것저것 고려한 상황을 나열한 게 꽤나 조잡했다. 하지만 웬델만이 놀랐던 것은 그녀가 제안한 구휼금이 가신들이 합의를 통해 도출한 금액에 생각보다 근접해 있다는 것이었다.

그렇다면 피해 규모를 알고 있었다는 소리가 된다. 그녀의 친정이 떠오르는 것은 당연한 수순이었다. 솔직히 피사리데가 얽혀 있다고 생각하자 곱게 보이지 않긴 했다.

과거 일을 회상한 웬델만이 설핏 미간을 찌푸렸다. 생각해 보니 처음부터 저랬던 여자는 아니었던 것 같다. 열여섯치고는 꽤나 맹랑했다.

"예쁨받고 싶어 이것저것 하려는 여자에게 기본적인 것만 시켰죠. 그것도 최소한만. 왜요? 부인이 꽤 똑똑해 보이니 뒤로다가 친정에 뭘 퍼다 나를지 몰라서 두려웠어요?"

"그렇다 하더라도 어느 순간부터 그마저도 안 한 게 공작 부인이시오. 저게 본모습일지도 모르지."

하지만 그래 봤자 과거 일이다. 어느 순간 여자는 모든 걸 놓아버렸다. 아들까지 말이다. 속으로 어찌나 어이가 없던지. 어떻게 제 자식을 저리 내버려 둘 수 있단 말인가.

웬델만이 보기에 여자는 불행한 요소가 하나도 없었다. 저희 덕에 가문은 나날이 위광을 떨쳐갔으며, 어린 나이에 공작 부인이라는 지위에도 올랐다. 한 번에 낳은 아이마저도 사내아이였다. 게다가 남편이 밖으로 나도는 것도 아니니, 이 얼마나 행복한 여자의 삶인가. 웬델만과 다른 이들은 에르셀라를 이해할 수 없었다.

웬델만의 말에 남작 부인이 코웃음을 쳤다.

"본모습이라고 했어요? 공작 부인께서 지금 저 모습이 된 것에 이 가문이 아무런 영향도 끼치지 않았을 것 같아요? 왜 저렇게 변했는지 한 번이라도 생각해 본 적 있어요? 아니, 생각할 필요도 없다고 생각했겠지. 정작 당신들에게 여자란 아이를 낳아주기 위한 존재일 뿐일 테니까요."

"……."

"당신, 여자가 열 달 배앓이 해 아이를 낳는 게 얼마나 힘든 일인지는 알고 있어요? 가뜩이나 힘들고 우울한데 의원들은 하나같이 간혹 이런 여성도 있다. 이러면서 정신병자 취급하는 게 얼마나 서러운 줄은 알아요? 그리고 아까 아들도 돌보지 않는다고 그랬죠? 그건 분명 잘못한 게 맞아요. 하지만 엄마면 아이를 당연히 사랑해야 해요? 지금은 너무 사랑하지만 그때의 난 내 아이가 얼마나 밉던지. 과장해서 말하자면 창밖으로 던져 버리고 싶었어요! 자꾸 울어젖히는데 당신 생각나니 꼴 보기 싫어서!"

웬델만은 진득한 한숨을 내쉬었다. 그의 부인은 항상 불만이 많았다. 특히 이런 문제에 예민했다. 어쩌다 이런 여자를 사랑해 결혼까지 한 것일까.

"다들 그러고 사는데 왜 당신만 난리인 거요. 그리고 공작 부인과 친분도 없는데, 굳이 그 여자 편을 들어줘야겠소?"

"같은 여자인 내가 아니면 누가 이해해 주죠?"

정말 이상한 소리만 한다. 논리도 뭣도 없는. 웬델만은 슬슬 짜증이 일기 시작했다. 남편의 구겨진 이마를 보았음에도 남작 부인은 말을 멈추지 않았다.

"당신들 딱 그거예요."

"……."

"넌 그냥 예쁘고 얌전하게 보호나 받으면서 몸시중이나 들어라."

"입 다물지 못해?! 어디서 그런 천박한 말을!"

"아니! 사실이잖아! 남의 집 귀한 딸, 창녀 만드는 거랑 뭐가 달라!"

"그만해! 그만하라고!"

창녀. 그 단어에 웬델만이 기겁했다. 어찌 저리 천한 단어가 부인의 입에서 튀어나오는 것인가! 혹시나 옆방에 있던 에르셀라가 듣지는 않았을까 조마조마한데 눈앞의 부인은 그만둘 생각이 없는지 여전히 격분하고 있었다.

"알죠. 당신이 피사리데에 얼마나 이골이 났는지. 고생 많은 거 알아요. 솔직히 나도 싫어요. 왜 고생은 각하랑 당신들이 다 하고 이득은 그쪽에서 다 채 가는지, 원. 그런데 저 여자가 크게 잘못한 건 없잖아요. 베른하르트 성을 단 지가 언젠데 아직도 피사리데 취급이죠? 어린 나이에 시집와 지금까지 언제나 사람이 붙었어요. 안 답답할 것 같아요?"

"……."

"내 말은, 사람이 숨통 트일 곳 정도는 있어야 한단 거예요."

남작 부인의 일갈에 웬델만은 한숨을 내쉬었다. 그녀는 남편의 목이 날아가든지 말든지 상관없는 게 분명했다. 그게 아니라면 제 몸 하나 지키지 못하는 신분만 높은 여자를 가만히 놔두라는 말은 함부로 지껄이지 못할 것이다.

순순히 넘어가지 않겠다는 듯 남작 부인이 끈질기게 눈을 맞춰왔다. 남작 부인을 한 번 바라본 웬델만이 마른세수를 하며 소리쳤다.

"알았어, 알았다고!"

"반말하지 말아요. 당신이 나보다 어려요."

"……알았소."

그마저도 남작 부인의 일침에 위축되고 말았지만.

에르셀라는 수행원을 데리고 가지 않아도 좋다는 웬델만의 말에 놀라고 말았다. 갑자기 확 변한 태도에 의아함을 느꼈다.

대체 남작 부인과 무슨 대화를 한 것일까? 궁금했지만 그녀는 묻지 않기로 했다. 어찌 됐든 결과적으로 잘된 일이었다. 에르셀라는 작게 미소 지으며 감사를 표했다.

"고마워요, 경."

그 모습에 웬델만은 묘하게 표정을 굳혔다. 그는 아까 남작 부인과

했던 대화를 곱씹었다. 에르셀라가 지금 저렇게 된 것에는 이 가문의
탓도 있다는……. 확실히 배척한 것은 맞았다. 그러나 문제 될 건 없
다고 생각했다. 여인네들이란 본디 일보다는 연회나 파티를 좋아하는
존재니 결과적으로 그녀에게 잘된 일이라 생각했다.

그 생각은 여전히 변하지 않았지만, 남작 부인의 말을 듣고 눈앞의
여자를 과거와 비교해 보니 괜스레 기분이 좋지 않았다. 무언가 큰 잘
못을 한 것 같았다. 웬델만은 입을 여닫기를 반복하다 말했다.

"제가…… 원망스러우십니까?"

생각지도 못한 질문에 에르셀라가 당황해 눈을 크게 떴다. 무슨 뜻
으로 하는 말일까. 언제나 단호함이 배어 있는 딱딱한 남자였기에 저
리 주저하는 모습조차도 낯설었다. 하지만 역시 의도가 무엇인지 알
수 없어 대답 대신에 질문이 나갔다.

"무엇을 말이죠?"

"피사리데인 공작 부인을……."

그는 차마 말을 맺지 못했지만, 무엇을 말하는지 유추하기엔 어렵
지 않았다.

"아."

에르셀라가 짧은 신음을 뱉었다. 웬델만의 입에서 그런 말이 나올
줄이야. 심지어 그는 약간은 겸연쩍은 표정을 하고 있었다. 그녀는 대
답을 어떻게 하면 좋을지 몰라 눈을 굴렸다.

"아니에……."

좌우로 구르던 눈동자가 일순 멈추었다.

"사실…… 조금 그렇긴 해요."

솔직히 밉지 않다면 거짓말이다. 미심쩍어하는 그들의 태도를 이해
하면서도 내심 서운하기도 했다.

에르셀라는 왜 자신이 지금 웬델만과 이러한 대화를 나누고 있는

지 이해가 안 갔다. 의문이 드는 중에 웬델만이 질문을 던졌다.

"각하께는 왜 말씀 안 하셨습니까?"

가끔가다 드는 생각이었다. 가신들은 겉으로는 에르셀라에게 깍듯하긴 했다. 다만, 그들끼리만 있을 때 은근히 내비치는 적대감을 여자는 모르지 않았을 것이다. 여자가 은연중에 자신들의 눈치를 보곤 했기 때문이다.

남편에게 미주알고주알 일러바칠 수 있었음에도 그녀는 그렇게 하지 않았다. 왜 그랬을까? 주군께서 자신의 부탁 정도는 들어줄 사람이란 걸 알고 있을 텐데 말이다.

에르셀라는 머뭇거리며 입을 열었다.

"내가 처녀 적에 나의 가문에서는……."

에르셀라가 잠시 말을 멈추고 웬델만을 쳐다보았다. 그가 계속하시라 손짓하자 에르셀라의 입술이 다시 열렸다.

"사람을 등용할 때는 개인적인 감정에 치우쳐 편향된 고집을 내세우지 않았는지 되돌아보라 그랬습니다."

"……."

"어느 가문이나 그렇듯 피사리데 또한 완전무결하지 않다는 것을 알아요. 숭고하다 자부하지만 그 이면까지 청청백백하진 않겠죠. 그러니 제 가문을 경계한 당신들의 행동은 옳았습니다."

"……."

"하르젠에게 필요한 사람이라고 생각했어요."

웬델만은 잠시 숨을 멈추었다. 그녀의 눈은 말하고 있었다. 그러니 내 개인적인 감정은 접어둘 수 있었다고.

에르셀라가 한 말은 딱히 대단한 것도 아니었다. 누구나 다 알고 있는 것이다. 그러나 지극히 당연한 언사였음에도 웬델만은 입을 다물 수밖에 없었다.

그는 에르셀라를 바라보았다. 언제나 흐릿했던 푸른 눈에 미약하지만 생기가 담겨 있었다. 맞다. 잊고 있었는데 저랬었다. 저 눈이 저렇게 빛나던 시절이 있던 것도 같았다.

갑자기 마음이 무거워졌다. 진짜 못할 짓을 한 것 같지 않은가. 그의 마음을 아는지 모르는지 에르셀라가 살갑게 말을 붙였다.

"고마워요, 남작. 처음으로 주군의 뜻을 어기고 절 위해주셔서. 하르젠에게는······."

"······책임은 제가 지겠습니다."

에르셀라의 파란 눈동자가 웬델만을 주시했다. 놀란 듯 보였다. 그녀도 알 것이다. 책임을 지겠다는 게 어떤 의미인지.

"가실 때 서신 하나 남기고 가십시오. 각하께서 걱정하십니다."

"······알았어요."

에르셀라는 망설이다 고개를 끄덕이며 웃었다. 편견을 지우고 본여자의 미소는 꽤 사랑스러웠다.

처음에 공작께서 왜 이 여인과 혼인을 하려는지 이해가 안 됐다. 왕녀의 청혼을 거부하기 위함에는 합당한 조건의 여자였지만, 그것은 어디까지나 베른하르트가 피사리데에 일절 관여하지 않았을 때의 이야기였다.

그런데 지금은 어떤가. 중립은 깨어진 지 오래고 적지 않은 가문과 척을 졌다. 이건 뭐, 차라리 왕녀와 혼인하는 것이 나았을 정도였다. 그러면 적어도 모든 공이 엉뚱한 곳으로 넘어가진 않았을 테니 말이다.

점차 시간이 지나며 웬델만은 정치적 목적이 있는 혼인이 아님을 얼핏 알게 되었다.

"로베르트 쪽에 심어둔 밀정이 가져온 정보에 의하면 로베르트 후작은 장자를 후계자로 삼을 생각이······ 각하?"

저의 물음이 들리지도 않는지 남자는 묵묵히 창밖을 응시하고 있었다. 무슨 일일까 싶어 시선을 따라가 봤더니 여자가 있었다.

후원에 내리는 햇살을 받으며 하녀 하나와 같이 환하게 웃고 있는 여자. 여자가 걸을 때마다 남자의 시선이 조용히 뒤따랐다. 무심한듯 하면서도 집요했다.

그날 웬델만은 뒤통수를 둔기로 얻어맞은 듯한 충격을 받았다. 어째서 그쪽으로 한 번도 생각해 보지 못했을까. 정략혼의 허울을 벗겨 보니 그저 사내와 여인의 화혼이었음을 알게 되었다. 웬델만은 처음으로 엿본 주군의 인간적인 모습이 낯설었다.

"남작?"

에르셀라의 호명에 그는 현실로 되돌아왔다. 의아한 듯 물끄러미 그를 보는 눈이 나이에 맞지 않게 순연하여 여전히 혼자 보내는 게 꺼림칙하긴 했으나, 이미 입으로 보내 드리겠다 말을 한 이상 어쩔 수 없었다.

그는 속으로 불안을 삼킨 뒤, 품을 주섬거리다 무언가를 내밀었다.

"이거 받으십시오. 금전이 필요하실 겁니다."

돈주머니였다. 그것을 보던 에르셀라가 잠시 머뭇거렸다.

"경."

"사양하실 것 없……."

"나 돈 많아요."

"아……."

웬델만은 입을 다물었다.

에르셀라는 느릿하게 마차 안을 둘러보았다. 그녀 말고는 아무도 없는 것이 낯설기도 하고 신기하기도 했다. 언제나 리엔이 따르며 조잘거리곤 했는데. 바깥에는 그녀를 호위하는 수행원도 없을 것이다. 누구의 시선도 받지 않는 완벽한 자유였다.

널찍한 공간 안에 도는 공기가 조금 서늘해서 에르셀라는 몸을 뒤로 기댔다. 혼자인데도 불안하기보단 편안했다. 그것이 웬델만의 호의에서 비롯된 것임을 알았다.

대체 남작 부인과는 어떤 이야기를 나누었기에 단호하던 그 남자의 태도가 변한 것일까. 심지어 그는 책임도 자신이 지겠다 말했다. 그 책임이란 것이 어떤 형태로 돌아올지 알면서도. 그래도 역시 자신 때문에 엄한 일을 당하는 것은 내키지 않았기에 에르셀라는 그에 대한 내용을 하르젠에게 보내는 서신 안에 남겨두긴 했다.

잠시 머리를 식히려고 해요.
콘타르 남작에 대한 처벌은 하지 말아요. 내가 고집 피운 거예요.
무사히 돌아올 테니 걱정 말아요. 약속해요.

구구절절 쓰기에는 무슨 얘기부터 꺼내야 할지 몰랐기에 그러지 못했다. 수행원 없이 홀로 출타한 것은 처음이었기에 하르젠의 반응이 걱정되기도 했다. 또다시 마음이 무거워지려는 차에 마차가 멈추었다.

답답해서 바람을 쐬고 싶었지만 드레스 차림으로 나가고 싶진 않았다. 리엔의 옷을 빌린 것도 그 때문이었다. 사람들의 시선에서 탈피하고 싶었다.

마차에서 내린 에르셀라는 천천히 발을 내디뎠다. 전날 삐끗한 발끝에서 다리를 타고 올라오는 통증이 제법 컸지만 그래도 견딜 만하다는 생각을 하며 차근차근 걸었다. 조금 느렸지만 나쁘지 않았다. 그녀는 수행원 하나 없이 시내를 마구잡이로 둘러보기 시작했다.

"아가씨! 목걸이 사세요! 어유, 예쁜 아가씨가 걸면 딱이겠네!"

"……아. 괜찮, 아요."

"팔찌도 있는데? 콘라드에서 들여온 것도 있어!"

"……감사하지만 괜찮아요, 정말."

주저앉아 있는 상인들이 그녀를 향해 호객 행위를 해댔다. 에르셀라는 그제야 자신이 평민 복식을 하고 있다는 것을 완전히 체감했다. 그녀는 어색하게 존대를 하며 정중하게 거절했다. 평민에게 하대가 아닌 존대를 하는 기분은 이상했다.

게다가 머리를 땋아 내려서인지 그녀를 아가씨나 젊은 부인으로 보는 사람이 많았다. 에르셀라는 자유로워진 기분이었다. 그녀를 옭아매던 것이 벗겨진 것 같았다.

"어휴, 곱네. 부모님이 귀하게 키웠겠어. 이리 와서 이것 좀 들어봐. 말린 과일인데 아주 달콤해."

에르셀라는 저를 부르는 손짓에 흠칫했다. 한 번도 저런 가벼운 손짓으로 불린 적이 없어 속으로 매우 당황했지만 조심히 걸음을 옮겨 한 상인 앞으로 다가갔다.

진열대에 다양한 종류의 말린 과일이 나열되어 있었다. 체리, 자두, 포도, 귤과 그 밖에 지금 계절에 상관없는 과일도 있어 내심 놀랐다. 그걸 알았는지 노인은 껄껄 웃으며 그녀에게 말린 자두를 하나 건넸다.

"이래 봬도 각 나라에서 공수해 온 거야. 한번 먹어봐."

"잘 먹겠, 습니다."

습관적으로 '잘 먹겠네'라고 뱉을 것을 억누르며 재빨리 건네진 자두를 입안에 넣었다. 우물우물 씹기 시작하자 입안에서 상큼한 자두 향이 돌기 시작했다. 분명 말린 것인데도 과육이 부드럽게 입안을 맴돌았다. 생각보다 맛있어서 에르셀라의 눈동자가 동그랗게 뜨였다.

"맛있지?"

끄덕끄덕. 노인의 질문에 그녀의 고개가 위아래로 움직였다. 점차 진해지는 달콤함이 매우 만족스러웠다.

"어때, 한 움큼 담을까?"

"……얼마예요?"

사는 것도 나쁘지 않을 것 같았다. 리엔이 뭐라 하겠지만 막상 주면 그녀도 좋아할 것이다. 비센테도 이런 것을 즐겨 먹진 않을 테니 한번 먹고 싶었다. 비센테는 솔직하지 못하니 아마 엄청엄청 맛있어도 에르셀라 앞이라 더욱 인상 쓸 게 분명했다.

'맛있어도 괜찮다고 하겠지?'

처음엔 꺼려하다가 나중에 맛있어할 아들의 얼굴이 상상되니 절로 웃음이 나왔다. 그러다 또다시 과거의 잔상이 머릿속을 흩뜨렸다.

에르셀라는 고개를 도리질하며 떠올리지 않으려 노력했다. 예전처럼 우울감에 잠겨 살고 싶지 않아 나온 것이다. 지금은 아무 생각도 하지 않기로 했다.

"은화 한 닢."

"네, 주세요."

에르셀라는 리엔이 챙겨 준 주머니에서 은화 한 닢을 골라 노인에게 건넸다. 사실 평민이 사기에 은화 하나는 지나치게 비쌌지만 이런 것에 금전 감각이 없는 에르셀라가 알 턱이 없었다. 지금만 해도 그녀가 지닌 주머니엔 금화가 수두룩했으니 말이다.

노인이 말린 자두를 한 소쿠리 담아 그녀에게 건넸다. 에르셀라는 건네받은 종이봉투를 품에 안고 다시 걷기 시작했다.

걸으면서 혹시 몰라 돈이 든 주머니는 깊숙한 곳에 숨겨놓았다. 그녀가 이렇게 많은 돈을 가지고 있다는 것을 안다면 다른 이들의 표적이 될 우려가 있었다. 아직 낮이고 경비대들이 돌아다니지만 미리 대비해서 나쁘진 않을 것이다. 그렇게 생각하며 종이봉투 안에서 말린 자두를 하나 꺼내 입안에 쏙 넣었다.

"맛있어."

다시 먹어도 맛있었다. 말린 과일은 잘 즐기지 않는 편이기에 오랜만에 먹는 것이었다. 하지만 지금 먹어보니 생각보다 괜찮았다. 주방장에게 언질해서 간간이 식탁에 올리도록 해야겠다. 실없는 생각을 마치곤 이곳저곳을 서성이며 물품들을 구경했다.

에르셀라는 나무를 조각해 하나하나 꿰어 만든 동화 여덟 닢짜리 싸구려 팔찌도 하나 구입했다. 팔에 끼니 하얀 손목과 대비되어 고동색 나무 팔찌가 더욱 선명해 보였다. 기름칠을 잘한 것인지 팔찌는 볕을 쬐자 반짝반짝 빛났다. 그녀는 매우 잘 어울린다고 자화자찬하며 흡족해했다.

어느새 발목이 아픈 것은 잊어버리고 에르셀라는 보이는 대로 상점에 들어갔다.

보석점이나 드레스점이 아닌 주로 평민들이 가는 곳 위주로 들렀는데 생각보다 예쁜 게 많아서 놀랐다. 아기자기한 크리스털 잔, 수제 캔들, 고급스러운 자수가 새겨진 손수건 같은 에르셀라의 취향이 몇몇 있었다.

그러고 보니 비센테가 기사 서품을 받으면 사냥 대회에 참가하게 될 것이다. 보통 여인들은 기사에게 손수건이나 커프스단추를 주곤 했다.

손수건을 주면 좋아해 주려나. 에르셀라는 살짝 웃으며 자수가 새겨지지 않은 천을 하나 구입했다. 그에 맞춰 여러 색이 뭉쳐 있는 실 뭉텅이도 구입했다. 아무래도 자수 놓는 연습을 해야 할 것 같았다. 그녀는 손재주가 좋은 편이 아니었으니.

불어난 짐에 에르셀라는 좀 더 커다란 종이봉투를 받아 짐을 한데 모았다. 다행히 무게가 안 나가는 물건만 있어서인지 아직까진 가벼웠다. 에르셀라는 더 이상 무언가를 사는 것은 그만두기로 했다. 여기서 더 불어났다간 감당하기 힘들 것이다.

별안간 그녀의 걸음이 멈추었다. 이제 무엇을 해야 할지 그녀는 곰 곰이 생각했다. 아직 장터는 끝도 없이 펼쳐져 있었지만 여기서 조금 더 가면 되돌아갈 때 힘들 것 같았다. 나름 앞일을 생각하며 고민 중 일 때 뒤에서 부드러운 목소리가 들렸다.

"잠행이라도 나오셨나 봅니다."

흠칫 어깨를 편 그녀가 천천히 뒤를 돌아보았다. 그녀의 입이 살짝 벌어졌다.

"후안…… 경?"

에르셀라가 더듬더듬 남자의 이름을 입에 담았다. 지난번 서점에서 만난 남자였다. 갈색 머리에 같은 갈색 눈동자를 가진 온유한 인상은 한 번 보면 잊기 힘들었기에 모를 수가 없었다. 에르셀라의 호명에 후 안의 입매가 살짝 올라갔다.

"에르셀라 부인. 여기서 만나다니, 반갑습니다."

후안 또한 기억하고 있었는지 자연스레 그녀의 이름을 불렀다. 그녀 는 간단히 고개를 끄덕였다.

"왜 이곳에 수행원도 없이 혼자 계십니까?"

직접적으로 말하진 않았지만 '그 차림으로요'라는 눈빛이었다. 에르 셀라는 모른 체하며 대꾸했다.

"……그냥 바람을 쐬러 나왔습니다."

"그렇군요."

그가 그녀의 얼굴을 빤히 쳐다보았다. 처음엔 왜 그런가 하다 이내 자신의 눈이 부어 있다는 것을 깨달은 에르셀라가 고개를 휙 돌렸다. 다행히 그는 별말을 하진 않았다. 에르셀라는 그가 일부러 묻지 않고 가만히 있음으로써 배려해 준 것임을 깨달았다.

"경은 여긴 어쩐 일인가요?"

그의 배려를 알자, 한층 가벼워진 마음으로 에르셀라가 자연스럽게 질문했다. 후안은 턱을 만지작거리다가 그녀를 내려다보았다. 태양을 등졌음에도 갈색 눈은 따듯해 보여서 에르셀라는 조금 신기했다.

잠시 후 후안의 대답이 들려왔다.

"저는 놀려고 왔습니다, 부인."

뜬금없는 대답에 에르셀라의 입이 벌어졌다. 놀려고 왔다니. 그러면 친구가 한 명이라도 있어야 하는 거 아닌가. 지금 그의 곁엔 친구라 부를 수 있는 사람이 한 명도 없어 보였다.

"혼자서요?"

"네, 오늘 반년에 한 번 장이 크게 열리는 날이거든요. 이따 밤에는 불꽃놀이도 한다고 하더군요."

"오늘요?"

어쩐지 평소보다 북적인다 했더니 오늘이 반년에 한 번 있는 축제날이었나 보다.

축제는 일 년에 두 번으로, 수고했다며 회포를 풀기 위해 평민들이 독자적으로 만든 날로 알고 있었다. 밤 분위기가 무르익을 즈음 불꽃을 터뜨리며 그날을 장식한다. 그게 오늘이었다니. 에르셀라는 불현듯 흥미가 돋았다.

"몇 시에요?"

"음, 밤 열 시쯤에 하는 걸로 알고 있습니다. 시계탑 근처가 명당인데 늦게 가면 자리가 없을 정도로 제법 화려하게 한다고 들었습니다. 설마 부인도 관람하실 생각이십니까?"

"네, 불꽃놀이는 저도 오랜만이라……."

에르셀라는 말을 하다 말고 멈추었다. 열 시에 불꽃놀이를 보고 들어가면 아주 늦은 시각일 것이다. 집안사람들이 걱정하진 않을까 염려됐다. 그녀가 늦은 적은 한두 번이 아니었지만 그때는 다 수행원을 대동하고 있었기에 그들도 별다른 걱정은 하지 않았다. 그러나 제가 이번엔 단신으로 나섰다는 것을 알게 되면 크게 놀랄 게 뻔했다.

후안이 힐끔 에르셀라를 쳐다보다 입을 열었다.

"못 보시나 보네요. 그럼 이건 어떻습니까? 날이 어두워지면 밤 축제도 하는데, 불꽃놀이 대신 그거라도 즐기는 것은. 위험에 대한 걱정은 마십시오. 제가 오늘 하루 부인의 수행원을 자처하겠습니다."

밤 축제도 한다니. 어떤 축제일까 문득 궁금해졌다. 후안의 제안은 정말 매력적이었기에 귀가 솔깃해서 받아들일 뻔했으나 그가 입고 있는 옷을 보고 에르셀라는 고개를 저었다.

"제가 어찌 경을 수행원으로 부려먹겠어요."

그는 지금 누가 봐도 근사한 차림이라 귀족처럼 보였다. 너무 귀해 보이는 데다, 잘 알지도 못하는 사람을 수행원으로 삼아 돌아다닐 수는 없었다. 거절의 이유를 알았는지 후안이 피식 웃으며 말했다.

"그리 귀한 사람은 되지 못합니다. 편히 부리시지요."

에르셀라는 잠깐 망설여졌다. 수도는 안전하다곤 했지만 최근 흉악범이 활개 친 곳이기도 했다. 낮보단 밤이 위험요소가 많을 것이다. 괜히 잘못되기라도 했다간 그녀를 믿고 보내준 웬델만을 볼 낯이 없었다. 에르셀라는 고민하다 고개를 끄덕였다.

"그럼 실례가 되지 않는다면, 밤 축제까지 부탁드려도 될까요?"

"물론입니다, 부인."

어려운 일도 아니라는 듯 후안이 어깨를 으쓱였다. 에르셀라는 문득 허기짐을 느꼈다. 그녀는 오늘 먹은 것이 고작 말린 자두 두 개뿐인 것을 깨달았다. 정신없이 돌아다녔더니 배고픈 것도 잊은 모양이다.

그녀는 후안을 힐끔거렸다. 에르셀라의 시선을 알아챘는지 후안이 질문을 해왔다.

"왜 그렇게 보십니까?"

"경······."

배 안 고픈가요?

에르셀라는 어쩐지 입이 떨어지지 않았다. 초면은 아니나 초면이라고 할 수 있는 남자 앞에서 건네기엔 무척 민망한 말이었다. 게다가 방금 만났지 않았는가. 그녀가 계속 우물쭈물하자 후안이 다시 한번 물어왔다.

"무슨 할 말이라도?"

"······아니, 아닙니다."

그녀는 어색하게 웃는 다시 발걸음을 옮겼다. 후안이 의아한 낯빛으로 그 뒤를 따랐다. 그러다 별안간 여자의 걸음걸이가 이상하다는 것을 눈치챘다. 후안의 시선이 에르셀라의 발에 머물렀다. 그가 에르셀라의 어깨를 무례하지 않게 잡아 세웠다.

"왜 그러세요?"

"발을 다치신 듯해서요."

"아······."

에르셀라는 그제야 잊고 있던 게 떠올랐다. 슬쩍 치마를 걷어 발을 확인해 보니 겉으로 봐도 퉁퉁 부어 있었다. 붉게 번져 있는 발등을 보자니 있던 통증이 다시 느껴졌다. 에르셀라가 눈을 치켜뜨며 밉지 않게 후안을 노려봤다.

"이번엔 왜 그리 보십니까?"

"잊고 있었는데, 경 덕분에 다시 아파서요."

에르셀라는 가차 없이 밝게 웃으며 고마움을 전했다. 물론 고마움이 그 고마움이 아닌 것은 후안도 잘 알았을 것이다. 그는 억울해 보였다.

"그렇게 안 봤는데 짓궂으십니다."

후안은 에르셀라를 분수대 광장 앞으로 이끌었다.

"일단 여기 앉아 계십시오."

에르셀라는 그의 말대로 분수대에 걸터앉았다. 후안은 잠시 기다리라는 말을 남기고 어딜 가더니 잠시 후 붕대와 약처럼 보이는 통을 손에 쥔 채로 돌아왔다.

"그걸 사러 갔었나요? 전 괜찮아요. 그러니 그럴 필요까진……."

"그 말을 건네기엔 늦으셨습니다. 이미 돈은 수중을 떠났으니."

"미리 말씀하시지."

"정말 한마디도 안 져주시네요."

그 말에 에르셀라가 어깨를 움찔거렸다. 하르젠이 떠올랐다. 지금껏 다 자신이 원하는 대로 해주었다는 차갑게 뱉어낸 말도. 갑자기 시무룩해진 그녀를 바라보다 후안이 그녀의 발치 앞에 한쪽 무릎을 꿇었다.

"실례하겠습니다."

후안은 조심스레 구두로부터 에르셀라의 발을 빼내었다. 귀부인의 발에 직접 닿으면 안 된다는 생각 때문인지 얇은 면장갑도 낀 상태였다.

그는 부드러운 얼굴만큼이나 다정한 손길로 에르셀라의 발을 붕대로 감싸기 시작했다. 그것을 말끄러미 보던 에르셀라가 소리 내어 웃었다.

"정말 못하는군요. 그리고 붕대부터 감을 거면 약은 왜 사 온 건가요?"

"……아."

후안은 그제야 옆에 놓인 약통과 붕대를 번갈아 보았다. 그는 당황한 얼굴로 엉성하게 묶던 붕대를 허둥지둥 끌러내기 시작했다.

"이런 거, 해본 적 없어서요."

변명하는 것 같기도 민망해하는 것 같기도 했다.

"어련하시겠어요."

장난기가 다분한 어조에 언제나 여유로웠던 후안의 인상이 미약하게 어그러졌다. 에르셀라는 순진한 남자를 놀려댄 것이 미안해졌지만 저 반듯한 얼굴이 당황으로 무너지니 솔직히 재미있었다.

"정말 귀하게 자랐나 봐요."

"사람을 놀리면 못씁니다."

어느새 제 페이스를 되찾은 후안이 약을 바르고 붕대를 마저 감은 후 미련 없이 손을 뗐다.

"그건 뭐예요?"

"붕대도 감았으니 구두가 안 맞으실 것 같아서요. 급히 사 와서 격에 맞진 않겠지만 그래도 편할 겁니다. 색도 최대한 맞췄으니까 이상하게 보이지도 않을 테고."

후안의 손에 들린 것은 에르셀라가 신고 있는 호박색 구두와 비슷한 색을 띠고 있었다. 이렇게까지 섬세할 줄이야. 에르셀라는 새삼 후안을 다시 보았다. 게다가 눈대중으로 사이즈는 어떻게 알았는지 구두도 발에 꼭 맞았다.

"고마워요."

"별말씀을."

에르셀라는 다리를 쭉 펴서 자신의 발을 내려다보았다. 각기 다른 디자인이었지만 멀리서 본다면 눈치채지 못할 정도로 비슷했다.

장갑을 벗은 후안은 굽혔던 다리를 우아하게 펴고는 에르셀라를 향해 손을 뻗었다. 하지만 그녀는 그 손을 쳐다볼 뿐 여전히 제자리에서 움직이지 않았다. 문득 이 남자가 어떤 사람인지 궁금해졌기 때문이다.

"아직 다리가 아프신가 보네요."

하는 수 없다는 듯 후안이 옅은 한숨을 내쉬었다. 그는 곧 에르셀라 옆에 걸터앉았다. 아마 속으로 그녀를 고집쟁이라고 생각하는 게 분명했다.

"아무래도 학자가 되셨어야 했습니다. 이리도 호기심이 많으시니."

아까부터 반짝이는 에르셀라의 눈빛이 무엇을 의미하는지 알아챘는지 그는 한쪽 손으로 이마를 짚으며 고개를 저어댔다. 미미한 고갯짓조차 우아한 게 아닌 척하지만 역시 귀하게 자란 듯했다. 후안은 말을 고르는 듯 턱을 매만지다 입을 열었다.

"저는 그레이시반 아카데미를 졸업 후 학자가 되기 위해 렌투아로 유학 중이었습니다. 그러나 결국 학자는 되지 못하고 그라니아에 돌아오게 되었죠. 동기들은 학자가 되기 위해 각지로 떠나 있습니다. 덕분에 저는 친구 하나 없이 수도에서 연명 중이고요."

"그렇게나 멀리요? 그라니아에서 공부해도 충분할 텐데 왜 굳이……."

학자라니. 어쩐지 에르셀라가 신어를 아는 것에 관심이 많다 싶었다. 입학도 어렵지만 그보다 더 어렵다는 졸업까지 마친 걸 보면 정말 똑똑한 사람일 것이다. 그런 사람이 왜 굳이 그라니아가 아닌 렌투아까지 유학을 갔는지 이해할 수 없었다. 의학만 제외한다면 교육 수준은 그라니아가 더 높을 텐데 말이다.

그런 의미로 에르셀라는 뒷말을 흐렸는데, 일견 후안의 눈매가 약간 굳었다.

"……뭐, 굳이 말하자면 도망친 거라고 해두죠."

"도망이요?"

"예, 굳이 말하자면. 비록 아버지에게 붙잡혀 다시 왔지만요."

그 말을 끝으로 후안에게서 더 이상의 이야기는 나오지 않았다. 미소로 가장한 얼굴을 보니 얘기하고 싶지 않아 보였다. 에르셀라도 더는 묻지 않기로 했다. 에르셀라가 입을 다물자 이번에는 후안이 물었다.

"부인께서는 루델시아 신어를 알고 계시죠. 혹, 헤테론의 신학론을 아십니까?"

"들어는 봤지만 읽지는 않았어요."

헤테론은 루델시아의 신학자로 그리 유명한 이는 아니었다. 별 소득 없는 대답에 후안이 아쉬운 얼굴을 했다.

"아쉽네요. 언뜻 들은 내용이 흥미로워서요. 그라니아 번역본이 따로 없어서 더욱 궁금했던 참이었거든요."

"헬리오스 공용어로도 없나요?"

"있습니다만, 제가 공용어를 못합니다. 부인께서는 할 줄 아십니까?"

"어릴 때 배우긴 했어요."

후안은 의외라는 듯이 눈을 크게 떴다.

"혹시 다른 언어도 할 줄 아십니까?"

"콘라드어를 할 줄 알아요."

별안간 그가 헛웃음을 터뜨렸다.

"정말 학자가 되실 생각은 없으셨습니까?"

"저는 거기에 별 뜻이 없어서요. 그리고 여성이 학자가 되기 쉽나요."

사실 학자가 될 생각이 없다기보다는 그런 생각 자체를 할 순간이 없었다는 것이 맞을 것이다. 학자가 되고자 한다면 결혼 시기를 미루는 게 다반사였고, 결혼할 때가 되어 돌아와도 나이에 맞는 미혼 남성이 없었다.

아카데미에서 눈 맞을 순 있으나, 가문에서 허락하지 않을 것이니 부질없는 교제였다. 연애결혼도 어느 정도 가문 간 수준이 맞을 때나 허용되니 말이다.

에르셀라는 후안을 보았다. 놀랍게도 그는 진지한 얼굴로 그녀를 보고 있었다.

"기성 학회는 남성들이 차지하고 있으므로 부인의 말대로 어렵긴 합니다만, 불가능한 것은 아닙니다. 최초의 여성학자 왈콧 페넬슨이 이름을 알린 것을 시작으로 그레이시반에도 해마다 대여섯의 여성이 입학하곤 합니다. 그중 학자로 거듭나는 여성은 극소수지만, 점차 그들의 영역이 늘어가고 있다는 것을 보면 무의미한 행보는 아닐 거예요."

"기분 나쁘지 않나요?"

에르셀라가 반사적으로 내뱉었다. 저도 모르게 한 질문이었다.

"왜 그렇게 생각하죠?"

"지식은…… 대개 남자들의 영역이니까……."

"부인께서는 왜 네 개 영역의 언어를 배우셨습니까?"

"내 삶은 타인에 의해 영위되는 것이 옳지 못하다고 생각하여……."

에르셀라는 말을 멈추었다. 스스로 서기 위해, 스스로의 존귀를 증명하기 위해 지식을 깨우쳤다. 그런데 현재 그녀의 모습은 어떤가.

모든 것을 하르젠에게 의지했으며, 그녀조차도 자신의 가치를 하르젠에게 기대어 매겼다. 배운 언어는 기껏해야 책을 읽을 때를 제외하고는 쓸모가 없었고, 남들에게 펼쳐 보일 일도 없었다. 그렇다면 그녀는 왜 굳이 지식을 얻고자 한 것인가. 입안이 썼다.

"사실 잘 모르겠어요. 살아가는 데 필요도 없고, 쓸 일도 없는데 왜 배웠는지. 쓸데없는 짓이었는데……."

"아니요. 잘 아시네요."

후안은 그녀의 말을 비웃지도 동조하지도 않았다. 그녀를 빤히 바라보다 웃음기 없는 얼굴로 말했을 뿐이었다.

"어떠한 지식이라도 쓸모없는 것은 없으며, 누구나 깨우침을 얻을 수 있습니다."

"……."

"지식은 남자들의 전유물이 아닙니다."

"……."

"그것을, 당신께서는 이미 알고 계십니다."

에르셀라는 그제야 후안의 눈을 마주할 수 있었다. 비틀림 하나 없는 갈색 눈은 몹시 올곧아서, 그녀는 그가 얼마나 강인한 사람인지 알 수 있었다.

"잠시 길을 잃으셨을 뿐."

길을 잃었다. 후안의 눈은 진실로 그렇다 말하고 있었다. 에르셀라는 그동안 외면하던 것들을 떠올렸다. 하르젠의 보호 아래 스스로 주체가 되지 못했던 삶들, 맞닥뜨린 현실로부터 도망가기 바빴던 나날들, 남들에게 보여지는 삶에 만족하여 스스로도 행복하다고 믿었던 시간들.

이제는 고착화되어 버린 그녀의 삶이었다. 그러니 앞으로도 이렇게 살아야 하지 않을까? 이제 와서 바꾸기엔…… 너무 늦지 않았나?

잘못된 걸 알면서도 변화가 두렵다니. 그러니 죽을 때까지도 비센테에게 다가가지 못했나 보다.

"……너무, 늦지 않았나요?"

그녀가 자조적으로 웃었다. 후안의 눈은 여전히 바르고 강직했다. 그 눈은 그녀에게 길을 잃은 것뿐이라고, 잃은 길은 다시 찾으면 된다고 말해주고 있었다.

하지만 에르셀라는 자신이 어느 지점부터 길을 잃었는지조차 몰랐다. 어디서부터 다시 시작해야 하는지, 자신이 무엇을 잃었는지 알 수 없었다. 흐른 시간의 무게란 그런 것이다.

"나는 이제 나이를 먹었고……."

두 번째 삶이었음에도 여전히 불안했고, 자신에 대한 확신이 없었다. 달리는 것보단 걷는 것이, 걷는 것보단 주저앉는 것이 익숙했다.

"지금 다시 시작하기엔, 그게 무엇이든……."

"부인."

그렇게 체념하기를 잠시, 부드럽게 내려앉은 목소리에 에르셀라는 말을 멈추었다. 그가 다정하게 미소 짓고 있었다.

"당신께서 하고자 하면 할 수 있을 것이고, 바라고자 하면 이루어질 것이고, 나아가고자 하면 나아가질 것입니다."

볕에 물든 갈색 눈동자가 따뜻했다.

"그저 당신이 그러기를 원하기만 하면 됩니다."

심장이 멎은 기분이었다. 어느 누가 이런 말을 해준 적이 있던가? 그녀는 장님이었고, 귀머거리였고, 혼자선 아무것도 하지 못하는 바보 천치였다. 그랬다. 그랬는데…….

"그저 당신이 그러기를 원하기만 하면 됩니다."

그 말을 들은 순간 시야를 가리던 장막은 벗겨지고, 귀를 가로막던 것이 사라지는 것만 같았다. 마음 깊은 곳에서 꺼져 버린 불씨에 다시금 불이 붙는다. 촛불이 일렁이며 깜깜한 암흑을 찬찬히 걷어갔다. 그제야 그녀는 거짓으로 점철된 그날을 온전히 내려놓을 수 있을 것만 같았다.

"그렇게 말해줘서……."

가슴에 태양이 타오르듯, 눈물이 뜨겁게 달아올랐다.

"정말 고마워요."

물결이 조용히 그녀의 얼굴 위로 나부꼈다. 흐르는 눈물과 대조적으로 그녀는 어딘가 기뻐 보였다.

후안은 눈시울을 붉히는 에르셀라를 가만히 지켜보았다. 반 박자 늦게 그의 대답이 떨어졌다.

"별말씀을."

사실 에르셀라가 후안을 궁금해하는 것만큼이나, 후안도 그녀가 어떤 사람인지 궁금하기는 매한가지였다.

지난 서점에서는 몇몇 수행원을 멀리서나마 거느리고 완벽한 귀부

인의 옷차림이었던 여자가 오늘은 수행원 하나 없이 머리를 땋아 늘어
뜨리고 평민 복식을 한 것부터 그랬다. 어떤 사정이 있겠거니 했는데
갑자기 이렇게 눈물을 보이니 묻기에도 난감해서 그는 말을 삼켰다.

에르셀라는 서둘러 눈물을 닦아냈다. 고맙단 말을 하고 나자 뒤늦
게 민망함이 찾아왔다. 그것을 보던 후안이 품에서 손수건을 꺼내 그
녀에게 건넸다.

"쓰세요, 부인."

"아…… 고마워요."

"괜찮습니다. 돌려주시지 않아도 되고요."

에르셀라는 고개를 반쯤 숙이며 눈물을 마저 훔쳐내기 시작했다.
그사이 후안은 여자의 얼굴을 찬찬히 살펴보았다.

몇 살쯤 되었을까. 외관만으로는 많게 보아도 이십 대 중반이었다.
후안은 이제 아무리 떠올려도 그려지지 않는 여인을 여자의 얼굴 위
로 덧대어보았다. 그러나 여인의 형상은 뭉뚱그려 나타나기만 했다.
그는 소용없음을 깨닫고 그러기를 관두었다. 별안간 미미하게 잠긴 목
소리가 들려왔다.

"이리 폐를 끼치다니. 경을 볼 면목이 없네요."

"이제 좀 웃으시는군요."

어느새 눈물을 다 닦아낸 여자는 무안했는지 어색하게 미소 짓고
있었다.

후안의 말에 에르셀라는 더더욱 부끄러움이 밀려와 얼굴을 들기 힘
들었다. 아닌 척하지만 우는 여자를 앞에 두고 곤란했을 것이다. 후안
에게 너무 미안했다. 에르셀라는 괜스레 기어들어가는 목소리로 반론
했다.

"……웃기는 아까부터 웃었어요."

"그걸 웃음으로 치기에는 문제가 많을 텐데요."

그녀의 웃음이 석연치 않은 걸 후안은 진작 눈치채고 있던 듯했다.

"문제랄 것까지야……."

"면경이라도 소지하고 다닐 걸 그랬습니다. 그랬다면 처량한 한 여인의 미소를 보여 드릴 수 있었을 텐데, 안타깝네요."

후안은 아쉬움이 섞인 눈빛으로 말했다. 정말 진심인 듯해서 에르셀라는 그새 민망함은 다 잊고 어처구니가 없어졌다.

"처량하다니. 제가 언……."

꼬르륵.

"……."

"……."

돌연 들려오는 또랑또랑한 소음에 에르셀라의 말문이 막혔다. 그녀는 귀를 의심했다. 설마 이 경망스러운 소리의 출처가 자신의 배……속인가. 굳은 표정으로 후안을 쳐다보니, 그가 어설프게 그녀의 시선을 피했다. 들었구나. 에르셀라의 안색이 파랗게 질려갔다.

'체면이……. 체신이……. 체통이…….'

에르셀라는 소리 없는 비명을 내질렀다. 지금이라도 평민인 척해야 하나? 하지만 그는 그녀가 귀족이란 걸 알 것이다. 왜냐하면 서점에서 만났을 때 그녀는 비싼 드레스를 입고 있었고, 떨어져 있었지만 수행원도 데리고 있었으니까! 또 여태까지 후안이 그녀를 귀족으로 대우한 것을 당연하게 받아들였다. 아무리 생각해도 이제 와서 속이는 건 무리였다.

"실례지만."

언제 들어도 듣기 좋은 미성이었지만 지금만큼은 듣고 싶지 않아 에르셀라는 마른침을 삼켰다. 제발 저자가 입을 다물어주길 바랐다. 하지만 후안은 난감한 기색을 하면서도 기어코 입을 열었다.

"배가 고프십니까?"

배에서 난 소리를 들었음을 확인 사살하는 물음에 에르셀라의 눈이 꾹 감겼다. 배가 고프다 뿐이게요. 아예 뱃가죽이 등에 붙었답니다. 그녀는 체념했다.

"부인?"

"……그런 것도."

"……."

"같네요……."

에르셀라의 눈동자가 구르듯 후안의 시선을 비껴갔다. 후안은 바람 빠진 소리를 내며 웃었다. 그가 자신의 턱을 매만지며 자리에서 일어 났다.

"그러고 보니 해가 지는군요. 벌써 저녁인가 보네요."

후안의 말대로 해는 뉘엿뉘엿 저물어가고, 하늘에는 붉은 양떼구 름이 수놓아져 있었다. 노을이 물러가면 밤하늘이 찾아올 것이다. 아 주 어둡고 짙은 밤하늘이. 환영처럼 그녀의 머릿속에 한 남자가 흘러 들었다. 아울러 눈앞이 깜깜해졌다. 후안의 목소리가 들려온 것은 그 때였다.

"발은 좀 어떻습니까? 걷는 데 힘들다거나."

"……아뇨. 괜찮아요."

"다행이군요. 그럼 식사 같이하시겠습니까?"

에르셀라는 멍하니 저에게 내밀어진 손을 쳐다보았다. 손가락 사이 에 나 있는 굳은살을 제외하고는 전체적으로 흠 하나 없이 고왔다. 그 녀는 그 위에 자신의 손을 살포시 놓았다. 겉으로 보이는 것만큼이나 부드럽고 따뜻했다. 곳곳에 굳은살이 박인 하르젠이나 비센테의 손 과는 다른 느낌이었다.

"좋아요."

아무래도 식사만 하고 돌아가야 할 것 같았다.

"부인, 그래도 이건……."

후안은 난처한 표정으로 닭고기와 야채가 번갈아 끼워져 있는 막대를 바라보았다. 에르셀라는 뭐 어떠냐는 얼굴이었다. 후안이 사 준, '닭꼬치'라 불리는 이것은 기대 이상으로 맛있었다. 배가 고프니 맛있음은 배가되었다.

"진짜 맛있어요. 근데 먹기 불편하네."

"정말 이걸로 괜찮겠습니까? 당신이 먹기에는 격이 떨어질 텐데요."

"돌아가면 하녀가 못 먹게 할 테니 이때 말고는 기회가 없어요. 그건 경도 마찬가지일 텐데요? 그대도 되게 곱게 자랐으면서. 그리고 지난번에 그대 입으로 말했잖아요. 편견 없다고."

붕대도 못 감고. 에르셀라가 뒤끝 있게 덧붙였다. 붕대 한번 잘못 감았다가 종일 놀려댈 기세라서 후안은 한숨을 내쉬었다.

"물론 저는 괜찮습니다. 제가 걱정하는 것은 당신입니다. 이런 걸로 배를 채워도 괜찮은…… 괜찮아 보이네요. 많이 드십시오."

어느덧 하나를 해치우고 두 번째 꼬치를 들고 있는 에르셀라의 모습에 후안의 입이 절로 다물어졌다. 지금까지의 걱정이 무색하게도 그녀는 매우 잘 먹고 있었다. 그 와중에 품위는 챙기는지 입가에 뭐 하나 묻히지도 않았다.

후안은 속으로 웃고는 끝에 있는 고기를 입에 물었다. 길거리 음식에 거부감을 느끼긴 않았다. 유학 중에 가끔 먹기도 했고 웬만하면 맛있다는 것도 알았다. 그러나 이런 음식을 입에 대기엔 눈앞의 여자가 너무 귀해 보이는지라…….

'뭐, 저리 잘 먹으니 된 건가.'

그는 그렇게 합리화하기로 했다. 앞서간 에르셀라는 새로운 문물에 도전 중이었다. 그녀는 절뚝거리는 와중에도 잘 돌아다녔다. 그럼에도 걸음걸이는 여전히 우아해서 후안은 또다시 그녀의 정체가 궁금해졌다.

'알아볼까.'

마음만 먹으면 못 할 것도 없지만 왠지 내키지 않았다. 그리고 언젠가 서로의 정체를 알게 될 것이다. 그녀가 귀족이고 그가 귀족인 이상.

거기까지 생각이 미치자 그녀가 누군지 알아보는 일은 그만두기로 했다. 이해관계에 얽매이지 않은 지금이 그로서는 더 편했다. 길가에서 마주친 인연. 오래가지도 않을 것이니, 언제든 끊어버릴 수 있는 지금이 더 나을 것이다.

후안이 없다는 것을 알아챘는지 에르셀라가 뒤를 돌았다. 눈이 마주쳐서 후안이 걸음을 옮길 때였다.

"도련님."

그를 막아서는 정중한 몸짓에 후안의 발길이 멈추었다.

"각하께서 찾으십니다."

그 말에 후안의 눈빛이 차게 식었다. 항시 온유함을 띠고 있던 인상은 서늘하게 물들어 있었다. 순식간에 무미한 얼굴이 되어버린 남자가 성의 없이 툭 내던졌다.

"렌투아에서 돌아온 것만으로도 많이 양보했다고 생각했는데, 아니었어?"

"돌아가시지요."

은근한 빈정거림에도 남자는 물러나지 않았다.

"이대로 가문이 절명하길 바라시는 게 아니라면요."

퍽 우스운 말에 후안은 비웃음을 띠었다.

"으레 그렇듯 알아서 굴러가겠지."

"그렇다 해도 지금은 제 말을 따라주셔야 합니다."

"싫다면, 어쩔 생각이지?"

"싫다면 강제하지 않겠습니다. 전 각하의 명령을 수행하는 자이지만, 도련님께 아무런 위해를 끼칠 수 없는 자이기도 합니다. 도련님이 한사코 거부하시니 차마 모셔올 수 없었다고 말한 뒤 처벌을 받으면 그만입니다. 그러나 이렇게 말할 순 있겠죠. 한 평민 계집과 같이 있었다고요. 제가 이 사실을 알린다면 각하께서 어떻게 나오실지 다행히도 도련님은 잘 알고 계실 것 같군요."

"이젠 협박까지 하는군."

하나하나 나열한 으름장에 후안이 그만 실소했다. 그래, 언제나 이런 식이었다. 그의 수하나 그의 아버지는. 봐주는 척하며 자신의 뜻대로 그를 종용하곤 했다.

"죄송합니다. 순순히 돌아가시면 저 계집에 대한 일은 함구하겠습니다."

"딱히 그대가 생각하는 그런 것은 아니야."

"저는, 도련님의 말씀대로 그리 여길 것입니다."

언뜻 보면 무조건적으로 보이는 충성에 후안이 눈살을 찌푸렸다. 후안은 남자의 뒤 너머를 힐끗 응시했다. 그새 어디로 갔는지 에르셀라는 사라지고 없었다.

"돌아가."

"안 됩⋯⋯."

"곧 뒤따라가지."

그는 이 알력이 처음부터 소용없음을 알았다.

"⋯⋯알겠습니다."

남자는 곧장 몸을 돌려 인파 속으로 모습을 감추었다. 후안은 재빨리 에르셀라를 찾기 시작했다. 다행히 멀지 않은 곳에서 그녀가 보였다. 그는 잠시 한숨을 내쉬곤 그녀에게 다가갔다.

여자는 눈앞의 장면을 신기하게 바라보고 있었다. 주인이 자로 잰 듯 반듯하게 쪼개진 과일 조각을 보글보글 끓는 투명한 액체에 담갔다 꺼냈다. 시간이 흐르자 점성 있게 흐르던 액체가 끈끈하게 과일에 달라붙기 시작했다. 그 일련의 과정을 반복하니 어느새 다양한 종류의 과일이 투명한 설탕물에 감싸였다. 가만히 서서 자신의 행동을 지켜보는 여자가 이상했는지 주인이 고개를 기울였다.

"하나 줘요?"

"……아뇨."

주인의 말에 여자가 고개를 저으며 검지와 중지를 펴 들었다.

"두 개 주세요."

"……그래요."

특이한 여자네. 주인은 그렇게 생각했다. 어색한 말투며, 손동작이며, 하나도 자연스러운 게 없어 보였다. 부모님이 어지간히도 곱게 키웠나 보다 느끼며 그녀는 과일 꼬치 두 개를 건넸다.

"얼마죠?"

"동화 네 개예요."

느낌만큼이나 외관도 곱디고운 여자가 품에서 동화 네 개를 꺼내 값을 치렀다. 동전을 받으면서 주인은 여자의 얼굴을 찬찬히 뜯어보았다. 시장 일을 하면서 이렇게 황홀할 정도로 예쁜 여자는 처음이었기에 얼굴 구경하는 재미가 있었다. 꼭 딸 같은 느낌이랄까. 소녀까지는 아니지만 어린 것 같기는 했다.

누가 봐도 성숙한 여인인지라 결혼을 했을 거라 추측하며 남편이 참 복 받았다는 생각을 했다. 여자인 저조차 이렇게 홀릴 것 같은데 사내는 오죽할까.

그때였다. 그녀에게 다가오는 남자를 보고 주인의 눈이 휘둥그레졌다.

'귀족?'

갈색 머리에 갈색 눈을 한 남자의 옷차림은 누가 봐도 귀족임을 의심치 않을 터였다.

"부인, 여기 계셨습니까?"

설마 부부인가? 평민과 귀족과의 혼인이 아예 없는 것은 아니지만, 막상 직접 목격하니 신기했다. 주인은 당연히 그들을 잊을 수 없었다.

후안은 어느덧 에르셀라 앞에 있었다. 에르셀라가 갑자기 사라지자 놀랐는지 안도하는 기색이 엿보였다. 그래도 멀리 간 것이 아니니 찾는 데 오래 걸리진 않았을 것이다. 후안의 호흡도 안정적이었고 말이다.

"어떤 분과 얘기를 나누고 계시기에 잠깐 구경하고 있었어요."

에르셀라가 후안의 앞으로 과일 꼬치를 하나 내밀었다.

"경이 하나 샀으니까, 나도."

후안이 지불한 닭꼬치값에 대해 말하는 것이다. 짧게 웃은 후안이 그것을 받아 들었다.

에르셀라는 설탕이 발라져 있는 딸기를 입에 물었다. 바사삭 설탕막이 깨어지며 달콤한 과즙이 목구멍으로 넘어갔다.

이것도 맛있다니. 조금 더 살까 하다 입가에 묻은 끈적임에 생각을 바꾸었다. 이렇게 맛있는 디저트가 티파티 간식으로 나오지 않았던 이유를 알 것 같았다. 손과 입에 묻기라도 한다면 누구라도 찜찜해할 것이다. 에르셀라는 다 먹은 후 후안을 쳐다보았다. 어쩐지 후안은 난감해 보였다.

"당신에게는 미안한 일이지만 아무래도 돌아가 봐야 할 것 같습니다."

아, 그래서 아까부터 그런 표정으로 쳐다봤던 건가. 같이 저녁까지 있어준다 해놓고 돌아가야 하는 게 미안한가 보다.

　미안해할 필요는 없는데……. 어차피 그녀도 곧 가야 했다. 해가 저물어 저녁녘을 지나고 있었다.

　"전 괜찮으니 가보세요."

　지리는 진작 익혔고 혼자 둘러보는 것도 문제없었다. 그녀는 조금만 더 밤거리를 둘러보고 갈 참이었다.

　"같이 돌아가시지요."

　후안은 그녀에게 돌아갈 것을 권유했다.

　"전 괜찮아요."

　"기다리는 식솔들이 있을 텐데요."

　부지불식간 에르셀라의 낯빛이 어두워졌다. 아까와 비슷한 느낌이 후안을 잡아챘다. 에르셀라는 머뭇거리다가 입을 열었다.

　"경. 가기 전에, 뭐 하나만 물어도 될까요?"

　"그러십시오."

　"경은……."

　"……."

　"경에게 '최선'은 무슨 의미인가요? 최선…… 그건 뭔가요."

　기다리는 식솔이란 말에 그가 연상됐다. 제가 꺼낸 말에 화가 난 듯하던 그의 모습도 떠올랐다. 직접 묻고 싶었지만 전날의 여파로 그럴 용기가 나지 않았다.

　사실 처음 보다시피 한 남자에게 대뜸 이런 질문을 하는 것도 이상했다. 하지만 에르셀라는 그렇게라도 하르젠이 그때 왜 그랬는지 알고 싶었다.

　왜 하르젠은 그 말에 그렇게 화가 났던 것일까. 그런 모습은 처음이었다. 여태껏 아무렇지 않아 보이다가 그날 왜 그렇게 반응했던 것일까.

　"지극히 귀족다운 언어입니다."

조금은 쓸쓸하게 들리는 목소리에 에르셀라가 고개를 들었다.

"단도직입적으로 말하자면 저는 최선이라는 말을 싫어합니다. 아버지가 나와 누이를 이용하려 들 때마다 자주 사용하시던 말이거든요. 네가 최선이다. 들을 때마다 속이 뒤집히죠. 나에게 희생을 강요하는 것 같기도 하고. 차라리 너밖에 없다, 라고 말했다면 조금 동할 순 있겠으나……."

그는 뭔가 마음에 안 드는 듯 살짝 인상을 찌푸렸다.

"……애매합니다, 최선이라는 단어는. 최악을 막기 위해 차악을 택하듯 차선보단 최선이 나으니까 나를 선택한다. 그리 들립니다. 그건 지극히 당연하지만……."

"……."

"그 속뜻을 풀이하자면, 그분의 선택지엔 나 말고 다른 사람도 있으니 전 언제든 아버지에 의해 치워질 수 있는 존재, 이겁니다. 아버지께서는 별생각 없이 하신 말이겠지만 정작 듣는 당사자는 썩 유쾌하지 않습니다."

언제든지 치워질 수 있는 존재. 그 말이 주는 잔인함에 에르셀라가 입술을 깨물었다. 그에게도 그렇게 들렸던 것일까. 그런 의미로 말한 것은 결코 아니었는데.

에르셀라가 자조적으로 웃었다. 정작 자신조차도 하르젠에게 버려질까 전전긍긍하며 지낸 주제에 아무렇지 않게 그런 말을 해버린 것이다.

"……그렇군요."

입안이 바짝 말랐다. 자신은 무슨 생각으로 그에게 최선이라 되뇌면서 실체 없는 비수를 내리꽂았던 것일까.

비센테가 상처받을 수 있는 아이임을 알았으면서 정작 하르젠에 대해선 안일했다. 철혈 인간이라 치부하여 자잘한 상처 따윈 그에게 별거 아닌 것으로 여겼다. 겉으로 드러나지 않는다고 속도 그러리란 법은 없을 텐데, 자신은 어찌하여…….

에르셀라는 자신이 너무 바보 같다고 느꼈다. 회귀하지 않았다면 평생 그런 것도 모르고 죽음을 맞이했을 것이다. 행복한 인생이었다고 거짓된 망상에 사로잡혀 저 혼자 평안한 죽음을 맞이했을 것이다. 죽음조차 이기적이었다.

"……인?"

"…….."

"……에르셀라."

"아…… 네."

"여러 번 불렀는데 대답을 않으시기에."

이름을 부른 것에 대한 해명이었다. 에르셀라는 고갯짓을 하며 괜찮음을 표명했다. 생각에 잠겨 대답하지 못한 건 그녀였다. 후안은 궁금한 게 많아 보였지만 묻지는 않았다. 에르셀라는 그 배려가 고마웠다.

"밤이 늦었습니다. 경비대가 돌아다니긴 하겠지만 그래도 돌아감이 나으실 겁니다."

후안은 다시 한번 돌아갈 것을 권유했다. 주위는 이미 어둑해지고 가게마다 주황색 등롱이 걸리기 시작했다. 그 안에서 발하는 빛들에 주변은 점차 환해지고 있었다.

"따로 마차가 있어요. 그리고 저도 이만 가봐야 할 것 같아요."

이제는 정말 돌아가야 할 것 같았다.

"……그러십니까. 부디, 지체 말고 돌아가시길 바랍니다."

"물론이죠. 급한 일 아닌가요? 먼저 가보세요."

"그럼 먼저 실례하겠습니다."

"경."

후안이 발걸음을 떼려는 순간 에르셀라의 목소리가 그를 붙잡았다.

원하기만 하면 된다는 그의 말에 희망을 얻고, 그가 가져다준 최선이라는 새로운 의미에 하르젠을 돌아볼 수 있게 되었다.

형체를 알 수 없는 것들에 죄여 괴로웠지만 그가 내려준 답은 속에 있던 우울함을 걷어내 주었다. 안면 하나 없던 사람에게 위안을 얻을 줄이야. 에르셀라는 진실로 미소 지었다.

"오늘 정말 고마웠어요."

그녀의 웃음을 지켜보던 후안은 잠시 떠오른 미약한 잔상을 애써 지우며 고개를 끄덕였다.

"도움이 되어 기쁩니다."

그는 실낱같이 엷게 웃더니 몸을 돌려 멀어졌다. 그가 사라진 자리에는 다른 이의 그림자가 자리했다.

에르셀라는 하늘 위를 올려다보았다. 완연한 밤이었다. 거리에는 풍등이 가로수처럼 걸려 있었다.

에르셀라는 거리에 멈춰 서 있었다. 사람들의 발걸음 소리, 떠드는 말소리, 호탕하게 웃는 소리, 자글자글 꼬치가 달궈지는 소리, 먹고 가라 호객하는 소리, 공 하나가 굴러가는 소리, 뒤따라 뛰는 아이의 규칙 없는 발소리, 동시다발적으로 들려오는 까르르 웃음소리가 차근차근 그녀의 귀를 간질였다.

"아!"

뛰어놀던 아이가 에르셀라의 발치에 철퍼덕 넘어졌다. 에르셀라는 천천히 무릎을 꿇어 그 아이를 일으켜 세워주었다.

"괜찮니?"

다섯 살쯤 되었을까. 남자아이는 울먹이더니 이내 울음을 터뜨렸다. 서럽게 우는 얼굴 위로 어린 시절의 비센테가 겹쳐 보였다. 그 아이도 넘어진 적이 있었을까. 그때 이렇게 울었을까. 그 애가 넘어질 때 그녀는 일으켜 세워주지 못했으며, 울었을 때 달래주지 못했다. 쓸쓸함에 잠겼던 에르셀라는 우는 아이를 조심스레 안아주었다.

"많이 아프겠구나."

"으…… 흐끅."

그녀의 다정한 목소리에 아이의 울음소리가 점차 그치기 시작했다. 에르셀라는 살포시 웃으며 아이의 자그마한 등을 토닥거렸다.

"……아파, 흐, 끅, 요."

"집 가서 치료하면 금방 나을 거야."

"……정말?"

"그럼. 부모님은 어디 계시니? 걱정 많이 하시겠다."

"헤일!"

걱정이 만연한 목소리가 들려왔다. 에르셀라는 자신 쪽으로 다가오는 두 인영을 보았다. 이 아이의 부모인 것 같았다.

"엄마, 아빠!"

아이가 에르셀라의 품을 벗어나 그들에게 다가갔다. 그들은 아이를 꼬옥 안으며 에르셀라에게 고마움을 전했다.

"우리 애가 실례가 많았네요. 정말 죄송해요."

"괜찮아요."

그들은 몇 번 더 감사 인사를 했고, 제멋대로 사라진 자신들의 아이를 타일렀다. 그에 아이는 울었지만 네가 뭘 잘했다고 우냐며 화가 서린 목소리에 울음을 뚝 그쳤다. 말과는 다르게 부모의 눈빛은 걱정으로 가득했다.

에르셀라가 소리 없이 미소 지으며 일어섰다. 저렇게 살아도 행복하겠다. 처음으로 든 생각에 그녀가 놀랄 때였다.

펑!

"와아! 불꽃놀이! 엄마, 불꽃놀이!"

"이상하네? 아직 시간이 남았는데?"

"엄마, 불꽃놀이!"

펑! 펑!

"어떻게 된 거야?!"

"세상에!"

막대한 함성과 함께 거대한 폭죽이 쏘아 올려졌다. 에르셀라는 입을 벌리고 그것을 지켜봤다. 일직선으로 허공을 뚫은 불꽃이 어느 지점에 다다르자 펑 하고 사방으로 뻗쳤다. 머리 위로 별이 쏟아지는 것 같아서 에르셀라가 감탄을 내지를 즈음이었다.

"엄마, 불꽃놀이! 불꽃놀이!"

"이봐, 비켜! 비키라고!"

"어어……."

그녀를 향해 사람들이 몰려오기 시작했다. 해일처럼 부딪혀 오는 인파에 에르셀라가 속절없이 끌려갔다.

"잠시만……!"

점점 거세지는 압력에 몸이 종잇장처럼 휘청거리며 봉투 안에 있던 말린 자두가 하나둘씩 쏟아져 나오기 시작했다. 계속해서 떠밀리는 탓에 등살이 아파오기 시작해 그녀가 눈을 질끈 감았을 때, 묵직하게 손목을 잡아끄는 손길이 느껴졌다.

순식간에 인파를 벗어난 에르셀라가 자신을 잡고 있는 남자를 놀란 눈으로 쳐다보았다.

"……하르젠?"

잔뜩 흐트러진 모습으로 숨을 고르며 그녀 앞에 서 있었다.

하르젠의 모습에 에르셀라는 적잖이 당황했다. 뛰기라도 했는지 흐트러진 머리칼 사이로 땀까지 맺혀 있었다. 어쩌다가, 아니, 그보다 여긴 어떻게?

"여긴 왜……."

말하려다 말고 에르셀라는 입을 다물었다. 근래 늦었다 뿐이지 지금이 하르젠이 귀택하고도 남은 시간이란 걸 깨달았다. 그를 위아래로 훑은 에르셀라는 곧이어 깜짝 놀랐다. 그는 환복도 안 한 제복 차림이었다.

"바로 온 거예요?"

피곤할 텐데. 걱정되기 시작하다 어젯밤 일이 떠오르자 가슴이 싸늘하게 식어갔다. 아직 그를 볼 마음의 준비가 안 되었는데 이렇게 빨리 맞닥뜨릴 줄은 몰랐기 때문이다. 그녀는 차마 하르젠을 볼 용기가 안 났다. 결국 시선은 그의 밖으로 비껴갔다.

"……어쩐 일이에요?"

"수도는 아직 위험해. 최근 협잡배들이 수도에서 잡혔다는 소식 정도는 알고 있을 줄 알았는데, 몰랐나?"

불시에 쏟아지는 비난에 에르셀라가 아랫입술을 끌어당겼다.

그게 언제 적 일인데……! 에르셀라는 반박하려다 이어진 그의 말에 입을 다물 수밖에 없었다.

"세상 물정 모르는 사람이 수행원 없이, 하다못해 데리고 다니던 하녀 하나 없이 이렇게 밤늦게……."

그가 잠시 입을 다물다 다시 말했다.

"내가 이걸 어떻게 받아들여야 할까. 당신이 한번 말해보지."

뭐라도 말하고 싶은데 하나같이 맞는 말이라 할 말이 없는 게 억울했다. 그러면서도 그녀를 아직도 애 취급하고 있는 그에게 서운함이 들었다. 아무리 보호받고 자랐어도 사리 분별하지 못할 정도는 아니었다. 위험에 대한 분간은 할 수 있는데……. 섭섭한 마음에 에르셀라가 퉁명스레 내뱉었다.

"잠깐 바람이나 쐴 겸 나온 거였어요."

"그 발로 어딜……!"

평소와 다른 목소리에 에르셀라가 번뜩 고개를 들었다. 마치…….

"화났어요?"

화를 억누르고 있는 것같이…….

그러나 그는 침묵하며 그녀를 내려다보고 있을 뿐이었다. 서늘한 눈빛이 조금 무서워서 에르셀라는 시선을 피했다.

"……아님 말고."

그는 여전히 대답하지 않은 채로 에르셀라의 손목을 잡고 이끌었다. 그녀도 할 말은 없는지라 별다른 저항 없이 끌려갔다.

한적한 곳에 다다르자 하르젠은 말없이 낮은 돌담 위로 그녀를 걸터앉게 했다. 집에 갈 줄로만 알았는데 아니었나 보다. 의아함에 에르셀라가 올려다보았으나 하르젠은 이제 그녀와 시선조차 맞추고 있지 않았다. 에르셀라가 입술을 비죽 내밀었다.

"여긴 왜 왔는데요."

괜스레 입술 사이로 볼멘소리가 새어 나왔다.

"발."

낮은 목소리가 들려왔다.

"삔 것 같아서."

"……."

아까부터 뭘 보나 했더니 발을 보고 있었나? 에르셀라는 당황한 얼굴로 하르젠을 쳐다보았다. 그러고 보니 아까도 그렇고 자신이 발을 다친 건 언제 알았단 말인가. 비센테가 말해준 건가. 한창 혼란스러워하고 있을 때였다.

하르젠이 그녀의 발치 앞에 무릎을 굽혔다. 에르셀라는 그 모습을 멍하니 바라보았다. 누구에게도 꿇을 것 같지 않은 남자였다. 망설임 없이 자신의 발치 앞에 몸을 낮게 숙인 그 모습이 낯설었다. 뒤이어 들린 목소리가 에르셀라의 정신을 일깨웠다.

"의원에게 치료는 안 받았다고 들었는데."

그가 에르셀라의 발에 감긴 붕대를 뚫어져라 직시하고 있었다. 에르셀라의 어깨가 움찔했다. 치료는 받았으나 의원에게는 아니고 다른 사람에게 받았죠. 죄지은 것도 아닌데 왠지 그렇게 말하면 안 될 것 같았다.

"……대충 내가 했어요."

그녀는 대강 둘러댔다.

"엉망이야. 다시 해야겠어."

다행히도 하르젠은 별다른 말은 하지 않고 에르셀라의 발에 둘러싸인 붕대를 끌러내기 시작했다. 엉성한 응급처치라도 효과가 있었는지 부기가 꽤 가라앉아 있었다.

풀러진 붕대는 곧 그녀의 발을 다시 감싸기 시작했다. 아까와 다르게 섬세하게 잘 감긴 붕대를 보고 에르셀라는 내심 놀랐다. 기사는 이런 것도 할 줄 알아야 하나 보다. 마치 의원이 감은 것처럼 완벽하게 둘려 있었다.

"고마워요."

미련이 있는 것처럼 그녀의 발등 위를 맴돌던 그의 손길이 떨어졌다. 바로 일어설 줄 알았지만 하르젠은 여전히 한쪽 무릎을 굽힌 채로 에르셀라를 올려다보고 있었다. 에르셀라는 그것이 꼭 기사의 맹세를 하는 동작 같다고 생각했다. 바람에 잔잔하게 흩날리는 흑발을 바라보다 그녀에게로 못 박힌 집요한 시선을 보자, 순간 가슴이 세게 조여왔다.

……뭐지? 잘게 떨려오는 심장에 속이 울렁거리기 시작했다. 과거에도 이런 적이 있던 것 같은데, 그게 언제였는지 기억이 나질 않았다. 그러나 익숙지 않은 감정인 것은 분명했다. 갑작스레 날아든 낯선 느낌에 에르셀라는 입술을 잘근 짓씹었다. 입안에서 비릿한 쇠 향이

났다.

그것을 본 하르젠이 그녀의 입술에 손을 갖다 댔다. 아랫입술이 하르젠의 손에 의해 내밀어졌다.

"피 나."

한쪽 눈을 찡그리며 그가 말했다.

"아……."

바늘로 찌르는 듯한 아픔에 가벼운 신음이 새어 나왔다. 피가 날 정도로 세게 깨물었나 보다.

"일단 삼켜."

그의 말대로 아랫입술을 오므렸다. 그의 손끝이 살짝 먹혔다. 여과 없이 느껴지는 감촉에 에르셀라가 급히 입술을 뗐다. 그는 아무렇지 않은 얼굴로 손을 거두었다.

"안 아파요."

민망해서 저도 모르게 시위하는 듯한 어투가 튀어나왔다. 하르젠이 옅게 한숨을 내쉬었다.

"불만이 있으면 말로 하지. 이런 식은 유쾌하지 않으니."

"당신이야말로 말을 해요."

"뭘."

"나한테 불만 많잖아."

저에게 내던져진 말에 하르젠이 멈칫했다. 그는 한동안 미동 않다, 드레스 자락 아래로 드러난 그녀의 발목을 천천히 그러쥐었다. 세게 잡는 순간 부러질까 두려워하는 것같이 미력한 손길이었다.

힘 하나 담겨 있지 않지만 언뜻 보면 족쇄를 채우는 듯한 모양새에 이상한 기분이 들 즈음이었다.

"그래, 많아."

무성의하면서도 묵직하게 내뱉어진 그 말에 에르셀라가 찬찬히 굳었다. 이번에도 대답을 주지 않을 것 같던 그는 순순히 인정했다. 발목에 서서히 힘이 실렸다.

"많다고."

살짝 아플 정도로 조여오자 에르셀라의 잇새로 침음이 새어 나왔다. 그럼에도 그는 멈추지 않았다. 마치 어디까지가 적정선인가 가늠하듯, 혹은 가는 발목이 부스러지길 바라는 사람처럼 점점 죄여오고 있었다. 견디기 힘들 정도의 악력에 어깨를 움츠릴 때였다. 체념이 묻어나 있는 목소리가 들려온 것은.

"그런데, 말하면 뭐가 달라지나?"

거세었던 손길이 거짓말처럼 사그라졌다. 느슨하게 발목을 그러잡은 손이 선을 따라 아래로 미끄러지다 완전히 거두어졌다.

"내가 바라는 건……."

"……."

"……외려 당신을 괴롭힐 텐데."

그가 바라는 것이 그녀를 괴롭게 한다니.

"……뭔데요?"

에르셀라의 물음에 그가 피식 웃었다.

"네가 영원히 들어줄 수 없는 거."

쓴웃음이었다. 에르셀라는 하르젠이 그렇게 웃을 수 있는 사람이었는지도 처음 알았다. 그에 대해 몰랐던 것이 너무 많아 가슴이 아려왔다. 하르젠이 바라는 것은 무엇이든 들어주고 싶었지만 정말 그녀가 들어주기 어려운 대답이 나올까 봐 거기서 더 물을 수 없었다.

이렇게 아슬아슬한 사람이었나. 원하는 걸 줄 수 없다고 말하면 곧 무너져 내릴 사람처럼. 견고한 성 같던 남자는 곧 사라질 사람처럼 위태로워 보였다.

"하르젠."

나직하게 그의 이름을 불렀다. 에르셀라는 느릿하게 두 손을 뻗어 하르젠의 손을 감싸 쥐었다. 그러고는 정성스레 그의 손을 쓰다듬었다. 곳곳에 굳은살이 박여 있었다. 딱딱한 감촉이 에르셀라에게 그대로 전해졌다. 그것은 이제껏 살아온 그의 삶을 고스란히 나타내 주고 있는 것 같았다.

그녀는 숨죽인 울음을 터뜨리며 그의 손을 끌어다 입술을 묻었다. 깊게 입술을 내리누르는 모습은 신성한 의식을 치르는 양 고결해 보였다. 묻었던 입술을 떼어내고 에르셀라는 하르젠을 보았다. 하르젠의 눈빛이 잘게 흔들리고 있었다. 그 모습에 에르셀라가 잿빛 하늘처럼 흐리게 미소 지었다.

"미안."

"뭐가."

에르셀라의 눈가에 맺혀 있는 눈물을 닦아주며 그는 대답했다.

"최선이라고 말해서."

그 말에 못내 정성스럽던 손길이 멈추었다.

"당신이 그 말에 화가 난 이유를 정확히 난 모르지만, 그래도 이것만은 알아줬으면 좋겠어요."

에르셀라는 하르젠이 원하는 것이 무엇인지 몰랐다. 들어줄 수 있을 거라 확신할 수도 없어 그에게 묻는 용기도 내지 못했다. 슬프게도 지금의 그녀는 그에게 줄 수 있는 것이 아무것도 없었기에. 그러나 부디 이것만은 알아주길.

"처음에 내게 당신은 최선이었을지 몰라도, 지금의 내게 당신은 유일해요."

그는 그녀에게 유일한 존재라는 것을.

"그렇기에 당신과의 결혼을 후회하지 않아요."

후회하지 않는다. 몇 번이고 다짐하듯 되뇌던 말이었다. 왜 그랬는지 그녀는 자신의 마음을 이제야 어렴풋이 알 것 같았다. 하르젠을 선택한 자신의 결정을 후회하고 싶지 않아서. 이 남자가 자신의 최선이었기를 바라서. 그냥, 이 사람이었으면 해서. 그래서 그랬던 것 같다.

"다시 과거로 돌아간다 해도, 난 당신과 결혼했을 거예요."

서로를 갉아먹는 관계가 될 것을 알고, 이렇게 서로 아파할 것도 안다. 처음부터 그를 선택하지 말았어야 했다는 것도 알았다. 과거로 돌아가 다시 그를 선택하면 이 악의 고리는 또다시 되풀이될 것이다.

그러니 다시 돌아가도 하르젠을 선택하면 안 됐다. 그럼에도 왜 자신은 또다시 이 남자를 선택하고자 하는 것인가. 그 괴로웠던 시간을 어찌하여 다시 겪고자 하는 것인가. 비센테 때문인가. 온전히 하르젠에 대한 선택인가. 그녀는 알 수 없었다.

에르셀라는 하르젠을 보았다.

'어려운 사람.'

당신은 지금 무슨 생각을 하고 있을까. 내 말을 듣고 조금은 기뻤을까.

그가 팔을 뻗어 에르셀라의 눈가에 맺힌 눈물을 아프지 않게 눌러 없앴다. 지극한 손길을 그대로 느끼며 에르셀라는 슬프게 미소 지었다.

'어려운 사람.'

다시 한번 그렇게 생각한 순간.

"영광인데."

익숙한 웃음소리가 바람을 타고 그녀에게 날아들었다.

"나 역시 그러지."

"……."

"나는, 처음으로 돌아가도……."

하르젠이 에르셀라의 손등에 숨결을 묻었다.

"당신에게 청혼할 테니."

가슴이 살금살금 줄을 탄다.

"부인께서 다시 받아주신다면야."

어스름한 달빛. 그 가운데 그와 그녀가 있었다. 오직, 그 둘만.

'좋아해요.'

순간 그렇게 말하고 싶었다. 좋아한다, 라고. 그러나 그녀는 그러지 못했다. 그에게 미움받고 싶지 않아 습관적으로 내뱉은 말이었다. 그를 미워하지 않기 위한 필사적인 고백이기도 했다.

그도 알았을 것이다. 당장을 모면하기 위한 허상임을. 하지만 그는 알까. 모순적이지만 진심이기도 했다.

좋아해요.

좋아한다. 그가 자신의 눈과 귀를 막았을지라도. 그가 그녀를 이렇게 과보호하는 것도 어쩌면 그녀가 자초한 일일 수도 있었다. 무의식적으로 그걸 알면서도 그의 성안으로 걸어 들어간 것은 자신이었다. 무너지는데 붙잡을 곳이 없어서. 스스로 일어설 자신이 없어서. 기대고 싶어서.

그녀는 이제 그럴 수 없음을 알았다. 변해야 했다. 좁디좁은 새장을 벗어나 자신을 찾아야 했다. 넘어지고 넘어지더라도. 날기까지 오랜 시간이 걸릴지라도.

에르셀라의 푸른 눈이 처음 때처럼 선명하게 빛났다. 그것을 본 하르젠이 그녀를 향해 손을 뻗다 눈앞에서 멈추었다. 숫제 환한 웃음을 드러내며 에르셀라가 하르젠에게 말했다.

"나 불꽃놀이 보고 싶은데."

"……"

"같이 봐줄래요?"

그는 혼란스러운 시선으로 그녀를 바라보다 입을 열었다.

"좀 있다 가지."

굽힌 무릎을 펴고 하르젠이 일어섰다. 그가 그녀에게로 손을 내밀었다. 에르셀라가 그 위에 자신의 손을 겹쳤다. 차가웠다. 그러나 상관없었다. 그녀는 이제 이 서늘함이 익숙했으니.

문득 가슴을 물들이는 두려움에 에르셀라가 하르젠의 손을 힘주어 잡았다. 마지막까지 이 남자의 곁에 있을 수 있을까. 알 수 없는 일이다. 다만 그랬으면 좋겠다. 부디 그와 함께할 수 있기를.

하늘 위로 굉음이 울렸다.

별이 쏟아진다. 수천 개의 별무리가 자취를 남기며 그와 그녀에게로 떨어져 내렸다.

발은 더 이상 아프지 않았다.

※ ✦ ※

일 년에 한 번뿐인 축제, '글로리아'의 날이었다. 왕궁에서 열리는 파티에 참석한 에르셀라는 불만인 듯 입술을 비죽였다. 그 모습을 지켜보던 에샤힐드가 풋풋하게 웃었다.

"공작이 오지 못해 내 동생의 심기가 언짢은가 보구나."

"언니. 그 사람은 내가 다른 사람과 춤추거나 말거나 신경도 안 쓸 거야. 오늘이 글로리아 날인 것을 알기나 할까? 왕궁에서 크게 불꽃축제를 여는 것도 모를걸?"

"최근 국경분쟁에 파견되기도 했고, 할 일이 많은 사람이잖니."

"난 정말 레나르트가 너무 싫어."

레나르트와의 종전이 선포된 게 언젠데, 이번엔 국경 협정이라니. 이쯤 되면 레나르트와 철천지원수라고 말할 수 있을 정도였다.

"날 부인이라고 생각하기는 할까?"

괜히 뾰족하게 투덜거리는 에르셀라를 보며 에샤힐드가 야살스럽게 웃었다. 그 얄망궂은 미소에 에르셀라가 부루퉁하게 언니를 보았다.

"이미 알잖아. 그가 얼마나 널 생각하는지."

그래, 너무 잘 알아서 문제였다. 마음껏 미워하지도 못하게. 못됐어, 정말.

"네가 빌레네에 내려가 있을 때, 공작에게 얼마나 시달렸는지. 틈만 나면 입궁해서 내 안부를 묻더구나. 난 이제 왕자비도 아닌 일국의 왕비인데 말이야. 바쁜 나를 더 바쁘게 만들었지 뭐니?"

할 말이 없어진 에르셀라가 끙, 앓는 소리를 냈다. 어쩐지 올 때마다 에샤힐드의 소식을 간간이 들려주곤 했던 그였다. 그땐 단순히 사람을 통해 전달받은 줄 알았는데, 직접 걸음 했었다니.

"그럴 필요까진 없었는데……."

"내 소식이 그나마 네게 위안이 될 거라 생각한 모양이지."

"그래 봤자 매번 잘 지낸다는 얘기뿐이었는걸."

"심술은 이쯤 해두렴. 사실 너도 탓하고 싶지 않잖아. 이럴 시간에 공저로 돌아가는 게 어때? 그도 네가 없어 심심할 거야."

심심하다니. 하르젠과 그 단어는 지극히 어울리지 않았다. 그는 일이 없으면 일을 만들어서라도 할 사람이니 심심할 틈이 없을 것이다. 하지만 홀로 저택에 있을 하르젠을 떠올리자 돌아가고 싶은 마음이 든 것도 사실이었다.

이상하게 오늘 연회는 하나도 재미없었다. 머뭇거리던 에르셀라는 이내 치맛자락을 들고 무릎을 굽혔다.

"그럼 저는 이만 가보겠어요, 왕비 전하."

에샤힐드는 그럴 줄 알았다며 에르셀라의 등을 떠밀었다. 짓궂은 웃음소릴 내는 에샤힐드를 뒤로하고 에르셀라는 몸을 돌려 나갔다. 그녀를 태운 마차는 서둘러 공저로 내달렸다.

저택에 도착한 에르셀라는 사용인들의 인사를 뿌리치고 곧바로 집무실로 향했다. 문을 여니 하르젠은 예상대로 그곳에 있었다. 서류에서 시선을 떼지 않고 그가 말했다.

"무슨 바람이 불어서. 좀 더 즐기지 않고."

"부군께서 안 계시는데, 제가 혼자 어찌 즐기겠어요."

투덜거리며 그에게로 다가가자, 하르젠이 피식 웃으며 에르셀라의 허리를 감싸 안았다. 자연히 그녀가 그의 무릎 위에 앉았다. 흐트러진 그녀의 머리칼을 귀 뒤로 넘겨준 하르젠이 그녀의 볼에 짧게 입을 맞추었다.

"불꽃은 아직 시작 전이라고 알고 있는데, 갈까."

"바쁘면서 말은 잘해요."

"부인 심술, 당해낼 재간은 없어서."

그 말이 못마땅해 에르셀라가 그의 품에서 빠져나오려 버둥댔다. 그러나 그가 놓아주지 않아 역부족이었다. 체념한 그녀는 한숨을 쉬며 하르젠에게 기댔다.

"만날 말로만 부인이래."

"마음에 안 드나."

"응. 안 들어."

"언제는 좋다면서."

"한마디도 안 지지."

"그럴 리가."

끝끝내 한마디도 안 져주는 하르젠을 에르셀라가 흘겨보았다. 얄미워. 맨날 바쁘기만 하고. 괜스레 의미 없는 투정도 속으로 부려본다. 그렇게 한참을 품 안에서 중얼거리다 노곤함에 얕은 하품이 밀려 나왔다.

에르셀라는 졸음에 빠져 두 눈을 깜빡이다, 고개를 앞뒤로 까딱이기 시작했다. 하르젠이 그녀의 뒷머리를 감싸 품에 뉘었다. 옅은 웃음소리가 들렸다.

"나가야지."

"다음에……."

"……."

"……다음에 가요."

잠이 들 걸 알았는지 그가 뒷머리를 고정하고 있던 머리 장식을 끌어냈다. 금사가 허공을 가르며 내려왔다. 덕분에 피로한 몸이 한결 편안해졌다. 하르젠이 부드럽게 에르셀라의 머리를 쓸어내렸다.

"그래, 다음에 가자."

그 손동작에 나른해진 그녀의 눈이 굼뜨게 감겼다.

✵　✦　✵

그날 이후로 몇 번 그와 이렇게 불꽃놀이를 구경했다. 가끔은 사람이 넘실거리는 곳에서. 가끔은 지금처럼 둘만 있는 곳에서. 그때마다 그는 손을 내밀었고 그녀는 잡았다. 조잘조잘 이야기가 오갈 때도 있었고, 아무 말 없이 서로의 온기만을 주고받을 때도 있었다.

그때 무슨 생각을 했더라. 어떤 기분이었더라. 바늘이 심장 찌르듯 따끔따끔거렸던 것도 같은데…….

하늘을 진동하던 울림이 꺼지기 시작했다. 에르셀라가 눈을 한 번 느릿하게 깜빡였다. 별들의 추락이 끝났다. 굉음이 멎자 주위는 고요함을 되찾아갔다. 이따금 들리는 풀벌레 우는 소리만이 정경을 헤집을 뿐이었다.

에르셀라는 하르젠을 향해 고개를 틀었다. 언제부터 보고 있었는지 그는 이미 그녀를 보고 있었다. 아무 말도 하지 않았지만 돌아가자 말하고 있는 것 같았다. 에르셀라는 조용히 고개를 끄덕였다. 이제 돌아갈 시간이었다. 한 인영이 그들에게 가까워진 것은 그때였다.

"각하, 현재 스물다섯의……."

하르젠의 옆쪽으로 시선을 미끄러뜨린 케이런은 끝말을 흐렸다.

"……찾으셨군요."

목소리에는 안도가 여실히 묻어나 있었다. 케이런의 얼굴에는 땀방울까지 맺혀 있어, 에르셀라는 흠칫하고 말았다. 그녀 딴에 유추해 보자면 그녀를 찾겠답시고 하르젠이 사람이라도 푼 듯했다. 공연히 미안한 마음이 들었다.

"보고는……."

말하면서 케이런은 에르셀라를 힐끗 쳐다보았다.

"귀택 후에 듣지."

"알겠습니다."

케이런은 고개를 한 번 숙이더니 자리를 떴다. 케이런이 사라지자 다시 두 사람만이 남게 되었다. 에르셀라는 낯간지러운 마음에 하르젠과 눈도 마주치지 못했다.

"그냥, 답답해서…… 나온 것뿐인데."

"답답하면 다시 이러겠다는 말로 들리는군."

"……이럴 필요까진 없었단 얘기였어요."

비단 기사뿐만 아니라 수도 상인들도 어지간히 귀찮아졌을 거라 생각하자 마음이 무거워졌다. 하필 축제가 열리는 날에 본의 아니게 사람들을 번거롭게 만들었다.

"돌아가요."

케이런이 보고할 것이 있다 하니 어서 돌아가는 게 좋을 것 같았다. 그런 의미로 그의 옷깃을 살짝 잡아당겼는데, 하르젠은 계속 제자리였다.

의아함에 에르셀라가 그를 물끄러미 쳐다보았다. 별안간 몸을 낮춘 하르젠이 에르셀라를 안아 들었다. 갑자기 다리가 공중에 뜨게 되자 에르셀라가 짤막한 비명을 냈다.

놀란 마음에 그녀는 하르젠을 바라보았지만 정작 그는 대수롭지 않아 보였다. 왜 이러는 걸까 하다 시선에 자신의 발치가 잡혔다. 발 때문인가. 결국 한숨을 내쉰 그녀가 말했다.

"걸어갈 수 있어요."

"걸어갈 순 있겠지. 대신 내일도 낫지 않을 테고."

할 말이 없어져 에르셀라는 입을 다물었다. 하르젠이 그녀를 빤히 내려다보았다.

"내 목 감아."

낮게 들려오는 소리에 에르셀라는 고민에 빠졌다. 그러나 무용지물이었다. 그는 자신의 행동을 번복하지 않을 것이다. 거기까지 생각한 에르셀라는 순순히 하르젠의 목에 팔을 둘렀다. 정말 어쩔 수 없어 보이는 모양새에 그가 한쪽 입매를 비스듬히 올렸다.

"아직까지 체면 차릴 여유가 있던가."

언뜻 보면 비웃는 모양새에 그녀의 마음속에 불만이 피어올랐다. 그는 자각하지 못하고 있는 게 분명했다. 그녀는 지금 평민 복장을 하고 있었다. 누구도 공작 부인이라고 생각하지 못할 것이다.

이럴 때에 지나가는 사람들이 본다면, 우연히 그를 알아보는 사람이 있다면, 그가 부인도 아닌 다른 여자를 안고 있었다는 소문이 나기라도 한다면 어쩔 것인가.

"나로 인해 당신의 명성이 떨어지는 걸 원하지 않아요."

다른 귀족과 다르게 하르젠은 지금껏 추문 한 점 돌지 않았다. 에르셀라는 자신으로 인해 흠 하나 없던 그의 이름이 사람들의 입에 오르내리는 것을 원하지 않았다.

"알아요. 나 때문에 이미 많은 걸 잃었다는걸."

알고 있었다. 하르젠이 그녀의 가문으로 인해 얼마나 많은 피를 묻혀야 했는지. 전부는 아닐지라도 얼핏 인지하고 있었다. 그것을 그녀가 모르길 바라왔던 것도.

"나는 가진 게 없어 당신에게 해줄 수 있는 게 아무것도 없어요."

"⋯⋯."

"이것밖에는."

그녀는 그를 위해 해줄 수 있는 게 없었다. 에르셀라가 그를 위해 해줄 수 있는 것은 저로 인해 하르젠의 위명을 떨어뜨리는 일이 없도록 하는 것밖에 없었다. 가진 것은 고작 보잘것없는 몸뚱이뿐이다. 그마저도 그는 원하지 않을 것이다. 그녀가 가져다주는 일시의 쾌락을 평생으로 간직하는 남자가 아닌 것을 알았다.

아름다운 외모, 미성의 목소리, 고귀한 신분. 이 남자 앞에선 그녀가 가진 어떤 것도 빛을 내지 못한다. 그러니 그가 그녀에게 원하는 것이 무엇이든 그녀는 줄 수 없을 것이다. 그것이 서글퍼 에르셀라가 슬피 웃었다. 그녀를 지켜보던 하르젠이 한숨처럼 짧게 내뱉었다.

"⋯⋯상관없어."

"⋯⋯."

"그러니 이대로 가지."

하르젠은 에르셀라를 아까보다 힘주어 당겨 안았다. 몸에 밴 행동처럼 그는 언제나 그랬다. 행여나 놓칠까 두려워하는 사람처럼 조금만 느슨해져도 곧바로 그러안곤 했다.

언제든 그녀를 놓을 수 있음에도 놓지 않는다. 화가 나도 억누르고, 등 돌리지 않는다. 그것이 당연한 것처럼.

웬델만은 조금 전의 일을 곱씹었다.

"죄송합니다."

공작 부인의 외출에 수행원 하나 붙이지 않았다는 말을 전한 웬델만이 고개를 숙였다. 하르젠이 귀택할 때까지 에르셀라가 돌아오지 않은 것이 화근이었다.

그러나 이런 상황까지 각오했던 웬델만은 차게 떨어지는 시선을 묵묵히 받아냈다. 주군은 여전히 말이 없었다. 차라리 화를 내길 바랄 정도로 그는 지독하리만치 고요한 침묵을 유지했다. 이윽고 남자가 그를 향해 입을 열었다.

"간 곳은."
"……시내에 가신 걸로 압니다."
"시내에, 혼자."

웬델만의 대답을 읊조리던 남자가 설핏 눈살을 찌푸렸다. 수도 시내는 매우 넓고 밤인 만큼 취객이 많았다. 거기까지 생각이 들자 웬델만도 슬슬 걱정되기 시작했다. 경비대가 돌아다니긴 했지만 취객이 곱게 취하는 경우는 거의 없었으며 그토록 미려한 외모의 여자를 보면 눈이 뒤집힐 게 분명했다.

게다가 오늘은 반년에 한 번 있는 축제라 사람들이 더……. 웬델만은 떠오른 추측에 사고를 멈추고 말했다.

"……각하. 오늘이 민중들의 축제날입니다. 혹 공작 부인께서 불꽃놀이를 관람하고 오시는 건 아닐는지요."
"몇 시에 하지?"

"열 시쯤으로……."

"케이런."

웬델만의 말을 끊은 하르젠이 옆에 있던 그의 기사를 호명했다.

"예, 각하."

"폭죽 터뜨리는 시간을 앞당겨라. 지금 바로."

"알겠습니다."

"그리고 사병을 풀어 공작 부인을 찾도록. 외양을 모르는 자들이 있을 테니 일단 금발에 파란 눈이면 전부 보고해."

"존명."

케이런이 예를 취한 후 문밖으로 나갔다. 뒤이어 에르셀라가 남긴 편지를 한 번 더 훑어 내린 하르젠이 흘리듯 말하며 웬델만을 지나쳤다.

"책하지 않겠다."

"……예?"

곧바로 처분이 떨어질 것으로 생각했는데 예상과 다른 말이 그에게서 흘러나오자 웬델만이 떨떠름하게 반문했다. 그러나 이미 사라진 주군의 대답은 들려오지 않았다.

"무사하셔야 할 텐데."

웬델만은 소리의 근원으로 고개를 돌렸다. 옆에서 게리언 클레이먼트 자작이 불안한 듯 콧수염을 만지작거리고 있었다. 몇 시간이 지났는데도 그들은 아직 귀가하지 않았다. 게리언은 타이르듯 말했다.

"자네. 아무리 그래도 그렇지 공작 부인을 그리 혈혈단신으로 내보내면 어떡하나. 몰래 사람이라도 붙였어야지. 만에 하나 큰일이라도 난다면 각하께서는 물론이고 피사리데 측에서 어떻게 나올지……. 생각만 해도 암담하구먼."

격하게 동의하는지라 웬델만도 고개를 끄덕였다.

"내가 미친 게 분명하네."

"그보다, 공작 부인께서 자네 처분을 서한에 남긴 모양이야. 각하께서 이리 넘어가시니 말일세. 남은 운, 여기에 다 끌어다 썼다 여기게."

"공작 부인께서 무탈하면 그렇다 여기겠네."

"그건 그렇지. 근데 왜 이렇게 안 오시나."

불안함이 고조되었는지 게리언은 급기야 주위를 서성이기까지 했다. 웬델만은 슬쩍 클레이먼트 자작을 향해 물었다.

"자네, 공작 부인을 어떻게 생각하나?"

뜬금없는 물음에 게리언이 눈썹을 들어 올렸다.

"공작 부인? 갑자기 그건 왜 묻는가?"

"아니……. 난 솔직히 할 일을 했다고 생각했는데……."

웬델만은 머뭇거리다, 낮에 있었던 일을 얘기해 주었다. 그의 아내가 했던 말도. 게리언은 묘한 표정으로 고개를 갸웃했다.

"하지만 당연한 거 아닌가? 그저 그런 세력의 왕정파라면 우리도 안심했겠지. 하지만 그녀는 피사리데 여인일세. 대체 그 방대한 정보는 어떻게 모으는 건지, 온갖 가문의 비리를 수집하며 사람들의 숨통을 조이는 곳이야. 그런 가문 출신의 여인이 뭘 보고 자랐는지 어떻게 알고 내정 깊은 곳을 맡긴단 말인가. 선대 공작 각하께서도 우리에게 지시하신 일이야. 그리고 오히려 그게 더 잘된 일 아닌가? 공작 부인은 가뜩이나 연회나 티파티, 보석 같은 걸 좋아하잖나."

"그걸 좋아한다고 일을 싫어하리란 법도 없지."

웬델만의 말에 허가 찔린 것처럼 게리언은 어안이 벙벙해졌다. 이제 껏 한 번도 둘을 같은 선상에 놓아본 적이 없었다. 그는 떨떠름한 기색을 감추지 못하며 말했다.

"그런가…… . 생각해 보니 그럴 수도 있겠군. 하지만 여인들은…… 음. 이건 아까 했던 얘기고."

그는 자꾸만 말이 꼬이며 이 말 저 말을 하기 시작했다.

"하지만 그동안 우리가 생고생한 것을 생각해 보면…… . 음, 이것도 공작 부인 탓을 하긴 어렵나. 하긴 그 얄미운 피사리데 후작과는 다른 것 같다만…… ."

횡설수설하던 게리언은 이내 하나의 결론에 다다랐다.

"그렇지만 피사리데에 가담한 덕에 너무 많은 사람을 잃었어. 자연히 우리의 원망은 그분을 향할 수밖에."

"행하신 것은 각하네."

"그것도 그렇지만…… . 아니, 자네. 그보다 갑자기 이런 얘기는 왜 하는 건가?"

그러게. 저도 갑자기 왜 이런 얘기를 하는지 몰랐다. 왜 안 어울리는 짓을 해선…… .

"그냥…… . 이젠 공작 부인께서 내정을 맡길 원하시면, 하셔도 되지 않나, 해서."

"확실히, 원하신다면 더는 막을 길은 없지."

열여섯 해를 이곳에서 살아왔으니. 아니, 자격은 진작 있었나. 게리언은 괜히 이런 찝찝한 이야기를 꺼낸 웬델만을 흘겨보았다.

케이런이 들어온 것은 그때였다.

"케이런 경, 공작 부인은 찾으셨소?"

"각하와 같이 계십니다. 곧 오실 겁니다."

케이런의 말이 떨어지기가 무섭게 그들은 한숨 돌렸다는 양 애타는 마음을 추슬렀다.

공저로 돌아온 두 사람의 모습에 그 자리에 있던 사람들은 황망히 고개를 숙였다. 비센테 역시 하르젠에게 안겨 온 에르셀라를 보고 시선을 내렸다. 에르셀라는 그녀 앞에 펼쳐진 장면에 눈을 질끈 감았다. 설마하니 비센테까지 나와 있을 줄은 몰랐다.

"……내려줘요."

작게 소곤거리자 하르젠은 그제야 에르셀라를 놓아주었다. 그녀의 발이 바닥에 닿자 대기하고 있던 케이런이 다가왔다.

"오셨습니까."

케이런의 뒤편에는 몇몇 가신도 보였는데, 그들은 무사히 돌아온 에르셀라를 보며 한시름 놓은 얼굴을 하고 있었다. 면구스러운 마음에 에르셀라는 그들과 눈을 마주치지 않으려 노력했다.

"지금 바로 집무실로 가시겠습니까?"

"그러지."

하르젠은 그녀를 흘긋 보더니 그들과 함께 집무실로 걸음을 옮겼다.

"……."

언제부터 보고 있었던 것일까. 비센테가 하르젠을 닮은 얼굴로 그녀를 바라보고 있었다. 채도 짙은 푸른 눈은 그와 마찬가지로 무슨 생각을 하는지 알 수 없어 에르셀라는 마른 웃음을 삼켰다. 그대로 그녀의 입술이 열리기 전이었다.

"아무것도 말씀하지 않으셔도 됩니다."

비센테가 그녀의 말을 가로막았다.

"희생이 아닙니다. 그리 자라왔으니 그러는 것뿐입니다."

저를 둘러싼 약혼에 대한 말이었다. 그 옛날 그녀가 하르젠을 선택한 것처럼, 이것이 비센테의 선택인 것이다.

그의 눈은 말하고 있었다. 이것이 맞는 거라고. 그의 말대로였다. 유례없이 많은 정적이 생겼다. 아마 가르텐이 필요할 테지. 가르텐은 이전과 같은 광영은 되찾지 못했으나 그렇다 해도 개국공신이며 여전히 위세 있는 고위 귀족이었다.

"너를, 그런 식으로 혼인시키고 싶지 않았어."

그들을 선택하는 것은 지극히 합리적이었다. 떠밀리듯 결혼하는 이가 대부분인데 비센테라고 예외일 순 없었다. 정략혼이라고 무조건 불행한 것도 아니었다. 잘사는 사람도 더러 있었다.

그러나 혹시라도 비센테가 자신들과 같은 삶을 살아갈까, 그것이 두려웠다. 다시 돌아가면 하르젠을 선택할 거라 말하면서도 에르셀라는 비센테가 자신들처럼 살지 않기를 바랐다. 허상에 잠겨 살지 않기를 바랐다. 원망과 죄책감으로 묶인 관계. 그것은 너무나 괴로운 것이었다.

"압니다."

하지만 이게 이 아이의 선택이라면.

"네 뜻이 그렇다면…… 그래."

"……"

"그리하렴."

비센테의 마음이 그리로 기울었다면 에르셀라는 그 결정을 존중해 주고 싶었다. 설령 그것이 그녀가 바라는 것이 아닐지라도.

"한번 안아봐도 될까?"

에르셀라의 부탁에 비센테는 멈칫 굳어버렸다. 비센테는 어떻게 반응해야 하는지 모르겠는 사람처럼 그렇게 있다, 이내 고개를 까딱였다.

"그러십시오."

떨어진 허용에 에르셀라는 숫제 울음을 삼키며 두 팔을 뻗었다. 허공을 가로지르던 팔이 소년의 몸을 부드럽게 감싸자, 비센테의 몸이 딱딱하게 경직되었다. 그의 귓속으로 다감한 어머니의 목소리가 들려왔다.

"이렇게…… 안아주고 싶었는데."

어지러웠던 마음에 여유가 생기자 어느 순간 이 아이가 눈에 들어왔다. 이상한 일이었다. 미우면서도 신경이 쓰였다. 차갑게 대하고 싶지 않으면서도 그러지 못했다.

케케묵은 원망이었을까. 어설픈 자존심이었을까. 미운데 미안하고, 싫은데 좋았다. 가랑비처럼 이 아이가 제게 젖어드는 것도 모르고, 그런 모순된 감정을 가지고 죽기 직전까지 살아왔다.

어리석게도 죽을 때가 되어서야 그것이 사랑이었음을 깨달았다. 이 얼마나 이기적인가. 스스로가 가증스럽고 역겨워 끝내 마음을 전하지 못했다. 사랑한다 말하고 싶으면서도 사랑한다 말하면 더한 죄인이 될까 봐서.

결국 죽기 직전까지 비센테를 다정하게 안아주지 못했다. 끝끝내…… 그러했다. 에르셀라는 어느새 자라 버린 그녀의 아들을 좀 더 세게 안아보았다.

"……늦어서 미안해."

이제야 널 돌아봐서 미안해. 그녀는 그렇게 말하고 있었다. 가느다란 실의 진동과도 같은 나약한 떨림이 그에게로 전해졌다.

잠긴 목소리를 토해내며 그의 어머니는 울고 있었다. 눈물이 가슴팍을 적셔왔다. 그래서 비센테는 대답할 수 없었다.

케이런은 제가 할 보고에 대해 퍽 난감한 얼굴이었다. 그는 슬며시

하르젠의 눈치를 살피더니 마지못해 보고하기 시작했다.

"저…… 그게, 시장 상인의 말을 들어보면 공작 부인으로 추정되는 여인이 한 사내와 함께 있었다고 합니다. 들어보면 부부…… 라고 생각할 정도로……."

"……."

"……물론 그 여인이 공작 부인이 아닐 수도 있으나……."

께름칙한 내용에 자꾸만 말이 꼬였으나, 하르젠은 계속하라는 듯 가만히 있었다. 그렇기에 케이런은 별수 없이 다시 말을 이었다.

"……들어본바, 그자의 인상착의가 일전 서점에서 마주친 자와 비슷하여…… 죄송합니다."

그가 죄송할 일이 아니었음에도 차마 입에 담기 껄끄러운 내용에 죄송하단 말이 나갔다. 왜 공작 부인은 하필 그날 혼자 외출하겠다고집 피우셨으며, 왜 하필 그날 그 남자와 만났던 것인가. 그 만남이 계획되었는지, 아니면 단순한 우연이었는지 그것이 가장 중요했지만 그로서는 알 길이 없어 답답했다. 그다음 내려지는 하문에 케이런이 신경을 곤두세웠다.

"신원은."

"아직 미상입니다."

"찾아."

"그러겠습니다."

여느 때와 같은 무감정한 목소리였음에도 케이런은 어쩐지 피가 바짝 마르는 것 같았다.

위로해 주는 건가. 어설픈 손동작으로 그녀의 등을 두드린다. 에르셀라가 비센테의 품에서 눈물 섞인 웃음을 터뜨렸다. 아닌 때 터진 에르셀라의 웃음이 당황스러웠는지 다독이던 손길이 멈추었다.

"웃음이 나오십니까?"

못마땅한 얼굴로 그가 말했다. 에르셀라는 묻었던 얼굴을 떼고 손날로 눈물을 닦아냈다.

"그러게. 웃음이 또 나오네. 바보 같니?"

"제가 어찌 어머니께 그런 말을 하겠습니까."

"난 내가 너무 바보 같은데."

"말이 많아지신 걸 보니, 피곤하신가 봅니다. 들어가서 쉬시지요."

"말은 원래 많은 편이라."

"압니다. 그냥 들어가셨으면 해서 한 말입니다."

"매정하구나."

비센테는 그제야 피식거렸다.

"부축, 필요하십니까?"

"그 정도까지는 아니란다. 혼자 갈 수 있어."

"그렇습니까."

슬쩍 올린 입꼬리가 얄미워 에르셀라가 밉지 않게 비센테를 노려보았다.

"너와 네 아버지는 날 너무 애로 보는 경향이 있어."

"어머니처럼 다 큰 애도 있답니까."

"이제 농담도 하니?"

"누구와 함께 있다 보니 옮았나 봅니다."

허, 하고 에르셀라가 헛웃음을 터뜨렸다. 비센테도 이러는 자신이 어딘가 불만인 듯했다.

알았다. 비센테가 평소에 잘 하지도 않는 우스갯소리까지 하는 이유를. 그녀에 대한 배려였을 것이다. 그것이 기특하기도 하고 고맙기도 해서 에르셀라는 살짝 미소 지으며 말했다.

"내일 보자."

"쉬십시오."

뚱한 표정의 비센테를 뒤로하고 에르셀라가 걸음을 옮겼다. 침실 앞에 다다른 에르셀라는 방문을 열었다.

돌아왔다. 그녀는 이곳이 좋기도 했지만 싫기도 했다. 공작가에서 유일하게 숨통을 틔울 수 있는 곳이었으며, 그녀를 가두었던 곳이기도 했다.

잠깐의 자유를 경험했기 때문인가. 감회가 남달랐다. 정확히 어떤 기분인지는 몰랐다. 그녀는 항상 자신의 감정을 알지 못했다. 어느 순간부터 그랬다. 자신의 감정을 마주하기 두려워 피하는 일이 다반사였다. 그렇게 조금씩 자신을 잃어갔다.

"잠시 길을 잃으셨을 뿐."

정말 그자의 말처럼 그런 것일 수도. 침대에 앉은 뒤 후안을 잠시 떠올렸다. 그는 그간 겪었던 사람과는 다른, 아예 새로운 부류의 사람이었다.

"당신께서 하고자 하면 할 수 있을 것이고, 바라고자 하면 이루어질 것이고, 나아가고자 하면 나아가질 것입니다."

"그저 당신이 그러기를 원하기만 하면 됩니다."

"내가 그러기를 원하기만 하면……."

에르셀라는 그의 말을 따라 읊어보았다. 그 어떤 꾸며진 말보다 진실 되게 느껴졌다. 그는 도와주겠다는 말을 하지도, 그녀의 처지가 어떤지도 묻지 않았다. 그저 그녀가 바라기만 하면 된다고 말해주었을 뿐이었다. 마치 그녀가 스스로 일어설 수 있는 사람임을 믿고 있는 듯이.

또다시 그가 어떤 사람인지 궁금해졌다. 유학을 갔다 했나. 귀족처럼 보이던 그를 흔한 파티에서 보지 못했던 이유를 알게 되었다. 어쩌면 어느 한 파티에서 마주칠 수도 있겠다. 그때쯤이면 그가 어떤 사람인지 알 수 있을지도……. 그렇게 생각했을 때였다.

"……."

문 너머에서 인기척이 느껴졌다. 문이 열리고 하르젠이 보였다. 그는 문을 연 채, 그대로 서 있었다.

"……하르젠."

여느 때와 같은 어조로 에르셀라는 그의 이름을 불렀다. 이상하게 혀끝에서부터 생경한 감각이 올라왔다. 하르젠의 이름이 낯설게 느껴졌다. 왜일까. 분명 아까 화해, 한 거 아니었나…….

정체 모를 불안감에 손끝이 약하게 떨려올 때, 하르젠이 방 안으로 들어섰다. 뒤이어 소리 없이 문이 닫혔다.

모래알이 걸린듯 목 안이 꺼끌꺼끌했다. 에르셀라는 다가오는 하르젠을 침울한 얼굴로 바라보았다. 그가 화가 났는지 알고 싶었지만, 그녀가 알 수 있는 건 없었다.

침대를 통해 전해지는 진동에 에르셀라는 고개를 돌렸다. 하르젠이 그녀 옆에 걸터앉았다. 무슨 생각을 하는 것일까. 제가 뭘 잘못했나 싶다가도 잘못한 게 한두 개가 아니라 솎아내기도 어려웠다. 결국 에르셀라가 먼저 말문을 열었다.

"무슨 일 있어요?"

"일단 발부터 확인하지."

하르젠은 대답을 미루며 에르셀라의 몸을 침대 위로 젖혔다. 몸이 쑤욱 밀려나며 침대 가장자리에 걸린 그녀의 다리가 쭉 펴졌다.

그가 붕대가 감긴 그녀의 왼발을 제 쪽으로 조심스럽게 끌었다. 에르셀라는 발에 감긴 붕대가 풀어지는 것을 보며 한숨을 내쉬었다.

"이제 다 나았……."

그녀는 입술을 다물고 발등을 내려다보았다. 파란 눈동자가 살짝 커졌다. 붉은 기가 가신 대신 발등에 옅은 보랏빛 멍이 들어 있었다. 이렇게 심하게 삐었을 줄이야. 돌이켜 보면 마차 문턱에 걸려 삐끗할 때, 엎어질 뻔했던 것도 같았다.

"근데 정말 안 아파요."

하지만 아픈 건 아니었다. 통증이 없는 건 아니었지만, 감각은 무뎌진 지 오래였다. 그걸 알았는지 하르젠도 순순히 그녀의 발을 놓아주었다. 의원을 부르란 소리도 없는 걸로 보아, 그의 눈에도 멍만 났지 괜찮아 보였던 듯했다.

발이 자유를 되찾자 에르셀라는 다리를 한쪽으로 모아 앉았다. 그리고 적막.

뭐가 문제일까. 에르셀라는 다시 원점으로 돌아가 차근차근 생각해 보았다. 그러다 처음으로 '화해'의 진의 여부를 의심해 보았다. 오늘 한 게 과연 화해였을까. 따지고 보면 화해가 아니라 그냥 넘어간 것 아닌가? 언제나. 말없이.

"끝냈어야 했는데."

'최선'뿐만 아니라 그 말도 사과했어야 했다. 감정에 앞서 생각 없이 쏟아낸 모진 말들이 떠올랐다. 짙은 후회가 몰려왔다. 아무리 화가 나도 그런 말은 함부로 해선 안 되는 것일 텐데……. 에르셀라는 망설이며 입술을 여닫기를 반복하다, 살포시 뗴었다.

"어제 일은…… 내가 미안했어요."

"……."

"내가 왜…… 그런 말을…… 했을까요? 그게 감정이 격해…… 음……
그래도 그러면 안 됐는데…… 화, 났죠?"

주섬주섬 늘어놓는 말에도 돌아오는 대답은 없었다. 그 때문에 에
르셀라의 눈꼬리가 힘없이 아래로 쳐졌다.

"하긴 나 같아도 화났겠다. 그렇게…… 못되게 말하고. 당신 말 틀린
거 하나 없는데, 나 혼자 찔려서…… 다음 날 멋대로 사라지고……."

한밤중에 고생하게 만들고. 양심의 가책이 점점 몸을 불리는 바람
에 차마 이것까지 덧붙이진 못했다.

"미안해요."

에르셀라는 조심스레 하르젠을 바라보았다.

"……정말 미안."

시선을 침상으로 떨어뜨린 그녀가 사과를 되뇌었다. 그럼에도 침묵
이 유지되자, 에르셀라는 하나로 굵게 땋은 머리카락을 실없이 만지
작거렸다. 흘끔흘끔 하르젠과 시선을 맞추다 피하다를 반복하기가 네
다섯째 될 때, 한숨 섞인 그의 목소리가 들렸다.

"나도 사과하지."

"……."

"사실이든 아니든 그걸 떠나 당신에게 상처 되는 소릴 한 건 나니까."

"……."

"미안해."

마지막 세 음절에 에르셀라는 느릿하게 눈을 감았다 떴다. 몇 번이
나 그 말을 곱씹은 그녀가 멍한 눈으로 하르젠을 바라보았다. 그는 뒷
목을 문지르며 고개를 기울이고 있었는데, 그것이 희한하게도 멋쩍어
하는 것처럼 보였다. 에르셀라의 만면 위로 미소가 번졌다.

"아니. 내가 더 미안."

그녀가 하르젠의 목을 껴안고 웃었다. 다툰 다음 이런 식으로 사과를 주고받은 적은 처음이었다. 가슴 부근이 포근해지고 덩달아 마음도 따뜻해졌다. 습관적으로 자신의 등허리를 감아오는 손길도 오늘따라 더욱 좋았다. 잔뜩 고양된 상태로 에르셀라가 하르젠의 목을 꽉 끌어안으며 말했다.

"이제 정말 비센테에게 잘할 거예요. 내가 갑자기 이러는 게 당신 눈에 좋게 보이진 않겠지만, 이제 와서 어머니니 뭐니 이러는 게 얼마나 웃긴지도 알지만, 정말, 정말 잘해줄 거예요. 다시는 당신 앞에서 그런 말도 안 할 거예요. 그때 정말 힘들었지만…… 알아요. 그게 변명이 될 순 없다는걸. 내 원망이 그 아이를 향해선 안 됐는데…… 난 앞으로도 그 애에게 끝까지 죄인이겠죠. 하지만 하르젠."

"……"

"나는 그렇다고 전처럼 멈춰 있고 싶지 않아요. 상처받고 싶지 않아 비센테를 위한 것이라며 아무것도 안 하는 합리화 같은 것도 하고 싶지 않아요. 후회하고 싶지 않아요. 비센테에게 아무것도 못 해준 채로 죽고 싶지 않아요. 그 애가 바라는 건 다 이루어주고 싶고, 가엾은 그 아이, 이번엔 온 마음을 다해 사랑해 주고 싶어요. 그래서 비센테가 행복하다면, 나 같은 사람에게 버려졌다는 생각이 안 든다면 그걸로 만족해요. 평생 용서받지 못해도 괜찮아요. 그런 걸 원하는 게 아니야. 그저 지금까지 내가 지은 죄만큼 남은 날은 그 애를 위해 살고 싶을 뿐이에요."

에르셀라는 두르고 있던 팔을 풀고 하르젠을 마주했다. 그녀가 그를 향해 진심을 담아 간절히 말했다.

"나, 그 아이 정말로 사랑해."

푸른 눈이 사르르 접히며 사랑스러운 미소를 그려냈다. 천공으로 새가 날아오르듯, 척박한 땅에 맹아가 돋아나듯, 겨울 서리에 봄바람

맺히듯, 밤이 기울고 태양이 떠오르듯. 그는 이미 그러한 웃음을 본 적이 있었다.

아주 오래전, 여자가 자주 짓던 특별할 것 없던 웃음이었다. 익숙한 줄로만 알았던 낯선 웃음. 저런 식으로 웃을 줄 아는 여자인 것을 몰랐던 사람처럼, 하르젠은 에르셀라의 미소가 낯설었다.

그녀의 등을 감은 손이 스르륵 미끄러졌다. 그것도 모른 채 하르젠은 계속 계속 에르셀라를 바라보다, 곧 정면에서 마주치는 시선에 저도 모르게 고개를 돌렸다.

"하르젠?"

에르셀라는 의아해하며 그의 이름을 불렀다. 피곤한 것인지 하르젠은 몇 번 얼굴을 쓸어내렸다. 걱정이 되어 에르셀라가 손을 뻗었다. 그러나 맨살에 이르기도 전에, 하르젠이 부드럽게 그녀의 손을 밀어냈다.

"됐어."

에르셀라는 거절당한 손을 바라보다, 한 줄로 내린 금발을 만지작거렸다. 별 이유 없이 머쓱한 탓이다. 두어 번 쓸어대니 땋은 머리카락 사이로 잔머리가 삐죽 튀어나왔다. 그녀는 머리끈을 끄르고, 세 가닥으로 엮은 금발을 차근차근 풀어내며 입을 열었다.

"그리고 생각해 봤는데, 내일 남작 부인에게 한번 말해보려고요. 공저 내정, 이제 내가 해야 할 것 같아서요."

머리를 푸는 데 신경을 쏟느라 하르젠이 어떤 표정으로 자신을 보는지 모르겠다. 그녀는 그것이 한편으로 다행이라고 생각했다.

"당연히 내가 해야 할 일이었는데, 본의 아니게 남작 부인에게 떠넘겼어요. 그래도 내가 이 집 안주인인데…… 이건 아닌 것 같기도 하고."

머리를 푸는 손길이 느려졌다. 다 풀고 나서 하르젠을 올려다볼 자신이 없었기 때문이다.

"머리를 안 쓴 지 오래라 배우는 데 시간이 좀 걸리겠지만, 그래도 해보려고요. 음…… 실수할 수도 있겠지만, 그래도 남작 부인 도움도 받고 그러면 괜찮지 않을까요? 만약에 남작 부인이 도와준다면요."

에르셀라는 얽힌 가닥을 다 풀어낸 뒤 손가락으로 머리카락을 정리했다. 긴 시간 땋았던 머리채를 어깨 너머로 넘기자 구불구불한 금발이 그녀의 등을 덮었다. 그것을 물끄러미 바라보던 하르젠이 물었다.

"비센테에 대해 한 가지만 묻지."

하르젠이 질문해 오는 일은 드물다. 심지어 비센테에 대한 것은 거의 없다고 봐도 무방했기에 에르셀라는 당황스러웠다.

"뭐를……."

"당신이 그러는 것이 비 전하 때문인가?"

질문의 연유를 알 수 없어 에르셀라는 에샤힐드를 떠올렸다.

'언니의 장례가…… 언제였지?'

시일을 계산해 보니 얼추 작년 말이었다. 뉘앙스를 보니 언니의 서거를 말하는 것도 맞으리라.

그럼 설마…… 비센테에게 애착을 보이는 이유가 죽은 언니를 대신할 무엇인가라고 여겼다고 생각하여 꺼낸 말일까? 에르셀라는 경악에 젖은 목소리로 다급하게 부정했다.

"그런 거 아니에요!"

"그러면."

"당신과 내 하나뿐인 아이잖아요."

그녀 자신도 인지하지 못한 상태에서 나온 말이었다. 그런데 이상했다. 그 말을 들은 하르젠의 표정이 미묘하게 굳어 있었다.

에르셀라는 그것이 무엇을 의미하는지 파악하지 못했다. 여느 때와 같이 모르는 상태로 넘어갈까 생각해 봤지만, 왜인지 이번은 그러고 싶지 않았다.

"무슨…… 생각 해요?"

처음으로 머리에만 남겼던 물음을 입 밖으로 꺼냈다. 검게 물들어 있는 심연 속으로 한 발 내딛듯이. 한 치 앞도 보이지 않았지만 그래도 계속 나아가듯이. 그녀의 옷자락이 물가를 스치며 얕은 물결을 일으켰다. 드물게 일어나는 파동이 낯설었는지 그의 대답은 조금 늦게 들려왔다.

"당신에게서 그런 말이 나왔다는 게……."

"……."

"……조금 이상해서."

하르젠은 좀처럼 에르셀라의 눈을 마주치지 못했다. 에르셀라는 되레 자신을 어색해하고 있는 그가 신기했다.

그녀는 새삼 비센테의 의미가 크다는 걸 느꼈다. 그러고 보니 하르젠과 자신의 아이…… 인 거구나. 생각만 했을 뿐인데도 속이 간질거려 그녀는 발끝을 웅크렸다. 푸른 눈동자가 토르르 정처 없이 굴렀다.

푸스스─ 다문 입술 사이로 쑥스러운 바람 소리가 샜다. 에르셀라는 하르젠을 보았다. 두 팔을 뻗은 그녀가 찬찬히 그의 뺨을 감쌌다. 시선이 또다시 섞였다. 드레스 자락에 숨긴 발가락이 제멋대로 꼼지락댔다.

'간지럽다.'

꾹 발끝을 움츠리며 에르셀라가 떠듬떠듬 입을 열었다.

"오늘…… 피곤해요?"

조금은 쑥스러운 듯이.

"아니."

"……음."

그녀의 입술이 살짝 늘어졌다.

"음…… 나 내일 일정 없는데."

"그래서."

하르젠이 피식 웃었다.

"조금 힘들고, 아파도…… 괜찮은데."

"그러신데."

에르셀라가 새치름하게 그를 쏘아보았다. 알면서 모른 체하는 게 얄미워서.

"……아니에요."

그의 뺨을 감았던 손을 확 떼어낸 그녀가 슬금슬금 이불 안으로 들어가려는 때였다.

하르젠이 에르셀라의 허리를 붙들었다. 허리를 단단히 감은 팔에 에르셀라의 입가 위로 숨길 수 없는 미소가 번져들었다. 에르셀라는 웃음 띤 얼굴로 그의 뺨을 감싸 입을 맞추었다. 그가 고개를 기울여 더욱 깊게 키스해 오자 그녀의 몸이 뒤로 넘어갔다.

찬연한 금발이 침대 위로 흐드러졌다. 등에 맞닿은 푹신한 감촉을 느낄 겨를도 없었다. 에르셀라는 위에 올라타 있는 남자를 바라보며 침을 꿀꺽 삼켰다. 입술 끝을 휘며 하르젠이 낮게 웃고 있었다.

"사양은 안 하지."

드레스 앞섶이 끌러졌다.

지저귀는 새소리가 노래하듯 경쾌하게 울렸다. 에르셀라는 상체를 들어 올렸다. 아니, 들어 올리려 했다.

"……뭐야."

꼼짝달싹 못 한 채 그녀의 눈이 쉴 새 없이 흔들렸다. 왜 이렇게 아프지? 밤새 두드려 맞은 건 아닐까 의심될 정도로, 그 어느 때보다 묵직한 격통이 들이닥쳤다.

오랜만이긴 했다. 발병하고 안 한 지 대략 일 년이 조금 넘긴 했으니. 하지만 이 몸은 여건이 다르지 않은가. 그런데 왜…….

"……아파."

온몸이 으스러질 듯한 고통에 찔끔 눈물이 나와 그녀는 몸을 웅크렸다. 그녀의 작은 몸이 파들파들 떨렸다. 에르셀라는 일단 리엔을 부르기로 했다. 침대보 위를 어슷거리며 몸을 꿈틀거리자 뻐근함이 몰려왔다. 어쩐지 애벌레가 된 것 같다고 느끼며 그녀는 있는 힘껏 줄을 당겼다.

"마님?"

종소리를 듣고 들어온 리엔은 죽은 듯이 누워 있는 주인의 모습에 당황을 금치 못했다.

"괜찮으세요?"

에르셀라가 리엔을 곁눈질하며 물었다.

"지금…… 몇 시니?"

"열두 시쯤일 거예요."

"뭐?"

그녀가 놀라 되물었다. 열두 시면 아침을 지나 점심이었다.

"근데 왜 안 깨웠어?"

"주인님께서 깨우지 말라 그러셔서요."

본의 아니게 에르셀라의 입을 다물게 한 리엔이 그녀에게로 다가왔다.

"마님, 지금 점심 드실 건가요? 주방장님께…….'

돌연 바닥을 응시하는 리엔의 눈빛이 싸늘하게 식었다. 왜 그러는지 영문을 몰라 그쪽을 바라본 에르셀라의 입술도 살짝 벌어지며 굳었다. 리엔이 검지와 엄지손가락으로 바닥에 허물처럼 벗겨진 드레스를 찬찬히 들어 올렸다. 리엔의 손짓 아래에서 흰색의 얇은 드레스가 살랑살랑 나풀거렸다.

"이게……."

리엔답지 않게 상당히 떨리는 목소리였다. 리엔의 손에 들려 있는 저것은 어제 에르셀라가 눈에 띄지 않기 위해 리엔에게 빌려 입은 드레스였다. 문제는…….

"새로 사 줄게."

……다 너덜너덜해졌다는 거지만.

"열 배는 비싼 걸로 사 줄게."

에르셀라는 서둘러 덧붙였다. 부끄러움은 느껴지지 않았다. 리엔의 냉소적으로 올라간 입꼬리가 더 무서웠다. 리엔은 드레스의 다 헤진 앞섶을 만지작거리며 떫은 표정을 지었다.

에르셀라는 억울했다. 그게 그렇게 빳빳할 줄 누가 알았나.

"베스가 생일 선물로 사 준 거였는데……."

하필 또 생일 선물이었다니, 운도 없지.

"네겐 정말 미안하다. 똑같은 걸로 구해다……."

"아니에요, 마님. 열 배 비싼 걸로 사 주셔요."

리엔이 싱긋 미소 지으며 드레스를 돌돌 말았다.

"……그래."

에르셀라는 떨떠름한 기분을 안고 고개를 주억였다. 리엔의 속물적인 근성에 감사해할 날이 올 줄은 몰랐다. 불현듯 그녀는 리엔의 빤한 시선을 느꼈다.

"왜, 왜?"

에르셀라는 무심결에 자신을 보호하듯 얼굴 반쯤까지 이불을 덮어썼다. 리엔은 고개를 설레설레 저으며 어깨를 들먹였다.

"아닙니다. 전 실내 드레스 가지고 올게요."

"응……."

리엔은 에르셀라를 설핏 보다 방에서 나왔다. 침실 문이 끼이익 소리를 내며 닫히자마자 리엔은 한 손으로 입을 틀어막았다.

'와……'

그녀는 방금 목도한 광경에 터져 나오려는 감탄을 억누르려 무던히
도 애써야 했다.

'인간 장미가 따로 없네.'

한편 리엔이 어떤 생각을 하는지 모르는 에르셀라는 나른한 기분
으로 이불 속을 파고들었다. 비센테와의 식사는 이미 물 건너갔고, 여
전히 일어나기가 버거우니 눈 좀 붙일 요량이었다.

비스듬히 쏟아지는 정오의 햇살을 피하려 그녀는 몸을 반대편으로
뒤집었다. 역시나 느껴지는 통증에 에르셀라가 이맛살을 찌푸렸다.

별안간 에르셀라는 맞은편 비어 있는 자리를 손으로 휙휙 쓸어보았
다. 온기 한 점 없었지만, 왠지 그렇다는 착각이 들었다. 닳도록 쓸어
대고 있자니 또다시 기분이 이상해졌다. 가슴 부근이 간질간질해서.

'그리고 보니……'

하고 난 후 마음이 가벼운 적은 오랜만이었다. 예전에는 대개 불안
하거나, 슬프거나, 괴롭거나, 공허하거나, 이유 없이 눈물이 나거나 할
때 그러곤 했으니. 어쩌면 그렇게 해서라도 유지한 관계 때문에 그와
자신이 여기까지 올 수 있었던 걸지도. 에르셀라는 궁금했다. 그것이
그에게는 무슨 의미였을까.

에르셀라는 화인처럼 붉은색으로 얼룩진 팔목을 빤히 바라보았다.
목 언저리가 따끔거리는 것도 같았다. 혼자 있는데도 괜스레 민망하
여 에르셀라는 눈을 꾹 감고 잠을 청했다. 지친 몸에 빠르게 수마가
찾아왔다. 그녀는 까무룩 잠이 들었다.

"……"

리엔은 난감한 얼굴로 다시 잠든 에르셀라와 손안의 드레스를 번갈아 보았다. 아무래도 에르셀라가 깰 즈음에 다시 와야 할 듯싶었다. 리엔은 못 말리겠다 생각하다, 자그마하게 올라가 있는 에르셀라의 입꼬리에 부드럽게 미소했다.

'단꿈 되시기를.'

에르셀라는 두 시간이 지나서야 침대에서 일어날 수 있었다. 그리고 밀린 식사를 하기 위해 만찬실로 향했는데, 앉자마자 느껴지는 근육통에 이를 악물어야 했다. 이럴 줄 알았다면 그냥 침실에서 식사했을 텐데……. 뒤늦게 후회가 몰려왔지만 소용없는 일이었다.

에르셀라는 자꾸만 수그러지려는 허리에 힘을 주려 애쓰며 기구를 손에 쥐었다. 나이프질한 생선살을 입에 넣자, 노릇노릇하게 구운 청어 향이 입안에 감돌았다. 그래도 맛은 있어 다행이라고 생각하며 그녀는 몇 입 더 먹었다. 어느 정도 배가 찼을 때였다. 클리프턴이 부드러운 목소리로 말했다.

"입맛에 맞으시나 봅니다."

에르셀라는 '클리프턴의 목소리가 원래 저랬나?' 하는 시시콜콜한 생각을 하며 간단히 대꾸했다.

"주방장이 신경 좀 썼나 보구나."

"예, 그런가 봅니다. 마님께서 모처럼 한 그릇 다 비우셨으니."

에르셀라는 생선살 찍은 포크를 입가에 가져가려던 행위를 멈추고 접시를 내려다보았다. 가시를 제외하곤 통통하게 살이 올라 있던 청어의 모습은 온데간데없었다.

그뿐이랴. 다른 음식들도 형태가 사라져 있었다. 언제 이렇게 많이 먹은 것일까. 당황한 기색이 만연한 얼굴로 그녀는 슬그머니 포크와 나이프를 내려놓았다. 그에 클리프턴은 괜히 말했다며 속으로 자책했다.

"비센테는?"

냅킨으로 입가를 닦으며 에르셀라가 물었다.

"역사학 교습 중이십니다."

"식사는 잘했고?"

"물론입니다. 점심은 물론 아침까지 잘 드셨습니다."

클리프턴의 말에 에르셀라는 안심했다. 제가 없다고 그새 식사를 거르진 않았을까 걱정이었는데, 다행이었다.

식사를 끝내고, 그녀는 이다음에 무엇을 할지 고민했다. 비센테를 잠깐 볼까 했지만 교습 중이라니 안 될 듯했다. 에르셀라는 잠시간 자신의 한가한 스케줄을 곱씹다 한 가지 해야 할 일을 생각해 냈다.

"남작 부인은 지금 어디 계시지?"

남작 부인은 웬델만과 함께 업무를 보고 있는 중이었다.

"어쩐 일이십니까, 공작 부인."

에르셀라가 들어오자 웬델만과 남작 부인이 자리에서 일어나 공손히 인사했다.

"아…… 바빴나요?"

"……아닙니다."

말과는 다르게 탁자에는 서류가 산더미였다. 에르셀라는 제가 괜히 방해하는 건 아닐까 걱정이 되어 돌아가야 하나 잠시 고민했다. 그러나 매도 먼저 맞는 게 낫다는 속설을 떠올리곤 고민을 그쳤다.

어차피 부딪힐 일이고, 그런 것들을 일일이 재다가는 시기를 놓쳐 버릴 것 같았다. 지금 얘기해 두는 게 나을 것이다.

"……앉으세요."

에르셀라는 집무실 소파에 앉으며 맞은편으로 손짓했다. 웬델만과 남작 부인은 그녀의 말에 따라 소파에 앉았다.

"흠흠."

웬델만은 어색했는지 거듭 헛기침을 내뱉었고, 남작 부인은 화사하게 미소를 짓고 있었다. 에르셀라는 웬델만의 태도는 이해가 갔지만, 남작 부인이 제게 갖는 호의의 연유는 알 수 없어 뒷목을 긁적였다.

"그래서 무슨 일로 친히 방문하셨는지요?"

웬델만이 물었다.

"혹 걱정되는 일이라도……"

귀찮은 기색 한 톨 들어 있지 않은 그의 태도는 흠잡을 데 없었다.

'이런 사람이긴 했지.'

돌이켜 보면 그녀를 대하는 공작가 가신들의 태도는 정중한 편이긴 했다. 웬델만 콘타르 남작이나, 게리언 클레이먼트 자작이나, 하르젠의 부관이나, 하르젠의 기사인 케이런 경이나. 저렇게 형식적이나마 걱정까지 해준다.

그런데 왜 그녀와 그들은 가까워질 수 없었던 것일까. 사실 어느 정도 그 이유를 알 것 같긴 했지만…… 그리 생각하니 서글픈 건 어쩔 수 없었다. 에르셀라는 숨을 들이켰다. 그녀를 보고 있는 눈길이 있었다. 그녀는 지체하지 않고 본론을 꺼내기로 했다.

"베른하르트령에 대한 공작 부인의 권한을 위임받고 싶어요."

본래 그녀의 것이었으니, 기실 위임이란 말도 맞지 않았다.

"그게, 저……"

웬델만은 당황한 것 같기도 하고, 혼란스러운 것 같기도 했다. 에르셀라는 재촉하지 않으며 참을성 있게 그의 대답을 기다렸다.

"잠시 실례할게요."

그때였다. 자리에서 일어난 남작 부인이 탁자 쪽으로 걸어간 것은. 그녀는 그 위에 있는 서류 뭉치를 하나 들고 오더니, 그것을 에르셀라에게 내밀었다.

"금년 장부예요."

"부인."

아내의 돌발 행동에 웬델만이 경악했지만, 남작 부인은 내민 장부를 거두어들이지 않았다. 에르셀라는 얼떨결에 그녀로부터 장부를 건네받았다.

"마지막으로 장부를 본 적이 언제셨죠?"

"스물두 살쯤일 거예요."

그 말에 어쩐지 웬델만의 어깨가 움찔하는 듯했다. 남작 부인은 검지로 턱을 두드리고 있었다. 무언가를 고민하는 것 같았다.

"혹시 장부 보는 법은 기억하시나요, 부인? 예산 짜는 법이나……."

아, 그것이 걱정이었나 보다.

"음…… 아뇨."

물론 그녀는 기억하지 못했다. 십 년 전의 기억은 훌훌 날아간 지 오래였으니.

"그럼 제가 가르쳐 드려도 될까요?"

"아, 물……."

"바쁜데 당신이 그럴 시간이 어디 있다고!"

웬델만은 제가 소리치고도 경악을 금하지 못했다. 맹세하건대, 저도 모르게 말이 튀어나왔을 뿐, 일부러 공작 부인의 말을 자르려 한 것은 아니었다.

"여보?"

여보라니. 불길한 호칭에 그의 미간이 와락 구겨졌다. 그간의 경험으로 아내가 무슨 말을 할지 알았기 때문이다.

"나가 있어요."

그리고 그 말 그대로 웬델만은 밖으로 나갔다. 에르셀라는 고분고분한 웬델만이 믿기지 않아 그가 나갈 때까지도 뒷모습에 눈을 떼지 못했다.

"그럼 저희끼리 얘기할까요?"

"부인. 조금 전 콘타르 남작의 말을 들어보면, 바쁘신 것 같은데 괜찮은가요? 아니면 제가 따로······."

"그러실 필요 없어요. 이왕이면 오랫동안 장부를 관리했던 사람에게 직접 배우는 게 나으니까요. 물론, 공작 부인이 제가 가르치는 걸 허락해 주셔야 가능한 일이지만요."

"당연히 괜찮고말고요."

괜찮은 정도가 아니라 아주 좋았다. 장부 보는 법은 기본적으로 같지만, 그래도 그 가문 사정을 잘 알고 있는 사람에게 배우는 게 더 나을 테니.

"그럼 일단, 공저 내정부터 보는 게 좋겠어요. 주말을 제외한 날, 오전이나 오후 시간을 정해 여기에 오시면 제가 가르쳐 드릴 테니 편한 때 들러주세요, 부인."

자신을 바라보는 남작 부인의 눈빛이 온화했다.

"그럴게요."

그것이 어색했지만 싫은 건 아니라 에르셀라도 마주 답할 수 있었다.

웬델만이 들어온 시기는 에르셀라와 남작 부인의 대화가 끝난 뒤였다. 어기적어기적 다가오는 걸음걸이를 보아 그는 뻘쭘해하는 것도 같았다. 그는 헛기침을 해대며 품 안의 '것'을 에르셀라에게 내밀었다.

"이게 뭔가요?"

"케이런 경이 공작 부인께 전해달라더군요. 보시면 아실 거라고······."

에르셀라는 황색 종이봉투를 받아 들었다. 그녀는 그 안의 내용물을 보자 그제야 콘타르 남작의 말을 이해할 수 있었다.

어제 그녀와 하르젠을 찾으러 온 케이런은 그녀의 짐을 맡아 돌아갔다. 기사 작위까지 받은 사람에게 잔심부름을 시키는 게 미안했으나, 그는 자신의 마음이 더 불편했는지 자처하여 그녀의 짐을 맡아주었다.

그 안에는 말린 자두와 무늬 없는 손수건과 색색의 실 뭉텅이가 가지런히 담겨 있었다. 무엇이 들었는지 궁금했는지 남작 부인이 고개를 빼꼼 내밀었다.

"어머, 쇼핑이라도 하셨나 보네요."

"네."

에르셀라가 웃으며 대꾸했다. 평소 그녀가 하는 쇼핑이라기엔 약소했지만 쇼핑이긴 했다.

"즐거우셨나요?"

그 질문에 에르셀라의 눈이 살포시 접혔다.

"몹시 즐거웠어요."

이번에는 남작이 아닌 남작 부인에게서 헛기침 소리가 흘러나왔다. 웬델만은 알 만하다며 그녀의 어깨를 토닥였다.

에르셀라는 두 사람을 번갈아 보았다.

"고마워요, 두 분. 이 자리에서 다시 한번 감사드릴게요."

"아닙니다, 부인. 즐거우셨다니······."

"······."

"······그걸로 됐습니다."

웬델만의 석연찮은 반응에 에르셀라가 설마 하는 마음으로 물었다.

"······혹, 하르젠이 뭐라 했나요?"

"아닙니다. 조금의 책망도 않으셨습니다."

거짓말 같진 않아서 에르셀라는 한시름 놓을 수 있었다.

"다행이네요. 두 분의 배려에 보답이라도 할까 하는데. 필요한 거라도 있나요?"

"괜찮, 괜찮습니다."

웬델만이 황망히 손을 내저었다. 뭔가를 바라고 한 것도 아니었고, 처음부터 그럴 생각도 없었다. 그저 부인에게 떠밀렸을 뿐.

"음, 그럼 나중에 도움이 필요할 때 말하세요."

"부인, 정말 괜찮습니다. 무사히……."

웬델만은 짧은 시간 머뭇거리다 이어 말했다.

"돌아오신 것만으로도 감사합니다."

남작 부인이 남편을 보며 의미심장하게 웃었다. 짓궂어 보이는 미소였다.

한편 에르셀라는 웬델만이 저런 식으로 말하니 기분이 이상해졌다. 방 안은 여전히 서먹한 분위기가 감돌았지만, 냉랭하진 않았다.

에르셀라는 설핏 입술을 당겼다 놓으며 주섬주섬 봉투 안을 뒤적였다. 그 안에서 말린 자두를 따로 담아놓은 봉투를 꺼낸 그녀는 자두를 그들에게 하나씩 건네주었다.

"한번 먹어보시겠어요? 제가 이번에 장터에서 사 온 건데, 정말 맛있답니다."

그녀의 권유에 그들은 말린 자두를 입에 넣었다. 다행히 괜찮았는지 호평이 이어졌다.

"맛있네요. 건과를 좋아하는 편이라 입맛에 맞아요."

"음, 끝에 터지는 과육이 가히 예술이군요."

웬델만의 말에 남작 부인이 웃음을 터뜨렸다.

"어머, 예술이래."

"내, 내가 뭐 틀린 말 했소?"

"오버한 거 알 거라 믿어요."

"……음."

웬델만이 침음을 삼켰다. 에르셀라는 웃음이 나오는 것을 참으며,

말린 자두를 빈 찻잔 위에 가득 쥐어 올려놓았다.

"여기에 몇 개 두고 갈게요. 간식으로 드세요."

"감사히 받죠."

남작 부인의 인사를 끝으로 에르셀라는 방을 나왔다.

에르셀라는 복도를 거닐면서 웬델만 콘타르 남작의 태도가 약간 변한 것을 느꼈다.

'시간이…… 흘렀구나.'

시간이 정말 많이 넘어가 있었다. 언제 이렇게 지났는지도 모를 만큼. 어린 날에는 그들이 마냥 미웠던 때가 있었다. 좀 더 다정하게 대해주지, 밀어내지 말아주지 하면서 마냥 미웠던 때가.

그렇게 십 년이 넘도록 얼굴 맞댈 일 없다가 오랜만에 대화다운 대화를 하고, 호의까지 받으니 솔직히 서운한 감정이 풀어지긴 했다.

어쩌면 애초에 크게 기대한 게 없어서 그런 걸지도 모른다. 원래 기대와 실망은 비례하는 법이니까. 그래도 결과적으로 그녀에게 나쁜 일은 아니어서 에르셀라는 긍정적으로 여기기로 했다.

에르셀라는 봉투를 품에 안은 채 저택 복도를 거닐었다. 감상하듯이 주위를 둘러보았지만 느낌은 언제나 같았다. 고요하고 엄숙한 색으로 덧칠된 저택은 발소리 하나 함부로 내선 안 될 것 같은 삼엄한 분위기를 풍겼다. 에르셀라는 새삼 이곳에서 참 오래도 보냈다는 생각을 했다.

베른하르트. 그녀의 삶을 반이나 차지한 곳.

이상하게 어떻게 보냈는지는 기억이 선명하지 않았다. 눈을 뜨면 일어나고, 식사를 하고, 연회가 있으면 가고, 밤을 보내고. 그렇게 살아왔던 듯한데……. 쳇바퀴 돌듯 지루한 일상의 연속이었다. 그럼에도,

'그 생에서조차 너는 없었구나.'

눈앞의 소년을 바라보며 에르셀라는 제자리에 멈추었다. 반가운 것과 별개로 입안이 쓴 건 어쩔 수 없었다.

비센테는 천장에 닿을 듯이 솟은 유리창 너머로 쏟아지는 빛살을 맞으며, 그녀 앞에 서 있었다. 까만 머리카락 위로 부서지는 햇살이 찬란했다. 비센테 본연의 색을 가릴 정도로. 그래서 그런 걸 것이다.

"어머니를 뵙습니다."

평소 때와 다르지 않은 인사말이 오늘따라 다사롭게 들려오는 것은. 에르셀라는 안색을 환하게 밝히며 비센테에게 다가갔다.

"이제 수업이 끝난 거니?"

"예."

"그렇구나."

그녀의 산뜻한 눈동자가 비센테의 푸른 눈을 들여다보았다. 고운 모래알처럼 알알이 조각난 빛이 스며든 짙은 눈이 한 단계 옅은 색으로 변해 있었다. 얼핏 보면 그녀의 눈 색과 비슷해 보였는데, 그것이 또 뭐라고 에르셀라는 웃음이 났다.

"식사는 잘했니? 오늘…… 같이 못 먹어서 미안해. 늦잠을 잤지 뭐니."

그녀는 대충 얼버무렸다.

"피곤하실 테니 그러실 만도 합니다. 식사는 잘 마쳤으니 염려 마십시오."

비센테가 이해한다는 투로 말했다. 에르셀라는 품 안의 봉투를 꽉 끌어안았다.

"음, 지금 바쁜 일이라도 있니?"

"지금은 시간이 빕니다."

"그럼……."

"……."

"후원에서 같이 티타임이라도 가질까?"

"……."

"마, 맛있는 것도 있는데."

비센테가 대답하지 않자 에르셀라가 품 안의 봉투를 흔들며 서둘러 덧붙였다. 회유 같지 않은 회유에 비센테가 눈꺼풀을 매만지며 나직하게 웃었다.

"예."

그의 고개가 못내 끄덕여졌다.

고색창연한 베른하르트 사저 뒤편 후원에 두 사람을 위한 티타임이 열렸다. 사용인들이 분주히 테이블보를 깔고 티세트와 디저트를 준비했다.

예고 없이 열린 티타임치고는 따뜻한 홍차와 4단 트레이에 놓인 디저트가 엉성한 면 없이 제법 잘 마련되었다. 에르셀라가 준비한 말린 자두는 각 개인 접시에 담겨 있었다.

"어때?"

잔뜩 기대 서린 푸른 눈이 반짝반짝 빛났다. 그녀의 시선을 단조롭게 받아치며 비센테는 쪼그라든 보랏빛 과일을 입에 넣었다.

"맛있습니다."

비센테가 짤막한 감상을 내놓았다. 다소 건조한 반응이었지만, 너무 달아 눈살을 찌푸리거나 입술을 달싹이지 않는 것을 보니 정말 괜찮은 듯 보였다. 에르셀라가 한창 뿌듯해하고 있을 때, 바람 빠진 웃음소리가 들렸다.

"그래서."

"……."

"이것을 사기 위해 혼자 외출하셨습니까."

그럴 리가 없다는 것쯤 알 텐데, 그렇게 묻는 비센테의 목소리는 실로 천연덕스러웠다. 그러나 그녀의 얼굴은 시침 하나 못 떼고 홧홧해졌다. 한밤중 일어난 소동이 머릿속에 그려졌기 때문이다.

"너를 볼 면목이 없구나."

"제게까지 면목 없어 하실 필요 없습니다."

비센테는 단조롭게 대꾸한 뒤 말린 자두를 한 개 더 입에 넣었다. 에르셀라의 눈이 살짝 커졌다. 말린 자두는 맛있긴 했지만, 과육이 가득 뭉쳐 있어 달았다. 단것을 좋아하지 않는 비센테가 스스로 그것을 입가에 가져다 댈 줄은 몰랐다. 에르셀라도 큰 뜻 없이 그저 비센테와 함께 맛있는 걸 나누고 싶어서 가져온 것이다.

"안 달아?"

"답니다."

대답은 가차 없이 떨어졌다. 그럼 왜 먹는 것일까. 혹시…… 그래도 어머니가 사 온 거라고 먹는 것일까? 거기까지 생각한 그녀가 다급히 비센테를 만류했다.

"억지로 먹는 거라면, 그러지 않아도 된단다."

그러나 에르셀라의 말에 비센테는 아주 이상한 소릴 들었다는 표정을 지었다.

"맛없는 걸 억지로 입에 구겨 넣는 취미는 없습니다."

"……."

"맛있습니다. 조금 달지만."

그러고 나서 비센테는 우아하게 찻잔을 들이켰다. 그것을 멍하니 바라보던 그녀도 천천히 차를 마셨다.

"어떠셨습니까."

"뭘 말이니?"

"어제 나들이하신 것."

끝까지 '나들이'라 칭하는 천연스러움에 에르셀라는 포기한 듯 고개를 수그렸다.

"미안해."

"즐거우셨습니까?"

사과를 했는데, 흘려듣고 대뜸 즐거웠냐는 질문을 해온다. 에르셀라는 솔직하게 말할까 말까 고민하다 전자를 택했다.

"좋았어."

"거기서 무얼 하셨습니까?"

"오늘따라 이상하구나. 네가 이것저것 질문도 다 해주고."

끊임없이 질문해 오는 비센테가 낯설어 에르셀라는 웃음을 터뜨렸다. 별안간 그녀가 손톱 끝을 세워 테이블을 두드리자, 톡톡, 경쾌한 소리가 후원을 울렸다.

"우선 상점 이곳저곳을 구경했어."

"……."

"가장 먼저 말린 자두를 사고, 장신구 가게에 들어가 팔찌를 샀지. 가격에 비해 정말 예뻤단다."

"……."

"크리스털 수제 잔도 구경했어. 그것도 정말 예뻤는데 깨질까 봐 사진 못했어. 음, 그리고 산 게 뭐가 있더라. ……아, 손수건과 털실을 샀어."

"자수라도 놓으시려고요."

"맞아."

'놓아서 너 줄 거거든.'

에르셀라는 그 말은 쏙 빼고 말했다. 나중에 비센테가 기사 서품을 받고 왕실 사냥회에 참가할 때 깜짝 선물로 줄 생각이었다.

"그리고 무얼 하셨습니까."

"그리고……."

에르셀라는 후안을 떠올리며 작게 미소 지었다.

"좋은 사람을 만났단다."

"……."

"길을 헤맸는데, 그분께서 친절히 알려주셨어. 그 사람이 아니었다면 여전히 헤매고 있었을지도 모르지."

후안의 말을 듣고 무언가를 깨달았다고 그녀의 삶에 큰 변화가 일어난 것은 아니었다. 이제 고작 하루가 지났을 뿐이다. 그러나 전과 다르게 용기가 돋아났다. 어쩐지 할 수 있을 것 같고, 나아갈 수 있을 거라는 한 줄기 희망이 마음속에 드리워졌다.

"네 아버지와 불꽃놀이도 구경했어. 이상하지. 나는 왕궁에서 여는 화려한 불꽃놀이를 수없이 봐왔는데, 민중들이 즐기는 그 축제가 기억에 더 남더구나."

그날을 더듬으면 여전히 하늘에서 별이 쏟아져 내리고, 고요 속의 풀벌레 소리가 들려오고, 차가운 손이 느껴진다.

"넌, 불꽃놀이 구경한 적 있니?"

"본 적은 있으나 딱히 구경한 것은 아니었습니다."

"그럼 다음엔 셋이서 함께 보자."

비센테는 대답 대신 조용히 차를 마셨다. 긍정도 부정도 아닌 모호한 의사표시였다. 에르셀라는 한 번 더 물어볼까 하다 그건 또 강요하는 것 같아 그만두었다. 서로가 입을 달싹이지 않는 후원은 침묵 속에 침잠되었다. 에르셀라는 찻잔을 입술에 붙였다 떼며 주변 풍경을 둘러보았다.

신록의 계절이다. 녹음이 흐드러지게 황갈색 땅을 덮고, 그 사이사이 위로 샛노란 꽃이 만발해 있는.

잔을 내려놓은 비센테의 무감한 시선이 공중을 갈랐다. 모든 자연에 공평하게 내리쬐는 따뜻한 볕이, 선선한 바람에 흔들리는 꽃이, 그 곁에서 날개를 팔랑이는 나비가 그의 시선에 닿았다 떨어졌다.

그리고, 바람이 불었다.

쏴아아아. 바람에 얽힌 꽃가지가 굽이치듯 흘렀다. 흔들리다 떨어져 나간 노란색 꽃잎 한 장이 비센테의 뺨을 스치듯 지나갔다. 간지러웠는지 비센테의 눈가가 살짝 떨렸다. 비센테가 바람이 불어오는 방향으로 고개를 돌렸다.

그 일련의 장면이 에르셀라의 망막에 차례로 맺혔다. 에르셀라는 비센테가 바라보고 있는 곳을 보았다. 그 순간, 시간이 느려진 듯한 착각이 들었다. 파도처럼 물결치는 노란색 꽃무리가 이쪽으로 밀려오고 있었다. 그럴 리가 없음에도, 에르셀라는 그것들이 저와 비센테를 전부 덮어버릴지 모른다고 생각했다.

아…….

'나는 정말로…….'

이 감정은 그녀에게 생소한 것이 아니다. 그녀도 잘 알고 있는 것이었다. 그러나 생경했다. 동화 속 마법사가 마법을 부린 것처럼, 밤하늘에 붕 떠오른 황금 마차가 달을 가로지르는 것처럼, 창밖의 흔들리는 잎사귀가 속살거리며 단잠을 깨우는 것처럼.

만물이, 그녀의 세상에서 살아 움직이고 있었다.

2권에서 계속…